藏獒不是狗

ZANG AO BU SHI GOU

杨志军 著

青海人民出版社

图书在版编目（CIP）数据

藏獒不是狗 / 杨志军著 . -- 西宁：青海人民出版社，2020.8
（杨志军藏地小说系列）
ISBN 978-7-225-06008-8

Ⅰ.①藏… Ⅱ.①杨… Ⅲ.①长篇小说—中国—当代 Ⅳ.① I247.5

中国版本图书馆 CIP 数据核字 (2020) 第 134737 号

杨志军藏地小说系列
藏獒不是狗
杨志军　著

出 版 人	樊原成
出版发行	青海人民出版社有限责任公司
	西宁市五四西路 71 号　邮政编码：810023　电话：(0971) 6143426（总编室）
发行热线	（0971）6143516 / 6137730
网　　址	http://www.qhrmcbs.com
印　　刷	陕西龙山海天艺术印务有限公司
经　　销	新华书店
开　　本	890 mm × 1240 mm　1/32
印　　张	16
字　　数	370 千
版　　次	2020 年 10 月第 1 版　2020 年 10 月第 1 次印刷
书　　号	ISBN 978-7-225-06008-8
定　　价	86.00 元

版权所有　　侵权必究

目录 CONTENTS

第一章	嘎朵觉悟	001
第二章	白玛	028
第三章	各姿各雅	062
第四章	阿柔	087
第五章	斯巴	118
第六章	嫌疑人	150
第七章	袁最	189
第八章	花馨子	226
第九章	路多多	274
第十章	基督山	317
第十一章	姒苏	353
第十二章	哥里巴	388
第十三章	藏獒博览会	423
第十四章	藏娘	476

第一章　嘎朵觉悟

1

袁最一个月不放弃。强巴一个月不松口。一个月里,袁最几乎天天重复着他的请求:"我真恨不得给你几万、十几万,但是你看我的样子就知道,我不是有钱人。一个穷光蛋,根本就没有资格来这里,可是我来了,来了就离不开了。你总不会拿鞭子赶我、放藏獒咬我吧?你也看见了,我天天绕着嘛呢石转,天天'唵嘛呢叭咪吽',为的就是祈求神佛让你回心转意。怎么样?看在我信仰释迦牟尼的份上,你就答应了吧。我知道你们藏族喜欢珍珠玛瑙,我手里这串珍珠是我唯一的财宝,大约也值个两三万吧。你瞧瞧啊,它戴在你老婆的脖子上多般配。好了,我不多说了,珍珠你留下,藏獒我带走。"

刚从寺院回来的强巴把马拴在地桩上,一如既往地躲闪着那只试图把一串白花花的珍珠塞给他的手,用生硬的汉话表达着不出卖藏獒的决心:"钱的不是,钱的不是,心疼的是哩。你走吧,我的藏獒不离开我,今生来世都不离开我,除非草原裂个大口子,雪山哗啦啦。"

袁最说:"什么雪山哗啦啦,是藏獒的铁链子哗啦啦吧?"

强巴拍了拍胸脯:"我是说,没有了藏獒,我的心里,就是雪山塌掉啦。"说罢,他从马背上的牛皮褡裢里提出一包盐巴,匆匆进了碉楼门。

袁最几乎哭了,他觉得这是他最后一次请求,就伤心得不能自已。这些日子他百般努力,原想感动强巴,感动的却只是自己。他多少有点夸张地用手掌根抹了一把眼泪,朝着他也许一辈子都放不下的目标走去。

那是一只母藏獒,一窝八只小藏獒,就在碉楼的石墙下。

母獒是红嘴、红胸、红腿的铁包金,黑亮的头毛和被毛像是刚从染房里出来又被抛光的新缎子,远看如同冉动的霞色托起了漆黑的天幕。让袁最惊异的是:原生态草原獒自然形成的黑色都是没有光泽的锈黑,眼前母獒的黑色却像打蜡抹油了似的,亮莹莹的能照出人影子来。而且身形超群,比一般的公獒还要高大。更迷人的还是阔鼻方嘴、吊眼大头,还有它超然不群的气度、温柔缠绵的神情——哺乳期的母獒那种刚猛外表下母性的柔情让袁最一下子想到了自己的妈妈。袁最想,这应该是青果阿妈草原最好的母獒了。

当然母獒再好,袁最也不会打它的主意。他想要的是小藏獒,最好两只,一公一母。小藏獒出生不到一个月,从外表还看不出好坏优劣。但是他一点也不担心小藏獒未来的品貌,因为母獒的配偶是嘎朵觉悟，青果阿妈草原最好的公獒。

当初他就是听说嘎朵觉悟的配偶各姿各雅已经生养，才寻觅而来。来了就不想走了。想想看，最好的公獒匹配了最好的母獒，那会是怎样的后代啊，一代天骄。他住了下来，就在离强巴家一百米的草滩上，没有帐篷、床榻、铺盖，就裹着一件羊皮大衣，朝起夜宿。晚上冷得睡不着时，他会点起篝火，蜷缩在火边取暖。一次不小心，火呼啦一下把他点着了，打了好几个滚才把火熄灭。四月，四月，青果阿妈草原初春的寒冷比冬天更甚。吃饭就更凑合了，从麦玛镇买来铝锅，支起三石灶，天天都是糌粑糊糊就咸菜。糌粑糊糊虽然又顶饥又解渴，却让他的胃不好受，时间长了，一吐一口酸水。除了吃睡，所有的时间他都待在强巴家的碉楼前，守着那只没有拴系的母藏獒、一窝小藏獒，不厌其烦地盯着看。

强巴家没有院墙，只在五十米开外的地方按东、西、南三个方位堆了三堆高丘似的干牛粪，无形的院墙就在三堆牛粪之间迤逦而起，那是护家藏獒眼里的界限，外来人只要踏上界限，就会听到母獒各姿各雅雷吼的警告。但是袁最没有听到，从他第一次出现到现在，母獒虽然总是警觉而阴沉地瞪着他，却从未冲他雷吼过，还允许他在很近的地方观察它和它的八个孩子。连强巴家的人都奇怪：我家的母獒，从来不允许陌生人靠近碉楼的各姿各雅，你这是怎么了？

对这个自家藏獒没有发出警告的外来人，强巴似乎也不便驱赶，任由袁最来来去去。强巴的妻子拉姆玉珍用比丈夫更流畅些的汉话说："各姿各雅好像认识你啦，你叫什么，从哪里来？"袁最说了自己的名字，又说自己从大海边的蓝岛来。拉姆玉珍说："听说过大海啦，就是多多的水像草原一样望不到头的地方。那可怎么办，你们的牛羊是怎么吃草的，马是怎么奔跑的？"

自从袁最到来，拉姆玉珍是唯一主动跟他说话的人，而且总是笑着说，一笑就把眼睛眯起来，紫晕深深的脸上，酒窝浅浅。有一次她还给他端来了一碗奶茶："我们热烘烘的，你海边的人冷冰冰的，肠子要冻成冰溜子啦，热热地喝了吧，你不是藏獒，身上没有厚毛。"这让袁最相当感动，觉得有同情就有希望——得到两只小藏獒的希望。他说："阿佳（阿姐），奶茶的不要，藏獒的要哩。让我把两只小藏獒带走吧，结冰的肠子就会融化。拿着吧，珍珠，珍珠。"拉姆玉珍也像丈夫那样躲开他捧过来的亮闪闪的珍珠，转身就走。袁最望着她苗条的背影，在心里乞求着：唉，善良的女人，你就可怜可怜我吧。

谁也不会可怜他，就算他跪下。袁最真的跪下过，趁着强巴放牧在外，趁着拉姆玉珍去河边背水，他跪在了强巴的阿爸岗却巴老人面前："我没钱，我就是喜欢藏獒，就像男人喜欢女人、牛羊喜欢牧草一样。好老人，你要是把两只小藏獒给我，你就是我爸爸我爷爷我祖宗。"说着，咚咚咚地磕起了头。岗却巴老人坐在门前，一边捻羊毛线一边晒太阳，身前是三岁的孙子。小孙子岔开两腿，一脬热尿浇在了他头上。袁最直起腰，抹着湿漉漉的头发：啊，你怎么能这样？

诧异中，袁最看到岗却巴老人的冷漠和坚拒以血丝的形状雕刻在他的眼睛里，看到三岁的小孙子满脸都是比大人还要深沉的提防和惊恐。他不禁问自己：怎么了，怎么了，我又不是魔鬼？

袁最以后会知道，在强巴一家人眼里，他即使不是魔鬼，至少也是魔鬼出现的前兆。他来了，一切就都不一样了。除了一向凶悍的母獒各姿各雅对他这个陌生人居然毫无敌意的反常之外，还有一些匪夷所思的变化：本来每天夜里小藏獒中的某一只会被小孙子带进碉楼陪自己睡觉，现在不行了，各姿各雅不允许，你抱进去，它就会叼出来，执拗得就像两仇家分财：我的就是我的。气得小孙子追出来用他稚嫩的拳脚对着各姿各雅又踢又打。强巴瞪起眼睛说："各姿各雅，你跟主人还有没有情分啦？"各姿各雅是一只出色的夜巡藏獒，它夜巡的方法是远离碉楼和畜群，在狼豹熊狐可能出现的所有路口撒上新鲜的尿液，然后环绕家园，悄悄地，悄悄地，幽灵一样游荡。可是现在，它不仅不会远离，而且整夜都在吼叫，好像时时刻刻、东南西北都来了强大的敌人。强巴知道草原上不可能有那么多野兽，训斥道："各姿各雅你有病啦，汉人们说的精神病就是你啦？"

各姿各雅的"精神病"似乎越来越严重了。有一次，大白天，莫名其妙的，它突然窜进碉楼，一头把小孙子顶到了门外。小孙子趴在地上哇哇直哭，各姿各雅一点同情心都没有，冲着它龇牙咧嘴地喊叫着，不准他爬起来进屋。拉姆玉珍走过去，责备地拍了各姿各雅一巴掌，抱起孩子，向正在碉楼前切割皮绳的强巴告状道："你看看，它亲那个汉人不亲我们啦。"强巴半阴着脸说："这就是你跟那个汉人说话、给那个汉人笑脸的结果，各姿各雅是学了你的样子。"拉姆玉珍又说："昨天夜里各姿各雅咬我的头发，把我的一根辫子拽断啦。"强巴吃了一惊："夜里？你是说夜里？"他从来没听说过，一只好藏獒会在夜晚放弃对草原的警惕跑进家里，除非它认为威胁就在家里。可各姿各雅跑进来就是为了拽断妻子头上一百零八根细辫子中的一根，这是为什么？强巴茫然地回头看了看，看到阿爸岗却巴蜷缩在门槛上，正用衣袖抹眼泪，鼻子里还发出一阵呜呜的声音。强巴问："阿爸啦（啦：敬语），你怎么哭啦？"阿爸指着碉楼一层的顶棚说："不是我哭啦，是我们的房子哭啦。"全家人就在这个寒冷的春日看到了碉楼的眼泪，它们从石墙和顶棚衔接的地方漫溢而下，清莹得如同渗出岩体的山泉。

不用说，以后的许多时辰，岗却巴老人都会在碉楼顶层的佛堂里度过。他祈祷佛祖和菩萨以及所有的山神和家神保佑这个一向平静的家，不要让任何与灾难沾边的事情降临这里。家中所有的人，包括三岁的小孙子都变得忧心忡忡，只要有一点不同往常的迹象，都会被认为是不吉祥的预兆。人们总觉得会有什么不好的事情要发生，默默地猜度着：到底会发生什么呢？

强巴借着去镇上买盐巴的机会去了一趟寺院，想问问喇嘛闹拉。喇嘛闹拉不在，他的一个徒弟说："尕藏布卖掉了嘎朵觉悟，师傅昨天给嘎朵觉悟念经去啦，怕是有事耽搁了，还没回来。"强巴呆愣了片刻，喃喃地说："不好啦，这就是不好的事情啦。"又问道，"那就请阿卡（喇嘛）告诉我，草原上还有没有别的不好的事情要发生呢？"那徒弟说："有啊有啊，麦玛镇要举办藏獒节，明天就要开幕啦，四面八方的藏獒都来到了这里。我梦见藏獒吃掉了太阳和月亮，青果阿妈草原要有大灾难啦。各姿各雅还好吧？听说它下了八只漂亮的小藏獒。你可不能像尕藏布那样见财忘狗，把嘎朵觉悟的后代推到苦海里去。"强巴听了，拉转马就走，他认定该发生的事情已经发生，那就是婚配了各姿各雅的嘎朵觉悟被人买走了。在牧人心里，草原上不会再有比这更大的不幸。他要赶快回家，从此哪儿也不去，不去放牧，不去镇上，时时刻刻守护着各姿各雅和它的八个孩子。他心说，任何人、多少钱都休想买走我的藏獒，买走它们就是买走我的命，买走草原的命。

现在，袁最最后一次来到碉楼的石墙下，蹲下来，看着母獒各姿各雅和它的八只小藏獒，脑子里一直回响着强巴刚才的话："我的藏獒不离开我，除非草原裂个大口子，雪山哗啦啦。"极度的沮丧让他变得歇斯底里，他深吸一口气，烦躁地喊起来："为什么？为什么？难道今生今世我跟藏獒无缘了吗？"喊着，他把手中的珍珠朝小藏獒扔了过去，就像小藏獒是愿意拿了珍珠跟他走似的。

真的开始哗啦啦了，是牧草的摇摆，怎么这么剧烈？好像珍珠一落地，便引来大风吹响、大地动荡。哗啦啦的声音中，草原果然裂了一个大口子。石破天惊，一切都变成了魔掌里的骰子，颠上颠下、滚来滚去的。碎了、碎了，眼看着碉楼倾斜了，破碎了。崩落的石块轰醒了袁最懵然无知的脑袋：地震！碉楼的眼泪、各姿各雅的预感，霎时变成了现实，命运与灾难的契约终于兑现了：地震！结实的地壳、美丽的草原，因为倾覆晃动而成了恐怖的发源地：地震！

那一刻，袁最忘了自己，他直接扑向了小藏獒。

那一刻，母獒各姿各雅也忘了自己，甚至都忘了它的孩子——八只小藏獒，它超越地震的频率扭头扑向了碉楼门。

碉楼正在坍塌，而在石块和石板砌墙、木头和石板盖顶的三层楼的某一层，还有强巴、拉姆玉珍、阿爸岗却巴、三岁的小孙子。各姿各雅冲进门内想救出他们，但是连它自己也出不来了。门窗迅速变形，很快被堵塞。高墙正在流泻成一堆碎石，掩埋了藏獒的营救和主人的挣扎。厚厚的烟尘笼罩起死活不知的生命。

就在石头高墙倾斜、悬立、垮塌的瞬间，袁最像一个护崽的母亲，本能地抱起了小藏獒。他来回跑了两趟，把八只小藏獒全部转移到远离碉楼的牛粪堆之外，然后紧张得观察周围，确认这里是安全的，才吼喘一口气，庆幸地回头。他看到碉楼已成废墟，所有直立的物体都趴下了，大地的颤抖还在持续，但已不像开始那样剧烈。一个声音从废墟中传来，清晰得扫清了面前所有的迷障。是母獒各姿各雅的叫声，各姿各雅还活着。袁最循声而去。

乱石乱木的堆积层里，一道缝隙像一只眼睛窥伺着袁最。袁最趴在缝隙上，看了半响才看清纵深处各姿各雅的阔鼻方嘴，和这阔鼻方嘴挤在一起的，还有强巴的脸和一双哀哀求救的黑眼睛。袁最立刻行动起来，想搬掉缝隙周围的石头，但只搬了两下他就灰心了。缝隙在最底下，上面是一座废墟的山，很多石料和木头他根本搬不动。更可怕的是震荡，停了一会儿，又来了，废墟在颠簸，缝隙越来越小，里面的空间一定也会越来越小。"母獒，母獒，青果阿妈草原最好的母獒，你还活着吗？"袁最趴在缝隙口朝里喊了一声，听到各姿各雅的回答忧急而绝望，便大声说："等着，我去叫人！"这一次，各姿各雅发出了哭声。袁最听得出来，湿漉漉的哀恸已经储满了母獒的胸腔，它哀恸四个主人、八个孩子，也哀恸自己。

袁最退回来，在震塌的牛粪堆上挖了一个松软的坑窝，把八只小藏獒放进去，又脱下羊皮大衣给它们盖上，让它们感到温暖而不至于跑出去寻找母亲。然后他撒腿就跑，差一点撞到强巴的马身上。马是活着的，已经惊傻了，一动不动。袁最在心里喊着：人们快来啊，母獒被压住了，强巴一家被压住了。他跑向了麦玛镇。

2

本来应该想到，袁最却没有想到：不是强巴一家，而是整个青果阿妈草原发生了地震。麦玛镇消失了。奔跑的袁最停下来，呆愣着。遥远的地平线上，颤动的蓝色闪耀着不可测知的光斑。乌云弥漫而来,大地泛滥着寂寞,景象回去了,一片远古。繁华与热闹在灾难面前照例选择了隐退。死亡原来就是突然降临的停止。时间,时间,已经不再是骏马奔驰了。袁最扑通一声跪下,趴在地上号啕大哭。

不为谁,也不为自己,就为了一座城镇的突然消失,袁最的伤痛情不自禁。突然他不哭了,抹着眼泪站起来,朝前走去,像一个幽灵正在视察废墟。偶尔,也会有另外一个幽灵般的人跟他擦肩而过,互相看看,不说话,都是失神的眼睛、冷峻的哀伤。

所有的都倒了——两层三层的民居、四层五层的公共设施、寺庙佛塔、工厂商店。似乎只有一样东西不倒,那就是声音,藏獒吼叫的声音。细细分辨,有公藏獒、母藏獒,也有小藏獒。袁最下意识地加快了脚步,就像他也是一只藏獒,要在这个生死难卜的日子,去寻找相依为命的伴侣。

那是一片广场,广场中央一座二十米高的纪念碑已经断成两截,野牦牛、黑骏马、藏羚羊的雕塑也都翻倒在地。有几个逃过浩劫的外地人已经占据广场,他们从废墟里捡来木料,铺在冰凉的水泥地上,算是一个新的安息之地了。东侧的展览馆前,几个彩色热气球扑塌在地上,似乎不仅是地震,也是天震,热气球被震瘪了,写着"青果阿妈藏獒节"和"优秀藏獒评展会"的大型条幅扭曲了一地。玻璃幕墙的展览馆塌了一半,藏獒的叫声从没塌的一半里传了出来。

袁最毫不犹豫地走进了展览馆。他知道这些参加藏獒节的藏獒都关在铁笼子里,他想立刻把它们拖出来,拖不动就打开铁笼子放了它们。难以测知的余震随时都会出现,展览馆一定还会坍塌。

一见有人进来,藏獒们吼叫得更厉害了。空旷的展览馆里,声浪汹涌,一片轰鸣。袁最愣了一下:上帝啊,这么多藏獒。一次藏獒节竟能集中这么多藏獒?怪不得麦玛镇的喜马拉雅藏獒销售基地生意那么红火。销售基地操办着藏獒节，趁此机会买进卖出，钞票是哗啦啦的。又有了新的声浪，轰鸣更烈。袁最知道，这是由于紧张和恐怖。数百只藏獒集体汇合时的吼声里，有着对主人的呼唤，有着对异陌环境的高度警惕和对不幸命运绝对准确的预感。袁最试着拖了一把自己最先靠近的铁笼子，觉得很沉，再一看前面，那么多铁笼子，那么多藏獒，甚至有一个铁笼子关了三只五只来参加评展的成年藏獒的，什么时候拖得完？那就放了吧，可是大部分铁笼子是上了锁的。何况藏獒并不知道你打开铁笼子是想放了它们，它们正在恐慌、生气、愤怒，咬伤你或咬死你都有可能。

袁最犹豫着往里走，浑身不禁一颤，停下了。他看见了死去的藏獒，就在展览馆坍塌和未塌的分界处，无数碎玻璃透过空隙很大的铁笼子，扎向了一只硕大的黑獒。它被扎得像个刺猬，血流了一地。凭吊是不由自主的，袁最默默低下了头。就在他抬头继续往前走时，眼睛突然一亮，浑身的光芒都变作惊讶和喜悦射向了前方。前方的铁笼子很大，差不多就是半间房子，一个本该在楼顶矗立的巨大水箱压在上面，压瘪了半个铁笼子，也压开了铁笼子的门。袁最惊讶的是铁笼子里居然有人，那人趴着，半个身子陷在水箱下面。显然他是清醒的，看到袁最后摇了摇手。但让袁最喜悦的并不是他遇到了一个幸存者，而是铁笼子里的藏獒。他不禁叫了一声："嘎朵觉悟？"

那人费力地扬起头，点了点："不错，是嘎朵觉悟。"

袁最痴迷地盯着嘎朵觉悟，想上去摸一摸，又不敢。

那人痛苦地咬了咬牙说："看样子你也是一个外来的獒主。"

袁最说："我是外来的，但不是獒主，没有一只藏獒属于我。我一到青果阿妈草原，就听说嘎朵觉悟了，跑去看了一眼，就再也忘不掉。它怎么在这里？你不是它的主人，它的主人因它出了名，叫尕藏布，是个藏族人。"

那人说："是不是还没有地震就把你埋到土里了？满草原都知道，一个叫张建宁的河北人买走了它。三百万，是我出的价，尕藏布居然没有还价，太便宜了。本来是要离开的，心情高兴就留了下来，想在藏獒节上抖抖威风，没想到地震了。幸亏我跟我的爱獒待在一起，你看见了吧，要不是我用身子撑着，砸在下面的就一定是嘎朵觉悟。我是来守着它的，它离开我半步我都不放心，偷獒抢獒甚至杀獒的人大有人在。听说东北有一家獒园着火，烧死了十多只上等藏獒。我敢和一切人打赌这火是人放的。展览馆里到处都是易燃的板材、油漆和乱七八糟的装饰，要是谁嫉妒我，放一把火还不容易？快啊，救我出去。"

袁最听着，眼光一刻也没有离开嘎朵觉悟，仿佛每一根獒毛对他都是诱惑。嘎朵觉悟也盯着他，凶巴巴的样子后面是掩饰不住的猜测和端详。

那人忍着痛又说："来参加藏獒节的藏獒我都看了一遍，一个比一个棒，最棒的是一只金獒和一只黑獒，金獒叫哦咕咕，黑獒叫达娃娜。要是没有嘎朵觉悟，我的三百万肯定会砸在它们身上。三百万肯定不够，金獒和黑獒都不到一岁，还长呢，一看那架势你就知道它们将来一定会超过嘎朵觉悟。不，现在已经超过了。我想我参加完藏獒节就回家，筹措了钱再来，一定要把金獒和黑獒搞到我的獒场里。知道河北的西藏风獒场吧？那就是我的家。想不想去看看？我的獒可都是最好的獒……哎哟，疼死我了，我的腿大概断了。快去找人，把上面的东西搬掉，救我，救我。"

袁最说："先救嘎朵觉悟吧。"他发现嘎朵觉悟正在使劲晃动皮质的颈圈，晃动一下铁链子就会响一下，好像在告诉他：铁链子拴系在那人的脖子上。袁最想，怪不得铁笼子的门开着，它却没有离开这里。他往前跨了一步，试探着在铁笼子的空当里伸了伸手说："你不会咬我吧？我这就带你离开展览馆。"

那人低下头，把脸埋到铁笼子底部的铁杆上，突然又扬起脸喊道："不行，你不能先救嘎朵觉悟，不能让它离开我的视线，我在哪里它就必须在哪里。我和它是相依为命的，懂吗，相依为命！"

袁最说："是的是的，我知道，人和獒就应该相依为命。可是决不能在这个地方，柱子倒的倒、歪的歪，上面的预制板马上就会砸下来。"

那人说："你先让我出去，我一出去它就会跟上来。"

袁最答应了一声："好。"立刻意识到自己的口气冷冷的、恶恶的，就像此刻他脑子里的那个念头。念头的出现是猝不及防的，一出现就牢牢控制了他。他打了个寒战，感觉那念头陌生而冰凉，不应该是自己的，便否决似的摇了摇头。但他越想否决，那念头就越强烈，就像闪电之后雷雨的到来一样不可遏制。上帝啊,我怎么能这样想？可是我还能怎么想呢？小时候我看到我喜欢的东西在别人手里，总是想：它为什么不是我的呢？为什么就一定是他的呢？有一天我突然冲着一个孩子喊："你死去吧。"好像终于明白，只要他死掉，他手里的玩具冲锋枪就属于我了。难道这不是真理？当他端着冲锋枪朝我"突突突"射击时，我唯一的想法就是夺过来打死他，或者打死他再夺过来。只要是战争都这样。人类的战争延续到了每个人的心灵，那是欲望的战争，是我爱我就夺的战争。做一个勇敢向前的战士吧，袁最。伟大的袁最，无毒不丈夫的袁最，从来不信上帝但在关键时刻只要口称上帝就能得到帮助的袁最。

他想起自己为了取得强巴的信任，在强巴家前面的草原上装模作样地天天绕转嘛呢石，不断念叨"唵嘛呢叭咪吽"。可是强巴好像一眼就识破了，始终不理他，让他的耐力和勇气越来越少，几乎就要消失殆尽了。可见面对信仰装模作样是不灵的，神明不会帮助你。可如果你不是做样子给别人看，而是情不自禁地呼喊，那就不一样了。比如刚才他呼喊"上帝"，就这么一喊，似乎力量和勇气顿时就有了。上帝真好，我跟上帝有个约。什么叫缘分？这就是。他突然非常后悔，我过去也曾在危急时刻喊过上帝，可为什么没有信仰他呢？为什么我没有买一尊上帝的塑像供在家里呢？

他弯下腰去，瞪着嘎朵觉悟，小心翼翼地走进了铁笼子。

嘎朵觉悟唬了一声，却没有像往常那样一见生人就扑咬。在它被变卖之后，它已经意识到它必须学会容忍生人的靠近。尤其是现在，地震了，需要人来救援了，即使是藏獒也不能逞凶好强了。

袁最安抚地挠了挠嘎朵觉悟的头毛，看它平静了下来，便转身抓住了那人的双肩。他忽地往外拽了一下。

那人疼得惨叫起来："断了，断了，你把我的腿拽断了。"

袁最阴冷地想：我拽断你的腿干什么，我要拽断你的命。

这样想的时候，他觉得面前这个人迅速地变幻着形状：变成了黑黑的胖子，变成了癞蛤蟆一样的身材和癞蛤蟆一样岔开的脚，忽又变得那么标致，标致得有些妖冶，妖冶得都称得上明星了。他在心里笑起来，人啊，有时候你不是人，比如你是耻辱，是仇怨，是欲望，是爱与恨的交织体，是害人的鬼。那又怎么样，这样的人还是人，而且是世界上的绝大多数人。我不过是绝大多数人中的一个，我做这样的事情一点儿也不奇怪，奇怪的倒是那些奇怪的人。他的心蓦地就无比坦然了，好像他不过是做一件手到擒来的小事，这件事他不常做，但毕竟只是小事，比如他在自家厨房里宰杀一只活鸡，在草原上宰杀一只活羊。或者，也算是一件大事，但他常干也就无所谓了。是的，常干，常常干，就像有个法官每个月都会宣判一个人的死刑，有个官员每个星期都能收到一笔数目不小的贿赂，有个商人每天都在用坑害消费者的办法获得利润，有个妓女……这有什么呀，干了就干了。这就是人类社会。我在人类社会中走动，上帝知道我为什么会走到这里来。

他迅速看了看四周，看到许多双眼睛都盯着他，那是藏獒的眼睛不是人的眼睛，便觉得用不着在乎。他又使劲把那人往里推了一把，然后抓住了铁笼子上面的铁杆。他发现自己已经观察好了，就是这几根断裂的铁杆支撑着大水箱让那人活到了现在。他动作十分麻利，力气大得让他自己都吃惊。随着铁杆一根根被掰开，大水箱一次次地沉降着，最后咣当一声响，全部压了下来。只听那人"哎哟"一声，就再也没有声气了。袁最冷静地摸了摸那人的嘴，觉得还有气息进出，顺手攥起一块落进铁笼子的水泥疙瘩，朝那人的头狠砸了下去。

整个过程大约持续了不到两分钟。不到两分钟的时间里，他由救人的天使蜕变成了杀人的魔鬼，但是他一点也不觉得突然，好像他就应该这样：出于本能地救人，也出于本能地杀人。我没有发抖，没有心跳，担心紧张失手却没有紧张失手，我杀了人怎么还如此坦然？他奇怪地想看清自己的脸：一个什么样的人才会如此残忍？小时候，每当看到枪毙人的公告，他总是久久盯着公告上的照片不肯离去。他想看清杀人犯的面孔和死刑犯的面孔是什么样子的，却从来没有想到，那就是自己的面孔。

袁最想找一面镜子，找到的却是嘎朵觉悟深藏在头毛里的眼睛。

嘎朵觉悟一直看着袁最，神情憨憨傻傻的，似乎不明白他在干什么，也不明白那人已经死了。当袁最从那人脖子上解下铁链子，拉着嘎朵觉悟要离开时，它居然留恋地望着那人不忍迈动步子。袁最蛮横地说："走啊走啊，谁活着，谁拉着你的铁链子，谁就是你的主人你懂吗？"

嘎朵觉悟似乎懂了，跳出铁笼子，跟着他小跑起来。

但是他们没有迅速离开展览馆。袁最拉着嘎朵觉悟穿梭在铁笼子之间，引来诸多藏獒敌意的吼叫。他忘不了那个名叫张建宁的河北人的话，还有一只金獒和一只黑獒超过了嘎朵觉悟。真是不可思议，居然会有比嘎朵觉悟还要好的藏獒。他的贪心就像雨露下的种子，奋力冒了出来。他突然想：为什么不能找到它们，一起带走呢？

可是那金獒和黑獒到底在哪儿呢？焦躁中他一时找不到，四处都是铁笼子，都是藏獒的影子，就像张建宁说的，一个比一个棒。他这才意识到，为什么说青果阿妈草原是藏獒的故乡，因为藏獒的水准不是水落石出，而是水涨船高；不是矬子里头拔将军，而是将军里头拔元帅。又看到一只砸死的藏獒，都扁了，血肉一片模糊。他心说，金獒和黑獒是不是已经死了呢？死了也好，也好啊。它们才不到一岁，就已经超过嘎朵觉悟了。他的心一阵剧烈的纠结，就像地震一样：怎么能够容忍别的藏獒超过嘎朵觉悟呢？除非它为我所有。可目前的状况是他无法拥有，他拥有的只能是面对这么多好藏獒而不能归己的无奈和绝望，是驱动毁灭的野心。他忽地蹲下，搂着嘎朵觉悟的大头，做贼一样这儿那儿地瞄了瞄。就像夜空的逻辑里必然是星星一样，一个想法自然而然地清晰了：我已经是杀人犯，就不应该在乎毁掉别的一切。在我有了青果阿妈草原最好的藏獒之后，我将消灭整个藏獒的故乡。袁最耳畔再次响起了那人的话：

易燃的板材、油漆和乱七八糟的装饰，展览馆里，到处都是，到处都是。他不由得攥住了口袋里用来点火做饭的打火机。那就烧吧，地震中的火灾不是很常见吗？他亢奋得拍了一下脑袋，丝毫不觉得突然降临的卑鄙残忍已经演变了自己的灵魂。但他的手是颤抖着的，对着油漆的板材点了几次都点不着。他四下里寻找，看到墙上贴着一张彩印的广告画，便扑过去一把撕了下来。

袁最在一块板材下面点着了广告画，慌慌张张夺路而去，半途上回望了一眼，好像广告画并没有点着上面的板材，懊丧地摇摇头，也顾不上再点一把，左顾右盼地朝前跑去。他知道自己不能再从进来的门里出去，必须另找门径。这么大的展览馆，不可能只有一个门吧？

展览馆的火还是烧起来了，越烧越大。点着了！点着了！袁最心里喊叫着蹦了起来，自己也分不清是惊喜还是惊怕。又有了一次余震。人们以为是余震引发了火灾。只有袁最知道，是先有了火灾才有了余震——火焰之下数百只藏獒愤怒而恐惧的吼叫引发了又一次地动山摇。青果阿妈草原可怜这些藏獒，急忙降下一场雨来，但无济于事，火太大，太猛，就像此刻袁最心里那种疯狂的爱和疯狂的恨。

袁最再次出现在他刚才号啕大哭过的地方。消失了的麦玛镇在招来悲剧的同时，也招来了最初的怜悯。废墟上出现了许多侥幸活着的僧人和居民。对他们来说，投入救援就是接着生活。袁最望着那些人，才想起他是来叫人的，母獒各姿各雅和强巴一家还压在坍塌的碉楼下面。他喊了一声，立刻又闭嘴了：恐怕已经不需要人了吧？他跑起来，拉着青果阿妈草原最好的公獒跑向了最好的母獒，跑着跑着就想明白了：他带给母獒和强巴一家的并不是什么好消息。

在他杀人灭獒之后，能够左右他行动的想法，便是一定要保住青果阿妈草原最好的一窝小藏獒——也许它们是仅存的一窝、最后的一窝。保住它们，就是保住藏獒的未来。不仅要保住，而且要窃为己有。让未来属于自己，谁不愿意这样做呢？

他很快来到震塌的牛粪堆前，揭起他的羊皮大衣，看到中间松软的坑窝里，八只小藏獒安然无恙。它们乖乖的，有的睡着了，有的醒着，醒着的没有乱跑，似乎它们天然就知道，在碉楼不再、母獒不在的时刻，静守不动比调皮捣蛋更是聪明的选择。袁最又把羊皮大衣给它们盖上，看了一眼依然拴在地桩上的强巴的马，走过去，把嘎朵觉悟和马拴在了一起，然后直扑碉楼废墟。

乱石乱木的堆积层里，缝隙依然像一只睁大的眼睛。袁最趴下，朝里看了看，还能看清母獒各姿各雅的嘴脸，和它挤在一起的，依然是强巴的黑眼睛，扑腾扑腾地亮着响着。

袁最喊了一声："你们还活着？上帝啊。"

各姿各雅吐出鲜红的舌头，呵呵地回应着，那是哀伤也是感动：你回来了，你来救我们了。

袁最惋惜地叹口气，喃喃地说："对不起了母獒，如果我一个人能救你，就决不会把你丢下。但是现在，这里需要许多人才能救你。救你也就等于救了强巴一家。要是把他们也救出来，八只小藏獒甚至嘎朵觉悟就不属于我了。"

母獒各姿各雅大概听懂了，轰轰地叫起来。袁最也听懂了，那是各姿各雅急切哀求的表达：不要这样，人啊，如果你还是人，就千万不要这样。

闭嘴吧母獒，请你不要谴责我。上帝已经给了我力量，我想干什么就干什么。我是袁最，世界上的袁最。在袁最活着的时候，很多人都会死去，藏獒也会死去，这就是我和你们共同的命运。就在各姿各雅的哀求声中，袁最搬起脚前的石块，扔进了缝隙，觉得没有扔到纵深处，便抬起脚朝里蹬了蹬。就这样，他把许多石块塞进了缝隙，直到缝隙被填实抹平，没有了任何可以让气息出来也可以让空气进去的可能。他拍打着手上身上的灰尘，平静地想：就算压不死，也会闷死。唉，可惜了母獒，你是人的殉葬品。

3

袁最一手拉着公獒嘎朵觉悟，一手牵着强巴的马。马背上的牛皮褡裢里，是八只小藏獒。他就这样离开了傍晚的麦玛镇。离开时他非常担忧嘎朵觉悟会挣脱自己的牵扯，跑去寻找原来的主人尕藏布。结果发现担忧是多余的，地震在毁掉麦玛镇的同时，也毁掉了嘎朵觉悟的家园以及跟家园和主人有关的一切标识，甚至也有可能毁掉了它的记忆。它似乎被震傻了，在茫然无措中跟着袁最走向了远方。

袁最沿着公路往北又往东，四天后到达了巴颜喀拉山口。他在那里用路边店的公用电话（他的手机早已没电了）给远在蓝岛的妻子打了个电话，告诉她很快他就能回去了。

妻子喊起来："我以为你出事了呢，怎么才来电话？"

袁最说："回去再说，回去你就知道了。"

妻子又说："单位要求给地震灾区捐款，你说我们捐多少？"

袁最说："平时捐款都是三十五十的，这次多捐点。"

妻子说："那就捐一百？"

袁最说："以你的名义捐一百，以飞飞（他们的孩子）的名义捐一千。"

他向一个藏族汉子出价两千元卖掉了那匹好马,花钱搭上了一辆向地震灾区运去救灾物资后空车返回的卡车,一路顺利。

又是傍晚,卡车停在了一个叫花石峡的小镇。解了手,吃了饭,就要再次上路时,袁最长出一口气,挥挥手:再见了,青果阿妈草原。仿佛嘎朵觉悟也知道,这里是故乡草原的东部边缘,它用低沉而伤感的声音叫起来,吸引了很多人的眼球。有个戴着藏式礼帽的汉人走到车厢前大声问:

"这么好的藏獒,老板,是你的吗?多少钱买的?"

袁最站在车厢里,居高临下地望着那人,爽朗地回答:"三百万。"

那人看看他,又看看伸出车厢的獒头,笑着说:"你不是獒主。"他看对方一脸疑惑,又说,"这么好的一只藏獒,如果你是它的主人,脸上就会有霸气。再说藏獒心里不在乎你,看它眼睛里的光亮就知道了,它对你一点热情都没有。"

袁最斩钉截铁地说:"错了,我是它名副其实的主人。"

那人意味深长地摇摇头,大声说:"后会有期。"转身走了。

袁最盯着那人的背影,心里冷冷的,眼里阴阴的:你是干吗的?我是不是主人关你屁事。

第二天下午,袁最到达了西海府。卡车停在中心广场边的马路上后,司机下车朝袁最招呼了一声:"该下车了。"然后消失在对面的饭馆里。

袁最从车厢里站起来,扭动着酸痛的腰腿,到处看了看。陌生的环境让小藏獒们有些畏怯,蜷缩在车厢角落里不肯向前。袁最把嘎朵觉悟拴在车厢板的铁销子上,抱起两只小藏獒,跳下了车,再爬上去,抱起另外两只往下跳。当他最后一次跳下车时,发现最先放在地上的一只小藏獒不见了。他跑向就近的广场花园寻找，没有，正要跑向不远处稀稀拉拉的树林，就听身后嘎朵觉悟忧急地吼起来。他回头，看到嘎朵觉悟已经从铁销子上解开铁链子跳到地上，堵在卡车旁边一辆白色越野的前面张嘴怒叫，一副你再往前走我跟你拼命的架势。袁最跑过去，一把抓起铁链子："怎么了，怎么了？"再一看，上帝啊，不得了，那只跑不见了的小藏獒就在白色越野的车轮下面。他抱起来，心疼地摸了摸，指着越野车里的司机骂道："瞎了眼哪？想压死我的藏獒，压死你赔不起。"司机疑惧地望着嘎朵觉悟，开着越野车小心翼翼地绕开了它。袁最拍着嘎朵觉悟的头说："多亏了你，你是怎么看见的？"嘎朵觉悟冷漠地躲闪着他的手，拽松铁链子，蹲踞到一边去了。

袁最不愿在西海府久待，想直接去火车站，打听了一下，从这里穿过广场往东走一站就有去火车站的货运车，便把嘎朵觉悟拉到了小藏獒跟前。

一会儿，中心广场上的许多人看到：八只小藏獒有四只在袁最怀里，沉重的负担让他身子后仰着，脚步滞涩地蹭着地面；还有四只在嘎朵觉悟身上——袁最卖掉了强巴的马却留下了牛皮褡裢，现在马褡裢变成了狗褡裢，正好可以用来运输小藏獒。嘎朵觉悟紧跟在袁最身后，它的个头超过了袁最的腰际，让人觉得它就是一头驴。但它的嘴脸绝对没有驴的温顺，它昂起头，冷峻威严地走向人群，咄咄逼人的四目大吊眼瞄上谁，谁就会不寒而栗。人们纷纷闪开。

终于有人尖叫了一声，好像嘎朵觉悟的眼睛是远距离的牙齿，已经咬得他遍体鳞伤了。他同样牵着一只狗，他一叫，他的狗也叫了。那是一只身姿矫健的大狼狗，它惧怕着藏獒却又不想给主人丢脸，便耸起身子朝前扑了一下。按惯例这时候主人一定会拽住它，那根代表权力的牵引绳会在一紧一松的过程中告诉它你不该这样。但这次主人因为惊惧手软了，它一扑，牵引绳就脱手而去。大狼狗回头看了一眼主人，也看了一眼拖在地上的牵引绳，尴尬地停了下来。它其实是做做样子的，并不想真的扑上去，可是主人放开了牵引绳也就等于怂恿它扑咬，它到底扑不扑？短暂的犹豫之后，大狼狗还是选择了扑上去，不过不是直线而是带着徘徊的"之"字形曲线，表明它既要忠于职守又不想惹来祸端的内心矛盾。

嘎朵觉悟停下了，呆望着大狼狗，好像在沉思：扑来的是狼还是狗？不管沉思的结果如何，它只能后退。它怕了，怕的不是大狼狗，而是整个陌生的环境。这里不是草原，不是它嘎朵觉悟的领地，这里是大狼狗的领地，它来到了大狼狗的领地，首先在道理上就不占优势，怎么还能跟人家撕咬打斗呢？它怯惧的眼神和后退的举动一下子鼓舞了大狼狗。大狼狗奔扑的曲线立刻变成了直线：咬死藏獒，咬死藏獒。不知道嘎朵觉悟听没听懂大狼狗牙齿的语言，袁最听懂了，他叫了一声上帝，赶快放下怀里的四只小藏獒，朝着大狼狗横挡过去。当危险来临时，袁最下意识地颠倒了他跟藏獒的角色：不是嘎朵觉悟应该保护他，而是他应该保护嘎朵觉悟。他是狗，一只真正的守护狗。

大狼狗毫不留情地咬住了袁最的小腿肚子，咬住就不松口。既然这个人的藏獒如此怯懦，它为什么要松口呢？袁最疼得几欲倒下，揪着大狼狗的耳朵使劲往后拽，哪里拽得开。这时大狼狗的主人惧怕着藏獒不敢过来，能挽救袁最的就只有嘎朵觉悟了，只要它上去撕咬，或者用前爪拍一下，大狼狗就会落荒而逃。但是嘎朵觉悟无动于衷，它冷漠地观望着，就像欣赏一出戏。这说明它并不承认袁最是它的新主人，它对他的跟随只是暂时的搭伴，并不代表它内心的依赖和信任。它觉得自己会离开他，一定会离开他。但是它也明白，就是这个它极不愿意接受的人，为了它挺身而出，挡住了大狼狗恶毒的利牙。它有些惭愧，晃晃沉重的脑袋，冲着大狼狗吼了一声。就是这一声吼，仅仅是一声吼，让大狼狗浑身一抖，松开了咬人的嘴。

大狼狗用吼声威胁着，渐渐退回到主人身边去了。嘎朵觉悟望了一眼疼痛得扭曲了脸的袁最，低下头去，等待着他的责备。但是袁最没有责备，他庆幸地看着完好无损的嘎朵觉悟和八只小藏獒，一屁股坐了下来。在他看来，让他用任何代价、任何方式保护嘎朵觉悟都是天经地义的。嘎朵觉悟是多么名贵的一只藏獒啊，怎么可以用来胡乱打斗呢？它虽然是狗，但活着的意义绝不是保护主人或者帮助牧民放牧牛羊、守卫财产，它只是用来被展示被欣赏被赞叹的，就像人类最好的雕塑、最好的绘画、最好的建筑那样。

袁最把裤筒抹上去，看看伤口和鲜血，仇恨地望了一眼前面，发现大狼狗正在被主人拉着迅速朝广场外面走去。他喊了一声："站住，你得送我去医院。"主人回望一眼，拉起大狼狗就跑，一溜烟儿跑得不见了踪影。袁最摇摇头：完了，只好自己去医院了，还得快，这大狼狗的犬牙上十有八九是带着狂犬病毒的。他站起来，瘸着走向地上的四只小藏獒，正要抱起来，就见有个警察快速朝他走来。他愣住了，盯着警察一动不动，突然浑身一阵哆嗦，一头栽倒在地上，昏过去了。

大狼狗刚一咬住袁最，就有人去喊警察了。警察提着电警棍走来，看到袁最倒在了地上，想过去，又不敢。他寻思这是一只多么可怕的藏獒，能吃了我。有几个旁观的人说："没事，这是只猪獒，看上去威风，其实不咬人的。它要是会咬人，它的主人也不会是这个下场。"警察警惕地瞪着嘎朵觉悟，小心翼翼地走了过去。

4

袁最醒来时发现自己在医院，第一个念头便是：我的藏獒呢？他忽地坐起，看到嘎朵觉悟就在病房门口，脊背上依然是牛皮褡裢和四只小藏獒。他喊起来："还有四只呢？"年轻的女护士立刻指给他看："在这，在这。"袁最趴着朝床底下看去，发现四只小藏獒正围着一个白搪瓷的医用托盘舔舐牛奶呢。

女护士说："多心疼（可爱）的小藏獒啊。"

袁最放心了，问道："我没事吧？"

女护士说："你？你有什么事？好着呢。"然后说起袁最不省人事时，嘎朵觉悟的种种表现，"我们一下救护车，看到这么大的一只藏獒守着你，都不敢过去。大藏獒知道我们是因为它才不敢过去的，也知道我们不过去就救不了你，立刻趴下了，把头埋在两条前腿中间闭上了眼睛。我一看就知道这藏獒太懂事了，第一个跑了过去。我们把你抬上了救护车，正要走，它突然跳起来，挡在车门那儿不让关门，冲我们喊几声，又冲四只小藏獒喊几声。还是我第一个明白的，又把四只小藏獒抱上了救护车。我当时想，能不能把大藏獒和它背着的另外四只小藏獒也带上呢？可是不行，救护车里只有一个患者和四个救护人员的位置，大藏獒只能丢下了。我们是救人，不能耽搁，救护车拉响了鸣笛，一路疾驰。开始我们还能从窗口看到大藏獒在追撵汽车，后来就看不到了。我们说大藏獒只能和主人分开了，等他醒来，再去满大街寻找吧。可是谁能想到，刚刚给你做了检查,大藏獒就出现在急诊科,真不知它是怎么找上来的,大街小巷,弯来拐去,离得那么远也能闻出你的味道?它一进急诊科,就吓得医生护士到处跑。我们来了十几个保安,都远远看着不敢靠前。我说不要紧的,它是来探视病人的。我朝它招了招手,它就过来了,一来就守在了病房门口。我们进进出出它都盯着看,那双眼睛好吓人。我胆子比较大,拿了牛奶面包喂它,它不吃,也不让它背着的四只小藏獒吃。我又给这四只小藏獒喂,它就管不着了。嘻嘻,多好玩的小藏獒。"

袁最赶紧说:"谢谢你,谢谢你。我今天遇到好人了。"

女护士说:"谢什么,我家也养狗,不过是一只小盲犬。"

这时医生进来了,看他已经醒来,就说:"已经打过狂犬病疫苗了,你去交费吧。"

袁最下了床,问道:"医生,我为什么会昏过去?"

医生说:"有的人流一点儿血就会昏过去。"

袁最说:"我不是这种人,我曾经流过很多血都没昏过去。"

急救费加上狂犬病疫苗费,贵得让袁最吐舌头。疫苗至少要注射三次,医生让他明天再来。看样子必须在西海府住几天了。他带着藏獒离开医院沿街走去,想找一家既便宜又能接纳藏獒的旅馆,找了几家都让他失望,不是太贵就是没地方安置藏獒。他说:"你们不用另外安置,我跟我的藏獒住一间房就可以了。"旅馆的人说:"那就更不行了。"无奈之下,只好在大街上流浪,吸引了一帮孩子跟着看。嘎朵觉悟不时地停下来,盯着路过的饭店橱窗里的肉食和馍馍看。袁最知道它饿了,小藏獒也饿了,便牵着藏獒走进了一家饭店,立刻遭到了驱赶。他退出来,让嘎朵觉悟带着小藏獒守在门口,自己进去称了五斤手抓肉,来到门口,把一半丢给嘎朵觉悟,一半用盘子托在手上，开始喂小藏獒。小藏獒还在吃母奶，不能自己撕咬肉类，只能吃肉糜，他就嚼碎了肉，耐心地一点一点喂。让他发愁的是，从麦玛镇出发后一只小藏獒始终不肯张开嘴，这会儿仍然紧闭着。他喂完了肉，又去买了两碗肉汤，嘘嘘地吹凉了，放一碗在嘎朵觉悟面前，一碗自己端着，让小藏獒们一人舔了几口。那只刚才不肯张口吃肉的小藏獒同样拒绝喝汤，似乎它还不会自己喝。它神情呆滞地思念着母亲，就想着去母亲的乳头上吮奶了。

喂完了汤，袁最才意识到自己也是好长时间没吃东西了。他走进饭店还了碗，想买两个馍馍充饥。柜台里的店家说："你把肉钱先结了吧。"

他说："你把馍馍给我，我一起结。"

店家说："我怕你结不起。"

袁最只好掏钱，一摸屁股口袋便有些诧异："钱呢？"他明明记得在医院交费后身上还剩几百块钱。他摸遍了所有口袋，才意识到钱被偷了，左右看看，发现一直跟着他的那帮孩子这时跑得一个不剩了。他盯着店家说："真让你说对了，我就是结不起。你看到有人偷我的钱，为什么不告诉我？"

店家说："你这是什么意思？是不是说我是贼的合伙人？"

袁最冷笑道："不就是个贼吗，为什么不承认？我是什么人，能把贼放在眼里？但为了我的藏獒我不想惹事。这样吧，我把我的皮大衣给你脱下？"

店家说："脏兮兮的，谁要你这破大衣。给只小藏獒吧。"

袁最哼了一声说："想得不错，你这是要我的命了。"说着看了一眼门外的小藏獒，眼光顿时直了。那只刚才既不吃肉也不喝汤的小藏獒突然冲他张开了嘴，嘴里含着一个白花花的东西。他惊叫起来:"珍珠?你嘴里怎么是我的珍珠?上帝啊。"想想吧,当时在强巴家的碉楼外,他歇斯底里地把珍珠扔向了小藏獒,一定是扔在了这只小藏獒身上。它叼起来含在了嘴里,从此便一直含着,不吃不喝,生怕丢了。似乎从它的本能出发,人把东西扔到它身上就是把东西托付给了它,即使发生地动山摇的灾难,即使饥肠辘辘、焦渴难忍,也不能吐出来弄丢了。

袁最激动地过去,摸摸小藏獒的头:"珍珠,你的名字就叫珍珠。"然后从小藏獒嘴里取出了珍珠。小藏獒似乎觉得终于把托付给自己的东西还给了人,疲倦地卧下,头一歪,闭上眼睛,睡着了。袁最用衣襟揩干净珍珠上的唾液,回到店家面前说:"见过真正的珍珠吧?这是我身上唯一值钱的东西了,说两三万肯定多了,说三五千肯定少了。先当在你这儿,我明天拿钱来赎。"

店家接过珍珠,看都没看一眼就喊道:"媳妇,你来看看,说是用珍珠抵饭钱,不会是一串塑料吧?"话音未落,从里屋窜出一个女人来,先是过去拉上饭店的门,把藏獒跟袁最隔离开了,然后从丈夫手里接过了珍珠。她仔细看看,突然攥起,朝袁最脸上扔过来:"好一个骗人的贩狗人,珍珠我见过的多了,你这样的十块钱就能买好几串。"珍珠落在了地上,袁最俯身去捡,被女人的高跟鞋一下踩住了。

袁最愤怒地从柜台上攥起一只招财进宝的黄铜大蛤蟆,举在头顶冲女人说:"我能砸死你,信不信?"谁知店家动作比他快,早绕过柜台来到他后面,用胳膊死死圈住了他的脖子:"你想赖账是不是?没门,留下一只小藏獒走人。"

这时有人推门进来:"哎哎哎,你死我活的干什么?"

店家松了手。袁最扭头,见来人戴着顶藏式礼帽,面孔熟熟的,眉头一皱,想起来了:就是那个在花石峡见过的说他不是獒主的人。

那人夺下袁最手里的大蛤蟆，放在柜台上，从胸兜里抓出一个很厚的皮夹子，抽出两张百元钞票，拍到店家面前："够了吧？"

店家一把将钱揽进柜台，眼馋地看着门外，突然指着刚刚起名叫珍珠的那只小藏獒，弯腰带笑，极具巴结相地说："老板，你出个价，多少都行，我就要这只小藏獒。"

袁最斜眼瞪着店家："继续讹啊，不讹了？你不讹我讹，一千万，少一分别跟我张口。"

店家满脸谄谀："好好说嘛，我就看上这只小藏獒了，以后肯定能超过你这只大藏獒。"说着瞅了一眼女人。女人赶紧拾起珍珠，双手捧还给袁最："收好了老板，这么好的珍珠，可不要随便抵饭钱。"

戴藏式礼帽的人拍了一下袁最的肩膀说："我们又见面了，真是巧。"

袁最警觉地审视着对方："不是巧，是你一直跟着我。"

那人点点头，解释道："也不是有意跟着，恰好是一路，我对你的藏獒有兴趣，想多看几眼。你知道，一个爱獒人，见了好藏獒就像见了自己的魂，舍不得离开啊。走吧，我们去个有藏獒的地方。"看袁最不动，又说，"知道西海府獒人广场吧？我就是那儿的老板獒人，王獒人，五年前改的名字。我没有别的目的，就是想给你这只好藏獒找一个暂时落脚的地方。你不是要把藏獒托运走吗？什么地方？蓝岛？火车还是飞机？要是火车，这些小藏獒十有八九会死在路上，去蓝岛三十六个小时呢，行李车厢又闷又热又挤，人都受不了，它们怎么能熬得住。你的小藏獒和大藏獒都必须坐飞机，快不说，还风凉。你有买机票、办托运的钱吗？我给你啊，我的意思是咱不能让藏獒受一丁点委曲是不是？"说着，脱下自己的礼帽，吹了一口气，似乎想吹掉上面的灰尘，然后"砰"一下扣在了袁最头上。

第二章　白玛

1

前往青果阿妈草原之前，我跟我的朋友路多多吵起来。

路多多说："你不能去。你是一个动不动就冲动、没事找事的人，你不激动就没办法说话做事。我能想象你一到青果阿妈草原就会问：谁制造了这样的灾难？如果告诉你是老天爷，你会说老天爷我操你妈，你让这么多人死掉，让麦玛镇消失，你不得好死。你骂完了老天爷还会骂人，因为你总以为所有的天灾都是人祸。"

我说："难道不是吗？天灾离不开人祸，人人都有罪，却都装得人人无罪。"

路多多说："行了，不说这些没用的话了。反正你现在不能去。

等有了感人的救援，有了能让你流泪的故事，我一定通知你，作家同志。"

我说："告诉你，感人的救援已经出现，要说眼泪我已经流过了。一场大火，即将烧死几百只藏獒，麦玛镇的人，所有在地震中还活着的人，僧人、商人、牧人、居民，都来到了火灾现场。他们丢下了埋在废墟下面不知死活的亲人，扑向了就要死亡的藏獒。有人说，就算我们知道埋住的人还活着，要救也得半天一天两天三天，但是藏獒，迟一分钟就要全部烧死啦。不能啊，不能就这样让它们死掉，青果阿妈草原的藏獒，那是我们的亲人。许多人是边哭边救，眼泪变成了灭火的水，哭声比火势还要汹涌。火灾现场没有水源，袈裟、衣服、帽子、裤子、靴子都成了灭火的工具。工具转眼烧成了灰，有人到最后就是光身子了。但火还是扑不灭，人们排起了长长的队，从老熊河边一桶一桶传递水。传递水的时候所有人都用歌声祈祷着藏獒的平安：ّ孩子的藏獒啊，阿爸就来救你；阿爸的藏獒啊，孩子就来救你。ّ 救藏獒的人中，最老的已经八十三岁，最小的不到两个月，他在阿妈的背上哭着，听到阿妈也在哭，就哭得更厉害了。藏獒，藏獒，青果阿妈草原的藏獒，挺住啊，所有人都在救你们。但是它们终于没有挺住，那么多藏獒都被烧死了，烧死的还有人。我得去看看，一定得去。"

路多多还是不肯，问道："这些都是谁告诉你的？"

我说："鹫娃州长。他专门打电话给我，让我赶紧去。"

路多多不相信地又问："鹫娃州长？他能让你去？为什么？"

从路多多的口气里我听出，他是知道我的过去的，并且知道鹫娃州长在此之前绝对不允许我去青果阿妈草原的原因。这原因只能是鹫娃州长告诉他了。鹫娃，你不是一个多嘴的人，怎么会把如此重要的事情告诉路多多呢？我说："鹫娃州长说，现在可以去了，至于为什么，我也不知道。"

"那也不能去，他管不了你，你出了问题是我负责。"

"我偏要去，我不是什么作家，我就是一个普通的志愿者，跟你这个贿赂多多没什么关系。""贿赂多多"是我给他起的绰号，每次见他，我都说贿赂多多你好。他嘻嘻哈哈答应着，似乎并不觉得这个称呼有什么不好和不妥。甚至有一次他还问我：我是不是表面上看起来像个贪官？我诡谲地笑着不回答。

路多多说："你说你不是作家就不是作家了？不想当作家早干吗去了？写那些书干什么？"我们争吵的地方是省政府应急委员会的总部，路多多是委员会的常务副主任。这个职务说明他混得很不错，在省垣绝对是个炙手可热的人物。比如现在，没有他的批准，任何作家记者都不得进入地震灾区。

我乞求道："路多多你好歹也是个知识分子，你的心肠不该这样硬，帮帮忙让我去吧，说不定你以后也会求我帮忙的，别忘了我们不仅是大学同学，而且是关系最好的同学。要不我给鹫娃州长打电话，让他亲自求你给我放行？"

路多多不说话了。我相信我把鹫娃州长端出来是管用的，我说你以后也会求我帮忙的话也是管用的。路多多说："不用了，还是我给他打电话。你下午再来找我。"

不知路多多和鹫娃州长在电话里说了什么，最终我拿到了进入地震灾区的通行证。送我上路的时候，路多多一再叮嘱："少一点冲动，多一些克制。去了看看藏獒就回来，我们还有事要做。"

"我们？我和你？我和你有什么事？"

"你回来就知道了。"

我到了，这是大火烧死数百藏獒、还烧死人的第七天。还有余震。青果阿妈草原的哭声变作风的号叫在废墟的世界里回荡。到处都是投入救援的喇嘛、军人、橘红色的专业救援队、幸存的居民和牧人、四面八方的志愿者。我开着我的北京吉普穿行在尘土飞扬的临时通道上，看到州政府已是一片废墟，便摇下车窗向路边的人打听鹫娃州长在哪里。没有人知道。拿出手机拨打，不显示信号。"那么，烧死藏獒的火灾现场呢？"有人流露出恐惧的神色，战战兢兢地说："广场。"

广场和四周的建筑都是鹫娃当州长时建起来的，也算是他的政绩吧。现在广场里面扎满了帐篷，幸存的人和来救援的人都往这里挤。十几个人正在吆喝着扶起翻倒在地的野牦牛、黑骏马、藏羚羊的雕塑。它们是不会死的，只要扶起来，就又会拥有那个叫作艺术生命的东西。东侧的废墟前，依稀可见彩色热气球和大型条幅的碎片，还能辨认出"藏獒节"几个字来。因为是烧过的，偌大的展览馆竟没有高耸的堆积物。狰狞的碎玻璃无处不在，尖尖朝下扎向了藏獒和地面。风吹来，旋起一股股黑烟涂抹着天空。天不蓝了，好像再也不蓝了。

惨不忍睹。黑乎乎的灰烬里，密密麻麻伸出一些变了形的铁笼子。所有的铁笼子里都有一只或多只藏獒。但那已经不是藏獒，是一团团被人类烧烤后来不及吃掉的狗肉，是连皮带肉的焦黑在模糊了生命形状之后的控诉。是的，是人类，尽管火灾是地震的结果，但谁又能说藏獒之灾不是人类的罪孽呢？为什么你要举办藏獒节，把这么多藏獒集中在这里？为什么你要建起展览馆给你自己无聊的节日癖提供场合？为什么你要发明电再让地震撕断电路引发火灾？为什么你在进军太空、发展航天技术却连地球的震荡都预报不了？

为什么你拥有了瞬间着火的能力却没有发明瞬间灭火的工具？为什么在青果阿妈草原，藏獒的灾难总是跟火有关？我脑海里全是问号，所有的问号都扭作坚固的螺纹钢，结构在我的脑子里。我想，总有一天造物的神明会追查人类的责任。

人类？谁代表人类？我吗？我代表人类，我接受惩罚？我看到这里有如此多的藏獒焦尸却没有人像对待人尸那样把它们运去火化或者天葬，就感到悲凉而愤怒，就想起曾经的我、我的藏獒斯巴、我常常会梦见的一窝五只小藏獒，它们已经三个月大了。我冲动地弃车走向焦尸，想把它们从废墟中清理出来，能清理多少是多少，然后用我的车十趟八趟一百趟地把它们拉到一个灵魂能够升天的地方。

就在我一连十几趟背着已经腐臭的藏獒焦尸走出废墟时，有一些当地的藏族人看着我，却奇怪地不过来帮忙。几个端着照相机和摄像机的人悄然围了上来。他们是得到路多多的批准前来采访的记者，只会跑前跑后试图记录感人的救人场面，自己却从不参与救人。我超过90度地弯着腰，呼哧呼哧喘着气说："快啊，背不动了，过来搭把手。"没有人过去，他们手中的机器咔嚓咔嚓响着，谁都觉得拍摄救援比救援本身更重要。我终于支撑不住了，扑哧一声趴了下去，沉重的藏獒焦尸从背上滚落在地。我挣扎着爬起来，扑向一个还在拍摄的大胡子，一脚踢翻了他的三脚架。这一刻我发现我是多么讨厌袖手旁观，哪怕他们有着完全合理的动机；讨厌路多多竟会批准一帮麻木不仁的人来到地震灾区，而对我这个时刻准备身体力行的老同学老朋友却百般刁难。对不起了路多多，你让我少一点冲动，多一些克制。可是江山易改本性难移，地震能改变大地面貌却改变不了人的禀赋，我还是我。而且我一想起有个叫路多多的居然是我的朋友就更容易冲动了。

当我再次走向废墟继续砸开铁笼子背运藏獒焦尸时，大胡子摄影师一直跟着我："你赔我，你摔坏了我的镜头你赔我。"

我说："好啊，你等着，我这就赔你。"我的话是不怀好意的，我心里酝酿着一场风暴，只希望他纠缠下去，直到我怒火燃烧，大打出手。

他大概是看穿了我的心的，突然指着前面说："这个藏獒太大啦，你背不动，我来吧。"

我觉得他这是提醒我注意他比我高大壮实得多，真要是动起手来吃亏的只能是我。我冷然一笑，心说我在乎的并不是谁把谁打倒在地，而是我自己敢于为道义出手的勇气。我看他很轻松就把一具至少一百二十斤重的藏獒焦尸从铁笼子里拽了出来，身子一蹲扛在了肩膀上。我说："你的镜头真的坏了？"我知道我已经不生气了，大胡子摄影师只用一句话一个动作，就消解了我对他的全部憎恨。

大胡子没有回答。他把藏獒焦尸扛出废墟，又回来准备扛运第二具尸体时问道："你是干什么的？这个地方允许搬运尸体啦？"

我瞪起眼睛说："我是来救援的，还需要别人允许？"

大胡子长长地"哦"了一声："原来你不知道啊，这个地方今天上午以前一直有人守着，不让动的。要不然早就火化或者天葬了，还能轮到你来显能？"

我问："谁不让动？"

大胡子说："知道尕藏布吧，嘎朵觉悟原先的主人？"

我点头又摇头，听说过嘎朵觉悟，没听说过尕藏布。我又问："为什么不让动？"

大胡子紧紧抿了一下嘴唇，咬牙切齿地说："大火是人放的，这里是作案现场。"

我是一个表情丰富的人，但在变幻表情时从来看不见自己的面孔。我只知道我的心里总是有多元的情绪齐头并进。比如此刻，惊讶之中又有疑惑又有愤怒又有庆幸。我仰头望天：怎么跟我一样，怎么又是火？这个世界上有多少用火犯罪的人？我说："原来不是电路引发了火灾？这么说灾难有主了，可以追查责任了。"在我的意识里，似乎追查责任远比藏獒的死更重要。因为我觉得我们人从来没有在迫害动物上承担过真正的责任，如果藏獒的死能让一些人受到举世痛恨的惩罚，那藏獒就死得其所了。我打了个冷战，我总会在适当的时候想到我自己，好像所有藏獒的死都与我有关。

大胡子说："跟电路没有关系，这个我可以证明。地震前一天，我想拍一些藏獒，可是展览馆里黑得没法拍，说是断电了，找不到原因。"

"你说地震前展览馆是断电的？可这又怎么能证明就是歹人纵火呢？"

"尕藏布一口咬定大火是人放的，因为地震前嘎朵觉悟就在展览馆，他说有人一直想谋害嘎朵觉悟，投过毒没得逞，挖过陷阱也没得逞。其实仔细想一想，这放火的人就是尕藏布自己，他把嘎朵觉悟卖掉啦，又舍不得它离开，干脆，就让它在草原上早点转世吧。他就是这样想的。"

我需要的就是这样的回答。一个因为自己体验过被追查的滋味而喜欢追查别人的人，总希望他面对的不再是无可奈何的老天爷。可这样的回答却让我内心越来越沉重，像坠了十万铅块：嘎朵觉悟死了，照尕藏布的说法，这场大火的原因是有人想谋害嘎朵觉悟；照大胡子的说法，是尕藏布想尽快让它转世。为什么要谋害？不管是谁，转世都不能成为可以残害藏獒的理由。一只优秀的藏獒，就是一座大山，气象宏伟的青果阿妈草原的大雪山，如今它已经坍塌了。

"不管出于什么原因，这都是犯罪。要追查的。"沉重之后的心情突然亢奋起来，我也不知道为什么我会对追查纵火者这么感兴趣。

大胡子没有回答，朝一边走去，突然回过头来说："你知道这个藏獒节是谁主办的？"看我有些迷茫，又古怪地哼哼了一声说，"主办方是州政府，不然怎么会召集来青果阿妈草原所有的好藏獒呢？承办方是喜马拉雅藏獒销售基地，你说主办方的责任大还是承办方的责任大？"

"你是不是说，不管纵火凶手是谁，主办方和承办方都应该承担责任？"

大胡子答非所问地说："举办藏獒节就是搞一个藏獒大集市，赚钱才是目的。承办者不会像夯藏布那样，养藏獒把自己养成傻子。"

听得出他是在为承办方辩护。我说："销售基地的责任小不了。"

"已经无法负责了，销售基地的大楼塌成了泥巴，人都埋在下面啦。"

我吸了一口冷气，意识到这大概就是鸳娃让我来的原因：他们都死了，基地不存在了，我在青果阿妈草原可以自由了。我半晌才说："听说销售基地的好藏獒都在麦玛镇北边的台地草甸上。"

大胡子扫我一眼："现在还有什么好藏獒，都死啦。"

我点点头："你说的那个夯藏布呢？他不是一直守在这里吗？"

大胡子摄影师环视左右："是啊，这会儿怎么不见了？"

2

去寻找尕藏布前,我专门去看了一眼喜马拉雅藏獒销售基地,果然都塌了,四层的红色楼房变成了一座垃圾山,没有一块墙体和水泥板是完整的,显然是个豆腐渣工程。楼房一侧的几排犬舍倒还是完整的,但里面已经没有藏獒,藏獒都被带到展览馆后死掉了。我下车,从豁开的矛头铁栅子里进去,踩着废墟到处走了走,不禁长出一口气:再见了,噩梦一样的藏獒销售基地。

之后,我又去了麦玛镇北边的台地草甸,看到那儿也是一片废墟,所有的建筑都是一塌糊涂,既没有人影,也没有獒影。

我离开台地草甸,来到镇上向当地人打听尕藏布,似乎人人都知道这个人,也知道他这会儿正在银行前的石头上发呆呢。

银行是一座四四方方的两层楼建筑,塌成了一座桥,两边的墙体和顶棚的水泥板还在,下面都碎了,连柜台都碎成了一堆石头。真不知道地震在这里是怎样发力的,好像从里头从保险柜从钱震起,然后向上蔓延,直到震动消失。尕藏布之所以放弃守护火灾现场来这里,是因为银行前突然出现了一帮人,说是探测到废墟下面还有生命迹象,必须尽快挖出来。他认定这些人不是为了挖人而是为了挖钱,挖走别的钱他不管,挖走自己的三百万那就对不起了,他是有刀子的,长长的刀子就别在他腰里。

当初买主张建宁是一次性付了现金的。当张建宁雇了一辆面包车拉来三百万钞票堆积在他家的帐房里时,他老婆还以为人家运来了砌墙的砖头,大惊小怪地说:"山上的盖哩,这里的不盖,我家的碉楼远远的远远的,三年五年是哩。砖头堆到这里来,只能垒个狗窝嘛。"尕藏布说:"我家的碉楼近近的,今年就可以盖啦,你的眼睛老鼠的不是，牦牛的是哩，好好地看，这是钱、钱、钱啊。"夫妻两个当着外来的汉人说汉话，为的是让他听明白。但张建宁越听越糊涂，说："什么远远的近近的，钱都在这里了，不放心的话晚上再数一遍。帐房里千万不能没有人。钱就是你们的命，好日子从今天开始啦。"尕藏布"噢呀噢呀"答应着，心说是啊，这么多钱堆在帐房里怎么办？他当即把嘎朵觉悟拉进来，命令它好好守着，一时忘了这是一场买卖，他要么放弃钞票，要么放弃嘎朵觉悟。等他想起来时，突然一阵沮丧，浑身瘫软地窝进钞票，半晌没有起来。嘎朵觉悟似乎知道就是这些新旧不一的硬邦邦的纸张决定了它跟主人的分离，叼起一捆往外走，一连叼了几趟才被尕藏布制止："太阳给人的温暖是收不回去的，牧人说出的话是要算数的。"又对张建宁说，"你再等一会儿吧，喇嘛闹拉要来念经啦。"

嘎朵觉悟终于还是被主人送上面包车走了。尕藏布听从前来给嘎朵觉悟念经送行的喇嘛闹拉的劝告，准备把占据了帐房不少空间的一大堆钞票存到麦玛镇的银行去。一黑一白两头牦牛出现在草原上，三百万钞票就分别装在四个牛毛绳编织的口袋里。尕藏布一路想：钱都是一样的，人家的一百跟你的一百没有胖瘦公母的区别，存放在银行里，以后要是认不出来了怎么办？他想起为了不搞混自家和邻家的羊群，牧人会在羊身上涂上颜色做标记，老扎西家的羊是红色的，达吉家的羊是黑色的，他家的羊是蓝色的。如果自家的羊跑进了别人的羊群，人家就会送回来。他拉停了牦牛，叮嘱老婆守着，自己跑回家去，把年前抹羊剩下的蓝墨水全部拿了来。

草原上，鼢鼠吱吱，旱獭啾啾，百灵鸟落在了不到一米的地方，连蚂蚱和蝴蝶也来了，都看着这一男一女把钞票倾倒在草地上，用指头蘸一下蓝墨水,抹一下钞票。抹了很长时间才使每一捆甚至每一张都留下了蓝色标记。

他们匆忙赶到银行时,银行就要下班了。

柜台里的藏族姑娘认识他,也知道这么多钱的来历和涂抹蓝色的作用,笑着说:"尕藏布大叔,我们不会放跑你的羊。"尕藏布着急地说:"又没有长出四条腿来,怎么是羊?不是羊,是钱,你好好看看阿佳,是钱。"姑娘说:"钱都是长腿的,长着八条腿,可以随便跑来跑去,比羊还要跑得路多路远呢。"尕藏布自信地说:"跑得再远也是我家的,草原上的人都知道。去年,不对,前年,也不对,大前年,我家的两只母羊跑到雪山那边去啦。那边的人一看就说:这不是尕藏布家的羊吗?新年过了才给我送回来,两只变成了四只。"尕藏布糊涂了,他让姑娘不要把钱当成羊,自己说的却是羊。姑娘说:"尕藏布大叔是个明白人,知道把钱放出去,就能一个变两个。"尕藏布想了想,说了一句能让自己完全放心的话:"蓝的,蓝的都是我的。"姑娘说:"尕藏布大叔,天也是蓝的。"尕藏布嘿嘿笑了,觉得姑娘的意思是连蓝天也是他尕藏布的。

可是谁能想到第二天会发生地震,银行里的人和银行里的钱都埋到下面去了。尕藏布骑着马急慌慌地来到银行,看到已经有警察守在这里,便放了一百个心:政府也知道这里有钱,我的钱跑不了。让他揪心的倒是已经不属于他的嘎朵觉悟。就要举办藏獒节了,青果阿妈草原所有的好藏獒都集中到了展览馆,嘎朵觉悟也一定在那里。他又骑马跑向了展览馆。展览馆着火了。

"嘎朵觉悟被烧死了,仇家的阴谋终于得逞了。"尕藏布痛哭流涕地说出了自己的想法,立刻有人报告给了鹫娃州长。鹫娃州长亲自来了,对那些要把藏獒尸体抬去火化的人说:"谁也不能破坏火灾现场，谁破坏谁很可能就是凶手。尕藏布，你是嘎朵觉悟的主人，我知道你，我现在派不出别的人手，我希望你守着，只要是人放的火，就不可能不留下痕迹。"鹫娃州长还给他打了个比方："这个痕迹就是蜘蛛走过留下的线丝丝，马走过留下的蹄印印。你守卫的不是死藏獒，而是蜘蛛的丝丝、马蹄的印印。"尕藏布虽然搞不明白火灾跟蜘蛛的丝丝马蹄的印印有什么关系，但鹫娃州长亲口分派他的活他是一定要干的。于是就坚定地守着。

然而今天他坚守不下去了，蜘蛛的丝丝、马蹄的印印再重要，也不能跟嘎朵觉悟死前给他换来的那么多钞票相比，那不仅是他的现在更是他的未来，未来的碉楼就靠这些钱了，三百万的碉楼会是什么样子的？过去千户的官寨、现在州长的住所，也不会有他的碉楼气派吧？他听说麦玛镇最好的碉楼也只花了五万块钱。尕藏布守在银行的废墟前，看人家挖掘，只要挖出有蓝色标记的钱，就是他的了。可是挖到最后，也没挖出一张钱。人倒是挖出来了，是个姑娘，尕藏布认得，就是她把他的钱收到柜台里头去的。他扑到担架跟前说："姑娘，姑娘。"姑娘想拿掉蒙在眼睛上的毛巾看看他，立刻被人制止了。担架迅速移动着，很快走远了。尕藏布追了过去，喊道："姑娘，我的钱呢？你把我的钱还给我。我的钱是蓝的，蓝的都是我的。"他得不到回答，只好又回到银行废墟前，看到在挖出姑娘的地方，人们又挖出了两个大铁箱子。

一个藏族警察蛮横地推搡着围观的人："让开，让开。"也推搡到了尕藏布身上。尕藏布一个趔趄差一点摔倒，抬头瞪了一眼警察，委屈地想：你为什么推我？我是嘎朵觉悟的主人你不知道吗？他不会用"原来的主人"这个词，觉得就算他用嘎朵觉悟换了钞票，他仍然是它的主人，仍然应该受到尊重。可是别人不这么认为，他出卖了嘎朵觉悟就等于出卖了让人羡慕的身份，别说警察推他，青果阿妈草原的任何人都可以轻率地推来搡去了。

他被许多人有意无意地推搡着，好不容易在人群后面站稳了脚跟，抬头再看前面时，两个大铁箱子和警察都不见了。一辆警车绝尘而去。他不知道大铁箱子里就是钱，或许就有他的三百万，看到人们纷纷散去，冷清来到这里，就呆痴地坐在了银行前的石头上，心说警察不守了，那我就守着吧。

我停车下来，站到他面前说："尕藏布你好。"

他瞥了我一眼说："你这个人，看我不好还说好。"

我说："我是从省上来的，想找你打听点事。"

尕藏布忽地从冰凉的石头上站了起来，眼里的光亮就像一下子看到了他的三百万钞票："省上来的？我的钱，三百万，蓝色的，跑到省上去了吗？"他以为我就像在自己的羊群里发现他的羊后一定要还给他的牧人一样，是来还钱的。

我说："你搞错了，我是来打听展览馆火灾的事。我听说你一口咬定有人放了火，能告诉我是谁吗？"

尕藏布眉峰耸动着，眼光一下子变成了锋利的刀片："省上来的？好啊好啊，菩萨保佑你来到了这个地方，这个地方罪孽多多的，河里的石头少少的。哥里巴，多多的石头里，大大的重重的石头。"

我听懂了，他是说这里的罪孽比河里的石头还要多，而哥里巴的罪孽是最大最重的。我改变语言，把我来找他的目的又用藏话说了一遍。

尕藏布立刻对我跷起了大拇指，高兴地用藏话回应道："省上来的？太厉害啦，连藏话都会说。哥里巴的好日子到头啦。"他把我当成了前来抓捕哥里巴的人，一连两遍地说："小心啊，哥里巴有枪，政府不让牧民有枪，要求把枪交上去。他说他要打狼，就把枪藏起来啦。他还有两把腰刀，一把是吃肉的，一把是杀人的，杀人的腰刀比我的这把还要长。可是再长也没有我的好，我的是安冲铁匠打造的，他的是赛河铁匠打造的（安冲和赛河：出产藏刀的地方）；我的刀柄是牛角的，他的刀柄是木头的；我在刀鞘上镶了十颗玛瑙，他只镶了八颗玛瑙；我的有缨穗，他的没有。"他得意地眯起眼睛嘿嘿一笑，一瞬间便把三百万钞票和嘎朵觉悟的死全忘了，好像自己的腰刀比别人的腰刀漂亮就是一切。

我咳嗽一声打断了他的话，也把他的思绪拉回到眼下，问了一个至关重要的问题："你怎么知道是哥里巴放的火？他为什么要谋害嘎朵觉悟？"

尕藏布眼睛一眯，收敛起光亮，沉思起来，好像他从未想过这个问题，更好像这个问题原本是不存在的，需要临时追究。半响尕藏布才一脸沉重地开口："是这样的，哥里巴说我阿爸毒死了他家的藏獒。我阿爸说我没有毒死你家的藏獒。他说你说你没有毒死我家的藏獒你敢对佛祖发誓吗？你不敢对佛祖发誓就是你毒死了我家的藏獒。我阿爸说我就是不敢对佛祖发誓你能把我怎么样？他说那我就杀了你。他要杀我阿爸还没有来得及杀，我阿爸就病死了。他说我的仇还没报你怎么死了？这样的话你家的藏獒就只好替你顶罪啦。去年，不对，前年，也不对，大前年，他把老鼠药裹在肉里扔给了嘎朵觉悟，嘎朵觉悟不吃，偏不吃。大前年，不对，前年，也不对，去年，哥里巴在草原上挖了一个陷阱，嘎朵觉悟看见了，偏不往陷阱里头跳。"尕藏布说罢，如释重负地喘口气，眼光清澈地望着我。

我又问:"哥里巴为什么说你阿爸毒死了他家的藏獒?你阿爸真的毒死了他家的藏獒?"

尕藏布又是一脸沉重,目光黯郁地瞪了我一眼,像是说你怎么这么多问题?他不无烦躁地皱皱眉说:"这个事情嘛,我不知道,我本来应该问问我阿爸,阿爸已经往生啦。"

我说:"可是在哥里巴放火烧死嘎朵觉悟的时候,嘎朵觉悟已经是别人的藏獒了。他为什么要把仇恨报复在别人的藏獒身上呢?"

尕藏布说:"嘎朵觉悟是别人的也是我家的。除了我阿爸和我,再没有人能养出这样好的藏獒啦。哥里巴养不出最好的藏獒,就一定要害死嘎朵觉悟。"

我心说这又是另外一种动机了:嫉妒。哥里巴为什么要嫉妒?就因为他也想让他的藏獒出类拔萃?我问道:"哥里巴家有几只藏獒?"

尕藏布没有回答这个问题,急切地说:"我卖掉嘎朵觉悟,就是为了让它离开青果阿妈草原,走得远远的,免得让哥里巴害死。可是它还是被害死啦。"

我叹口气:"这么说你卖掉藏獒也是被逼无奈,你是为了嘎朵觉悟好。其实你也舍不得你的藏獒离开你,是不是?"

尕藏布带着被人理解的感激大声说:"噢呀!"

最后一个问题:"什么地方能找到哥里巴?"

尕藏布鄙夷地摇摇头,像是他不屑于说出对方的住处,突然又殷勤而神秘地指给我看:"那边的草原,有一顶没有羊群的帐房,你去看看吧,最好现在就去。可是,就你一个人,也没有枪,去了怎么能抓住他呢?他可是个壮实的康巴人。"

离开时我才注意到尕藏布的外貌:四十多岁,黑黝黝、亮闪闪的脸，消瘦，但非常结实。眼睛格外有神，有神的原因是真实，心里的话、内在的情绪全在眼睛里，如同藏獒，愤怒、喜悦、忧伤、紧张，都会从眼睛里流露出来。不像我看惯了的城里人，愤怒时假装笑着，喜悦时假装哭着，眼睛和心灵不一致，神情和思绪完全分裂。尕藏布头发油黑，紧紧盘缠着一握粗的红丝带，丝带的中间、额头的上方拧了一个拳头大的右旋结，结内别了一支镶宝石的铜簪子。红丝带的一头从右耳郭处披挂下来搭在肩上。身上是夹层的酱紫色衬衣，圆形的格乌（护身符）用皮绳连接着斜挎在右肩上，夕阳的红晖在格乌上闪耀，像是他腰里坠了一块巨大的宝石。大概有点热，他把黑色氆氇面的皮袍缠在腰里，露出了两只臂膀。右臂的下面是插在腰带里横过肚子的尺五长的安冲腰刀，脚上是一双羊毛褐子面的牛鼻藏靴，已经很脏很旧了。显然他是个地道的牧民，只有地道的牧民才能养育出地道的藏獒。

  但是就在我来到车里，回望了他一眼时，又发现作为牧人他的地道还是应该打些折扣。他没有弯腰目送我，而是急切地踏上银行废墟，勾头观察着挖出姑娘也挖出两个大铁箱子的深坑。他是背朝我的，背上奇怪地印着一个汉文"福"字，字形模仿了藏文的笔画，乍一看就像一只张牙舞爪的藏獒。我想，能够用三百万卖掉自家藏獒的人，就已经不是传统而地道的牧人了。尽管他依然居住着帐房，依然是放牧牛羊的生活方式。都在变，悄悄地变，搞不清是藏獒引来了人的变化，还是人引来了藏獒的变化。

  这时有人从废墟峡峙的街上跑来，喊道："尕藏布快来啊，我看到你的钱啦。你的钱是蓝的，蓝的都是你的。"尕藏布飞身朝那人跑去："我的钱？蓝的钱？在哪里？在哪里？"

3

我驱车来到尕藏布指给我的那片草原，果然看到一顶没有羊群的帐房。没有羊群也没有藏獒，只有几头母牛拴在地绳上准备过夜。我刚下车，就见一个穿着花氆氇裙的年轻女人从帐房里走了出来。因为她美丽，我便有些紧张，赶紧用藏话问好。

女人却用汉话对我说："来了吗？酸奶子刚做好，已经挖到碗里啦。"

听她的口气好像知道我要来，或者她看错人了，以为我就是她等待的那个人。我打量着她秀气的长相和鲜艳的衣着说："你好像不是牧人？"

"噢呀，我是牧人的女儿。"

我笑了，牧人的女儿不是牧人，这个逻辑是符合生活进程的。我问道："你汉话说得这么好，是学校里学的？"

"我没上过学，我的汉话是哥里巴教的。"

"哥里巴……他在家吗？"

"哥里巴走了，远远地走了。"女人看我有些疑惑，又说，"仇家说他烧了嘎朵觉悟和几百只藏獒，麦玛镇的人都知道啦。哥里巴不想受冤枉就走啦。"

"你说他是冤枉的，可是他一走不就更让人怀疑了吗？"

"怀疑就怀疑，反正你们抓不住他。他就是死也不坐班房、不戴手铐。"

女人说得当然有道理，哥里巴是个康巴人，康巴人的天性里，自由是第一。我说："我可不是来抓他的，想见见他，跟他聊聊。"

女人勉强笑了笑说："你进来嘛，进来说嘛。"

我犹豫着不敢进帐房，哥里巴有枪又有刀，万一把我当成来抓他的警察先下手为强呢？

女人立刻明白了我的心思，笑着撩起门帘说："里面没有人的。"

她笑得很迷人，就冲着她的笑我信任了她。我跟她走进帐房，看到里面果然没有别人，常明不熄的酥油灯照耀着悬挂在正中帐壁上的唐卡佛像，也照耀着锅灶右侧的卡垫和卡垫后面卷起来的羊毛毡，羊毛毡后面是叠起来的被子和一些衣物——女式的皮袍和一条蓝色牛仔裤、一件男式的棕色皮夹克。一碗白花花的酸奶放在跟锅灶平行的石板桌上。锅灶左侧摆放着酥油桶、酸奶桶和背水的木桶，木桶上放着一个陶瓷的大盘子，里面是一些陈旧的曲拉（奶渣）。陈设是如此简陋，家境似乎不太好。

我坐在卡垫上，用勺子吃着酸奶说："我怎么称呼你呢？"

"白玛。"

我试探着问："白玛，你的丈夫，我是说哥里巴，他去哪里了？"

白玛摇摇头说："哥里巴不是我丈夫。"

我一愣："那么他是你的……"

"他是我男人。"

我琢磨着她的话：是她的男人却不是她的丈夫，是婚外的爱情，也就是说一个男人拥有两个女人，或者一个女人拥有两个男人。这在草原上并不奇怪，有时候当习俗浓重到足以掩盖道德时，它是那么自然而然、稀松平常；有时候当道德强大到足以让习俗妥协时，它又显得迥异在平常之外了。很多情况下，习俗和道德都在打架，只不过从来没有剧烈到需要用严肃的忏悔、灵魂的拷问以及法律来对待。

我放下酸奶碗问道："不管你是哥里巴的什么人，你总应该知道他的行踪吧？"

白玛自信地说："没有人知道他的行踪。"

我朝门外看了一眼，直截了当地问："你刚才好像在等人，不会是在等哥里巴吧？"

"我在等你。我知道把你请到帐房里来，好好的酸奶子吃上，看看这里没有哥里巴，你就不会再来啦。"

"你等的不是我，你只知道会有人来你这里追查哥里巴。"

"我今天见过你啦，在麦玛镇着火的地方，看见你在背藏獒，我想那个人大概要来找我的。"

我想起我背运藏獒时有一些藏族人看着我，那里面居然就有纵火嫌疑人哥里巴的女人。白玛一看到我就知道我要来找她，凭什么会有这样的判断？就凭着一个女人异乎寻常的直觉？我追问道："你去火灾现场干什么？"

白玛低下了头，沉默着，突然哭了，眼泪吧嗒吧嗒落下来，一阵哽咽之后，她用手掌擦掉了眼泪。她说："都死啦，哥里巴的五只藏獒都被大火烧死啦。"她说起哥里巴是多么喜欢藏獒，说起哥里巴其实已经养育出了两只各方面都能超过嘎朵觉悟的藏獒，一只是金獒，一只是黑獒，都还不到一岁。但是人们只知道哥里巴有藏獒，却不知道有这样优秀的藏獒。他养育藏獒的地方在阿柔家的雪山寨子里，雪山寨子在哪里只有阿柔一个人知道。"阿柔也是他的女人，一个比我好的女人。"说到最后她泣不成声了，"为什么呀，为什么要举办青果阿妈藏獒节，藏獒节还要举办评展会？要是没有这样的会，我们的藏獒不是好好的吗？哥里巴太想打败他的仇家夵藏布了，把他的两只藏獒、阿柔家的一只藏獒、我家的两只藏獒都拉到展览馆里去啦，拉去就死啦。"

我半晌无话，起身朝外走去。白玛的诉说是不是说明哥里巴不可能是凶手？为了烧死嘎朵觉悟搭上自己的五只藏獒，无论如何不通情理，何况他有一只金獒一只黑獒都可以超过嘎朵觉悟了。既然这样，哥里巴何必要远远地走掉呢？还有一种可能，那就是白玛说的都不是实话，但话可以假，眼泪也可以假吗？据我的了解，青果阿妈草原的女人，没有一个会用眼泪演戏。我又想到尕藏布为什么不回答哥里巴家有几只藏獒的问题，因为哥里巴有两个家，确切地说有两个女人，尕藏布也许拿不准是不是应该把两个女人的藏獒都算在哥里巴身上。尕藏布，哥里巴，这两个互相拿藏獒较劲的人，我更应该相信谁呢？

白玛用笑容把我引进了帐房，又用哭泣把我送出了帐房。黑夜晚来的高原已经麻麻黑了。天上地下都是浅一片深一片，浅的是最初的夜光，深的是物：云、山、草、无边的原野，还有人。人就是我和她。茫茫大草原上，夜色正在笼罩，孤独的帐房门口，是一个男人和一个女人的剪影。他们正在告别。

我说："不好意思白玛啦，打搅了，再见。"

白玛点点头不说话，残留着泪水的眼睛射出兽眼一样的光亮，这光亮照耀着她的面孔，让我看到了比第一眼看到她时更炫目的美丽。无法形容那些人人都有的眼睛、眉毛、鼻子、嘴唇和脸型的轮廓是如何的超凡脱俗，共同的营造让美的神韵就像天和地的对接那样对接在她身上。完全是一种审美度极高的描画，就在黑色帐房的背景和夜的气息里，轻轻勾勒着让人过目不忘的魅影。

我心说，哥里巴，我没见过你就已经嫉妒你了，你拥有一个如此美丽的女人，而这个女人还能大度地赞美另一个被你拥有的女人。本事不高强的男人做不到这一点。我又有些紧张了，我感觉凭自己的长相根本不配和这样美丽的女人说话，就自卑得紧张起来。我说："再见，再见。"已经说过再见了，还在不停地说。

但是我没有走成，就在我走向我的北京吉普，路过一堆黑牛粪时，裤子突然被什么挂住了。我顺手拨拉了一下，手指在一丛兽毛之间一划而过，顿时一股毛骨悚然的感觉就像雪山冰水渗进了我的血脉。我一阵战抖，扯着裤子，扭头一看，看到的还是一堆黑牛粪。这时白玛惊诧诧地喊起来："托勒，托勒。"

黑牛粪摇晃了一下，发出一声人似的呻吟，接着被挂紧的我的裤子松脱了。我撒腿就跑，跑进北京吉普，发动了车，急打方向盘，把车灯对准了黑牛粪。唰的一下，煞白的灯光扫向了前方。我看清了，惊得目瞪口呆：黑牛粪变成了一只黑藏獒，那是一只多么不堪入目的黑藏獒啊，如果藏獒都是这样的，我情愿世界上没有这个物种。它没有眼睛，没有耳朵，甚至都看不清有没有鼻子和嘴巴，只有两根白牙从一团黑肉里参出来。更可气的是它那一身丑陋的皮毛，就像最糟糕的叫花子的皮大衣，褴褛到极致，连肮脏也算不上了。是的，我很生气，它居然长成了这样，它长成这样的目的似乎就是为了玷污藏獒的名声。我嫌恶得想吐，却见白玛跑过去抱住了它，内心铿然一响，感觉很不舒服：如此美丽的女人怎么可以养育如此难看的藏獒？

但是很快我就发现我看到的并不是一切，当哭起来的白玛急切地招手要我下车时，我的脑海里突然冒出一个词来：劫后余生？眼睛看到的再也不是一团该死的黑肉了，而是一只铁铸石雕、威风刚健的天狗。它从大火中逃生或者被人救出，然后忍着伤痛，蜗牛似的一寸一寸爬行着，辗转回来了：主人，主人。它没有褴褛的皮毛，只有火烧的创伤，创伤损害了它的眼睛、耳朵、鼻子、嘴巴，它看不见，闻不着，不能吃，不能喝，它是怎么回来的？回来后发现有一个陌生人出现在家园，它要履行职责，便用白牙咬住了我，但它实在没有力气了，只能树枝一样挂住我的裤子。要是靠着过去的力量，它能咬断我的腿。

我心说，狗东西你瞎了眼，居然没认出这是一只了不起的藏獒。我是在替藏獒托勒骂我呢。我想起我的藏獒斯巴，想起那已经三个月大的一窝五只小藏獒，立刻觉得人在动物面前真是该骂的。我于惭愧中获得了勇气，也像白玛一样抱住了托勒。托勒不允许一个陌生人的搂抱，痛苦地蠕动着创洞累累的身躯，想吼又吼不出来，呼呼地从一个似嘴不像嘴的孔洞里喘着气。我知道它这样很难受，赶紧松开了手。怎么办，它伤得太重了？这也是白玛要我下车的原因。

焦急中白玛用藏话喊起来："曼巴，曼巴（医生）。"

我也用藏话说："是得赶紧找医生抢救，不然它活不过今夜。你等着，最好能给它喂点水。我这就去麦玛镇请医生。"

4

我的北京吉普跟我的心情一样，飞向了麦玛镇。地震后还没有通电，到处黑魆魆的。不时会有灯光闪现，估计是连夜救援的地方。我在废墟和断路的阻拦中曲曲折折地靠近着一处处灯光，终于在一处抢救现场找到了几个来自北京的医生。他们瞪着我，惊诧我居然在这个急需抢救人的时候请求他们去救一只藏獒。

有个医生问："藏獒是什么？"

我说："你们怎么连藏獒都不知道？"

那人说:"不知道的是你,你连人和狗哪个重要都分不清楚。现在人都抢救不过来,哪里顾得上狗啊猫的。你应该去找兽医。"

我恼怒地说:"兽医是你爸爸。"

"什么、什么?你怎么骂人?"

我想他们大老远来高原参与救援也不容易,赶紧解释道:"我是说兽医是我爸爸,可惜他现在不在麦玛镇。"心想,跟他们说这些有什么用?他们是獒盲,是藏地之盲,不知道藏獒在草原的地位,不了解狗是藏族人的福神,是带来青稞的恩主,更不明白还有生灵平等、人狗同命的信仰浸透在空气里。

我转身离去,又不甘心地停下说:"你们知道青稞吧?就是大麦的一种,藏族人的主要食物。很早的时候人类不珍惜粮食,竟然用青稞做的糌粑团给娃娃揩屁股。天神见了非常生气,一怒之下抽出宝剑削砍青稞。青稞有九个穗头,当削到最后一个穗头时,藏獒突然如雷贯耳地大吼一声:'请留下我的一份。'天神觉得藏獒每顿饭都会把自己的食物吃干净,从来不浪费粮食,就把青稞的最后一个穗头留给了藏獒。藏獒想,若是自己吃了青稞,人就没吃的了。就又把青稞让给了人。藏族人感念藏獒的恩德,每年青稞收割以后,第一次磨出的糌粑,都要先喂藏獒。我说这个故事的意思是,你们救藏獒跟救人是一样的,甚至比救人还重要。求求你们了,跟我走吧。"

医生说:"派我们来是救人不是救狗。你去把这个故事给派我们来的人讲一讲,他要是同意了,我丢下这里的人,立刻跟你去。"

真是对牛弹琴了。我只好驱车离开,见到灯光就喊叫鹫娃州长,现在只有他能够挽救托勒的性命了。喊不出鹫娃州长我又喊哥里巴。我想告诉他:"你的托勒回家了。"我不相信哥里巴会离开地震灾区,他的藏獒也死了，五只呢，其中包括一只金獒和一只黑獒——能和嘎朵觉悟一决雌雄的藏獒。藏獒的灵魂会抓住一个藏族獒主的心，他的想法必然是：没有处理好尸体，亡灵就不会踏上往生之道。永远的幽怨会让他寝食不安，其代价或许就是让自己失去灵魂、失去转世的可能。

我的喊叫果然得到了回应。有个戴着高筒毡帽的藏族人说："哪个哥里巴？跟白玛相好的哥里巴？我见过啦。"

我走近高筒毡帽，问道："你什么时候见的，在什么地方？"

高筒毡帽说："昨天，太阳落山以后，就在这里。这里是我家的碉房，你看看，都塌啦。"

我一把抓住他的肩膀："你说的是实话？"我知道这并不奇怪，我已经想到哥里巴没有像白玛说的那样远远地离去，想不到的是他居然没有躲起来，还在麦玛镇晃来晃去。

高筒毡帽说："菩萨让我做一个诚实的人，我从来没有违背过。你是一个不信菩萨的人吧？怪不得你不相信我。"

我说："相信，相信，哥里巴去哪里了？"

高筒毡帽说："我问过啦，我说你要去白玛家还是要去阿柔家？他们两家的帐房还好吧？看来这是菩萨的意思，以后不能再住碉房啦，还是要住帐房，帐房塌下来也不过是几片毡。"

我着急地问："哥里巴去了谁家？他是怎么回答你的？"

高筒毡帽说："哥里巴没有回答。我说你的藏獒多好啊，是一公一母吧？现在它们就是青果阿妈草原最好的藏獒了。听说政府要发赈灾款，等赈灾款到手了我买两只小藏獒，养大了跟它们配种。"

我惊讶得以为听岔了："你是说你还看见了他的藏獒？什么样的藏獒？"

高筒毡帽说:"一只金獒,一只黑獒,就拉在他手上。我说你这样走来走去可不好,你的仇家说你放火烧死了嘎朵觉悟和几百只藏獒,麦玛镇的人会杀了你。哥里巴什么话也没说,拉起藏獒就跑啦。"

我呆怔着,是不是可以这样判断:哥里巴在纵火之前安全转移了他那两只已经超过嘎朵觉悟的藏獒。可他为什么不把他的五只藏獒都转移出去呢?也许时间来不及,也许是为了掩人耳目——牺牲自己的藏獒给人一种他不可能放火的错觉。不管怎么说,哥里巴的纵火嫌疑一下子增大了。

我谢过高筒毡帽,开车在废墟的海洋里绕来绕去,不一会儿便绕到了广场。漆黑一片的广场上有几支手电筒在晃动。我停车下去,走到手电筒跟前一说话,意外地发现,站在面前的是鹫娃州长和他的随从。原来州政府的抗震救灾临时指挥部就在广场。现在鹫娃州长带着几个人正要赶赴一座坍塌的碉楼。据报告从碉楼的废墟下面传上来了石头的敲击声和藏獒的叫声。

鹫娃州长戴着一顶黑色曲边的船型牛绒礼帽,白衬衣,黑西装,没打领带,外罩一件深灰色呢子大衣。除了藏式礼帽和永远无法改变的黑黄色、粗糙型的紫外线脸膛,其他都是约定俗成的官场打扮。说真的我不喜欢他的衣着,不仅不显民族特色,还跟官场的呆板单调、缺乏个性有着某种联系。

鹫娃州长用汉话说:"你什么时候到的,怎么不来找我?"

我说:"你的事很紧急,我的事也很紧急,不相干的话就不要说了吧。"

鹫娃州长生气地说:"你是我叫来的,我要掌握你的行踪,也是对你负责。这个地方乱糟糟的,出了事怎么办?说吧,什么急事?"

我把哥里巴的事隐瞒了下来。我觉得要是让我说出纵火者，就一定得铁板钉钉，而不能似是而非。我骨子里是个风头主义者，喜欢独自逞能，由我一个人查实纵火嫌疑人和提供一点这方面的线索绝对是两回事。更何况一见鹭娃我就明白过来，我要追查到底的决定是一次真正的开始，不期而至的兴奋是由于只有行动起来才是我自己，就像一个因负罪累累而谢罪无门的人，终于找到了进入解脱之门的机会。在这之前我一直在忏悔，但如果忏悔不能变成行动，解脱就会越来越远，这样的生活我已经不想再有了。就是这样，我要为我钟爱的藏獒报仇雪恨。我只把托勒回到白玛家的事说了，又问道："它是不是你们救出来的？"

鹭娃州长说："当时救火的人虽然很多，但只救出了六只藏獒，六只后来也都死了，我亲眼看见了尸体，这个不会假。"

"这么说托勒是在火灾中自己逃生的，它是怎么逃生的？逃生的不可能只有托勒一只吧？还有没有？"

"这个不知道，你了解了解吧。"

"现在托勒怎么办？得马上派个医生去。"

鹭娃州长摆摆手说："我派不出人来，尤其是医生。要不你去寺院找找喇嘛，让喇嘛念念经，送它走，都烧成那样了，死了比活着好。"

我盯着他半晌没吭声。我不相信一个全力推动过藏獒经济的藏族干部会这样说，也不知道拿什么语言来反驳他。

聪明的鹭娃州长一眼就看出了我的想法，解释道："灾情严重得超乎想象，要救的人太多，救人的人太少。"

我悲哀地说："我还是无法接受你的这个大反差。是你专门打电话给我，让我赶紧来。你在电话里描述大火和营救场面时，激动得都语无伦次了，一会儿藏话，一会儿汉话。哭没哭我没看见，但声音绝对是发抖的，抖得我也跟着你抖起来，是心在抖，你我的心都在抖。"

"给你打电话时，我是你的朋友；现在见到你时，我是一州之长。"

"难道朋友和州长不是一个人吗？"

"当然不是一个人。你没当过官，你不知道。我问你，如果是你在领导救援，人重要还是藏獒重要？如果这个人是你的亲人呢？是你的阿爸阿妈呢？在青果阿妈草原，所有需要救援的人都是我的亲人。真要是放着阿爸阿妈不救，去救藏獒，那你就不是人了。"

我恼火地说："你就说我是畜生吧，畜生就畜生。畜生有什么不好？"

鹫娃州长冷笑一声："怪不得你不理解我。我是人的州长，不是藏獒的州长。我必须对省长负责，省长也是人的省长，不是藏獒的省长。我们正在统计死亡人数和救活的人数，救活的人越多，救援的成绩就越大，藏獒是不算数的。"

我几乎喊起来："这个我不管，我只管良心。是人把藏獒烧掉了，不是藏獒把人烧掉了；是人对藏獒有罪，不是藏獒对人有罪。任何人包括你和我，都有义务追查责任。"

鹫娃州长愤怒地说："追查谁的责任？责任就在于你。没有你的关于藏獒的书，藏獒能这么火爆吗？能普及到全国各地去吗？能几十万几百万地出售吗？能有'藏獒节''评展会'这一类活动吗？藏獒原来就是普通老百姓，是牛粪，是牧草，是天上的云，稀松平常，你把它写成了国宝、国王和王后。结果呢？买卖国宝的来啦，刺杀国王的来啦，偷盗王后的来啦，现在又把这么多国王和王后统统烧掉啦。这就是我让你来的原因，我要让你看看，你的罪责有多大。

还动不动就要追查，你有这个资格吗？我要是你，就会自己把自己发配到地狱里去，就会给死去的藏獒下跪请罪，会把良心割下来抹在藏獒身上让它们来生做人。"

我没想到鹫娃州长会这样说，感觉我已经不认识他了，他完全是倒打一耙，颠倒黑白，嫁祸于人，贼喊捉贼。他忘了在我写书之前中国早就有藏獒买卖了；忘了烧死这么多藏獒的"藏獒节""评展会"正是他领导下的州政府也就是他主办的；忘了正是他制定了"把藏獒经济当作青果阿妈州龙头经济"的方针，还提出了"以獒富州"的口号；忘了他的每一次升迁都跟藏獒有关，早就是"藏獒兴，鹫娃升"了。我想把这一切都吼出来，看看他身后那些对他毕恭毕敬的部下就又咽了下去。我怒瞪着他，却不知道如何反驳他，仿佛一个杀人犯正要一刀捅向对方，发现该死的原来是自己。

鹫娃州长似乎意识到他把话说重了，唉叹一声说："算了吧，不跟你计较啦。你的藏獒书好处也是多多的，毕竟牧民有了经济收入，政府也增加了地方财政嘛。"

我叹口气，扭头不看他。平心而论，鹫娃州长说得也不错，过去藏族人是不卖藏獒的，卖藏獒就跟卖儿女一样让他们难以接受。如果你看上了某家的藏獒，喜欢得不得了，想要自己养一只，那就得送礼物、交朋友，等人家看清了你的为人，觉得你跟他们是一条心，不会亏待藏獒，才会送你一只獒仔。但是后来就变了，从青果阿妈草原出现喜马拉雅藏獒销售基地起，藏獒的价格年年都在攀升。尤其是我写的关于藏獒的书出版以后，很短的时间内藏獒就像股票一样牛市起来，而且没有涨停，无限制地飞跃着。藏族人在愕然、不解、迷惘之后迅速适应了这个变化，再也不是卖藏獒跟卖儿女一样了，连他们自己都奇怪：怎么会那样急切地希望出售自己的藏獒呢？金钱进来了，欲望出来了，动辄几十万上百万的交易价格让藏族人得到了前所未有的实惠。他们说，我们一群一群的牛羊都没有换来这么多钱啊！既然牛羊是可以卖的，同样是牲畜的狗怎么就不能卖呢？我有时想，如果没有我的书，是不是就不会有藏獒热呢？不，事情不这么简单，我的书只是起到了推波助澜的作用，绝不是藏獒热的缔造者。缔造者是生活本身。过去牧民的生活是逐水草而居，不需要钱，就能有吃有喝、不冻不饿。现在牧人大都定居了，乡镇化和城市化了，消费和欲望正在翻倍增加，干什么都需要钱。而草场却在迅速退化，牛羊的锐减一年比一年严重，以钱为轴心的日子怎么过？于是藏獒市场出现了。钱、钱、钱，人们奔钱而去了。

我说："是藏族人需要钱，我才写了藏獒的书，让藏獒为他们赚钱，不是我写了藏獒的书之后，他们才需要钱的。对吧，鹫娃州长啦？"

"这么说你是救世主啦？"鹫娃州长把手搭在我肩膀上说："色钦啦，不讨论这个问题了。你跟我来，我让医院给你一些药，医生真的是派不出去了。"

广场的一角，就有一个由三顶帐房组成的临时医院。鹫娃州长带我走进病房，指使一个中年医生给我拿药。有人在门口大声说："鹫娃州长，机械用不上啦，只能靠人的手一点一点挖，进展缓慢，已经很长时间听不到下面的石头敲击和藏獒叫啦。你快去看看吧。"鹫娃州长匆匆走了。

医生递给我一管烧伤膏。我说："远远不够，浑身上下没有一片好肉。"

医生问："都烧成这样了，人还活着？"

我说:"不是人,是藏獒,在大火中死里逃生,多不容易啊。"

旁边有个护工模样的外地人搭腔道:"藏獒的命比人的命硬多了,老天在保佑它们。要不是有人放了火,地震是震不死的。"

我瞅他一眼问道:"你怎么知道是人放的火?"

那人说:"我是地震后最早来广场的,那时展览馆只塌了一半,大部分藏獒还活着,还能听到打雷一样轰隆隆的叫声。我看到一个人走进了展览馆,后来就着火了。"

我问道:"这人是干什么的?什么长相?是汉族还是藏族?"

那人说:"长相没看清,从背影看是汉族的打扮,牛仔裤、皮夹克,好像是棕色的。"

我想了想,又问:"后来呢?着火以后你又看见他跑出来了?"

那人说:"没看见。我当时想,这个人要是不出来,会把自己烧死的。不过后来听说,展览馆有好几个门。"

医生把药箱里的多一半烧伤膏都给了我,又把抹药、换药的方法叮嘱了一遍。我连声"谢谢"都忘了说就走了,脑子里一直在打鼓:牛仔裤、皮夹克、棕色的?

5

已是后半夜了。白玛的帐房前,草原上的藏獒托勒,它还没有死,好像在等着我呢。白玛一直在给它唠叨:那个人去请曼巴啦,曼巴一来就好啦。托勒,我知道你,只要回家就不会死啦,要死的话就在外面死啦。

但我的到来让白玛有些失望:"佛祖啊,你怎么一个人来啦?"

我下车捧着药,告诉她:"我没请来曼巴,我请来了药,我就是曼巴。"我假装轻松地哼着歌，又说，"放心吧，如果我救不活它，我也会死在你面前。"

白玛听我这么说，松了一口气，轻声呼唤了一声："托勒。"

藏獒托勒用超人的感知完全明白我这个陌生人想挽救它的命。它一动不动，只用微弱的喘息告诉我，它还活着。

我让白玛提一桶清水来，要给它清洗创面。我说："有没有软布？"白玛拿来了几块氆氇，不是太硬就是不干净。我瞅着白玛说："那就撕衬衣吧。"心里想着她应该撕破她的衬衣，两手却解开了自己的衣扣。我脱了防寒服，脱了毛衣，又脱了衬衣和贴肉背心。白玛的眼睛扑腾扑腾眨巴着，能感觉到熠亮的眼光在我赤裸的肌肤上荡来荡去。我决定暂时不穿上衣服。草原之夜，初春了，冷凉的空气里我一点也不冷，有月亮，我居然还有心情朝它望了一眼。我用我的贴肉背心给托勒轻轻清洗创伤，仔细得就像清洗自己的眼睛，全部清洗完后，我发现我的防寒服已经披到我背上了。我说："白玛不用管我，我不冷的。"肩膀一抖又把防寒服抖落在地。我在托勒身上均匀地涂抹烧伤膏，就像女人在自己脸上小心涂抹脂粉一样。然后我用我的衬衣兜着它的肚子周身包了一圈，勉强算是包扎。我把剩余的烧伤膏交给白玛，告诉她三天换一次药，这些药够换三次的。白玛接了药，又从草地上捡起了我的贴肉背心。

托勒发出了一种声音，虽然细微却很尖锐。这次我能感觉到它是从喉咙里发出来的，在一阵震颤之后，带动了牙齿的抖动。我蹲踞着把手伸向了它参出来的犬齿。我知道它对我仍然怀有敌意，但已是防范的敌意，而不是进攻的敌意。它的聪明、藏獒的聪明就在于能用最快的速度理解人的举动，当人的手已经给它留下轻柔抚摸、擦洗抹药的记忆之后，它就决不会再把牙齿对准这只手了。可是我没想到，我的手刚一触及它的犬齿，犬齿竟会掉下来，两颗犬齿都掉下来了。与此同时，从那个似嘴不像嘴的孔洞里伸出了粉红的舌头。

我吓了一跳，捧着犬齿看了看，发现上面还有划伤的痕迹。我明白了，犬齿的脱落不是因为火烧，而是因为咬合。它咬断了铁笼子的铁条，同时也把自己的犬牙别断了，这就是它逃生的办法。我想它以后怎么办？就算烧伤能治好，犬牙没了怎么吃东西？不，不光是以后，更重要的是现在，它的能量早已耗尽，现在急需要补充。该死的鹭娃州长，要是派个医生来，就可以给它挂吊瓶了。

我感觉托勒的舌尖够着了我的手，轻轻一舔，就让我别有会心。我说："白玛，去拿点牛奶来。"白玛站在我身边不动，我抬头一看，发现她已经把牛奶端来了。我说："白玛，你是一个很好的獒主，天生就知道藏獒什么时候需要什么。"

白玛问："你也有藏獒吧？你的藏獒在什么地方？"

我没有回答，把牛奶碗凑到托勒的舌头跟前，想着如何给它喂，最好有个漏斗或者奶瓶。没想到那舌头突然动起来，还一卷一卷的，牛奶便随着舌头的卷动，流到嗓子眼里去了。我高兴地说："白玛，托勒简直太聪明啦，以后就给它喂流食，牛奶、肉汤、糌粑糊糊、稀饭都可以。"

白玛爽朗地回答："噢——呀。"

我又说："但不能一次喂太多，还不知道它内脏有没有受损，能不能消化。肛门那儿有烧伤，还不知道能不能排泄。"

白玛说："能啦。"

我奇怪道："你怎么知道能？"

白玛毫不怀疑地说："就是能啦。"

我把牛奶碗还给白玛，穿上了我的毛衣和防寒服，打了一个长长的哈欠说："让托勒睡吧，睡眠是最好的疗养。它一定好几天没睡觉了。"

白玛"噢呀"一声，朝我深深地鞠了一躬。

"这是为什么？你应该为你信仰的神佛鞠躬，让他们保佑托勒好起来，活下去。"心想：如果白玛是一只藏獒，我就可以像接近托勒一样接近她了。"白玛，再给我吃一碗酸奶吧。"说罢不管她肯不肯，我大步走向了帐房。

白玛紧跟在后面，几乎和我并肩挤进了帐房。我没有落座，站着把白玛双手捧过来的酸奶吃完了。之后，我留意地看了一眼羊毛毡后面叠起的被子和衣物，虽然酥油灯的光亮是黯淡的，也能看清女式的皮袍上缀着一个锦缎的香囊。

"真香啊，很漂亮的香囊。"其实我的眼光早已离开香囊，盯上了蓝色的牛仔裤和棕色的皮夹克。

白玛似乎觉察了什么，用身体挡住我的眼光，接过碗去说："再吃一碗吧？"

"不了。你歇着吧，我在车里守着托勒，守到天亮它没事了我再走。"

我朝帐房外面走去，听到白玛在身后说："多谢了，你走吧，不用你守着啦。"我固执地回答："不，我一定要守着。请记住我的名字，我叫色钦。"

我觉得很累，蜷缩在北京吉普里想睡一会儿，可一闭上眼睛睡意就没了。一个男人，在这样的夜晚，守着一只受伤的藏獒和一个女人。藏獒是如此可怜，女人是如此可爱。天不会即刻就亮吧？怎么会是哥里巴的女人呢？是什么击中了我——比野兽更亮的眼睛、比妖女更妖的身段、比度母更慈丽的笑容？我对女人的美貌就像对藏獒的品貌有着一个很高的标准，她好像不在标准之内。也许是标准之外的魅力吸引了我吧，那又是什么呢？走进帐房，我要是现在走进帐房会是什么情形？藏獒托勒，感谢你的回家给了我接触这个女人的机会。有人问——大概是鹫娃州长：你除了喜欢藏獒还喜欢什么？我说还喜欢女人。他大笑：男人嘛，很正常。幸亏她是哥里巴的女人，我是因追查哥里巴才看到这个女人的。她最大30岁，最小20岁，草原女人的年龄就像藏獒的年龄一样难以揣测。还有没有火灾中逃生的藏獒？有的话在哪里？我要找到它们。在残害动物的过程中，人类就已经为自己的谢幕做好了准备。多少年过去了，当生命界里已经没有人类的地位时，我看到了藏獒的曙光。那么多藏獒，都是我和白玛的孩子。白玛是莲花的意思，莲花又是诞生的象征。藏獒托勒，感谢你让我救了你。你就是我的斯巴，就是我应该下跪请罪的斯巴和一窝五只小藏獒。救一只藏獒，少一点忏悔。我已经把自己发配到地狱里去了。有人要为藏獒报仇，所有藏獒的敌人都听着，你们都应该把良心割下来抹在藏獒身上让它们来生做人。我颠三倒四地想着，睡着了。

第三章　各姿各雅

1

一觉醒来，我发现我的眼睛陷入了无边的盲点，或者我的记忆出了问题：睡前的情景荡然无存了。我走出北京吉普，往前走了五十米，才意识到眼睛和记忆都是真实的。我看到了扎过帐房和拉起地绳拴母牛的痕迹，看到了在藏獒托勒待过的地方清洗创伤留下的水渍和一管昨天晚上被我挤干净了的烧伤膏的空皮，看到了白玛的遗物——那个被我称赞过的锦缎的香囊，不知为什么，它被丢在了草地上。我捡起来，仔细看了看，闻了闻。我睡得太死了，至少睡了五个小时，白玛有足够的时间完成搬迁。但是她没有搬迁的力气，需要一个男人帮助她。那人赶着驮运的骟牦牛悄悄来到，又悄悄而去。可是藏獒托勒怎么办？它烧伤太重无法行走，也不能驮在牛背或马背上，它一定是被车拉走的，马车、汽车或者摩托车。我到处走动着察看车辙，什么也没看到，正在灰心丧气，却看到就在那片水渍里，非常醒目地留下了一双人的大脚印。哥里巴？哥里巴一定出现了。他很可能一直在附近，观察着我给托勒疗伤的整个过程。我在寻找他，他也在监视我。哥里巴，一个警觉而聪明的康巴人。

可我不理解的是，白玛为什么要偷偷离去？纵火的嫌疑人是哥里巴而不是她，她逃跑什么？她的逃跑反而会增加暴露哥里巴的几率。万一我醒来，看到了哥里巴呢？虽然我无权也无力抓捕他，但我一定会扑过去，为了嘎朵觉悟和烧死的那么多藏獒，拼他个你死我活。是的，我会的，我和尕藏布一样喜欢带刀，一尺长的腰刀，就放在驾驶座的旁边。

那么现在怎么办？是不是应该报警？我已经追查到了纵火者，他就是哥里巴。哥里巴有合乎情理的犯罪动机。为了达到目的，他牺牲了自己的三只藏獒，又从展览馆安全转移了比嘎朵觉悟更优秀的一只金獒和一只黑獒。也就是说他的金獒和黑獒依然活着的事实，诠释了他的犯罪动机，并且足以证明火灾之前他去过展览馆。而这一点已经有了证人：临时医院护工模样的外地人；同时我还看到了物证：牛仔裤和皮夹克（但愿它们不会让仓促逃亡的哥里巴和白玛毁掉）。判定犯罪事实的几个要点都有了，似乎就只剩下他自己招供了。抓住哥里巴！

突然又有些迷惘，就凭我的指控，哥里巴就能痛快认罪？他也许会说：是的，我是去了展览馆，去展览馆的目的就是为了把我的金獒和黑獒拉出来。我不放心，我担心万一我的仇家知道它们是我的，在背后下毒手害了它们怎么办？我要是打算放火，为什么不把我的另外三只藏獒也拉出来呢?他这么说好像也有道理,一方面给拉出金獒和黑獒提供了理由,又证明他进展览馆不是为了放火。哥里巴太狡猾了,他在地震后带着金獒和黑獒招摇过市,就是为了让人很容易抓住他犯罪的把柄,一旦抓住,就发现这把柄恰恰又是他无罪的证明。还有一种可能:那就是他不像尕藏布说得那样可怕,他有动机但不是罪犯,他诚实而善良,怎么做就怎么说。正如白玛说的,他的逃跑并不是因为有罪,而是不相信会有公正,生怕被冤枉了,而冤枉的结果就是让一个执着于自由的康巴人失去生活本身。

  我的北京吉普颠簸在草原上,远远的天际线烘托着麦玛镇的阳光。我看到即使是坍塌的麦玛镇,也是阳光灿烂的地方。那儿一片亮丽,而它周围的草原由于毫无保留地把阳光奉献给了麦玛镇而显出了深色的阴郁。天属于云的世界,蔚蓝羞惭地退让着。我透过车窗感觉着风的峻烈。我是来告别的,向鹫娃州长告别,但我一定不会告诉他我要去追踪哥里巴。我是一个作家,我相信我的眼力和面对面时的感觉。哥里巴如果真的是穷凶极恶的纵火者,我的心灵首先会抓住他。

  当然还有白玛。我追踪我的白玛就像骑手追踪草原、雄鹰追踪蓝天,完全是靠了本能,想都不用想。我的白玛——这样的称呼突兀到连我自己都觉得我是一个蛮横的强盗,在我不期而至的单恋里,有着一个男人生命中莫名其妙的冲动和对美好感觉的投靠。它让我错误地以为白玛就是那个曾在梦中拥抱了我的仙女,离去之后,勾出了我的情思,绵绵不绝。说实在的,一直以来我迷恋着一个穿着花氆氇裙的藏女,她比白玛还要好。但她的遥远虚幻了她的姿影,她的冷漠让思念在时间中茫茫苍苍,因此她的真实性常常受到我的质疑。而白玛,是真实的,是可以走近并且清晰地看到她眼眸里我的身影的。我说不清楚了:我是因为追踪哥里巴附带才去追踪白玛的,还是因为追踪白玛才借口去追踪哥里巴的?或者,一半对一半,好比我爱藏獒,也爱女人。

哥里巴养育藏獒的地方——阿柔家的雪山寨子,在哪里呢?只有阿柔一个人知道。白玛告诉我的十分模糊,但有一点是清楚的:属于阿柔家的雪山寨子并不是阿柔现在居住的地方,先去阿柔家找到阿柔,再找到雪山寨子。我相信哥里巴带着白玛和藏獒托勒,一定躲进了雪山寨子,那儿是他养育藏獒的地方,是比嘎朵觉悟更优秀的宝贝金獒和宝贝黑獒出生成长的家园。

但是我的打算被麦玛镇的救援奇迹破坏了,它至少延宕了我的行程。我一进入麦玛镇的地界,就有阳光照临了我,接着是一股暖暖的春风、一个人人都在传说的消息,消息的主人公是一只名叫各姿各雅的母性藏獒和一个名叫强巴的牧民。

鹭娃州长一见我就说:"我正在派人到处找你呢。这样的事情不告诉你,就是我失职啦。"然后便口若悬河地说起来。

2

我没有忘记鹭娃州长不派医生救治藏獒托勒的冷漠举动,更不会忘记他把烧毁数百藏獒的责任归咎于我的企图。当我想起他希望我把自己发配到地狱,希望我给死去的藏獒下跪请罪,同时割下良心献给藏獒让它们来生做人的时候,我就严重不爽:他用谴责我的办法把自己摘干净了,够狡猾的家伙。但我还是在听完母獒各姿各雅的故事之后,情不自禁地拥抱了鹭娃州长。太了不起了,青果阿妈草原的藏獒、牧民的孩子。

我说:"我要采访它,采访各姿各雅。"

鹫娃州长说:"好啊好啊。电视台已经拍下了整个救援过程,你抽空看看,这是一次最成功的救援,被困的人全部获救。"

就在强巴家坍塌的碉楼废墟上,我见到了各姿各雅。跟它一起被救出的还有强巴一家四口人,他们都活着,都被送到临时医院去了。只有各姿各雅一直不肯离去,曾经的碉楼和现在的废墟,对它来说都是家园,它的职责就是守卫。它趴伏在地,用前腿支撑着自己沉重的大头,眼睛一眨一眨的,不喊不叫,看上去虚弱极了。它的头毛和鬣毛一如既往地蓬松浓密着,除了脊背蹭掉被毛露出了皮肤和前爪已经磨烂外,其他地方完好无损。从蹭掉被毛的地方看,它骨骼粗大、骨量丰足,结实得如同花岗岩。加上它非同一般的个头和身长,它就是母獒中的女丈夫了。我坐在各姿各雅面前,把手伸向了它的头毛,轻轻抚摸。我相信它不会咬我,不是它咬不动,而是它明白我不是坏人,所有救了它和强巴一家的人、此刻围观着它的人都不是坏人。

我在心里问道:当你被埋在下面时,你想到了什么?

各姿各雅告诉我:我首先想到必须立刻出去,要不然就会闷死啦。我看了看我的爪子就开始子掏洞,一点一点掏,不是石头就是木头,都是硬的。我掏了一天一夜,把两只前爪都掏烂啦,才掏出一个碗口大的洞,算是飘进来了一丝空气,不至于被闷死啦。我想把洞掏大,大到只要我能爬出去,身后的几个主人就能爬出去。我又不懈地掏啊掏,终于爬了出来。可是我纳闷,身边的强巴怎么不跟着我往外爬呢?我又钻进去想用牙齿拉他出来,才发现他的腿被卡住了,根本就挪不动。而且他堵住了唯一的通道,下面的阿爸、老婆、孩子都出不来。我只好自己出来，大吼小叫着想让人来救他们。这个时候地又晃了一下，非常剧烈，高高的废墟眼看着平铺塌拉了。我没有逃跑，因为我不是人，我是藏獒各姿各雅。我又从洞口钻进去啦，里面正在往下塌，一塌就塌在了我身上。我本来可以躲开，但我一躲开上面的石头就会砸到强巴身上和更下面的其他主人身上。我只能站着，上面的东西越塌越多，我还是站着，一站就是六天六夜。这还不算，我是一只正在喂獒娃的母獒，奶头里有流不尽的奶水。奶水先流到了强巴的嘴里，然后又流到了强巴的碗里。草原上的藏族人外出时喜欢把自己的碗揣在身上。强巴从外面回来后没来得及拿出碗就地震啦。他用碗接了我的奶水递给下面的人。四口人，就靠了我的奶水，一直活到了救援的人来。你们人类的奶水会不会喂狗我不知道，我们狗类的奶水关键时刻总是要喂人的。

我又问：一只藏獒用自己的身体扛起了整座碉楼坍塌后的废墟。各姿各雅，你哪来这么大的力气，居然没有被压垮、压扁、压死？

各姿各雅瞪了我一眼，似乎不满意我心里的这个问题。

我接着问：你不吃不喝，根本不可能产生那么多奶水喂养男女老少四个主人，但整整七天，你的四个主人就是靠了你的奶水才活了下来。为什么在没有能量补充的情况下，你的奶水还能源源不断？

各姿各雅说：我把我的四个主人当成我的孩子啦。藏獒在喂养孩子时，所有的血肉都能变成奶水。你看我已经瘦得皮包骨啦，如果还救不上来，再让主人吃几天，我的骨头就会变成奶水，骨头变完了，皮毛就会变，最后我的每一根毛都能变成奶水往人的嘴里流。

我望了一眼陪伴着我的鹫娃州长，盯着各姿各雅，突然把心里想的问题说了出来："还有一个问题，听说你正在哺育孩子——八只小藏獒，是你和嘎朵觉悟的后代，如今它们在哪里？你的主人说是它们被人拐跑了，拐跑的时候你知道吗？作为一个母亲，你在救主人的时候，难道没想过你首先应该救你的孩子？"

各姿各雅突然抬起头，一口咬住了我的左手腕。我惊叫一声，想抽出左手腕，看抽不出来，便抡起右胳膊，一拳打在它鼻子上。它松口了，扬起流血的鼻子冲我吼叫着，想挣扎着爬起来。鹫娃州长一把揪起我，拉着我跌跌撞撞朝废墟下面跑去。

我一直以为我是一个懂藏獒的人，现在看来也是半懂不懂了。首先我不应该在不该骚扰的时候骚扰各姿各雅，而骚扰它的目的仅仅是为了显示我自己的优越——人在动物面前的优越和一个灾难旁观者的优越。在如此悲惨的现实灾难面前，我油然而生的却是童话般的内心独白，是游戏藏獒的心态。我在卑鄙中自鸣得意，丝毫不顾及对方的感受。各姿各雅一直忍着，终于忍无可忍了。其次我不该把提问变成诘难。它的八个孩子不见了，死活不知，而我却在指责它没有尽到一个母亲的责任，救人时为什么不先去救自己的孩子？我在有意无意中把源自个人喜好的藏獒至上的观念强加给了藏獒，而藏獒的天性里是以人为最高神明的。各姿各雅听懂了，完全听懂了，它如果不咬我一口就不是藏獒了。

我的后悔就像牧草一样固执而鲜嫩。尤其后悔的是我居然打了它一拳。它的鼻子因为体衰力竭已不再湿润了，干裂的鼻子被我一拳打出了鲜血，可见我的一拳是多么狠毒。下手很重，说明我体内潜伏着莫名的暴力倾向和狂躁的进攻欲望，恶的杀机时刻准备着突破善的外表来一番丑行表演。"少一点冲动，多一些克制。"路多多说对了。

鹫娃州长说："这个各姿各雅，怎么会咬人呢？它不知道你是个对藏獒顶好顶好的作家,你敬重它才会去采访它的。不过你也不该还手,它为了救人都累得站不起来了,你还打它。在我们草原,人打狗是虐待,狗咬人是能耐,这你应该知道。"

我想起我的藏獒斯巴了,内心一阵酸楚,看了看我依然攥起的右手拳头,禁不住砸向了自己的胸脯:"我也不知道我为什么会虐待它。我心里是那么喜欢它,却又出拳揍了它。对不起了,各姿各雅。"

"赔礼道歉的话以后再说,快去医院,先把针打上。"鹭娃州长着急地说。他盯着我的左手腕,那上面两个牙洞清晰可见,鲜血曲蟮而出。

我知道各姿各雅口下留情了,如果它真咬,即便是现在虚弱不堪的样子,也会一口咬断我的手腕。我摇着头,越摇那个念头越坚定了:我不打狂犬病疫苗,就算是我对自己打了各姿各雅一拳的惩罚吧。别给我说狂犬病是百分之百的死亡率,传染上病毒就等于拥抱死神之类的话。我相信能救人的藏獒都没有毒,更相信我有足够的免疫力。我就是一只直立走路的藏獒,我有一身獒骨獒肉,我血管里流淌着纯正的獒血,藏獒咬我就是自己咬自己,根本用不着担心。如果我真的会因为各姿各雅咬了我一口而得狂犬病死去,那也是活该如此。我想着,望了望依然趴伏在废墟上的各姿各雅,转身离开了。

鹭娃州长追上来,拉住我说:"你要去哪里?"

我甩开他的手说:"不用你管,我就是想为藏獒做点事。"

"还是为了藏獒托勒吗?请你不要走远。"

我心说已经不尽然了,现在纠缠在我心里的还有哥里巴、白玛、阿柔家的雪山寨子、因为比嘎朵觉悟更优秀而吸引了我的金獒和黑獒。我说:"麦玛镇已经消失了,从前的一切已经不存在,请你不要干涉我。"

"被烧死的藏獒和人不能再放了,我已经做了安排,今天清理现场,明天在天葬台火化。火化的时候你不去看看?"鹫娃州长看我在犹豫,又说,"这么多藏獒的灵魂要走了,不是件小事,寺院准备举行度亡法事,解脱、忏罪、行愿的经都会念起来,有罪的人应该去听听,一来给藏獒送行,二来解脱自己。这样的好机会,你不去是会后悔的。"

"太仓促了吧?案件还没有查清,为什么就要火化?"

"有人早就在盘算藏獒的尸体,天天来找我,说是免费帮我们清理现场,再把尸体拉到一个我们看不见的地方处理掉。你没听说什么吧?比如有人正在贩卖藏獒肉,送进饭店,或者做成肉干和罐头,好像比养藏獒还要赚钱。"

我惊讶地"哦"了一声:"还会有这种事情?从来没有听说过。"

鹫娃州长郑重地说:"我们要用火化尽快告诉那些贩獒肉吃獒肉的人,在草原上,藏獒跟人有同等的待遇,你们那样搞,就跟贩人肉吃人肉是一样的。你相信有灵魂吗色钦啦?藏獒是有灵魂的。还是去送送藏獒的灵魂吧,毕竟你是一个草原人。"他知道我不会拒绝,没等我答应就走了。

3

各姿各雅哭了。眼睛里的水色表明它的心情在极度悲伤中走向了深渊似的黯然,受损的不仅是坚强的肉体,更是柔弱的狗灵。

它知道自己咬了不该咬的人。但悲伤让它烦躁,烦躁让它愤怒,它实在忍耐不住了。为了让嘈杂的包围远去,能让自己有片刻的安静，它血口大开，牙刀向人了。

它半张着嘴，吐出中缝线两边带有黑晕的舌头，表达着它的歉意。慢慢地，随着被它咬伤的那个人淡出视野，歉意就像一匹奔驰的雪峰划过了它脑海里的地平线，凝然不动的只有哀伤和乞求：我的孩子不见了，人们啊把我的孩子还给我。

一想到孩子它就万分后悔，后悔自己违拗主人的意志友好地对待了那个外来人。那个人自称袁最，当他第一次靠近碉楼时，它照例靠着守护犬的本能忽地站了起来，目光里是一如往日的警觉和阴沉。但是它没有如雷如鼓地吼起来，不知为什么它突然觉得这个人是自己认识的，那味道不仅熟悉而且亲切，就像它舔舐卧息过的大冰川里的某块冰岩在消融之后给它带来了若干年前的记忆，淡淡的，淡淡的，还有点飘忽，它想捉住它，却有点难办。就在它游移不定的时候，它看到他眼神里充溢着慈爱亲和的亮光，大胆地靠近它，坐下来，用一往情深的语言赞美着它和它的八个孩子。它一下子放松地卧了下来，怀抱着寻找奶头的小藏獒，向这个外来人夸耀着：看看啊，我的孩子。

现在看来，它容忍袁最的靠近，就等于容忍了灾难的来临。在它的感觉里，就是这个人带来了灾难的一切：地震，掩埋，八只小藏獒的失踪。原来他不是慈爱亲和而是心怀鬼胎，不是一往情深而是垂涎三尺。他堵死了那个通风透气的缝隙，想害死它和主人；他拐走了它的八个孩子，把灵与肉的创伤和无尽的思念留给了草原。各姿各雅越想越生气，不禁错动起了牙齿：咬死他，咬死他。然而它已经耗尽力气，连通常在这种时候应有的悲恸号哭也没有了。

各姿各雅，我又来了。虽然我意识到它很可能还会咬我，却还是禁不住冲动地走向了它。不再是骚扰，更不会诘难，我就想给它送点吃的喝的，它现在太需要补充能量了。它从废墟中被救出之后，人们没有忘记称赞它舍己救人的美德，却忘了它虚弱的身体和干瘪的肚子急待补充营养。我说："对不起了各姿各雅，即便草原人爱狗如命，也还是缺少人狗平等的概念。他们光想着送你的主人去医院抢救，没想到你也需要有人照顾。"我把一个盛水的红塑料盆和一个馒头、一块熟羊肉放在它前面的石头上，迅速朝后躲去。"就这点食物不够你吃是不是？不是我吝啬不给你买，是你现在不能多吃，先塞塞牙缝吧，明天就好了，明天我给你买十个馒头十斤肉，让你一次吃个饱。"

各姿各雅浑身瘫软，伏地而卧，耷拉着硕大的头颅，撩起眼皮看了我一眼，又把眼睛眯上了。我觉得水盆挡住了它的视线，它没看到食物，便又凑过去，想把馒头和羊肉放到它嘴边。我说："如果你还想咬我，那就咬吧，既然我已经有了两个牙洞，就不在乎有十个、一百个牙洞，我连包扎都不需要，不信你试试。"我给它看了看糊了一层血的左手腕，把馒头和羊肉朝前推了推。各姿各雅缩回了伸出来的舌头，半张的嘴也闭上了，这是拒绝的意思。

"我知道你不吃陌生人给的食物，这是一只好藏獒的基本素质。可是今非昔比，你受伤了，你耗尽了体力，你需要恢复，为什么不吃？"回答我的是一阵手机的彩铃声："我和草原有个约定……"。我一愣：地震灾区有信号了？赶紧拿出手机。而各姿各雅的反应似乎比我还要强烈，倾斜的身子突然卧正了，睁开眼睛死死地盯着我，好像我手机的彩铃是一支强心剂，一下子让它有了精神。

是鹫娃州长打来的，问我在哪里？我说我还在各姿各雅这里。他说："小心啊，地震之后藏獒的脾气都不好。"我说："它需要吃喝，需要陪伴和抚慰,但是没有人管它。我要是一只藏獒我会怎么想——我给人温暖,人给我冷漠?"

鹫娃州长说:"藏獒怎么想,现在很难说。我打电话的意思是,可能还有从火灾中逃生的藏獒。你不要问我它们在哪里,现在谁也说不清楚,人看到的只是影子,嗖嗖地来,嗖嗖地去,不喊不叫,见人就躲,逮住机会,偷偷地咬人。有人说是青果阿妈草原上出现了冥獒。不信吧,说得有鼻子有眼;信吧,又拿不出真凭实据。我就是告诉你一声,你提防着点。"

"我就说嘛,逃生的不可能只有托勒一只。不过,你说的是藏獒吗?藏獒一向都是堂堂正正……"我突然打了一个寒噤,想起来了,的确有一些关于冥獒的传说,它们是隐身在人间和地狱边缘的藏獒,凶残无度,阴损无比,所以又叫阴獒或者隐獒。而在草原上,只要是传说的就必然是虚无的,只要是虚无的就必然是可信的。越虚无越可信,到最后就都是真的了。我没有见过冥獒,但我信。我又说,"你那里消息集中,再听到冥獒的事马上告诉我,我要找到它。"

鹫娃州长说:"冥獒,冥獒,就是你看不见的藏獒,去哪里找?"

我说:"鹫娃啦,只要是存在的,就一定能找到。我不是一般的人。"

等我结束了通话,才发现面前的各姿各雅已经站起来,喝完了塑料盆里的水,也吃完了肉,正在拼命吞咽馒头。我说:"好样的,各姿各雅。我不打扰你了,你休息吧,明天我再来。"我转身离开,心里是害怕的,藏獒只要能吃能喝就能扑咬。我快步走下废墟,走出去五十步远之后,才停下来回望了一眼,顿时大吃一惊:各姿各雅就在我身后,离我三步之遥。它吐着舌头,大吊眼安静而祥和,一副乖乖狗的样子。看我停下,它便垫着毛烘烘的粗尾巴坐下了:

一方面是体虚休息，一方面是让我放心，它不会再咬我了。我说："为什么，为什么突然对我好起来？"它的回答更让我吃惊：走过来，温情地舔了舔我左手腕上的伤口。

不，绝对不可能仅仅是我喂了它一顿食它就会对我这样。

到底为什么？我打量着它，也审视着我自己，看它总是盯着我挂在皮带上的手机，突然就理解了。一个天生有獒缘的人，在理解藏獒上总比别人要灵性得多，我明白我跟各姿各雅感情的转捩点就在于我和鹫娃州长的通话，在于我的手机。我给我自己做出了这样的解释：

不知道强巴家有没有手机或者电话，但常去镇上的各姿各雅一定不陌生手机的用途。它经常看到有人把一个小东西贴在耳朵上边走边说话，小东西里也会传出另外一个人的声音。看得次数多了就悟出了其中的奥妙：这人在和一个远远的看不见的人说话。也许它还会这样想：他们在说什么，看不见的那个人是谁？但是现在它不这样想了，因为它听到我的话里提到了各姿各雅，就知道在说它呢。它的单纯经验、悟性思维以及此刻的唯一牵挂让它把看不见的那个人想象成了拐走孩子的那个人，甚至想象成了我正在通知那个人把它的孩子还回来。既然这样，它就决定跟上我。比起它的八个孩子来，守护圮毁的家园已经不算什么了。它跟上我就是跟上了希望，跟上了摆脱哀伤和思念的脚步。

我望着如此聪明的它，蹲下身子，大胆地拥抱了它。这就是说我勇敢地接受了各姿各雅的信任和期待，接受了一个深情无限的母亲发自生命深处的嘱托。我扬起头，对着青果阿妈草原突然灿烂起来的天空大声说："我一定，一定帮助各姿各雅找到它的八个孩子。如果找不到，就让我失去八种幸福——回到草原的幸福、不信鬼神的幸福、有吃有喝的幸福、爱与被爱的幸福、到处行走的幸福、喜欢藏獒的幸福、追查责任的幸福、自由浪荡的幸福。"

4

春风飒然而至了。天葬台。这些日子这个离麦玛镇不远的地方天天都在处理人的尸体。那么多，那么多，鹫鹰是来不及吃了。幸亏人类发明了火，那是阴阳两界唯一的温暖。早知如此，展览馆的火灾为何不再大一点呢？把那些藏獒一次性地烧成灰烬不就省了丧葬的火化？但接着我就意识到，让藏獒的死尸登上天葬台是多么必要。

尊严，天葬台给了所有的死者——人和动物最后的尊严。

天葬台北侧的山坳里，堆架起来的木柴上，藏獒的尸体铺了厚厚的一层。几个僧人泼洒着烧化的酥油，热气升腾弥漫。麦玛寺的喇嘛闹拉举着铜柄的酥油火把，首先从东南角点燃了十数捆麦草，然后由一些僧人把麦草扔向了藏獒尸体的中央。黑红色的圣葬之火点起来了，迅速蔓延着，火的山凹，火的藏獒，火的神圣时刻里，灵魂乘烟而出，御风直上。秃鹫们群聚在天葬台的最高点，正在分食从死獒肚子里拿出来的湿漉漉的五脏。这是天葬师专门为它们准备的丧葬礼物。大火似乎吓着了秃鹫，它们冲向高空，鸟瞰着火的舞蹈，发现一切照旧，便又纷纷降落，继续它们的葬场盛宴。我知道天葬是生命最后的施舍，藏族人和藏獒一生都在施舍，生命的尾声，当他们无法继续施舍时，就会把自己的肉体施舍给秃鹫。秃鹫吃了尸肉就不会再去吃别的动物了，算是用拯救消除自己一生的罪孽吧。

天葬台梯形的东北坡面上，层层叠叠地站立着数千喇嘛。他们来自青果阿妈草原的各个寺院，紫袈裟、红袈裟、黄披风、鸡冠帽，他们是度亡法事的主角，在他们集体念诵《解脱经》《忏罪法》《行愿品》时，火葬的场面顿时笼罩起庄严神圣的气氛。人世间的生命典礼在藏獒发生集体死亡之后变成了盛大的信仰仪式，前世的结束和往生的开始竟是这样的瑰丽而隆重。许多人哭了。几个高僧站在众喇嘛之前，向大火丢撒青稞。这是密宗佛宝大日如来火供仪轨超度法的重要步骤，象征了涤除罪孽和拥有吉祥。在另一边，喇嘛闹拉拿着一个宝瓶，不断把里面的青稞酒洒到浓烟里，他身边的一些喇嘛则把块状的酥油扔向大火，扔到哪里，哪里的火势就会陡然增大。这是宝瓶仪轨中洗礼法的一环，是对藏獒亡灵的强力超度。

天葬台对面的山坡上，站立着许多藏族人和汉族人，都是来给藏獒送行的。默默地，有的祈祷，有的流泪，有的边祈祷边流泪。神情流淌着大面积的肃穆，极度的悲切消除了人与狗、亲与疏的界限。突然传来一阵隐忍的哽咽。有人小声制止道："哭的不要，灵魂是不喜欢哭声的。"但是他的制止最终变成了推动，就像垒坝是为了蓄水，而一旦蓄水过多，就有冲决堤坝的危险。有人再也控制不住，开始放声痛哭，这是投石激浪的一声，很快便是哭声一片。许多人都哭了，来送行的所有人都哭了。

晶亮的眼泪中，当然也有我的一滴。我带着各姿各雅站在人群的边缘，望着燃烧的藏獒，内心沉浸在凄凉的黑暗里。我不仅仅是难过，更是一种慌愧和深疚。因为我无法不想起由我制造的那场火灾和我的藏獒斯巴以及我对藏獒的全部罪孽。我想这些藏獒在它们生前可都是生龙活虎的，放牧牛羊、看护帐房、巡视草场、预知祸福、跨越雪山、任劳任怨，与主人忠实为伴。它们如此美好，却从来没有期待过被人高看。那些让人津津乐道的行为在它们不过是出于本能的生命常态。然而仅仅是因为人类社会的道德衰败需要以动物行为做榜样，它们突然受到了抬举。有人（比如我）如获至宝，试图拿它们来挽救日益不堪的人类精神，提高所谓的国民素质。于是就有了关于藏獒的书和藏獒的名气，有了"藏獒节""评展会"之类的活动，也就有了大火中的藏獒之灾。灾难让我想道：如果对一种事物赞美过度，它就必须为过度的赞美承担责任，并付出惨重的代价。人类不仅曾经而且现在仍然不断在"棒杀"动物，当"棒杀"走向极端之后，人类又开始"捧杀"它们了。不用怀疑，我就是一个先"棒杀"后"捧杀"的罪魁祸首。

现在，我意识到鹭娃州长为什么非要让我来参加法事了。假如我是一个有灵性的人，就会意识到度亡法事似乎是献给我的法事，喇嘛们解脱、忏罪、行愿的经文也似乎是专门念给我的。我不是来给藏獒而是来给我送行的，送别我自私、硬冷、傲慢无理的灵魂——我真的应该把自己发配到地狱里去，真的应该给藏獒下跪请罪，真的应该割下自己的良心献给藏獒的灵魂。

是的，我是一个多么愿意自我否定、自行忏悔的人。我甚至都愿意这样说：所有人与狗的死都是我自己的死，所有人与狗的罪都是我自己的罪。我愿意为他们做一切可能做到的事。然而我绝不接受指责，更反感得理不让人的指责，尤其是鹭娃州长的指责，他是我的朋友，一个朋友的指责远比一个敌人的指责更伤害我。也就是说无论我的良心多么愿意谦卑到时时自残，我的外表绝不允许我显露哪怕一丁点虚心接受的样子。因为我是一个精神匮乏的人，我最怕失去面子，如果我连面子都不顾，那就什么也没有了。更何况我不能用道德忏悔代替法律追究。假如我愿意做替罪羊的结果是让真正的纵火凶手逍遥法外，那我情愿承担不忏悔、不请罪的罪责，情愿被人诟骂直到唾液发生世界性的干涸。

最重要的是，我并不信仰草原信仰的一切。解脱、忏罪、行愿的经文对我并没有清洗心身的作用。我靠人的良心悔恨，不靠佛的指引忏罪。

身边的各姿各雅叫起来，呜呜呜的，是返祖的悲戚，如同凄厉的狼嗥。它似乎直到现在才明白是怎么回事：自己的同类，那么多认识和不认识的朋友，一下子集体诀别了。它当然想不到它们死于一场人类蓄谋的火灾，想到的只是它们撇下了它，都走了，只剩下它一只藏獒了。如果各姿各雅不是想到它必须找到被人拐走的八个孩子，想到它还有守候主人强巴一家的义务，它说不定就会扑进大火，跟藏獒们一走了之。

我看到鹫娃州长也在人群里，便带着各姿各雅走了过去，问道："鹫娃啦，我问你，如果不能天葬，就选择火葬，这是为什么？"

鹫娃州长抬起大手，抹着溢满眼眶的泪水说："在所有的崇拜里，草原人最崇拜天。世上有地震，但不会有天震，死去的藏族人和藏獒都到天上生活去了。去留无迹，这个臭皮囊是生不带来死不带去的。你看，一火化，变成了灰，风一吹，什么也没有了。人和藏獒的命，就是一阵风、一股尘，从没有到没有，空空而已。"

我说："不对不对，藏族人和藏獒都是高寒带的生灵，天天面对冻僵的危险，所以在所有的热爱里他们最热爱火。火化就是带着人间的全部温暖升天。"

鹫娃州长由衷地说："色钦啦，你说得比我好。咦？你真是神了，各姿各雅怎么会老老实实跟着你？"

他的话提醒了我。我走出人群，想离开这个还会持续很长时间的葬礼。有很多事情要做，没工夫伤心落泪了。但没走几步我就哭起来。我发现我的悲伤比谁都汹涌,心都碎了,变成一河酸楚的水了。我更不敢在此久留,大步往前走。身后那些来给藏獒送行的藏族人和汉族人还在哭,身边的各姿各雅也在哭——凄厉如号,我背衬着哭声,伴随着哭声,带着我自己的哭声,逃遁而去。

一定要找到冥獒,一定要帮助各姿各雅找到它的八个孩子,一定要找到纵火烧死嘎朵觉悟和几百只藏獒的凶手。这三个"一定"让我充满了使命感。我是一个动不动就会产生使命感的人,使命是天给的、人给的、草原给的,抑或是藏獒给的,不管是谁给的,都让我情绪饱满,激动不已,让我处在神圣而悲壮的感觉里久久不能平静。

突然有人喊:"啊哟省上的啦。"我扭头一看,是尕藏布。

尕藏布弯了弯腰说:"你好吗各姿各雅,你怎么跟上省上的啦?"然后狡黠地眯起了眼,"我就知道你找不到哥里巴,自由自在的哥里巴怎么会等着你去抓他呢?没有羊群的帐房里,住着阿柔。"他看我打着手势要纠正他,立刻说,"阿柔就是白玛,白玛就是阿柔。在天上叫雪的,在地上叫冰,到了锅里都叫水。哥里巴要是藏进了水里,就比我的钱还难找啦。我的钱是蓝的,蓝的都是我的。"说着他望了一眼天,让他沮丧的是火化藏獒的浓烟把蓝天遮去了。"我已经找到我的钱啦,我说这是我的,你得还给我。买东西的不给我,卖东西的也不给我。省上的你说说,大家都是信释迦牟尼的,他们用我的钱对不对?我去找鹭娃州长评理,鹭娃州长说谁让你卖掉了嘎朵觉悟,大家恨你。这么说他们把我的三百万恨走啦?恨走了也可以,把我的嘎朵觉悟还给我嘛。"

我一听就猜到是麦玛镇的人在捉弄尕藏布,就说:"我们来个交换好不好?你帮我找到哥里巴,我帮你找到你的钱,三百万一分不少。"

尕藏布瞪着我说:"光一分不少是不对的,还要多多的多出来。你不知道吧?把钱放出去,就能一个变两个。去年,不对,前年,也不对,大前年,我丢了母羊人家送回来,两只变成了四只。你说要跟我交换?好啊好啊,可是你早点见到我就早早地好啦,刚才,就在人堆里,我看到了哥里巴。我说哥里巴你好啊,你还不赶快藏起来,省上的来啦,来抓你啦。他说我送走了藏獒的灵魂就藏起来,那个省上的我见啦,他和各姿各雅在一起。"

"尕藏布你真糊涂,你一方面举报他,一方面又给他通风报信,你为什么不来找我?快快快,带我走,去找哥里巴。"我拉着尕藏布冲向了人群。各姿各雅还以为我们是在追寻它的八个孩子呢,跟在后面奔跑着,兴奋地叫起来。

5

我们在人群里穿行着,心急意切地寻找哥里巴。我不断地催问尕藏布:"看到了没?看到了没?"尕藏布每次都说看到了,但每次到了跟前就又说:"哎哟他不是。"人群中凝固的哀伤被我们冲散了,惊讶和怨怒演化为呵斥:"瞎了眼的东西,你们的洞洞不在这里。"这是把我们比成瞎老鼠,让我们滚出人群的意思。我很抱歉我扰乱了他们凭吊藏獒的静穆和秩序,但接下来的混乱就与我无关了。我看到在离葬火升起的山凹最近的地方,一团黑影窜来窜去,先是在天上,后来就到了人群里面。大家都觉得那是从大火中冒出来的一股灼烫的黑烟,乱纷纷地朝后回避着。不一会儿就有了尖叫,回避变成了奔逃,好像黑烟窜到哪儿就会灼伤哪儿的人,拥挤、碰撞、踩踏出现了,喊叫声掩盖了喇嘛们的诵经声和火焰的呼啦声。我没有在意突然出现的混乱,还在追着尕藏布问:"看到了没?看到了没?"尕藏布的寻找分明已经变成了逃命,却还是很有礼貌地说:"看到了。"然后带着我扑向了一个逃命中行动迟缓的藏族人。这次他没说"哎哟他不是",而是一把揪住对方,喊了一声:"就是他。"

那人诧异地弯了弯腰:"噢呀。"意思是说:对呀,我就是我。

我也揪住了那人的袍袖,激动而愤怒地问道:"你就是哥里巴?哥里巴,这么多藏獒都是你放火烧死的,你还有胆量来这里晃悠?"

那人神情一怒,瞪上了尕藏布。

尕藏布赶紧对我说:"不是啊,他不是放火的哥里巴。"

我失望地松开他:"不是哥里巴,那你噢呀噢呀答应什么?"

那人说:"你们叫我哥里巴,我就承认我是哥里巴,那又怎么样嘛?"

我一愣,突然明白了:"哥里巴"是草原上公黄牛和母犏牛的杂交后代,行为猥琐,性格孤僻,动辄拉稀,看着似有病态,宰了油多肉少,也不好吃。牧人们常把好吃懒做、行为散漫的人比喻作"哥里巴"。这人以为我们胡乱起名字跟他开玩笑呢。我埋怨地扫了一眼尕藏布。

尕藏布说:"你问我'看到了没',又没问我看到了谁。我说'看到了',就是看到了他嘛。你不找他,各姿各雅要找他。"

我无奈地摇摇头:这个头缠红丝带、腰挎安冲刀、打扮得有模有样的尕藏布,怎么做起事来一点都不靠谱?居然已经把我们进入人群的初衷忘记了。那么面前这个人到底是谁呢?用不着询问,各姿各雅的举动已经回答我了。

各姿各雅一见那人,就亲热贴到了他的腿上。显然他是它的主人强巴。强巴恢复得很快,已经能够离开医院到处走动了。他抚弄着各姿各雅的头毛,似乎有些吃惊:你怎么在这里?怎么跟这个陌生人在一起?

我赶紧向他解释:各姿各雅是如此地信任我,我一定帮它帮你们找到那个拐跑了它孩子的人,一定把八只小藏獒一只不少地带回草原还给你们。如果我做不到⋯⋯

强巴没等听完就说了一句一个獒主最该说的话:"各姿各雅信任算什么?我不信任你。"在他眼里,我不过是一个跟袁最差不多的坏人——喜欢藏獒,诡计多端,心狠手辣。他最好不要再见到这样的外来人。他狠狠地打了一下各姿各雅,算是对它跟着我的惩罚,然后厉声命令道:"走,回家。"

我一把抓住了强巴,还想纠缠。强巴冷漠地说:"八只小藏獒呢?你找回来让我看见它们,我就像信任佛爷一样信任你啦。"

我着急地说:"我没见过八只小藏獒,不认识它们。我需要各姿各雅的帮助,必须带着它,它能闻能听,远远地一叫,孩子就朝它跑来啦。"

强巴说:"外来人,佛菩萨看见你啦,我也看见你啦,你的心是黑的,黑黑的一片树林子,里面什么灵物都没有。"

强巴走了,为了让各姿各雅不再留恋我,他甚至踢了各姿各雅一脚。各姿各雅不忍心离开我,想着我的手机以及手机那边它的孩子,一再地回望着我。我理解它,我知道一只母性藏獒想念孩子就跟人的妈妈想念她的孩子是一样的。我说:"各姿各雅你先去吧,我会说服你家主人的。你等着,别失望,我说到做到。我们两个一定会踏上漫漫寻亲路。"

混乱的人群星散而去,天葬台对面的山坡上,只剩下了几个人。

到底发生了什么，一山人都惊恐万状，这几个人却还留在这里？我朝他们走去，到了跟前才认出是鹭娃州长和他的随从。他们面带恐惧，一声不吭。离他们不远还有两个人，躺在地上不起来。我走过去才发现那是两具尸体，刚刚死去，血还是温热而流淌的。我疑惑地看看鹭娃州长，又看看死者。两个死者都伤在喉咙上，牙齿洞穿的痕迹历历在目。显然这是野兽的作为，是什么野兽竟敢在光天化日之下、密集人群之中如此造孽？我想起我先前看到的那团黑影了，那不是灼烫的黑烟，而是从天而降的肆虐——冥獒。是的，冥獒出现了，嗖嗖地来，嗖嗖地去，集中了所有野兽的凶残和阴恶。我来到鹭娃州长跟前，望着他惨白的脸，想到他是一个在毛骨悚然的骚动中放弃逃跑的人，便不由得佩服起来。

"你不是说你一定要找到冥獒吗？"鹭娃州长扫了我一眼。

我打着冷战说："我说过的话从来不收回，只要它存在。"

"它都咬死人了，还不存在？"鹭娃州长口气中带着怨怒，好像我说了一定找到冥獒就必须马上找到并把它抓起来。

"所以我来到了这里嘛，来看看它的虐杀现场。"我说，"你发现了没有鹭娃州长，两个死者虽然一个是汉族一个是藏族，但有个共同特征，就是都穿着汉族服装。这一点很重要，说明冥獒的出现是一种惩罚，是被烧死的几百只藏獒的决定，当然是它们灵魂的决定：报复那个纵火者。但它们并没有记住这个人的长相，只记住了纵火者汉衣汉裤的服装特征，所以就有了今天的结果。它是宁可错杀一千不会放过一个的。这是冥獒的方略，让凶手去连累冤枉别的人，可以挑起人们对凶手加倍的憎恨。顺便告诉你鹭娃州长，我已经了解清楚了，纵火者是个汉族打扮的人，蓝色牛仔裤、棕色皮夹克。"

"你就直说他叫哥里巴。"鹭娃州长说。

"你都知道了？"我吃惊道，看他不回答，又说，"你在监视我？有这个必要吗？当然了，你想咋就咋，这是你的地盘。我要声明的是，即使我现在找到冥獒，也不能把它怎么样。我甚至会撺掇它继续复仇，继续惩罚。只有在一种情况下，我们才可以制止冥獒的行动，那就是抓住哥里巴。"

"说吧，你想怎么抓？草原上叫哥里巴的多啦。"

"但是跟阿柔有关系的哥里巴只有一个。我必须先找到这个叫阿柔的女人，再说服她带我去雪山寨子，那是哥里巴养育藏獒的地方，是他纵火前救出展览馆的宝贝金獒和宝贝黑獒的出生地。你是这里的父母官，能不能告诉我，怎么才能找到阿柔？"我本以为鹫娃州长会问："哪个阿柔？"没想到他是知道的。他说："这个阿柔的确不好找，连我都是光听说没见过。看样子你得下一番功夫啦。"

我点点头，突然冒出一个疑问来：鹫娃州长似乎是希望我追查的，至少他不会硬性干涉。不然他有的是办法制止我，比如让公安插手，警告我不要干扰正常破案。鹫娃州长好像到现在还没有让公安局过问展览馆烧毁数百藏獒的事，这又是为什么？难道他想成全我？不不不，他不是一个会在这方面成全我的人。

山坳里的火葬还在继续，火势小了些，尸体的焦臭和木柴的松香混合在一起，一种特殊的引诱让秃鹫们喜欢在高空的烟雾里待着，嘎嘎嘎的叫声如同丢下来的钢铁，清脆而响亮。天葬台东北的梯形坡面上，依然是层层叠叠的袈裟。数千喇嘛的集体诵经已经低沉下去了，他们意识到这里发生了意外，派了几个喇嘛过来打听消息。那几个喇嘛一见死人就惊慌失措地喊起来，通知那边这里死人了。

鹫娃州长说："别喊了，把他们抬到火里，一起烧掉吧。"

太蹊跷了：这么快就要把尸体烧掉？至少应该让公安局的人来

验尸、拍照、确认身份吧？但我没有把疑虑说出来。鹫娃在行使州长的权力，我不必妨碍他。再说死人跟我有什么关系？我的所有冲动都必须是我内心的冲动。此刻我内心很平静。我发现只要不是我的亲人，不是藏獒，全世界的人死了我都会很平静。这样的平静当然是自私而冷酷的。但属于我的自私和冷酷，也属于全人类，我用不着为此责备自己。

就在喇嘛们给两具尸体抹上酥油，扔进火堆之后不到五分钟，一个女人出现了。没有人看到她从什么方向走来，仿佛从天而降。当她冲着火焰大喊大叫时，我们都吃惊得面面相觑。她在喊："哥里巴，哥里巴，哥里巴你就这样走了吗？哥里巴回来，回来。"她是谁？她穿着花氆氇裙，那水汪汪的大眼里有着与生俱来的哀悯，让我憾恨地想道：为什么她呼唤的不是我？为什么不是我被扔进火堆，然后让她如此动情伤感呢？我曾说她是野兽，是妖女，是度母，现在我什么也来不及说，只是轻轻念叨着：白玛，白玛，莲花盛开的白玛。但是在场的人中却有人说："阿柔，阿柔来啦。"我很奇怪，怎么会有人认为她是阿柔？

我走过去大喊一声："白玛。"

她淡漠地回望一眼，仍然喊叫着："哥里巴，哥里巴。"

我突然意识到，重要的不是她是白玛还是阿柔，而是哥里巴已经死了，纵火者哥里巴被冥獒咬死了。我吃惊冥獒居然在千万人中准确找到了惩罚对象，更吃惊这样的惩罚带给我的并不是欣喜而是沮丧：冥獒能报仇，还要人类干什么？我这个带着悔恨的心情以追查罪恶为己任的人，在藏獒的灾难面前只能是个看客。我想帮它们，却受到轻视，被来无踪去无影的冥獒蛮横地取消了帮忙的资格。当然还有别的遗憾：追查以与我无关的方式结束了，我还有什么借口去接触白玛,去探访阿柔,去看看我心里放不下的藏獒托勒,去见识哥里巴培育出的比嘎朵觉悟更优秀的那只金獒和那只黑獒呢?想着,内心又被恐怖所笼罩:我也是罪人,难道我也会遭遇冥獒,并受到如此准确阴贼的惩罚?

鹫娃州长来到我跟前,小声问:"你能确定哥里巴就是纵火者?"

我点点头:"只是没看清他的面孔,刚才疏忽了。"

鹫娃州长征询道:"要不要从火里捞出来?"

我望着熊熊一片的葬火说:"能捞出来吗?捞出来也是面目全非了。"

鹫娃州长露出他这种人很少有的狞恶冷酷的神情说:"你还不知道吧,清理火灾现场时,发现了一具人尸,无法辨认他是谁。这个纵火者真是罪大恶极,活该他有这样一种下场,报应是不会错过任何人的。"

突然我想:为什么鹫娃州长仅凭我的调查就认定哥里巴是凶犯呢?既然烧死的不光是藏獒还有人,为什么不让公安局介入调查?

我带着讥讽的口吻说:"哥里巴已经死了,死无对证,烧死数百藏獒的事件也就不可能是一起刑事案件了,你作为州长,作为必须为'藏獒节'承担责任的领导,也就少了一件麻烦事。你真有福气,关键时刻,冥獒都能帮你的忙,惩罚了凶犯,还不动用法律。现在这场火灾就只能解释为由地震引发的破坏,纯属自然灾害了,既不影响这里的稳定,也不影响你的政绩。你可以彻底摆脱干系啦,鹫娃州长,祝贺你。"

"色钦啦,请你不要胡说八道!"鹫娃州长的严厉是我从未见过的。

第四章　阿柔

1

有时候我赞美草原是为了赞美藏獒，有时候却是为了赞美女人。但我很少像今天这样把两者混同起来，分不清是为了藏獒还是为了女人。所以我现在不能给自己一个唯一的理由，让我清醒地意识到，我为什么来到了这里。这里是青果阿妈草原的北部草场。草场临河的台地上，有黑白两顶帐房，那就是阿柔的家。

阿柔的家和白玛的家一样，远离着牧人定居的碉房。这与贫穷无关，与习性有关。尽管定居的碉房提高了牧民的生活质量，免除了他们四季迁徙的劳苦，但总有一些牧民无法一下摆脱祖先的方式，或惬意或迷茫地延续着那种可以自由追逐山水的生活。我猜想，这未必是白玛和阿柔的愿望，她们似乎更喜欢遵从哥里巴的意志。哥里巴穿梭在草原上，今天阿柔，明天白玛，浪漫得让神仙艳羡。可惜命运的法则里有这样一条：过于幸福的人生必然短暂。这个意志强大到能让两个同样美丽的女人不妒不醋地跟着他的人，这个因为培育出超越嘎朵觉悟的藏獒而魅力无穷（我猜想）的康巴人，已经离开这个世界了。我很惋惜，似有不舍，又觉得他的确十恶不赦，是地球上最最该死的大浑蛋。

是阿柔带我来她家的。我告诉她，哥里巴已经死了，如果仅仅为了他，我是不会去你那里了。但我想念我救治过的藏獒托勒，还想看看比嘎朵觉悟更优秀的藏獒是什么样子的。这两件事情已经搞得我寝食不安了，你能不能带我去呢？阿柔望着绿茫茫的草原思谋了片刻，表情是冷然拒绝的，嘴上却说："那就走吧。"

她骑着马，我开着车，马跑起来时我就快开，走起来时我就慢开，又耗油，又费时，从天葬台到阿柔家，走了大半天。

白玛走出帐房来迎接我们。虽然此前我已经知道白玛和阿柔是孪生姐妹，到了这里一比较，适才明白尕藏布为什么说阿柔就是白玛，白玛就是阿柔。因为她们是那种外表几乎没有差异的双胞胎，连说汉话和藏话的措辞以及语气神态都一模一样，人们很难分得清楚，就只好说这个就是那个了。但是我分得清楚，白玛对我亲切，阿柔待我冷淡，尤其是她们两个在一起时，我的感觉立马分开了：好感觉往白玛身上跑，不好的感觉往阿柔身上去。

白玛有些吃惊："色钦啦，你怎么来了？"

"我知道你和托勒在这里我就来了。托勒呢，藏獒托勒在哪里？"我看到帐房前的草地上，一团黑影动荡了一下。

白玛有些感动："托勒又不是你的藏獒，让你这么费心牵挂。"

姐妹两个商量了一下，决定留我住一夜，第二天带我去阿柔家的雪山寨子看金獒和黑獒。白玛指着阿柔家的白帐房，告诉我里面是我今夜睡觉的地方。我谢绝了。我把北京吉普开过来，挡住嗖嗖不休的凉风，和草地上的藏獒托勒待在了一起。

藏獒托勒好多了，比起我给它清洗伤口的那天晚上，看着像个藏獒了。它知道我来了，虽然它的眼睛只是两个黑洞，根本看不见；耳朵被烧得变成了一团肉，很难听得清；伤残的鼻子也让它无法拥有正常的嗅觉，但是靠着活跃的思维、发达的感觉，它还是用准确的判断维护了一只草原藏獒的声誉：仇视一切危害，感恩一切帮助。它用颤抖的肌肉迎接我的靠近，然后安静地接受我的抚摸就是证明。

我问白玛："你换过一次药了？烧伤膏没用完吧？一定要坚持三天换一次，药用完了就去麦玛镇找大夫要，大夫不给就找鹫娃州长。"

白玛答应了一声，从草地上拿起一件晾晒的东西说："这个，你的。"

我一看是我的贴肉背心，已经洗得干干净净。我说："不用给我了，把它留下来给托勒包扎伤口吧。"

她没说什么，又把贴肉背心晾晒到了草地上。

我又问白玛："它排便了没有？"

"噢呀。"

"撒尿了没有？"

"噢呀。"

"那就好那就好，看样子内脏是好的。还是先不要喂肉，一个月内只给它喂牛奶、肉汤、糌粑糊糊、稀饭。一个月以后试着喂一点熟肉，它的犬牙没了，白齿也就是大牙好不好用还不一定，肉一定要软软的、熟烂的，要是大牙好使，再把生肉加进去，但千万不能喂骨头，脆骨也不行。"

"噢——呀。"

然后，我一边吃着白玛给我端来的羊肉白米稀饭，一边跟藏獒托勒说话，随便说，想起什么说什么，只要能让它感觉到我语气里的柔情蜜意就算达到目的了。吃完了，也说累了，就挨着它静静坐着，让它知道我在跟它一起度过这个春天寒冷的夜晚。我知道我爱上了托勒。出于我的本性，我是那样怜惜它，简直就像怜惜我受伤的孩子和情人，怜惜我的藏獒斯巴。我躺在草地上轻轻拥搂着它，在一种柔情似水、温存如侣的感觉中，打了一个盹又一个盹。我也不知道我为什么一接触藏獒就会如此动情，靠谱的解释是打小的姻缘、天生的喜好、骨子里的热爱，或者我前世也是一只藏獒，因为救过人有了福德，自己也转世成了人。可是我转人转得不彻底，还带了一些獒性来到人间，所以见了藏獒就流连忘返、温情脉脉。更让我高兴的是，我的心情藏獒托勒也能懂得，它的一颗獒心朝我靠近着，那就是舌头舔我的举动，湿漉漉的，被夜风一吹便有些冰凉。我这才意识到它一直在舔舐我左手腕上被各姿各雅咬出的伤口——我执意不打狂犬病疫苗，执意不抹药不包扎，但藏獒托勒认为这样是危险的，必须用舌头替我消炎杀菌。可是托勒看不见、闻不着，它怎么知道我这里有伤？莫非它被大火烧残了五官之后，剩下的每一根獒毛都有了五官的功能？

谢谢了藏獒托勒。我在感念中彻底睡着了。

阿柔家的雪山寨子在没有车道的深山里，我只好丢下我的北京吉普。丢下的还有阿柔移动的家。跟白玛家一样，阿柔家只有阿柔一个人，也没有羊群，只有几头挤奶的母牛和三匹骒马拴在地绳上。离开时我问白玛："你把家搬到哪里去了？你的牛呢？"白玛淡淡地一笑，没有回答。我又说："这里没人不要紧吧？要是窃贼来了呢？"白玛温和地说："阿柔家的东西，哪个窃贼敢偷？"我说："那么母牛呢？拴在地绳上吃不到草，它们会饿得挤不出奶的。"阿柔冷冷地说："没有吃不上草的母牛，没有挤不出奶的奶头。"我想：难道母牛会挣脱绳索去远处吃了草再回来把自己拴上？真是神牛了。还有狼，要是狼来了怎么办？我刚一提到狼，阿柔就说："你就是我们的狼。"她在骂我是坏人了，我不高兴地瞪了她一眼。白玛赶紧解释道："色钦啦，放心吧，有托勒在，狼不敢来的。"哦，我忘了，獒死不倒威，况且托勒已经死里逃生，正在靠了坚强的意志一点点恢复呢。

我们三个人骑着马，朝着雪山走去。那么大的雪山，峰峰相连，到了山里头，到了雪线下，还觉得真正的雪峰在老远老远的前头。雪线下是黄马褂一样穿在山胸上的整整齐齐的高寒草甸，它托起了雪线的洁白，又牵手着下面林带的黑绿。我们在林带和草甸的衔接处寻找能走过去的路，路总是能找到，又总是会失去。我们走走停停，一会儿骑马，一会儿步行。我走在穿着花氆氇裙的白玛和同样穿着花氆氇裙的阿柔中间，欣赏着美好的人物和美好的景致，忘乎所以地唱起了歌，当然是悲歌：

      藏獒从眼前消失了，
      草原上的活物空了一半，
      不是活物空了一半，
      是人的心空了一半。

中午的时候，我们停了下来，搬来三块石头，支起铁锅，烧茶吃糌粑。然后顺着草甸的陡坡继续走，往下穿过一片松柏林，又穿过一片云杉紫桦混交林，看到了一片碧蓝碧蓝的湖水。绕着湖边的草地往南走，就在湖水和森林交界的地方、遍开着金露梅的缓坡上，出现了一些盘曲向上的栅栏似的寨桩，寨桩里头有几座木石结构的平房。

白玛说："这就是阿柔家的雪山寨子了。"

我仰头一看，寨子背后是一座冰清玉洁的大雪峰。黄昏的光线带着雪山的洁白描画而来，勾勒着仙境的地盘，凡是美丽的都被勾勒进来了。颜色的涂抹有红有紫有蓝有绿还有白，都是植被都是花朵都是霞光，清幽而平静。唯有金色和黑色是运动的，那就是金獒和黑獒。它们从穿越寨桩的通道里跑出来，金獒扑向白玛，黑獒扑向阿柔，几乎同时站起来，前肢搭上她们的胸脯，让我嫉妒地舔了几下。然后它们才开始注意我，先是黑獒吼了一声，接着金獒也吼起来，它一吼就吼得很多，一长串，长得没完没了。看得出它们不欢迎我，很警惕，似乎我是介于敌人和友人之间的一个存在，让它们举棋不定。但我知道它们没有扑过来撕咬的真正原因是白玛站在我身边，随时准备保护我，并对它们做出了制止吼叫的手势。阿柔只是冷冷地看着，仿佛金獒和黑獒的吼叫不过是强化了她对我的态度。

白玛说："它们是聪明的藏獒，它们知道你来这里对我们没有好处。"

我说："怎么会呢？我的好处是多多的，交往下去你就知道了。"

不过有没有好处先搁一边去吧，现在需要安静。一个獒迷见了好藏獒最要紧的就是欣赏、赞叹、拜服：你很伟大，比所有人都伟大；你是偶像，是我唯一的偶像。我说："别吼了，我已经听出你们的发音器是全世界最响亮的。"鉴于嘎朵觉悟如雷贯耳的声名,据说超越了嘎朵觉悟的金獒和黑獒已经无数次地出现在我脑海中。但我现在的感觉是灰心丧气,灰心的不是金獒和黑獒,而是我对藏獒形象的认知。我怎么也没想到,它们不仅超越了嘎朵觉悟,也超越了我的想象。它们比我这些年见过的所有藏獒都要好,差不多就是我曾经写过的理想藏獒——我的斯巴的翻版了,至少外表是趋近的。

我啧啧称羡:金獒是吊嘴里最吊的、吊眼里最吊的、吊脖嗉里最吊的、阔胸里最阔的、长毛里最长的。它有五最之美,说它是獒界雄狮一点也不夸张。而黑獒是头最大、脖最粗、体最高、腿最壮、骨量最充分。它也有五最之美,俨然是獒界女王了。金獒是公獒,黑獒是母獒,都不到一岁,还能发育,前途不可限量。啊,金獒,你是草原之光、太阳的儿子;啊,黑獒,你是大地之夜、星群的依靠。我是作家,我有抒情的毛病,当场就有点哼哼唧唧。哼唧着就叹息:可惜啊可惜,前世是藏獒的我居然和它们没有缘分。从它们对我不断的咆哮中,我听出了坚如磐石的拒绝。

我的眼光离开了金獒和黑獒,看了看寨桩里头敞开着门的平房,奇怪在这个被我满怀期待的哥里巴养育藏獒的地方,竟然没有别的藏獒。怎么会呢?金獒和黑獒的血统在哪里——金獒的父母是谁,黑獒的父母是谁?父母的父母又是谁?哥里巴不可能凭空培育出两只如此优秀的藏獒来。

我的疑问立刻被阿柔看出来了,她说:"哥里巴死了这里没人管,多多的藏獒都走啦。"

我问:"多多的藏獒去哪里了?"

她说:"牧人们抢走啦。现在,青果阿妈草原的好藏獒,都是哥里巴的藏獒。"

金獒和黑獒轮番咆哮着：滚开，滚开。

我深深地遗憾着：不该纵火、不该死掉、不该倒毙的哥里巴。他一定是个养育藏獒的高手，他要是好好的，他的雪山寨子不知能培养出多少世界闻名的顶级藏獒。我扫视着四周，看到一辆气派炫目的红色摩托车停靠在平房之间的墙下，在这个优美深寂的环境里显得十分扎眼。我用眼睛问她们：哥里巴的摩托车？他去麦玛镇的天葬台给死去的藏獒送行为什么没有骑上呢？

我问道："这里没有别人吗？谁来照顾金獒和黑獒？"

没有人回答。这个问题问得有点傻，留下金獒和黑獒看守雪山寨子有什么不可以？它们是放开的，偌大的山野完全用不着由人提供吃喝。

一阵凉风吹来，黄昏结束了。白玛把金獒和黑獒拴了起来，好让我可以随便走动。我们在平房里喝了用地窖里的连骨肉煮的肉汤，吃了糌粑，然后我就睡在了泥石灶火旁边的氆氇垫子上，垫子里头是装了干茅草的，身子一动就咝啦咝啦响。白玛和阿柔则到别的平房歇息去了。一夜无事，事情都在梦里。我梦见了哥里巴，和在天葬台刚死去的样子相比，他突然高大壮实了许多，而且他是戴着藏獒面具和披着獒皮的。当他骑着红色摩托车奔跑在草原上时，人们都说，看啊，如今的年月，藏獒也开上摩托车啦。醒来后我拍了拍脑袋：不中用的家伙，你怎么没有梦见白玛呢？就是梦见冷冰冰的阿柔，也比梦见一个死去的男人更像梦。

白玛和阿柔进来打火做早饭时我问道："以后还能在这里见到你们吗？"

她们两个都说："不能啦，以后不能再见面啦。"

我突然想到，白玛和阿柔之所以决定带我来这里，就是想让我再也不要来了。哥里巴死了,阿柔家的雪山寨子已经参观过了,也见到了我救治过的藏獒托勒和比嘎朵觉悟更优秀的金獒和黑獒,我还有什么理由纠缠她们呢?可我真的还想来,尤其是在她们突然成了寡妇(非婚姻意义上的寡妇)之后,我觉得我要是不来就对不起死去的哥里巴了。当然我内心牵绊的只是白玛,不包括阿柔,我无法像哥里巴那样同时喜欢她们两个。尽管我愿意把献给白玛的全部赞美同样献给阿柔,她也无愧于这种赞美甚至还能超越这种赞美,尽管她们从外表上几乎一般无二地让我神魂颠倒,但我钟情的毕竟是一个具有灵魂的有热度的肉体,而不是一尊美丽的冰雕。温暖是好女人的基本资质。阿柔太冷了,我担心在我抱着她的时候我的热量不足以融化她冰清石冷的身心。

2

早饭后我们原路返回。金獒和黑獒一路跟着我们,直到阿柔喝令它们返回,才转身朝雪山寨子奔跑而去。

再次来到北部草场临河的台地上黑白两顶帐房的阿柔家,我又住了一夜,依然是我和藏獒托勒同床共寝。说话,抚摸,它给我舔舐左手腕上的伤口,渐渐睡着,做梦,梦见托勒奔驰在雪山上,健步如飞。醒来后,太阳已经升起,我和托勒共进早餐:我的是没放酥油的奶茶和白玛一大早烙好的白面酥油饼,它的是牛骨髓汤。我双膝跪地,捧着它的食盆,直到它喝干舔尽。然后我轻轻拥抱了它:再见了,托勒。我把北京吉普发动起来,听到藏獒托勒发出了一声本来根本不可能发出的吼叫,知道是不想让我离去的意思,便哀叹一声:托勒不是白玛,白玛不是托勒,我不会留下来,对不起了,托勒。

我把车开到河边,大致洗了洗,然后去帐房前跟白玛和阿柔告别。姐妹两个一前一后地送我,送了几步,后面的停下了,前面的继续送我,一直送我到车边。我享受着被她依依送行的幸福,望着她温存的表情,从胸兜里拿出了我捡到的那个锦缎香囊:"还给你,这么好的香囊,以后可不能再丢了。"

她看看,严肃地摇摇头:"不是我的,我的在我的皮袍上。"

"是你的,如果你不接着,我可以下次还给你。"我突然抓住她的手说,"白玛,你到车上来,我有话对你说。"

我打开后排座的门,把她往车上推着。她似乎看了一眼帐房前的那个她,迟疑着坐了进去。我关上车门,立刻钻进驾驶座发动了车。从镜子中看到,她好像愣了一下,用眼睛问我:你要干什么?我当然不能回答,或者说车速就是回答。

当我的北京吉普野浪地奔驰起来时,我看到草原就像两股绿色的风,在飞翔中拥抱着我。风的深怀里是爱情的温床。我很快就撞到温床上了,一片匀净柔软的草,满世界的空旷和虚无。不是我虚无,是世界虚无。在虚无的世界里,我是唯一的实有。我停车,下来,打开后排座的门,捉住了她的手。我说:"请下车吧,珠牡。"珠牡是格萨尔王的妻子,而我的本名便是"岭国僧钦诺布扎堆"——格萨尔王的名号。此刻在我膨胀起来的雄性意识里,我真把自己当成南征北战的雄狮大王格萨尔了。

也许她不想下车,也许她不知道为什么要下车。但在我看来,只要她下来就表明了她的心甘情愿,尽管我拉她下来时用了最大的力气。我心说你可以不服从我,但是你不能不服从草原的意志。为什么草原是广袤而寂静的?因为我和白玛有个约,为此它驱除了所有的障碍。鲜花烂漫的草原，只有我和她的草原，人类的始祖原来就是这样的：开始他只是抱住了她，后来他压倒了她，接着他便占有了她。历史就是这样记载了人类的源头、最初的爱情。再详细一点，那就应该是：他强迫了她，但不是强奸，如果她坚定地不愿意，他绝没有力气征服她。可是她毕竟扇了他一个耳光，因为在造物主给她的本能中，她必须反抗。她在反抗中顺从了他，不，不是顺从了他，而是顺从了造物主的意志，顺从了原始爱情对一个男人的要求：你必须奋力达到你的目的并把它变成习惯性的延续、变成草原之爱中司空见惯的故事。我是一个地道的草原人，我知道草原上的爱就应该这样：把性交给天空和大地，让阳光和绿草作证，这里没有柏拉图。男人爱上她，就只因为他是一个没有毛病的男人，而她是一个真正的水做的女人。

我拉她起来，给她穿上花氆氇裙，深情无比地说："白玛，我爱上你啦，你跟我走吧，去城里生活。"

她低着头说："我是阿柔。"

我用双手抓住她的双手："白玛，听我说，我是一个好男人，比哥里巴强多了的草原男人，你跟了我是永远不会后悔的。而对哥里巴，你已经后悔了。如果你不后悔，你就不会让我得逞。"我无耻地从她身上给自己的不轨找了一个理由。

她把手从我的手里抽回去，抬起头说："我是阿柔。"

怎么会呢？我审视着她，一瞬间我从她晶亮的眼风里觅到了阿柔的冷漠，我愣了。我一直觉得我分得清她们两个，一直觉得只有白玛才会送我到车边，没想到送我到车边的竟是阿柔。现在恋爱已经变成性爱了，才意识到我是绝对分不清她们两个的。我说我爱白玛，她说我是阿柔。我要是说我爱阿柔呢？是不是会得到我是白玛的回答？我想这才是"阿柔就是白玛，白玛就是阿柔"的意义了。是不是可以这样想：要么都不爱，要么你都爱，就像哥里巴那样。可是两个都爱我做不到，两个都不爱我也做不到，那怎么办？我渴望得到好女人的爱情，却不能像一个真正的草原男人自由潇洒地奉献爱情。我这个人啊，狭小的心房里，竟然只有一个女人的地位。

我说："可我以为你是白玛，我现在爱的还是白玛。"

她用火灼灼的眼睛看着我："你爱白玛？你爱得起吗？你现在把大山背上啦，从此你要受罪啦。放一只藏獒咬死你，倒霉的时候你就想想你造了什么孽，活该啊，不活该你就不是一个可恶的人。"好像在她眼里我已经倒霉了，我正在受罪。

但我仍然希望她是白玛。只要她们两个在一起，我就一定能准确无误地一把揪住白玛，把她拉到我怀里来。我板着面孔说："上车吧，我送你回去。"

她冷笑一声，突然抱起一块石头，砸向了我的北京吉普。后排座的门窗玻璃"啪啦"一声碎了。她跑起来，声嘶力竭地喊着："哥里巴，哥里巴，你在哪里啊哥里巴。哦咕咕，达娃娜，快来啊，咬死这个背叛草原的人。"

我知道哦咕咕和达娃娜是金獒和黑獒的名字，似乎它们跟阿柔的关系要比跟白玛近得多。白玛要是喊，就一定会喊藏獒托勒。我突然相信了，相信她是阿柔而不是白玛。我懊悔得抱起阿柔砸碎玻璃的那块石头，扔向了她。我要砸死她，砸死这个我无意拥抱的女人。当然是象征性的，宣泄郁闷而已。石头落在了三米远的地方，而她已经跑到六十米之外了。我粗野地辱骂着自己，一头钻进了北京吉普。

3

追查纵火者的事已经结束了。随着哥里巴的死，冥獒再也没有露面。我茫然四顾，无从下手，一定要找到冥獒的决心似乎已是一个长远计划了。命运并不会因为我的豪言壮语就立刻证实我真的不是一个一般的人，它有的是耐心考验我。那就考验吧，此生此世，生生世世。当务之急是必须尽快帮助各姿各雅找到它的八个孩子，拖延下去，就不好找了。拐走它们的人会四处转移，八只小藏獒也会迅速长大，它们离开草原时的幼小并不能保证它们对父母、家园、主人的记忆，也不能保证别人比如各姿各雅对它们的记忆，到了那个时候即使擦肩而过也会认不出来了。那我就完了，我的八种幸福也就是一切就都会失去了。可是要寻找八只小藏獒，就必须带着各姿各雅，否则就别谈寻找。

怎么样才能把各姿各雅带走呢？

我在废墟组成的麦玛镇上到处行走，又见到了尕藏布，突然想到我还答应过他，帮他找回三百万块钱呢，便问道："你去没去银行？"

尕藏布忧愁地说："去啦，我天天都去。长胳膊的拖拉机来啦，一挖一个坑，一挖一个坑，多多的坑里都没有我的钱。"

我一听就知道他没去，拉起他就走。我们来到临时搭建的帐房银行。这里已经开业好几天了，尕藏布天天路过，就没想到应该进来看看。在他的概念里，别的银行都跟他无关，跟他有关的银行已经塌掉了。我带他挤到有警察守护的柜台前，要他拿出存折。他抖抖索索从怀抱里掏出来，又不肯递进去。我一把夺到手，丢给了里面的柜员。柜员是个男的，青年，问我们想干什么，存还是取？我问尕藏布取不取？尕藏布一脸呆怔，摇着头表示不知道。

我对柜员说："就是想看看他的钱还在不在。"

柜员奇怪地问："怎么会不在呢？"双手在键盘上噼里啪啦一阵敲，然后把存折扔出来，理解地解释了一句："只要电脑里在，就没问题。"

尕藏布愣望着我：什么意思？我说："你的钱找到了，就在这里。以后你记住，凡是建设银行，你都可以进去取钱。什么蓝的红的你就别再胡说了。"

尕藏布瞪起眼睛，简直不敢相信他没日没夜找了十几天的三百万，这么容易就找到了，还以为我在骗他呢。他朝柜台里头看了看，满脸疑惑："省上的，你说我的钱找到了？钱呢？我的钱是蓝的，蓝的都是我的。"

我叹口气："看样子你是不取出来不相信的，那就取吧。"我把存折又递给柜员说，"三百万，连利息都取了。"

柜员吃惊道："都取？这么多，那得提前预约。"

我说："银行同志，建设银行同志，现在是非常时期，救灾需要钱，重建需要钱，你就打破常规嘛。本来搭建帐房银行就是为了应急。你要是不给钱，这位尕藏布大叔可就急死啦。"

尕藏布似乎突然明白过来，喊道："急死啦，急死啦，快把我的钱还给我。你拿了我的钱不还我，佛祖、菩萨和山神都会责怪你的。"搞得旁边的警察以为要发生什么案件，赶紧过来挡在了尕藏布前面。

这天，我帮着尕藏布把他的三百万钞票从银行取出来，又给他买了六个纸箱子，装了钱，用我的北京吉普运到了他家的帐房里。

当然不止三百万，还有利息。尕藏布对利息的兴趣超过了对本金的兴趣,拿在手里一再地数着,说:"不是多多得多出来,是少少得多出来啦。我丢的母羊送回来时,两只变成了四只,三百万回来时,还应该有一个三百万。"

我也不想多解释,多解释也没用。由于藏獒嘎朵觉悟的缘故,尕藏布从原始游牧状态毫无过度地进入了现代化生活,他似乎落后了五十年,又似乎一步跨越了一百年。牧人和藏獒一样,所有的知识都来自循序渐进的经历和体验。在没有任何铺垫的飞跃面前,尕藏布的不适应就是冰雪对火焰的不适应。冰想浇灭火,火想消融冰,最后就是谁也不是谁了。我说:"你的三百万放在银行里时间太短,还来不及生出多多的孩子,就让你取回来了。再说现在是四月,不是羊群交配繁育的季节,你的三百万也就没有多多的多出来。"

尕藏布明白了,嘿嘿笑着:是啊,是这样,这个道理他怎么没想到?突然又后悔没把三百万在银行里多放些日子,放到明年冬天羊群产羔的时候,那就一定会多多的多出来啦。

我指着存折给尕藏布说:"这个你放好,上面还有五百块,不留下五百块,银行就要销户,你要是还想存钱,就拿着这个存折再存进去。还有,这上面的五百块可不会多出来,因为它的利息还没有银行扣的多,银行每月都要扣,你要是不存钱,五百块就会越来越少。"也不知尕藏布听懂了没有,看他点头,我就没再说什么。

现在,三百万钞票再次堆积在了尕藏布家的帐房里。六个用透明胶带粘起来的纸箱子摞在帐房仅靠灶火的地方,俨然就是一张桌子了。他老婆当即就把端给我的酥油茶和一些去年的黑干肉放在了上面。我喝了茶,没吃肉,然后就告辞了。走时我跟尕藏布一样高兴,觉得自己终于为牧民做了一件好事,很想抱住尕藏布行个贴面礼,看到尕藏布送我走出帐房后,谦卑地弯曲了膝盖,躬下了腰身,平伸了两手,我便把张开的臂膀放下了。他的样子是以下待上的,表示感恩和敬重,没有让你平等对待的准备,你要是抱住他把脸颊贴过去,会吓人家一跳。

我笑着说:"这下你踏实了吧?可以搂着三百万睡觉啦。我走了,你保重。"

尕藏布"噢呀"一声说:"省上的,你帮了忙我谢谢你啦。你在省上想着我,我有什么不好的事情你再来。"

我说:"你的事情根本不算什么,最大的事情还没办呢。"

他惊讶道:"哥里巴已经死啦,我的事情还不是最大的?"

"我现在最大的事情是带着各姿各雅去寻找它的八个孩子。可是它的主人强巴硬是不相信我。没有各姿各雅跟着,我怎么找嘛?世界上的小藏獒成千上万,我的鼻子可闻不出谁是谁的。"

尕藏布直起腰,放下手说:"这个事情我知道啦。强巴这个人,嗜……"他不屑地吹了一口气,"强巴是个顶顶落后的牧民,多多的世面没见过,小小的世面也没见过。他以为省上的就是州上的,州上的就是县上的,县上的就是乡里的,乡里的就是省上的。他不相信省上的就是不相信寺里的佛爷,省上的是佛爷一样的人嘛。他的各姿各雅是嘎朵觉悟的老婆,他的八只小藏獒是嘎朵觉悟的娃娃。我去给你说,我只说一句话,他就会把各姿各雅交出来让你带走。"

我不相信尕藏布一句话就能让强巴改变主意,但好奇心和侥幸心还是让我决定带着尕藏布去找强巴:我实在想知道尕藏布的一句话到底是什么话。

我们开着车去了强巴家的碉楼废墟,又去了广场医院,最后来到大部分建筑已经坍塌的麦玛寺才见到强巴。强巴是请求喇嘛闹拉念经赐福来了。他的阿爸岗却巴在地震中受了惊吓，脑子似乎不清醒了，见了不穿藏袍的人就哆嗦，双手蒙着眼睛，一口一个"恰那亚嘎"。恰那亚嘎是传说中残害动物的生障魔鬼。老人牵挂着自家的八只小藏獒，见了谁都觉得是拐走了它们的恰那亚嘎。强巴站在寺院废墟的前面，手里捏着一条刚才喇嘛闹拉给他的攘辟邪祟的红棉线绳，正要回到医院去，系在阿爸的脖子上。他身后是各姿各雅。各姿各雅一见我就想跑过来，仰头看看主人望着我的冷漠的脸色，就又罢了。我不说话，站在尕藏布身后，听他怎么说。

万万没想到尕藏布的一句话竟是："让各姿各雅跟他走，我把三百万搬到你家去。不相信吗？强巴啦，佛菩萨在上，我向你发誓。"

强巴似乎没有不相信的理由。就算尕藏布会欺骗他，但绝对不会欺骗佛菩萨。在佛菩萨面前，尕藏布比他强巴要虔诚得多。

我说："尕藏布，你不能这样。"

我琢磨尕藏布之所以要这样说，除了他愿意帮助我，以便获得帮助人的快乐和荣耀外，还有他自己的小算盘，那就是他把三百万交给强巴以后，自己就用不着操心守护了。说来说去，他还是把三百万当成了羊群，就是给了强巴，最终也还是他的，因为谁都知道他的是蓝的，蓝的都是他的。等到明年冬天羊群产羔的日子，就会多多的多出来，回到他身边的至少是两个三百万。这比存在银行里好多了，银行说没就没啦——连水泥楼房的银行都这样，现在的帐房银行就更让他不放心，那会跟牧人搬家一样说走就走，几头牦牛一驮晃眼就不见了。而跟他一样祖祖辈辈生活在草原上的牧民强巴，却是永远不会走的。这一点他绝对有把握，因为他就像了解自己一样了解所有的牧民，他自己不走，别人也一定不走。

尕藏布说："你别管啦省上的。我说了就说一句话，我不说两句话。"说罢过去，揪着各姿各雅的头毛，把它拉到了我身边。

强巴愣怔着不动，像中了定身魔法一样。

我想强巴为什么会这样？是因为他意识到我真的有可能找回他的八只小藏獒？也许吧，虽然他不相信我，却不能漠视各姿各雅对我的态度。牧民的意识里，很多时候藏獒的感觉就是神的感觉。或者是因为强巴需要钱？碉楼塌了，往后的日子怎么过？他是一个已经放弃游牧很久、住惯了碉楼的现代牧民，他还想盖起新碉楼，延续自己半城镇化的惬意生活。钱钱钱，这一刻他大概被钱魔住了。

尕藏布推了我一把："走吧走吧，带着各姿各雅赶紧走吧。"

我试探着说："那我就走啦？"看强巴不回答，便拿出手机，拨通了鹭娃州长，寒暄了几句后告诉他："我在寺院这里，见到了各姿各雅。现在就准备离开麦玛镇，去寻找强巴家的八只小藏獒。"我这样做，既是向鹭娃州长告别，也是说给强巴和各姿各雅听的。各姿各雅听到我在电话里提到了它，立刻兴奋起来，绕着我的腿转了好几圈。显然我的目的达到了：强化它的印象和想象，再一次让它把电话那头的人想象成拐走八只小藏獒的那个人，想象成我正在告诉那个人把它的孩子还回来，以便让它听从我的指挥。我收起手机，看了一眼依然呆愣着的强巴，大步走向了北京吉普。各姿各雅跟了过来，生怕落下似的跑在了我前面。我打开后排座的门，连抱带推地把它搞了上去。

车轰然启动了。我有点迫不及待，唯恐强巴反悔、尕藏布反悔。

我知道我这样离开一定会出事，尕藏布想的和强巴理解的差距一定很大。在尕藏布差不多就是发放贷款，利息高得惊神，成倍返还，贷款的抵押就是各姿各雅。但在强巴看来，对方的三百万才是抵押，如果不把各姿各雅还回来或者找不到八只小藏獒，抵押就归他所有。甚至他都不希望各姿各雅再回来，因为他现在最需要的不是藏獒而是钱。他们都是自私的，而最自私的莫过于我。我明明知道我这一走就会害了他们两个，却还是心硬似铁、去无反顾了。我是多么希望带着威风凛凛的各姿各雅去我想去的地方，多么希望在寻找八只小藏獒的过程中满足我作为一个超级獒迷的心愿，实现一个悔罪者的解脱。那是我万分期待的人生目标，是我的必然归宿：找到八只小藏獒，带着它们和各姿各雅回到青果阿妈草原，然后去追求白玛。所有的幸福——八种和十八种就都属于我了。

我从倒车镜里看到强巴突然狂奔着追了上来，边追边舞起袍袖喊着什么，似乎是"各姿各雅，各姿各雅"。我知道他反悔了，油门一踩，风驰而去。

4

我摆脱了强巴的追撵，却被鹫娃州长拦截在了麦玛镇通往巴颜喀拉山的公路上。鹫娃州长的专车——一辆牛头越野和一辆公安标志的改装越野头对头地横挡在路前，中间是留给过往车辆的通道。鹫娃州长带着人堵在通道上，朝我扬起了手。

我停车下来，还没站稳，鹫娃州长就大步过来，严肃地说："你不能把各姿各雅带走，不管你是什么理由。它如今是青果阿妈草原唯一的上等母獒了，我怕它去了回不来。这不是相信你不相信你的问题，这是我们对藏獒的担忧。草原上已经没有好藏獒了，都叫贩狗人贩到内地去了。"

我不说话，我知道说什么也没用，鹫娃州长是个顽固的人，只要他拿定的主意，说服是不起作用的。

鹭娃州长说："有一件事情我想告诉你，我打算让你父母收购各姿各雅。它留在麦玛镇太扎眼，过去是销售基地想买它，现在销售基地没了，但肯定还会有人盯着它。去了藏娘县你父母那里就安全了。我们州上对藏娘县的政策是：不搞定居、不修公路、不买卖牲畜、不破坏资源、不开设工矿、不办旅游、不进行任何经济开发。就跟从前一样，让人和藏獒都生活在原始的生态环境里，不不不，是未来的环境。这是你父母的想法，我完全赞同。"

我瞪着鹭娃州长，面孔阴沉、凌厉，还有点凶恶。搬出我的父母来也没用，我带着各姿各雅走定了，什么藏娘县，什么不定居、不修路、不开发的鬼话（规划），比起我的生活来，又算得了什么？我站在驾驶座的门口，不由得攥起了拳头，看鹭娃就要拉开后排座的门，把各姿各雅拉出去，便大叫一声，扑了过去。路多多说得太有水平了，我是一个不冲动就做不成任何事情的人。比如我想恋爱，必须强奸了以后再恋爱；我想救人，必须害了人再救人；我想做好事，必须做了坏事以后再做好事；我想交朋友，必须做了敌人以后再交朋友；我想善良，必须做了恶人以后再去善良。不是我不想始终如一地做人，而是总有人给我设置障碍挑起我的冲动。我一拳打倒了鹭娃州长，迅速回到车上，开起来就走。

通道上站着好几个鹭娃州长的随从，看着冲过来的北京吉普，大喊大叫着。他们真是太傻了，不知道我是一个反着来的人，要是他们大喊"请你快走"，我也许会停下，可现在他们喊的是"停下停下"，我就要一冲到底了。我不怕压死人，我想的是压死他们算了，我就要用压死人的办法表达我带走各姿各雅、寻找八只小藏獒的决心。我的北京吉普按照我的心愿冲向了他们。他们还算机灵，纷纷闪开,倒地的倒地,逃走的逃走,通道豁然开朗了。我一掠而过。哈哈。再见了,鹭娃州长。

后排座上的各姿各雅叫起来,大嘴就在我的后脑勺上。它已经看出我是个疯子了,在警告我不要压死车外的人,因为他们都是它天天接触的藏族人。我说:"各姿各雅,你站稳立场好不好?我是为了你才这样的。你就想着八只小藏獒,为了它们我们怎么做都是应该的。"我把车开得就像一阵狂风,呼呼地叫嚣奔走着。谁能追得上风呢?不是他们的汽车性能不好,而是他们没有把车开得如此飞快的胆量。新式北京吉普设计能力的最高速就是我此刻的车速,在地震之后坎坷不平的路上,在运送救灾物资的车水马龙的路上。我狂放地唱起来:

你不嫁也得嫁,
漫山遍野的骏马,
那是姑娘你的身价。

十多年前我和鹭娃相识在麦玛一中,这是个初中学校,我是学生他是老师。麦玛一中是双语教学:藏语和汉语,英俊潇洒的鹭娃是我们的藏语老师。他比我大六岁,班上年龄最大的学生比他还大一岁,所以学生们很少叫他老师,都是直呼其名:鹭娃,鹭娃。"鹭娃"这个发音在藏语里就是牛粪,所以在我们喊他"鹭娃"的时候,内心有一种戏谑的轻贱的感觉。鹭娃是知道的,有一次在课堂上对我们说:"想想看,你们的生活中离不开什么?冬天取暖,夏天做饭,离不开牛粪是不是?这就对啦,你们离不开牛粪,也就是离不开我。牛粪虽然普通,离开它你们活不成。再说汉语,'鹭娃'在汉语里就是神鹰的孩子，我是神鹰的孩子，你们看像不像？"说着他张开双臂做出飞翔的样子。大家都笑了，放肆地喊起来："鹫娃，鹫娃。"笑声和喊声说明我们跟鹫娃的关系已经消失了师生的界限，可以很随便地你来我往了。友谊从随便开始，又因藏獒而延续。

我父母在青果阿妈草原最边远的藏娘县畜牧兽医站工作，不可能来到州上照顾我，我是住校的。住校生的生活自由而松散，没有家的束缚、父母的管教，课余时间想干什么就干什么。而我最大的乐趣就是在麦玛镇的马路上溜达。一天我路过一户人家，看到从院门里爬出一只小藏獒来。我跑过去逗它玩，玩了一会儿，发现既没有人从院子里出来，也没有谁从身后两侧注意我，我抱起小藏獒就跑。

我与藏獒的缘分就这样开始了。也就是说，我养的第一只藏獒，是在住校生的大宿舍里，是我偷来的，但我不叫偷叫捡，我又没进到人家院子里头，而是在院门外的路边发现了它，怎么能叫偷呢？要说偷的话，从学校食堂给小藏獒搞吃的那才叫偷。恰好鹫娃住在学校的单身宿舍里，学校就派他管理我们这些住校生。他管理个屁，从食堂偷肉偷馒头就是他带的头，还对我说："爱藏獒的人，神灵会保佑的。佛菩萨看不见我们偷。"他跟我一样喜欢小藏獒，跟我不一样的是他知道小藏獒应该如何成长，所以他经常担当藏獒妈妈的角色：趴在地上和小藏獒打斗，不是用头撞倒小藏獒，就是用巴掌把它打翻在地，有时还会捉来草原鼢鼠让小藏獒追撵。我当然不甘落后，学着他的样子调教小藏獒。他比画着说："色钦，你得这样拍，下手重一点，让斯巴感到痛，它才会知道必须躲避攻击。"

"色钦"是我自己给自己起的名字，最初的时候叫"岭国雄狮大王僧钦诺布扎堆"，这是格萨尔的名号。但我周围的人——老师和同学，总不肯把这个长长的名字读全了，省略成了"僧钦"。又因为在麦玛镇人的发音里，读"僧"的时候舌头总要轻轻收一下，就叫成"色钦"了。"斯巴"是藏族传说中最初的宇宙和世界，也是主宰宇宙和世界的大神，鹫娃给我们上藏语课时讲到了：

最初斯巴形成时，
天地混合在一起，
请问谁把天地分？
最初斯巴形成时，
天地混合在一起，
分开天地是大鹏。

这个斯巴够伟大的，在天地分开之前就存在了。我顺手拿来，做了小藏獒的名字。

小藏獒斯巴越来越壮实了，也闹出很多事来。比如它喜欢叼起靴子甩来甩去，所有住校生的靴子几乎都被它咬烂了。有些孩子家境不好，一双靴子得穿好几年，烂不起的。这事被家长反映到了校长那里，校长通过鹫娃告诉我："不准在宿舍养狗。"鹫娃说："佛祖啊，这可怎么办？要不然你就在宿舍外面养？"他的意思是让我在校园的随便什么地方给斯巴垒个狗窝。狗窝很快垒起来了，就在宿舍后面的墙根里。但小藏獒斯巴死活不肯待在那里，不拴住它会跑掉，拴住了它会哭叫，夜以继日地哭叫，除非我也住进狗窝。没有办法，只好由着它的性子了。它依然堂而皇之地进出着我们的宿舍，晚上就挨着我睡在我的地铺边，并且开始履行职责，不时地出去，环绕宿舍巡逻一阵，要是有陌生人到来，便守在门口用稚嫩的嗓子汪汪汪地喊叫。不过聪明的它似乎知道为什么把它请出了宿舍,从此再也没有咬过靴子,牙齿痒痒时就去咬学生们饭后丢在校园里的牛骨头。

但是斯巴,我的小藏獒斯巴似乎注定要让校长注意到它。它喜欢在我吃饭时坐在我面前,不时地把嘴伸到碗里来,因为一开始我跟它就是这样吃饭的,不分碗碟,没有人狗之别。于是它以为它跟学校的所有人都是不分彼此的。嘴伸到学生碗里倒也罢了,都是跟它一起玩的孩子,不忌讳这个。但有一次它居然伸到了校长碗里。校长汉族,是个陕西人,平时一天三顿都在家里吃。那天可能学校有事,他打了饭菜,蹲到食堂门口吃起来。记得那天吃的是洋芋炖牛肉,校长端着菜没吃几口,小藏獒斯巴就伸嘴从他碗里叼了一块肥牛肉,坐下来若无其事地大嚼大咬。校长"噌"地跳起来,大喊一声:"谁的狗?"把小藏獒斯巴和我们都吓了一跳。"这这这,这怎么吃?"他想起家乡的狗是喜欢吃人屎的,吃屎的嘴怎么伸到他碗里来了?当即就把碗里剩下的土豆炖牛肉倒在了地上,然后又喊:"鹭娃,鹭娃。"鹭娃跑来了,又是弯腰,又是吐舌头,代表小藏獒斯巴向他赔礼道歉。校长说:"不准养不准养,怎么还养?今天就给我拉出去。"

鹭娃跟我商量:"不拉出去不行了,要不就拉到我家去吧。我家离这里不远。"

"不,拉到你家不就成你家的藏獒啦?可斯巴是我的。"

"那你说怎么办吧?"

"你们要是把斯巴拉出去,我就跟出去。反正斯巴到哪里我就到哪里。"

鹭娃想了想说:"那好吧,你也住到我家去。"

我吃惊地瞪大了眼睛:"我也住到你家去?"

就这样，为了小藏獒斯巴，我住进了鹫娃家。鹫娃家是麦玛镇的老住户，有一座大院子，正面是两层碉楼，两边是平房。鹫娃有阿爸阿妈，还有一个姐姐、一个妹妹。鹫娃有时住在学校宿舍，有时回家住。他回家时住在西边的平房里，现在这间平房里又多了一个我，又添了一张床。我在学校睡的是地铺，在鹫娃家睡的是木头的床榻。这种床榻是购置的，一般藏族人家没有，只有富裕的人家才舍得花这个钱。睡床榻虽然舒服，也不会得关节炎，但斯巴就不能和我睡在一起了。鹫娃给它在平房门口搭了个窝，让它在晚上能从门里看到我，也能闻到我的味道，为此我总是开着门睡觉。开始几天斯巴很不习惯，看我睡得比它高，它爬不上去，就不停地站起来，把下巴搭到床榻边上，可怜巴巴地望着我，希望我能抱它上去。我在别人家睡觉，没有抱狗上床的权利，只好说："去吧，去吧，到你的窝里去吧。"它不听，有时一搭就是好几个小时。它这么小就有这么好的耐力，让我佩服得不得了。后来鹫娃找来一根皮绳把它在狗窝那儿拴了几天，再放开时，它就习惯了，要睡就睡在狗窝里了。但我看得出，它还是很难过。它最大的愿望就是把它的身体和我的身体贴在一起。我知道,它这是孩子的想法。我是我父母的孩子，斯巴是我的孩子。

更让斯巴难过的是，早晨我就走了，它怎么跟，我也不会带上它。院门一关，它就会呜呜呜地哭起来。据鹫娃的妹妹说，一整天它都在哭泣，不吃不喝，没精打采。下午五点以后我才能回来，这是斯巴最高兴的时刻，它会守在院门口，谛听我的脚步声，然后跑前跑后、又喊又叫地通知鹫娃家的人我回来了。等鹫娃家的人给我开了门，它就会往我身上扑。我会抱起来放下，抱起来放下，重复好几次。突然有一天我发现，我已经抱不动了。

斯巴成长的速度是惊人的，没过一个月它的个头就增加了一倍。期间每天给它喂食的是鹫娃的阿妈。她继承了藏族人以狗为家庭成员的传统，家里人吃什么就给它喂什么。我也会从学校带回来一些吃的：菜里的肉，或者馒头。鹫娃的阿妈说："你不用管它啦，你自己吃饱，不然的话你的阿妈会心疼你的。"但我还是会带回来，总觉得让斯巴吃饱比让我自己吃饱重要得多。斯巴大了点以后，就变得很懂事了，我早晨上学时，不再跟我，而是送我到门口，然后就耐心等着。它把鹫娃家当成了它的家，把我当成了鹫娃家的成员。这样的意识给它换来了自由，院门可以不为它而专门闩着了。它常常会用嘴或爪子打开门，跑出去溜达一圈再回来，甚至会跑到学校去，看看我和鹫娃，再一路狂奔到家。

这就是藏獒的天性，喜欢自由自在，无拘无束。情感是唯一的链条，天然规范着它的行动。但问题就出在它的天性上。天性不仅是一致而稳定的，也是适应而多变的。当人出现不和时，狗的天性也会分裂。一次斯巴出去溜达，在街上巧遇了它的阿妈和同窝的兄弟姐妹，相貌虽然变了，彼此的气味却依然如故。它们亲热得你抱我舔，互相顶撞，比人类的久别重逢真实感人多了。然后母藏獒便带着斯巴回到了老家。主人见了高兴得不知怎么待它，又是给吃给喝，又是梳毛理发："你回来啦，失踪了这么久居然能回来。啊嘘，都这么大啦，你是这一窝里最健壮的。"但是没高兴多久，斯巴就走了，毕竟它很小就离开了那里，和我在一起的时间比在原主人和阿妈身边要长得多。原主人一路跟来。斯巴回头看着，似乎意识到了什么，没有回家，直接跑到学校来见我。

我刚下课，一看斯巴后面疾步跟着一个陌生人，便下意识地把它抱住了。原主人停下，问道："你的藏獒？我家的藏獒怎么变成你的藏獒啦？"我一下蒙了，不知说什么好。他说了一大堆，意思就是非要把小藏獒要回去不可。这时候藏獒已经开始值钱了，要回去一只像斯巴这样的好獒仔，等于至少要回去十万块钱。我揪起斯巴的鬣毛就跑，跑向一排平房，钻进鹫娃的宿舍，把门从里面锁了起来，以为这样就可以保住斯巴了。原主人哪里会罢手，捡起一块石头就来砸门。鹫娃开门出去，夺下石头跟他扭打起来，扭打很快变成了藏族人喜欢的摔跤。鹫娃年轻力壮，一连两次把对方摔趴在了地上。这期间小藏獒斯巴一直喊叫着，它开始想向着鹫娃，等扑向原主人后又觉得应该向着原主人，便又朝鹫娃扑去，刚扑到跟前就又打住了，它怎么能撕咬鹫娃呢？绝对不可能的。它为难地原地打转，最后趴在地上哭起来：别打了，你们别打了。原主人看摔不过鹫娃，拔出腰刀刺了过来。鹫娃想跑，觉得那样太丢人，愣愣地站着，眼看要吃大亏了。小藏獒斯巴这个时候毫不犹豫地扑向了原主人，不，不是扑向人，而是扑向了那把明光闪闪的刀。原主人收敛不及，一刀刺在了斯巴的脖子上。斯巴惨叫着栽倒在地，鲜血顿时泉水似的冒了出来。

我哇的一声哭了。鹫娃扑过去抱住了它，一边喊着"斯巴，斯巴"，一边咬牙切齿地瞪着原主人。原主人扔掉腰刀，浑身发抖，不知怎么办好："佛祖，佛祖，我把我的藏獒杀掉了。"校长闻讯赶来，冲着原主人吼道："还不快走，等着我们的老师学生把你打死吗？"看他不动，便撕住他的皮袍，拉着他朝校门外走去。校长是明智的，他这样做就让鹫娃或者我失去了捡起地上的腰刀刺杀原主人的机会。说真的，那一刻我就等着鹫娃为我们的小藏獒报仇雪恨，如果他放弃，举刀刺向原主人的就是我了。我甚至已经想好，够不着原主人的脖子，够得着他的鸡巴，我要在他的鸡巴上刺出一个洞来，让他变成女人。可惜来不及了，等我想象着那个血淋淋的洞时，原主人已经从眼前消失了。

"色钦，哭什么，快走。"鹫娃抱起小藏獒斯巴就往校外跑，不断念叨着，"佛菩萨保佑，佛菩萨保佑。"

鹫娃的力气很大，斯巴刚来那会儿他带我去学校食堂偷吃的，把食堂门上指头粗的铁扣子都给扭断了。但就算他是大力士，等他把斯巴抱到麦玛寺的大经堂前时，也累得瘫坐在了地上。斯巴真是太沉了。鹫娃喘着气，向围过来的僧人打听藏医喇嘛，得到的回答是：麦玛寺最好的藏医带着徒弟游方采药去了，能给人畜看病的只有喇嘛闹拉。"啊，喇嘛闹拉，他在哪里？我去给他磕头。"鹫娃让我守着奄奄一息的斯巴，他去囊欠（高僧府邸）给喇嘛闹拉磕了头，然后把喇嘛闹拉请到了斯巴跟前。喇嘛闹拉不是麦玛寺的住持，名声却又大又响跟住持活佛差不多。据说在青果阿妈草原，年届五十的喇嘛闹拉是唯一一个既有宁玛派和噶举派的传承，又有萨迦派和格鲁派的经学底蕴，能把四大现存教派的精要熔为一炉的佛界宝贝，在显宗和密宗方面都有很高的造诣。然而就算你是天上的菩萨，也有人间的局限。喇嘛闹拉唯独在医学方面输给了别人，这一点似乎连他自己也承认，常常对人说："要我给人畜看病，头疼脑热、小病小伤可以，生死攸关的事情就无能为力了。"不过也有人说喇嘛闹拉是神医的，他发明研制的金色十三味善人吃了长寿，恶人吃了毙命。哪个恶人毙了命我不知道，草原上好几个八十岁以上的老人却都在说："亏得吃了喇嘛闹拉的金色十三味，不然的话早就喂鹰啦。"

我当时对喇嘛闹拉的医术并没有确切的了解，总觉得只要是喇嘛而且是高级喇嘛就应该神通广大，就不能束手无策地说："它已经活不成了，抱出去吧，丢到河里算了。"这是水葬的意思，草原上水葬的对象是夭折的孩子和一些无亲无故的人。喇嘛闹拉把斯巴当作了孩子，也算是他给斯巴给我们一个安慰了。

但是不管我怎样愿意虔诚地信仰喇嘛闹拉，总觉得他说错了，小藏獒斯巴不是活不成了，而是一定能活下去。我说："念经啊，喇嘛阿爸快念经啊。"我扑通一声跪下，咚咚咚地给喇嘛闹拉磕起了头。

喇嘛闹拉平静地说："娃娃，起来，我这就给它念经。"

我起身，眼睛直勾勾地盯着喇嘛闹拉的嘴，仿佛只要那张嘴吐出经声，小藏獒斯巴立马就能活蹦乱跳起来。

喇嘛闹拉看出了我的心思，和蔼而无奈地说："现在念经也就是给它送行，我们一起来超度吧，让它早早转世，在你还没有长大的时候，再转世成一只小藏獒，跟你一起长大。"

我哀求道："喇嘛阿爸，你就念让它好起来的经。"

喇嘛闹拉诚实地说："没有这样的经。"

我看看在喇嘛闹拉面前一脸敬畏的鸳娃。鸳娃点点头，似乎他早已知道没有把必死变成必不死的经。我心说既然念了经也得死，那你把斯巴抱到麦玛寺来干什么？我哭起来，听着喇嘛闹拉嗡嗡嗡地念起度亡经，心里的晦暗就像整个草原、所有的人都来到了生命的末日。小藏獒斯巴还在勉强呼吸，但眼睛和嘴巴完全闭实了，能感觉到由于失血过多它的生命正在游丝一样一点点消失。我趴在斯巴身上，闭上了眼睛，似乎也想跟它一起离开这个世界。

鸳娃拉起我，用巴掌擦擦我的泪，用手背揩揩他的泪，叹口气说："色钦，走吧，这是佛的意思。"

我喊起来："喇嘛阿尼（祖父）啦、喇嘛阿爸啦、喇嘛阿永（舅舅）啦、喇嘛阿赫（伯伯）啦、喇嘛阿古（叔叔）啦、喇嘛阿吾（哥哥）啦，你有救活斯巴的经，你念，你念。"我把我熟悉的所有对长者的敬称都喊了出来，期望喇嘛闹拉使劲想一想，想起那个经来。但我很失望，不仅喇嘛闹拉的表情和经声没有任何变化，他还嫌弃地朝我摆摆手，示意我不要干扰他。我突然抬起胳膊，用非常不恭敬的样子指着喇嘛闹拉大声说："你不是喇嘛，救不活斯巴的喇嘛，你不用念经啦，你的经连狗都不想听。"

鸳娃一巴掌扇到我嘴上："不准对喇嘛这样说。"说罢，赶紧跪下，飞快地给喇嘛闹拉磕了几个头，祈求他原谅我那孩子气的鲁莽。

喇嘛闹拉淡然一笑，挥了挥手，安静地说："去吧，把这只小藏獒丢到老熊河里去吧。它的灵魂已经离它而去，在中阴界七七四十九天没有归属的游荡中，它将成为最孤独的风淡淡地来去。不要思念它，不要为它而哭泣，该走的不走那是罪孽的心太沉太沉，不该走的走了那是折断了眷顾的翅膀。"

鸳娃抱起小藏獒斯巴离开了麦玛寺。我跟在后面，仇恨着放弃救治的喇嘛闹拉，也仇恨着鸳娃：凭什么你要扇我一个嘴巴？我舔着已经肿起来的嘴唇，一口咬烂了它：看看我的血吧鸳娃，你打烂了我。鸳娃来到老熊河边，回头看了我一眼，就要把斯巴丢到水里去。我仇恨的火焰突然忿忿然喷涌而出，跑过去，钻到水里，挡在鸳娃面前，朝他踢着水说："斯巴是我的藏獒，不是你的藏獒，你凭什么要把它扔到河里？回去，回去，你把它给我抱回去，我要跟它睡觉，要给它喂牛奶。"听我的口气，鸳娃哪里是我的老师，是我的仆从还差不多。大概鸳娃也在为刚才扇我的一巴掌而后悔，看看我又肿又流血的嘴唇，嘟哝一声："色钦，对不起。"然后抱着斯巴离开了河边，似乎他想用服从我的举动消除我对他的恨。

鸳娃后仰着身子，吃力地走着，中间休息了两次。我觉得走了很长时间才走到他家的院门口。我有些吃惊：伫立在他家门口的不是他的亲人,而是我的亲人。我的父母出现了,他们一人牵着一匹马,风尘仆仆的样子。我有些发呆,他们也有些发呆。母亲突然丢开马缰绳,走过来把我揽到了怀里,用沙哑的声音说:"儿子,你大了,大得我们都不认识了。"我潸然泪下,小藏獒斯巴带给我的悲伤和鹫娃一个嘴巴的委屈,一股脑变成眼泪滚洒在母亲怀抱里,母亲的衣服湿透了。

母亲说:"想我们了是不是?我们这不是看你来了吗?"

我断然说:"我没想。"

"那你哭什么?别哭,别哭……"母亲也哽咽起来。

我说:"我的小藏獒死了。"

父亲和鹫娃说起了话。他已经从学校了解到我住在鹫娃家,鹫娃是我的老师。他想感谢鹫娃对我的关照,眼睛却盯着他怀里的小藏獒一刻也没有离开。我说过父亲和母亲都是搞畜牧兽医工作的,他们面对草原上的动物就像医生面对病人,有一种职业的亲近和敏感。父亲主动问道:"这就是我儿子的小藏獒?"看鹫娃点点头,便摸了摸斯巴的鼻子、嘴巴和胸脯说,"它还没死嘛。哎哟,伤口这么深。快放下,让我看看。"

鹫娃放下又抱起:"还是去家里看吧,家里走,家里走。"然后跌跌撞撞过去,一脚踢开了院门。

第五章　斯巴

1

喇嘛闹拉和鹭娃不知道，其实我自己也不知道，我那时正处在人生的一个关键时刻，无意识的选择已经出现：要么我像父母那样不信神明不拜佛，要么我像鹭娃和几乎所有的同学那样，做一个以礼拜佛菩萨为生活内容和理想目标的人。

我父母虽然也是藏族，但他们是第一代从青果阿妈草原走向大城市（对草原人来说，西海府就是大城市了）的藏族，他们在很早的时候靠了自己的藏族身份被保送到大城市里读完了中学和大学，又在大城市工作了几年后，才回到草原牧区。这时候他们变了，不知不觉变得跟佛菩萨没有关系了。他们回到草原在藏娘县待了几十年，天天面对着虔诚拜佛的牧民，甚至有时候会因为消除了牲畜瘟疫或救活了濒临死亡的牛羊狗马而被牧人们称为活菩萨，但他们自己却从未有过礼佛拜神的举动，似乎想都没想过。他们所从事的自然科学让他们更注重实际操作而轻视虚幻寄托，忙碌的工作也让他们没有精神空虚的时间，此岸和彼岸根本不是他们要考虑的问题。我从小受他们的影响，没拜过佛，也没念过经。但是就在我做了麦玛一中的住校生后，我便开始有意无意向神佛靠近了。父母毕竟不在身边，在那些似乎跟他们无关的时间里，他们的影响正在渐渐消退。鹫娃和同学们以及浓烈的信仰环境潜移默化地改造着我，我和多数人一样说着藏话、吃着藏餐、享受着在他们看来是佛菩萨恩赐的一切，怎么可以另类于他们而自陷孤独呢？我是说，如果没有后来发生的那些事情，我从中学开始就一定是一个虔诚的佛教徒了。

然而生活就是这样，总有一个机会让你把失去当作正常，总有一个事件让你和你的本该拥有擦肩而过。我在一个空气里充满佛的气息，连草枝草叶都会朝着活佛喇嘛弯腰鞠躬的地方过日子，却没有像一个真正的草原人那样获得皈依的力量，就是因为一代高僧喇嘛闹拉放弃了对小藏獒斯巴的救治。佛不是法力无边吗，就像《西游记》里的释迦牟尼佛和观世音菩萨，可是草原上的佛怎么连小藏獒斯巴都救不了呢？更让我难以接受的是，喇嘛闹拉居然说斯巴的灵魂已经离它而去，要我们赶快把它丢进河里。幸亏我拦住了鹫娃，我用一个孩子的执拗抓住小藏獒斯巴就要逝去的性命，让它继续和我在一起。是的，喇嘛闹拉的预言失败了，我的父母救活了我的小藏獒斯巴。

我的父母从青果阿妈草原最边远的藏娘县骑马来到州府所在地的麦玛镇，说是先要在州上开会，完了再去省会西海府开会。开什么会我毫不在意，我在意的只是作为畜牧兽医方面的专家，他们对儿子的藏獒就像对儿子一样好。他们几乎天天来鹫娃家，给小藏獒斯巴打针换药，精心治疗。我知道他们之所以这样，除了他们有能力、有可靠的职业道德之外，还有一个原因，那就是在他们看来，治好了小藏獒斯巴就能弥补长期无法照料我的亏欠。一个星期后，斯巴就可以自己吃东西了。我很庆幸，也很得意，为有能让小藏獒起死回生的父母而骄傲得不得了。

更重要的是，父母的影响又回到了我心里。或许可以这样说：斯巴受伤了，就要死了，无形中的角力出现了，就像父母和喇嘛闹拉的拔河，中间的红绸子就是我的心，最后随着父母的胜利，我把我的心毅然放到了信仰之外。在无数有神论者营造的环境里，一个无神论者就这样诞生了。以后的日子里，我一直不知道我是应该感激小藏獒斯巴，还是应该责备它。

孩子的心没有理智只有情感。现在我情感的力量百倍于理智地让我在有无信仰这个生命的支点上变成了父母的翻版。我在鹫娃面前不止一次地说："你说，说呀，喇嘛闹拉厉害还是我父母厉害？你就不要信他了吧，他差一点让斯巴死掉。"

鹫娃厉声制止道："不准你说喇嘛闹拉。"

我知道鹫娃无法回答谁更厉害的问题。喇嘛闹拉救不活的小藏獒斯巴被我父母救活了，在这样的事实面前，连他也感到疑惑：佛祖啊，喇嘛闹拉到底怎么啦？在他眼里，喇嘛闹拉跟佛一般无二，佛是不会没有法力的，之所以说斯巴的灵魂已经离去，一定有别的原因。鹫娃很想知道这个原因，如果让他一直蒙在鼓里，就连吃饭睡觉的精神也没有了。为此，鹫娃买了一条印有吉祥八宝的上等哈达，从家里带了一些最好的酥油，走向了此刻在他心里比以往任何时候都神圣崇高的麦玛寺。

鹫娃打老远就弯下了腰，捧着哈达，口诵六字真言，来到喇嘛闹拉跟前，虔诚地献上了哈达和酥油，然后匍匐在地，以极其恭敬的口气说："喇嘛，为什么死去的藏獒还能被人救活？"

喇嘛闹拉呵呵一笑说："因为它并没有死。"

"可是你说它死了，你要我们丢到河里去。"

"那是我说错了。"

"喇嘛，你是佛，你怎么会说错呢？"

喇嘛闹拉诚实地说："为什么不能说错？在这个世上，人的错误不少，佛的错误也不少。法力比我高的人出现了，一比较就把我比错了。"

鹫娃觉得这话是闻所未闻的，一时不知道再问什么好了。

喇嘛闹拉说："有些人叫佛，有些人不叫佛，很多时候，不叫佛的比叫佛的更是佛。你信的是真佛，真佛不叫佛，叫什么呢？叫救苦救难。现如今，叫佛的都不能救苦救难，能救苦救难的都不叫佛。不是谁会念经谁就是佛。河里淌的是水，哗啦啦，哗啦啦；雪山上的冰一点声响都没有，难道就不是水了？打雷闪电的是云彩，静静飘动的也是云彩，都在天上，都是佛。地上需要雨的时候要雨佛，地上需要阳光的时候要阳光佛。如今你跪在我面前恨不得把头磕烂，受头的是佛，磕头的也是佛。佛啊，起来吧，回去吧。你今天来对了，从此你就不用再来见我了。我呀，我是一个光会念经的佛。光会念经的佛是最没有本事的佛。佛的错误，都是念经念多了才犯下的，但我当着僧众的面，又不能不念经，所以你就叫我错佛。"

鹫娃心情沉重地离开了麦玛寺，一路念叨：佛怎么会错？佛怎么会错？

这天晚上,我跟鹫娃发生了一次彼此伤害很深的冲突。

虽然父母来到了麦玛镇,我却仍然住在鹫娃家,因为小藏獒斯巴必须待在鹫娃的房间里。鹫娃说他从麦玛寺出来时,碰到了斯巴的原主人。他问道你叫什么?斯巴的原主人说我叫贝囊。他又问你为什么叫贝囊,听说贝囊地方有文成公主庙,你是公主庙附近出生的吗?贝囊说噢呀,又说这些日子他天天来寺里磕头,乞求神佛保佑他的小藏獒不要因为主人的一刀而死掉。

我听了很不高兴,红着脸质问道:"你为什么要跟他说话?为什么见了面不把他揍一顿?"

鹫娃奇怪地反问:"我为什么要把他揍一顿?"

"他捅了斯巴一刀,就应该狠狠地揍,往死里揍。"

"你就知道揍,有本事你去揍吧。"

"你当然不心疼斯巴,斯巴不是你养的。"

鹫娃大声反驳道:"别忘了斯巴是贝囊的藏獒,就算贝囊杀了斯巴,也跟主人杀了自己的牛羊是一个样子的。他有这个权利,与你有什么关系?"

我恼火地说:"谁说斯巴是贝囊的藏獒,贝囊的藏獒叫贝囊杀死啦。我父母救活了斯巴,它就再也不是贝囊的藏獒啦。你又不是瞎子你没看见吗?"

鹫娃显得更恼火:"斯巴是你偷来的,你这个贼快去把斯巴还给贝囊。你要是不还,我就去还。"

我没想到鹫娃会这么说,一下子戳到了我的痛处。我是一个讳疾忌医的人,我偷了小藏獒就绝对忌讳别人说我是贼。我说:"畜生才是贼,我不是贼。斯巴是我养大的,谁要是还给贝囊,我就跟谁拼命。"

鹫娃吼起来：" 我现在就去还，我等着你跟我拼命呢。"

后来我意识到，此刻的鹫娃一定是一种宣泄。他宣泄的是喇嘛闹拉带给他的失望，他在感情上决不允许自己对佛失望，但又不得不失望。他因失望而怨恨，怨恨我和我的父母，无理地认为完全是因为我们的出现才让他如此郁闷。郁闷的背后却是一种格外清晰的怀疑。这怀疑大步走来，让他一直以来的坚信陡然出现在临界点上。难道喇嘛闹拉说对了：他就是一个光会念经的最没有本事的错佛？喇嘛闹拉，他的偶像、他的神祇，给了他迄今为止最为残酷的打击。他要回击，又不能冲着喇嘛闹拉，只好冲着我了。

鹫娃抱起斯巴朝外走去。我扑过去抱住了他。他说："放手，放手。我告诉你，贝囊是佛菩萨的信徒，一个信徒是不会放弃他的藏獒的。藏獒是他的护法神，必须还给他。"他编造出护法神来对付我这个不信佛的人，我就更要死死抱住不放了。他又说："你还在上学你在哪里养？反正我们家是养不了啦，我们家不是贼窝子。"说罢，身子抖了几下，把我摔倒在地上。

等我爬起来时，鹫娃已经冲向了门外的夜色，只听一阵咚咚咚的脚步声从院门外的马路上传来。他在奔跑，以为我会追上去。但我没有追，我知道已经追不回来了，小藏獒斯巴注定要离开我了——如果没有鹫娃的庇护，偷来的藏獒怎么还能属于我呢？我在愤恨之中来到平房门口，手脚并用摧毁了当初鹫娃搭起来的那个狗窝，然后操起作为狗窝脊梁的一根木棍，在鹫娃的平房里一阵乱砸。好像这是我自己的家，我有权利这样发泄。

我砸毁了桌上的碗盏、佛龛前的供品、悬顶的电灯，房子里顿时一片黑暗。我挥动胳膊，让木棍在黑暗中飞翔，一抬头，看见门外的月光下，伫立着鹫娃的阿爸和阿妈、姐姐和妹妹。他们不知道我为什么这样，想过来劝阻又不敢，只好面面相觑着互相询问：色钦这是怎么啦？我猛然意识到我在这里不过是一个白住白用的寄居者，我在疯狂地损坏别人的东西。我害怕他们会扑过来打我，或者抓住我让我赔偿毁掉的东西，丢下木棍就往外跑。我跑出院门，沿着马路跑出去很远，然后停下来，号啕大哭。

这一夜，我没有回到鹫娃家，也没有去寻找住在州府招待所的父母。我在麦玛镇的马路上溜达，累了就蜷缩到一家店铺的门口，打了几个哈欠，便睡着了。醒来时已经天亮，我看到我身上盖着鹫娃的皮袍，看到鹫娃站在五十米远的地方。我知道他一直跟着我，在暗中保护我，但我不领他的情。比起他送走斯巴的举动，这样的关心算得了什么，抵消不了的。我掀开皮袍，扔到地下，起身离开了。

2

从此我和鹫娃断绝了来往。我不想搭理他，即使面对面相逢，我也会低下头去，匆匆而过。这一方面是我对鹫娃把斯巴还给贝囊记恨在心，无法释怀；一方面是鹫娃的生活发生了重大变化。鹫娃不再是住校生的管理员，也不再是一个单纯的藏语老师，他当官了，变成教务处副主任了。一个普通学生和学校官员的距离，那是很长很长的。而对我来说，生活的主要内容便是思念失去的斯巴。

很长一段时间，放学以后我常去贝囊家的院门口徘徊，希望斯巴能从院门里跑出来。但那院门从来就是紧闭着的，走近了从门缝里窥探，什么也看不到。有一次我在他家墙外垒了好多石头，踩上去爬上了三米多高的墙，墙的一部分是院墙，一部分是房屋的后墙。

我沿着墙头走过去，踏上房屋的平顶，向前几步，正要往下看，就听轰的一声响，一只壮实而黑亮的藏獒从平顶那头碉楼二层的护栏边跑了过来。我转身就跑，哪里跑得及，刚到平顶的边缘，还没踩上墙头，黑藏獒就咬住了我的裤子。我想摆脱它，往后一退，站立不稳，掉了下去。嗞啦一声，裤子扯破了，我掉进了墙外的水沟。水沟里没有水，堆积着厚实的腐草，仿佛是专门为我铺垫好的。我完好无损，爬起来往前跑，跑出去很远，还能听到黑藏獒的怒吼。我很伤心，看黑藏獒的样子，很可能就是小藏獒斯巴的阿妈。我心说斯巴，你为什么不告诉你阿妈，我养了你那么久，我对你那么好。我不过是想看看你，你阿妈却恶狠狠地扑过来咬我。这么想着，我就哭了。

再也没有去过贝囊家的院门外，我放弃了看看斯巴的念头，没精打采地过着乏味的住校生活。很快过去了一个学期，初中三年级时，从麦玛二中转来了几乎一个班的藏族住校生，他们都是青果阿妈草原乡以下基层干部的孩子，因为基本不会说汉语，就转学到了我们一中。我们一中是双语教学的典范，几乎所有学生都是既会藏语又会汉语的，让他们来就是想让他们跟一中学生混搭在一起，便于学习汉语。已经由教务处副主任升成主任的鹭娃在学生大会上宣布这事时用了一个"文革"期间的流行词："一帮一，一对红"。他说："红是什么，红就是十分好、非常好、相当好。我们的藏族娃娃要把汉语说得跟汉族娃娃一样好，这就是红。"一个帮一个，就是结成对子，座位在一起，吃饭在一起，课外活动在一起，睡觉在一起。当然除了我，我不能跟我的对子睡觉在一起，因为她是个姑娘。

基本都是男的对男的、女的对女的，为什么要给我对一个女的？我想问问老师，又觉得这个问题太古怪。老师要是问你为什么问这个问题，我怎么回答？也许脸红就是回答。为什么脸红？谁说得清楚呢。我和我的对子一见面，她就告诉我她叫悦恰。我知道悦恰是奶桶钩的意思，便问她为什么叫悦恰？她说阿妈生她那天，不小心把系在腰带上的镶有珊瑚珠和松耳石的奶桶钩丢进老熊河叫水冲走了，生下了她，阿妈就说她是代替心爱的奶桶钩来到这个世上的。我说你这个名字太不好啦，一个人叫奶桶钩一辈子的命就是个低贱的奶桶钩。不如我给你起个名字吧，就叫拉姆玉珍。"拉姆"是仙女的意思，玉珍就是珠宝佛灯。你看，你现在是拥有珠宝佛灯的仙女啦，好不好？她高兴得喊起来：噢呀，噢呀。

拉姆玉珍比我小一岁，但比我高比我胖，神情举止也比我有大人气，眼睛有点眯，紫晕淡淡的脸上，有一对小酒窝。她一开始和我接触，就不停地问这问那，而且总要在我的名字后面加上敬语"啦"，表示她是来向我学习的。我开始还能忍耐，几天后就烦了，总是躲着她。我不需要一个姑娘如此尊敬我并缠着我，我是男人，男人有男人的事情。我有意在她面前沉默寡言，假装我是个不善言辞的孩子。直到有一天，她说了那句话，我才主动开始接近她。

她说："我听说你养过一只藏獒叫斯巴？"

我愣了一下，话一下子多起来。就这样，围绕着小藏獒斯巴的话题，我教会了拉姆玉珍很多很多汉语词汇，多得就像老熊河的浪花。她不相信我对斯巴的感情比老熊河还要深，追问道："老熊河最深的地方有龙宫，你比最深的地方还要深吗？"我说："深多了。""那么比大雪山的山沟呢？""还要深。""那么比天呢？也比天深吗？"我说："还是深多了，深得超过了所有所有。""难道会比对佛的感情深？"她以为把我难住了，但我是个不信佛的人，回答得非常利索："比天都深了，佛算什么。"拉姆玉珍说："色钦啦，我不相信，说不定斯巴已经不认识你啦。"我伤感地低下头,不知道如何回答。

但是拉姆玉珍很快就相信了。那一天轮到我值日,我正在讲台上擦黑板,感觉有人趴在了我的肩膀上,我说:"走开。"后面的人不仅没有走开,反而把嘴伸到我耳边,呼哧呼哧地喘气,哈喇子都流下来了。教室里的同学紧张慌乱地喊起来:"色钦,色钦。"我猛然回头,惊呆了:斯巴?我第一眼就认出它是斯巴,尽管它已经不是小藏獒,而是大藏獒了。我扔掉粉笔擦,满怀抱住了它。

就在我站在讲台上和斯巴用彼此所能想到的动作诉说别后的思念时,我得意地看了几眼拉姆玉珍。拉姆玉珍好像也很得意,她在为我得意,圆圆胖胖的脸上灿烂地笑着,好像我的喜悦也是她的喜悦。我立刻决定,下一节课我不上了,我要和斯巴在一起。我带着斯巴来到宿舍,到处翻腾住校生的包包、箱箱,想搜罗出一些吃的招待斯巴。拉姆玉珍出现在门口,捧着一捧风干肉说:"我这里有呢。"我说:"这是斯巴最爱吃的。"跑过去捧起拉姆玉珍的手,似乎要把她的手一起捧下来喂给斯巴。

在我和拉姆玉珍的陪伴下,斯巴趴在宿舍门前的阳光下,美美地享用着风干肉。虽然藏獒一长大就会显露独食霸食的天性而拒绝人靠近它的食物,但是对我它是另眼看待的,允许我在它进食时拿着风干肉逗它玩,并随意抚摸它的任何地方。拉姆玉珍也要学我的样子跟它套近乎,我警告道:"小心它咬你。"拉姆玉珍说:"不会的。"自信地把手伸向了它的头毛。斯巴不高兴地摇摇头,冲她吼了一声,却也没有咬她。我有些奇怪,还有些嫉妒,感觉好像拉姆玉珍和斯巴早就认识,不然斯巴绝对不会对她跟对我差不多。

我说:"你为什么不去上课?你去吧。"

拉姆玉珍说:"斯巴要走啦。"

我说:"不会的,不会的,它一辈子都不会走啦。"

拉姆玉珍说:"走啦,走啦,斯巴快跟我走啦。"

跟你走?为什么?我蹲下来,紧紧抱住似乎准备跟她离开的斯巴,一只手塞进腰里,抽下了我的裤带。我想用裤带套住它的脖子,牵住它不让它走。

拉姆玉珍高兴地说:"色钦啦,你不知道吧?"她开始解释,先说的是汉语,一会儿又变成了藏语,因为要表达的内容太复杂,我还没有教会她呢。她说贝囊是她的舅舅,她有时住在学校,有时住在舅舅家。她把我说的关于斯巴的一切都告诉了她舅舅。她舅舅说,色钦养斯巴养了几个月,我刺伤斯巴后又是他的阿爸阿妈救活了它,那你就带着斯巴去让他们见见面吧,不过见一见就让斯巴回来,斯巴要是回不来,你也不要回来。

"色钦啦,我给舅舅做了保证,保证的时候两个拳头都攥起来啦。你今天让它回去,以后你就能经常见到它啦。"

我在心里说:不。

"色钦啦,舅舅一家就要去拉萨朝拜,长长的日子回不来,留下藏獒要我管,等他们走了,你就可以天天跟着我去看斯巴啦。"

我琢磨:我要是把斯巴留下,贝囊一定会来抢,那我是抢不过的。不如等他走了,我天天和斯巴在一起。

我松开斯巴站了起来。想着斯巴就要离开了,心里不免又有了曾有过的悲伤。悲伤让我忘了裤带还在斯巴脖子上,直到裤子"哗啦"掉下来。那一天我没穿衬裤,母亲给我留下了六条衬裤,嘱我勤洗勤换,但我就是懒得洗,六条都穿脏了没有换的,我就只好净屁股穿外裤了。拉姆玉珍尖叫起来,要从斯巴脖子上取下我的裤带。斯巴却跑起来,好像故意要让我出丑。我红着脸,提起裤子,钻进了宿舍。一会儿，拉姆玉珍拿着我的裤带跑了进来。我想她是要把裤带给我的，没想到她在我面前忽地蹲下了，大大方方毫不避讳地抱住我的腿，把裤带仔细穿进裤鼻，再给我系好，动作虽然有些笨拙，但神情举止却像一个比我大多了的喜欢关照弟弟的姐姐。我傻傻的，呆愣着，看着她跑了出去。

斯巴是怎样被拉姆玉珍带走的，我没看见；它是否恋恋不舍地不想离去，我也不知道。我一直待在宿舍里，直到放学。有一个秘密我不想给任何人说，包括斯巴：就在拉姆玉珍离开之后，我的鸡鸡硬起来了。过去总是想尿尿时才会硬，今天我没想尿尿，它却硬起来了。

接下来的日子里我喜忧参半，喜的是我有希望了——可以天天看到斯巴的希望；忧的是我明确意识到斯巴已经不属于我了，从贝囊允许斯巴来看我的态度中我发现了贝囊的自信，他自信斯巴是他家的，即使我跟它见了面，也是白见，斯巴决不会跟定我不回家。贝囊也许还会猜到我的处境：就算斯巴愿意跟着我，我怎么养它？这么大的一只藏獒，不可能拴在学校里，我跟鹫娃已经不是朋友，他不会帮助我了，光吃的就很难解决，斯巴的食量顶我的好几倍，我到哪里去搞这么多吃的？

贝囊一家去拉萨朝拜的日子一推再推，我感觉就像是一个梦了，越来越遥远。好像我期待他们去朝拜比他们自己还要殷切。好在拉姆玉珍懂得我，过一段时间就会把斯巴带出来跟我见面。每次见面都是我们的节日，我们会去校园外的草原上追逐奔跑，看斯巴给我们表演捉老鼠、捉旱獭。然后支起三石灶，烧酥油茶，吃糌粑，有时也煮肉煮蕨麻。吃的喝的都是拉姆玉珍带来的，她说是她舅舅给的，"舅舅说了，让色钦饱饱地吃，好好地玩。"我听了什么表示也没有。说真的，我很不习惯贝囊对我好，因为我还在恨他，就跟恨鹫娃一个样。我最大的愿望就是也让斯巴恨我所恨。可是斯巴对我太不讲义气了，它既不能恨鹫娃，更不能恨贝囊。为此我连斯巴也恨上了，当然是有时候，偶尔偶尔的一瞬间。

斯巴在奔跑,跑到哪里哪里就是地平线。它一身亮黑,满胸通红,比它阿妈还要高大。在它奔跑的时候，整个草原都会在它掀起的风中哗哗地滚荡起来。斯巴的奔跑告诉我，能在缺氧至少百分之五十的高山草场持续奔跑而不显疲累的藏獒才是天造地设的好藏獒。斯巴多么好啊，它能跑过苍鹰，跑出我们的视野。等我们觉得它已经跑进雪山再也回不来了时，它会鬼魅似的悄然出现在我们身后，把我和拉姆玉珍一个个扑翻在地。我会爬起来扑它，拉姆玉珍也会去扑它。它机敏地躲来躲去。我们一左一右，围追堵截，可怎么也扑不着它。最后假装生气了，坐在草地上不理它了。它便过来，流着哈喇子，温顺地舔你的手和脸。

让贝囊一家去朝拜的梦想直到第二年才变成现实。当拉姆玉珍把这个消息告诉我时，我苦笑着问了一句："真的假的？他们总说要走要走，每次都走不成。"拉姆玉珍兴高采烈地说："已经走啦，今天你就可以去看斯巴啦。"我从教室一跃而起，跑出去冲进了食堂。这次不是偷而是抢，我说："肉，肉在哪里？"我看到大案板上的大铝盆里盛满了刚刚捞出锅的熟牛肉，抓起两大块就跑。有人追出来，看追不上，就喊道："回来，回来。我记住你啦，下次不给你打饭，你拿走了够十个学生吃的肉。"我心说，不给打饭我也不能把牛肉还回去。草原人串门一般是要带礼物的，我第一次去斯巴家看斯巴，不带礼物怎么成？

我算了算，从最后一次见过斯巴到现在，已经两个月零八天了，真想它啊。有时候我想，我真是个忘恩负义的家伙，父母把我拉扯这么大，我跟他们也是好长时间没见面了，但我就是不想父母，想起来时也是我的学杂费该交啦、伙食费不够啦、冬天的皮帽子不知丢到哪里找不见啦。赶紧写信，三言两语就结束，显得平静而寡淡。但是对斯巴，我感情里的所有悲伤和忧悒、喜欢和思恋似乎都是为它储备的，要多少有多少，而且是经久不衰的，时间无力消除的，好像我不是人类而是狗类。我想狗对狗的感情，大概就是我对斯巴的感情吧。狗类就狗类，我要是一只藏獒该多好，就可以天天跟斯巴摸爬滚打了。

3

还没等放学我们就去了。早退对我来说不算什么，尤其是为了斯巴。一路差不多都是小跑，拉姆玉珍跟不上，不停地喊着："等等我，等等我。"远远地能望见贝囊家的院门时，我放慢了脚步，等到拉姆玉珍追上来，才小心翼翼地跟在了她身后。我害怕斯巴的阿妈那只壮实而黑亮的藏獒扑咬我。一般来说，家里要是没人，院子里的藏獒就不会拴起来。我想斯巴的阿妈要是看到我跟斯巴的亲密关系，就一定不会咬我了，所以首先要让拉姆玉珍把斯巴带到我面前来。我给拉姆玉珍说这话时，拉姆玉珍只笑不答。我心里不踏实，从书包里拿出一块熟牛肉攥在了手里。万一斯巴的阿妈扑过来，我就先把熟牛肉扔给它。

来到贝囊家的院门口了，听声音已经有藏獒等在门后。我紧张得后退一步，就见拉姆玉珍哗啦一声打开了门。一个高大的黑红两色的庞然大物绕过拉姆玉珍朝我扑来，我本能地转身就跑，却没来得及跑掉。庞然大物扑翻了我，是那种戏弄式的扑翻，在我倒地的同时它也仰倒在地，把粗硕的前肢垫在了我身下。一只好藏獒即使在极度兴奋时，也会很好地把握玩耍亲热的分寸，它天生就知道使用多大的力气恰好可以扑翻我而不会让我受到丝毫伤害。斯巴，原来是你啊。你肯定早就听到我的脚步声或闻到我的味道了。我把手里的熟牛肉塞到了它嘴里。

斯巴叼着不吃，等我爬起来，便引导我走进了贝囊家的院门。现在我才知道，斯巴的阿妈跟着贝囊一家上路了。拉姆玉珍说："本来舅舅要带走斯巴，留下斯巴的阿妈。我说你们走了色钦啦要来看斯巴，他看不到斯巴就不会好好给我教汉语啦。舅舅说那就留下斯巴。"我说："你舅舅真的是因为我才留下斯巴的？"拉姆玉珍说："噢呀，真的。"我说："不过还应该有别的藏獒，斯巴同窝的兄弟姐妹呢？"拉姆玉珍说："舅舅卖掉啦，卖了多多的钱，跟一座大碉楼的钱是一个样子的。所以舅舅一家才去拉萨朝拜的嘛。不去朝拜，佛菩萨会怪罪的。"这些话我不感兴趣，我感兴趣的是，现在斯巴的家里只有我跟它还有拉姆玉珍了。

"斯巴，过来。"我带着斯巴开始奔跑，先是在院子里，后来便见门就钻，钻进了所有能打开门的房子，又沿着楼梯往上，来到碉楼二层，也是见门就钻。然后来到房屋的平顶，看了看那次我被斯巴的阿妈追咬的地方，突然灵机一动，往前走到边缘，踩上了墙头。我朝紧贴在身后的斯巴打了一声口哨，便纵身跳了下去。墙外依然是堆积着厚实腐草的水沟，我准确地落在了腐草上，爬起来望着上面的斯巴，又是招手又是打口哨。斯巴判断着突然从我嘴里发出的口哨，明白是让它也跳下去的意思，便朝前走了走，看着下面有些犹豫。它从来没有在三米多高的地方往下跳过，犹豫是必然的。但接着它就不犹豫了,我的口哨和手势坚定而急促,还弯腰在腐草上拍了拍,它不跳就不是藏獒斯巴了。它沉沉而下,腐草都溅了起来,把我吓坏了,冲过去抓住了陷进水沟的斯巴。斯巴跳出水沟,毛发一阵抖动,抖落了满身的草枝草叶。我说:"没摔坏吧?"它立刻懂了,表白似的朝前跑起来。我观察着它,觉得没事,就把溅出来的腐草重新抱回了水沟,然后带着斯巴走进院门,再次爬上楼梯,出现在房屋的平顶上。

这天,我打着口哨,带着斯巴一共跳了六次。最后一次我没跳,我先从院门出去,没让斯巴跟着,再站在墙外拼命打口哨。斯巴很快出现在墙头上,随着我的口哨跳进了水沟的腐草。我奖励地抱住它,又是理毛,又是抓挠。它也很激动,似乎觉得今天长本事了,可以听从我的召唤从三米多高的房顶往下跳了。

就在我和斯巴跑进跑出、蹦上跳下的时候,拉姆玉珍一直在厨房里准备我们的晚饭。现在,晚饭已经摆上了桌,拉姆玉珍得意地说:"色钦啦,要是一个人看到了拉姆玉珍做的食物而不流口水,那就是心肠坏啦。"我说:"你看你看,斯巴的口水。"它半张着嘴,哈哧哈哧的,口水流得满地都是。贝囊一家吃饭的地方连接着厨房,中间铺着藏毯,藏毯上是一张长条桌。虽然加上斯巴只有我们三个,但拉姆玉珍仍然严格按照藏家的习惯,不仅让我和斯巴坐在右边,还不停地端吃端喝,俨然尽着一个主妇的职责。晚饭有从夏公(夏公:家用肉库)里取出来的手抓羊肉,有蕨麻大米粥,还有酸奶、曲拉。拉姆玉珍说酸奶是她自己做的。斯巴的食物当然比我们简单,除了我带来的熟牛肉和拉姆玉珍做的手抓羊肉,别的它就没有欲望了。

晚饭吃了很长时间。我们一边说话一边吃,拉姆玉珍要学汉语,我们每句话至少说三遍。斯巴是沉默的，吃饱了就坐在我身边，但我们尽量想让它明白我们在谈什么，也就一再地重复着。吃完天就黑透了，才想起我还要回学校。

我望着门外漆黑的夜色不知如何是好。斯巴出去了，这是它的习惯，晚上必须卧在院子里。拉姆玉珍也出去了，闩好了院门又回来，看我局促不安的样子，便指着东边一间小房子说："色钦啦，你是不是瞌睡啦？那就去睡吧。"原来她早就想好要让我住在这里。我只能听她的。学校在麦玛镇的边缘，从这里走回去得经过一大片空旷的草地，这么晚了，我会害怕的。

我来到小房子里，拉亮了电灯，看到里面有一排华丽的箱柜，有一个牛皮蒙面的羊毛垫子。垫子上有摞起的被子和枕头，还放着她的书包和冬天的皮袍。我知道这是拉姆玉珍住的地方，便坐在羊毛垫子上，打着哈欠想：我睡她这里，她睡哪里？这个问题一冒出来，就觉得自己很可笑，她舅舅家的房子这么多，她在哪里不能睡？一会儿拉姆玉珍也进来了，跪在我身边开始铺床。铺好了床她说："睡吧。"然后就出去了。我去院子墙角的厕所撒了一脬尿，看到斯巴卧在靠近院门的地方，过去摸了摸，便回到小房子，脱衣，关灯，睡下了。

我刚要睡着，拉姆玉珍又进来了。房子里很黑，我看不见她在干什么。直到她脱了藏袍藏靴，钻进我的被窝，我才意识到我要跟一个女同学睡在一起了。我睡意全无，惊怪地叫了一声"斯巴"，好像只要有它的陪伴，我就不会胆小也不会羞耻了。拉姆玉珍笑道："色钦啦，你为什么喊斯巴？"我也意识到斯巴才不会管这种闲事，它巴不得我跟拉姆玉珍在一起，因为正是拉姆玉珍让我和它重逢又让我来到了这里。拉姆玉珍没有丝毫的不安，好像理所当然就应该跟我睡在一起。她把我往里推了推，整个身子便挨上了我。我感觉到了肌肤贴着肌肤的那种古怪的软绵，感觉到一种从未有过的异样的暖流钻进我心里，然后迅速朝下延伸，漫溻在肚子上。我在发抖，似乎是害怕又似乎是激动。我激动个什么？拉姆玉珍搂紧了我，像是要把我镶嵌到她胖胖的弹性十足的身体中。我有些疼，不知道哪儿疼，反正就是疼。突然不疼了，我发现我轻飘飘地被她用身体托了起来。但很快我就变得沉重起来，我用上了力气，我一用力气她就没力气了。我的男性的本能让我突然变得强悍而大胆，喊道："开灯，开灯。"然后掀掉被子，跳起来拉亮了电灯。啊嘘，我看见了裸躺在羊毛垫子上的拉姆玉珍，拉姆玉珍也仰头看见了我。我们都是第一次看到异性毫无遮拦的整个肉体，都觉得对方是不可思议的。拉姆玉珍转过脸去说："色钦啦，别看啦。"我说："拉姆玉珍，你跟我一样也长毛啦。"我回到她身边，躺下了，不，趴下了，一会儿又躺下了。我们两个就这样在羊毛垫子上翻来滚去，突然不动了，都看着门口。我们的动静吸引了斯巴，它用头顶开门走进来，那么好奇地望着我们。我第一次不喜欢斯巴在身边了，挥着手说："斯巴，出去。"

草原上的孩子包括我和拉姆玉珍大都是早熟的，这是天天吃牛羊肉带给我们的好处。是的，是好处。这一夜过去之后，我就知道这好处有多好。由于我懂得了这样的好处，我在拉姆玉珍眼里就已经是一个真正的男人了。

早晨，上学的路上，拉姆玉珍说："今天晚上，你还来啊。"

我说："噢呀，我已经给斯巴说啦，让它等着我。"

真的又来了，不是晚上是下午放学以后。远远地看到贝囊家的院子，我就打起了口哨。斯巴的耳朵真灵，我刚打了三五声，它就出现在房顶,激情地冲我叫了一声,便毫不迟疑地从三米多高的房顶跳了下来。它准确地落在水沟的腐草上,迅速爬起,朝我飞奔而来。以后的日子里,我和斯巴还会有许多次这样的默契,就像我跟拉姆玉珍还会有许多次睡在一起的默契一样。

拉姆玉珍,拉姆玉珍,我的好姑娘拉姆玉珍。胖乎乎、红彤彤的我的少年时的爱人,她的名字叫拉姆玉珍。我没想到,这个不算漂亮却也不难看的同学姑娘,大方、泼辣、能干、学汉语学得很刻苦但进步不怎么快的拉姆玉珍,对我来说正在变得跟斯巴一样重要。

4

我和拉姆玉珍经常在贝囊家过夜的时候,正是初中毕业的前夕。没等贝囊一家从拉萨朝拜回来,我们就已经不是初中生了。毕业典礼结束之后,升为麦玛一中副校长不久的鹫娃让我的班主任老师把我送到了他的办公室。等班主任走了,鹫娃关上门,笑着说:"色钦,你就要离开麦玛一中了。"他说了一句废话,但就是这句废话说出了他和我内心共同的感慨:嗨,麦玛一中。我心里酸酸的,但没有任何表示。我已经不习惯在鹫娃面前随便说话了。

他说:"坐吧。"我没有坐。他又说:"有一天,在街上,我看到你和斯巴了。听说你经常住在贝囊家?贝囊对你怎么样?"我说:"贝囊死啦,他家没有人,我就住进去啦。"鹫娃点点头说:"哦,是这样,那你就好好住着吧。"我知道鹫娃并不相信我的胡说八道,他是故意避开了我跟拉姆玉珍的事。这事学校的许多学生老师都知道,他不会没听说过。但他为什么要避开呢?草原学校里,男女学生之间的爱情并不会受到世俗观念的约束，副校长鹫娃完全没有必要假装不知道。

鹫娃又说："谢谢你为我说好话。"我一时愣了，不知道他在谢什么，经他一再提示，适才想起来。鹫娃的一路高升曾经成为学校一些老师的闲话，说他当初如何为了巴结有亲戚在州政府做官的贝囊，夺走了色钦的小藏獒斯巴，如何昧着良心往上爬。有人还编了顺口溜："藏獒悲，鹫娃贵。"我当然不会听不到，每当那些受到老师或家长影响的同学在我面前说起来时，我总觉得他们很可笑，尽是无中生有的瞎编乱造，谁有我知道得更多呢？我说："不是的，是我偷了贝囊家的小藏獒，贝囊来要，鹫娃就还给人家了。"这似乎是我唯一的好品德，即便是我仇恨的人，我也不愿意在背后违背事实地糟蹋人家。

鹫娃说："我正在找一些喜欢藏獒的学生，想把他们组织起来做些事情，第一个想到的就是你。"

我眼睛忽闪着，心说，他要干什么？

鹫娃又说："现在草原上出现了许多贩狗人，有外来的，也有本地的，他们到处搜罗藏獒，想贩卖到内地去。听说花几千几万块钱买来的藏獒，到了内地就变成了十几万几十万。我们不是嫉妒他们赚了钱，而是觉得藏獒可怜，很多藏獒一到内地不是病就是死。这些贩狗人搞死那么多藏獒却并不违法，不违法你就不能强行阻拦，阻拦就变成了违法。我给有关领导出了个主意，组织一帮学生娃娃阻拦。学生不是执法者，什么也不懂就不算违法。到时候说不定会去找你的，你的藏语和汉语都说得很好，人也机灵，我还想让你做个头呢，你可不要推辞。"

我听着心里腾腾地跳，让我干这种事情，真是找对人了。我响亮地答应了一声:"噢呀。"

"不过这事暂时要保密,给谁也不能说。"看我点头,鹫娃立刻变了话题,"我家也养了一只藏獒,白色的。阿妈说,要是色钦还住在我们家,他一定喜欢死啦。"

我心说不喜欢,不喜欢,你养的藏獒我一定不喜欢。我想着拉姆玉珍一定在到处找我,便说:"鹫娃校长啦,我走了。"没等他允许,我就跑了出来。白色的?我从来没见过白色的藏獒。

鹫娃追出来喊道:"色钦,我正要通知你,你父母来看你啦,刚才接到的电话,你快去州政府招待所。"

父母也该来了,不然我都不知道我是不是还应该继续上学。麦玛一中不设高中,我从这里毕业后,首先面临的是去哪里读高中。父母这次来麦玛镇,就是要解决这个问题。他们的打算是让我去西海府,毕竟那里教学质量高,以后能考上大学的机会多一点。而去西海府上学的前提是,我的家也就是我的户口必须在那里。为此父母早就开始联系调动了,上次去省会西海府开会,在会上认识了一位新建兽医院的院长。院长了解到他们的经历后,态度很积极:"像你们这样既熟悉省内各种动物疫病又有防治经验的人,来一个要一个,来一对要一对。不过我们这里没有行政空缺,来了只能做兽医。"这就是说,不能在仕途上给别人造成威胁。父亲和母亲赶紧表示:"我们都是搞业务的,对行政工作不感兴趣。"

现在,调动手续正在办理,藏娘县已经在调令上盖了章,父母把不多的行李从县上搬到了州上,住在政府招待所里,就等着州政府人事局研究通过后,带着我离开青果阿妈草原。但我是不愿意的,我明确表示我对西海府没有向往,我就想在麦玛镇读高中,至于以后上大学，我尽量考就是了，以往州立高中也不是没有考上的。对父母来说，我的这种态度是个突如其来的麻烦。

父亲生气地问："你为什么不去西海府？"

我说："西海府有藏獒吗？"

我想接下来父亲一定会说："你就知道藏獒藏獒，藏獒有什么好，它能给你带来前程吗？能解决你的上大学问题吗？能让你以后过上好日子吗？"然而我的父亲，还有我的母亲，都没有这样说。他们哑口无言，竟然觉得我的理由在他们这里也是站得住脚的。

父亲质问道："你不想去西海府，为什么不早说？"

我说："你们也没有跟我商量我说什么？再说我要是说了，你们就不办调动了。你们调到西海府对你们毕竟有好处嘛，我不想拖累你们。"

父亲说："好像你还在为我们着想？我们就是为了你才办调动的。"

"不去，我就是不去，西海府有什么好？"

父亲沮丧地说："养你还不如养一只藏獒，藏獒不用这么费事，拴根绳子，拉着就走了。"

我喜欢父亲这样说，他说这话时并不是怒气冲天的样子，更不是像别人那样为了用动物贬低我，而是真心觉得我不如一只藏獒。我就是不如嘛，我不能勇敢地扑过去咬死我恨的人，比如鹫娃和贝囊，不，现在不是鹫娃和贝囊，是那些我还没有见过面的贩狗人；也不能勇敢地把我爱的人带到父母跟前来。我哪里有一点藏獒的品行：忠其所忠，恨其所恨，耿直刚毅，随心所欲。

母亲一声不吭地坐在招待所的床上，望着窗外一片低矮的建筑和建筑后面的草原。夏季的麦玛草原没有牛羊，牛羊都到远处的山上去了。星星点点的白色帐篷就像堆在地上的白云，表明住在麦玛镇的藏族都到草原上过夏去了。母亲的神情有些怅惘和落寞。在我的记忆里，看不到牲畜时母亲总是这个样子，仿佛她是为牲畜而生，习惯于马狗对她撒野、牛羊对她说话。

父亲说："西海府是没有藏獒，我们到了西海府也不可能给你养一只藏獒，连人住的地方还没落实呢，想养也没处养。可是在麦玛镇，虽然你能天天看到藏獒，但哪一只藏獒是你自己的？还不是没有嘛。走走走，还是去西海府吧，等你考上了大学，我一定给你养一只藏獒。那时候我们在西海府肯定有房子了，说不定还能带个院子。养藏獒必须有院子，要不然的话连个跑动的地方都没有。怎么样？我说到做到。"

我说："不，你怎么知道我在这里没有自己的藏獒？"

父亲吃惊道："有吗？在哪里？我们救活的那个斯巴不是还给人家了吗？"

我吸了一口冷气，意识到我失言了，心里告诫自己：千万不能说出我跟斯巴又可以在一起的事，斯巴牵连着拉姆玉珍，这是个大秘密。另外还有一个秘密，那就是鹫娃说的：组织一帮学生，阻拦外来的贩狗人搜罗贩卖草原的藏獒，而且我还是个头。为了这些秘密，我宁愿不去省会西海府，宁愿跟父母分开，至于以后能不能考上大学，那就听天由命了，我根本就不去想。我是要活在当下的，我不会为一张未来的蓝图毁掉自己现在的生活。现在的生活里有我全部的感情投入。

我让父母出乎意料，父母也让我出乎意料。仅仅过了一个晚上，他们就决定：既然孩子不肯去西海府，他们也不去了。撤销调动，返回藏娘县，尽管调进西海府的机会非常难得，办到这种程度也是费了九牛二虎之力，但还是放弃吧，毕竟这里是故乡草原，这里有牲畜，有他们并不觉得多么崇高却能痴心喜欢的事业。藏娘县的畜牧兽医站是他们建起来的，他们一走，就会垮掉。一种说不清的牵挂和留恋让父母就这样轻率地决定了他们的后半生。他们又要回去了，很高兴的样子，仿佛不是我拖累了他们，而是成全了他们。

我说："我是我，你们是你们，不要因为我，你们就留下。这次不想调，以后恐怕就调不成了。你们已经是中年人，再过些年就是老年人，你们会老死在藏娘县的。"

母亲以少有的严厉说："这个不用你管，老死在藏娘县又怎么了？你把学上好，不管在哪里读高中，你都得给我考上大学。"

我说："车到山前必有路，说不定我不用考就能上大学。"

州政府人事局知道我父母不再调动之后，立刻报告给了州长。州长是个土生土长的藏族人，跑来看望我父母，请他们吃了一顿饭，饭间一再说："不走就好，不走就好。不是我们离不开你们，是成千上万的牛羊马狗离不开你们。你们就是藏娘县所有牲畜的阿爸阿妈，哪有阿爸阿妈丢下子女不管跑到城里去的道理。"他派自己的专车把我父母送回到了藏娘县。几乎全县城的人都出来迎接，边远地区对专业人才的热情就像干牛粪点起的火，轰轰地烫人。大受感动的父亲对县长说："就像州长说的，我们是牲畜的阿爸阿妈，我们不走了，再也不走了。"母亲补充道："就是说一辈子不走了。"父亲又说："不过我有个条件，给我一块地，我要养藏獒。"县长挥着手说："藏娘县有你一辈子走不过来的土地，你要多少给多少。"

父亲开始养藏獒了，这是以后的话。

5

我和拉姆玉珍一起进入了州立高中,但不在一个班里,也不再是"一帮一,一对红"的对子了。一个学校一个样,在这里,汉语有待提高的学生,采取集中补课的方法。我心说,没安好心的学校,硬生生把我们拆散了。尽管我知道学校并不是针对我和拉姆玉珍,但我还是要诅咒。认可吧,现实就是这样,我必须心不在焉,每天在课堂上,望着课本想着拉姆玉珍和斯巴,高中的日子就这样开始了。

最快乐的时光在放学以后。因为贝囊家储存的吃食已经不多,仅够斯巴吃的,我和拉姆玉珍便相约在学校食堂,吃了饭,一起走向贝囊家。斯巴早就在房顶上眺望我们了,只要我一声口哨,它就会跳下高墙,奔跑而来。接着就是晚上了,啊,我们裸体的晚上……

但是好景不长,贝囊一家从拉萨朝拜回来了。那是一个傍晚,我们照例背着书包走向贝囊家。一声口哨之后,斯巴一如既往地来到了我跟前。这时我看到房顶竟然还有一只黑藏獒,立刻认出,那是斯巴的阿妈。斯巴的阿妈平静地望着我,也想跳下来,试了几次都不敢,就在房顶和墙头的衔接处转来转去。我觉得斯巴已经把我跟它的关系告诉了它阿妈,所以它阿妈对我没有发怒,一声吼叫都没有。我愣愣地站着。拉姆玉珍的反应却是朝前跑去:"舅舅,舅舅。"毕竟是有血缘关系的亲属,她显得那么激动,都把我忘在脑后了。我徘徊了片刻,有点失落地带着斯巴朝学校走去。我没想到,这一刻便是我的生活发生急剧变化的开始。

我在州立高中住校生的宿舍里有床位,但是斯巴是没有的。它甚至连学校的大门都进不去。州立高中管理很严,收发室里总有一个老头盯着进出学校的所有人。我跟斯巴在麦玛镇的马路上游荡了一会儿,天快黑的时候,我让它回去了。"斯巴。"我叫着朝前指了指,"拉姆玉珍,拉姆玉珍。"它便知道是让它回家找拉姆玉珍的意思。其实它早就想去了,因为它已经习惯于守护,守护的地方就是贝囊家的院子。斯巴朝前跑去,跑出去很远,突然停下,回过身来,似乎有什么预感左右了它,让它如此忧郁地望着我。我挥挥手:"去吧,去吧。"斯巴渐渐地去了,不断重复着忧郁的回头,留恋的脚步缓慢而滞涩,让它不像是一只健壮的藏獒。

如果我不能跟拉姆玉珍住在贝囊家,我们还能在哪里睡觉?不能了。整整一个月,我们都没有彼此碰触过,甚至见面的机会也不多,就是中午在食堂吃饭的时候,凑到一起说说话。放学后她就走了,又去她舅舅家了。她在州立中学不是住校生,必须天天回去,按时回去。有一次我送她回她舅舅家,指着镇外的草原说,我们去那里吧,翻过那座草岗,人就看不见我们了。拉姆玉珍摇头。我一再地纠缠,要求她今天必须满足我。她突然说:"色钦啦,不能啦,舅舅不让我跟你好啦。"我说:"为什么?"拉姆玉珍说:"你不是牧民,你阿爸阿妈是不拜佛祖的干部,你是干部的孩子。"这算什么理由?我说:"我可以不是干部的孩子。"她还是不去。我说:"那我就去把斯巴叫出来,再也不让它回你舅舅家啦。"

我的胁迫是成功的。我们走向了草原深处,在夕阳烤热的草丛里,彼此的满足就像鼓荡天空的风。但是拉姆玉珍说,这是最后一次,最后一次了。我不相信,我说了我可以不是干部的孩子。我已经想好,从明天开始,我再也不说麦玛镇上的干部和干部的孩子都会说的流利的汉语了。

不说汉语的日子里,我更加频繁地走向贝囊家,远远躲在路边的树后，响亮地打着口哨。每一次都让斯巴激动万分，从房顶跳下来扑向我的速度越来越快了。我们总是又抱又舔，它舔我，我也舔它。然后带它去玩。它最喜欢去的还是草原，可以随意奔驰，可以捕捉鼢鼠和旱獭，还可以在老熊河边惊怪地照照自己的影子，看看浅水湾里那些不怕人也不怕藏獒的鱼。有一次，斯巴跑出去叼回来一个编织袋，我一看吓了一跳，上面有骷髅和交叉人骨的图案，赫然写着"剧毒鼠药"几个字。我一把夺下来，打开一看，里面还有不少鼠药，一股浓烈的有机磷的味道扑鼻而来。才想起现在正是灭杀鼢鼠的季节，一定是畜牧兽医站的人投放鼠药时落下的。我赶紧挖了一个坑，把编织袋埋了起来。藏獒天生喜欢食用鼠药和被鼠药毒死的鼢鼠，牧民在这个季节都会把藏獒拴起来。我再也不敢带着斯巴去草原了，就在麦玛镇上到处游荡，心里想着拉姆玉珍，感叹着生活，却并不绝望。我把斯巴看成是我跟拉姆玉珍之间的纽带，只要有它，拉姆玉珍就是我的。是的，我坚信，尽管我跟拉姆玉珍在一起的机会越来越少，我也明显感觉到她在有意疏远我。

　　疏远我的表现就是拉姆玉珍中午不在食堂吃饭了，总是打了饭回教室去吃，陪伴她的是一个跟她同班的穿皮袍的藏族男同学。虽然我不相信这就是第三者插足，心里却失落极了，羡慕和自卑立刻主宰着我。我羡慕所有牧民出身的男同学，尤其是那些跟女生勾肩搭背、有说有笑的男生。我自卑我不是一个牧民不能如愿以偿地爱我心爱的姑娘。这样的自卑浸透在骨子里，使我对自己的厌恶达到了极点。我厌恶我那干部的孩子的身份，厌恶我的白脸，用直面太阳和不洗脸的办法希望它跟牧民孩子的脸一样黑起来；厌恶我的头发怎么也不能像牧民一样缠着红丝带盘起来；讨厌我的汉族服装，为此我不惜放弃对鹫娃的依然没有消除的仇恨，主动去找他，希望能用我的生活费在他这里买一件旧藏袍，因为麦玛镇商店里的新藏袍太贵了，我买不起。鹭娃给了我一件他的旧藏袍、一双旧靴子和一顶旧礼帽，却没有要我的钱。

鹭娃说："要是你有多余的钱，就去买一把腰刀吧，不是干部的牧民都应该天天带着腰刀。不过你为什么要变成一个牧民呢？藏族人当干部的少，你是干部的孩子你应该骄傲啊。而且你阿爸阿妈是知识分子干部，你更应该牛起来。"

我当然不能说实话，大声说："鹭娃校长啦，等我将来挣了钱，还你一件新皮袍、一双新靴子。"

"送人的东西是不能让人家还回来的，色钦，你还不是真正的牧民。"

"那就不还了，我是了。"

"最要紧的是牧民必须拜佛。"

"噢呀。"我想起了我并不崇拜的喇嘛闹拉，敷衍了事地答应着。

从此我身上有袍、腰里有刀、脚上有靴、头上有帽，跟牧民的孩子没什么区别了。中午在食堂，我炫耀似的到处走动着，希望能得到拉姆玉珍的青睐，发现她好像没看见我，便走过去说："拉姆玉珍，我去麦玛寺拜佛啦，昨天去的，我见了喇嘛闹拉，给他磕了一个头。"拉姆玉珍上下打量着我说："挺好的嘛，你穿上我们牧民的衣服了。你怎么才磕了一个头？你应该磕一百个头。"我说："下个星期天，我们一起去，我一定给喇嘛闹拉磕一百个头。"拉姆玉珍说："不啦，我要跟我舅舅一起去。"说罢就走到前面去了，前面是那个跟她同班的男同学。那男同学正在排队打饭，手里居然也拿着她的碗。

我发现尽管我做了这一切，但我面临的仍然是拉姆玉珍越来越冰凉的态度。怎么做才好呢？碰巧学校准备颁发学生证要大家填写表格，我便在"父母身份"一栏里填上了"牧民"。老师说："不能想填什么就填什么，你父母的身份是你无法改变的。"我说："为什么不能改变？"老师愣了一下说："这个你去问你父母。"我说："我想让父母是牧民，他们就得是牧民。"老师笑了："哪有这样的。"硬是让我改成了"干部"。我心说老师你这是故意跟我作对，我要让斯巴咬死你。

就是在这天，放学以后，我看到拉姆玉珍和那个男同学走向了草原。就走在我跟她走过的路上，前面是座草岗，翻过去人就看不见他们了。但我是看得见的，我即使闭上眼睛也能看见草岗后面的情形。我跟了过去，爬上草岗监视着下面的动静，就像一只卧在山崖上窥伺着兔子出洞的鹰。突然我疯了。我看见他们把自己淹没在草丛里就一声狂叫奔扑而下。一切都是猝不及防的，我没想到我会跟那个男同学打起来。是我先动的手，我看到他居然压倒了拉姆玉珍，就像藏獒扑狼一样扑了过去。我知道他比我壮实许多，我根本不是他的对手。但不是对手也要战斗，为了拉姆玉珍我什么都能做得出来。我被揍翻在地，爬起来，再次被揍翻在地。在一连五次被揍翻在地之后，我转身就跑，边跑边吼："你等着，我让斯巴咬死你。"

一直用沉默在这场决斗中保持中立的拉姆玉珍突然喊道："色钦啦，你别去，斯巴不是你的，是我舅舅的。"

狗屁。谁说是你舅舅的，斯巴永远是我的。我跑得更快了。离贝囊家还有很远，我就打响了口哨，心里一声声地呼唤着：斯巴，斯巴，为我报仇啊斯巴。但是斯巴没有跳下房顶跑过来。我的口哨都惊飞了树上的乌鸦，也没见它的影子。只有发自肺腑的轰鸣从房顶上传来，算是对我的回答。我蓦然发现仅仅两天没来，贝囊家靠近平房的围墙突然增高了，高得都看不见斯巴的身影了。有一颗人头在墙头上晃动，那是贝囊的头在朝我淡淡而笑。

我走到墙下，仰头乞求道："贝囊舅舅，快让斯巴出来，我有事。"

"色钦你好吗？斯巴不能跟你去啦，草原上好几家牧人的母獒要跟它配对，它现在要养好精神，再不能跟着你到处乱跑啦。"

"我的斯巴我说了算，我不想让它配对，快放它出来。"

"斯巴不是你的，是我们家的。这就跟拉姆玉珍是牧民的女儿，不能跟干部的孩子好上是一个样子的。"

"干部的孩子又怎么啦？快把斯巴交给我。"

"这些年我见得多啦，只要是干部的孩子就都会远走高飞，不可能跟牧民的姑娘在草原上生活一辈子。你走吧，别再来我们家啦。你阿爸阿妈好吗？他们可是斯巴的救命恩人。"

我突然明白了，拉姆玉珍嫌我是干部的孩子的真正原因并不是我没穿藏袍、不拜佛爷、表格上有父母是"干部"的记录以及谁也无法改变的血统，而是因为总有一天我会离开草原，不会留下来永远和我的牧民妻子生儿育女、放牧牛羊。可是明白了又怎么样？晚了，一切都来不及了，就算我发誓我终身不离开草原，拉姆玉珍也已经是那个同班男同学的姑娘了。

我在绝望中放弃了乞求，破口大骂，用汉语骂，而不是用藏语骂，因为藏语里骂人的词汇比汉语少多了。贝囊不理我，转身离开了房顶。显然他把斯巴带走了，我连它的声音也听不到了。我气得浑身冒汗，脸上都能憋出血来了。冲天的血气让我跑回了草原，不是去草岗后面寻找拉姆玉珍和那个男同学，而是去了一个我曾经和斯巴一起玩过的地方。我低头寻找，很快找到了我想要找的东西：那个被我挖坑埋起来的编织袋。袋子上依然有骷髅和交叉人骨的图案以及"剧毒鼠药"的字样,里面依然是浓烈的有机磷味道的鼠药。我拎着编织袋跑向了麦玛镇,用我身上的所有零花钱买了两斤熟牛肉。

等我再次来到贝囊家的院墙下面时,天已经黑透了。院子里的斯巴闻到也听到我来了,发出一阵无奈而急切的呼唤,就听已经回到舅舅家的拉姆玉珍呵斥道:"斯巴,你喊什么?"我没有丝毫犹豫,咚咚咚地敲响了门,门开了,面前站着拉姆玉珍。

"我一听斯巴叫就知道你在外头。色钦啦,这么晚了你要干什么?"

"斯巴是你们的,我承认啦,就让它最后吃我一顿饭吧。"我说着,双手抖抖索索把熟牛肉捧了过去。

拉姆玉珍接住了。拴在院子里的斯巴望见了我,一再地朝前扑着,铁链子被拽得唰啦啦响。我望着它一声抽搐,扭头就走,走了两步就飞跑起来,似乎我要逃离现场,逃离由自己的仇恨演变成的藏獒的惨剧。我在发抖,但是为了让仇恨有所安驻,让他们知道我的愤怒,我宁愿在死亡的恐惧中发抖。是的,斯巴的死亡就是我的死亡。我的心死了,为藏獒而跳动的心于今天夜里死去了。

一夜没有睡着,躺在床上想:为什么我要毒死斯巴?因为拉姆玉珍说了斯巴不是我的,贝囊也说了斯巴不是我的?可是这跟斯巴有什么关系?我是一个怯懦而无能的人,我本来应该毒死揍了我的那个男同学,毒死霸占了斯巴的贝囊,甚至毒死背叛了我的拉姆玉珍。但我没有那个胆量,即便再不懂法律,也知道杀人偿命的道理。而毒死斯巴,谁又能把我怎么样呢?斯巴是我的,我想怎样就怎样。如果你要跟我抢,我虽然抢不过,但我可以让它死。它死了我会悲伤,我在为它悲伤的时候,它就属于我了。是的,我就是这样一个人,所有的人都是我这样的人,都把罪恶看成是生命的立足点。而几乎所有的罪恶都源自喜欢，偷窃是因为喜欢金钱，抢劫是因为喜欢财产，强奸是因为喜欢女人，毒死藏獒是因为喜欢藏獒。喜欢有什么错？抢夺我喜欢的又有什么错？抢不过来就让它从世界上消失更没有错。就像面对一个皇帝，谁能得到他的赐死，谁就是他的臣民。想着，我就不再恐惧，也不再悲伤，更没有后悔了。我甚至还有了些许的坦然和欣喜，天还没亮就唱起了歌，搞得同宿舍的几个同学都骂起来：色钦你得神经病啦？

　　天终于亮了。我起床穿衣，按部就班地洗漱，去食堂吃早饭，出早操。操场里所有的班级都在出早操，我顺便溜了一眼拉姆玉珍的班，没看到拉姆玉珍，只看到那个揍了我的男同学。突然一个刺痛我的念头非常有力地抓住了我，我在跑步的队伍中停下了。好几个后面的同学都撞到了我身上，有人说："怎么啦色钦？你今天不对劲啊。"我没有回答，拔腿朝校门跑去。校门口，拉姆玉珍迎面而来，因为走得急，胖脸上的红晕更红了。

　　我一把揪住她的藏袍袖子："怎么样了，斯巴？"

　　拉姆玉珍眼睛红红的，哭了："斯巴病了，就要死了。"

　　原来她还不知道是我交给她的熟牛肉摧毁了斯巴。是啊，她怎么会想到呢？在她眼里，斯巴就是我的儿子。如果不是她的贝囊舅舅同样也是斯巴的父亲，并且反对她跟我交往，她就应该是斯巴的人类阿妈了。

　　我问道："斯巴还没死？"

　　拉姆玉珍水汪汪的眼睛瞪着我，奇怪我为什么这样问。

　　"拉姆玉珍，是我放了毒，我在熟牛肉里放了毒啊。"我失声痛哭，朝着校门外的草原跑去。辽阔的，无比辽阔的草原。

第六章　嫌疑人

1

我朝着草原奔跑是因为我想起了我的父亲母亲，他们都是给牲畜看病的兽医，是治病救獒的专家。斯巴还没死，那就好，那就好。不过要快啊，父亲，母亲，他们曾经救活了小藏獒斯巴，现在也一定能救活大藏獒斯巴。藏娘县的畜牧兽医站，遥遥远远的地方。不过再遥远我也要去。从州府麦玛镇到青果阿妈草原最边远的藏娘县没有正式公路，也就没有长途汽车。人们去那里，都是骑马或者开着性能极好的越野车。而我既没有马匹，也没有越野车，只有两条腿。

但我的腿太不争气了，还没走到天黑就开始酸软。我咬紧牙关往前走，速度越来越慢了。我来自藏娘县，上初中以前就来了，再也没有回去过。来的时候是父亲骑马送我来的,走了整整一个星期。现在我要步行回去了,没带吃喝,身无分文,又渴又饿,却毫不动摇地迈动着步子。我知道我得走很长很长时间才能到达藏娘县,这样走下去,即便把父母叫来麦玛镇,斯巴也一定没救了。但如果我不这样走,我就会后悔死,后悔得恨不得拿刀子剐了我。我与其说是为了叫来父母救治斯巴,不如说是为了逃避惩罚——拉姆玉珍和贝囊对我的惩罚、自己对自己的惩罚,逃避的背后还有隐藏起来的挽救:我要用恐惧和死亡来挽救自己。

是的,我恐惧一个人在大草原上的行走,尤其是在没有公路的地方。我得不断提醒自己:不要迷路,不要迷路。我得时时刻刻提防野兽,狼,或者熊和豹子。野兽一看我就知道我是一个大小孩,必吃无疑。恐惧到了极限,立刻又会释然:那就吃掉吧。如果我现在还能做一件对得起斯巴的事,那就是被动物咬死。

草原苍茫无际,一个寻死的人走在上面如同飘动着一片失根的草叶,渺小而轻盈。尽管如此,草原并不忽视我。风在,不停地抚摸我,我的脸上嘘嘘响。草在,不停地阻拦我,我的脚上沙沙响。我琢磨我打风的时候,风疼不疼?我踢草的时候,草疼不疼?不管你们疼不疼,我的心很疼。我现在觉得不管是什么东西,只要碰到我,就都会很疼,我也会很疼,它们都经受着斯巴的疼,而我疼它们就是为斯巴而疼。但最疼的还是我的脚,我停下来,想歇一会儿再走,但我一歪倒在草墩子上就不想起来了。这时候来了草原的夜色。夜色意味着人的睡眠,它一来,我就睡着了。昨天晚上一眼未合,今天跋涉了一天,我实在控制不住自己了。

我睡得很死,甚至还响起了鼾息,生怕引不起野兽的注意似的。狼来了,不是一只,是一群。它们已经包围了我,而我还在睡梦里。

学校的老师和同学并没有在意我的失踪。在他们看来，我逃学了。我本来就不是一个规规矩矩、好好学习的学生，两天不来上课，也不在住校生的宿舍里，太正常了。拉姆玉珍更不会在意，她虽然看到我跑向了草原，却只会认为我是无脸见人，或到一个没人看见的地方痛哭去了。她正在恨我,巴不得看不见我。是鹭娃提醒了学校，他在我失踪后的第三天来到我们州立高中找我，找不着就向我的班主任老师打听，看老师漫不经心的样子，就警告道："我比谁都了解色钦，如果不是出了大事，他不会两天不到校。"鹭娃又找到拉姆玉珍，客气地向她询问到底发生了什么。拉姆玉珍说了，鹭娃也就猜到我去干什么了。他立马告知了州立高中的校长，自己赶紧回家，骑马离开了麦玛镇。

然而，州立高中的人和麦玛一中的副校长鹭娃都没有找到我，我继续失踪着。他们觉得我可能出事了，开始想办法通知我父母。那时候学校没有长途电话，连麦玛镇邮局也没有。鹭娃去了一趟州政府，从州委办公室打电话给藏娘县政府，再让县政府的人通知畜牧兽医站的我父母。一个星期后，我父母骑马来到了麦玛镇。大家认定我已经死了，都来安慰我父母。父亲和母亲的哭声让所有人为之动容。

极度悲伤的父亲没忘了问一句："色钦的藏獒已经死了？"

拉姆玉珍说："还有一丝气，我舅舅不肯抬出去埋掉。"

父亲用手掌擦了一把眼泪说："让我们去看看吧。"

我的父母来到贝囊家，看到了我的藏獒斯巴。它被鼠药毒倒已经十多天了，眼睛、鼻子、嘴巴一直在流血流涎，大小便也失禁了，奄奄一息。贝囊每天给它灌一点稀释的牛奶，大部分都吐了出来。但似乎只要有一滴进到肚子里，就能转换成维持生命的能量。斯巴坚持着，留恋生命的本能调动起体内所有的力量抵抗着鼠药的侵害。

父亲望着侧翻在地的斯巴，摸了摸它的鼻息和体温，摸了摸绵软的肚子，然后看了看屁股上的分泌物，又用指头沾了一点眼睛上的血，放在嘴里尝了尝。他流着泪说："你早该死了，怎么还活着？你要是死了，色钦一辈子就是个罪人了，所以你不死是不是？"

母亲擦着眼泪说："可是色钦已经死了。"

父亲说："藏獒是知道的，色钦没有死。在没有见到尸体之前，我们谁也不能说他死。"然后问贝囊，"怎么不请州上的兽医来看看？"

贝囊说："请啦，先请的是麦玛寺的喇嘛闹拉，经也念啦，药也喂啦，还是噗塌在地上好不了。后来又请了兽医，兽医来了说，他们只能治病，不能救命。"说着，贝囊突然跪下，给父亲磕了一个头，"色钦的阿爸，你是菩萨转世，你以前救过斯巴，你就大发慈悲再救一次吧。"

我的伟大父亲和我的伟大母亲，就在贝囊家的院子里，开始了对斯巴的救治。母亲去州医院买来人用的药品给斯巴挂起了吊瓶，一方面防止中毒后出现胃出血，一方面补充营养，不至于衰竭而死。父亲跑到草原上采来了洗肠用的龙胆花、紫苑花、露梅花以及商陆根，又去麦玛寺的喇嘛闹拉那里求来了一些藏医配药的佛手参。他让贝囊家的人把这些药都用陶锅煮了，又加了少许食盐，放凉后用一个漏斗灌进了斯巴嘴里。父亲说："用三花两根洗肠排毒补气补血是我发明的，对中毒体虚的牛羊马骡效果非常好，不知道对藏獒怎么样。"之后，他骑马去麦玛镇商店选了一种最好的咖啡，拿回来煮好晾温后装进了吊瓶，再把输液管直接插进了斯巴的屁股,插得很深,当浓浓而暖暖的咖啡滴进斯巴体内时,斯巴的肚子一阵颤抖。

这样的治疗持续了两天,半死不活的斯巴似乎有点好转了,但还没有脱离危险。父亲说:"不能再给它洗肠排毒,现在就看它的体质有没有自然恢复的能力了。可以喂些流食,听天由命吧。"这是第三天中午,太阳的麦玛镇沐浴着真正的太阳,没有云彩的蓝天恩赐下一地透明匀净的晴光。在温暖的夏末秋处的气息里,斯巴突然睁开了眼睛。那时候我的父亲母亲都在它身边,贝囊和拉姆玉珍以及那个揍了我的男同学也在它身边,还有这些天一直陪伴着我父母的鹭娃和一些关心斯巴的邻居。他们都很吃惊,斯巴怎么会突然抬起头,虽然费力却很坚定地站了起来。瘦得只剩下皮包骨的斯巴,摇摇摆摆地朝前走去,好几次都虚弱得差点倒下。但是它四肢岔开,硬是支撑着自己,一点一点地往前挺身迈步。前面是关闭着的院门。它来到院门口,想用头顶开门又没有力气顶开,想发出喊声也没有力气发出,只好把头在门扇上蹭来蹭去。首先是拉姆玉珍明白过来了,她冲过去一把拉开了门。

门外站着一个人,他失踪了半个月,现在突然出现了。

我的父母惊呆了。所有人都惊呆了。我穿着鹭娃给我的旧藏袍、旧靴子,戴着旧礼帽,挎着我的腰刀,浑身脏腻,蓬头垢面。我知道他们会吃惊,我自己对我也很吃惊,但我显然附带着神秘,附带着失踪带给我的另一种经历。我拒绝着人们眼光的探询,俯身抱住了斯巴。

斯巴瘫软在了我怀里,似乎它的支撑就是为了等我回来。我哭起来。它也哭起来。在我是悔恨、愧疚和庆幸:它居然还活着。在斯巴也许是一种比我更复杂的感情:死前的留恋,活过来的思念,还有迷惘——也许它能猜测到的我对它的谋害的迷惘。

不错，斯巴已经猜测到了，或者拉姆玉珍和贝囊告诉它了。不然它不会如此伤心：它把粗大的前肢搭在我胸脯上，獒头歪斜着，浑身颤抖，就像人类的抽搐，委屈和悲伤的体液通过眼睛和嘴巴，流满了我的襟怀。我想不仅斯巴知道我想害死它，斯巴的阿妈也知道了。被拴在院子中央的斯巴的阿妈一直在冲我狂吠扑跳，一次次地拉直了铁链子。我搂紧了斯巴，体会着它颤动的责问：为什么？你为什么要害死我？作为禀性单纯的藏獒它永远不能理解人的复杂和残酷。那一刻我在想：我是多么坏啊，我是世界上最坏最坏的人。斯巴，请张开你的大嘴，咬死这个恩将仇报的人。这么想着的时候，真的就有利牙咬住了我，不是斯巴的利牙，是斯巴阿妈的利牙，它阿妈终于挣脱了铁链子，扑过来咬住了我的肩膀。

人们惊叫着。拉姆玉珍和贝囊跑了过来。但速度最快的还是我怀里的斯巴。它突然用自己的嘴衔住了阿妈的嘴，急切地发出了一种哀求的袒护的叫声。这是自从它中毒以来的第一声喊叫，让这些日子陪伴着它的人震动了一下：终于有声音了。它阿妈只好松口，不满而无奈地朝着斯巴吼了一声。拉姆玉珍和贝囊赶紧把斯巴的阿妈拉开了。

我说："斯巴，我知道了，我除了你还有父母、老师、鹫娃，等等，但是你的一生只有我。"

母亲来到跟前，摸了摸我身上被獒牙咬过的地方，看到没有咬伤，甚至连皮袍没有裹住的右肩衬衣也没有咬烂，放心地说："也是獒口留情了。"突然母亲黑下脸来，一把拽住我，吼道："你跑到哪里去了？你不知道大人着急吗？这么多人为你操心，都以为你死了。"

"阿妈别骂我,我要是不失踪,就没有人给你们打电话。斯巴也就活不了啦。阿妈,我的失踪换来了斯巴的性命,难道不值得吗?"

母亲又说:"那你说,这些日子你去了哪里了?"

我一手抱着斯巴,一手抱着母亲,忍不住哭了。

我没有告诉母亲,我遇到了狼群,但狼群并没有吃我。它们包围着我,一直到我睁开眼睛站起来。等它们恋然顾望着无声地离去后,我才意识到狼群的包围不是想害我,而是想在寂寥的大天大地中保护我。后来我又遇到了一家牧人,我跟着他们放牧牛羊,过了半个月的牧人生活。半个月里,好几次都是我跟牧人的女儿一起去放牧的。她比我大好几岁,当我们在牛羊马匹的观摩下铺开皮袍睡在一起时,我突然想到,我为什么要如此愚蠢地迷恋拉姆玉珍呢?草原上所有的女人都跟拉姆玉珍是一个样子的。这样的想法让我愉快,让我觉我已经是一个真正的牧人了。我似乎有了一切资格:被别人爱的资格、我爱别人的资格,以及我不爱别人的资格。我毅然离开了牧人家。牧人的女儿骑马追上来,又哭又喊地打了我一顿,然后扶我上马,在马背上抱着我,把我送到了麦玛镇。她拉我下马,一声不吭地转身走了。

2

父母一直待到斯巴康复,才离开麦玛镇回藏娘县去了。我的生活也恢复到了从前:上课,下课,起床,睡觉。但心情是好的,因为有了解脱。失踪归来后,我的第一个解脱是,我不再爱拉姆玉珍了。我变得有些放荡,向许多女同学求爱,常常是去一趟草原,回来就又换了。我跟她们,就跟许多草原的少男少女一样,不是成长完了再性爱，而是一边性爱一边成长。第二个解脱是，我不再纠缠斯巴属于谁了，就算属于我，我也不能带它住校。它整天被关在贝囊家的院子里,我根本见不着,这样的现实我无法改变,只能认可了。除了解脱，还有充实，充实是鹫娃带给我的。我不再恨鹫娃了，一点点也不恨了，因为他是那么信任我，一如从前我们做朋友时。他让我的生活变成了我想要的，那就是为了藏獒舍生忘死。

父母走后第二天，鹫娃就来学校找我，见了面问道："色钦啦，失踪的半个月里，你去了哪里？"看我讳莫如深，立刻改变了话题，"你知道我为什么来找你？"看我摇头，又说，"开始啦，准备行动吧。你不在的时候我已经找了一些学生，都是麦玛一中的，年龄都比你小。你是最大的，不能再大啦，再大就是明知故犯，你们是不知者不为罪。"

我望着他神秘而严峻的表情都不敢大口喘气了："什么开始啦？"

"我以前给你说过的，你忘啦？"

我想起来了，兴奋地喊起来："阻拦贩狗人？"

鹫娃点点头："知道为什么让你当头吗？"

"鹫娃校长啦，你说过我藏语和汉语都说得好。"

"不光是这个。主要因为你是一个热爱藏獒的草原人。这样的人，牧民们看得起。现在牧民们已经恨透这帮贩狗人啦。你就是我们草原牧民的代表。就算他们说是草原人看着他们赚钱，眼红了才阻拦的，那又怎么样？你喜欢藏獒喜欢得都要把自己变成一只藏獒啦，藏獒恨这些贩狗人，还有不眼红的？藏獒的眼不红我们草原人的眼就不红。"

我跳起来说："红红红，我的眼睛早就红啦。"

鹫娃说:"贩狗人的领导是个康巴商人,太能折腾啦。他们在麦玛镇建起了一个藏獒基地,准备把四处搜罗来的藏獒集中起来,卖给二道贩子,二道贩子再卖给三道贩子。你们的任务就是搞破坏,把基地的建筑毁掉,把藏獒偷出来。我们在麦玛镇也搞了一个藏獒基地,他们是销售基地,我们是保护基地。从销售基地偷出藏獒来交给保护基地,保护基地会把藏獒送到草原上去。销售基地建起来不久,还不完善,你们要趁早下手。等把这件事情干成,你就给青果阿妈草原立了大功啦。"

"鹫娃校长啦,我现在就去破坏。"我说着就要跑。

鹫娃一把揪住我:"一个人不能去,今天晚上开个会,部署一下。"

我爽快地答应着:"噢——呀。"

开会就在麦玛一中我从前的教室里。十几个学生有藏族人也有汉族人。鹫娃宣布我是头,然后说:"先偷藏獒,再破坏建筑,偷藏獒时一定要保护好自己,不能让藏獒把你们咬了。为了防止万一,色钦把斯巴带上。我已经给贝囊说好啦,用的时候去要,用完了就送回去。你们今天晚上先去侦察一下,明天晚上正式行动。恐怕这不是一天两天的事,要做好长期战斗的准备。还有一个关键问题,我不参与你们的任何行动,千万别把我说出去。偷了藏獒你们就送到保护基地。我有时会出现在那里,但我和你们不认识,记住了,我和你们不认识。保护藏獒就是保护草原,你们,草原的孩子们,从今天开始,你们就是青果阿妈的骄傲,藏獒的保护神,老熊河冲不走的英雄,草原人民会记住你们的。"

气氛一下子庄严肃穆起来。我觉得我们要做的事情不仅是机密的而且是神圣的,胸腔里顿时溢荡起一股少年人的豪情。我攥起拳头,做了个宣誓的样子说:"鹭娃校长啦,请转告草原人民,我们一定把贩狗人的藏獒偷干偷净,把销售基地破坏成稀汤汤,就像酥油放到火上。"然后我面向十几个学生,挥着拳头说,"现在,开始啦,侦察开始啦。"我迫不及待地朝外走去,突然又拐回来,"咦,销售基地在哪里?"

"我知道,我知道。"十几个学生早就忍不住了,嚷嚷着一拥而出。

我们一路走去,一直都是叽叽喳喳的。我突然走到前面,转身拦住他们说:"侦察是什么知道哩?就是悄悄过去,看看有几个人、几只藏獒、几间房子。你们这样说话是不行的。从现在开始,都把嘴给我闭上。"

大家不说话了,很严肃的样子,寂冷的夜色笼罩着安静的我们。冷不丁有人放了一个大屁,大家笑起来。我过去踢了放屁者一脚:"叫你闭上你不闭。"

路过贝囊家时,我上去敲开了门,没等说明来意,斯巴就蹿了出来。开门的拉姆玉珍显然知道我们要去干什么,小声说:"我也去。"我断然拒绝了:"不行。"尽管我知道,在贝囊的干预下,拉姆玉珍已经和那个跟她同班的男同学分手了。因为那男同学虽然来自牧民的家庭,却不是环绕着麦玛镇的麦玛草原的牧民,也还是要远走高飞的。

我们肃然走向销售基地,再也没有人说话放屁,沙沙沙的脚步声像是为了衬托黑夜的诡异。月亮好奇地偷看着我们,感觉我们只需要它的关照而不需要任何别的亮光,便兜起白色的纱衣把星星全部遮蔽了。斯巴感觉到了气氛的异样,挨着我的腿往前走,一刻也不离开。

销售基地到了。它差不多是个一百米见方的大院子,坐落在麦玛镇西端的草地上,前面是公路,背后是老熊河。院子面朝公路安了一个卡车可以进出的大铁门,门边挂着牌子:喜马拉雅藏獒销售基地。装腔作势的一个名字,既玷污了圣洁的喜马拉雅,也玷污了藏獒。基地四周是红砖的围墙。我们来到门口,从缝隙里窥伺着。斯巴扬起鼻子闻了闻,立刻亢奋得从胸腔里发出了一阵呼呼声。我摸摸它的头,让它安静下来,然后使劲推了一下门。门从里面用铁链子锁死了,只能把门扇之间的缝隙推到最大。我侧了侧身子,钻不进去,便朝伙伴们招招手,沿着围墙朝后面走去。

围墙有一人多高。我带人来到后面,搭肩上去朝里望了望,看到院子靠东有一排平房和一片半人高的露天獒圈。獒圈有大有小,能看得见里面藏獒的黑影。在獒圈和后墙之间,摞着一些大小不一的空铁笼子,一看就知道是准备运送藏獒的。院子中央堆积着一些红砖,显然更多的平房和獒圈还在建设中。平房后面是两垛干牛粪、一仓干羊粪和一些靠墙码放整齐的木柴,都是用来做饭取暖的燃料。几只藏獒叫起来,听声音就知道是很壮硕的大藏獒。斯巴回应着里面的叫声,温和而响亮。我赶紧从墙头上跳下来,拍了一下斯巴。斯巴顿时不叫了。

我说:"侦察完了,现在开始偷。"

有人说:"鹫娃校长说的不是现在偷,是明天晚上偷。"

我说:"听我的,我说现在偷就现在偷。"我知道这将是一个激动人心的不眠之夜,就是不偷,回到宿舍也睡不着。

大家都问怎么偷。我似乎天生是个贼,没怎么费脑子就有了主意。我选了四个学生,让他们去前面的大铁门外,说话唱歌敲门。基地的人要是出来问,就说想进去看看藏獒。不管让进不让进,这四个学生的作用就是遮人眼目,让基地的人以为里面藏獒的喊叫是冲着他们的。剩下的大部分学生跟着我在基地后面的围墙上掏窟窿。掏窟窿的地方正对着里面的空铁笼子，那儿离獒圈近，里面的人也看不见我们。我发现我还是挺伟大的，至少可以做一个伟大的贼。当基地的人一再走出平房，去大铁门外驱赶那四个学生，四个学生死活不离开，而里面藏獒们的叫声还在此起彼伏，掩盖着我们的行动时，后面围墙上的窟窿从无到有，渐渐赫然了。

我第一个爬进去，紧跟着我的是斯巴。我们藏在空铁笼子后面，仔细观察了一会儿，发现院子里一个人也没有，基地的人都回到平房里去了。我招手让我的人进来，猫着腰走向了獒圈。灵性的斯巴懂得这个时候它应该怎样做，轻捷地走向前面，在每一个獒圈门前张望着打了声招呼，走过去，撒了一泡尿，表明这是自己暂时的领地，然后面对平房警惕地卧了下来。我看了它一眼，心说基地的人这时候千万别出来，出来就是死。

被圈起来的藏獒已经不叫了，都朝圈门涌过来。我想一定有一种语言在藏獒之间进行着复杂的沟通，否则就无法解释那些藏獒在见到我们时居然都像等待解放的囚民，不仅不咬我们，而且一只只都带着急切期盼的神色。它们专注地望着我们，看我们有什么表情，说什么话，做什么手势。这就是说，在此之前，斯巴和它们已经沟通好了，用声音，用无声的气息和见面时的神情举止让它们理解了我们的意图。它们已经做好离开的准备，就等着我们的命令。我们打开了所有獒圈的门，让藏獒出来在院子里集合。还有一些是小藏獒，我们每人抱了一只，抱不了的，就让它们跟着大藏獒走。藏獒们静悄悄的，都明白这时候决不能惊动基地的人。我让几个学生在前面带路，用手势催促藏獒们赶快跟上。一只壮硕的大藏獒带头走去，其他藏獒陆续跟在了后面，似乎它们天生就知道秩序的重要，越是关键时刻越不能拥挤争先,一个个自动排起了队。另一只壮硕的大藏獒走向了监视着平房的斯巴,似乎是去商量的:还是我来断后吧?斯巴冷峻地晃了一下大头,轻嗥了一声:快走。十几分钟后,所有被解救的藏獒都走出了基地后墙的窟窿。我和斯巴是最后出去的,看到藏獒们都兴奋得窜来窜去,生怕它们吼叫起来,赶紧低声而严厉地让它们平静了下来。

我们朝着保护基地走去。星星出来了,用漫天的辉煌描绘着我们的心情。藏獒们的眼里,今晚的夜色是多么迷人啊,走着走着就忍不住叫起来。但已经不要紧了,就算基地的人听到,也会认为那是别处的藏獒。藏獒一叫,我们也叽叽喳喳起来,激动得好像藏獒解放了我们,而不是相反。保护基地建在麦玛镇北边的台地草甸上,也挂了一个牌子:珠穆朗玛藏獒保护基地。珠穆朗玛是世界最高峰,算是从名字上压倒了"喜马拉雅藏獒销售基地"。当我们来到这里时,已是后半夜。斯巴率先在大铁门前吼起来,接着所有能吼的藏獒都吼起来。我们怀抱里的小藏獒纷纷下地,跑来跑去地庆贺着。我想这些藏獒是上过小学,认得牌子上的字吧?不然它们怎么知道面前的铁门跟销售基地的铁门,是截然不同的铁门呢?

保护基地的两个穿紫袍的藏族汉子惊讶得打开了铁门,一看来了这么多藏獒,简直不知道说什么好了:"啊嚏,天上掉下来的吗?怪不得星星少了一大片。"他们知道我们是干什么的,也知道这些藏獒的来历,只是没想到我们会如此神速,一下子就偷来了这么多。"数一数,数一数,一共多少只。"两个紫袍汉子数起来,结果连我们这些豪迈的贼也吃惊:大小居然有三十六只。我得意地说:"连锅端啦,销售基地一只也没有啦。"

保护基地也是一个大院子。但院子里没有獒圈,也没有平房,只有一顶黑牛毛编织的帐房，敞开着关不住的门户。一看就知道不是一个正儿八经、天长地久的机构。院墙倒是红砖砌成的，比销售基地的院墙还要高，而且在墙顶拉了刺花狰狞的铁丝网。在我们到来之前，这里一只藏獒也没有。现在好了，一下子来了三十六只大小不等的藏獒。藏獒们一见帐房就有了宾至如归的感觉，从容不迫地到处走动着，不时地撒尿，划分着彼此的地界，很快大一点的藏獒分散在院子四周，各就各位了。小藏獒们还没有守护犬应该具备的领地意识，本能地挤卧在帐房旁边，等待着饲喂。

一个紫袍汉子在帐房里进进出出，搓揉着手中皮口袋里的风干肉，大声说："没有吃的怎么办？你看这些藏獒，一个个瘦得骨头都出来了，贩狗人肯定不好好喂它们。"

另一个紫袍汉子说："要喂饱三十六只藏獒，每天至少得三百斤肉。贩狗人哪里会舍得？被贩卖的藏獒真可怜。佛祖保佑这些藏獒，也让那些不给藏獒吃饱的买卖人得到报应吧。"

一个紫袍汉子留下来守护藏獒，另一个紫袍汉子连夜走了，我想大概是找鸳娃要食物去了吧。我和我的人也都疲累不堪了，连连打着哈欠。我招呼大家离开保护基地，朝麦玛一中走去。路过贝囊家时，我敲开门把斯巴还给了人家。斯巴表情很复杂，既想跟我去，又想留下来。我依然沉浸在偷窃藏獒成功的喜悦中，顾不上跟斯巴做分别时的缠绵，只安慰地拍了它一下，就转身离开了。又走了没多远，便来到必须跟十几个初中生分手的岔路口。

我说："明天晚上继续干，天一黑就在这里集合。"

有人说："都偷完了，明天还偷什么？"

我说："明天不是偷，是破坏。"

我一个人走回州立高中，一路回味今夜的辉煌，继续激动着。

我发现自从我有了半个月的失踪经历后,就再也不怕走夜路了。

3

第二天晚上的破坏也是顺风顺水。销售基地的贩狗人万万想不到,我们偷了藏獒还会找上门来继续作恶,完全没有防备。更主要的是我们的破坏既狠毒又富有效率,等他们意识到今夜的事件比昨夜的偷藏獒还要严重时,我们已经逃之夭夭了。破坏的主意又是我想出来的,我是多么佩服我自己啊。

我和十几个学生先在昨晚分手的岔路口集合,然后来到贝囊家,敲开了他家的院门。斯巴知道我会来找它,早就在院门口等着了,门被拉姆玉珍一打开,它就蹿出来,把前爪搭在了我的肩膀上。我摸摸它的头说:"走吧。"看都没看拉姆玉珍一眼。我现在怎么可能关注到她呢?虽然她是我曾经的爱人,但我的身份已经不同了,我是青果阿妈草原的骄傲,藏獒的保护神,老熊河冲不走的英雄。

我们来到麦玛镇上,在一排出售酥油的商铺前徘徊。那些酥油都用黄色塑料纸包裹着,有坨装的,有袋装的,都摆在门前的几案上。突然我停在了一家只有一个老太太站柜台的商铺前,给大家使了使眼色。大家立刻紧张起来。而我是坦然的,我做损人利己的事情时似乎有一种天生的理直气壮,更何况还有鸳娃的撑腰。我冲过去,抱起一大坨酥油就跑。"啊嚏,强盗来了,强盗来了。"老太太追了出来,却被十几个学生围住了。等她又喊又叫把他们推搡开,再要追我时,又被斯巴拦住了。斯巴愤怒地吼叫着,警告她不要再追。她停下了,就算我抢走了她家最值钱的珠宝,她也得停下了。

这样的抢夺又出现了一次,我抢走了一支一块钱的一次性塑料打火机。老板是个中年人，跳出来抓我，一见斯巴张牙舞爪地就要扑向他，转身跑了回去。

我们带着酥油和打火机来到草原上，玩到夜深人静，才走向藏獒销售基地。昨夜被我们在院墙上掏出的窟窿还没有堵上，似乎里面没有藏獒了，也就不用堵了。我们钻进去，排成队，悄悄传递着堆积在院子中央的红砖，堵住了平房的门。在门上摞砖的是我，我嫌一层不够结实，狠心摞了三层。窗户是不用堵的，上面拦了一层铁栅子，基地的人自己把自己堵起来了。接着我们来到平房后面，把酥油抹在了房墙上，又把做饭取暖用的两垛干牛粪、一仓干羊粪全部堆到平房墙根里和靠墙码放的木柴上。我巡视着我们的成果，朝着平房侮辱性地撒了一泡尿。于是大家也都开始撒尿。完了，破坏前的准备就结束了。我兴奋地拿出打火机，在十几个学生面前一次次打着，炫耀着呼啦啦的火苗，然后让大家一人拿了一块干牛粪。我点着了他们手中的干牛粪，这些红艳艳的干牛粪转眼就到了墙根下。

整个过程里，斯巴一直静卧在一边，观察着我们。它不理解我们的行为，却又极力想搞懂，所以威严的吊眼上松弛的皮肉总是一颤一颤的，头也在摆动，看看这边，瞄瞄那边。突然它似乎明白了，站起来，跑过去，冲着被堵起来的门吼了一声。我立刻跑过去制止了它："斯巴，你要当叛徒啊？"

但就算斯巴的一声吼叫是于心不忍的通风报信，里面的人也已经来不及逃跑了。火焰很快壮大，轻盈地蹿上了平房的墙体和房顶。

有个学生似乎这才明白过来："我们会烧死贩狗人的。"

"就是要烧死他们。"我说罢，带领大家走出了后墙窟窿。

我们朝回走去，不停地顾望着销售基地的大火。每当火焰随着夜风朝天空猛蹿一下,我们就会欢呼一声。我们是如此得兴高采烈,简直就像过节一样,跳舞唱歌,说说笑笑。这让我想到为什么我们今天比昨天还要高兴?昨天我们得到了想得到的,今天我们毁掉了想毁掉的。毁掉别人比自己得到是不是更刺激、更能让人痛快雀跃呢?

不去想劳心费神的问题了。我仍然把斯巴送回到了贝囊家,仍然在岔路口跟十几个学生分手。各回各的学校以后,我们就酣然入睡了。以后的几天是失落而沉闷的,我竟后悔我们偷窃藏獒和破坏基地太快、太顺利,如果真的像鹫娃说的那样"长期战斗"就好了,我们就可以持续行动持续高兴了。

沉闷的日子是突然结束的,但迎接我们的并不是高兴。有一天中午,麦玛一中的一个学生来宿舍找我,说他昨天跟同学们去老熊河边玩,路过销售基地时,听到里面有藏獒的叫声。我的反应是抬脚就走,也不管下午上课不上课了。我们来到销售基地的大铁门前,用拳头砸了几下,就听里面果然传出了藏獒的叫声,叫声粗壮沉实,可以想见它的个头一定不小。我生怕里面出来人看到我们,拉起那个学生就跑。我直接来到麦玛一中,把跟着我的十几个学生召集到操场一角,郑重其事地告诉他们:"做好准备,今天晚上又要行动了。"他们"噢呀噢呀"地答应着,激动得又蹦又跳。我心说鹫娃挑选的人怎么都跟我是一个样子的,骨子里都喜欢作恶。

我们又一次在岔路口集合,去贝囊家带上斯巴,然后直奔销售基地。天是漆黑漆黑的,没有月亮,也没有星星。我们沿着基地大院的围墙转了一圈,看到后墙上的窟窿已经堵上了,墙头也拉上了铁丝网。我踩着别人的肩膀从铁丝网的空隙朝里窥望,看到了烧得只剩下一半的平房黑影,看到獒圈里不止一只藏獒在走来走去,有的叫唤,有的不叫唤。我溜下墙头,在堵起的窟窿上摸了摸,觉得堵窟窿的人真是太笨了,砌砖用的竟是草泥,而不是更加坚固的水泥,草泥还是湿的,看样子堵起来没两天。我又故技重演,派几个学生去大铁门外有说有笑地遮人眼目,自己带着其余的人打洞掏窟窿。草泥堵起的窟窿是很好掏的,没费什么劲,就可以让我们自由进出了。我第一个进去,后面自然是斯巴。斯巴一进去就吼起来。我摁住它的头说:"你吼什么?"然后告诉我的人,"先在外面等着,听我学鸟叫你们再进来。"我弯腰来到空铁笼子后面,朝前一看,不禁吃了一惊,有个人影朝我奔来。我喊叫一声:"不好啦。"就要逃跑,后面的斯巴狂吼一声朝前扑去。我又回身过去,想拦住斯巴,带上它一起跑。就在我一去一回的时候,一张大网凌空飞来,罩住了我,也罩住了斯巴。情急之中,我冲着我的人大喊一声:"不要管我,你们快跑。"

就这样我被抓住了。我是一个贼,还是一个极其危险的破坏分子。销售基地的人把我用麻绳绑了起来,把斯巴用大网拖进了獒圈。大网缠绕在斯巴身上,斯巴烦躁得咬住大网来回甩头。基地的人从獒圈墙外探过身去,想帮它把大网扯下来,斯巴一口撕烂了那人的手。最后还是斯巴自己咬破网绳后摆脱了大网。它在不大的獒圈里奔跑跳跃、狂吼乱叫着,却没有办法跑出来营救我,眼看着我被几个基地的贩狗人带出了大铁门。贩狗人连夜把我送进了麦玛镇派出所。

派出所里的值班警察是个藏族中年妇女,一看我被绑着,瞪起眼睛对贩狗人说:"他是谁?你们有什么权力绑人家?乱绑人是犯法的。快把绳子解掉。"

贩狗人说:"他就是罪犯,偷藏獒、烧房子都是他干的,他还有一帮同伙,都跑啦。"

女警察说:"他是不是罪犯你们说了不算,我们还没审讯呢。"看贩狗人给我松了绑,又说,"回去吧,有什么结果我们会通知你们。"

几个贩狗人出去了,但从窗户里可以看到,他们并没有离开。后来我知道,三十六只藏獒被偷的第二天,销售基地的人就向派出所报了案,还去麦玛镇工商管理所投诉。人家当然要认真接待,但有时越是认真的接待就越可能是装模作样。草原上的人不管藏族人还是汉族人哪个不喜欢藏獒,喜欢藏獒就痛恨贩狗人。贩狗人也知道他们没有同情者,便大讲买卖藏獒的合法性和建立销售基地对地方经济的重要性,还讲了藏獒是国宝,把国宝级犬种推向全国乃至世界的意义,讲了以獒养家、提高牧民的生活水平等等。对他们的话没有人不点头认可,而且表示:一定要追查到底,给你们一个满意的结果。可是让基地的人疑惑的是,第二天居然没有一个警察或者工商管理所的人去失窃现场看看。直到发生火灾,才有两个警察紧紧张张跑去打听:"烧死人了没有?"

女警察让我坐在长条椅上,自己出去打电话,一会儿进来,坐在我对面的办公桌前,板起面孔,一边问着一些无关紧要的问题,什么姓名啊,年龄啊,在哪里上学啊,偷没偷藏獒、烧没烧房子啊,一边做着记录。猛不丁她拍了一下桌子,厉声问道:"你不知道偷窃藏獒、放火烧房是犯法吗?"

我梗着脖子说:"不知道。"其实我更不知道的是我为什么不能"犯法"?明明是给草原做了好事怎么也叫犯法?难道能眼看着贩狗人把草原上的藏獒贩到内地让它们在思念故土故人的过程中痛不欲生吗?如果阻止买卖藏獒、烧死贩狗人也算犯法,那我就犯定了。

我是青果阿妈草原的骄傲，藏獒的保护神，老熊河冲不走的英雄，这样的人物也会犯法？哼，不是我犯法，恐怕是法犯了我吧？

女警察说："你这么小的年龄，又是偷窃藏獒，又是火烧房子，到底做了没做？没做就不要乱承认。这里是派出所，现在是审讯，说出来的话是要负法律责任的。"

我说："我没乱承认，做了就是做了。"

女警察说："说得轻巧，烧死人是要偿命的。"

"偿命就偿命。"听我的口气，好像偿命不过是扒走我的衣服或者剃走我的头发。真是无知者无畏啊。

"你的同伙是谁？"

"就我一个人。"

"谁指使你干的？"

"斯巴。"

"斯巴是谁？"

"我的藏獒。"我想起了鹫娃的话："千万别把我说出去，我和你们不认识。"想起正是鹫娃赋予了我们的"保护藏獒就是保护草原"的崇高使命感，便觉得我要是把鹫娃说出来，那就人的不是了。我说，"警察阿姨，能不能放我出去？我去把斯巴也带到派出所里来。我要跟它在一起。它被贩狗人圈起来了，万一他们把它卖掉呢？"

女警察吃惊地打量着我，突然哀叹一声，放下手里做记录的笔说："孩子，你不要稀里糊涂的，你把罪犯大了，进到这里就不好出去了，谁让你三番五次去的？我们本来……"她吞下了自己的话，又说，"累不累？累的话就在椅子上睡一会儿。我们这里有羁押室，冷冰冰的，我不想让你去那里。"

当然累啦。我躺下就睡，女警察给我盖上了她的皮大衣，又出去了。我听到她在门口打电话,说是这孩子挺仗义的,什么事情都往自己身上揽。不知跟她通话的人说了什么,她一再地说:"不好办,不好办,他的胆子也太大了。"我闭上眼睛,心想要不是几个贩狗人还守在外面,我现在就可以跳窗逃跑。明天吧,明天我一定要逃出去。

4

我一直没有逃出去。警察把我关进了羁押室,门是时刻锁住的,窗户在门上,仅可以递送饭菜。整整半个月,我都是在暗无天日中度过的。吃了睡,睡了吃,洗漱拉撒就在床边用半堵墙隔起来的卫生间里,连放风也没有。我不知道这样对待我本身就是犯法,更没想到这是我在青果阿妈草原最后的日子。我烦闷急躁起来,有些待不住了,喊着:"放我出去,我要见斯巴,斯巴。"这样喊了几天,女警察就把斯巴带来了。这是我被关起来的第十六天。

女警察说:"销售基地的人死活不让我带走它。我说这个藏獒是同案犯,是要一起问罪的。你们不是一再要求严惩罪犯吗?我是来逮捕它的。说也怪,它一见我就好像知道我要带它来见你,也不用牵着,乖乖地跟上了我。"

我说:"斯巴什么都知道,就是不会说话。"

斯巴一见我显得很激动,跳起来对我又舔又咬,因为它觉得我可能出事了,再也见不着了。在它的预感里,它已经和我年经日久地分开了。我说:"斯巴,从今往后,我们就在这里过日子,直到你死掉,我也死掉。"有了斯巴,我的情绪稳定多了,似乎可以不考虑出去的问题了。房间里依然黯淡,但斯巴经常会由琥珀色变成玉色再变成红色的眼睛就像两盏霓虹灯，让我心里亮堂了许多。斯巴当然不会认为我和它都是被关押的，很奇怪我会待在这里，几次都是叼叼我的腿，然后走向门口，希望我带它出去，去草原上奔驰，去麦玛镇逛街，看我不动，只好又回来，卧在我腿边，巴巴地望着我。我会和它说话，和它玩，会让它上床，跟我依偎在一起睡觉。仅仅过了两天，斯巴就懂了，我和它都是被关起来的。它开始吼叫，只要听到门外有人走过就吼叫，仿佛是：放我们出去，放我们出去。

斯巴就对一个警察不吼叫，那就是带它来我身边的女警察。它感念她的恩德，感念她每天给我们送来饭菜。

又是一个星期过去了。一天，女警察突然走进羁押室，坐在我床前的椅子上，给我说起了话。她说："待在这里怎么样？着急了吧？我们一直不敢把你转移出派出所，你知道为什么？因为被你们烧坏的两个人一直没有脱离死亡危险。今天才得到医院的正式通知，说危险期已经过去了。你没有烧死人，只是烧死了一窝五只小藏獒，至少不用偿命了。你高兴了吧？我们也高兴。"

"偿命？我会偿命吗？偿命是什么？"

"当然要偿命。偿命就是枪毙你，我是说要是你烧死了人的话。"

我的错愕就像有人一把撕开了我的肚肠，原来那里是漆黑漆黑的。怪不得把我关了这么久，我烧死了五只小藏獒，还差点烧死两个人。我能想象得出五只小藏獒为什么待在房子里，它们是四处搜罗藏獒的人当天送来的，鉴于前一天晚上基地来了盗贼，就被人关在房子里了。我问："五只小藏獒，多大的小藏獒？"

"已经不小啦，说是快三个月啦。你怎么不问问人？没心没肺的。"

"人不是还活着吗？五只小藏獒已经死啦。"三个月的小藏獒已经很大很大，正是欢蹦乱跳、招人疼爱的时候。我抽了抽鼻子，胸腔里酸酸的想哭，却没有眼泪，发现内心毕竟是庆幸的，不用偿命的高兴消解了我的悲伤。我居然在错愕中平静了下来。

"你没看到烧坏的两个人，他们活着比死了更难受。他们是兄弟两个，都是康巴商人，已经残废啦。不说这个了吧。"女警察挥挥手又说，"现在是这样的，我们安排你今晚离开派出所，因为你得病了，已经提出了保外就医。"看我一脸疑惑，又说，"你可千万不要说你没病。我的任务就是把你送到医院，医院里有人等着你。你应该明白，送你去医院我们是冒了极大风险的。你们那伙人，都是屁大一点孩子，没办法计较。就你比他们大，法律是放不过你的。加上你是头，唯一的首犯，够得上判刑啦，至少是无期。不说这个啦。"她又挥挥手，"现在的问题是，你怎么出去呢？贩狗人盯着你不放，一直有人在派出所外面守着，不分昼夜。他们知道派出所是庇护你的，生怕我们把你放跑了。在你判刑之前，你走到哪里他们就会跟到哪里，所以不能让他们看见。我们想了个办法，就是用斯巴把监视你的人调开。你们偷走的三十六只藏獒目前一只也没有回到贩狗人手里，还烧死了人家的五只小藏獒，贩狗人三番五次想把斯巴要回去，说这是不等价的交换。我感觉他们很看重斯巴，斯巴大概是他们遇到的最好的藏獒。我们已经注意到，这些日子晚上守在派出所外面的只有一个人，把斯巴交给他，他就会送到销售基地去。趁着这个空挡，我送你赶快离开这里。"

我算听明白了：他们要用斯巴换取我的转移，我的转移就这么重要？不。我说，我不做出卖斯巴的事。斯巴以后会怎么样？贩狗人会把它卖出草原，会打它、饿它、虐待它，甚至会报复性地烧死它。我不能让我的斯巴替我受过。你们想把我跟斯巴分开是不对的。

但是这些话我都没有说出口。我就是再傻，也能听懂女警察的话，虽然两个烧坏的人用顽强的生命力减轻了我的罪过，我不会被枪毙，但判刑的条件绝对够了。而把斯巴交给贩狗人，就有可能让我离开这里，获得自由。尽管我还不知道这自由能持续多久，但在派出所羁押室的这段日子，我已经体会到自由对一个人是多么重要，分分秒秒都是珍贵的。

　　我看了看斯巴。斯巴坐在地上，仰起头，也在听女警察说话。它虽然听不懂，不知道一场关于它的交易已经开始，那个最爱它的色钦，正准备在自己的安危和它的命运之间做出选择。但我冷峻到僵硬的神情还是让它有了一丝警觉：不幸的事情正在发生。何况它是有超常感觉的，就像能提前感觉到四季变化、地震雷电那样，能在瞬间把我内心的纠结变成它的不安。我心说为什么不把斯巴送回贝囊家呢？如果我的安危必然联系着斯巴的苦乐，那我只能做出成全斯巴的选择，因为我是人。我以人的姿态搂住了斯巴，依依不舍地抚摸着。斯巴多情地舔着我的手，似乎在表达它内心的渴望，渴望继续跟我在一起。我的手微微颤抖，那是我内心的回答：在一起，在一起，一定跟你在一起。

　　女警察站起来走了。过了一会儿，她从门上的窗户里递进来晚饭，叮嘱道："快点吃，准备好，天一黑我们就行动。"

　　我没有吭声，似乎一吭声就会软化我内心的坚定，也会让斯巴察觉到我其实并不坚定。我已经看清我自己了：内心的坚定背后是潜意识里的怯懦，我爱藏獒，但更爱自己。我偷眼看着斯巴。斯巴很平静，在极其异样的气氛里，它的从容不迫一如往日。我把它的肉骨头放进狗食盆里，又把我的米饭和牛肉粉条也都倒进了狗食盆。它看了我一眼，仿佛问：你不吃啊？然后就不客气地大口吞咽起来，不到十分钟就吃干净了。我俯身摸摸它的肚子,又去卫生间接了半盆水。它一口气喝干,抬起滴答着水的嘴,冲我笑了笑。它笑的时候吊眼会闭上,鼻子微微抽动。这是它仅可以馈赠于我的礼物,是它长期以来面对我时独有的表达。我似乎有些领受不起了,躲避似的一仰身躺在了床上。斯巴却没有像往常那样依恋在床边,而是走向门口,神态安详地卧了下来。

很快女警察就开门进来了,拿着一根牵引绳,是在皮绳上绑了木棍的那种,一定是贩狗人交给她的。她说:"色钦你给它套上吧。"看我不动,又看脚前的斯巴乖乖的,便蹲下来,自己给它套上了颈圈。让我奇怪的是,斯巴完全知道套上颈圈便意味着失去自由,过去就是我和贝囊想用绳子控制它,它都会不满地反抗一下。可是今天它怎么这么顺从呢?何况女警察还不是它的主人。

"那我就带它走啦?"女警察说着,往上提了提牵引绳。

斯巴站了起来,扭头不看我。我还是一动不动,甚至把眼睛闭上了。我在自己的冷漠中听到了门的响动,听到了斯巴离开的脚步声,渐渐地,远了。我突然翻身起来,扑向了门口。羁押室的门居然没有锁,为什么没有锁?是专门留给我的吧?是女警察留给了我,还是斯巴留给了我?我跑了出去,穿过走廊,来到了楼梯口,下去楼梯就是派出所的门了,两个老警察一左一右坐守在门口。我冲下楼梯,看到两个老警察起身想阻拦我,便刹住脚步,身子摇晃着差一点摔倒。一个老警察拽住了我的衣袖。我站到他身后,看着女警察带着斯巴走向那个守望在这里的贩狗人。贩狗人小心翼翼地接过牵引绳,伸长胳膊,往前抵送着棍子,保持着和斯巴最远的距离。而斯巴压根就没有咬他的意思,静静伫立着,迷惘地望着四周。

女警察和贩狗人说了几句什么。贩狗人点点头,拉起斯巴就走。

斯巴没有顾盼，没有犹豫，更没有反抗，抬腿跟着他，一步，两步，三步……就在它走出去十步远的时候，它突然忍不住回了一下头。它看见了我，冲我叫了一声，是那样的伤心惨目。我哭了，泪流满面。但我没有追过去，从贩狗人手里夺下斯巴，然后说："你们不就是想惩罚我吗？那就来吧，与斯巴没关系。"没有，我没有追过去，没有说出这些话。我只是哭着，哭着。斯巴也哭了，和我一样发出一阵隐忍的哭声，也和我一样克制着感情，没有走向自己终身的依恋。不一样的是，它是为了我，而我却不是为了它。它作为一个畜生知道我内心的波澜，用平静安慰了我，用离开成全了我。而我作为一个人却放弃了对它的保护，把它送向了失去主人的孤独寂寞的火坑。斯巴走了，怎么看也看不见了。远远地传来一声悲痛的吼叫，那是它留给我的告别。

女警察回来，一把拉起我说："你跑出来啦？快走。"

她把我带出了派出所，没有去医院，而是去了兽医院。在麦玛镇兽医院，我见到了我的父亲和母亲，见到了鹭娃。没有多说什么，他们就把我推上了一辆墨绿色的越野车。随后父母也上了车。在他们挥手向车外的人再见时，我听到父亲说："鹭娃局长啦，谢谢你。"车外的鹭娃说："是我们应该感谢你们啊，路上小心。"我这才知道，鹭娃已经从麦玛一中调到了州政府，职务是州畜牧局副局长。我被贩狗人绑送到派出所之后，我的所有事情都是新上任的鹭娃副局长一手安排的。

越野车上路了。黑夜比以往更黑。我发现所有的黑暗里，我的心是最黑暗的。我狠心出卖了斯巴，所以我看不见斯巴，只能感觉到它的存在，像风的嚎叫，在今夜，汽车的奔驰里，装满了世界。就这样在一个冷风嗖嗖的黯夜，我离开了青果阿妈草原，突然得我都来不及再向窗外看一眼草原和雪山、牧民和藏獒。记忆的原野就要代替真实的原野了，所有的往事都在凄凉中徐徐而过。

省会西海府——一个陌生的城市，在前方等待着我。

5

父母把我托付给了西海师范大学附属中学的藏族老师达洛。达洛是鹫娃的亲戚，他谎称我是他弟弟，说服附中的校长收留了我。父母很快返回藏娘县了，留下我在一个我不喜欢的城市避难求学。我变得孤独而沉默，还有些木讷，本该青春激荡的高中岁月显得死气沉沉。日子在恍恍惚惚中度过了，我不记得怎样学习、怎样考试、怎样打发一个住校生迷茫而无聊的时光，只记得所有的假期都是我流浪的机会，我会走向任何想去或不想去的地方，唯独不能回到青果阿妈草原。关于这一点，达洛老师会随时提醒我："不要去啊，鹫娃和你父母都不希望你去。你去了大家都会承担责任。"我想我真是个祸害了，对藏獒销售基地，对我的亲朋好友，对我一想起来就会怆然泪下的草原和藏獒。

好在我的低沉情绪并没有影响我的高中毕业，我甚至还考上了西海师范大学。说明我是一个聪明的人，我不怵任何功课，基本上是一学就会的。上了大学，流浪的心情和机会渐渐少了，花钱的机会多起来：读书、逛街、看电影、唱卡拉OK、喝酒吃饭。城市最让我讨厌的就是干什么都要花钱，连高兴一下也要用钞票买来。我基本上一个学期能花掉预算中两个学期的生活费。父亲和母亲并不贫穷，边远落后的藏娘县几乎用不着消费，他们的工资大部分攒下来了，只要我写信要钱，他们都会寄给我，算是他们对长期未能照顾我的补偿吧。大学毕业后,我去了一所小学当老师,干了半年就觉得没劲,又靠了大学同学路多多的帮忙,应聘去了一家报社,做了一年记者,不愿把自己的文字拘束在那些我毫无兴趣的命题新闻里,便开始写小说,出版了一本书之后,就辞职成了一名自由作家。

父母每年春节都会从遥远的藏娘县来西海府看我,最后一次来看我时我说,以后不用你们来看我,还是我去看你们吧,也顺便看看青果阿妈草原,看看麦玛镇。父母显得很紧张,苦口婆心地劝阻我不要去,理由是:我的案子迄今没有撤诉,鹫娃副州长坚决不同意我回去。看来关键是鹫娃副州长的态度了。

从父母的话中我知道,我离开青果阿妈草原一年后,鹫娃升为州畜牧局的局长,干了两年又成为州政府的秘书长,又干了几年便成了副州长。

我问父母:"珠穆朗玛藏獒保护基地怎么样了?"

父亲说:"听说归并到喜马拉雅藏獒销售基地了。那帮康巴商人真能折腾,销售基地现在红火极了,很多人来麦玛镇,都是冲着它的。所以有人说,'藏獒兴,鹫娃升'。鹫娃跟藏獒真有缘分啊。"

我问:"我偷出来的三十六只藏獒呢,是不是送到草原上去了?"

父亲说:"还给销售基地了,不然人家不会善罢甘休。"

我吃惊道:"不是说跟斯巴交换了吗?那我的斯巴呢?把三十六只藏獒还给他们,就得把我的斯巴要回来。"

母亲说:"色钦,你就不要再想你的斯巴了,斯巴有斯巴的命。"

我说:"斯巴的命就是我的命,我为什么不想?"

父亲说:"想也没用,斯巴肯定要不回来了,它即使不跟三十六只藏獒交换,也得跟你交换。由于你的过错,斯巴只能用自己的苦难换来你的自由。"

我心里一震：父亲，你是在指责我吗？你似乎比我自己还要耿耿于怀：我曾经差一点毒死斯巴，后来又出卖了它。我是一个宁肯忏悔也要利己犯罪的为害者，当私心走向峰巅时，我只考虑我个人的需要。而你，一个被称为"牲畜阿爸"的畜牧兽医工作者，却是我的父亲。父亲有权利指责我，因为他跟我一样喜欢藏獒，他在藏娘县建起的獒场就是证明。据他自己说他的獒场让鹫娃副州长以及所有参观过的人都赞叹不已。

父母回去后我又一次陷入了沉闷、迷茫、孤独、无聊。我想，在这个世界上有爱我的人，也有我爱的人，却没有一个知道我孤独的人。这个城市不知道，爱我的少少也不知道。少少和路多多一样是我大学里的同班同学，算得上是我寂寞生活的慰藉吧。她看我情绪不好，免不了要追问，在我沉默以对的时候，她不禁说："你是不是另有人啦？我知道你另有人啦。"我说："你觉得另有就另有呗，这又不是什么大错。我是说如果我另有的不是人是动物的话。"少少知道我喜欢动物，笑了："要是我发现你背叛了我，我就杀了你，或者我自杀。"

我想到了斯巴，在这个世界上，有理由杀我的只有斯巴了。我想念我的斯巴，我因为斯巴心里储满了对往事的疑问，多么想让这些疑问带我回到青果阿妈草原，回到麦玛镇啊。我向往过去的风吹、草原的狗吠，很多时候我都觉得草原的存在是为了让我对都市充满厌恶。是的，我厌恶这个城市，厌恶我自己。如果说这个城市还有一点值得赞美的话，那就是少少对我的追随。

终于有一天，当我从少少的臂弯里爬起来，看到她清秀白皙的面庞带着都市人的娇态闪闪发光时，突然意识到：就连少少我也厌倦了。我是多么无奈而又无聊啊。我粗野地占有了一个瓷娃娃一样漂亮的人儿却并不想丢弃我的粗野。我属于粗粝蛮野的高地，时时带着动物般简单明快的草原心情，和我的爱人对我的期待是那么不协调。一切都不是我想要的，而不想要的生活就不是真正的生活，我的生活已经中断很久很久了。我怜惜地望着她柔软蜷缩的身体，告诉她："你不应该因为我耽搁你的青春，我喜欢自由，无拘无束，从来不计后果，不是你想象的那种可以带给你一个好未来的男人。去吧，去找路多多吧，他能给你的，一定不仅仅是性的愉悦。他是那么喜欢你，为了你，连名字都由'路有饭'改成了'路多多'。你叫少少，他叫多多，'多多少少'总是要连在一起的。"说罢，我将我的腰刀扔到了床上她的手边。

或许少少已经有了预感并且做好了准备，她没有拿起腰刀杀我，也没有自杀，一句话没说，穿上衣服就走了。

我开始了上路前的准备：钞票、行李、和熟人告别、把传呼机换成手机，等等。最后，在坐上班车之前，我打长途电话给青果阿妈州委办公室，告诉对方我是谁，要求跟鹫娃副州长通话。对方在请示鹫娃后把电话转给了他。我和鹫娃已经好几年不通音信了，当他的声音从电话里传来时，我明显感觉到了生疏和遥远。那种让我厌恶的官腔是不经意间带出来的，尽管他还是把我当成了他的老朋友，巨细不分地询问我的生活，最后说："你是什么人，我能阻挡你的行动？如果你实在想来，那就来吧。不过你来了不要到处乱跑，一切行动要听从我的安排。"我答应了他。

6

　　三天后，我来到了麦玛镇。鹭娃派司机去长途车站接我，直接把我拉到了老熊河边的帐房宾馆。我到达时，他已经在那里等着我了。

　　鹭娃胖了，已经不是我记忆中那个英俊潇洒的藏族汉子了，脸上有了横肉，肚子上有了赘肉，腿也粗了不少，走起路来左右摇晃。除了由高原紫外线造成的黑红粗糙的脸色是原来的样子外，其他都在我的想象之外。我纳闷：人怎么一当官就都会畸胖，不管他是草原人还是都市人、是藏族人还是汉族人。他戴着形状和质地都十分考究的礼帽，白衬衣，黑西装，紫红领带，黑亮的皮鞋，灰色呢子大衣。这是我第一次看到他把自己打扮成标准的官员模样，从此便不再有任何变化。

　　我们在帐房门前拥抱着碰了碰额头，尽管有点生硬和别扭，但这样的见面礼让彼此都觉得我们依然是亲朋好友。然后鹭娃才按照接待宾客的习惯在我脖子上挂了哈达。哈达的质地很好，摸上去感觉是柔而不腻的真正的丝绸。鹭娃说："我今天把什么都推掉了，州政府办公会议都没有参加，专门陪你。"然后拉着我走进了帐房。

　　帐房宾馆是夏季草原的休闲地，休闲的当然不是辛勤劳作的牧民，而是麦玛镇的商人、官员和来旅游的外地人。我们的帐房在一大片白帐房的边缘，很安静，门外是草原。因为地势略有起伏，牧草深深浅浅的绿色勾勒出许多半月形的图案，时密时稀的鞭麻灌木林把一地烂漫的黄花开到了天边，觅吃虫子的百灵鸟啁啾着飞来飞去。从阳光的缝隙里，清晰地传来老熊河雄伟的脚步踢出的浪响。

帐房里就我们两个。我们面对面坐在华丽的藏毯上,中间是一个长条矮桌,水果、干果、油炸果子、酥油茶、糌粑、血肠、手抓羊肉、青稞酒早已摆好。鹫娃说:"这里也能炒汉菜,我没要,就要了一些藏食,你不会已经不习惯了吧?"我摇摇头,感觉肚子饿了,咽了一下口水,抓起一根羊肋条就啃起来。

边吃边寒暄,不知不觉喝起了酒。青稞酒不是自酿的发酵液体,而是从商店买来的烈性酒。我三杯下肚,脸就红了,话也多起来,说着说着就不加掩饰了。"我问你鹫娃——这样叫你行吧?不叫副州长你心里不会不舒服吧?那好,我就直截了当问啦。想当年在麦玛一中时,你从一个普通的藏语老师成为教务处副主任,后来又升成主任、升成副校长,很多人都感到蹊跷。有人还编了顺口溜:'藏獒悲,鹫娃贵。'我当时觉得没什么,现在想起来也有些蹊跷。你能给我解释一下吗,为什么本来并不具备做官条件的你会一路高升?"

鹫娃抽动着嘴角,不自然地笑了笑说:"我们不是一般的交情,什么话都可以明说。我知道你是想问这跟我从你手里夺走小藏獒斯巴有没有关系?人们说夺走斯巴是为了巴结有亲戚在州政府做官的贝囊,这可能吗?贝囊不过是一个定居麦玛镇的普通牧民,有亲戚做官也不会是这个样子的。"

"我想也不会有,但我想从你嘴里听到。"

鹫娃咄咄逼人地望着我:"你想从我嘴里听到的恐怕不止这一件事情吧?"

"是的。"我说,"后来你建起了珠穆朗玛藏獒保护基地,又给有关领导出主意,发动我们一帮学生去偷藏獒、搞破坏。在我们偷了三十六只藏獒,烧了销售基地的同时,你从麦玛一中调到州政府,成了畜牧局的副局长。这又是怎么回事？"

鹫娃笑了笑，胸有成竹地说："你把因果颠倒了。不是你们偷了藏獒、烧了基地我才成了副局长，是已经确定我为副局长之后，我才去发动你们的。我作为一个青果阿妈州管理畜牧的官员，爱护草原的藏獒又有什么可奇怪的呢？"

"还是挺奇怪的——你的每一次升迁怎么都跟藏獒有关系？我离开后你成了畜牧局的局长、州政府的秘书长、副州长。在这个过程里，你把我们偷出来的三十六只藏獒还给了销售基地。销售基地越来越红火了。"

"这正好说明我的升迁跟发动你们偷藏獒没有关系。如果有，把偷来的藏獒还给人家不就是自己拆自己的台吗？"

"也许此一时彼一时，最初偷藏獒对你有利，后来还藏獒对你更有利。"

鹫娃大声说："色钦啦，你这是胡猜八想。"

我更大声地说："那么斯巴呢？你没有把斯巴要回来。"

鹫娃摊开双手说："这不是我造成的。我要了，贝囊也去要了。可人家说，先把烧人的凶手交出来再谈别的。听明白了吧？斯巴要不回来的关键是你而不是我。你没见过被你烧成残废的那两个人，他们是兄弟两个，是喜马拉雅藏獒销售基地的创办者，他们虽然活着，但这辈子基本上完蛋了。如果不是担心人家会认出你来，我真想让你去见识见识，两个残废现在还在销售基地。我们原想，三十六只藏獒和斯巴给了人家，这件事就算了结了，没想到人家还是不依不饶。想一想也能理解，毕竟毁掉的是两个人，他们今后的命运谁也无法预测，再加上烧死的一窝五只小藏獒，其实人家是不过分的。当初我让你带一帮学生去搞破坏，就是扔几个石头、拆几块砖的意思,没想到你竟会烧起一场火灾。"

我感叹道:"你无法揣测我,我也无法揣测你。人对人的蒙蔽,就像黑夜对太阳的蒙蔽。要说什么东西永恒,这就是了。怎么解释把珠穆朗玛藏獒保护基地归并到喜马拉雅藏獒销售基地这件事呢?那可是一大片土地。"

"我正要说这事。归并是他们先提出来的,州政府研究了几次,最后之所以同意是因为销售基地同时也起着保护藏獒的作用,还因为我们希望能控制他们的经营,阻止他们对你的案子的穷追不舍。保护基地虽然归并给了他们,但土地所有权还在我们手里。他们发展的规模越大,我们的控制力度也就越大,一旦我们收回土地,说不定企业就会面临破产。谁会冒这个风险和我们过不去呢?也就是说,你是他们的筹码,保护基地的土地是我们的筹码,互相牵制,谁拿谁都没办法。"

我似乎无言以对。没想到鹫娃的回答这么理直气壮,好像已经有人质疑过他,他早已做好准备,说话的逻辑天衣无缝。但逻辑的正确并不能证明事实就该如此,我还是无法放弃我的猜测,因为我怎么也不能相信一个像鹫娃这样一路飙升的官员会是一个大公无私的人。他不是为了藏獒,就是为了我,可能吗?

"你为我做了这么多,可人家还是没有撤诉。"

鹫娃冷冷一笑说:"把柄是要牢牢攥在手里的,人家不是傻子。你不是也喜欢攥住别人的把柄吗?比如,你以为你攥住了我的把柄,所以不远千里来这里问罪。"他端起酒杯,抿了一口,又说,"你什么时候变得疑心很重了?喜欢把自己当警察的人往往是罪犯。你在追查别人,别人也在追查你,你追查的事怎么说都不算犯法,人家追查你的却是够得上无期徒刑的罪状。色钦啦,你一辈子都戴着犯罪嫌疑人的帽子,你要清醒,很多事情还是躲远一点的好。"

我觉得我算是听明白了,在鹫娃语重心长的劝诫背后是露骨的警告和威胁。难道他真的害怕我的追查,真的有连他自己都不敢正视的"把柄"?——不仅仅是因为他是我偷藏獒、烧基地的后台,起诉我便会有拔出萝卜带出泥的效应。我是不是还可以这样理解:他如果没有不可告人的秘密就没有必要威胁我?他其实已经坦白他是有事的,但在他看来那不算犯法?他希望我躲远一点,否则我将自食其果?但是望着鹫娃无比诚实的面孔,感受着他让我吃让我喝的体贴,所有的疑虑又在一瞬间崩溃了:不不不。我不该发芽怀疑的种子,尽管那是天性里的埋伏。鹫娃是为我好,什么都是为我好。而我来麦玛镇,仅仅是为了斯巴。

"鹫娃啦,斯巴是不是还在销售基地?"

鹫娃叹口气说:"他们不可能一直留着斯巴,因为大家都盯着它,尤其是贝囊,贝囊几乎天天都去索要,还说要是不给的话他就会用色钦的办法对付他们。色钦啦,你的办法也成榜样啦,要么下毒,要么偷抢,要么火烧。后来销售基地的人逢人就说,斯巴是个祸根,他们把它卖掉了,卖了一百万。这是那几年青果阿妈草原藏獒的最高价。我曾打听过,买主是谁,去了哪里?基地的人说,买主看了斯巴几眼,扔下钱,把它装进铁笼子就用车拉走了,我们没来得及问。显然他们是守口如瓶不愿意说。我想,斯巴是那么好的一只藏獒,销售基地本来是打算留作种公獒的,怎么会卖掉呢?"

我不想再问什么了,一连喝了几杯酒。鹫娃要我慢慢喝。我说:"碰碰碰。"右手端着我的杯,左手端着他的杯,使劲碰了一下,再把他的杯还给他,"喝喝喝。"我吃着,喝着,直到醉眼惺忪,舌头僵硬,卧倒在藏毯上。

等我醒来时，已经是第二天上午，宾馆里刺鼻刺眼的新装修的味道让我窒息，我匆匆洗漱，快快出门，想去镇街上转转，却被鹫娃的司机拦在了大厅里。

司机说："你去哪里都行，但必须坐车，这是鹫娃副州长吩咐的。"

我反感这种受制于人的安排，立刻打电话给鹫娃："我不坐车。我离开青果阿妈草原时才是个高中生，现在都大学毕业又在社会上混了几年，走在街上谁还能认出我来？"

鹫娃说："你外形的变化不大，一定会认出来的。听我的没错，都是为了你好。当初你离开派出所的理由是保外就医，我们给人家说，你病情严重去了西海府，恐怕治不好了，一辈子都不可能回到麦玛镇了。现在突然看到你在街上溜达，人家就是不抓你，也会放出藏獒来咬死你。咬死了还不承担法律责任。你想想看，划得来吗？"

我明白了，一个犯罪嫌疑人是不能在拥有犯罪现场的光天化日里走来走去。虽然作为受害人的销售基地此前基本放弃了追究，但如果我把逍遥法外当作炫耀，大摇大摆地刺激人家，那就很难保证人家会继续放任不管了。还是小心一点吧，为了我的自由和我打算继续活着的信心。

我躲在车里，在麦玛镇转悠了半天，看到我不在的这几年里，到处都莫名其妙地盖起了楼房，就连我的母校麦玛一中和州立高中也都是三层五层的水泥教学楼了。突然想到拉姆玉珍，便让司机开向了贝囊家。贝囊家已经不存在了，那儿是一大片建筑工地，从工地前的彩绘广告牌上可以看出，正在建设的是一座广场和展览馆什么的。我问司机："这里原来的居民呢？"司机说："都拿着搬迁费走人啦，去哪儿说不上，反正离麦玛镇都不会很远。"我在沮丧中离开了那里，路过喜马拉雅藏獒销售基地时，让司机停下，从车窗里望了半天:红砖的围墙已经消失,代之以既不防贼也不防窥的矛头铁栅子,好看了许多。被我烧过的平房遗址上,矗立着一座四层的红色楼房。楼房一侧是几排封闭的铁栅门的犬舍,几声硬邦邦的藏獒的叫声从那里传来。司机告诉我,销售基地这几年发了,他们的藏獒每天都有进有出,大部分是从边远草场低价搜罗来的,也有他们自己养育的。我说:"听声音这里的藏獒也不怎么样嘛。"司机说:"他们的好藏獒都在麦玛镇北边的台地草甸上,外地人旅游参观都去那边。"我知道那就是归并给销售基地的原珠穆朗玛藏獒保护基地了,便让司机开了过去。我没有下车,看不见藏獒,但能隔着铁栅子听听藏獒此起彼伏的吼叫,也算是一种幸运了。我分辨着公獒和母獒、小獒和成年獒的叫声,想在众多的叫声里捕捉到那个熟悉的轰鸣,那个因为老远就能闻出我的味道而激情澎湃、缠绵悱恻的轰鸣。然而我听了半天也没听出来,我确信我的斯巴真的已经不在这里了。

我说:"这里的藏獒真不错,它们的吼声能把人的心震烂。"

司机说:"其实青果阿妈草原最好的藏獒并没有搜罗到销售基地,有的獒主坚决不卖自家的藏獒,你出的价钱越高他越舍不得。"

"最好的藏獒在哪里?叫什么?"我希望司机说出"斯巴"这个名字来。

司机说:"嘎朵觉悟,各姿各雅,都是最好的。可惜我也没见过,不知道是谁家的。"

转完了麦玛镇,我再次被鹫娃接去吃饭,又是喝酒,又是醉,又是第二天上午才醒来。这次是被鹫娃的司机叫醒的。司机带我来到车上。鹫娃已经在车里了。我以为他是来陪我的,便说:"你知道不知道拉姆玉珍在哪里?知道的话带我去看看。"鹫娃说:"别去啦。

拉姆玉珍嫁给了一个牧人，你去了不是添乱吗？"然后告诉我，他要去省会西海府开会，顺便把我带回去。我说我还不打算离开，还想待几天。鹫娃说："不行，你待在这里我不放心，万一出了事我没办法给你父母亲交代。"

我知道我的安危关联着鹫娃副州长的安危，他是不会给我自由的。我跟着鹫娃离开了麦玛镇，一再叹息："可惜死啦，我没有见到我的斯巴。拜托啦鹫娃，你还是要继续打听，斯巴到底卖到了哪里。"

鹫娃笑道："你放心，我对斯巴的感情一点不比你少。"

我又回到了西海府。在这个我不喜欢的城市里，我没有藏獒，没有女人，没有我所钟情的生活，只有寂寞和写作陪伴着我。我写出了关于藏獒的小说，把没有藏獒的日子变成了有藏獒的日子。其间我学会了开车，买了一辆二手货的北京吉普，污染着原本就浊气冲天的环境。好几次我都冲动地准备开到青果阿妈草原去，一想到鹫娃我又放弃了。我跟鹫娃又见过几面，都是在西海府，在他来开会时下榻的宾馆里。我把鹫娃介绍给了已经是省政府应急委员会副主任的路多多。他们两个似乎一见如故，很快就背着我交往起来。我理解他们，他们都是官场中人，属于那种没有利害冲突又可以互相利用的关系。不久，中国出现了藏獒热，都说是我的小说引发了这股前所未有的豢养并买卖宠物藏獒的潮流。但我有时并不这么认为，我的书可能会让许多人喜欢藏獒，却无法提供让他们如此喜欢的更深层的理由——那种政治的、经济的、文化的、精神的不期而至的需求。鹫娃适时制定了"把藏獒经济当作青果阿妈州龙头经济"的方针，还提出了"以獒富州"的口号。不知这突然爆发的藏獒经济到底起没起到让该州富裕起来的作用，反正过了不久，鹫娃就由青果阿妈州的副州长变成州长了。又是藏獒,我说过,鹫娃的每一次升迁都跟藏獒有关。这就是宿命吧,是鹫娃跟藏獒的因缘吧。又是一次"藏獒兴,鹫娃升"。而我却恶毒地想:说不定下来就是"藏獒衰,鹫娃败"呢。

第七章　袁最

1

袁最在机场雇了一辆小型的厢式货车，把嘎朵觉悟和八只小藏獒运到家后，就开始忙前忙后地安顿它们。他家在蓝岛后海的一片居民区里，一楼，靠着后面的阳台，是一块用冬青树围起来的草坪。这块草坪现在就成了嘎朵觉悟和八只小藏獒的领地。袁最把嘎朵觉悟的铁链子拴在一颗石榴树上，发现地上太潮，便从家里拿出一块地毯铺在了草坪上。从下飞机到现在差不多两个小时了，小藏獒们已经从眩晕中恢复过来，虽然团团卧在一起，精神却是饱满的，抬头好奇而忐忑地望着四周。嘎朵觉悟只比刚下飞机时好了一点点，无精打采地卧在地毯上，滴流着满嘴的口涎，眼睛一会儿睁一会儿闭,似乎想睡又不敢睡。袁最放了一盆水在草坪上,坐在嘎朵觉悟身边,把手插进它浓密的鬣毛,不停地抓挠着:"这就是家了,我的家,也是你们的家。"

他想自己离家已经快两个月了,两个月中这个世界发生了什么他无从知晓,唯一的知晓便是地震。现在连地震他也要忘记了,忘记青果阿妈草原以及麦玛镇,忘记一个叫袁最的人在地震发生后"前赴后继"所做的一切。他没有去过地震现场,甚至都没有去过西海府。这两个月中他在河北省的某个地方给朋友帮忙,当然朋友是办獒场的。某一天,他在大街上闲逛,无意中买了几张彩票,竟然中了。他用中奖的一百万,不,两百万,不,三百万,从朋友的獒场优惠买到了这只大藏獒和八只小藏獒。现在他回来了,回到了妻子和女儿身边,仍然和过去一样,是妻子的好丈夫,是女儿的好爸爸,而且会更好,越来越好。他已经脱胎换骨,成了世界上最好最好的人。他不知道什么叫无耻、自私、残忍、贪婪,关于罪恶的一切都将成为生活的空白而跟他毫无关系。他是多么的幸运和幸福啊,心满意足地守护在自己的藏獒身边,等待着妻子下班归来、女儿放学回家。

袁最当然不是第一次拥有藏獒。两年前他从律师事务所辞职,前往黄海獒场上班时,凭借的就是十一只藏獒——差不多半个獒场的股份。十一只藏獒是当事人送给他的,这天外来福改变了他的人生,让他从此成了一个爱藏獒胜过爱一切(也许要除掉妻子和女儿吧?)的人。

当事人叫王故,台湾人,来蓝岛和朋友合伙办獒场,结果就有了那起令王故心惊胆寒的獒场强奸案。心惊胆寒的原因是作为合伙人的朋友李简尘状告王故用匪夷所思的手段强奸了他的未婚妻——獒场驯狗师花馨子,致使花馨子因惊吓过度而大病住院。王故没有请律师，因为他觉得根本用不着。他在法庭的自我辩护是：不是强奸，是两相情愿，充其量不过是一夜情，不，是半夜情，而且是没有搞成的半夜情。花馨子说她突然不舒服了，就没有搞成。要是这也算犯罪，中国人从官员到百姓是不是有一半都得受审了？你们为什么不去问问花馨子呢？他的辩护刚刚结束，失踪半个月的花馨子就出现在法庭上，指着王故大骂他是没有人性的畜生，并详细讲述了被强奸的经过：王故借口制定驯狗计划把花馨子带进了他的宿舍。她没想到宿舍里有三只王故刚从河曲草原收购来的大藏獒。当三只大藏獒扑向她而她本能地贴近王故寻求保护时，王故抱住了她。之后他威胁道："要么让藏獒咬死你，要么你在我怀里老老实实待着。"他把她压倒在地上，扒光了她，也扒光了自己。她本来是可以反抗的，但三只大藏獒一只咬住了她的脚，一只用有力的前爪踩住了她的胳膊，一只在头顶吼叫，口水都流进她眼睛里了，她被吓得昏死过去。她当庭亮出了被藏獒咬伤的脚和被爪子抓破的胳膊以及医院确认被动物咬伤、抓伤的证明，悲痛地号哭起来。信奉基督的王故傻了，极度惊讶之中只说了一句软弱无力的话："上帝啊，她她她，她是个骗子。"主审法官很快做出了宣判：事实确凿，情节严重，判处有期徒刑八年。

  案件还在审理。王故上诉之后，袁熨出现在法庭上。他说他是主动要求为王故辩护的，因为他了解藏獒，藏獒有可能帮助人做坏事，但不可能为虎作伥到这种程度。在一个男人强行压倒一个女人时，藏獒本能的反应一定是撕咬男人，解救女人，而不是相反。何况在花馨子的陈述里，对她形成威胁的三只大藏獒是王故刚从河曲草原收购来的，它们跟王故在一起的时间加起来应该不超过一个星期，并没有形成主仆关系，就更不可能做他的帮凶了。既然藏獒助人强奸不可信,强奸本身也就更不可信了。王故长得又瘦又小,根本不是大个子姑娘花馨子的对手。袁最说,为了证明他的辩护所言不虚,他愿意当着那三只大藏獒的面,在同样的环境里,做一次模拟实验,看藏獒到底会助男成奸,还是会保护女人。为了使模拟更加逼真,他希望配合他完成实验的是花馨子本人而不是随便找个替身。袁最说:"我一定要还藏獒一个清白,还被冤枉的王故一个清白。"这样的辩护有点离奇,但谁又能说它背离了一个律师的辩护原则呢?尤其是模拟实验,它勾起了法庭上许多人的好奇和喜欢恶作剧的心理,让人充满了邪恶的期待。主审法官跟其他法官协商之后,做了这样的答复:本法庭没有义务主持这样一种模拟实验,但如果辩护律师愿意冒险,并能说服原告同意,我们可以把它当作辩护证据给予足够的重视。现在就看原告李简尘和受害人花馨子的态度了。他们在沉默了一个星期后,通过法庭转告袁最,他们同意模拟实验,随时可以进行。

　　模拟实验的这天,袁最请来了公证员,架起了摄像机,穿上了家中最厚的衣服,戴上了皮帽子,还去医疗器械商店买了一个用于治疗颈椎病的坚固的钢质颈箍,免得野性的藏獒一口咬断自己的喉咙。他是一副稳操胜券的样子,但结果却使他大失所望,恨不得一头撞死。在王故的宿舍,当他压倒花馨子之后,三只大藏獒就像训练有素的黑帮成员,一只咬住了花馨子的脚,一只用前爪踩住了她的手,一只在前面用爪子踩蹦着她的头发仰头吼叫。她吓得再次昏死过去了。还有什么好说的?又是一次助男成奸。这样的结果显然说明花馨子没有撒谎,即使一个男人根本不认识这三只大藏獒,无从谈起主仆关系,它们也有可能成为他恃强凌弱的工具。王故的强奸罪名成立,他被法官戏称为世界上利用藏獒强奸妇女的第一人。

但袁最还是不相信藏獒会成为强奸犯的帮凶：这不是藏獒的行为，至少不是它们自然发生的行为。他意识到自己犯了一个大错误，那就是在提出模拟实验的同时，没有强调立刻进行。为什么李简尘和花馨子一个星期以后才同意实验？作为驯狗师的花馨子完全有可能用一个星期的时间把三只藏獒训练成他们需要的样子。他向法官提出了自己的质疑，却遭到了驳回。主审法官不仅不再相信他，还用嘲讽的口气说：“好像你是最懂藏獒的，好像你养藏獒已经养了几十年几百年。但据我们了解，在这起案子之前，你根本没有接触过藏獒。”袁最哑口无言，主审法官说得不错，他只是见过藏獒没有养过藏獒。在他盲目地以为自己天生就能亲近和理解藏獒时，便把自己对狗以及藏獒的理想主义诠释用在了辩护上。

上诉维持了原判，王故锒铛入狱。虽然没有翻案，但王故仍然非常感激这个敢于如此为他辩护的律师。他知道自己今天的下场是李简尘想独吞獒场的结果，便把仍属于自己的十一只藏獒也就是差不多半个獒场的股份送给了袁最。王故说：“我不能便宜了李简尘，我把它们送给你，你卖掉也行，养起来也行，总之一定要把它们从黄海獒场分出来。上帝作证，你是我在大陆遇见的唯一一个好人。”

袁最开始是拒绝的。他以为一个律师没有辩护成功，已经很对不起当事人了，怎么好接受人家这么贵重的礼物。后来在王故三番五次的央求下，他去了一趟黄海獒场，逐个看望王故留下的藏獒，突然觉得似乎多少年前他跟它们就认识了，宿命之中他和它们都走向了互相思念的境地，亲切而温暖的感觉油然而生。它们在犬舍里朝他吠叫，像是很凶的样子，但只要他走到跟前，转眼就会安静下来。他一间犬舍一间犬舍地走过去，不停地把手伸进栅栏触摸它们，包括新近从河曲草原收购来的三只大藏獒，没有一只藏獒咬他，好像他的气味是它们早已熟悉了的,他的手曾经千遍万遍地轻抚过它们的皮毛。陪着他的李简尘惊怪道:"王故的藏獒连我都咬,怎么对你这么好?"袁最说:"我也奇怪,大概是前世姻缘今世来吧。"藏獒威武的身形、温柔的情态、舔舐他时憨乎乎的样子让他怦然心动,已经无法抗拒了,一见钟情的诱惑。袁最当即决定:收下它们,不是卖,而是养。

李简尘知道他是十一只藏獒的新主人,对他说:"你要把它们带走?十一只大藏獒,你有地方圈养吗?它们每天都得吃掉一百多斤肉,还不算鸡蛋、谷物、蔬菜,你有这方面的资金吗?这些家伙在青藏高原皮实得很,几乎不得病,但是在我们这个潮湿的零海拔的地区,一次流感就能要了它们的命。许多病毒对它们来说都是陌生的,它们没有任何免疫力。缺乏经验的人,养一只死一只。我们獒场初建时死了多少藏獒,王故没给你说过?现在正是狗瘟高发的季节,它们一旦离开这里,十有八九会死掉,不信咱们走着瞧。还有,你有没有养藏獒的许可证?政府规定,城市不准豢养的35种大型犬,藏獒是其中之一。养这么多藏獒,那就是办企业了,你有营业执照吗?我说这些,并不是不让你带走,对我来说走不走无所谓,少了它们獒场还是獒场。我就是觉得,养藏獒的人必须为藏獒着想,病了死了都是人造孽。你看这样好不好?我给你出个主意,十一只藏獒都留下,你来獒场上班,顶替王故做我们的二老板。收入嘛好办,你我都一样,除了固定工资,还有分红。我们是靠藏獒吃饭的,你的藏獒的价值就是你的价值,你的藏獒创造的利润就是你的利润。怎么样?"

袁最犹豫着,一直在摇头,突然仰起脸,发愁地说:"也只能这样了。"很快他辞去了律师事务所的职务,成了一名獒场老板。

表面上他装出一副无可奈何的样子,好像王故给他留下了一个多大的包袱,把他扛得气喘吁吁,连原来的工作都丢了。其实他心里高兴着呢。藏獒太让他喜欢了,他发现他就是藏獒的爸爸,每一只藏獒都是他的孩子,他有多么爱自己的孩子就有多么爱这些藏獒。他是天生的獒主,满心都是藏獒喜欢藏獒的那种感觉,无所顾忌,率真疯狂。是的,是野兽般的爱驱使他收下了王故的礼物,又驱使他来到黄海獒场,开始用最朴素的动物心情养育他的藏獒。对他来说,喜欢和热爱就是一切,不像他的搭档李简尘,养藏獒就是为了赚钱发财。那些日子里,袁最的心情好极了,他常常会在晚上抱着妻子激动地说:"我的母獒啊,你就是我的母獒。"

妻子是一个没有功利心的公务员,对他百依百顺,看他藏獒长藏獒短地讲个不住,就说:"你想干什么就干什么,只要你喜欢。律师也好,獒主也好,对我都一样。"不一样的是,自从袁最成了獒主,他们的性生活就频繁起来了。妻子问:"你这是怎么了?是不是把自己当成种公獒了?"

"那你就是种母獒了。怎么样?你能不能给我生下一窝藏獒来?要是能,你就辞了职跟我去獒场,我一定好好喂养你。"袁最从衣袋里掏出一块喂藏獒的巧克力,塞到她嘴里,又说,"老婆你信不信,我有时候真分不清你和藏獒谁对我更亲。我在獒场,看着藏獒就会有一种初恋时追你的那种心情,柔柔地激荡着,暖暖地冲动着。晚上回来看着你,就觉得你是脱了毛的藏獒,是可以搂着睡觉的藏獒。总之,你也好,藏獒也好,还有咱的飞飞,都是我最亲最亲的人。嗳,我忘了,飞飞是我跟你生的孩子,还是我跟哪只母藏獒生的孩子?"

妻子打他。他说:"你吃醋了。"妻子说:"才不呢?自从你做了獒场老板,咱家的钱多了,进了商店也不会光转悠不购物了。吃的穿的都好了,飞飞想要什么就可以给她买什么了。到了晚上,你还能让我……"

袁最突然严肃地打断她:"你要记住,这都是藏獒的恩德。"

2

袁最有时想,如果这个世界的组成都是他这样的人和藏獒,所有人的日子就会顺心惬意得多。他曾经是一个法律工作者,但他信任自己远远超过信任法律。他善良、热情、勇敢、独立、有正义感且疾恶如仇,与人交往很少心存戒备,也不去认同"害人之心不可有,防人之心不可无"这样的处世格言。尽管他从王故的案子中看到了有罪对无罪的欺凌,而他毅然离开律师事务所的部分原因也是王故案造成的失望。但他并不想改变自己。他单纯而开放地活着,友善待人,也希望别人友善待己。

李简尘待他不错,獒场的大小事都跟他商量,总是笑脸相迎不说,还给他的办公室兼宿舍换了全新的家具。有一天李简尘甚至对他说:"你有十一只大藏獒,我有五只大藏獒,我股份比你多一点的原因是这片地和地上的人屋狗舍是我搞起来的。但是你知道,獒场赚钱一是种公獒的交配收费,二是种母獒下崽后的繁育出售,你的藏獒都是两三岁的青年,配种和繁育能力都很强,再过两年,你就是獒场的大老板了。"袁最说:"咱们两个把话说清楚,无论獒场以后怎么发展,你都是大老板。"

花馨子待他也不错。作为驯狗师她在这个行当里是很著名的,常常被请去驯狗,或者人家把狗送到獒场交给她训练。她除了收费上缴獒场,有时还会收到一些应该属于个人的礼物,比如烟酒。她会把烟转送给李简尘,把酒转送给袁最,因为恰好袁最不抽烟,李简尘不喝酒。有一次她送给袁最一条进口的名牌皮带。袁最说:"你留给李简尘用吧。"花馨子说:"他那个癞蛤蟆身材,不配用这样昂贵的皮带。"又有一次她送他一双皮鞋,说:"客户是个鞋老板,要送我两双鞋,我没按李简尘的号码要,他癞蛤蟆一样岔开的脚只能糟蹋这样的高档鞋。"袁最说:"你怎么知道我的号码?"花馨子不回答,坐到椅子上,高高地翘起性感的双脚说:"我给我自己要了一双。瞧瞧,怎么样?"袁最瞅了一眼说:"漂亮。"

人真是很古怪的,明明知道李简尘和花馨子诬陷了王故,他袁最作为王故的受益人,理应跟王故保持同一种立场和感情。可是他对他们怎么一点恨的意思都没有呢?他发现人的自私往往表现在利己主义的判断上:害人的人只要不害自己,就不是坏蛋,如果他不仅不害自己反而对自己很好,就不仅不是敌人而是朋友了。简单说,对我好就好,对我坏就坏。因此他常常觉得自己对不起王故:"王故啊,你让我带着你的藏獒离开黄海獒场,可我却跟他们沆瀣一气了。"没办法,对他来说,生活中总是好人多于坏人,只要诚实合作,就都是好人,包括那个黑胖子。

五大三粗的黑胖子来到獒场是为了给他的母獒寻找配偶,母獒当然没有带来,因为他不知道配种的价钱自己能不能接受。袁最说:"一次二十万,保证怀孕。"黑胖子说:"不能再便宜点吗?"袁最说:"不能,你看了我们的种公獒就知道,这个价钱还算低了呢。"黑胖子先看了属于李简尘的两只种公獒,摇头不语,又看了属于袁最的五只种公獒,立刻就赞不绝口,说它们是他见过的最好的公獒,一表獒才,毫无瑕疵,独占鳌头,震山震虎,用它们配种的后代一定出类拔萃。哪个獒主不希望别人赞美自己的藏獒呢?袁最笑着,都能把脸上的肌肉笑掉了。黑胖子当即交了三万定金,嚷嚷着要跟他举杯庆贺。袁最请他进了自己的办公室,拿出一瓶花馨子送给他的酒,就跟他你让我敬地喝起来。其间,袁最去请李简尘过来一起喝。李简尘笑着说:"我这人腼腆,不跟不认识的人吃喝。你们尽管喝吧,我吩咐厨房给你们炒俩菜。"菜是花馨子端来的。黑胖子一见花馨子顿时瞪直了眼,吸溜着口水说:"你们獒场真是风光无限,藏獒威风,人也标致。"袁最想,花馨子岂止是标致,都妖冶得称得上明星了。

这是第一次喝酒。后来又喝了几次,都是在獒场袁最的办公室里。等到配种成功,袁最和黑胖子便成了称兄道弟的好朋友,进出獒场都可以勾肩搭背了。这天,黑胖子送来了十七万配种费,袁最再次留他喝酒,完了送他离开。

黑胖子说:"明年我还来配种,冲着你的藏獒也冲着你。"

袁最讲义气地说:"明年我带我的藏獒到你那里去配种,一分钱不要,再要我就不是人了。"

袁最目送着黑胖子的黑轿车,一回头看到了李简尘,问道:"简尘还不走啊?该下班了。"

李简尘说:"我今晚住獒场,花馨子病了,我陪陪她。"花馨子在市里有房子,但最近一段时间,不知为什么她总是住在獒场宿舍里。

袁最说:"她病了吗?怪不得刚才我那位朋友想跟她喝酒,敲她的门她不开。"

袁最没想到,花馨子生病竟然是獒场蜕变的前兆。第二天,当他跟平时一样8点准时来到獒场上班时,獒场已是今非昔比了。他没有听到藏獒欢迎他的叫声,奇怪地走向犬舍,发现所有的犬舍都是空的。獒场大铁门和犬舍之间那条限制藏獒走动的石灰线也被踩踏得若断似连。"藏獒呢？藏獒呢？"他意识到出事了，到处跑动着，一脚踢开了李简尘的宿舍门。李简尘被绑在暖气片上，头上身上都是血。袁最上前，撕掉封嘴的胶带，急问怎么了。李简尘喘着气说："快，快去看花馨子。"

花馨子被绑在宿舍的床上，一丝不挂，封住鼻嘴的胶带几乎让她窒息。她一见袁最进来，眼泪哗啦啦往下淌。袁最手忙脚乱地给她解绳子。花馨子起身跪在床上，死死抓住袁最的胳膊，仇恨地说："你别想跑，你就是跑到阴间我也要把你抓回来。黑胖子说了，是你让他干的。"

黑胖子？袁最的样子就像海流突然遭遇了封冻，静止不动地呆望着花馨子。李简尘跑进来，撕住袁最把他推开："你还看，看什么呢？"他把地上的衣服捡起来扔给花馨子，指着袁最破口大骂："你指使黑胖子带人洗劫了獒场，又强奸了花馨子，你还有胆量来这里。吃里爬外的王八蛋，别以为我们是好欺负的。"骂着，看花馨子已经穿好衣服，便喊来几个饲养员把袁最绑起，拖出去关进了犬舍。

李简尘随后来到犬舍，对袁最一阵拳打脚踢，打得自己手疼脚疼了，又从袁最裤子上解下皮带胡乱抽起来，正是花馨子送给袁最的那条皮带，现在成了他宣泄仇恨的武器，仿佛当初花馨子的赠送就是为了今天这场暴力。袁最惨叫着，越叫对方抽得越厉害。花馨子来了，挡住李简尘说："你会打死他的，死了还得咱们偿命。"她把攥着皮带不依不饶的李简尘拉回宿舍，又来到犬舍，解了袁最身上的绳子说："你今天要是不想死在这里，就赶紧滚蛋，记住了，再也不要来獒场，我们是见你一次，打你一顿。"袁最吐着满嘴的血，结结巴巴说："相信我馨子，跟我没关系，我是清白的。"花馨子说："这个世界上没有你的清白。除非你让黑胖子来这里自首，再把我们的藏獒找回来。"

袁最一脸血污,浑身伤痛,提着裤子离开了黄海獒场。他满心耻辱:自己怎么会被人家打成这个样子?更多的却是恼恨,恨黑胖子,更恨自己:袁最你真是个大笨蛋,跟黑胖子打交道这么久居然没看出他是个强盗。现在怎么办?找,一定要找到黑胖子。我就不信他能长翅膀飞掉,他能长翅膀,藏獒可不会长。

为此他只在家里休息了两天,就头缠绷带要出门。妻子说:"獒场肯定已经报案了,你就歇着等警察破案吧。"他不。他说:"警察是警察,我是我。警察追捕黑胖子是为了完成公务,我寻找黑胖子是为了良心,我得对得起獒场,对得起王故和我的藏獒。再说现在恶性案件多了,警察未必顾得过来。再说了……"他咽下嘴边的话,胡乱吃了一点东西,就走到大街上去了。这时他才发现自己口袋里装着一把水果刀,摸着这把刀,不肯告诉妻子的那些话立刻清晰起来:就算警察抓住黑胖子,那又能把他怎么样呢?完全够不上死罪。而他心里的愤怒是必须由黑胖子的死来平息的。杀了他,杀了他,他不想让警察插手,只想自己杀了他。他觉得只要见到黑胖子,他就会不顾一切地扑上去,把刀子插进对方的身体。想着,他拿出水果刀看了看,突然冷然一笑:自己太可笑了,就这样一把圆头钝刀也能杀死人?吓唬人都不够。他毅然走进商店,在刀具柜台前买了一把带皮套的杀猪刀,用一个购物袋提在了手里。

他依稀记得黑胖子说起过他的住宅,好像在位于前海的某个风景区。他去了,一连半个月他访遍了靠近海边的所有风景区,这才意识到他根本不可能找到黑胖子。没有一个人告诉袁最,自己在某景区见过什么藏獒,所有的景区内都是严禁豢养大型犬种的。他来到海边,坐在礁石上痛骂自己:世界上的傻子多了,哪有你这样傻的？居然还相信黑胖子告诉你的住址是真的。他的名字、他的车牌号、他留给你的所有信息肯定都是假的。你还在这里找来找去，找他娘的蛋呢。他想着，抽出那把杀猪刀，一刀攮向了礁石间爬来爬去的螃蟹。黑胖子抢走了那么多藏獒，没有一座规模不算小的獒场是养不了的。这样的獒场就像黄海獒场一样，一定会在郊区或者更远的地方，他为什么不去那些地方找找呢？

又是两个月的苦苦寻找，不仅没有找到，还在靠近茖山的地方遇到一帮地痞抢走了他的钱包。从此他便消沉了，待在家里，唉声叹气。消沉了一段时间，他忍不住去了一趟黄海獒场。一下公共汽车，沿着通往獒场的土路没走几步，远远就听到有藏獒的叫声从里面传来。他顿时兴奋起来，大步走了过去。

进去獒场大门，经过院子里那条石灰线，往右五十米就是犬舍。李简尘和花馨子正好在犬舍前巡视，见到袁最走来，立刻转过身去，互相嘀咕了几句什么。

袁最说："你们好，我来看看獒场。是不是案子破了？"

李简尘上下打量着他："案子破了你还能逍遥法外？"

袁最说："可是这些藏獒……"他看到几乎所有犬舍里都有藏獒，惊奇地扑到了栅栏前。

李简尘说："你好好看看，它们是原来的藏獒吗？"

袁最在犬舍前快速走动着，引来一片吼叫声。果然没有一只藏獒是原来的。他想李简尘真有本事，这么短时间就搞来这么多藏獒。似乎是为了用事实证明现在的藏獒一定不是过去的藏獒，李简尘打开了七八间犬舍的门。七八只藏獒顿时跑了出来。袁最一看就知道今天凶多吉少，用央求的口气喊道："简尘，馨子，快，快把它们关进去。"话音刚落，就见所有放出来的藏獒都朝他扑了过去。他转身就跑，还没跑到獒场门口，就被扑倒在地。袁最想完了，这两个恨他入骨的男女大概要置他于死地了，中国还没有藏獒咬死人獒主顶罪的法律，死了白死。

"上帝啊。"连袁最自己都奇怪，他居然发出了这样一种声音。上帝是谁？是救世主，可是他从来没有信仰过，怎么会像抓住了救命稻草一样脱口而出呢？后来他意识到，在这个生死攸关的时刻，他想到的其实是父亲，喊出来的却是上帝。

父亲活着时是蓝岛基督山的园艺工，培植花草、修剪树木什么的。他不信仰上帝，除了按照牧师的吩咐，在复活节期间给教堂内的祈祷仪式布置冬令的盆栽植物外，很少在教堂里逗留，也不在牧师面前请教或聆听什么。但是父亲临终前的最后一句话竟是："上帝啊，请你来接我。"袁最记住了这句话，以后的日子里，只要想起父亲就会冒出"上帝啊"这样一句感叹来。父亲一生只呼唤了一声上帝，这一声无比真切、分外有力。而袁最的"上帝"却空洞而浮泛，一点点虔敬的意思都没有。因为他从不相信这样的呼唤会给他带来什么好处。

但是今天就不一样了，似乎正是这一声无意中的祈喊帮助了他，那些藏獒只是扑倒了他，压住了他，在他浑身上下踩满了结实沉重的獒爪，却没有撕咬他。它们踩着他狂吼乱叫，持续了至少一刻钟，才在花馨子的吆喝下散去。花馨子说："奇了怪了，它们居然不咬你。我再放出来几只，看它们咬不咬。"袁最赶紧爬起来，跌跌撞撞跑出了大门。

他跑到獒场外面，余悸未消地不断回头，庆幸地喘口气，突然感到下身有点疼，一摸，不禁叫起来："疼，疼。"好像是别人在摸他。不知哪只莽撞的藏獒，用粗大的爪子踩坏了他的生殖器，那儿吹了气似的肿胀起来。这可不是闹着玩的,男人活的就是这个。他赶紧打车去了医院,打针、吃药、外敷、中西医结合,全用上了。一个星期以后才消肿。

他想,李简尘从哪里搞来那么多藏獒?以他的资金和能力是不可能的。而且就算我跟黑胖子里应外合又是偷窃藏獒、又是强奸女人,为什么警察到现在没来找过我?可见李简尘和花馨子压根没有报案。他们为什么不报案?再说獒场被偷的都是凶巴巴的大藏獒,生人靠近会往死里咬,就那么容易被偷掉?而且不是偷掉一只,是偷掉全部?蹊跷!在李简尘和花馨子看来,黑胖子是袁最的朋友,他偷窃獒场藏獒、强奸花馨子的举动就一定跟袁最有关。但袁最意识到,这到底是不是事实并不重要,重要的是只要李简尘和花馨子认为它是事实,就有了把他袁最赶出獒场的理由。黑胖子的合谋、引狼入室的卧底,还有什么资格待在獒场呢?袁最只能自认倒霉,不管他到底做没做一个内奸该做的事。他内心隐隐地冒出一些猜测来,又觉得根据不是很牢靠,也就压制着自己不去想了。但心里的恨却不知不觉地转移着,从黑胖子身上转移到了李简尘和花馨子身上。真是一对狗男女,我怎么就治不了他们呢?他常常摩挲着那把杀猪刀独自叹息:王故啊,我现在是彻底对不起你了,你的藏獒最终还是被他们夺走了。

郁闷的日子过了一天又一天。在妻子的劝说下,他打算结束这种百无聊赖、没有收入来源的生活,重操旧业,再做律师。突然在卖盗版书的地摊上看到一本写藏獒的书,是一个名叫色钦的作家写的。他花十块钱买了来,本来是当作消遣的,结果一打开就放不下了。他一口气读完,长舒一口气:还是得养藏獒啊,不然活着有什么意思?想着,觉得自己的生活又有了目标,又可以像从前那样充实快乐了。

夜里上床后,袁最问妻子:"姒苏,你知道为什么我爱你?"

"因为我是个能让你满足的女人。"

"不对,因为我无论做什么你都会支持我。"

妻子警惕地望着他:"你又想干什么?"

袁最说:"我要去青果阿妈草原,去一个叫麦玛镇的地方,去那里看看世上最好的藏獒。这本书上说了,那里的藏獒不是买卖的,是用诚心和善良交换的。"

妻子把书从枕边拿起来,扔到沙发上说:"你信它的,哪有这样的好事。"

"我信,我一定要去试试。"袁最从床头柜上拿起一串珍珠项链问道,"这是真的还是假的?"

妻子说:"人家送的,谁知道真的假的。"

袁最缠了三圈,戴在自己手腕上。色钦的小说里说,草原上的藏族人特别喜欢珍珠玛瑙一类的东西,连歌里都在唱:"珍珠项链献给你,献给你。"

他趴到妻子身上说:"我明天就走。可能时间会长点,别想我。"

妻子柔媚而伤感地说:"我不拦你,拦也拦不住。来吧。"

3

袁最去了,现在回来了。回到家的他已经不是从前的他了。他望着身边的嘎朵觉悟,突然想到这样一个问题:拿破仑和希特勒都杀过很多人,但为什么在多数人眼里拿破仑是英雄,希特勒是恶魔呢?甚至贝多芬还为拿破仑写了一首题为《英雄》的交响曲。是因为两个人杀人的数量不一样，还是因为杀人的方法不一样？我呢？我是什么？是英雄还是恶魔？我当然是英雄，但跟杀人毫无关系。我没杀过人，也没放过火，没有。我从今天开始，就是一个活雷锋、一个道德模范、一个善良慈悲的楷模。我要做好事，做尽所有的好事。比如有人摔倒了，没人敢去扶，害怕出现司空见惯的讹诈：你扶我是因为你推倒了我，你得赔偿我的损失。但是袁最出现了，不仅扶起了他或她，还把他或她送回到家里。你想讹诈吗？没关系，你讹多少钱我给多少钱，然后让你良心发现。白血病，许多得了白血病的人，跟他袁最都可以配型成功，他无偿地帮助他们，那些人好了，向他千恩万谢。他说谢什么，然后扬长而去。有个地方，最好是草原上，牧人们穷得无法让孩子上学，他捐助他们建起了学校，让所有孩子背上了书包。还有，在这个城市，所有乞丐都得到过他的施舍，所有贫困大学生都得到过他的援助，所有不小心的落水者都是他救起，所有灾难都因为他的出现而变得无灾无难，所有流浪狗和流浪猫都被他出资收容起来，过着吃喝无忧的生活。因为他那时已经很有钱了，靠着嘎朵觉悟和已经长大的八只小藏獒，他建起了自己的獒场，赚了很多很多配种费和出售后代的钱。

　　他想着，突然听到有人脆生生地喊了一声"爸爸"，惊得浑身一阵哆嗦。以后他会想：为什么自己的孩子一喊爸爸他就紧张，是因为潜意识里他已经不配了，不配做飞飞的爸爸了。不会吧？我干了什么对不起飞飞的事情？没有，绝对没有。

　　飞飞放学了，突然看到爸爸，惊叫着钻过冬青树扑过来。嘎朵觉悟本能地扬起头，冲着飞飞威胁地叫了一声，看到袁最满怀抱住了她，立刻明白来人是谁了，哈哈地吐了吐舌头，表示歉意。袁最在女儿光亮的脑门上亲了一口，"咦"的一声，便把注意力转移到了嘎朵觉悟身上:"你刚才叫了?"

女儿说:"妈妈先叫了,然后我才叫了。"

袁最喜悦地说:"我说的是它,它看你朝我扑来就叫了一声。嘎朵觉悟,你终于知道保护我了。飞飞,你看,这是嘎朵觉悟,咱家的藏獒。"

飞飞顾不上和嘎朵觉悟认识,惊喜地跳向八只小藏獒,先是摸,后是数,然后就抱抱这个,抱抱那个,挨个抱了一遍,才来到嘎朵觉悟跟前,蹲下来说:"你怎么长得这么大呀,我是飞飞,你叫什么?嘎朵……"

嘎朵觉悟友好地摇摇尾巴,头枕到腿上,闭上眼睛,任女孩那双柔软的小手在它森林般的毛丛里抚来抚去。

袁最的妻子一手拎着女儿的书包,一手提着一兜肉和菜,惊奇地看着丈夫和丈夫带来的藏獒。袁最起身,走过去,表情僵硬地笑了笑。

妻子嗔怪地说:"你怎么这么黑啊,我都把你跟藏獒分不清了。"

天黑前,袁最给嘎朵觉悟和八只小藏獒喂了一点肉汤稀饭。他不敢喂饱,几个小时前才从天上下来,又是陌生的水土,眩晕感还没有消失,很容易引起肠胃的扭转,一旦喂饱,七死八伤。袁最把嘎朵觉悟和八只小藏獒都转移到阳台上,仔细锁了门,来到客厅歪在沙发上看电视。飞飞做完作业就去跟藏獒玩,一直玩到趴倒在嘎朵觉悟身上呼呼睡着。姒苏抱起飞飞,给她洗了,让她睡下,然后来到客厅,滚到了袁最怀里。

袁最浑身僵直,对妻子的投怀送抱没有一点反应。

妻子很奇怪,在他怀里扬起头:"袁最,你很累是吧?"

袁最不吭声，愣愣地对着电视，眼睛里的光泽强烈到异样，就像他多少年前第一次看到女人，也就是妻子的裸体一样。妻子瞅了一眼电视，从他怀里起来，柔情地说："这些日子我天天看新闻，都是跟地震有关的消息。"

袁最一把搂紧了妻子，用他手臂的力量告诉她：他就是从地震现场回来的，就从电视新闻正在播出的这个地方——坍塌了的强巴家的碉楼前出发，带着嘎朵觉悟和八只小藏獒，走向了回家的路。镜头以无与伦比的清晰告诉袁最：强巴一家被救出来了，各姿各雅被救出来了，都还活着。电视画面上，抢救人员抬着强巴、拉姆玉珍、阿爸岗却巴、三岁的小孙子走向了救护车，很多人都在鼓掌和流泪，为大难不死的生命，也为营救者夜以继日的劳动。接着便是各姿各雅的特写：它卧倒在地上，半张着嘴哈哈吐气，即使显得很疲倦很虚弱，也依然保持着高贵典雅的气度。

似乎担心袁最听不明白，营救现场的记者以不容置疑的语气说：这是一次最成功的救援，被地震掩埋的四口人和一只藏獒全部活着。多亏了这只名叫各姿各雅的藏獒，是它用叫声引来了救援人员；是它用身体扛住了整座坍塌的碉楼，留出足够的空间让主人得以存活；是它用自己的奶水给主人提供了营养，让他们度过了七天七夜的黑暗日子。据说它是一只正在喂奶的母藏獒，它的孩子八只小藏獒在地震中不知去向，希望知道下落的人提供线索。当英雄的藏獒、伟大的母亲为了人的安危付出了一切时，我们能够回报它的，就是帮助它找到它的孩子。

袁最的心冷森森地跳着。惊怕就像阵阵飙风掠过他的心身，在穿透五脏六腑的时候，变成了无数针芒，刺痛了他的所有神经。他浑身一阵紧缩，像是缩没了肌肉，缩成了一把骨头。他想，他完了。

一瞬间的恐怖让他就像跟谁打架似的咬紧牙关，攥起了拳头。但接着又是一阵莫名其妙的舒展，牙关和拳头倏然松开了。他感到心里一阵释然，收紧的内心渐渐宽坦着，像是黑暗里射出了一脉光，那光迅速膨胀，让黑暗在一阵叹息之后悄然消隐。他突然高兴起来，是情不自禁的高兴。他怀疑地拍拍自己的胸膛：是假装的吧？你不该也不能这样。可他内心的高兴是真实的，是不可掩饰的。他再次搂紧妻子，扭头在她脸上狂舔狂吻。

妻子回吻着说："怎么了你，是什么让你这么激动？"

袁最说："这些营救人员太厉害了，加上他们命大福大，居然没有死。"他的赞叹完全是不由自主的。强巴一家没有死，曾经重重压迫着他的四条人命又活过来了。那四条人命原本是他害死的，现在没有害死，沉重了这么久才发现人家好好的，他的罪孽转眼消失了。上帝啊，我原来不是罪人，至少对强巴一家来说我不是凶犯。更让他高兴的当然还是各姿各雅的复活。他是他见过的最好的母獒，或许也是青果阿妈草原乃至全中国和全世界最好的母獒。在他害死它之后，他在心里捶胸顿足，都有了如法害死自己的念头。现在，啊，现在，好了，它没死，还活着，活着就有希望，不是它的希望，是我的希望——把它占为己有的希望。你还想占为己有啊？是的，为什么不能？我没有害死强巴一家，我是一个大大的好人。好人在世，就应该随心所欲。

营救强巴一家的镜头不断回放着。袁最盯着镜头把妻子推倒在沙发上，亢奋地命令道："脱。"其实他命令的是他自己的手。他的手用力撕扯着。妻子抱着他缠绵而紧张："不不不，不能在这里，咱去卧室。吵醒了飞飞怎么办？"袁最哪里听得进去，心说好消息是电视新闻告诉我的，我就要当着电视新闻的面享受我的爱情。沙发

"吱嘎吱嘎"响起来,越响越剧烈。电视里的人目瞪口呆地望着他们。一会儿,各姿各雅又出现了,看着袁最,吊眼使劲一扇,好像认出了他。袁最就在这个时候突然软蛋了。没有射精而软蛋的情况绝无仅有,他脸色"唰"地白了,感受到的惊怕似乎比刚才还要强烈。他在妻子身上呆若木鸡。

妻子担忧地扫了一眼飞飞房间的门说:"怎么这么快?"

袁最没有回答。男人的失败让他从沙发上滚了下来。妻子要扶起他,他拨开妻子的手说:"我见到熟人了,我认识他们。"其实他想说的是,强巴一家认识他,知道是他拐走了八只小藏獒,还知道他是谋杀他们未遂的凶犯。

又有了冷森森的心跳。惊怕的飙风像一条冰凉的蛇穿过了脊梁骨,浑身寒冷的感觉让他变得格外清醒。他再次咬紧牙关、攥起了拳头:强巴一家会报案,警察很快就会来抓他。他怎么办?躲起来,还是去自首?不管怎么着,最终他都会被关进大牢,然后公开审判,一枪毙命——如果再查出他打死张建宁、抢走嘎朵觉悟、放火烧毁展览馆和几百只藏獒的话。所有的罪恶都不难追查,因为要命的是他有他们需要的罪证:嘎朵觉悟和八只小藏獒。

"你先去睡吧。"他穿好衣服,端坐在沙发上。我到底应该怎么办?要不要处理掉嘎朵觉悟和八只小藏獒?不是卖,卖出去更危险,这么好的藏獒,谁到手谁就会四处张扬,那跟自我暴露差不多,还不如自首。我是说彻底处理掉,让它们消失,从所有人的眼界里消失。似乎只能这样了……"你怎么还不去睡?"

妻子撒娇地说:"多长时间了,都是我一个人睡,今天还让我一个人睡?不,我要跟你一起睡。"

袁最恼火地打了她一下:"你怎么这么没眼色?让你睡你就去

睡,我有点事情要想一想。"袁最,你可从来没有对妻子发过火,多好的妻子啊。他想着,看到新闻节目中已经不是青果阿妈地震了,便从茶几上拿起遥控器关掉了电视。

妻子欲走又没走:"你有什么事?你一定有什么事。"

袁最笑了笑,又变得格外温和:"能有什么事呢?你先去吧,我马上就来。"说着,假装轻松地拍了拍妻子线条优美的屁股,又唱起来,"老婆,老婆,我爱你……"

妻子疑虑重重地走进了卧室。袁最从柜子里拿出一瓶威士忌,打开,也不用杯子,就嘴对着瓶子一口一口地喝,越喝主意越坚定:对的,一定得先把罪证处理掉。最好的办法就是把它们交给大海,那一定是一种完全彻底的消失,海水会淹没它们,鲨鱼会吃掉它们,转瞬之间,他就变得干干净净了。这样想着,心里立刻宽展了许多。他丢下半瓶酒,去了一趟卫生间,然后扑向卧室。他要把刚才丢失的男人尊严重新找回来,要让妻子明白:你的男人依然是最棒最棒的雄性———一只嘎朵觉悟一样的公藏獒。

他做到了。整整一个小时,妻子都在用快活的呻吟赞美着他。"怎么样老婆?你的性福就是我的快乐。"

妻子浑身酥软地依偎在他怀里:"你真好,你给了我一切。"

"不光我给了你,你也给了我。你知道你为什么叫姒苏?"

"我的名字我还不知道?小时候大家都说我长得像苏联女孩,爸爸就叫我姒苏。"

袁最坏笑道:"不对,姒苏的出处应该是这样的,'二八佳人体似酥(姒苏),腰里仗剑斩愚夫,虽然不见人头落,暗里教君骨髓枯。'"

妻子高兴地说:"你就是那个愚夫,我就是那个佳人。"

袁最搂着姒苏,以胜利者的疲倦安然睡着了。梦美如妻。

4

　　第二天，妻子去上班，顺便送飞飞到学校。飞飞在告别嘎朵觉悟和八只小藏獒后蹦蹦跳跳走了。袁最去了一趟附近的菜市场，买回来十多斤新鲜瘦羊肉。他把大部分丢给了草坪上的嘎朵觉悟，自己来到厨房，用绞肉机绞碎剩下的肉，又在肉中拌了三斤牛奶、十六个鸡蛋、一碗玉米粉和一些剁碎的小油菜，加水煮成糊糊后盛在一个大洗菜盆里，放进水池拿凉水冰了一下，端出来打算让八只小藏獒美餐一顿。对它们来说这是生命中的最后一餐饭了，他希望它们吃得开心爽口。但是他没有走出阳台的门就站住了，隔着玻璃，面前的一幕让他既惊讶又心酸。

　　按照常规，小藏獒出生四十五天后就应该断奶。断奶后的日子里，母藏獒会用反哺的方式，把自己吃进去的半消化食物吐出来，喂养它们。八只小藏獒现在正处在接受反哺食物的阶段，却远远离开了它们的妈妈母獒各姿各雅，只能幼稚笨拙地舔舐食物，或者靠人的灌喂。虽然这样也饿不着它们，但吸收进体内的营养却大大不如妈妈的反哺，因为反哺的食物裹带着母藏獒的胃液，会让小藏獒的消化和吸收变得更加容易。袁最以为八只小藏獒离开了妈妈也就离开了得到反哺的幸福，没想到它们的爸爸也会扮演妈妈的角色，让小藏獒们在它的嘴下一个个仰起了头。珍珠仰得最高，好像它比它的同胞姐弟更机灵、更健壮一些。

　　嘎朵觉悟的反哺显然已经持续了一会儿，有两只小藏獒已经不抢了，正在地毯上滚爬翻打着消食。袁最过去，把食盆放在嘎朵觉悟够得着的地方。嘎朵觉悟朝他吼了一声，警告他在它进食和喂养孩子时不要靠近它。袁最赶紧站到一边，痴迷地看着：小藏獒没有妈妈了，只能靠爸爸来喂养了。父亲，嘎朵觉悟是一个伟大的父亲。比起我对飞飞来，它更像人，而我更像畜生。嘎朵觉悟，你不是我抢来的该多好，你不是我的罪证该多好。袁最喟叹一声，抹了一把脸，手掌顿时湿漉漉的。

　　嘎朵觉悟给所有小藏獒反哺之后，拖着铁链子来到食盆跟前，不急不躁地舔着，吧唧吧唧的，声音很大，似乎是故意搞出来的。袁最有些奇怪，藏獒的秉性是暴饮暴食，食物到了嘴边，恨不得几口就能吞进肚子里去，嘎朵觉悟怎么慢条斯理的？但他马上就知道这是为什么了：它要教会孩子们舔食的本领。舔食虽然是一种本能，但有些聪明的大藏獒知道如何把舌尖卷起来，像勺子一样一次舔得更多。珍珠首先明白了吧唧吧唧的声音意味着什么，带头跑过去，学着父亲的样子舔起来。接着所有小藏獒都过去了。嘎朵觉悟不断用嘴阻拦着它们，甚至会拱翻它们、弄疼它们。它希望孩子们不要漫不经心地面对食物，而是你争我抢，撕咬碰撞。很快，在嘎朵觉悟的挑逗下，进食变成了武斗，小藏獒们互相打起来。它们个个生性顽劣，你撕我咬，都想把对方赶开。这就是学习本领的机会了，对野性尚存的藏獒来说，生存的第一要务就是争抢和霸占食物。

　　袁最看着，遗憾地摇摇头：糟糕的是在它们的生存里掺杂了太多人的意志，教会孩子们争抢食物已经没有用处了。人要摧毁它们，就在今天，真是可惜。袁最进去拿出昨晚剩下的威士忌，喝了一大口，算是给自己鼓劲壮胆。他心说人的生存方式可不像藏獒争抢食物这么简单，他必须有勇气毁灭，有计谋逃脱；他要抢夺一切，却又要装作付出了一切；他当然应该做好事，但也必须随时准备做坏事，哪怕丧尽天良、惊心动魄。

　　大洗菜盆被小藏獒们舔得干干净净，就像用抹布擦过一样。它们肚子一个个鼓了起来，都沉重地趴下了。袁最怕它们走不动路，坐在阳台门口，喝完了半瓶威士忌，才来到嘎朵觉悟身边，做了个出发的手势，从石榴树上解下了铁链子。

就像来时那样，袁最把牛皮褡裢绑在了嘎朵觉悟背上，让它驮着四只小藏獒，自己抱起了另外四只。但是离开草坪走了不多一会儿，他就觉得四只小藏獒好沉好沉，已经抱不动了。他又把两只挤进褡裢，自己只抱了两只。嘎朵觉悟对重量的增加没有感觉，脚步依然矫健而稳实。

袁最心虚地低着头，脚步匆匆，在众目睽睽之下，带着九只曾认为比自己的生命更重要的藏獒，朝着他设定的死亡的海边走去。

蓝岛的海边除了沙滩，还有礁石。那些礁石在大海退潮的时候是海岸，在涨潮的时候是岛屿或海底。袁最从小在海边长大，水里摸蟹，浪里抓虾，知道哪一块礁石涨潮时会变成岛屿，哪一块会变成海底。他在起伏嶙峋的礁群里转来转去，最终把嘎朵觉悟和八只小藏獒带到了一块平顶的礁丘上。礁丘四周是一些更高的礁石，赭色的堆积里，到处都是贝壳莹亮的光辉。袁最看了看手机上的时间，知道再有不到两个小时潮水就会涨到这里。他对自己找到的这个地方很满意，海浪涌荡之后，这里将成为至少六米深的海底。更重要的是这里僻背，没有游客，也没有本市那些钓鱼游泳的人，捞海菜的或许会有，但那得等到潮来潮退之后。

又是一个陌生的环境，嘎朵觉悟警觉地伫立着。它似乎很反感腥鲜的海风和礁石散发出的略带腐鱼臭味的咸涩气息，不时地冲着大海和礁石吼一声。这情绪立刻传染给了八只小藏獒，它们放弃互相追逐打闹，挤在一起，不安地望着四周。但它们望的最多的还是嘎朵觉悟和袁最,寻求安全的本能告诉它们,藏獒爸爸和这个人的存在就是依靠。

袁最坐了下来,拉拉手中的铁链子,想让嘎朵觉悟卧下。它卧下了,又起来,凑近袁最闻了闻,似乎想闻出他内心那种不可告人的隐秘气息。袁最慌愧地低下了头:嘎朵觉悟,实在对不起了,无论下辈子你转世成什么,你都要记住,我袁最的转世,就是你的食物。你是老虎我就是羊,你是大鱼我就是小鱼,你是燕子我就是蚊子,什么时候你都可以吃掉我,算是还账吧。但是这辈子,我必须要你的命,不然我就没有这辈子了。想着,他抬头看了看五十米外的浪潮,丢开嘎朵觉悟的铁链子,最后一次摸了摸它,也挨个摸了摸八只小藏獒。

涨潮的声音越来越大。不远处浪花的飞扬一轮比一轮响亮、高大,如同一堵奔驰的城墙,海水就要压迫而来了。袁最心中突然一阵恼恨,站起来,冲着大海狂躁地喊一声:"袁最,你是个王八蛋,不得好死的王八蛋。"似乎这样一喊就喊掉了他的全部愧疚和对自己的诅咒,转身就走。

嘎朵觉悟忧虑地望了一眼渐渐逼近的海潮,准确地把袁最的离去看成了危险来临的信号,叼起离它最近的小藏獒珍珠就往礁丘那边离水更远的地方跑去。它把珍珠放在了海岸缓坡高处的沙滩上,又跑回来叼救别的小藏獒。但这时它奇怪地看到,离去的袁最又回到了礁丘上,不仅他回来了,还把它救走的珍珠也抱回来了。它疑惑地冲他叫了一声,又冲着更加迫临的海浪狂吼起来。

袁最放下珍珠,拽起嘎朵觉悟的铁链子,拴在了突起的礁锥上。嘎朵觉悟停止狂吼,歪头望着他,眼里充满了不理解:啊,为什么,为什么你要这样?它反抗地扭动粗硕的脖子,猛然一甩,喀喇一声响，礁锥立刻崩断了。袁最再次抓起铁链子，又拴在了一根更粗的礁锥上，但还是被嘎朵觉悟的拽拉搞断了。袁最打了一下嘎朵觉悟，第三次拴死了铁链子。这次嘎朵觉悟没有反抗，它似乎意识到袁最带它们来这里就是要它们死的，突然安静地卧下了。它撩起皮毛松弛的吊眼，迷茫地瞪着袁最，瞳光闪闪的，把它对人类的所有不理解都传达了出来。袁最不敢跟它对视，扭头恶狠狠地对飞来的浪花说："来啊，快来啊，怎么这么慢。"

潮水听从召唤似的涌荡到了跟前。袁最撒腿就跑。第一排大浪铺天而来，一下盖住了嘎朵觉悟和八只小藏獒。嘎朵觉悟站了起来，跑过去本能地叼起了一只小藏獒，发现礁丘四周已经积满了水，水面正在呼呼地上升，不仅它面前，连它身后也都是水的原野了。这个原野是不能奔跑的，只能水鸟一样凫起来，就像青果阿妈草原老熊河湾里的天鹅大雁。它知道自己是可以凫水的，也曾在老熊河里凫过水，现在只要挣脱铁链子就可以逃生而去。它当然能够挣脱铁链子，在它仍然可以四爪立地的时候，拉断拴住它的礁锥甚至铁链子，都不算什么。但是它不仅没有逃走，反而卧下了，卧在了八只小藏獒的旁边。

小藏獒们已经被淋湿，眼看着潮水漫上了礁丘，求生的本能让它们争先恐后地爬上了嘎朵觉悟的脊背。嘎朵觉悟站了起来，用伟岸的身躯驮起了它的八个孩子。但是动物的伟岸在海潮面前又算得了什么？大水来势凶猛，忽一下淹没了整个礁丘。它想挣脱铁链，带着孩子们逃走，却已经来不及了。水势浩大而汹涌，转眼就把它托了起来。它无法把强健的四肢蹬踏在礁丘上，也就失去了拽断铁链子的力气。它在大浪中颠簸，一会儿被浪尖吞没，一会儿被浪身掩盖。水位在继续升高，浪潮在不断拍来。死亡就要发生，嘎朵觉悟已经不再做挣扎地选择了。它知道自己就要死了,它的八个孩子也要跟它一起死了。它呜呜呜地叫起来,那是哭声,是愤慨中对袁最以及整个人类社会的深情告别。

袁最已经逃到了高处的沙滩上。在他眼里,嘎朵觉悟和八只小藏獒已经是大海中一个随时都会消失的漂浮物。他愕然喊叫着:"哦哟,哦哟。"好像嘎朵觉悟和八只小藏獒的灾难不是他的设计,而是出乎意料、突然降临的。一会儿,惊诧诧的"哦哟"不由自主地变成了呼喊:"嘎朵觉悟,嘎朵觉悟。"喊着,他"扑通"一声跪下了,像嘎朵觉悟那样呜呜呜地哭起来:"永别了,藏獒,我的藏獒。"但是他的心——不是正在跳动的这颗心,而是另外一颗他始终无法控制的心,在这个时候滋生了另一种愿望。这个愿望让他感觉不到他跟嘎朵觉悟和八只小藏獒的关系,让他瞬间丢开了自己罪性的往事而觉得自己是个过路的人。一个过路的人,看到一只他从未见过的大狗驮着八只小狗在汪洋中挣扎。他心说做好人的机会来了,我为什么不救救它们呢?

他是游泳的好手,自信跟海豹一样有种。他跳起来,扑向水面,朝着嘎朵觉悟和八只小藏獒游了过去。浪突然小了,知道他要去救人,就突然停止了惊涛拍岸的威武气势。片刻的平静里,袁最游得很快。等他抓住嘎朵觉悟的铁链子,潜水下去,在几米深的地方解开拴系后,海潮的平静立刻消失了。狂澜暴怒而起,巨大的力量把人和藏獒朝岸边推去,又兜头忽地一下拦了回来。拦打了几次之后,袁最就有些昏沉了。即使他水性如鱼,也从未经历过这样的狂拍乱打。巨浪打在头上的感觉就像手中铁链子的抽打,憋胀的疼痛感会从头顶延伸到胸口。他不能不呼吸,一呼吸就进水,是呛进去的,让他满脑子都是森然阴冷的感觉。但很快连这种感觉也消失了。他记得最后一浪不仅打翻了他,还把他推向了一座暗礁,他的头重重地撞在了礁石上。他松开了嘎朵觉悟的铁链子,停止了游动,身体下沉着,知觉倏然离开了他。

5

袁最醒来的时候已经是下午。阳光的斜射灼烫着半边脸,他似乎是被烫醒的,湿漉漉的阳光烫醒了他。他看到沙滩的金黄在眼睛两边蔓延,远处有树,有错落的礁石。天是蓝的,他想天为什么是蓝的?为什么是蓝和白的组合?我为什么会躺在这里,安静地研究天空的颜色?他觉得研究的结果已经有了,原本天是黑与红的组合,后来它们被野兽吃掉了,天就变成了现在这个样子。可是在他心里,永远惦记的就是黑与红的世界、黑与红的藏獒。一想到藏獒,他就愣住了。仿佛一根针在他混沌一片的脑海里游走,突然停下了,一阵刺痛。他抬起手臂,捶打着自己的胸脯,记忆渐渐走来,清醒的意识就像蓝天撕开了云翳的口子,顿时敞亮得无边无际。他浑身一抖,坐了起来:上帝啊。

他看到黑与红的世界就在眼前,那是嘎朵觉悟非凡毛色的组合。嘎朵觉悟安卧着,就在离他两步远的脑袋上方。小藏獒们乖乖地挤在它身边,沐浴着阳光睡着了。他跪在沙滩上,急急忙忙爬过去,数了一遍,又数了一遍,一共八只,一只不少。嘎朵觉悟警惕地望着他,冲他吼了一声,警告他不得再把小藏獒弄到礁石上去。袁最听懂了,扭头看着大海。

潮水已经退去,所有的礁石历历在目。曾经被他选中的谋杀嘎朵觉悟和八只小藏獒的礁丘在被潮水洗过以后,披上了一层厚重的墨绿色，那是海菜的颜色。礁丘中央，正有一个穿着胶皮衣服的人，拿着铁耙子将海菜往一起耙拢。而在袁最右侧的沙滩上，已经堆起了一座绿莹莹的海菜山。袁最知道自己至少躺了六个小时，因为蓝岛海的潮水是六个小时来六个小时去的。他把眼光投向嘎朵觉悟，问它是怎么回事？我怎么会活着上来呢？我是被淹死了的，你们也没有活着的可能。嘎朵觉悟轻蔑地闭上眼睛，告诉他自己很累很累，需要睡一会儿了。

　　捞海菜的人用铁篓背着海菜来到沙滩上，看袁最醒了，把铁篓丢到海菜山上，站在老远大声说："你养的是什么？是狗吗？我可是第一次见这么大的狗。你的狗真好啊。"他用无比深长的口气感叹着，"没有它你今天就完了。我来时正好看见它往岸上游，背上驮着这几个小家伙，牙齿咬着你的衣服，就是肩膀这儿，看见了吧，都被它咬烂了。浪大得吓人，差不多是这个季节最大的浪了。我看它一会儿被卷进去了，一会儿又冒出来了。这样卷进去冒出来大约有十个来回吧，才一点一点靠近了沙滩。它把你从水里撕了出来，浑身一抖把那些小家伙都抖在了干沙子上。它闻闻它们，又望望海里，突然跑过去跳进了大浪。它游出去很远，远得我都看不见了。我寻思一定还有人或者狗落在了海浪里。等它再次爬上岸时，果然看见它嘴里叼着一个小家伙。我看你还活着，压压你的肚子想让你吐掉喝进去的水。它见了，以为我要害你呢，放下嘴里的小家伙就朝我扑过来。我吓得掉头就跑，腿都来不及捯动了。你数数，那些小家伙够不够数？我看它肚子上没有奶头，估计是个公狗，一只公狗也会这样保护小狗，从来没听说过。真好啊，我是说你的狗。整整半天了，它就在你身边守着，一会儿舔舔你的脸，一会儿舔舔小家伙们。你看它现在趴倒了吧？那是累的。你活过来了，它就放心了。嘿！

这样的狗，比人是强多了。"

袁最听着，眼泪滚落下来。他明白了：不是湿漉漉的阳光烫醒了他，而是嘎朵觉悟的舌头，滚烫而灵性的舌头在他昏迷时一直焦灼地呼唤着他。他转过身去，不想再听捞海菜的说什么，心里是搅动的，就像来潮的海水。他是多么可恨又可悲啊，当他千方百计想害死嘎朵觉悟时，嘎朵觉悟却在千方百计地救他。这样的事实让他不能不自责：袁最，你算什么东西？但他知道，如果袁最不算什么东西，自责就更不算什么了。一个王八蛋的自责可以随时都来，却并不意味着他从此不再是王八蛋，因为这离有勇气承认和有勇气担当还有十万八千里。他意识到，嘎朵觉悟正在用一只优秀藏獒的天然举动逼迫他做出新的选择，如果做强盗是为了爱，那他就应该用作强盗的勇气持续这种爱——爱藏獒也就是爱自己。要是他连藏獒也不爱了，那就连活着的最后意义也丢失了。唉，当初何苦要做强盗做凶犯呢？既然做了强盗，他无论怎样面对都将迎来死亡：一是丢弃爱然后去死，二是继续原来的爱然后去死。一个人的生命中并没有悔恨的地位，或者说悔恨并不能改变生命既定的程序。一旦做了强盗，就必须强盗到底，直到生命结束，你都应该是一个恶贯满盈的强盗。

这时一个让他浑身哆嗦的念头突然袭来：就算你让大海吞没嘎朵觉悟和八只小藏獒，难道就能消除你的罪证？你在青果阿妈草原、在西海府、在机场、在沿途租乘的汽车上，都留下了无法消除的痕迹。只要劫后余生的强巴报案，警察就会追踪而来。他惧怕警察的到来，但也因此获得了带着嘎朵觉悟和八只小藏獒一起生活的另一个理由，那不是出于残存的善良，而是出于无奈的拥有，好比他满头疼痛却不能因为疼痛而砍掉头一样。幸亏嘎朵觉悟和八只小藏獒没有死，死了也是白死。现在想来，除了跟自己的藏獒相依为命，他其实没有任何别的选择。

傍晚，袁最带着嘎朵觉悟和八只小藏獒回到了家里。飞飞在草坪上翘首等待着。一见嘎朵觉悟和小藏獒，她欢呼着扑了过来。

袁最严肃地说："飞飞，不要这样，它们不是你的藏獒。"

飞飞忽闪着大眼睛问道："为什么呀？"

袁最叹口气，没有回答。回答出现在第二天傍晚。当妻子下班、飞飞放学后，她们在桌子上看到了袁最留给她们的一封信：

奺苏——我曾经爱过的女人，在你看到信后，我希望你明白：

我已经不是你的丈夫，也不是飞飞的爸爸了。我是一个浪迹天涯的人，又要离开你们了，而且一去不回。我唯一能告诉你们的是，我现在做的事情已经不允许我有一个家，有妻子和女儿。你们也不需要一个爱藏獒超过了爱生活爱你们的人。奺苏，另外找一个吧，天下所有的男人都比我好。飞飞，忘掉你曾经拥有一个名叫袁最的爸爸，他不爱你，从来就没有爱过你。

真的不爱了吗？信纸的下方，是泪渍画出的地图。和信在一起的还有袁最签了字的"离婚协议书"。

6

袁最想到的唯一去处是黄海獒场。就像昨天一样,出门前袁最喂饱了嘎朵觉悟和八只小藏獒。然后带上了那把一直没有派上用场的带皮套的杀猪刀,这次不是用购物袋提着,而是像一个真正的杀手那样,把皮套缝在了蓝色冲锋衣里面,需要拔刀时,抓住刀柄使劲一抽就可以了。五月的蓝岛还不到燠暑,穿着冲锋衣正合适,在别人眼里没什么异样。他租了一辆拉货用的机动三轮车,跟嘎朵觉悟和八只小藏獒挤在车斗里,迎着潮湿的风朝郊区走去。路上他一直想着几个月前李简尘和花馨子陷害他,用皮带抽他,他满脸血污、浑身伤痛、提着裤子离开,后来又放出藏獒扑咬他的一幕幕,便有些壮士复仇、去而不还的感觉。当时他没被咬死是因为他莫名其妙地发出了这样的声音:"上帝啊。"之后才知道那是父亲留给他的祈吁保护的法宝,只要事情紧急或情绪激动,他就应该喊出来。他想既然上帝能帮助他,他何不买个上帝揣在身上呢?就像很多人脖子上戴着玉雕的观世音菩萨那样。他喊叫司机停下,让他改道前往基督教堂。他觉得就像佛寺内外常有商店卖佛像一样,基督教堂内外也一定有商店卖上帝的雕像。

这个城市的基督教堂是一百多年前德国人建起来的。由于鲜明独特的欧式风格以及跟它浑然一体的基督山的美丽风景,它成了城市的一座地标性建筑和旅游景点。袁最第一次来教堂是童年的某个圣诞夜,在基督山做园艺工的父亲带他来看人家唱歌。父亲和他都以为唱歌就是表演节目,看了半天父亲说:"什么'但愿圣灵刀斧,刺透我心深处',搁在以前,这就是'封资修'了,走吧,没什么意思。"他比父亲更觉得没意思,光唱不说,还听不懂,为什么那些人就不能跳个舞、说个相声、演个戏呢？上初中时母亲去世，父亲再婚，继母待他不好，有一次他离家出走后没地方去，想起教堂里有长条椅可以睡觉，便偷偷钻了进去，但是没到天亮他就被父亲揪了出来。以后就再也没有去过。

袁最来到基督山下，把嘎朵觉悟在车斗里拴好，让三轮车在路边等着，自己沿着石阶跑步上去找商店。他跑进基督教堂，又跑出来，围绕教堂跑了一圈，跑遍了基督山的所有地方，只看到一个围罩着玻璃的绿色拱顶的小亭子，里面好像摆了一些东西。小亭子里没有售货员。他喊起来："有人吗？卖东西的人在哪里？"喊了半天，才有一个穿着一身休闲西装的老人从教堂里出来。老人听说他要买上帝的雕像，一脸茫然地反问道："有上帝的雕像吗？"

这个问题把袁最问糊涂了："我问你呢？"

老人走进小亭子，透过窗洞说："上帝是我们的主，耶稣是主的儿子。耶稣倒是有圣像的。"

袁最急躁地说："我要他儿子的像干什么？就要老子的像。"

老人温和地说："在我们基督教里，上帝是充满天地的神。神是三位一体的真神，我是说圣父、圣子、圣灵的三位一体。他们可以分开，也可以合起来。圣父，没有人能看见他；圣子耶稣，曾以人的形象来到世上；圣灵，他帮助我们相信耶稣，并使我们充满神的爱。"

袁最没有听懂，但也不想多问，假装明白地说："原来是这样，那你就把耶稣的像拿来给我看看。"

老人从抽屉拿出一个精致的带着纤细铁链子的圣像递给他。

袁最捏着拇指大的圣像看了看说："有没有好看一点的？"

老人说："这是最好看的。耶稣为我们受难，他被钉在了十字架上。"

袁最说:"多不吉利啊,耶稣连自己都保佑不了,怎么还能保佑别人?"

老人没有回答,微微一笑说:"你需要了解我们的神,不了解怎么能信仰呢?神无所不在,他注视着所有的人,无论世人在什么地方,他都能看得见。神也能听得见,他永远垂听着我们向他说的话。神是最喜欢讲话的,他通过《圣经》向人们传达他的意志和思想。他所讲的一切都是真实的。神是圣洁的,他是唯一的公正和信义,不仅跟任何罪恶毫无关系,而且能免除所有人的罪。神是爱,他爱世上的每一个人,不管他们的本相如何。神知道一切,也能做任何事,没有他不能做的。"说罢,递过来一本黑塑料面的《圣经》。

袁最哗啦哗啦地翻着《圣经》,看里面既没有上帝也没有耶稣的像,不屑地说:"我要书干什么?"但是他没有还回去,他突然想起了青果阿妈草原,那里的藏族人都认为佛经比佛像更有法力。既然《圣经》是上帝的经,是不是也能像上帝一样帮助他呢?"他为我们受难,是不是我们就没有苦难了?多少钱?"

"我们不卖,送给你了。你是做什么事情的?"

袁最不想回答,又觉得人家送你东西了,你老实回答一个问题也算是礼尚往来,便说:"律师。"

"律师应该是上过大学的?"

"那当然。"他说这话时多少有些自豪。

老人不客气地说:"可见在中国人当中,对上帝的认识还停留在相当无知的蒙昧阶段。上帝啊,你抛弃他们抛弃得太久了。"

袁最瞪了老人一眼说:"好像你不是中国人?"他看老人又是微微一笑,表情坦然而自信,突然意识到在自己浅薄而虚饰的自豪面前，老人该有多大的蔑视啊。好像他成了一个标杆：一个受过高等教育的人尚且如此，其他人就更不用说了。难道我应该理解吗？理解上帝、耶稣、圣父、圣子、圣灵，还有《圣经》什么的？难道不理解就是愚昧无知吗？也许吧，反正我也不是个知识渊博的人。

他深吸一口气，真想告诉老人，现在的大学里绝对没有神和信仰的地位，不了解上帝的是大多数。而他所受的高等教育差不多是中国最次的：本地最差的一所大学刚刚成立起来的法律系。大学期间最大的收获便是把女同学姒苏变成了女朋友姒苏。姒苏的父亲很早就给女儿准备了一套结婚用的房子。袁最的父亲去世后，他便离开讨厌他的继母，和女朋友住在了一起。以后便是顺风顺水：大学毕业，结婚生子，靠着岳父的人脉，妻子成了政府机关的工作人员，他成了一个有头有脸的律师，当然是没经过严格考核就获得律师资格证的那种律师。现在他又成了一个养藏獒的。一个养藏獒的，整天跟动物打交道，要上帝、耶稣、《圣经》这些东西干什么？

但是他的确是需要的，需要上帝，因为他现在不仅是一个养藏獒的，还是一个罪孽深重的亡命者。而老人似乎一眼就看穿了他的灵魂，所以对他说：上帝是圣洁的，不仅跟任何罪恶毫无关系，而且能免除所有人的罪。

袁最多少有些惶恐，不敢直面老人似的低下头，笨拙地把受难耶稣的圣像戴到脖子上，拿着《圣经》，连声谢谢也不说，匆匆离去。

老人在他背后用洪钟般的声音告诉他："你刚才说得很对，神为我们受难，我们就没有苦难了。所以我们要信仰神。神让我们用忏悔消除一切罪孽。"

好像最后一句话触动了袁最的神经，他突然停下，凝思地望着老人，大声问："你说什么？忏悔就能消除罪孽？是任何人的任何罪孽吗？如果不信你们的神，忏悔也管用吗？"

"在你忏悔的时候，你就信了。来吧孩子，在神的面前，无罪和有罪，就在于忏悔和不忏悔。"

袁最仿佛看到曾经抓住的救命稻草此刻变成了一座隐隐约约的彼岸，便使劲摇晃了一下手里的《圣经》："我会来的。"又热切地问，"你是这里干什么的，尊姓大名？"

老人和蔼地说："我是基督山的牧师，我叫欧阳约翰。"

第八章　花馨子

1

这是一个薄雾蒙蒙的下午，袁最带着嘎朵觉悟、八只小藏獒和一本《圣经》、一个拇指大的受难耶稣圣像以及一把杀猪刀走向了黄海獒场。他觉得知道自己去向的人越少越好，便在离獒场还有三公里的地方打发走了机动三轮车。剩下的路他和他的藏獒是步行走过去的。离獒场大门还有几百米，嘎朵觉悟就叫起来。顺风而来的味道告诉它，前面有不少它的同类。它既兴奋又有些担忧，毕竟自己走向了别人的领地。袁最冷笑一声说："叫得好嘎朵觉悟，你的声音就像滚雷，是他们从来没有听到过的。他们会出来迎接我们的。"

果然李简尘和花馨子被嘎朵觉悟的叫声所震惊，走出獒场大门想看个究竟，一看就愣住了：袁最？他来干什么？但接着他们就把袁最忽略了。他们看到了前所未有的景观：嘎朵觉悟走来的样子就像泰山压顶，何况还有让爱獒者一见倾心的八只小藏獒。为了显出它们超群优秀的品相，袁最让它们跟在嘎朵觉悟后面走着，而不是背着和抱着。李简尘和花馨子互相看看，一副难以相信的样子。他们刚才被叫声震惊，现在又被形貌震惊，两惊相加，都忘了自己跟袁最是互为仇敌的双方，好像他们友好分手才几天，现在又如期见面了。

李简尘语无伦次地问："你来了，这是什么，袁最？"

袁最说："不认识吗？这是狮子，这是八只小狮子。"

李简尘说："我是说，你从哪里搞来了这么好的藏獒？"

袁最站得离他们很近，却用大嗓门说："偷来的，抢来的，骗来的，我袁最又不是资本家，总不会是买来的吧？"

他们这才意识到来者不善。对方似乎是前来寻衅报复的，他们不赶快进去放脱犬舍里的藏獒，还愣在这里干什么？但是他们必须愣着，因为嘎朵觉悟在用身形轮廓、风度气概把他们惊傻之后，又用优雅的姿态在更近的地方把完美的细部展示了出来：一流的铁包金毛色，典范的松弛型三角吊眼、狮头扇耳、阔鼻短吻、方嘴方唇，大朵如花的旋翘尾巴，挺拔的柱形四肢、团形的兽足、清晰的爪线。李简尘和花馨子用沉默赞叹着，彼此用眼神告诉对方：世界上居然有这么好的藏獒。不仅如此，当八只小藏獒来到他们眼前时，他们禁不住弯下了腰，这是喜不自禁、鞠躬致敬的意思。几乎在同时，他们每人抱起了一只小藏獒。

嘎朵觉悟警觉地仰起头，胸腔里呼呼地响着，看袁最并没有阻止这一对陌生男女对小藏獒的喜爱，便放松地坐了下来。

"把我的宿舍给我腾出来,还有我的铺盖,你们没扔掉吧?"袁最的口气不容置疑,甚至是命令的。李简尘发出一声短粗的"嗯?"继续低头欣赏着怀里的小藏獒。袁最又说了一遍,口气更加严厉了。李简尘倏然抬头,瞪着袁最,微红的脸颊隐隐地泛起了紫色。他不习惯一个被他赶走后跟黄海獒场再也没关系的人对他这样说话,生气地揪了一下小藏獒的脊毛。袁最敏感地抖了一下,仿佛揪住的是他,他疼,疼。他上前,从李简尘怀里夺过小藏獒,又盯着花馨子说:"放下。"

花馨子嫣然一笑,撒娇地说:"急什么,我抱的又不是你。"

袁最说:"当初我的十一只藏獒给獒场挣了不少钱,我现在还有资格在獒场继续养我的藏獒。"他看李简尘脸色阴沉,眼睛里流溢着他所熟悉的狠恶,便说,"我知道你心里想什么:'你算鸡巴老几,那十一只藏獒也不是你的。再说你是一个跟黑胖子里应外合的强盗,已经撵出去了,怎么还能回来?'需要我回答吗?"

李简尘转身就走,他要去打开犬舍的门,把所有大藏獒都放出来,赶走袁最。

花馨子追上去,抓住李简尘的胳膊使劲捏了一把,大声说:"你去干什么?腾宿舍这种事情我去安排,你赶紧把袁最和他的藏獒请进獒场大门,今天晚上我们给他接风。不过铺盖嘛,早就送给饲养员了,袁最你就用我的吧。"又小声嘀咕了一句,"李简尘你听着,我要他的藏獒,我要。"

李简尘咬牙切齿地咽了一口气,扭过头的瞬间,脸上已是笑容可掬了:"请进了袁最。接风要喝酒,馨子还给你留着好酒呢。"

接风的晚餐就在袁最宿舍里。花馨子让厨房炒了几个菜,拿来两瓶好酒，当着袁最的面打开斟上。饭间，袁最基本是沉默的，碰杯也只说一个字：干。李简尘和花馨子你一言我一语，天南地北什么都说，就是不说獒场，也不说藏獒。吃到半中腰，李简尘打着哈欠说："世界上最无聊的事情是什么？就是不会喝酒的人陪着喝酒海量的人一起吃饭，我不无聊了，提前走一步。你们两个慢慢喝，馨子，一定要让袁最尽情尽兴。"说罢起身，来到卧在宿舍地上的八只小藏獒跟前，俯身喜欢地摸了摸，啧啧地赞叹着，走了。谁也没有挽留他。拴卧在门口的嘎朵觉悟似乎觉得有必要送送他，嗡嗡地叫了两声，引得满獒场的藏獒都叫起来。

　　花馨子看李简尘的身影消失在门外的黑暗里，上前一把关上了门，好像她是多么嫌弃李简尘的存在。她回到袁最右首的座位上，捋出两个金手镯丁零当啷响的白嫩的胳膊来，较着劲要跟袁最比酒量。袁最耍赖不喝酒，花馨子只好一连几次都是"先干为敬"。很快她醉了，一醉就显得更加妖冶，面颊桃红，眼睛迷瞪，不时地把手伸过来，拍拍袁最的肩膀："你，是好汉，走了，还有胆量回来。你来干什么，我知道。告诉我哪里来的藏獒，嘎嘎嘎，嘎朵什么？小藏獒，八只是吧？太漂亮了。它们将来要是不做獒界领袖，我就不是花馨子了。我来训练它们，放心交给我。我也把我交给你，你，袁最，是条好汉。"她解开衣扣，亮出大红的贴身胸衣，露骨地显示着可耻的目的。"真没想到袁最，你能带回来几只这么好的藏獒。我，想死你了袁最。"说着，突然从座位上站起，扑到了袁最怀里。

　　袁最早有准备，两腿蹬地，让椅子蹭着地面后退到门口，差点把她拉趴到地上。他起身，开门出去，来到李简尘宿舍门口，敲打着门板说："你快出来，把你的女人带走，我要休息了。你不带走是不是？你期待的强奸不可能发生，还是带走吧。"

李简尘把花馨子搀扶到她的宿舍后,花馨子立刻踹上了门,反感地推开他,收敛起醉态说:"不是一块好啃的骨头,事情不好办了。"

李简尘阴郁地说:"有什么不好办的,大不了牺牲那只叫嘎朵觉悟的大藏獒,我们只要八只小藏獒。明天早晨你把'五只老虎'全放出来,你训练它们不就是为了对付威胁到咱们的人和狗吗?"

獒场的藏獒一直在叫,大概闻到了陌生藏獒和陌生人的味道。袁最听着獒叫,打算要睡了。他把卧在门口的嘎朵觉悟牵进宿舍,锁好了门。嘎朵觉悟不愿意在屋内待着,走过去不断用爪子抓抓门。袁最一边拉开花馨子香喷喷的铺盖一边说:"嘎朵觉悟你想干什么?是不是你已经预感到危险就在门外?千万不敢出去,这个獒场是虎狼之窝,出去就会有人害死你,丢给你的毒肉是早就准备好了的。当然你不会乱吃陌生人的东西,但你看见我跟这一对狗男女又吃又喝,恐怕已经把他们看成是我的朋友了。还有,你是一个讲规矩有礼貌的藏獒,是那种必须小心轻放、加倍爱护的艺术品,不是个动不动就打架、伤了死了没人心疼的粗莽大汉。我最担心的就是獒场那些藏獒,它们个个都是暴力分子,要是扑过来咬你怎么办?我告诉你,能躲就躲,能让就让,千万不要打起来,狗咬狗,一嘴毛,你不是狗,你是獒,为了打斗损失掉半根毫毛都是划不来的。一切危险都由我来处理。我是谁,知道吗?我是个杀人犯、毁獒犯、盗窃犯,我是什么也不怕了,我不仅要保护你跟八只小藏獒,还要夺回我原来在獒场的地位。"说着,摸了摸一直穿在身上的蓝色冲锋衣,里面的杀猪刀沉甸甸的。"嘎朵觉悟,我走到这一步的整个过程你恐怕一清二楚。你知道我为什么会这样?为了喜欢你呀。世界上的罪都是因为喜欢才有的,喜欢土地就去占领,喜欢金钱就去抢劫,喜欢权力就去争夺,喜欢女人就去强奸,就像花馨子说的,王故强奸了我，黑胖子强奸了我。我什么也不喜欢，就喜欢你，所以一见你我就变成十恶不赦的罪人了。罪人是没有回头路的。好比有人把耶稣钉在了十字架上，他说我后悔了，我不钉了，我要把他放下来。但是放下来你就算没钉吗？也还是钉了呀。我现在明白了，耶稣的像之所以是钉在十字架上的受难像，就是为了让人们永远记住那个用钉子钉了耶稣的人。我就是那个人，一手拿着钉子，一手拿着锤子，钉啊钉，把耶稣往死里钉。嘎朵觉悟，知道吗？走进黑夜的人只能一直走在黑夜里，不可能一回头便是白天。天亮是没有的，我说的是心，罪人的心里没有天亮。黄河一旦流进海，就再也不是黄河了；麦子一旦做成馒头，就再也不是麦子了。嘎朵觉悟，从今以后，你就是我最亲的人，心里话只能给你说了。我知道你不仅听得懂，而且会守口如瓶。嘎朵觉悟啊……"他攥起桌上的酒瓶，咕嘟咕嘟喝了几口，然后仰身躺倒在床上，又喝了几口，丢掉酒瓶，一声哽咽，眼泪哗啦啦流下来。

2

然而嘎朵觉悟并没有听从袁最的叮嘱，它作为藏獒，并不只是有着般配这种称呼的非同凡响的外表，更在于有一颗真正原始而正统的藏獒之心。这颗心的跳动决定了它的行动，它冲出去了。就在袁最酒睡未醒，而宿舍的门被花馨子从外面插进钥匙悄悄打开一条缝之后，嘎朵觉悟一爪敞开了这扇关了它一夜的门。它冲向门外，来到天地之间，看了看天色，已经是早晨了，大雾弥漫。

湿漉漉的空气就像混沌未开的液体，五只藏獒裹缠在雾里仅靠着嗅觉飞来窜去。它们是獒场的"五只老虎"，因为是同胞兄弟，被称为大虎、二虎、三虎、四虎和小虎，都是公獒，都有着暴躁的脾气和能征善战的秉性。它们一生下来就被看成是坚定强横的守护犬，而不是灵活机动、大度从容的牧羊犬。他们把整个獒场当作自己的领地，昨天夜里不断咆哮，恨不得一口吞了那个散发着强烈野兽气息的陌生藏獒和散发着浓郁强盗气息的陌生人。现在，机会终于来了，主人从犬舍里放出了它们，它们循着气息直奔袁最的宿舍，穿梭在门前，着急地吼叫着。

但是嘎朵觉悟冲向门外并不是要去打架的。正如袁最说的，它是一个讲规矩有礼貌的藏獒，懂得如何在冷静中保持尊严，不温不火、不卑不亢是它的天性。它来到门外是有许多事情要做，靠它的聪慧，它已经意识到，这里不再是过一夜就走的驿站，而是一个归宿，一个可能会长久待下去的地方，所以它急切地需要熟悉环境，划分自己的领地，明白自己的职责，认识那些嚎叫不止的同类，以便确定自己的地位——它轩然孤傲，遗世独立，有着做领袖、当头目的天然素质，但它又是虚心谦让的，尤其到了一个新地方，如果此地还有比它更优秀的藏獒，它更乐意在敬畏中服从，并不会因为屈居人下而幽怨深怒。毕竟它是犬科家族的优秀分子，其所以优秀是因为它不仅完全适应这个家族的群居习性，还能创造性地化解生存环境中的不利因素，让群居变得对自己有益而不是相反。

谁也看不见谁。"五只老虎"突然不叫了，好像藏匿雾中的是一伙潜来潜去的小偷，这时候突然逃遁了。倒是嘎朵觉悟沉稳有力地吼起来，告诉对方：我来了，你们好吗？雾气动荡着，越来越厚，那是气和水在临界点上的聚合，准确地说应该是飘摇在空中的水。嘎朵觉悟非常不习惯这样潮湿的天气，吼了几声就不吼了，郁闷地走来走去，掀动着厚雾，水浪一样忽东忽西。它知道有几只同类近在咫尺,可怎么就看不见呢?好像眼睛出问题了,它的夜视和昼视能力都不行了。它想起了青果阿妈草原,一望无际,没有什么能够阻止它看到它想看到的。它眨巴着眼睛,浑身一抖,水珠立刻四溅而去。它觉得舒服了一点,便不停地抖动着,想让所有的水雾湿气远离自己。突然它不抖了,细细谛听,有脚步声,有身体划开雾气的摩擦声。再使劲闻闻,明明是自己的同类,怎么会是偷偷摸摸的猫行鼠步呢?嘎朵觉悟不知道"五只老虎"是经过花馨子训练的战獒。她改变了藏獒与生俱来的堂堂正正的打斗风格,让它们学得跟狼豹一样:利用天然屏障,低伏潜进,然后突然发起攻击,以迅雷不及掩耳之势,置对方于死地。

现在正是这样,当大虎、二虎、三虎、四虎和小虎从五个方向扑向嘎朵觉悟的时候,后者还在谛听。"腾"的一声响,浓雾爆炸了,五只藏獒在五个地方咬住了嘎朵觉悟。大虎咬住了脖子,二虎咬住了肩膀,三虎咬住了脊梁,四虎咬住了后腿,小虎咬住了屁股。嘎朵觉悟一动不动,静静感受着疼痛的到来。它从来没有被同类和别的什么野兽撕咬过,也就从来没有感受过皮开肉绽的疼痛,现在有了,疼痛原来是这个样子的。它哈着嘴,吐了吐散热的舌头,有点享受,享受被同类撕咬、被疼痛控制的感觉,多么美妙啊,仿佛……

大雾还在降临,就像一帘一帘的瀑布,包裹着一群藏獒对一只藏獒的欺凌。有人幸灾乐祸地喊起来:"咬住了,咬住了,你听,你听。"是李简尘的声音,它让不远处的花馨子浑身一颤。团团围住,从五个方向一起出击,再强大的对手也会倒下。这正是花馨子的设计,但她的设计并不一定是她的希望,多么漂亮的嘎朵觉悟啊,就要毁在"五只老虎"嘴下了。似乎她早就预见了嘎朵觉悟的到来,她对它们的全部训练就是为了今天这一刻,把这位不速之客送到死神面前。说真的，在她和李简尘的感觉里，袁最决不会放弃复仇的目的，他迟早会到来。

还是谁也看不见谁，浓雾平静地封锁着人和藏獒的眼睛。花馨子大口吞咽着湿气，沿着熟悉的道路，跑向了犬舍。片刻，她牵着一只漆黑如墨的藏獒原路返回，来到袁最宿舍的门口，从黑獒脖子上解下了牵引绳。她猛拍一掌黑獒，指着门内命令道："去吧。"黑獒"唰"地蹿了出去。藏獒咬人，一般都没有咬死的企图，所以它一定会用吼叫发出警告，好让人赶快躲避。一旦它放弃吼叫，进攻就意味着夺人性命。黑獒没有发出任何声音，就迅速来到了袁最跟前。

袁最还在睡觉，甜梦让他一脸松弛的笑容。有人告诉他一切都是酒后的幻影，你还是原来的你，你没有去过青果阿妈草原，没有因为嘎朵觉悟而杀人而烧死那么多藏獒，也没有因为八只小藏獒而谋害强巴一家，甚至八只小藏獒也是不存在的。你因为神经衰弱而虚构了你的罪孽，让你的心情变得如此紧张沉重。他说："那就好，那就好，是幻影就好。"正在高兴的时候，一阵吠叫吵醒了他。

是珍珠发出了第一声吠叫。它虽然幼小，但天性里忠诚护主的能力早已经萌发，看到黑獒扑来，便稚嫩地吠叫着迎面而上。它一叫，其他小藏獒也都叫起来。袁最宿舍里一片叫声。黑獒愣住了，它在只差一秒便能咬住袁最的地方戛然止步，奇怪地看着小藏獒们，被花馨子激发的火气顿时少了一半。藏獒天生的处事原则里，成年大藏獒决不会撕咬幼年小藏獒，不论亲子还是非亲子。就在遗传基因的作用下，黑獒不仅停止了扑咬，还让八只小藏獒咬得它连连后退。它扭扭捏捏地晃着硕大的獒头：你们是哪里来的？小家伙们，别这样，别这样。

袁最忽地坐起，酒和梦全醒了。"上帝啊。"他看了一眼被八只小藏獒咬开的黑獒，又看了一眼敞开的宿舍门，立刻意识到出事了。他是穿着冲锋衣睡着的，杀猪刀沉甸甸地压了他一晚上，现在又沉甸甸地在胸前晃来晃去，似乎在提醒他该是拔刀相向的时候了。他举着刀朝前冲去，差点踢到小藏獒身上。

就在袁最绕过小藏獒来到门口时，黑獒突然意识到自己的使命不是跟几只小藏獒纠缠，而是咬死这个人。它丢开小藏獒，转身从侧翼扑向了袁最。袁最的反应跟黑獒同样迅速：杀手，杀手，看我们到底谁是杀手？他向獒头伸出了刀，刀尖锐利，刀光闪闪。黑獒没有躲闪，在花馨子对它的训练中，躲闪会招来严厉叱责。它想咬断敢于伸过来的杀猪刀，再咬断握住刀的那只手，然后咬断这个人的脖子。但是第一步它就失误了，对方的刀没有被咬断，它的舌头却被对方割断了。它疼痛得惨叫一声，身子一挫，刀便离它而去，又迎它而来。这次直指它的眼睛。它依然没有躲闪，还想咬断血淋淋的刀。但是刀在这个时候显示了人类文明的坚固，也显示了持刀者的坚定，嗤嗤两声，黑獒的一只眼球出现在刀尖上，然后又从刀尖上飞起，击打在墙上，砰然落地。

袁最没想到自己竟会这样，他不仅凶残狠恶，而且毫不犹豫，干脆利落，手法之熟练像是一个受训多年的职业杀手。他说"妈的"，一脚踢过去，踢翻了还在勉强劈腿伫立的黑獒。黑獒想爬起来继续战斗，但痛苦的创伤没有给它这种可能。它起来倒下，起来倒下，终于不再挣扎了，喘着气，流着血，用一只眼睛仇恨地望着袁最，渐渐空洞了。八只小藏獒惊望着黑獒的死去，又更加惊讶地望着袁最的杀戮过程，软塌塌地趴在了地上：啊，这是为什么，我们的主人杀死了我们的同胞？

袁最一步跳向门外，挥动胳膊，扬洒着满刀的獒血，冲着浓雾大喊大叫："嘎朵觉悟，嘎朵觉悟，你在哪里？"

就是这一声喊叫起了作用，驻足獒场的浓雾蓦然有了地动山摇的变化。本来浓雾是静止祥和的，至少表面上是这样。"五只老虎"咬住嘎朵觉悟之后，后者没做任何反抗，只是尽力保持着挺身而立的姿势。既然敌人没有反抗，"老虎"们也就不再扑咬下口了：你能静静地忍受疼痛，我们就能静静地咬住你不动。反正你迟早会倒下，因为我们牙齿的嵌进会越来越深。温暖的鲜血正在滋漫而出，经过"老虎"们的牙齿，一部分流出嘴角滴沥在了地上，一部分流进了它们的喉咙。大雾从海上来，饱含着鱼的腥气和水的咸涩，现在又掺进了血液的腥咸，白雾顿时变色了，红艳艳地升腾着。嘎朵觉悟一忍再忍，哑然无声，仿佛疼痛是用来回味的，是沉默的催化剂。让嘎朵觉悟遗憾的是，它不能一直拥有镇定、沉静的自我，它听到了袁最的声音，感受到了人的担忧、急迫、愤慨、火爆。它知道袁最不是它的主人，绝不是，但从它的本性出发，它却有保护他的义务、听从驱使的义务。袁最的愤慨与火爆就应该是它的愤慨与火爆。它轻蔑地哼哼起来，突然一声怒吼，终于爆发了。静默的火山嘎朵觉悟，雷鸣前沉思的嘎朵觉悟。

浓雾的翻滚就像海水的来潮，剧烈的颤抖很快变成了大面积的动荡。吼叫如浪，如大风在密林梢头的号叫，能分得清是"五只老虎"的，还是嘎朵觉悟的——"老虎"们的吼声急骤而尖硬，嘎朵觉悟的吼声从容而结实。哗地来了，哗地去了，东奔西走。袁最着急地挥打着浓雾，挥打不去，便朝自己的眼睛打了一巴掌：他妈的眼睛，怎么就看不穿浓雾呢？

在袁最看不见的另一边，李简尘大声问："怎么搞的，还没咬死？"显然花馨子也看不见李简尘，她大声而不安地喊道："袁最，袁最。"袁最不回答，屏声静息。李简尘肆无忌惮地说："他死不死有什么要紧，我说的是嘎朵觉悟。"花馨子说："好像被咬死了，但不是嘎朵觉悟，你听，你听，'五只老虎'的声音。"李简尘说："我听着就不对劲嘛，快快快，快把别的藏獒放出来。"花馨子说："好，我再放出几只来。"李简尘说："不，全部，全部放出来，一鼓作气把它咬死。"他们以为袁最已经被黑獒咬死了，说起话来无所顾忌。

袁最听到花馨子的高跟鞋"橐橐橐"地奔向了犬舍，拔腿追了过去，突然又停下，听听，听听，吼声稀落下来，打斗显然停止了，"五只老虎"已经偃旗息鼓，只有嘎朵觉悟雄壮的叫声在雾空里响彻。

赢了？嘎朵觉悟赢了？袁最朝嘎朵觉悟走去，还没走到跟前，就听犬舍那边传来一阵群獒的狂吠，冲击得大雾忽忽晃动。腾腾腾腾，嘎朵觉悟奔跑而去。袁最立住了，谛听着前面的动静。吼叫，撕咬，惊心动魄。嘎朵觉悟面对着多少敌手？该死的李简尘和花馨子激发了獒场藏獒的野兽本性，獒场的藏獒又激发了嘎朵觉悟的野兽本性，现在是野兽对野兽，后果不堪设想。我们人，畜生不如的人，比豺狼虎豹还要野蛮的人，怎么能发动这样的战争呢？他看看依然攥在手里的杀猪刀，就要冲过去帮忙，忽听花馨子的高跟鞋橐然而来，近了，近了。他张开双臂，朝前一扑，死死抱住了那个朦胧的黑影："操你姥姥，你往我怀里撞。"花馨子只尖叫了半声，喉咙就被袁最的大手卡住了。

"停下，让它们停下。谁咬死嘎朵觉悟我就宰了谁。"

花馨子摇摇头，声音细细地："停不下来了，你的嘎朵觉悟非死不可了。我也替它惋惜，但是没有办法袁最，谁让你不知深浅往虎口里跳呢？"

袁最心说我他妈真笨，到了这个时候还想着营救嘎朵觉悟。这样的打斗一旦爆发，谁也没有能力阻止它，唯一能够阻止它的只有死亡，嘎朵觉悟的死亡。不能再管嘎朵觉悟了，管也管不了了，就让它去死吧，它死了我也死。但是在我跟嘎朵觉悟赴死之前，一定要搭上这一对狗男女的性命。他冷笑一声说："你就知道你们是虎口，不知道我也是虎口，我这个虎口专吃天下所有肮脏的虎口。"说着，他用手臂圈住花馨子的脖子，把杀猪刀插进她的衣领，让冰凉和血腥去贴吻她的胸脯，然后小声而严厉地命令她："走，不要出声，出声你就是死。"

花馨子知道聪明的办法就是服从，便听话地朝前走去。但是当她来到袁最宿舍，一脚踩进汪了一地的鲜血，看到被她派去谋杀袁最的黑獒已经死去时，不禁尖叫起来："李简尘，这里杀人了！"袁最一脚踢上门，伸手从里面锁死，用眼光关照着八只小藏獒，把花馨子推倒在了床上。

3

窗外雾气磅礴，依然没有能见度；室内也有雾，但轻薄得就像纱衣。纱衣遮不住的狰狞恐怖就在袁最的眼睛里。当躺在床上的花馨子仰面望着他时，她看到了一丝悠远的笑意，那是狰狞背后的冷酷，说明死亡即将发生，杀死黑獒的这个男子同样也能杀死任何人。花馨子脸色苍白，浑身发抖，惊怕的眼光在袁最脸上搜来搜去，却没有搜到她希望搜到的：宽恕，或者胆怯。而袁最还嫌她惊怕得不够，举起杀猪刀，一刀插在了木质的床头上，然后一把撕开她的衣服，让她裸露了整个胸乳。袁最用手指狠狠地点点了她的心脏，几乎是温柔地说:"我盯着你的心脏呢,希望你说实话。如果还想骗我,你的死法可就不痛快了。知道什么叫凌迟吗?"花馨子浑身肉颤,瞪大惊恐的眼睛似乎要把眼珠子瞪出来。

獒战正在持续,厮杀声破雾而来,仿佛一种渲染,一种背景的烘托,让一个男人对一个女人的宰杀变得合情合理。

"听着婊子,看我说得对不对。当初你和李简尘想霸占我的藏獒,把我扫地出门,就伪造了栽赃陷害的犯罪现场。其实你们并不需要惩罚罪犯,追讨损失,因为根本就没有所谓的损失。王故也一样,他并没有强奸你,是你们诬陷了他。你们的獒场一直就是用这种诬陷、欺骗、掠夺的手段在维持,犯罪的是你们而不是别人对不对?"

花馨子可怜兮兮地点点头,无声地抖落了几颗泪珠子。

"那么黑胖子呢,他也没有强奸你是吧?"看花馨子再次点头,袁最猛吼一声,"那是谁强奸了你?"

花馨子哭了:"袁最求求你饶了我,没有人强奸过我。"

袁最厉声说:"放屁,你突然告诉我没有人强奸过你,你这是低估了男人的勇气。红颜薄命说的就是你吧?告诉我你多大了?二十四,还是二十五?反正差不多就是这个岁数。在你短暂的生命里,一定有人强奸过你,就在今天,在我的床上,知道吗?我要让你明白,当你诬陷别人强奸你的时候,就已经接受了遭受强奸的事实。如果事实并没有发生,就一定得补上,就算我不能给你补上,也一定会有别人补上。这是你的命,是你对自己的诅咒知道吗?"他把杀猪刀从床头上拔下来,刀背进肉,刀刃向外,连割带挑,扯开了她的外裤和内裤。他把刀咬在嘴上,脱光自己,重重地压了上去。整个过程迅速麻利,行云流水,好像他是做惯了这种事情的。天才,杀人也好,放火也好,强奸也好,我都是一个犯罪的天才。袁最对自己说。

但是天才的强奸在开始之后突然遭遇了阻滞,不是来自花馨子,而是来自八只小藏獒。珍珠不知为什么冲他叫了一声,它一叫其他小藏獒也跟着叫起来。他从嘴上拿下杀猪刀说:"我喂不熟你们是不是?怎么冲我叫?忘恩负义。"但是他立刻听出自己说话的胆气是不足的,珍珠和所有小藏獒都看出来了,它们的主人不是好人是坏人。坏人正在做坏事,单纯善良的小藏獒们怎么能不叫?他说:"安静,安静,一切都是为了你们。"说着他看了一眼八只小藏獒,那是害臊而胆怯的一眼,是罪恶被人盯上后不放心的一眼。他甚至在心里说了一句抱歉的话:你们的主人居然是个强奸犯,对不起了,我本来不想这样,我曾经是个好人你们不是不知道,在最初见到你们时,在强巴家的碉楼外面。

袁最就像对待一摊烂泥一样野蛮地糟蹋起来。花馨子一阵阵地吸着冷气。她扭曲了面孔,好像很疼。一个婊子居然很疼,太可笑了。但是嘲笑的念头并没有持续多久,袁最就觉得她或许真的不是婊子。不是因为他有分辨婊子的经验,而是他想起了妻子姒苏。遥远的往事里,总有那个挥之不去的初夜的情形,妻子就是这样一副表情:很疼,却又必须忍受,并在忍受中期待着结束。他突然觉得下面有些滑腻,也是跟妻子初交时的感受一样。当时妻子硬是推开了他,坐起来望着腿间的床单害怕地说:"我流血了。"想着,袁最就像当年面对妻子时那样跪着看了看花馨子的身体下面,吃了一惊:血,床上洇着一摊血。

袁最脸上的杀气顿时没有了:"你,怎么可能还是处女?"

花馨子已经不怎么害怕了,仇恨地大声说:"别问了,强奸犯。"

袁最惶惑地说:"我没有射精,算不算强奸?我看报纸上说是不算的。我想夺你的性命,不想夺你的贞操。我宁肯杀人也不会强奸一个给自己的未来保留着童贞的姑娘,那样的话我就太残酷太龌龊了。为什么不告诉我,你是处女?"

花馨子说:"我告诉你,你会相信吗?你只会更加疯狂地想看个究竟。我没有反抗是吧?我允许你强奸就是把我二十六岁的青春给了你。袁最,留下我的命吧,我用我的青春、我的贞操换我的命还不行吗?"

袁最断然拒绝:"不行。你们罪恶累累知道不?你们是世上最最该死的两个畜生知道不?如果不是你们夺了我的藏獒又撵走我,我会有今天吗?我会去青果阿妈草原吗?知道在青果阿妈草原发生了什么?地震,然后是杀人,我说的是我,我杀了人,抢来了嘎朵觉悟,又放火烧毁了一座展览馆,因为里面有两只比嘎朵觉悟还要优秀的藏獒。但是我烧死的不止两只,是几百只啊,几百只你从来没见过的优秀藏獒。你看到电视新闻了没有?新闻只说那里发生了火灾,烧死了数百藏獒,没说那是人放的火,因为他们不知道那是人祸不是天灾。这个放火的人就是我,我!我还趁火打劫抢了人家的八只小藏獒。为了小藏獒我想断送四个人和一只最好的母獒的命,母獒叫各姿各雅,多好听的名字。虽然他们最终没有死,但并不能说明我的杀人动机和杀人罪名不成立。现在你明白了吧,袁最是个什么人,他既然已经是杀人犯,就不在乎多杀几个鸟人。你,还有李简尘,今天是必死无疑了。"

花馨子说:"我欺骗了你,夺走了你的藏獒,你怎么报复都行,但不能杀我。你从来没有杀过人,你一直都是个好人。袁最,我知道你会原谅我,会给我一个机会让我补偿你的所有损失。"

"哼哼。我是好人吗?我为什么要做好人?为什么?听我说我的思想，我有思想你知道吗？我在一边杀人一边思考杀人你知道吗？人人都有一颗黑暗的杀心，那是魔鬼的变种，就像吃人的秃鹫滑翔的翅膀，在不由自主地扇动起来后，就变成了杀人的惯犯。我已经是一个杀人惯犯了，不是我要杀你，我是那么的光明正大、善良慈祥，怎么舍得杀害一个如花似玉的姑娘，是那个黑暗的惯犯要杀你。你是不是觉得他太过分了？他杀了人，烧死了那么多藏獒都不觉得自己卑鄙无耻。而你只不过是伙同李简尘撒了几个谎，他就觉得无耻之极，该剐该杀。我告诉你吧，一点也不过分，因为正是你们的欺骗让他成了杀人犯，杀人犯是有罪的，造成杀人犯的人更是罪大恶极。"袁最摩挲着花馨子光滑白皙的肌肤，遗憾地叹口气，"真是太美了，是男人都会被你诱惑。你猜我现在想什么？我想让你说一句话，就一句，你生命中的最后一句话。我想知道，一个人死前最想说的是什么。说呀，给你一分钟，不说你就没机会了。"

花馨子痛苦地闭上眼睛，咬着牙，似乎是为了拒绝说话。突然她说："既然你已经强奸了我，为什么不射精呢？射呀，射不出来是不是？"

袁最再次把杀猪刀插到床头上，一个耳光扇歪了花馨子的脸："你竟敢调戏我。你以为我无能是不是？我今天就射给你看看。保存完好的处女，请记住我，到了阴间别忘了告诉阎王爷，我就是那个太残酷太龌龊的罪人。"

他再次进入，很快结束了，但他没有很快爬起来。他趴卧在花馨子身上一动不动，好像一射精就把什么都射没了，报仇雪恨的勇气、杀人犯的疯狂、嘎朵觉悟被獒场藏獒合力咬死的愤怒，都没了。花馨子有些奇怪：干什么呢？突然她感觉到了他的颤抖，感觉到一滴又一滴的液体落在了她的嘴边，她伸出舌头舔了舔，咸咸的，是眼泪。也许是活命的期待让她有了灵感，也许她真的同情这个胁迫着她的男人，花馨子突然搂住了他。这一搂就把袁最最后的坚持搂到九霄云外去了，他把头埋在她肩膀上，痛声号哭："花馨子，还是你杀了我吧，刀子就在你的头顶。"

花馨子也哭了，是庆幸不死的哭，也是感激不杀的哭。她把自己的眼泪轻轻涂抹在他的肌肤上，颤声问道："袁最，你说的是实话，你真的杀了人，放了火，抢了人家的藏獒？那你以后怎么办？"

袁最哭着说："我也不知道啊，听天由命吧。"

藏獒之战已经结束，外面很安静，安静得都有些过头，好像不光嘎朵觉悟死了，整个獒场都死了。胜利了的藏獒们怎么没有一点声音呢？过了很长时间，袁最才从花馨子身上起来，赤裸着身子坐在了床沿上。花馨子下床，找来纸巾，仔细擦干净自己，穿好衣服，开门出去了。

袁最望着她的背影，知道她是去报案的，便仰身躺了下去。他并不后悔自己把一切告诉了花馨子，反正嘎朵觉悟已经死了，他活着的支撑已经坍塌了一半，剩下的就这有八只小藏獒了。而当他意识到仅仅是为了牟取八只小藏獒，花馨子也会立即报案时，就觉得另一半支撑也在瞬间轰然圮毁。一个没有精神支撑的人，就算没犯过罪也是罪犯，何况是罪大恶极的他呢。来吧，来吧，警察，不用审判，直接毙了袁最。他突然一阵轻松，深吸一口气，闭上了眼睛。他居然睡着了。

梦里，他听花馨子说："袁最，跟我来，从今天开始，獒场就是你的了。我不是怕你，也不是佩服你，我甚至非常恨你，但我就是想把獒场交给你。袁最，跟我来。"他跟她走去，又听她说："你傻了吗？还没穿衣服呢。"他在花馨子的帮助下穿好了因强奸她而脱去的衣服，就像一个孩子，被她拉着手，走出了宿舍门。

还是梦：大雾已经散尽，眼前一派明朗。好像起雾的目的就是为了遮掩嘎朵觉悟和众藏獒你死我活的打斗，现在你死我活已经有了分晓，雾还有什么必要滞留不去呢？从宿舍门前，到犬舍那边，开阔的獒场院落里，到处都是藏獒，有的死了，有的伤了，有的安然静卧或伫立着，有的闲庭信步，走来走去。走动着的藏獒里有一只即使伤痕累累依然高大健美的王者，它朝袁最走来。"嘎朵觉悟，你没有死啊？"袁最在梦中叫了一声。嘎朵觉悟坐在了袁最前面五步远的地方，骄傲地望着他：我没有辜负你吧？整个獒场都已经是我的领地了。

"它咬死了獒场三只最凶悍的藏獒，其中包括'五只老虎'中的两只。它已经是这里的獒王了。"花馨子说着，挽住了袁最的胳膊，想向嘎朵觉悟表明自己跟它的主人的关系。"瞧瞧，所有的藏獒都服从着它。"她似乎想表明这就是她挽住袁最的理由，藏獒们的服从促成了她的服从。"它咬伤了李简尘，还把所有的饲养员都吓跑了。"她拉着他走向了李简尘的宿舍。门敞开着，里面空荡荡的，一片凌乱，地上有血。嘎朵觉悟没咬死宿舍的主人，算是他的运气。"我知道李简尘去了哪里，我们明天去找他。"

袁最回身就走，重新出现在嘎朵觉悟大战群獒的战场上。他看到嘎朵觉悟正在巡视它的领地，它随随便便走着，走到哪里都会有藏獒恭敬地卧下，朝它轻轻摇尾，而母獒和小獒们却小心翼翼地迎过来，巴结地碰碰它的鼻子，舔舔它的伤。他看到八只小藏獒已经从他宿舍里跑出来，跟随着它们的父亲开始了獒场生活的第一步，熟悉环境和那些陌生的同类。它们跑跑停停，活泼中透出内心的放松和安然不惧。它们依仗着已经是獒王的父亲，还有什么好害怕的。袁最呆望着，突然无比真诚地叫了一声："上帝啊。"他知道这不是梦，是现实太出乎意料而显出了梦的色彩。

4

这是一个让袁最难以忘怀的夜晚。花馨子去厨房亲自炒了几个菜，拿出了别人送她的最好的酒，让袁最来她的宿舍吃饭。她的宿舍是个套间，还带着卫生间，闺房的香气弥散着，未婚姑娘单纯烂漫的陈设让袁最略感拘谨。他看看床上和沙发上那些毛茸茸的玩具藏獒，再看看桌上古雅拙朴的动物造型的摆件，看看墙上男男女女的明星照片，不仅有些感叹：花馨子热爱生活，热爱这个世界上她所钟情的一切，而我不过是个亡命之人，是一个没有未来的人，我怎么会跟她在一起？死亡离我很近，说不定哪一天我就会把杀猪刀对准自己。就算我不选择自杀，等待我的也一定是为期不远的枪毙。

他大口喝酒。花馨子抓住他的手，神态亲密地说："慢点，我这里酒有的是。你先吃点东西。汤，先尝尝我做的汤。"

"你不把话说清楚，我吃不下。为什么你不仅没有报案，反而对我这么好？我不认为你是个看着嘎朵觉悟战胜了别的藏獒就对我趋炎附势的小人，因为我无炎无势，只要你一个电话，我立刻就是罪犯，你和李简尘就会很容易得到嘎朵觉悟和八只小藏獒。"

"你还没回答我的问题呢，你杀了人，放了火，抢了人家价值数百万，不，上千万元的藏獒，你打算怎么办？"

"我是活一天算一天的。今天在跟你喝酒，明天说不定就拜拜了。谢谢你，至少这顿饭我是要谢谢你的。"

"我说了,獒场已经是你的了。你是不是以为我说了不算?实话告诉你,只要我愿意接手,獒场就是我的,我想给谁就给谁。明天我们就去找李简尘,让他正式把獒场交给我。你见了他就知道,为什么我会喜欢上你。袁最你听着,我喜欢上你了,这就是我为什么不报案的原因。"

"什么叫喜欢?"

"就是爱呀。你连这个都不懂。瞪着我干什么?现在才应该喝酒,你得到了我的爱还不值得庆贺?我知道你有妻子,但妻子跟爱情是两回事,她未必愿意跟一个杀人犯走到底。再说恐怕你也不希望她跟你走到底,因为她是你孩子的妈。你来獒场就是想跟你的妻女脱离关系是不是?你来对了,另有一个姑娘等着你,她的名字叫花馨子。喝嘛,为什么还不喝?你不喝我喝。"她用拇指和中指优雅地捏起酒盅,一饮而尽。

袁最赶紧端起自己的酒盅,放到了嘴边却没有喝:"我真是莫名其妙,甚至觉得是一个阴谋。你凭什么爱上我?我一不是有钱人,二不是当官的,三不是好人,你爱得有些违背常理。你是不是精神不正常,脑子有毛病?再说了,你就没想到李简尘?他对你那么好。"

"我从来没有把自己给过李简尘,他对我再好又有什么用?我给了你,那我就是你的一只棒打不走的藏獒。我们是拴在一起的,有一根无形的牵引绳,好比你跟嘎朵觉悟和八只小藏獒。"

袁最喝干了酒,又给自己斟上,再干再斟,然后说:"不是你给了我,是我强迫的。我不仅是杀人犯,还是强奸犯。"

"不,我愿意,谁能管得着我愿意?就在你趴在我身上说你杀人放火抢藏獒的时候我就愿意了,那一刻我的心咚咚咚地跳,已经不是为了你要杀我,而是为了你已经杀过人。爱上了一个杀人犯外加纵火犯，够过瘾的吧？我当时就想，这个人怎么早点不强奸我？他要是杀了我，那就太遗憾了。世界上有无数杀人犯，但这些杀人犯有几个是有红颜知己的？你这个笨蛋太不珍惜自己的福气了。这么说吧袁最，我爱上你是因为我在这个世界上分不清谁是好人谁是坏人。"

"你怎么了馨子？没发烧吧？"他伸手摸摸她的额头，"那就是醉了，没喝多少你就醉了。给你换茶水吧？"

"老实说我从来没醉过，喝多少都不醉。喝醉是装出来的，比如昨天晚上。我的客户喜欢给我送酒，就是因为我能喝。不过我有时真的想醉一次，我最苦恼的事情就是什么时候我比任何人都清醒。"说着，她攥起酒瓶，喝凉水一样往嗓子里灌了几口，放下酒瓶，嘿嘿一笑说，"袁最我告诉你，没有我就没有你。为了你自己，你也值得了解我。爱不爱是另外一回事，首先是需要，你需要我，我也需要你。现在我要告诉你，我到底是一个怎样的人，你好好听着，别计较我的语无伦次，我从来就没想过给谁袒露我自己，突然要给你袒露了，就不知道从何说起了。

"你很纳闷是不是，花馨子怎么还是个处女？一个你眼里的婊子居然在你之前没有遭遇过男人，是有点奇怪。你想，李简尘是干什么的？他难道就没有过那方面的意思？是的，有过，常常有。但我从来不会让他得逞。他算什么？你又会想，当初陷害王故时，李简尘状告王故强奸了他的未婚妻花馨子。王故的辩护是：不是强奸是两相情愿的半夜情。瞧瞧，又是未婚妻，又是强奸，又是半夜情，这真是一个烂透了的女人。我的确是李简尘的未婚妻，但我根本就没打算跟他结婚，所以就永远是未婚的妻，也就是所谓的女朋友吧。作为女朋友我没有满足他性欲的义务。至于跟王故的半夜情嘛，你能想象得出，我勾引他，挑逗他，而且赤裸裸的一丝不挂。王故是个没见过女人的人，都傻了，傻乎乎的就成了强奸犯。老实说，他也是活该，我不同情他，因为他跟李简尘一样，喜欢在背后搞动作，包括对女人。他们都喜欢摸我的屁股，一个女人的屁股有什么好摸的？我都不理解了，臭男人们，明明是人里头的小人，还把自己当藏獒了。可我是一只高贵而尊严的藏獒，我不允许别人动我的后面，全他妈的是脏手，配不配啊？我一直认为，一个女人，尤其是一个漂亮女人必须保持身体的贞洁才能立于不败之地。比如今天上午，我要是没有落红，你一定会一刀要了我的命。我的处女身份让你奇怪也让你怜惜，所以你犹豫了，你给了我一个机会，让我在死前说最后一句话。你想让我说什么我猜不透，但我抓住了这个机会。因为我知道，很多公獒，它再凶悍，交配后都不会马上发狂咬人。

"袁最，我把你当成藏獒了，就在你说你杀人放火的时候，我脑子里出现的是嘎朵觉悟。最好的人都应该有藏獒的性格，好藏獒的性格又都是强盗性格，当然是有情有义的强盗。袁最，喝酒，干了这一盅。有点颠三倒四是不是？我说了你别计较。我喜欢那种敢于担当的人。你不要说你不是担当你是犯罪。在我看来这没什么区别，敢于担当就是敢于犯罪。有个成语叫近什么者什么，说的就是我了。我曾想跟我结婚的应该是一只藏獒，它威武不屈，忠诚勇敢，完全吻合我选择男人的标准。现在有了，你就是我的藏獒，是一只了不起的大公獒。袁最，做一只藏獒多好。你要是人你就会想，花馨子这么年轻漂亮，我哪里配得上？现在就不必了，我想嫁个公獒，你想娶个母獒，不是绝配是什么？再说了，你是个罪犯，你用什么拯救你自己？拯救你的办法就是让你变成一只藏獒。藏獒天真无邪，爱憎分明，不受法律约束，杀人放火都不怕，还可以公开宣布：我就是那个人命在身的英雄。

"英雄袁最,干了这盅酒。酒盅太小了是不是?这里有大杯。这个怎么样?拿出你男人的酒量来。我讨厌李简尘还有一个原因,那就是他不喝酒。有时候獒场有些应酬,我都喝得脸红脖子粗了,他却滴酒不沾,是男人吗?好,就这么喝,我知道你是男人。你干了,我也干了。

"现在说说我的经历。你知道,一个蓝岛人的经历如果跟海没有关系,那就不是真正的蓝岛人。你跟海的关系是什么,是鱼和水的关系,有着美好的记忆,但给我的记忆却是痛苦。我小时候家里很穷,母亲没工作,就靠父亲在海边给游人照相养活全家。有一年政府说要给城市整容,贴出布告来不让私设摊位照相。不让照我们吃什么?父亲说:'饭要吃,相要照,只是要转入地下了。'他把照相机用衣服遮起来,在海边溜达来溜达去,一边警觉地看着周围,一边不断低声问游客:'照不照相,立等可取,很便宜的。'有一天终于被一个盯了他好几天的城管抓住了,在大码头上抢了照相机就往海里扔。父亲说你们这是断了我的活路啊,跳进海里想把照相机捞上来。那天风大浪急,一下去就撞到了礁石上,再也没有上来。那个歪鼻子城管我记得他,我这辈子非杀了他不可。

"后来母亲改嫁,嫁给了一个流氓,这流氓对我动手动脚的。我知道待在家里迟早要被他糟蹋掉,就跑出来一个人流浪。那时我十二岁,就住在蓝岛北边的海滩上,跟一群流浪狗在一起。开始跟它们在一起时我天天喂它们,毕竟我是人,我找吃的办法比它们多,没想到它们记恩报恩成了我的保护神。一个十二岁的女孩在外面流浪是很危险的,常常会被地痞盯上。有一次,一伙地痞来到海滩想侮辱我,我一喊救命,所有的流浪狗都跑过来救我。它们咬伤了好几个地痞，吓得这帮坏蛋再也不敢来海滩了。狗，我第一次认识了狗，觉得它们比人好多了。我依靠不了人，还不能依靠狗啊？它们不仅能保护我，还能在生活上关爱我，我好几次生病都是流浪狗在照顾。它们从退潮后的海岬积水中叼来鱼和螃蟹放在我身边，我用大茶缸煮了吃，又新鲜又有营养。一只我叫它'老主任'的花狗给我叼来了半瓶别人喝剩下的矿泉水，它居然知道我跟它们一样是喝不了海水的。你知道蓝岛的冬天很冷，我有时冻得受不了，就跟它们挤在一起睡。其中一只叫'哥哥'的大公狗，总是把我搂在怀里暖热我的身子，像搂小狗一样。还有一只叫'船老大'的黄狗，每回都是我枕着它睡，它那么心甘情愿，生怕把我搞醒了，一晚上不翻一下身。我要是不枕它还不高兴，一整天都不理我，就是饿肚子也不吃我给它的东西。我知道我不能伤了它的感情，就天天晚上枕着它睡。但我可以把它们当枕头，却不可以当褥子，海滩潮湿冰冷，没有褥子怎么睡？我就趁人家晾晒时偷了一条褥子，结果被人家追到了蓝岛北边的海滩。还是流浪狗们，又是叫又是扑地把人家吓走了。还有一次，我晾晒在海滩上的唯一的外衣被潮水冲走了，是它们争先恐后扑进海里叼咬回来的。晚上我发现怎么少了一只，看它们不断冲着海面喊叫，才意识到有一只流浪狗，它为了捞回我的衣服，被海浪卷走了。还有一次……不说了，再说下去我就会哭。你信不信，流浪狗对我的好我能说两天两夜不重复？我跟这群流浪狗一起生活了三年。许多小狗都是我看着它们出生，然后一天天长大的。我今天抱抱这个，明天抱抱那个，那是什么感情？是母子感情。

"三年后，我母亲因为无法忍受我继父三天两头的殴打跟他离了婚。她找到了我，带我回到原来的家，让我继续上学。我虽然不跟流浪狗们生活在一起了，但还会经常去看望它们，每次都会从家里带一些吃的。开始是偷，后来母亲知道我是喂狗的，就说你不用背着我，那也是陪伴了你三年的活物，你喂喂它们不算什么。抽屉里有钱，你多买些馒头给它们带去，难得你这样有情有义。我知道这是母亲对我的补偿，她试图用这种办法让我原谅那几年她对我的不管不问。她的钱是临时代替别人打扫马路挣来的，没有多少，但我还是拿了两次，一次十块，一次十五块。去看望流浪狗大概有七八次吧，对，也只有七八次，就再也见不着它们了。又是给城市整容。这个该死的'整容'怎么总跟我花馨子过不去呢。报纸上说'整容'的重点是消灭流浪狗，尤其在美丽的海边，外地游人很多，决不能让流浪狗给我们的城市形象抹黑。这是谁的决策？他要是不断子绝孙这世界就没有公道了。我想'整容'也可以，你把流浪狗们收容起来嘛，就像收容流浪汉一样。但他们用的是斩尽杀绝的办法，开始是用枪打，打不尽就把裹了毒鼠强的肉投放在沙滩上。我知道流浪狗要遭殃了，跑来看它们，没想到走几步就是一只死狗，'老书记'死了，'哥哥'死了，'船老大'也死了。蓝岛北边的海滩上，我的流浪狗全死了。几个穿着深蓝制服的城管正在指挥一群民工往一辆卡车上搬运流浪狗的尸体。我走了过去，一眼就认出那个歪鼻子城管来，他好像已经是个头头了，不断朝民工吆喝着：'快点，快点。'又转向身边几个城管说，'我说得没错吧，毒鼠强是最好的。肉都被狗吃完了，很可能还有漏网的，继续投放。'有个城管说：'不能再投放了吧？会毒死海鸥的。'歪鼻子说：'死几个海鸥算什么。'我哭着离开了海滩，一个星期中我天天都在哭，等到我没有眼泪的时候，心里的恨便像茅草一样长了出来，我做梦都在诅咒：丧尽天良毒死流浪狗的歪鼻子，我要杀了你，这辈子一定要杀了你。

"高中毕业后我没考大学，执意进了本市一所职业中专，因为它有驯狗专业。该专业的学生每个月都得到一家名叫黄海流浪狗收容所的地方实习，收容所在郊区，是民间爱狗人士李简尘创办的。我们第一次去的时候，收容所建起来才不久，只有六只流浪狗。但经过我们四处搜罗，又在网上发布收容所的信息，加上政府一直在给'城市整容'，媒体报道了李简尘和收容所，流浪狗很快多起来，最多的时候有三百五十六只。我想这些流浪狗真幸运，赶上好时候了。要是黄海收容所早几年建立，我一定会把我的那些流浪狗送到这里来。我爱狗，我敬佩李简尘，我喜欢这里天天跟狗打交道的工作。这些理由促使我答应了李简尘的劝说，职业中专毕业后来到收容所上班。但没想到一年以后收容所就办不下去了。李简尘创办它时，靠的是社会募捐，后来募捐越来越少，饲喂就成了问题，有时候一天连一顿食都喂不起，狗饿得都开始啃泥巴了。我寻思，这样的收容管理，比起狗狗们流浪的日子还苦呢？这时来了一个人，就是黑胖子。他说他可以把黄海收容所的流浪狗转移到他的收容所，他有钱又有恋狗癖，决不会亏待它们，并且以人格保证给每一只狗养老送终。李简尘当着收容所全体人员的面说：'这是好事啊，只要不委屈了狗，在哪里收容还不是一样。'于是来了几辆卡车，一层一层摞起铁笼子，把我们的三百五十多只流浪狗都运走了。

"没有了流浪狗，收容所也就宣告关闭，原来的人都离开了。李简尘说：'馨子你留下来吧，我想办一座獒场，就是藏獒繁育基地。'我说：'我也听说了，藏獒现在很值钱，可你连流浪狗都喂不起，哪来的钱办獒场？'李简尘说：'我可以找朋友借钱。'我说：'那你为什么不借钱维持收容所呢？'他说：'傻姑娘，你到现在还不明白人是为什么活着的。收容所是慈善事业，只能等人家施舍，不能自己赚钱。獒场就不同了，獒场就是卖场，目的就是为了赚钱。咱们要赚钱,懂吗?'他这时已经开始追求我。我觉得虽然他比我大很多,但人不错,也跟他有点黏糊。黏糊的程度嘛,除了拒绝跟他上床,我什么都可以。獒场办起来了,就在原来的地址上,也就是这里。不过就是换了个牌子,把'黄海流浪狗收容所'换成了'黄海獒场'。李简尘不知从哪里搞来了几只藏獒,后来又有了台湾人王敌的加盟,算是名副其实了。

"有一天,黑胖子突然出现在獒场,看到李简尘不在,神秘兮兮地凑到我耳根里说:'我早就知道你跟他是那种关系,他给你分了多少钱?'恰好前一天獒场分奖金,每个饲养员一千,我一千五。我告诉了他,没料到黑胖子'噌'地跳了起来:'我给了他四十万,他怎么才分给你一千五?'他看我一脸懵懂,又说,'半斤狗肉一道菜,一道菜少说八十元,三百五十多只狗平均下来每只也有二十斤肉。一只狗可以做四十道菜,四八三十二,每只狗的毛收入是三千二百元。再乘以三百五十,那就是一百一十二万元。这是当初李简尘给我算的账,他张口就要五十万。我说不行,我只能给你三十万,有些地方一道狗肉菜八十元不假,但还得配菜,还得烧煮炖炸,油呢料呢厨师的工资呢,路途上的运费呢,催肥用的饲料呢,不要钱啊?他不肯,说是这事你已经知道了,他必须封口。我只好又加了十万,在他面前码了四十万。'黑胖子打量着我又问,'不会是你跟李简尘吹了吧?吹了告诉我一声,我就是倾家荡产也要娶你。'袁最你说实话,我漂亮不漂亮?我认为我绝对漂亮,不然也不会迷住李简尘和黑胖子这样的人。但是在听了黑胖子的话后,我的漂亮就消失了,我的眼睛跑到了脸上,鼻子跑到了下巴上,嘴巴跑到了额头上,眉毛变成了胡子,我就是吹胡子瞪眼的一个丑男人。我说:'操你妈,你这个畜生。'顺手给了黑胖子一个耳光,吓得他连连后退,被什么一绊,仰面朝天倒在地上。我吼起来:'李简尘我恨不得一脚踩死你。'黑胖子抱住我踩过去的脚:'别别别,姑娘,我不是李简尘。'黑胖子以为我发火是为了钱,但那一刻我发誓我仅仅是为了那些流浪狗。

"我这才意识到,李简尘一直是个骗子。他当时创办收容所就是为了利用人们的爱狗之心,骗取社会募捐。让我们这些学生去实习,也是利用我们为他四处搜罗流浪狗。他借着政府为'城市整容'的口号,以收容的名义无偿地收集来了那么多流浪狗,就是想把它们当肉狗卖出去。收容所的关闭也不是募捐的钱越来越少,而是这个城市的流浪狗差不多被他收容完了,该是他贩卖赚钱的时候了。黑胖子也不是什么有钱又有恋狗癖、愿意给流浪狗养老送终的慈善家,而是个跑江湖的二道贩子,他转手把三百五十多只流浪狗卖给了许多狗肉店。李简尘既贪污了社会募捐,又赚了一笔出售流浪狗的钱,可谓是无本万利。一个阴谋无意中被我知道了,接下来我会怎么办?找记者,上网络,揭发李简尘和黑胖子,或者找律师起诉他们。但是这些我都没有做,我做的事情连我自己都吃惊。

"母亲跟她的第二任丈夫离婚后,搬回到原来的家,那是棚户区里自建的没有房产手续的两间平房。棚户区因为'城市整容'要拆除,我们没有房产证,也就没有被安置的资格。母亲只好又搬回她跟第二任丈夫一起生活过的那套房子。这套房子中的一间是离婚时法院判给我母亲的,虽然名正言顺,却无法让她安然居住。那男人马上又要结婚,见了我母亲就像见了仇人,天天指桑骂槐,甚至把卫生间和厨房锁了不让用。母亲只好去外面上公共厕所,拿了我给的钱去饭馆里吃饭。这混蛋男人还常常喝醉酒,一醉就踹我母亲房间的门,每次我母亲都会吓出一场病来。我做梦都想有一套房子,让母亲搬出来清清静静过日子。现在机会似乎来了。我为我居然能够利用李简尘而兴奋,又为我必然会堕落成一个道德败坏的混蛋而沮丧。但沮丧很快消失了,我告诉自己,黑幕一旦被公开揭露就不是黑幕了,而我需要的却是一个一直存在着的黑幕。他们用阴谋掌握了流浪狗的命运,我要用阳谋掌握他们的命运,让他们为他们的混蛋行为付出代价:一种代价是让他们受到惩罚,却丝毫改变不了我的什么,也就是损人不利己;一种代价是让他们付出金钱,却可以让我和我的母亲有利可图,也就是损人利己。我选择了后者,这个世界上有太多的混蛋过得比我好,我的做法不过是在无数大混蛋的世界里,增加一个小混蛋而已。没什么可以自责的,卑鄙无耻的另一种解释就是有胆有识。

"我给李简尘写了一封信,毫不掩饰地提出了让我闭嘴的条件。我想他们也许会杀人灭口,便离开獒场躲了起来。一个星期后,李简尘给我打电话劝我立即回獒场上班,我担心有什么不测,带着母亲去了。结果,就在我的宿舍,李简尘进来,把一串钥匙和一张写着房屋地址的纸条放在了桌子上,说:'二手房,两室一厅,离市中心不远,价值五十多万,算是我送给你的生日礼物。不是因为我怕你,而是因为我爱你。'然后当着我的面,撕碎了我写给他的信。我什么话也没说,拿起钥匙和纸条,拉着母亲就去搬家。从此我们谁也没有再提起过收容所、流浪狗之类的话,但彼此心知肚明,我掌握着李简尘的罪恶,李简尘掌握着我跟母亲的生活,因为他留了一手,送房不送证,房产证上是他的名字。还因为我是獒场的员工,他给我发着工资。虽然我不白吃獒场的——作为驯狗师我在这个行当渐渐有了名气,也给獒场上缴了不少驯狗费,他发给我的工资只有驯狗费的一半,但离开獒场,就等于脱离了行业,恐怕就没有人再请我驯狗了。

"就这样我隐藏了他们的罪孽，犯下了自己的罪孽。我跟他们同流合污，成了一个连自己都不敢面对的坏人。没有人在干了一件坏事而得利后就此收手的，以后便有了诬陷王故和把你赶出獒场的事。李简尘对我很满意，不仅给了我十万元的奖励，还不止一次地说他想把獒场交给我，自己好腾出精力来干点别的事。我问他想干什么？他不告诉我，只说：'这是我们共同的事业，我干什么都有你一份。'但是很快我就知道了，是黑胖子打电话告诉我的，也许是无意中的泄露，也许是有意让我明白——在他们看来，还有什么必要瞒着我呢？一锅粥里的米，大米粳米都是米。我们已经不分彼此了，只要分赃就都是贼。

"这些年养宠物狗的人成倍增长，养几天图个新鲜就丢弃的人也在成倍增长，流浪狗突然多起来。李简尘和黑胖子一年前就重新启动了那个早已关闭了的黄海流浪狗收容所。他们的目标是做大做强，办成一个全国联网的动物慈善机构。而在它的招牌下面，将是遍及全国的虐杀流浪狗、买卖狗肉的地下活动。这些都还不算什么，更大的举措居然是针对藏獒的。袁最你知道很多獒场都会把出生不久后品相显现不好的小藏獒杀死，活埋或者水淹。所有獒场都不可能投资喂养废品藏獒，因为这些藏獒一旦长大，就会以很便宜的价格流入藏獒市场，冲击炒作起来的好藏獒的价钱，让许多建立在高价位之上的獒场倒闭。李简尘正在到处收购这些品相差的藏獒，范围很广，全国各地，包括藏獒发源地的青藏高原，也包括发生地震的嘎朵觉悟的故乡青果阿妈草原，打出的旗号就是'杀生犯戒，救獒一命'，好像他是慈悲为怀的菩萨。大概跟藏獒来自青藏高原有关吧，养藏獒的人都相信因果报应。很多獒主巴不得你拿走，一来不费那个又埋又溺的工夫，二来不担杀生害命的罪业。李简尘的搭档黑胖子打出的旗号却是'獒肉温肾壮阳、补气强身、增精益血、养阴健脾、治疗阳痿、早泄、遗精以及举而不坚、坚而不久,是一般狗肉的十倍',等等等等,反正就是让女人变成婊子、让男人龟头不老的那些作用。两个狼狈为奸的人,一个扮演的是藏獒的天使,一个扮演的是人类的天使,其实都是一个舞台上唱戏的屠夫,杀了藏獒,还要宰人。黑胖子说他们已经建起一座獒肉加工厂,因为把獒肉直接卖给狗肉店和饭店价格不能太高,销路也有限,很多文明一点的饭店酒楼是不做狗肉菜的。他们想把獒肉制作成罐头、肉干、肉松、肉精和獒肉保健品,暗地里形成收购、屠宰、加工、出售一条龙的产业链。产业链的西端就在青果阿妈草原,那里有个藏獒销售基地,基地有得力人员专门负责向李简尘和黑胖子提供活獒和死獒。袁朂,你是个爱獒如命的人,你听了怎么想?是不是有炒了爹妈的肉当菜卖的感觉?我就有。

"你现在知道我为什么不喜欢李简尘了吧?我不能嫁给这样一个人:他是个披着慈善外衣的骗子,他杀害过流浪狗,如今又在继续杀害,只要活着他会永远杀害下去,如今他又做起了靠杀害藏獒发横财的买卖。一想到我居然要跟这样一个人生活在一起,就想狗一样张嘴咬人,尽管这个人对我还不错。说出来信不信由你,别看我跟这两个狗阎王是一伙的,但我并没有泯灭我的良心。一直以来我就在梦想为流浪狗报仇,把杀狗的人杀了,让他们明白,杀人偿命,杀狗也偿命;再把全国的狗肉店也都砸掉,或者烧掉,先从蓝岛的狗肉一条街烧起,然后让政府颁发禁杀令和禁吃令,永远不要再有人残害藏獒和别的狗。但是我知道我的梦想连在梦里都不可能实现,我只能是一个很悲哀的人。我杀不了李简尘,杀了他对他我是恩将仇报,不杀他对狗我是恩将仇报。政府也不可能听我的话颁发什么禁杀令和禁吃令。我去过狗肉一条街，也打听过都是哪些人在吃狗肉，差不多一半是蓝岛公款吃喝的政府官员，他们禁什么也不能禁自己啊。还有那个逼死我父亲又毒死我的流浪狗的歪鼻子城管，我一直怀恨在心，想起来怒火就往头上蹿，可我对他们有什么办法呢？我在仇恨和无奈中煎熬，我依靠煎熬的痛苦养活着我自己也养活着母亲。但我不能一辈子都这样。你知道我梦见最多的是什么？是死，不是他们死，是我自己死。我已经死过一百回了。袁最你看着我，我像不像一个会喘气的死人？"

花馨子突然沉默，泉水一样清澈的目光呆滞地干涸了。

袁最忧郁地想：那我呢？我更是一个祸害过狗的人，而且一次毁掉了那么多被称作狗中之王的藏獒，我比她还要该死。这样想的时候，他发现自己的情绪不仅没有低落反而高涨起来，好像那个该死的袁最突然从他的身体里走了出去，跟他没关系了。他情绪昂扬地跳起来："对，砸了所有的狗肉店，杀了所有害狗害人的坏蛋。你杀还是我杀？不管谁杀都是杀。来，干杯，为了我们共同的理想。"

花馨子端起酒杯却没有喝，突然呜呜呜地哭起来。

他过去，俯身从椅子后面抱住她，闻着她头发上的清香，柔情地说："别哭，别哭，也许我能想出办法来。"然后从桌上拿起纸巾给她擦眼泪。

她站起来，把头歪到他肩膀上："有什么办法你快说。"

"办法以后再说。我现在想说的是，我喜欢你，馨子。"

花馨子有些激动。她曾以为她的艳美会照亮男人的眼睛，而男人却丝毫照亮不了她，能照亮她的只有雄奇孤傲的藏獒。她曾说跟藏獒一比，世界上就没有男人了。但是现在她看到了男人。一个藏獒一样的男人正在把她紧紧地搂在怀里，用无限怜惜的眼光抚慰着她那恋恋相依的心。

5

在嘎朵觉悟对獒场实现统驭权的第二天，花馨子吩咐被嘎朵觉悟吓跑后又回来的饲养员："好好看护獒场，多给嘎朵觉悟和八只小藏獒说说话，尽快跟它们熟悉起来。往后，它们就是咱獒场的主角了。"然后带着袁最离开獒场，坐出租车走向了老山。袁最想，当初他到处寻找黑胖子和被抢走的藏獒时，就在靠近老山的地方遇到一帮地痞抢走了他的钱包。现在看来，很可能是李简尘和黑胖子支使人干的，因为他的寻找离目标已经不远，对方担心他再寻找下去阴谋就会暴露。他问花馨子是不是这样？花馨子说这件事情她不知道，但她想一定是的。黑胖子在老山这一带人脉很广，支使几个地痞算不了什么。

果然花馨子带他去的地方距离地痞抢钱的路口只有不到三公里。也是一个獒场，依山傍水而建，地盘看着比黄海獒场还要大，只是没有挂什么牌子。

袁最一进大门，就撇下花馨子，循着獒叫，大步走向山坡上楼梯一样叠加而上的犬舍。跟他想象的一样，他在许多只大大小小的藏獒中，发现了被黑胖子偷走的黄海獒场的所有藏獒，包括他的十一只大藏獒和李简尘的五只大藏獒。他心说，就看李简尘和黑胖子什么态度了，我的藏獒我必须全部要回来，那是王故留给我的，就算我看在花馨子的面上可以既往不咎，也得为王故着想，他迟早会出狱的。袁最意识到，这大概就是他今天来这里的目的了。

袁最停留在自己的十一只大藏獒面前，手伸进栅栏贪婪地摸着它们的头。它们没有忘记这个王故以后的主人，激动地凑过去，吐着舌头哈哈地问候着他，并用吼声对其他犬舍的藏獒向袁最的狂吠报以适度的警告。互相缠绵了好一会儿，袁最才感叹着离开犬舍，来到山坡下等待他的花馨子跟前，遗憾地说："怪我，怪我，还是我不行。要是我当初锲而不舍地追查下去，一定会查到这个地方，也就不会有后来的一切了。"

花馨子说："认命吧，这是天意，后来的一切不是挺让你满意的吗？你有了嘎朵觉悟，有了八只小藏獒，还得到了我。"

两个人说着，绕过两辆白色货运车，来到一座西洋风格的四层石砌红瓦小楼前，沿着楼梯上到二楼，就是一个陈设不俗的大客厅。黑胖子和用纱布包扎着手臂的李简尘坐在沙发上，阴沉沉地瞪着袁最一言不发。显然他们已经从藏獒的叫声中看到了袁最和花馨子。花馨子看她的两个老搭档连起身打招呼的意思都没有，略显尴尬地招呼袁最入座。袁最嘴角上挑着，轻蔑地扫了一眼面前的两个仇家，刚要坐下，就听黑胖子大声说："坐什么坐，起来。"袁最立刻直起了腰。他早有准备，杀猪刀就在冲锋衣里面，拼命的事情他不怕，有本事你们先杀我，杀不了我，我就杀你们，然后自己一死了之。

花馨子有些紧张，厉声道："你们别太过分了，上茶。"

"老朋友见面，还没有拥抱一下，怎么就要入座喝茶？"五大三粗的黑胖子哈哈笑着，走过来跟袁最握了握手，然后单臂抱住了对方。"对不起，我把你的十一只藏獒偷掉了，你刚才已经去犬舍看过了吧？不用担心，我今天就还给你。"

袁最松了一口气，机械地把胳膊搭在了对方肩膀上，就听李简尘大喊一声："馨子快过来。"仿佛这喊声就是动手的信号，黑胖子放开袁最，右手迅速伸进左袖筒，抽出一把黑光闪闪的尖刀来。袁最"哎哟"一声,朝后一跳,被什么绊了一下,倒在了沙发上。他觉得黑胖子马上就要举着尖刀扑过来,伸手去抽自己的杀猪刀,却见对方惊叫一声,也跟自己一样仰倒而去,尖刀哐当一声掉在了地上。轰的一声怒吼,一只剽悍的藏獒用圆柱似的前肢死死摁住了黑胖子。

黑胖子吓得浑身发抖:"快快快袁最,我服了你了。"

袁最长出一口气,起身过去,搂着嘎朵觉悟的脖子,硬是把它拖离了黑胖子。黑胖子战战兢兢爬了起来。袁最坐下,也让嘎朵觉悟靠腿坐下,嘲弄地打量着对面沙发上脸色如土的黑胖子和李简尘。一直站在袁最身后的花馨子这时坐到了一侧的沙发上,像个中间人那样摆头看看这边,看看那边,然后奇怪地盯上了嘎朵觉悟。

袁最知道花馨子在想什么,抚摸着嘎朵觉悟说:"其实我比你更吃惊,我没让它来,它却来了。它比人聪明得多,能预见主人的灾难。可我们是坐出租车来的,不可能沿途留下痕迹;路忽南忽北,风忽东忽西,也不可能传递我们的气息。它靠什么知道我们到了这里呢?也许它能瞬间记住出租车的味道,然后循味而来。但这个可能性也不大,因为今天我们上出租车时,它还关在犬舍里,没有机会接近出租车。我的意思是说,当所有的科学依据都无法解释嘎朵觉悟寻找目标的本领时,我们就只能说它是神了。"他冷笑一声,眼光转向李简尘和黑胖子说,"嘎朵觉悟是一只来自草原的神犬。有神犬保护我,你们跟我斗是斗不过的。"

黑胖子的右手臂被嘎朵觉悟连衣服带肉撕出一个大口子来,血把整个手臂染红了。他余悸未消地盯着嘎朵觉悟说:"我还说呢,什么样的藏獒能吓坏简尘,把他赶到我这里来了,原来就是它。我跟藏獒打交道这么多年,还是第一次见这么好的藏獒。袁最你是从哪里搞来的？快告诉我，我也去搞一只。"他突然疼得一阵吸溜，"我，能不能包扎一下伤口再说话？"他看袁最有允许的意思，起身，怯惧地瞪着嘎朵觉悟，快步出去了。一会儿回来，手臂已经厚厚地裹了一层纱布。他龇着牙说，"幸亏我已经打过狂犬病疫苗，不用去医院了。"

袁最哼哼一笑，用教训的口气说："你们两个都伤在手臂上，而且是右手臂，说明你们手里都有想害死对方的武器。以后你们要记住，见我的时候不要带武器，武器在哪儿，哪儿就会受伤。幸亏今天你没把刀别在腰里，要不然你现在腰里就会有个大血洞，内脏会从洞里爬出来，你想包扎都来不及。"

黑胖子一副甘拜下风的样子，不好意思地笑着："我们也就是想吓唬吓唬你，没打算要你的命。袁最，咱哥俩还得好好喝酒呢。你走以后，我就没去过黄海獒场，为什么？李简尘这家伙滴酒不沾装秀气，我想跟花馨子喝吧，他又忌妒。"

袁最说："现在轮不着他忌妒了，我忌妒。"

李简尘很不习惯袁最用如此轻蔑的口吻提到自己，点着一支香烟，昂扬起脑袋，望着天花板吹着烟雾，阴郁地说："你们来这里想干什么？"

袁最正要回答，花馨子朝他摆摆手，平静地说："我们来这里就是想告诉你，我已经是袁最的人了，不是他强迫了我，是我自己主动的。从今往后，我的就是他的。简尘你不是说要把獒场交给我吗？今天就把这事定下来。黄海獒场要由我和袁最来经营。"

谁也没想到，花馨子会直截了当把话挑得如此明白。空气一下子冷却了。黑胖子侧头征询地看看李简尘。李简尘闭上眼睛，连天花板也不看。半截香烟在他指间悄悄泅燃着。半个小时之内谁也不说话。很安静，连外面犬舍里的藏獒也都沉默了。一只苍蝇把翅膀舞得嗡嗡响，听起来就像号角。空气的脚步走过嘎朵觉悟的鼻翼，它不习惯这突然降临又不知会持续多久的肃静，没抬屁股就放了一个响屁。似乎就是这个狗屁的提醒，李简尘突然睁开眼，抖了一下掉在身上的香烟灰烬，把烧黑的过滤嘴丢进了烟灰缸："老黑这可是你的地盘，馨子让你上茶，你怎么这么怠慢？"

黑胖子愣了一下，揣度着李简尘的心思说："上茶没问题，我这里有最好的乌龙茶。"说罢起身走到大客厅门口，大声吩咐隔壁办公室的人赶快去沏茶。

李简尘点着一支香烟，悠然喷了一口，呵呵一笑，仿佛他已经从阴沉黯郁中走出来，变得开朗爽气、心胸开阔了："首先祝贺袁最和馨子彼此相爱。我追馨子追了这么多年，她没有痛痛快快答应过我的任何要求。袁最一来，她居然就肯了。是袁最长得比我帅？是他比我更年轻？我看都不是，唯一的原因就是袁最肯定比我坏，我这个好人对坏人还是服气的。再说他带来了嘎朵觉悟和八只小藏獒，这是我更没办法比的，我就是再有钱也买不来这么好的藏獒。一只好藏獒就是无价之宝，养好藏獒的人也能沾光厉害起来。再次祝贺你馨子，你终于让自己心满意足了。女人是很难琢磨的，她总会不断用最荒唐的举动让你追着去理解，但最终你仍然不理解。还是好好养我的狗吧，狗是好琢磨的。"

所有人都听出来了，李简尘是说人不如狗，袁最不如嘎朵觉悟，花馨子不如那些流浪狗。但都是养獒养狗的，并不觉得这就是侮辱。气氛渐渐轻松了。

袁最说："那你就好好琢磨狗，等琢磨透了狗，再琢磨人，眼光就大不一样了。"

李简尘又说:"馨子你应该知道,我是一个说话算数的人。我说了要把獒场交给你,就绝对不会反悔。你说今天定下来?行啊。我交给你,你再交给袁最,是不是这样?那又何必呢?还不如我直接交给他。袁最你听着,从现在开始你就是黄海獒场的总经理,你任命不任命花馨子为副总经理是你的事,我不管。但是有两点你们必须作出保证,一是不能亏损,二是每年上缴利润的百分之五十给黄海流浪狗收容所。目前你们就是经营好獒场,以后肯定还会承担更大的责任。我们的事业比你们想象的要大得多,但不管多大都是以獒场为基础的。所以我一定要强调,你们作为獒场的领导,必须忠诚我们的事业、忠诚你们的上级。从现在起,我们都是一根绳子上的蚂蚱,要跳一起跳,要死一起死。"

花馨子没想到李简尘会是这番态度,猜测着对方的心思,半晌不吭声。她来这里是带着怨恨的,为了虐杀流浪狗和藏獒的怨恨让她无法记住李简尘对她的好而平和地对待他。她希望李简尘践诺把獒场交给她,不过是泄怨的一种方式,她要背叛他,要脱离他。她不仅想获得独立经营的权利,还想获得独立生活的权利。但是当这一切一瞬间变成现实以后,她觉得一种不真实的感觉笼罩了自己。不真实的不是她的权利,而是权利背后的自由、轻松以及毫无负罪感的心情。她意识到她再一次被诱骗、被损害,她依然是他们的附庸也就是罪孽的一部分。她望着袁最,想清晰地表达这样的愿望:我们只想拥有獒场,跟流浪狗收容所没有丝毫关系,什么忠于事业和上级,你们的事业跟我们有什么关系?我们没有这些束缚,更不是一根绳子上的蚂蚱,绝不是。但袁最完全没看懂她眼睛里的内容,一脸掩饰不住的高兴。

袁最说:"简尘既然这样慷慨,那我们还有什么好说的?"

李简尘呵呵一笑："我知道袁最是聪明人，我们彼此会关照得很好，没意见的话等一会儿我们就签合同。你们猜猜，就在刚才谁也不说话的半个小时里，我想到了什么？我想老天爷对我挺关照的，关键时刻送来了一个这么好的帮手。"

　　花馨子知道，这完全不是李简尘的真实想法。他的真实想法应该是：即使他反悔不把獒场交给花馨子，獒场很可能也不会是他的，至少不全是他的。因为袁最回来了，他带来了最好的种公獒嘎朵觉悟和八只品相非凡的小藏獒。单单从獒场以后的赚钱讲，自己绝对不是袁最的对手。既然如此，与其拒绝或者事事提防，不如拉他们入伙，有钱大家赚，有罪大家担，都成了一个粪坑里的石头，你们能比我干净到哪里去？最重要的是，面对嘎朵觉悟和八只小藏獒，李简尘不会不起贪心，但又无法夺过来，就只能暂时安抚，在满足袁最和花馨子要求的同时，把他们变成自己的下属。先控制，再掠夺，这是李简尘的老办法。

　　花馨子责备地剜了袁最一眼，几乎要把这想法说出来。袁最赶紧端起摆上来的茶杯说："茶不错呀，你怎么不喝？"看她生气地一把推开了自己面前的茶杯，又说，"你听，外面怎么了？"

　　窗外传来一片藏獒的叫声。安静的犬舍仿佛被什么东西搅翻了。花馨子首先反应过来，惊喊一声："嘎朵觉悟呢？"

6

　　嘎朵觉悟跑出去了，没有引起任何人的注意，仿佛它意识到自己的行为必然会受到阻拦，就尽量悄悄地，鬼魅一样躲过了人们的眼睛。它跑向山坡上的犬舍，一层层地巡视着，步子是碎细的，谨慎、小心，甚至有些怯惧，有些满怀歉意的害羞，毕竟它来到了一个陌生的地方、别人的领地，知道自己是鲁莽的。但是眼睛执着的扫射和鼻吻坚定的指向，却掩饰不住它生命深处的另一种冲动。它忽略了所有的公獒，只在母獒的栅栏外面停留。不是这一只，也不是那一只，到底是哪一只呢？最后它来到最高层的一间犬舍前，恍然大悟地停下了。

嘎朵觉悟羞涩而胆怯地问道：你好。里面的母獒却比它要大胆而率真，扑到栅栏上，直立而起，呼呼地冲它叫着，满嘴都是哈喇子。

所有犬舍里的藏獒都在吼叫，有愤怒的，有嫉妒的，有惊怪的，还有热情招呼和亲切问候的。人们跑上来了。袁最在前，花馨子在后，他们身后是几个饲养员和黑胖子，最后是李简尘。嘎朵觉悟看到袁最飞步来到跟前，沮丧地趴在了地上。里面的母獒觉得来人不仅陌生，而且冲撞了它跟这只大公獒柔情蜜意的交谈，冲着袁最大发雷霆。袁最一看就知道是为什么，冲着母獒挥了一下手说："就你？癞蛤蟆想吃天鹅肉了吧？"又朝嘎朵觉悟训斥道，"你怎么乱跑？太危险了。你这么好的藏獒谁见了谁嫉妒，想搞死你的人不是一个两个。"

黑胖子跑了上来，兴奋地说："瞧瞧，它一下就找准了。我这里的母獒就这一只是发了情的，也不知怎么搞的，夏天发情。我还担心找不上这个季节发情的公獒呢。"又对饲养员说，"快把犬舍打开，让嘎朵觉悟进去。"

袁最说："不行，嘎朵觉悟还没发情呢，不可能交配。"

黑胖子说："这个瞒不住我。它对母獒发情的气息这么敏感不可能没有发情。"

袁最蹲下去，紧紧抱住嘎朵觉悟说："我的藏獒我说了算，我说没发情就没发情。"

黑胖子说:"你是不想让我的母獒怀上嘎朵觉悟的孩子吧？我给你钱哪，要多少都行，你说个数。"

刚刚走上来的李简尘说:"什么钱不钱的，咱们都是一伙的，资源要共享。"

袁最断然说:"不可能。嘎朵觉悟是神犬，不是随便什么母獒都有资格跟它交配，给多少钱都不行。"他实际上回答了两个问题，一是獒场靠交配赚钱，不能不要钱；二是就算给钱，嘎朵觉悟决不跟黄海獒场以外的任何母獒交配。

黑胖子气急败坏地说:"人家简尘都舍得把整个獒场给你，你怎么连配一下都不肯？这算什么同伙？太他妈的不仗义了吧？"

李简尘拍了一下黑胖子说:"袁最说得也对，老黑你就别打这个主意了。"他的拍打显然暗示着某种深意，黑胖子叹口气，立刻改变了态度，哈哈一笑说:"袁最，咱是可以一起喝醉的朋友，我相信以后你会主动给我配种的。走啊，喝酒。"

袁最让黑胖子找来一根牵引绳，拴了嘎朵觉悟，和花馨子费了很大劲，才把它扯离那间犬舍。从这一刻起，袁最就没有让嘎朵觉悟离开自己的眼光，无论是吃饭喝酒，还是签订合同，他都把牵引绳缠在自己手腕上，连花馨子想替他牵着他都不肯。傍晚，黑胖子让自家獒场的货运车把袁最的十一只大藏獒和嘎朵觉悟送回黄海獒场。一路上，花馨子坐在驾驶室，袁最跟藏獒们待在车厢里。夕阳的红光飘洒而来，把袁最的脸膛照得赤红赤红的。嘎朵觉悟过来舔了舔他的脸。他知道自己脸是红的，喝酒红加上夕阳红，便笑道:"你是不是以为我脸上渗出血了？"突然一愣，藏獒是色盲，如果没有出血，它不会因为红色便误以为有血。可是他脸上干干的，怎么抹手上都没有血。他摸摸它的头：怪了，你到底舔什么呢？

回到黄海獒场，安顿好嘎朵觉悟和十一只大藏獒后，花馨子就回自己宿舍了。她没跟袁最说话，显然是不高兴的。袁最在自己宿舍待了一会儿，想睡又睡不着，便去敲花馨子的门。花馨子说："敲什么敲？我又没上锁。"原来她是给他留着门的。袁最进去，给自己沏了茶，坐在沙发上，打开电视，一边看新闻，一边喝茶。

"过来馨子，坐这儿。"袁最拍拍自己身边的沙发坐垫。

花馨子坐在离他稍远的单人沙发上没有动，跷起二郎腿，生气地说："你今天怎么了，为什么要答应李简尘的条件？什么不能亏损，给他上缴百分之五十的利润，什么忠于事业、上级、绳子、蚂蚱，都是狗屁，他是想牢牢控制住你，然后再把你的一切夺走。你难道看不出来？袁最我告诉你，你现在就是李简尘和黑胖子的一个帮凶，你跟他们一样成了祸害流浪狗祸害藏獒的刽子手。"

袁最失望地盯着她："馨子你说话的时候能不能眼前放一面镜子，一边照着一边说？你看你眉头皱着、眼睛吊着、嘴巴撇着、腮帮子鼓着，多么丑陋。好好一个漂亮女人怎么生起气来就是这副德行。女人的表里真是反差太大了，用抬举你的话说，就是你有冰雪美丽的外貌，却没有冰雪聪明的脑袋。这么简单的道理你都想不明白：你说他们以收容所为旗号，大肆行骗，证据呢？你说他们杀藏獒、贩狗肉、炒了爹妈当菜卖，证据呢？你不成为他们的人，怎么可能知道他们的底细？"

"好像你还有理了？你不是说你能想出办法来吗——砸了所有的狗肉店，杀了所有害狗害人的坏蛋？现在别说实现你的目标、我们的目标，就连本属于你自己的都可能保不住了。"花馨子说着，尽量放松脸部的肌肉,她可不想让自己变得丑陋不堪,尤其是在袁最面前。

"难道我们去黑胖子獒场就是为了杀人?不是吧?杀掉他们其实并不难,我今天就是带着刀子去的,要不是嘎朵觉悟及时赶到,说不定现在已经没有黑胖子和李简尘了。可那样的话我们也会把自己搭进去,同归于尽不是我的目的。"

"那你的目的是什么?跟他们混在一起同样犯罪?"

袁最诚恳地说:"我们不能急着杀人,得先把事情做起来。如果你知道坏人正在自杀,不久就会一命呜呼,你干吗还要杀他呢?馨子我向你保证,只要我不出事,就一定能让你看到他们受到惩罚的那一天,所有的坏人,包括残害流浪狗、贩卖藏獒肉的李简尘、黑胖子、逼死你父亲又毒死你的流浪狗的歪鼻子城管,他们都会受到惩罚。"

"那可能是一个很远很远的未来了。"花馨子叹息着说。

"不会很远,一个人的一生才多长。现在我想知道的是,你那么痛恨杀害流浪狗的人,为什么不痛恨我呢?"

花馨子放下二郎腿说:"我也这么想。我痛恨害死了许多狗的李简尘,却不恨同样害死过许多狗的袁最,照理不应该呀。也许可以这样解释,我宁肯这个世界多一些有罪而悔罪的人,也不想多一个无耻到不知道什么叫罪恶的人。那些表面上没有罪的人,其实是无耻麻木到不知道什么是罪的人。你跟他们完全不一样。"

"谢谢你这样看我。你说见了李简尘我就会知道,为什么你会爱上我。我现在已经知道了,你爱上一个杀人犯的目的就是为了让他继续杀人。你今天带我去黑胖子獒场,也有为了让这个杀人犯见识一下他的下一个杀戮对象。"

"你说对了,我就是这样想的,不好吗?"

"你永远不会忘记我是一个杀人犯、纵火犯、盗窃犯、强奸犯。"

"你也永远不会忘记我曾经是李简尘的帮凶,我一直在跟他们分赃,现在又是你的同伙,你的所有的罪,都是我的罪。"

"说真的,我有时候真想忘记我是一个罪人。我想拯救我自己,却不知道我有没有灵魂,要是有的话我很想把它换一下,把别人的换成我的。我希望有一天你会说,我的所有的善,都是你的善。如果我的生活中有这样一个人,他每天提醒我做一件好事,我会万分感激她。"袁最看她一脸茫然,又说,"现在有两件好事我们一定要做,一是想办法为王故翻案,让他早日出狱;二是建立自己的流浪狗收容所——一个真正给流浪狗养老送终的地方,跟李简尘和黑胖子对着干。"

花馨子沉吟着,突然说:"赞同第二,反对第一。王故要是无罪,我就有罪,我是诬陷罪。你舍得为了他把我搭进去?"

"也许会有个两全其美的办法,既不伤害你,也能捞出王故来。我再想想吧。至于流浪狗收容所,既然你同意,就算已经建起来了,明天就开始工作。你是专业驯狗师,肯定认识不少獒场老板,我们第一步就是跟他们联系,把他们准备溺死活埋的品相不好的小藏獒要过来,必要时可以付给他们一点报酬,说好让他们不要再给李简尘和黑胖子。要是李简尘问起来,你就说是为了充实一下黄海獒场。等过一阵,时机一成熟,我们再公开我们的收容所,名正言顺、大张旗鼓地做好事。你说呢?"看她使劲点头,又说,"看来我们应该庆贺一下,獒场属于我们了,我被偷的十一只大藏獒找回来了,我们自己的流浪狗收容所也建起来了。"

"你又想喝酒,还没喝够啊?是不是想着我这里有好酒,不喝完不罢休？"

"酒算什么？我们可以用别的方式来庆贺。"

花馨子眯起眼笑着，尽量想让自己显得淫荡一点："什么方式？"

袁最扑了过去。两个人滚倒在沙发上。

"我们是人，我们随时都可以，一年四季都可以，发情对我们来说就像每天吃饭那样容易，所以我们人是地球上数量最多的。如果嘎朵觉悟跟人一样就好了，这辈子就可以有一大堆小嘎朵觉悟了。馨子你相信上帝吗？要是相信你就能理解我。我崇拜藏獒，就跟信徒崇拜上帝一样。"

"我不信上帝，但我有我的崇拜。我像信徒崇拜上帝一样崇拜我的身体。我要是一只母藏獒，一定是世界上最好的。你刚才说什么，眼前放一面镜子，随时照照自己？这正是我喜欢的，一遇到不痛快的事情，我就会脱光自己照镜子。一照心情就好了，上帝给了我这么漂亮的身体，就得在其他方面让我不如意，凭什么要让我把好事都占尽了呢？"

"你要是藏獒你就是各姿各雅，我见过的最好的母獒。馨子你今天也看见了，嘎朵觉悟已经有了发情迹象。这恐怕是我们獒场目前最重要的事情：找到一只能般配嘎朵觉悟的母獒。要是让它跟黑胖子獒场的那种母獒交配，就是对嘎朵觉悟的侮辱，也是对它生命延续的不尊重。我们黄海獒场目前还没有一只母獒能配得上嘎朵觉悟，别处恐怕也没有，就算有，我们也不能把嘎朵觉悟的后代流传到外面去，嘎朵觉悟和它的所有后代只能属于我们黄海獒场。但是在我眼里，唯一能配得上嘎朵觉悟的就是各姿各雅。我差一点把各姿各雅搞死，如果死了，那是我此生最不可饶恕的罪责。现在它没有死，我又觉得如果不能把它搞到手，也是我此生最不可饶恕的罪责。因为它是嘎朵觉悟的绝配,它之所以活过来,也许就是为了嘎朵觉悟,也为了它的八只小藏獒。各姿各雅、嘎朵觉悟和八只小藏獒,它们应该是形影不离的一家人。可现在它们天各一方,谁也不知道谁。馨子,你明白我的意思吗?我是个贪心不足的人,我一定要把各姿各雅弄到我们獒场来。如果我们不下手,也许很快就会被别人搞走。这么一想,我就心急如焚。我想我该出发了,从你的身边起步,再去一趟西海的青果阿妈草原。你肯定以为我疯了,那不是自投罗网吗?但我想这样的风险还是值得一冒的。疯就疯吧,反正已经疯过了,为了藏獒,就让我们疯到生命结束吧。你说呢?也许没有想象的那么艰难,会非常顺利,因为这次我既不打算偷也不打算抢。我可以多带些钱,托别人去买,到手后赶紧回来。"

"袁最,你觉得这样一边做爱一边商量工作很来劲是不是?"

"我担心待会你就会泄气,不答应我的请求。"

"那好,那我们就在高潮到来之前把獒场目前最重要的事情定下来。我要说的是,你疯了,真的疯了,但我欣赏的就是你这股疯劲。去吧,我等你,需要带多少钱,你说。各姿各雅,各姿各雅,别停下,各姿各雅。"

"你搞颠倒了,你是各姿各雅,我是嘎朵觉悟。各姿各雅,各姿各雅……你现在知道我了吧?为了藏獒的一根毫毛,我愿意穷尽毕生的财富、所有的生活。"

两天后,袁最带着花馨子交给他的一百五十万的一张银行卡,离开了黄海獒场。但是他没有直接去机场,而是先去了一趟两年前他辞职离开的銮睐律师事务所。他在首席律师胡杲的办公室里待了一个小时,最后把银行卡放在胡杲面前,又拿过一张纸来写下了密码。

袁最说:"一百五十万你随便打点,我希望两个月内见到自由了的王故。"

胡杲说:"他判了八年,这才两年多,不好办。"

袁最说:"我知道不好办。你就说办不办吧?"

胡杲拿起银行卡说:"你就不怕我既不捞人,又不还钱?"

袁最说:"你不敢。我在江湖上混,已经不是一般的人了。"说着,刺啦一声拉开冲锋衣的拉链,敞开衣襟,让对方看了看里面的杀猪刀。

袁最离开胡杲后把杀猪刀装进了行李箱,然后给远在西海府的王獒人打了个电话:"我今天飞到西海府,先找个地方住下来,明天去獒人广场见你,咱们得好好喝一场酒。"坐在飞机上时他一直想着各姿各雅,心说这个世界是强盗的世界,我是强盗一分子,不偷不抢就不算生活。各姿各雅,我来了,你还记得我吗?

第九章　路多多

1

从青果阿妈草原往东行驶，路过西海湖，快到西海府的时候，有一段公路特别繁忙。它不仅连接着青果阿妈草原，还是来去海西草原、海北草原、海南草原、羌塘草原、康巴地区以及藏南、藏东、阿里的必经之路。我说它繁忙不仅是因为车多我必须减速，还因为在将近两百公里的路上，我至少看到了五辆运送藏獒的卡车。五辆，这是前所未有的密集，整个青藏高原有多少藏獒经得起这样的打捞？每一辆卡车上都是三四层的铁笼子，装满了大大小小的藏獒。每每看见它们我就会冲着挡风玻璃喊起来：佛祖、上帝、我亲爱的老天爷，救救这些草原精灵吧。它们来自哪片草原我不知道，只知道它们无疑是要被运往内地的。如同流放的囚徒，它们在回望故土草原的悲伤中走向了异域他乡，谁能知道它们内心深处的酸楚呢？谁能说它们一路上的长嗥短叫不是哭声、不是对人类的哀求呢？藏獒作为优秀的犬种最大的优点就是守护家园、忠诚主人，最大的痛苦也就是离开老家、离开主人。这种强力施加给它们的感情折磨，比施加给人要残酷一百倍。因为人会倾诉，并在倾诉中得到同情、安慰和宽解。可是藏獒呢？没有人听懂它们的话，知道它们想什么。除了我，我算是听懂了，却又一筹莫展。这样的无奈让我泪眼模糊。我回头对后排座上的各姿各雅说："我们一定要找到八只小藏獒，把它们送回草原。如果我做不到，各姿各雅，你就咬死我。"

一路上，只要看到运送藏獒的卡车停下，我就会把我的北京吉普开过去停在旁边，带着各姿各雅下车，一来想看看有没有八只小藏獒，二来想跟驾驶室里押送藏獒的人聊几句。那些职业贩狗人都是互相串通、满高原乱跑的，也许他们会提供一些线索呢。但是每次下车都让我气不打一处来，不是因为我的调查一无所获，而是因为运送途中对藏獒惨不忍睹的虐待。

"这铁笼子太低了，藏獒卧着都能顶着头，它连翻个身都不可能。一连几天，长途跋涉，换了你你能受得了？"

"九只藏獒，就这么小的一个铁笼子，太挤了，卧的卧，站的站，互相踩踏，踩死踩伤了怎么办？里面那一只怎么一动不动？是不是憋死了？"

"它们多少天没吃没喝了？三天？不吃可以，不喝怎么行？你们不知道藏獒随时都要喝水吗？你看它的鼻子，都干燥得裂口子了。越往前走天气越热，老天，养藏獒就是养孩子，你们这样虐待是要遭报应的。"

我的指责没有引来任何反响。押送藏獒的人冷漠而讥诮地望着我：你谁啊？神情里的排斥让我一下子看清了他们的身份，他们并不是一些自称"爱獒人"的养殖藏獒者，只是一些买卖人，知道这玩意赚钱就到处收购，长途贩运。对他们来说拉一车活灵活现的藏獒就跟拉一车冷库里的冻羊肉是一样的。他们甚至都没有多看一眼被我用一根糟麻绳牵来牵去的优雅无比的各姿各雅，因为这与他们的赚钱无关。我悲叹一声：就是这伙人，组成了所谓中国藏獒经济的第一环。从第一环开始，直到最后一环，被贩卖的藏獒会多次经历肉体和感情的双重磨难。从事藏獒生意的人，就在藏獒一次次的磨难过程里，牟取了一沓沓丰厚的钞票。

最糟糕的当然还不是他们，而是我。我是藏獒磨难的肇事者。尽管我写那些关于藏獒的书时，并没有发动一场空前贩卖的意思。但是当没有初衷的结果汹涌而来时，那种为怀念藏獒铺排起来的文字，便成了给藏獒送葬的哀曲。

各姿各雅似乎比我更在乎它的同类受到虐待的境况，不停地吼叫着，先是惊讶与问候，接着便是对八只小藏獒的呼唤，后来就愤怒和悲哭起来。有一次它甚至扑向了一个贩狗人。贩狗人看到车上的藏獒为了从铁笼子里伸出头来，都把铁杆挤弯了，他踩上车厢，使劲想把那些伸出来哀求饮水和自由的獒头摁回去，没有奏效，便跳到地上，从驾驶室拿出一根棍棒，朝着一个个獒头狠揍起来。各姿各雅扑过去时，把麻绳扯断了。我把手里的半截麻绳一丢，并没有上去阻拦。它扑倒了那个贩狗人，撕破了他的衣服却没有咬死他。它是多么懂事啊，不想给我增添麻烦。而我却不比一只藏獒更理智，一直很遗憾它居然没有咬死他。

我在失悔而愤懑的晚霞里回到了西海府。停了车，带着行李和各姿各雅上楼梯时,心情才好起来。我说:"委屈你了各姿各雅,我这里没有原野和蓝天,也没有奶茶和酥油,晚上我们吃面条吧,家里好像还有挂面,冰箱里可能还有一点冻肉。你希望我们什么时候开始寻找八只小藏獒?你说什么?已经开始了?对对对,已经开始了。"我住三楼,两室一厅。各姿各雅还算照顾我,对这样狭窄的住所没有表示出急躁和反感。它大概想起了沿途那些被关在铁笼子里的藏獒,相比之下,它就是身在天堂了。整整一晚上,它都很安静,也能按照我的指挥去卫生间我铺好的报纸上拉屎撒尿。我说:"你真乖,不会说话的朋友。"

但是第二天一早,在我给路多多打了一个电话后,各姿各雅就显得有些不耐烦了,老在门口转悠,不时地用爪子拍一下门,向我示意它要出去。我想我们应该休息一天,就把它关进了客厅的阳台。它立刻发现阳台比室内更接近外面的世界,直立而起,趴在栏杆上往下眺望,一会儿又回身透过玻璃门,望着客厅里的电话,那种急切而无声的期盼让我心里不禁酸酸的。好了,我也不休息了,旅途的疲劳就让寻找八只小藏獒的乐趣来消除吧。我又打电话给路多多,把跟他见面的时间从明天改成了今天。

我先开车来到宠物用品店,买了一根结实的牵引绳,从各姿各雅脖子上换下了那根我在路途上临时凑合的糟麻绳,然后直奔省政府应急委员会总部。

2

路多多没想到我会把各姿各雅带进他的办公室,挥着手说:"你居然把它随时带在身边,这里是政府机关,出去出去。"我听他的口气他是知道各姿各雅的,便问道:"鹫娃州长给你打过电话了?"他没有回答,畏惧地从一张很大的黑色写字台后面站起来说:"想喝茶你自己倒,它不会咬人吧?"听我讲了在途中扑咬贩狗人的事,他又说,"你是意思我明白了,我要是今天不答应你的要求,你就会放它咬死我?失踪的八只小藏獒就是它的孩子?怪不得你这么上心,将来就是跟它一样的八棵摇钱树。"

我告诉路多多,我要去火车站和机场调查从地震到现在托运动物的记录,如果查到记录,就追踪而去;如果查不到,就说明八只小藏獒还没有离开西海,说不定就在西海府。但我不是警察,火车站和机场凭什么会调出记录让我看?我要求路多多以应急委员会的名义给对方打个电话,这样就好办多了。

"你一定会问,要你调查?公安局是吃干饭的?"

"不不不,我不会这样问。丢失了八只小狗,又不是八个孩子,这算什么?公安局听都不愿意听。现在积案、大案、重案太多,就算你说它们价值百万千万,那也排不上队。"

我兴奋地说:"公安局不插手就好,亲爱的'贿赂多多'赶快打电话呀。"

路多多立刻黑下脸来:"以后不准你这样叫我,任何时候任何地方都不准。"

"你又没真的贿赂,心虚什么?"

"我就心虚了,就不准你乱叫,怎么了?还要不要我给你打电话?"他说着忘了各姿各雅,从写字台后面走出来,朝我跨了几步,突然又惊叫一声,返身回去了。各姿各雅冲他抱歉地吐吐舌头:不好意思,吓着你了。

我说:"你怎么这么怕狗?做了亏心事的人才怕狗。"

路多多望着各姿各雅，不计较地一笑，拿起了电话。以他的身份他当然不能直接打电话给火车站和机场，这个官腔十足的电话是打给隔壁办公室主任的，完了说："你现在就去，有什么进展随时向我汇报。"

"你真是当官当得权欲熏心了，跟你无关的事情也要随时听汇报。"

他高傲地一笑："只要我肯办的事情，都跟我有关。"

离开的时候我问他："你说我们有事要做，什么事？"他好像想不起来了，我提醒道，"在我去青果阿妈草原之前你说的，还说我回来就知道了。"

路多多恍然想起似的"哦"了一声："私人的事情不便在办公室里说，过几天我找你。"

一个小时后，我来到火车站托运办公室，没查到有用的记录。下午，又去了机场，在电脑屏幕的货运记录上盯了半天也没看到有价值的信息。以后想起来，其实是我心脑的意向主宰了我的眼睛：我希望八只小藏獒不要出现在这里，也就是希望它们不要流向内地。所以在抽检出的十几条运送藏獒的信息中，我只是一般性地注意到了两条其实很重要的记录：一是飞往蓝岛的航班上有个叫袁最的人一次运走了四只小藏獒和一只大藏獒。这跟我追踪的目标相差甚远，尤其是大藏獒的出现迷乱了我的思路。二是西海府獒人广场的老板王獒人同机运走了四只小藏獒。王獒人我认识，曾经以最隆重的待遇请我吃过饭，因为他坚决认为市场上藏獒价格的飙升是由于我的书的推动，他赚了钱就想到了饮水思源报答恩典。作为养殖经营藏獒的企业主，王獒人托运藏獒给他的客户是再正常不过的事。我叮嘱机场监管托运记录的人，如果以后有人要托运八只小藏獒，上飞机之前一定通知我。为了让她感到她有责任和义务这样做，我说："不能再流逝了，藏獒是青藏高原的精魂，我们都是高原人。"

接下来的几天里，我带着各姿各雅天天在西海府藏獒市场转悠，向所有在这里买卖藏獒的人打听八只小藏獒。这是一个自发形成的市场，就在离市中心稍远的一条街上，开始是一个来自青果阿妈草原的康巴人带着一只藏獒来西海府出售，据说就在这条他居住的街上成交了他的藏獒：十万元。这是那个年月藏獒的最高价。买卖藏獒的人立刻认为这是做藏獒生意的风水宝地，便开始朝这里集中，渐渐形成了一个市场。后来一些饲养藏獒的大户在街两边租房开店，用电脑画面和图片展示獒场有待出售和有待配种的藏獒，遇到买主和需要配种的主，再带他们去郊区的獒场。我的转悠虽然一无所获，但我相信就算被偷窃的八只小藏獒不会出现在这里，关于它们的信息却不会绕开这个唯一跟藏獒有密切关联的地方。说不定某一天某个人就会突然说起来："一共八只，人见人爱，那是我见过的最棒的小藏獒。"我虽然没见过八只小藏獒，但我相信，既然是青果阿妈草原最好的公獒嘎朵觉悟和最好的母獒各姿各雅的后代，就一定是优等里头的优等。

有一天，我正在穿街而过，突然有人从街边一家藏獒店里跑出来，追上我，拉住了我的手，然后用獒主特有的大胆和手语摸了摸我腿边各姿各雅的头："色钦作家，你从哪里搞来这么好一只母獒？"

我一看是王獒人，笑道："好久不见你了。我的藏獒怎么样，好吧？一千万，要不要？"

"别骗我，我知道你不是来卖藏獒的。"王獒人贪婪地盯着各姿各雅说，"真是太喜欢了，看在眼里拔不出来了，能不能借给我欣赏几天？"说着，巴结地脱下自己的藏式礼帽，吹了一口气，扣在了我头上。

阴差阳错，我几乎给所有商贩说到了八只小藏獒并留下了我的电话，却没有向王獒人提起。因为经过几天的打听，很多人都知道我在干什么，见了面还会问我："找到了没有？"好像用不着再打听，一旦有线索，就会有人主动告诉我。我无意中把王獒人看成了他们中的一员。我跟他说了很多话，甚至都说好我可以把各姿各雅借给他养几天，也没有说起我在藏獒市场转来转去的目的。我说："看来你是真的喜欢。我对好朋友的要求，总是能满足就满足的。"其实我心里想的是，各姿各雅是野兽，它住在狭小的两室一厅里本来就很憋闷，却还要按照我的训导去卫生间铺好的报纸上拉屎撒尿，还要改变昼睡夜醒的习惯，跟人一样起卧。而王獒人的獒人广场是有院子有草地的，尽管不似草原那般舒心惬意，却也可以露天睡觉，可以巡游奔驰，可以和它的同类待在一起。藏獒有群居的本能，虽说越优秀的藏獒越孤傲，但如果脱离了同类的群体，孤傲就会变成孤苦伶仃。再说邻居已经找过我了，说我进出牵着一只大藏獒吓坏了上下楼梯的孩子。

　　王獒人开着他的车，我开着我的车，来到了地处郊区的獒人广场大门口。我把各姿各雅留下，把王獒人的礼帽还扣在了他头上。王獒人要请我吃饭。我拒绝了，我有别的约会——路多多上午打电话说："我一直在犹豫，现在终于决定了。"他指的是那件不便在办公室里说的私人事情。

　　王獒人说："那就明天吧。明天有个蓝岛的朋友来找我，也是养藏獒的，我们一起聚聚。他有一只公獒，太棒了，从体型到毛色，跟你这只母獒简直就是绝配。"

　　我好奇地说："是吗？居然能配得上各姿各雅，那一定要见见。"

3

路多多把约会的地点选在市南的凤凰山上,一家隐秘而高档的饭店。酒和菜都是最好的,我虽然经常跟他吃喝,但仍然为他越来越高的消费水平而惊叹不已。路多多说:"你别大惊小怪了,我们这才算个啥?有一次,我去北京……算了,不说这些引诱你愤世嫉俗的事情了。"

品着菜,喝着酒。我说:"什么事情,你快说。"他用简单而坚定的语言脱口说了出来。我吃了一惊,盯着他半晌才问:"什么?你要办獒场?"

路多多伸手抹了一下我的脸:"你最好把眼睛闭上跟我说话,别睁得跟牛眼睛一样,本来这是很正常的事情。我再说一遍,我想办一座藏獒养殖场。"

"就你?钱呢?那可得一大笔钱。獒场的好坏要看有没有好藏獒,好藏獒的价钱是多少你知道吗?就说各姿各雅吧,我出一千万也会有人觉得很便宜。加上犬舍、犬食加工间、防疫室、研究室、办公室、人员居住的地方等等设施,最后还得有一个大场子供藏獒奔跑活动,你知道这年头地价就是金价。要是把这些搞齐全了,没有几千万拿不下来。"

"这个你不用担心。我缺的不是资金,是人。我想让你跟我一起干。"他看我沉默不语,又说,"我知道你在想什么。你是我的老同学老朋友,在这个世界上我们最是知根知底的,任何人都不能比,包括我的父母兄弟。有这样的关系,我才敢对你说实话。既然要一起做事,隐瞒就等于欺骗。但是你放心,我的钱绝对不会出问题。我们——法人是你,幕后是我,先得有一个账户,这个账户最好跟你我都没有关系，然后就会有人以投资的名义把钱打在账户上。钱不经过我的手，就不会有任何麻烦。"

我痛恨贪官，照平时那个恨法，此刻我应该站起来，朝着路多多那张堂堂正正的国字脸啐一口唾沫。但是我没有，我只是讥诮地说："了不起啊路多多，你终于可以让我刮目相看了。"

"这事我犹豫了很久，要不要给你说？你喜欢冲动，喜欢没事找事，还有些偏执，不顾现实，不讲条件。这说明你不沉稳，你比较冒进。比如你把各姿各雅带来，寻找它的孩子八只小藏獒，其实是不可能的。就算找到了也不可能要回来，人家说我不是偷的我是从街上买的你又能把人家怎么样？但从另一个角度讲，说明你是一个大胆而不计后果的人，是个说干就干的创业性人才。你喜欢藏獒，熟悉藏獒，在这个行业里有很高的知名度。更重要的是你是一个对朋友讲义气的人，任何时候都不会出卖我。我相信我没有选错你，也相信你不会拒绝我。"

我不会拒绝也不会出卖吗？在我扪心自问的时候，我看到路多多眼神里期待的光亮就像两颗纽扣。我想我从来都是为自己活着的，为什么要解开别人的纽扣？除非我高兴。我高兴吗？还不一定呢。我现在有把握的只是我没有不高兴。

"好像我说得不对？不不，你不会不认可我的说法，你只是不明白我为什么会这样做。其实我也说不清楚，就算是命中注定吧。你知道我原名叫路有饭，上大学时你们都嘲笑我有这么俗气的一个名字。我是农民的孩子，我不俗气谁俗气？名字就是希望啊，至少是父母的希望：让孩子有饭吃别饿着肚子。后来我改了名，大家都以为我是为了追求少少，才改名叫多多的。这只是一个方面，更多的原因是我希望自己门路多多，门路多多才会有一个好工作。工作以后,又觉得应该是禄多多;后来当了官,就变成赂多多了。赂是什么?是赠送钱财,说明我赠送的要比我接受的多得多。赠送了什么?我给谁都说不出来,只能把一切仇怨恨悔埋在肚子里。反正在这个混蛋仕途上,我付出了最惨重的代价。一个不断付出代价而获得官位的人,他能够不贪不沾吗?如果廉洁奉公就能顺利提拔,谁不愿意两袖清风?

"当然我还没到利令智昏的程度,我会时刻提醒自己世界上没有生活在法律之外的人,在纳税人付给我的高工资之外,任何多余的收入都是犯罪。你看我是多么清醒,清醒得都不敢穿一双新皮鞋。我一直想,我要那么多钱干什么?给父母?给兄弟?不是没有给过,但把他们吓坏了,又还给我了。记得那年春节,父亲把我寄给他和我哥哥的全部二十万元钱用一个编织袋装着,从老家坐火车来到西海府,一进门就哭了,说:'有饭,你只要平平安安就是我们的福,别为了我们把自己弄得不干不净。这么多钱是哪里来的,你不说我们也知道,我们可不能做那种在王法面前掉脑袋的事情。我们现在有吃有喝有穿有住,已经很知足了,比起村里那些年年还得出去要饭的人,已经是天上的日子了。'我说:'你们种田要饭卖血,供帮我上初中上高中上大学,如今我有钱了,尽尽我的孝心又怎么了?'父亲说:'你以前每个月寄给我们两百块钱,已经尽了孝心,再不需要了。你老老实实做人,踏踏实实上班,就是最好的孝心。你把这些钱赶快还给人家,快去,现在就去。'我说:'我还了别人怎么办?都是污水河里的污水,你说你想干干净净和别人不一样,怎么可能呢?除非你离开污水河。可污水离开了污水河,就连污水也不是了。'父亲说:'那也得还,走,我跟你一起去还。你不还,我就把钱交跟你们的领导。'

"行了，不说这些没用的话了，还是说我们的事。我想人家要给我钱，也应该给我钱，我总不能每次都说'先寄存在你那儿吧'？我得让它流转起来。买黄金、股票、期货、艺术品？或者开商店、做生意、搞借贷？都不可能，既有风险又很显眼，而且找不到帮忙的人。比如你，让你办獒场，你一定会干；让你替我去做其他买卖，你一定不会干。说真的，选择投资藏獒业，至少有一半原因是考虑你的兴趣，你是我唯一信赖的朋友。其他原因也不是不在考虑之列，比如藏獒业是个新兴产业，升值空间很大，只要国家继续发展经济，富人就会越来越多，富人群落是藏獒的最大市场等等。但这都是附带的，是确定了你之后，才想到的原因。要是单从我的喜好出发，我宁肯养老虎也不养藏獒。我是一个很怕狗的人，而且越来越怕。你那天大概说对了，做了亏心事的人都怕狗。"

路多多显得有些激动，不断做着手势，好像作报告的那样。我看得出办獒场对他不仅是一项事业，更是一种蓄积已久的情绪。他在心里憋了很久，憋得他非常难受，急切地想找个地方疏泄一下。他是多么天真啊，居然把我看成了一个供他疏泄情绪的渠道，居然相信世界上会有一个朋友能够理解他、辅佐他并为他守护秘密。我行吗？我是那样的人吗？我望着他突然感到一阵烦闷，好像他的疏泄变成了我的郁结。我突然看不见他了，看不见贪官路多多存在的意义是什么。如果意义代表光明，此刻他在我面前就是一片灰暗。我在灰暗的背景上捕捉到了一个女人的形象，她似乎仍然是玉雪的肌肤，正朝着夜晚闪闪发光。

我恼恨地说："路多多，你死了，你已经不是过去的路多多了。我从来没想过我会面对一个贪官。我叫你'贿赂多多'，对不起，你说了不准我在任何时候任何地方再这样叫你，就算是最后一次吧。

我叫你'贿赂多多'是因为我想用戏谑而友善的方式化解我心里对贪官的恨，同时也想提醒你不要腐败，那不是一件光彩的事。没想到你还是不可挽回地腐败了。我很后悔我曾经那样叫你，好像那是我的预言，我不是在提醒你守住干净，而是在提醒并催促你赶紧贿赂赶紧贿赂。"

路多多笑了："我劝你继续用戏谑而友善的心情化解我们之间的矛盾。既然灰色收入就像影子一样伴随着我们，那它就是我们的一部分，世人完全没有必要去憎恨它。一架飞机飞过的时候，地面上会出现巨大的阴影，那是太阳照射的结果。"

"你是想告诉我，只要有太阳，阴影就是必然的？好吧，就算是这样吧。我现在想的根本不是你，是少少。少少跟了你，算是完全跟错了。你害了她，总有一天，她会发现她已经没有丈夫了。"

路多多愣住了，半晌不说话，一连喝了几杯酒。男人在无助的时候总希望酒能带给他力量，那种有勇气做出来或说出来的力量。突然他长叹一口气，愤慨地望望我，又无奈地低下头。但我从他眼睛里感觉到的却是无尽的悲哀和迷茫。他说："你别给我提少少，你提她干什么？"

"怎么了？你好像跟少少……"我觉得这比路多多办夔场更让我吃惊。

"我说了，别给我提少少。她是我永远的痛你不知道吗？对了，你不知道，少少早就跟你没关系了，她又怎么会告诉你呢？"他又喝了一杯酒，用手掌抹着眼睛，抹过了光滑的额头，额头上顿时有了湿漉漉的泪光。"别扯了,最重要的事情还没说呢,你到底干不干？未来夔场的法人代表和总经理？"

"实话告诉我，你跟少少到底怎么了，我就干。"

路多多抓住我的手，痛苦而诚恳地说："朋友，我一定告诉你，但不是现在。"

　　我沉默着，眼光扫向了灯花烂漫的窗外。我想：它一定是一座大型的具有国际标准的獒场。不大型，不国标，咱就不建它。它拥有的藏獒一定是全国最好的，它要走向世界，成为全球最具权威的藏獒繁育中心。要达到这个目的，首先要争取把各姿各雅从强巴手里买下来，把八只小藏獒找到然后买下来，再把白玛请到獒场来，她来了，就会把金獒哦咕咕和黑獒达娃娜以及藏獒托勒都带来。只可惜草原已经失去了嘎朵觉悟，我已经失去了斯巴，要是它们都还在，那就太完美了。

　　我望着路多多哀求的目光，突然感到一阵晦暗的惶惑，问自己：我不会是一个希望别人犯罪的人吧，哪怕这个人是我的同学和朋友？我想我要是同意帮他办獒场，就会推动他继续犯罪；要是劝他打住，说不定他在犯罪的道路上就会适可而止。我正要说出我的疑问，手机响了。是王獒人打来的，他说："色钦作家，你快来一下吧，各姿各雅好像……你别着急啊，也不是病了，说不上怎么了，反正不对劲。"

　　我立马起身，向路多多作揖告别，然后心急如焚地开着车，连夜奔向獒人广场。路上碰到一伙交警，拦下车要测试酒精浓度。我又打电话向路多多求救。路多多又打电话给公安局，公安局又打电话给交警大队。终于放行了。有路多多这个朋友，真好。

4

皓月当空，今夜亮得出奇，银白的光波里，黑色的大地有些绵软。我把北京吉普开进了獒人广场的大门。王獒人生怕我被巡夜的藏獒咬了，在下车的一瞬间就陪着我。我们在藏獒的叫声中走过院子，走过一片为唤醒藏獒的故乡意识而精心培育的草地，来到一间从一片犬舍中孤立出来的蓝色活动板房前。板房的围墙只有半人高，顶棚是铁架支起来的白色帐篷形伞盖，很漂亮。我来过獒人广场，知道这是用来配种的地方，不配种的季节里，它又是客房——过往藏獒的临时栖息地。各姿各雅此刻就在里面，静静地卧着。但从板房围墙被破坏、地上到处都是土坑土堺的情形看，刚才它一直处在躁动不宁之中。

王獒人说："它现在安静了。你看它卧在那里气度不凡的样子，简直就是塑造出来的，越看越漂亮，连眨眼你都不想。但就是脾气有些怪，我怎么也搞不懂它想干什么。是这样，你走后，我拉着它先去了办公室，后来又去厨房给它喂了些我们自己配制的狗粮，吃得很好，这么大一个盆子差不多吃了有大半盆。我看月亮不错，就想让它在院子里活动活动消消食。走了几步，它好像闻到了什么，挣扎着往前跑，力气真大，我要是不松手，不是绳子断，就是我趴在地上。它在院子里跑了一圈，遇到巡夜的两只公獒，扑上去就咬。公獒见了母獒就是孙子，哪里敢惹它，两只公獒赶紧躲开了。它这儿闻闻，那儿刨刨，最后来到了这里，扒在墙上，朝里看着，又喊又叫。这里圈着一只金母獒，是别人拉来配种的。我害怕出危险，不敢让它进去。结果你看看，这么厚的板房都叫它挖出一个洞来，爪子真厉害。它从洞里钻进去，差点没把金母獒咬死。幸亏我来得快，开门进去把金母獒救了出来。怪就怪在板房里只剩下它的时候，它几乎闻遍了所有的地方，也用爪子刨遍了所有的地方，呜呜呜地叫，不像是藏獒的声音，倒像是狼的。一会儿又趴下，就像现在这样，把耳朵贴在地上听着什么。我寻思你在这里干什么，想把它拉到草地上，现在这样的天气，草地是藏獒最喜欢的地方。可是怎么拉都拉不动，拉急了就冲我叫，连我的裤子都咬烂了。等我逃出来，它又开始到处闻，到处刨，好像在找什么东西，这东西就埋在地底下。我这里能有它感兴趣的什么东西呢？我想它是不是发情了，怎么看都不像，不喝水，不排尿，阴道那儿也不肿胀不见红。我不知道怎么了，赶紧给你打电话。它一看我打电话，突然就乖了，真是奇怪。"

各姿各雅一直仰头望着我，似乎希望我能帮它做些什么，让它从焦虑和无助中解脱出来。但是我让它失望了，我听着王獒人的絮叨，若有所思地呆愣着。各姿各雅忽地站起，就像刚才王獒人描述的那样，又开始了新一轮的闻嗅和刨挖，动作剧烈得就像正在跟别的藏獒厮打。

我的心一阵摇晃，如同体内有了八级地震。我一把抓住王獒人："这个地方圈过什么？"看他一脸呆怔，又说，"你说对了，各姿各雅是在找东西，找它的八个孩子。这个地方有没有圈过八只小藏獒？"

"八只小藏獒？"王獒人点点头，"圈过，圈过。"

以后我会意识到，如果这时候我只是提到八只小藏獒而不说别的，王獒人一定会告诉我：一个叫袁最的朋友，带着一只名叫嘎朵觉悟的大公獒和八只小藏獒，来獒人广场住过几天。那几天袁最不想跟自己的藏獒分开，他和他的藏獒就都住在这里。但是我太兴奋了，在得知这里的确圈过八只小藏獒后，便抑制不住地说起了各姿各雅跟八只小藏獒的关系。"它们是它的孩子，地震后被人拐跑了。我带着各姿各雅来西海府，就是为了寻找它的孩子。它们是青果阿妈草原最好的也是最后的藏獒，所以必须找到它们，再送回草原。"为了强调它们一定得回去的理由，我说起了烧死数百只藏獒还烧死了人的大火灾；说起了死于大火的著名的嘎朵觉悟；说起了大火的起因，有人嫉妒嘎朵觉悟和它的主人，凶手已经锁定了，是一个叫哥里巴的人；说起了强巴一家和各姿各雅死里脱生的奇迹。"你看看，这就是我们人，一场地震发生了，有的纵火，有的偷窃，都是针对藏獒的。藏獒不是不知道，而是太忠厚了，忠厚得都忘了人是它们最大的敌人。"我突然发现我扯得太远，赶紧拐回来，追问道，"八只小藏獒呢？现在在哪里？"

王獒人惊呆了，这当然是他应有的表情。但当时我哪里会想到他的吃惊是另有原因：他想起自己第一次在花石峡见到袁最时的情形，袁最有些心虚，有些诡秘，跟他的藏獒那堂堂正正的气质完全相反，一点也看不出他是一个能花三百万买下一只藏獒的真正的獒主。又想起后来他请袁最来到獒人广场，几次想打听他是从谁手里买下了嘎朵觉悟，但每一次都被对方用别的话岔开了。他觉得有些獒主对自己藏獒的来龙去脉有保密的习惯，他也没有多想。还想起后来去机场办托运，本来可以用一个人的名义托走，但袁最坚持把八只小藏獒分开，用自己的名义托走四只，用王獒人的名义托走另外四只，理由是如果都放在一个人名下，装机时人家就会把所有的藏獒集中到一起，那样太拥挤，容易死亡。他当时还赞赏地说："养藏獒的人，就得这么心细。"现在看来，袁最是不想在机场留下"八只小藏獒"的记录。当时买机票、办托运都是他出的钱。袁最说："回到蓝岛，我立刻把钱寄给你。"他没有寄钱，却亲自跑来了，上午打的电话，说今天到西海府，明天来獒人广场，还要跟他好好喝一场酒。这是再奇怪不过的：有人正在寻找八只小藏獒，八只小藏獒现在的主人却千里迢迢直奔而来。

更让王獒人吃惊的是，在他见识了嘎朵觉悟的风采并帮助袁最把它托运走之后，我却告诉他嘎朵觉悟已经被大火烧死了。他立刻意识到，既然火灾是人为的，而且是为了嫉妒嘎朵觉悟，那么嘎朵觉悟没有死的事实就很自然地把火灾跟袁最联系了起来。谁是纵火的凶手？我告诉他是一个叫哥里巴的人，而他想到的却是：在爱和嫉妒之间，前者更容易成为烧死那么多藏獒的原因。作为一个地道的养獒人，他的逻辑简单而明确：谁拥有嘎朵觉悟，谁就是凶手。

袁最到底是干什么的？是獒主，还是罪犯团伙的头头？他来獒人广场，当然不是为了还钱，一定会有更要紧的事情。是好奇心的驱使，或者是为人义气厚道，或者另有一些说不清楚但非常重要的原因，让王獒人做出了为袁最保守秘密并等待他到来的决定。他面对我的追问笑了笑说："可是，这里圈过的八只小藏獒跟青果阿妈草原有什么关系呢？它们是我的，是獒人广场的母獒生的。我看品相一般，就把它们卖掉了。"

我望着王獒人就像望着一个活人眨眼死去了，突然降临的惊喜转瞬而去。我没有理由不相信王獒人的话，但如果相信，又怎么解释各姿各雅的举动呢？我从门里走进活动板房，神情沮丧地说："各姿各雅，你怎么了？这里的确圈过八只小藏獒，可它跟你有什么关系呢？"各姿各雅听懂了，但我却不能听懂它的话。它轰轰轰地叫起来，告诉我这里圈过的不仅有它的孩子八只小藏獒，还有它们的父亲嘎朵觉悟，还有那个曾在强巴家的碉楼前逗留不去、地震发生后又想堵住废墟上的缝隙害死他们的陌生人。它不用想就知道是这个陌生人偷走了它的八只小藏獒,却不明白为什么嘎朵觉悟也跟他在一起。各姿各雅看我对它的叫声没有反应,遗憾得哑巴了。我无奈地摇摇头,走出了活动板房。我说:"它想干什么就让它干吧,在它的思维里,大概我们人是最最愚昧的,什么都搞不懂。"

王獒人搬来两把椅子,我们坐在活动板房外面,一直陪伴着各姿各雅。月亮消失了,清夜有些冷,风悄悄地吹,墨染的天幕徐徐落下来。各姿各雅渐渐安静了。我们在椅子上打着盹,都困了,又都不想离开各姿各雅。对爱獒如命的养獒人来说,陪伴着如此漂亮的藏獒度过一个风凉的夜晚,是责任也是荣幸。

天快亮的时候,各姿各雅走出了活动板房。它在院子里转悠了一会儿,昂着头,龇着牙,威胁着两只巡夜的公獒让它们离远点,然后卧在草地上,头枕着前腿,呜呜呜地哭了几声,撕下一口青草,咀嚼起来。王獒人看明白了,不禁在心里赞叹着:多好的藏獒啊,出色的外表后面是非凡的能力。他清晰地记得,八只小藏獒和嘎朵觉悟也曾在草地上待过,都这么久了,风吹、日晒、霜打、雨淋,残存的尿渍和体味居然还能唤起各姿各雅母性的追忆和痛苦的思念。一个大胆的想法让王獒人激动起来:要不要让各姿各雅见到袁最?既然袁最是拥有八只小藏獒和嘎朵觉悟的獒主,他身上就一定会带着水洗不尽、风吹不散的味道。更有可能的是,不仅各姿各雅认识袁最,袁最也认识各姿各雅。各姿各雅和袁最一旦见面,各自会是什么反应呢?而他却可以装作什么也不知道,看一场好戏如何往下演。

王獒人说:"色钦作家,要不要休息一会儿?各姿各雅就让它在院子里待着,它是自由的,可以随便走动。别的藏獒,我都把它们圈起来。"

我望着各姿各雅咀嚼青草的样子,突然觉得这是它在给我说话:"我不会那么傻,如果没有闻到我孩子的味道,这样的青草我会吃吗?"我看到王獒人起身过去,要把两只巡夜的公獒圈起来,便追上去说:"我还是回家休息吧。"

"那也行。但是各姿各雅你得留下,我还没看够呢。等天亮了,我要给它照几张相,还想跟它合个影,以后好给别人吹牛:'看啊,我的母獒。'"

我淡然一笑:"你说你卖掉了八只小藏獒?卖到了哪里?"

"河北。怎么,你在怀疑什么?"

我呵呵笑着:"根据各姿各雅的表现,我有理由怀疑你。你最近一共卖掉了多少小藏獒?什么?就八只?是卖给一个人的吗?"看王獒人点头,我立刻意识到他在隐瞒什么。如果他说的是实话,怎么解释我在机场查到的王獒人托运走四只小藏獒的记录呢?而且也不是飞往河北而是飞往蓝岛的。蓝岛?突然想起王獒人告诉我的:今天有个蓝岛的朋友来找他,也是养藏獒的。这个人有一只很棒的公獒,从体型到毛色,居然跟各姿各雅是绝配。王獒人卖给小藏獒的人和远来找他的这个人,是不是一个人呢?我需要这个答案,很想问清楚,又觉得太唐突,便说:"行了,我该走了,你不是说,今天要跟什么人聚一聚吗?中午还是晚上?"

王獒人说:"当然是晚上了。地点定下来我通知你。"

我离开獒人广场时,天差不多已经亮了。我把车停在大街上,歪躺着迷瞪了一会儿,下车就近找了一家饭馆吃了早点,然后直奔机场。

当我再次面对电脑屏幕上的近期托运记录时,我发现其实就是那个叫袁最的人一次性托运走了八只小藏獒和一只大藏獒,因为王獒人托运走的四只小藏獒的收货人也是袁最。一只大藏獒？是不是王獒人说的那只可以绝配各姿各雅的公獒？如果是，那么今晚见面的就是这个袁最了。八只小藏獒？为什么恰恰是八只？这样的数字吻合不应该是常有的事，一般来说八只一窝的小藏獒不可能一起出售或者一起买进，因为卖主一定会在一窝中留下最好的给自己，买主也会考虑将来无法婚配而会采取这里买几只那里买几只的办法。如此推断，袁最好像并不是一个正常买进的养獒人，而像是一个一窝端的盗窃分子。

更让人疑惑的是：王獒人为什么要撒谎？他说八只小藏獒是獒人广场的母獒生的，他看品相一般，就卖掉了。我见识过獒人广场的母獒，虽然赶不上各姿各雅，但也都是百里挑一的尤物。它们的后代，八只一窝的后代，不可能全都品相一般。如果真是那样，就不光要卖掉小藏獒，还应该淘汰母藏獒了。

我有点兴奋，感觉各姿各雅已经在引导我走向一个新的谜团。在我准备接近谜底的时候，我看到的虽然还不是我的期待，却是期待的衍生、一些令人鼓舞的炫目的火花。希望他们是偷盗藏獒的贼，袁最是，王獒人也是。

从机场回市内的路上，我接到了路多多的电话："你到底干不干，办獒场的事情？我还等着你答复呢。"

"我不是说了吗，你要是实话告诉我你跟少少到底发生了什么，我就跟你干。否则，不干。"

"你为什么非要知道你不该知道的事情呢？我的隐私我可以毫无保留地袒露给你，少少的隐私我却没有权利告诉你。"

"可我偏偏就喜欢刺探别人的隐私，尤其是少少的。知道为什么吗？因为我是一个奇怪的人，我的嗜好就是咀嚼别人的隐私当饭吃。"

路多多沉默了片刻,妥协了,说他中午会在昨晚见面的饭店和房间等我。我放下手机就唱起来,内心的喜悦是情不自禁的。一想到高官路多多正在我面前一点点扒光自己,就感到我作为一面镜子是多么富有情趣。无论镜子多么廉价,所有人都会重视它。它可以一览无余地拥有别人,而别人休想拥有它。

有时候这面镜子也会照清我自己:我是多么希望别人有错甚至犯罪啊。因为我就是一个罪人,我希望所有人的罪孽都超过我,然后让我不再自惭形秽地活着:污秽的参天大树之下,一棵小草的肮脏又算得了什么?

5

袁最给王獒人打电话的时候,王獒人问了一句:"你住在哪里?"袁最回避了这个问题,有点着急地说:"我打的马上过去,见面再说。"

四十分钟后,他走进了獒人广场的大门。整洁的院落,保养很好的草地,没有人,一片寂静。袁最四下看看,往前仅走了两步,就愣住了:上帝啊。就在草地的中央,一座山峰巍然耸起。山峰是他熟悉的:绸缎一样鲜亮的黑色、火烧云一样蓬勃的红色,黑与红的组合里,是趋于极致的高贵典雅。惊愕之余,时间一闪而过:强巴家的碉楼前,它让他迷然醉倒,之后它死而复生,又让他朝思暮想。不会是看错了吧?各姿各雅怎么会在这个地方呢?他是为它而来的,一路上时刻都在想它,大概是想疯了,眼睛就变成脑子了:想什么就会出现什么。但是马上他就知道自己很正常,脑子就是脑子,眼睛就是眼睛,看到的一切都是真的。

各姿各雅的反应跟他大不一样,它在第一眼看到袁最时,就没有怀疑自己的眼睛。它忽地站起,开步走了过去。往事准确无误地出现在脑子里:他来了,星亮的眼睛看着它和它的八个孩子,怜惜得就像天下最懂得慈爱的人。接着便是地动山摇、墙塌楼倒。他突然变了,就像狼豹熊的化身,残忍地在它的哀求声中堵死了地震废墟上那个活命的缝隙。之后,八只小藏獒就杳无踪迹了。它跑起来,越跑越愤怒,无声地张嘴龇牙中,它跳起来,如同山体滑落,轰然扑倒了袁最。但是它没有像一只复仇的藏獒通常应该做的那样,一口咬住对方的喉咙,而是伸出舌头,狠狠地舔湿了他的脖子。这是一个非常矛盾的举动:希望他死又希望他不死。一股浓烈而熟悉的味道让各姿各雅本能地收敛了自己的杀性。它用爪子摁住袁最的蓝色冲锋衣,前后左右地嗅着。它嗅到了八只小藏獒的味道和嘎朵觉悟的味道,深情无比的感觉让它顿时忘记了撕咬,也忘记了仇恨。

袁最自始至终没有发出一声惊叫。他一点也不害怕,甚至觉得被各姿各雅狠狠咬一口跟心爱的女人使劲亲一口是一样的,也不枉费了他对它的思念。何况他还害过它,让它咬掉一块肉也算是抚慰良心的一次还债。他躺在地上笑着,伸手抓挠着它的毛,像是遇到了阔别已久的亲人,不断絮叨着:"各姿各雅,真的是你吗?谁带你离开了青果阿妈草原?好一个王獒人,他得到了你,居然不告诉我。我要对他说,你是我的,我要带你走,带你去看大海,去见你的八个孩子。"突然又欢呼似的大喊一声,"这就是我跟你的缘分,缘分,缘分。"

袁最坐了起来:王獒人呢?他在哪里?他抚弄着各姿各雅的鬃毛,张臂抱住了它。它顺从着没有反抗,从它兽性的直觉出发,它知道他身上那些还算新鲜的味道已经证明了他跟它的八个孩子以及嘎朵觉悟有着非同一般的关系，虽然不是主人，却也是主人之外最亲近的人。如果这样的人还不能引导它走向它的目标，那还会有谁呢？恍然之间，在它对人的亲疏远近的排序中，袁最跃过所有它现在能接触到的人包括带它来这里的色钦作家，排在了强巴一家的后面。它又舔了袁最一下，这次是轻轻的柔柔的充满了依赖和信任的。

从前面的活动板房里，突然冒出了王獒人，呵呵笑着走过来。袁最立刻意识到对方是有意躲起来的，便有些后悔：我怎么一见各姿各雅就忘乎所以了？

王獒人大声说："来啦？怎么回事？它好像认识你？"

袁最站起来，拍打着身上的土："认识吗？当然，它叫各姿各雅，青果阿妈草原最好的母獒，它怎么会在这里？"

王獒人来到跟前："真的认识？你们怎么会认识呢？有个人，带着它来西海府找它的孩子，说地震时它的孩子——八只小藏獒全部被人偷走了。"

袁最一阵紧张，肠子和心脏都抖了一下，脱口问道："上帝啊，谁在带着它找孩子？"他最担心的就是遇到强巴或者警察，那就说明这里是个陷阱，他已经自陷藩篱了。但他表面上还算坦然，笑着说："上次你帮我托运走的八只小藏獒就是它的孩子。可我不是偷的，是买的。我在麦玛镇看到了八只小藏獒，觉得好，但还是有点不放心，就让人带着去看了看它们的母亲各姿各雅，这才买下的。"

"没说你偷。说不定是卖给你的人偷了呢？"

"如果卖家真是个贼，找都没办法找，赖给我怎么办？我得赶紧躲开。"袁最找了一个理由，拔腿就走，看各姿各雅紧紧跟上了自己，突然又停下了：镇静，镇静，袁最你要镇静，你来西海的目的就是要带走各姿各雅，现在各姿各雅突然来到了眼前，也就是说运气和缘分来到了眼前,你怎么又要溜了?他蹲下来,套近乎地摩挲着各姿各雅,心想要是没有被王樊人看见,我们现在就可以回蓝岛了。

王樊人说:"你买的你怕什么?你应该见见带它找孩子的那个人。他叫色钦,是个作家。你过去见过各姿各雅你应该知道,各姿各雅不是他的,他也是替别人寻找。"

袁最喊起来:"色钦?就是那个写藏獒的作家?我认识他,不,我是说我读过他的书。"他一下子轻松了,既不是各姿各雅的主人强巴,也不是警察,一个作家怕什么。"看样子这个人也跟咱一样,也是爱獒如命的,不然不会把藏獒写得那么好。"说着,一个阴狠的想法突然冒出来让他满脑子都是害怕和激动:各姿各雅一定是我的了。是吗?为什么不试试看?"怎么见,色钦作家他人呢?"

6

还是在凤凰山上那家隐秘而高档的饭店,还是最好的酒菜。这些酒菜我本来要写出来,又担心它无意中会变成广告,让某些吃公款的人争相模仿,只好算了。

我喝着酒,严肃地说:"现在,我不是你的同学兼朋友色钦,我是检察长色钦。请你老实坦白,一个农民的孩子怎么会变成一个十恶不赦的贪官呢?"我真是有点幸灾乐祸了,不然怎么会演戏似的在路多多面前扮演一个检察长呢?尽管我表情是严肃的,但内心却是无以言表的喜悦。人是不是都盼着别人尤其是朋友倒霉?路多多曾经希望我倒霉,现在我又希望他倒霉。一报还一报。

路多多笑了笑说:"你又大惊小怪了,贪官都是身不由己的,差不多都是不知道怎么回事就成了贪污犯罪分子。贪就贪了呗,那些人求我办事就是为了赚钱,赚国家的钱也好,赚老百姓的钱也好,他们都是应该的,为什么我就不应该?天予不取,反受其咎。这是仕途上的真理。所谓廉洁就是一道水闸,它永远存在,却永远不能放下来,一旦放下来河水就不流了。谁能承担闸断河流的责任?我曾经非常讨厌一个商人,他那个项目老百姓是不满意的,需要我们批文我就是不批,给什么我都拒绝。几天后我仕途上的恩人、一个我必须服从的领导给我打电话说:'小路啊,你不能当改革开放的绊脚石,老百姓满意不满意,需要你去考虑吗?'他让我一下子明白过来:老百姓与我有什么关系?我当官又不是靠了老百姓的信任和推举。既然把老百姓跟我分开了,那我在道德上就没有压力,良心上也没有谴责了,即便我承认我做错了事,也不知道我究竟对不起谁。对不起提拔了我的领导?可是领导比我还要对不起。对不起供养了我的纳税人?可是那些喜欢送钱的也都是纳税人,而且是纳税大户。对不起生我养我的父母?可是在我拿钱的秘密没有暴露也就是拿钱没有变成错误、没有让父母丢人之前,这个'对不起'是不存在的。你说我想得对不对?当然了,想得再对我也不想直接拿这个讨厌商人的钱,我把他推给了我仕途上的恩人,只要他批条子,我就下批文。"

路多多居然是一副慷慨陈词的样子。我第一次发现一个贪官之所以贪起来就无法收手,是因为他比别人想得透,想透了就不觉得有什么心理负担了。

他又说:"告诉你吧色钦作家,对很多人来说,错误甚至罪行的成立并不在于你做没做这件事,而在于你怎样做,是不露痕迹地做,还是显山露水地做。前者无罪,后者有过。所以现在的人想的不是应该不应该贪,而是怎样贪才能不被人发现。发现了就是不应该,没发现就是应该。世界上没有该不该的事情,只有密不密的区别。现在官场上的罢免降职大都是因为贪腐,实际上贪腐只是个借口。政治命运决定着你到底是一个贪官还是清官。而你的政治命运又取决于你的靠山和人脉。如果你的靠山一直存在而且永远不倒,你就不会出问题,因为你的秘密也是他们的秘密,你不保,他们也不保。"

我说:"要紧的是一个人不能带着罪孽感生活,要是总觉得自己是个罪人,能睡好觉吃好饭吗?"

路多多轻蔑地一笑:"一般人都这么想,但我们不是一般的人。从信仰的角度讲,是人就是罪人,人活着就是最大的谬误。既然这样,你犯罪和不犯罪又有什么区别呢?上帝让你做人,就是为了让你做一个罪人,只有罪人才会虔诚地信仰上帝。所以一个人犯罪是正常的,不犯罪才是既不正常也不可能的。你说呢?"

我盯着他的眼睛问道:"你信仰上帝吗?"看他毫不躲闪地点了点头,又说,"你太可笑了,我都替上帝害臊。"

"你有顶替的资格吗?千万不要用不恭敬的口气提到上帝。"

"好像你有多么虔诚。其实你跟我没什么区别。有一天我问自己:'你来自信仰藏传佛教的地方,你信佛吗?'我的回答是:'连你这样的人都信佛,佛都要羞死了。'我觉得我回答得对,从此就再也不想信佛的事了。你不要给我扯什么上帝,我们都是没有信仰的人,不然也不会走到罪孽的泥坑里。算了,不讨论这么抽象的问题,还是说说少少吧,这是我们今天的主要目的。"

虽然路多多已经做好了准备,但仍然沉默了很久,好像还有机会可以不说似的,看我一直用期待的眼光望着他,才长叹一声说:"似乎已经过去很久了,在我还是个代行科长职务的副科长时,一天晚上陪着处长去参加一个饭局。在座的当中恰好有一个女的我马马虎虎算认识,便主动跟她多说了几句话。处长很不高兴,认为我抢了他的风头,没喝几杯就要走。他是个既好酒又好色的人,每次不喝到夜里一两点是不罢休的。我知道我已经得罪他了,心里很紧张,和设饭局的人一起拦住他,又是劝又是求地不让他走。但是我们越求,他越要走,还发了很大的脾气,说我们拦住他是想继续让他丢脸。我没有别的办法,只好当着那么多人的面给他跪下。我说:'处长我错了,你就看在我对你忠心耿耿的面子上留下来吧。'他冷笑着说:'忠心耿耿?好啊,那你就听我的话,我今晚不想喝酒,送我回家吧。'就在我用出租车把他送到他家门口之后,他严肃地说:'今天晚上家里就我一个人,我想借你一样东西用用,你借不借?'我说:'处长你怎么这么客气?什么东西你说吧,我的就是你的,没有不借的。''真的会借?那我就说了。'我大方地说:'说吧处长,我不借我不是人,借了要你还也不是人。''那我就不客气了。你知道我们单位谁的老婆最好看?你老婆。我想借你老婆用用。'他说罢哈哈大笑,'跟你开个玩笑,你别当真啊。'一股压抑已久的怒火噌一下蹿了上来,我一个耳光扇了过去:"对不起处长,我老婆不借人。"他惊讶地望着我:'你居然敢对我动手,你不就是一条狗吗?'我狠狠而去,回家后忍不住告诉了少少,心里愤愤地,一直在诅咒他。但是就在我上床睡觉前,我突然又给少少跪下了,抱着她的腿,几乎泣不成声地说:'少少我完了,他这个人是得罪不起的。少少你说我怎么办?少少现在只有你能挽救我,我不能永远都是代行科长职务的副科长,我早就应该是名正言顺的科长了。'我到现在也忘不了少少当时望着我的眼光:惊愕、鄙视、可怜、愤怒。她说:"起来,你起来,你有点人样好不好?"看我长跪不起,便使劲推开我,走出了卧室。等我去客厅找她时,她已经不在了。第二天早晨少少才回来,板着脸说:'还不快去上班,你的目的达到了,这个星期就能提拔你。'

"那一刻我号啕大哭,我觉得我卑微下贱得简直像个畜生。但紧接着我又笑了,一股从不曾光临的欣喜占领了我的身心。我吃惊我会把感恩和仇恨搅混到一起,当我感恩时我就仇恨,当我仇恨时我就感恩。我一会儿哭一会儿笑,不断地说:'谢谢你,谢谢你,少少,少少。'我知道我的人生来到了一个转折点上,一切都将发生变化。我会比过去更加迷恋仕途,却再也没有一丁点为民做官的神圣感和使命感了。当然更突出的变化还不是我的职位,而是少少从感情上对我的弃离。我很快就明白,女人从骨子里都喜欢强者,没结婚时,我是少少眼里的强者,现在不是了,现在她眼里的强者就是骂我是一条狗的我的顶头上司仇步鼎处长。以后我的所有提拔都跟仇步鼎有关,他算是我仕途上的恩人,只要他被提升一级,我就会被他提携一步。我对他的依赖和他对我的关照,像是儿子的依赖和父亲的关照。正是他提醒我不要当改革开放的绊脚石,当上级满意和老百姓满意出现矛盾时,我们的选择只能是前者。还是说少少吧,少少从此便是仇步鼎的情人了。在我这里,他们是公开的。如果仇步鼎家里不方便,他们会把幽会的地方搬到我家里来。每当这种时候,我都会接到少少的短信通知:我在家招待朋友,你来吗?我没傻,我当然不能去。但我心里的屈辱像尖刀一样刺扎着我,疼痛难忍的时候我会用一个官员最方便的方式发泄:让那些巴结我的企业家们请我吃饭、按摩、洗脚、狎妓、赌博,什么都干。有一次我突然拿起手机问少少:'你爱他吗?'少少说:'我爱不爱他难道你不知道?当初又不是我主动去找他的,是你求的我。现在你又后悔了是吧？'我无言以对，赶紧把手机压了。从此我再也没问过这类问题，完全没有必要，爱与不爱已经不重要了，重要的是我们都需要她，仇步鼎因为情欲而需要她，我因为前途而需要她。她就在两个男人的需要当中穿梭来往，最大化地实现了她作为一个漂亮女人的价值。"路多多突然打住，咧着嘴嘿嘿嘿嘿笑起来。"怎么样，我的精彩人生让你吃惊了吧？"但他眼里分明是含着泪水的。

我猜测那泪水的内容应该是这样的：是什么让我们的婚姻变得如此龌龊？这个世界似乎就是欲望跟欲望的铆合冲撞，人与人的关系说到底是彼此满足又彼此伤害的关系。你满足了他，他也满足了你，少少又满足了你们两个。但满足的后面更坚厚更深大的阴影却是互相间的伤害。仇恨和悲哀正在蔓延，最终的结果谁也不知道，只知道所有的末日审判都是自己对自己的审判。

我说："岂止是吃惊。像你这样不可一世的人，居然也是戴着绿帽子的。我问你，你心爱的老婆上了别人的床，你甘心吗？"我突然抓住他端起酒杯的手，"别用喝酒蒙混过关，放下杯子，看着我。你绝对不甘心是不是？那又怎么办？你没有办法，因为你是个'官'迷心窍的人，在你的心秤上分量最重的永远是职位、权力、荣耀等等。那个仇步鼎我也听说过，大名鼎鼎。还知道他现在虽然已经不是你的顶头上司了，但仍然能决定你今后的升迁走向。他将永远是你的恩人，也将永远是你的仇人。凭我对你的了解，你怎么会咽下这口气？你永远忘不了你曾经屈辱地给他跪下，求他留下来喝酒；忘不了他对你的鄙薄：'你不就是一条狗吗？'忘不了你跪着哭求少少挽救你时的可怜，忘不了少少因此而产生的对你的轻贱和蔑视，忘不了少少被仇步鼎召之即来的分分秒秒里你悲惨的内心体验。就像你说的，在这个混蛋仕途上，你付出了最惨重的代价。你想获得最隆重的回报，却始终无法肯定什么样的回报才能抵消你的失去。是金钱和地位吗？也许曾经是，在你还没拥有的时候。可一旦拥有，就又会滋长新的期待。你把不断滋长的仇怨悔恨埋在肚子里，你需要宣泄，需要一种痛快舒畅的体验。但你的舒畅只能来源于你的报复，而报复仇步鼎也报复你认为已经背叛了你的少少，并不是一件轻而易举的事。为此你想过很多办法，包括毁容、下毒、雇凶杀人、匿名举报腐败等等手段，但你是一个非常理性的人，意识到如果那样也就等于毁了你自己。那怎么办呢？

"一个内心卑微的人在无法改变现状时，就一定会借助外力消解这种无时不在的卑微。你找到了这个外力，那就是藏獒。你在心里说，不错，正如仇步鼎说的，我就是一条狗，但我是世间最厉害的狗——藏獒。你觉得既然做了亏心事的人都怕狗，那他们就比你更怕狗。你会被藏獒吓住，但他们却会被藏獒吓死。总之你想让藏獒给你借胆壮威，想用藏獒达到威胁和报复他们的目的，你甚至幻想有一天你去见仇步鼎时带上了一只凶猛无比的藏獒，结果他成了孙子你成了老子。或者，你带着藏獒回到了家里，恰好遇到仇步鼎跟少少幽会，前者提起裤子就跑，后者吓得蜷缩在被子里发抖。结果，哼哼。或者，你会请仇步鼎和少少来獒场参观，一不小心你那些训练有素的猛獒都跑了出来，直扑这两个陌生人……"

"不对不对，你搞错了。"路多多激动得挥着手，打断了我的话，"我想不到你会如此贬低藏獒的价值。在藏獒变成高级宠物的今天，谁会专门为了咬人吓唬人去养它们呢？用狐假虎威的野兽给自己壮胆那是地痞流氓的行为。我是要办獒场、搞实体、开拓一种仕途上无法实现的事业。"

我讥讽地望着他："撒谎，事业多了，为什么不能搞别的呢？"

"这个，我好像已经告诉过你。"

我冷笑一声："那是假的。真实的原因是，那样你并不能在你仇恨的恩人面前威风起来。仇步鼎不是穷人，他甚至比你更有钱，更有搞实业的能力，无论你做什么，你都无法获得一种强悍的心理优势。但办獒场就不同了，你想拥有许多只藏獒，它们是最好的藏獒，它们的价值在于英勇强悍、一往无前、正气凛然、岿然独立、宁为玉碎、不为瓦全。而这些都是你想做而做不到的。再加上它们瓜瓞绵绵、繁衍不绝，任何时候都会让你获得一种前所未有的心理强势。这是你最大的需要，从这个需要出发，你会让仇步鼎屈辱地给你下跪，求你喝酒，然后你说：'你怎么连狗都不如？'也让少少跪在你面前哭求你对她的可怜，然后你会用极尽夸张的表情显露你对她的轻贱和蔑视。你会阻止仇步鼎跟少少来往，让他们也跟你一样跌入悲惨无奈的境地。然后你会用威胁而不是巴结的手段达到继续在仕途上顺风顺水的目的。"

路多多恳切地说："你能不能不要把我想象成地狱里的魔鬼？我跟你没有距离，我们是可以一起上天堂的。我保证，最终我们都会上天堂，而不是下地狱。行了，不说这些了，以后到底会发生什么，谁也不知道。现在我只想听到你的保证：'干，我跟你一起干。'"

我喊起来："不，决不干。我为什么要帮助一个罪人继续犯罪？为什么要让一个出卖了少少又仇恨少少还准备欺侮少少的人得逞？为什么要把人的阴险和凶残强加给藏獒？路多多我告诉你，你是个坏人，我也是，我们是要下地狱的。如果有一天，当我们撕开心灵，发现地狱就在里面，那我们离天堂就很近了。只有在这个时候，我们才可能一起共事，办獒场，办獒场，办獒场，懂吗？"

路多多脸红了，使劲咬了咬自己的嘴唇，气急败坏地说："操你妈,你诱惑我说了那么多,最后还是不干。你给我滚。"

我有点渴,抓起酒杯,喝了满满一大口,起身走了。

7

对路多多的斥责和拒绝让我心里很爽快,就像我是正义的化身,面对一个贪官污浊的利诱发出了仅属于自己的声音。哈哈。我在心里笑着回家睡觉去了。梦里我一直在说话,既然是正义的化身,就似乎没有哑口无言的功能。但很快我的斥责变成了自责:表演,你为什么要表演?只有懦弱卑劣的人,才会把正义当作表演,去嘲弄一个根本不打算反抗的所谓邪恶者。有个声音对我说:你烧死过藏獒烧伤过人,你本身就是邪恶者,你戴着正义的脸谱指手画脚不过是猪嘴里插葱——装象。你比路多多还需要借胆壮威,因为你比他脆弱一千倍。我申辩道,我既不是猪也不是象,我是一只毛色和体态都属于劣等的藏獒,我一生都在求人原谅,原谅我的丑陋,不要因为这丑陋就抛弃我。那声音说,我们没有抛弃你,正在给你打电话呢。

电话是王獒人打来的,通知我六点以前到达象雄酒店。

为什么是这家酒店呢?我意识到我梦见我的"装象"正好预示了我晚上要去的这家酒店,好比我在路多多面前的表演预示着我对我自己的憎恶一样。当初我抛弃了少少,少少才会有今天。她今天到底是有幸还是不幸,是升华还是堕落,恐怕只有她自己知道。獒场,路多多的獒场,谁能阻止它拔地而起?只有我。可我为什么要阻止它呢?他的獒场不也是我的獒场吗?嫉妒,我发现我正在嫉妒路多多:嫉妒他在我面前的坦率无耻,嫉妒他贪然而行还能如此理直气壮、嫉妒他永远都是往前走的姿势，不管遇到什么样的事情：侮辱、屈服、背叛、诅咒、无爱无情。我说色钦你这个混蛋，今天晚上难道你还要接着表演？

象雄酒店我去过，老板是个藏族人。他说自己的祖先是古代西藏象雄王朝的后人，他的酒店是藏地唯一一家象雄风味的酒店。这样的寻根问祖显然也是"装象"，可谁又会认真去调查他的来龙去脉呢？由他去吧，两千多年前象雄王朝的嫡传后裔。说不定哪一天，我也会说我的藏獒是象雄的图腾、王朝的悍将呢。

等我按照王獒人的通知来到酒店包间时，他们已经在等我了。我没想到他们会把各姿各雅带来，吃惊地说："小心，它会咬人的。"

王獒人说："要咬也只能咬我，你们两个它谁也不咬。"

我警惕地看了看袁最。王獒人赶紧做了介绍。让我意外的是，袁最一下就把话挑明了："你好，色钦作家。你的书写得太好了，要不是你的书，我可能就不会有跟藏獒难分难解的今天。听说你带着各姿各雅在找它的八个孩子？不用找了，八个孩子就在我那里，在蓝岛。"然后他详细说起了如何在麦玛镇看到有人出售八只小藏獒，他如何流连忘返最后下决心买下，又如何被人带着去见识它们的母亲各姿各雅，以便能让他看到它们了不起的遗传和未来的气象等等。

我不断点头，也不断提醒自己：他在撒谎，看他的眼睛，时不时地朝下斜视，眉头也是一皱一皱的，那是刻意寻找词汇、编造事实的特征，每个极力想自圆其说的人都可能这样。而且他的话也是漏洞百出的：各姿各雅以及强巴一家离麦玛镇并不远，偷了八只小藏獒的人怎么敢在麦玛镇出售？又怎么敢说八只小藏獒的母亲就是各姿各雅，然后带他去看看呢？但是我又知道，就算我能断定袁最在撒谎，又怎么能断定他就是贼呢？

我说:"可八只小藏獒的确是被人偷走了的。"

袁最说:"我要是偷了八只小藏獒,怎么还敢见你?"

王獒人说:"我不是说了吗,一定是卖小藏獒的人偷了。"

"也不可能。"我正要说出我的理由,就听袁最抢着说:"我也觉得不可能,卖小藏獒的人一点也不像贼,在麦玛镇带着我走来走去,还给了我他的地址。"他说着就开始掏口袋,掏了半天又说,"我是记在一个本子上的,怎么忘带了?我觉得很可能是这样,各姿各雅的主人卖掉了八只小藏獒,但对草原上的藏族人来说,卖掉自家的藏獒并不是一件光彩的事,为了不受人指责,就放出风来说是被盗了。"

我冷冷一笑,用这样小儿科的假设就想蒙骗我,太天真了吧?我说:"你把他的地址记了一遍,一定能想起来,好好想想,是哪儿的?"

袁最吸着冷气想了想说:"实在想不起来了。我觉得这对你并不重要。你的目的是带着各姿各雅寻找八只小藏獒,而不是警察一样抓住偷窃的人宣布破案。现在你已经找到八只小藏獒了,它们就在我那里,你只要紧紧盯着我就可以了。"

他绕过了我的问题,绕得很聪明,让我自己都觉得我笨得出奇:既然目标遥遥在望,为什么还要回身走开,去纠缠来路上的沟沟坎坎呢?现在要紧的是,我怎么才能盯住他,怎么才能找回八只小藏獒?我心说他想以诚实的表现证明他不是贼,可在我看来诚实的贼才是更危险的贼。他似乎太自信了,以为我的追踪就像蚊子叮咬一样很容易就能摆脱。我看了看各姿各雅,它卧在包间的墙角,眼光不安地在袁最和门口之间游弋。看来各姿各雅来对了,至少在饭间,袁最是溜不掉的。

但是我没想到，袁最并不想开溜，不仅不想，还真诚地向我和王獒人发出了邀请："怎么样，想好了吧？你们得跟我走，去蓝岛，我的獒场。一定要带上各姿各雅，让它看看它的八个孩子，比离开它时壮实多了，小家伙们长得真快，不赶紧去恐怕就认不出来了。如果你们能去，我们明天就出发，我来西海的事情就暂时不办了。"他看我默然不语，又说，"还犹豫什么呢？不会是不想去吧？"

我想袁最应该明白，我去肯定不是光看看的，要是找到八只小藏獒，就一定要带它们回来。我说："你真的希望我去？我去了对你有什么好处？"

袁最说："对藏獒有好处，就是对我有好处。想想看，各姿各雅跟它失散的八个孩子终于见面了，那是什么样的场景？我们可以喝酒庆祝它们的见面，可以让它们一起待一段时间，然后……你可以参观我的獒场，可以带着各姿各雅去看看大海，看看蓝岛的名胜古迹。我会一直陪着你，我要让你知道，我是一个热情好客的人。"

王獒人说："我是去不了了，原定秋天举办的北京藏獒博览会听说要提前，我得做一些准备，准备时间至少一个月。你们呢？你们肯定也要去吧？"

袁最说："什么藏獒博览会，我怎么没听说过？"

王獒人吃惊地说："你不上网啊？网上通知的。养藏獒的不上藏獒网，那就等于脱离行业。在这个行业里，名气越大越好赚钱，出类拔萃的公獒、母獒和小藏獒都能让你的獒场名扬万里。那么好公獒、好母獒和好幼獒怎么产生呢？就得参加藏獒博览会。博览会上有各种名目的比赛评选，是獒场和獒主扬名赚钱的最好机会，你要在这个行业里混，就绝对不能错过。"

袁最亢奋地说："我肯定去，还要带上我最好的藏獒。"

我说:"今天晚上我们是来干什么的?是来开会的吗?为什么还不上菜上酒?"我想到了酒说明我也很激动,究竟为什么?为了很快就能见到八只小藏獒?为了我能在博览会上参观许多一流品质的藏獒?好像还不是。不明原因的激动让我特别想说话,我说:"就明天,我跟你一起去蓝岛,带着各姿各雅。还有一件事,你们獒人广场有没有好的小藏獒?我想买一只。都是老朋友了,你就便宜一点。"

王獒人答应着:"我怎么能赚你的钱?送你一只吧,绝对的好品相。"又喊起来,"小姐,小姐,服务员,姑娘,上菜。"在我们这个时代,"小姐"已经不合时宜了,因为人们通常说的"找小姐"就是找妓女。"服务员"是未改革开放以前的称呼,叫起来让人觉得你是土老帽。所以王獒人最后喊出了"姑娘",他觉得这个称呼好,既亲切又尊重了对方,没想到进来的是位先生。王獒人笑道:"怎么是男的?"

对方误解了,殷勤地问道:"你们需要女的吗?"

王獒人滑稽地看看我。袁最抢着回答:"需要。"

我和王獒人都吃惊地望着袁最。袁最笑笑说:"上帝啊,看把你们紧张的,这又不犯法,我是律师我知道。没关系的,我请客。"

8

机票不好买,去蓝岛只能推迟一天。这样正好,我可以让王獒人兑现他的承诺:送我一只小藏獒。我来到獒人广场再次提及这事。王獒人说:"你怎么这么急?"我说:"我怕你反悔。"他说:"你把我看成什么人了,我既然叫獒人,就多少有点藏獒的性格,怎么能说话不算数呢。我现在只有五只小藏獒，你挑吧。"

那是一窝小金獒，一个个都漂亮得让人爱不释手。我挑了一只公的，五只里头个头最小。王獒人说："我让你挑就是想让你挑一只个头大的，你怎么客气起来了？"我说："你是在考我吧？小公獒比小母獒发育得慢，个头当然要小一些。这一窝里有三只公獒，虽然它是最小的，但你看它眼睛里的光亮和乳牙上沾染的毛，说明它争食时咬得最凶，是个敢于玩命的角色。"王獒人说："你是个行家，我哪里敢考你。我看好的也是这一只，真是有点心疼，将来它一定是个霸主。"

各姿各雅依然在獒人广场，明天去机场时可以在这里直接装笼。我去草地上跟它说了一会儿话，又检查了一下明天装它的铁笼子是否结实，离开时我对王獒人说："今天少喂一点，让它把吃进去的全部消化掉，免得晕机了吐。"王獒人答应着，替我把小藏獒抱到车上，突然问道："你真的要去蓝岛？"看我点头，又说，"袁最虽然是我的朋友，但他的底细我并不清楚，你去了多留点心。"后来我意识到，他这样说多少有一点撇清自己的意思：作为朋友，我是提醒过你的。他本来想告诉我嘎朵觉悟没有被烧死，它也在袁最手里，想了想又没说。因为在王獒人心里，我和袁最都是他的朋友，分量旗鼓相当。他替袁最保密，显然是对不起我的，所以就慷慨地送我了一只品相绝好的小金獒，算是弥补了他内心的愧憾。

我离开獒人广场，一边开车一边给少少打电话。

少少吃惊地说："怎么是你，你居然还记得我的电话？"

我说："能见一面吗？就现在，我可以在家里等你，或者在外面也行，你说个地方我去找你。"

她好像挺愿意，平静地说："什么事？还是去你家吧。"

上大学时我对少少充满了欲望，带着男人本能的追求执着而坦率，甚至有些野蛮，有些强横霸道。我还记得在校园外面的苗圃、麦田、树林里，我的热烈是如何诱发了她的热烈，让她一次次颤抖在我的怀抱里。她的另一个追求者路多多始终不明白他那些绞尽脑汁的甜言蜜语、情书情诗怎么会惨败在和我的竞争中。后来我洋洋得意地告诉他："等你吞吞吐吐、欲言又止的时候，我已经占有了她。不过你还可以追求她，因为你的追求会成为笑料增加我们约会时的乐趣。"路多多当时并没有生气，他有一颗相当皮实的心，天生就能抵抗来自情敌的侮辱，也降低了他受到伤害的概率。他甚至天真而好奇地问："真的？真的你已经占有了她？色钦，你比我厉害。但是我决不会放弃，请你转告她，即便她一万次地属于别人，我也会爱她爱到底。"

路多多实现了自己的诺言，一如既往地爱着少少。而我却渐渐把她放下了。我再也爱不起来的原因是我对城市的欲望越来越少，我无意在一个遍地高楼、空气浑浊、视野有限的地方安身立命。我担心我的草原心情和草原欲望以及我的草原人的身份会丢失在我跟少少床上床下你柔我媚的矫情风光里。

这样的担心不是没有根据的：我发现我是多么喜欢少少的穿戴：乳罩、内衣、内裤、丝袜和高跟鞋，那种撩拨人心的性感文化勾引起我多少意淫的情怀。我甚至按照图书、杂志、影像的启示要求少少买来所有式样和颜色的乳罩与内裤在我面前花样翻新、T台亮相。但同时又发现我越是喜欢她这样，就越有爱不起来的趋势。我的都市爱情正在不可挽回地走向阳痿，我丧失了野性与本能，我拒绝性交的结果：怀孕与生养。我对少少的兴趣似乎不是因为来自肉体的情欲，而是源于柔软糜烂的性感文化的吸引。而在我的草原，我不会想到乳罩、内裤、丝袜、高跟鞋、吊带袜之类的文明产物,看不到这些东西对我的勾引和启动,我会直奔主题:肉体,肉体,生殖,生殖;健壮的大腿、浑圆的屁股、硕大的乳房。那样的时刻我雄强永健、青春激荡,从来不会为疲软担忧,不会为不坚挺不持久发愁。我为人类原始古朴的欲望活着,知道情欲的后面就是生殖和繁衍的长河,是人群和民族的希望。我知道我已经失去了草原,只要一想起青青牧草、一望无际的绿色、天上饱满的湛蓝、干净的云絮,就能让我蓬蓬勃勃的草原,我已经不是她的孩子了。透彻的沮丧让我精神委顿,我搞不懂我自己:怎么今天晚上是无爱有性,明天晚上又成了有爱无性呢?于是我说:去吧去吧,少少,去找你的路多多吧。然后就是自己对自己的折磨:惭愧、悔恨、孤独、手淫、哭泣、写作。

少少来了。开门的一瞬间,一股郁烈的香气直扑脸面。

"进来吧。我怎么看不出你的变化来,还是那么漂亮?"

"你没变,我变了,我老了。"她实际上在期待我更加庸俗的赞美:一点也没老,而且越来越年轻了,年轻中透着成熟、性感、耐看……诸如此类。

我竟然顺着她的期待说起来,都是虚伪的废话。说话间,我挑剔地看遍她的浑身上下:全是名牌,却一点也不漂亮,更谈不上性感迷人。我知道女人如何打扮,一定证明着爱她的男人有什么样的性趣。心里便替她难过起来:左右她生活的那两个官员是多么低俗啊,暴发和虚饰是她的着装风格,更是他们的内心需要。少少跟过去一样,一点也不胖,可是优美的曲线呢?不是没有,而是被几千甚至几万的服装搞得僵硬滞涩了。被文明异化的女人,她最好能返璞归真了让我欣赏。脖子好像有点短了,那应该是压的,想事太多,头沉脑重,脖子就有些撑不住了。最糟糕的是她的脚踝和鞋,脚踝上是耀眼的金链子，鞋一看就很华贵，却有一种踩着人民币走路的暴俗之气。显然她和喜欢她的男人误解了秀出美脚的意思，以为裹了铜臭的脚是最美的脚。

我让她坐在沙发上。她畏惧地看看团在沙发上睡觉的小金獒，坐到对面的椅子上去了。她天生是个怕狗的人，简直怕得出奇。我给她沏了茶，坐在了小金獒的旁边。她瞪着眼睛，一直在看我：

"怎么突然想到我了？没搞错吧？我是少少。"

"你是少少？真的搞错了呀，怎么把你招来了？我想见的是……这么给你说吧，昨天晚上，有个叫袁最的朋友请客，我跟一个妓女在酒店开了房，她说她叫勺勺。怎么勺勺穿上衣服就变成少少了？"

"你也就只配跟妓女来往。"她面带讥讽，以为自己比妓女高尚，比娼妇高档。但我今天不想跟她争辩这些，我只想顺从她。

我笑道："说得对，自从你离开以后，我的所有生活就变得低贱多了。不然我怎么还会想到你呢？怎么样，说说你的生活，是不是幸福得睡着了都会偷着笑醒？"

"就是，每夜都会偷着笑醒。赶紧说，找我来干什么？"

"想你了呗。过来，坐到我身边来。我送你一样东西。"

"这儿挺好。"她跷起二郎腿，晃着脚，傲慢地望着我。

我欠腰一把攥住她的脚踝，使劲一扭："少废话，过来。"

她尖叫起来："你怎么还像过去一样野蛮？"她假装一脸无奈地起身过来，扭扭捏捏以为我要抱住她。但是我没有，我让她坐在沙发上我的左手边，抱起右手边的小金獒放在了她怀里。她顿时惨叫一声，弹跳起来，好像一只凶残的野兽已经咬疼了她。我心里不禁一沉：这就是路多多要办獒场、养藏獒的原因了，尽管是潜意识里的，他自己也未必明确那是一个拿狗害少少的阴谋。看来我做得很对，我必须这样，早已飞逝的一丝柔情突然间又飞回来了。毕竟是我把少少推给路多多的，如果当初我没有撵走她，百分之百她就是一个从一而终的良家妇女。不管过去、现在还是将来，她的幸福与我无关，她的不幸却应该是我一手造成的。

"这就是个毛茸茸的玩具，你怕什么？你快过生日了，我想我一定要送你一份厚礼。"我拉她重新坐下。

她推开小金獒说："送这个干吗？你知道我不喜欢狗。"

"这可不是一般的狗，是藏獒，现在它的价值是十万，等你养一年，少说也值三百万。它是公獒，如果你拿它给别的母獒配种，一次也得二十万。这比买房子买黄金更保值。当然钱是次要的，重要的是从此就再也不会有人欺负你了，尤其是那些自以为掌握着你的命运的男人。你懂我的意思吧？总有一天，你会失去你的靠山，而真正能够依靠的，就是这只现在的小金獒、将来的大狮子了。"

"谁？谁是掌握我命运的男人？你怎么知道？"

少少并不需要我的回答，小心翼翼地摸摸小金獒。我再次把小金獒塞到了她怀里。她浑身哆嗦了一下，却没有推还给我。

"我保证，你跟它一起待两天你就会喜欢它。你到现在还没有孩子，那它就是你的孩子。藏獒是最忠诚的，比人忠诚多了。"

她疑惑望着我："那就谢谢了。你好像很了解我？"

我躲开了她的问题："一定好好养大，千万不要送人。"

她点点头："你放心，我不会糟蹋掉未来的三百万。"

我又叮嘱道："刚断奶的小獒仔，一定要精心喂养。不要买现成的狗粮，食物最好自己搭配，这样又新鲜又有营养。一般是牛奶、盐、面粉、碎肉、鸡蛋、骨粉、鱼肝油，可以搅到一起煮成粥，放温了再让它们舔。还要加一些剁碎焯熟的青菜，但一定不能是菠菜和芹菜，菠菜和芹菜会脱钙的。少量多餐，每天五次，还要定时、定量、定温。要是拉肚子，就把面粉炒熟了放进去，最好是青稞面。"

少少的脑子好使，记我的话没问题。她望着我，眼里闪烁着旧情未泯的光芒，那种来自女人内心深处的期待让她变得比刚进门时温婉可人了。

我看看表，假装我很忙："你去吧，我还有点事。"我要证明我自己：并不是对她有什么企图才跟她约会送它小金獒的。我就是关心她，纯粹的关心，光明磊落到可以放在高原正午的阳光下。

她略感失望地起身，突然咯咯咯地笑起来，原来怀抱里的小金獒正在舔她裸露着的一牙乳房，就像寻找母乳的婴儿。她说："又痒痒又舒服。"

"怎么样，已经爱上它了吧？它会永远让你又痒痒又舒服的。"说着，用胳膊圈着她的腰，带她过去拉开了门。

"再见了，色钦。"她冲我摇摇玉手，用我熟悉的从前那种纯真而对我充满信任的微笑告别了我。

第十章　基督山

1

是一个叫花馨子的女人来机场接我们的。这女人个子高高的,肤色白嫩,眼大鼻棱,长得十分靓丽大气,是那种人见人爱的漂亮。一方水土养一方人,蓝岛的女人不错,蓝岛就一定不错。感觉她好像是蓝岛的形象代言,专门在窗口展示笑容的。她见到我后一直笑着,自然流露的笑容让我想到了面对藏獒的那种感觉:毛茸茸、暖洋洋的发自内心的欢喜,像由我最早最好的朋友藏獒斯巴带给我的冬天里的黑牛粪一样的亲切。好女人都是藏獒一般的,好藏獒都是女人一般的。

托运的动物不能经过传送带送出机场,有专门的进出通道。袁最办理接收手续去了。我们在出站口等了一会儿。

花馨子说:"你没来过蓝岛吧?让袁最带你好好玩玩。"

我想知道她的身份,问道:"你有没有名片给我一张?"

"不好意思,我的名片用完了。"她嫣然一笑,又解释道,"黄海獒场是我跟袁最两个人的,我是一个专业驯狗师。我一直在训练八只小藏獒。"

我点点头,没说话,心里想着八只小藏獒,一阵阵地激动着,马上就要见到它们了。又想,真正应该激动的是各姿各雅,不知道它有没有预感。没有预感也许更好,突然到了一个陌生的地方,看见失散已久的孩子就在这里,那会是怎样一个感人肺腑的场景呢?我高兴得搓了搓手,心里已经唱起了胡乱编造的母子见面之歌。

花馨子接到一个电话,完了说:"袁最说各姿各雅还好,稍微有点晕机,软塌塌的没有精神。藏獒坐飞机都这样。我们獒场的大货运车今天没来,他会雇车运到獒场的,咱们先走吧。"她说着,从地上拉起我的行李箱就走。

"我来我来。"怜香惜玉的我赶紧追上去,夺过了行李箱。"我们是不是跟各姿各雅一起走?"

"机场运送动物的货运车都很小,人多了坐不下。再说它是什么动物都拉的,司机从来不清洗,味道很大。"她说着撮起鼻子,晃了晃脑袋,好像有股骚臭的味道已经熏得她头晕目眩了,引诱得我也使劲吸了吸,吸到的却是一股她的清香。

一个半小时后,出租车把我和花馨子拉到了太平洋饭店。我看着五星级的标志有些发怵,脚步慢了下来:我住得起吗?花馨子看出来了,笑道:"你是袁最的朋友,你来我们獒场考察,一切费用都由獒场承担。"我听着,步子立刻轻快起来。

房间是早就订好了的，二十二层向南的标间。站在敞亮的落地玻璃前，能看到外面的一切，茫茫然什么也没有，除了万里延展的苍白和碧蓝。一瞬间我还不知道我看到了大海，惊奇地问："这是什么？好像到了天尽头。"花馨子不回答，用抿嘴微笑的样子告诉我：怎么样，不错吧？我醒悟道："大海？噢呀，太好啦。"

我是第一次看到海，没想到竟是在这样一个无可挑剔的角度。此前我看到的最大的水域是西海湖，我的形容是一望无际。而当大海突然来到面前，我才意识到我是多么没有文化，居然找不到更恰切的词汇来形容。我在失语的沮丧中呆立着，看到了蚊蠓似的鸥鸟和树叶一样的轮船，看到了由纯粹的阳光、空气和水组成的巨大景观，看到了寥廓的极端表现和寂然空洞的泛滥。原来大海跟草原有异曲同工之妙，都是天和地的比较、宇宙和生命的比较，就在这种比较中我们越来越渺小，我们的意识越来越微不足道，我们的任何努力都变成了不惜消失的挣扎。我突然有些紧张和害怕，感觉大海和蓝岛无限延伸的空间就要吞没我，吞没我的各姿各雅。我惶遽地回过身来，盯着花馨子："走吧，我们去獒场看看各姿各雅。"

花馨子说："马上就到吃饭时间了，袁最这会儿正在往这边赶呢。总得给你接风吧？酒菜都订好了。你放心，你的藏獒到了我们的獒场，会得到贵宾级的待遇，好几个人在围着它转呢。我们獒场的宗旨是：藏獒第一，人第二。"

我说："各姿各雅是不是已经见到它的八个孩子了？"

"当然，这是最主要的目的。它见到了孩子就会兴奋，一兴奋晕机也就过去了。说不定这会儿正在又吃又喝、又闹又玩呢。各姿各雅我没接触过，八只小藏獒我是天天跟它们在一起的，又调皮又可爱，就像我的孩子一样。你明天去了就知道。你先坐吧，袁最马上就到。"花馨子说着,拿起杯子给我倒茶。

"明天才能见到它们?"我坐在椅子上,侧身面朝大海。

"你要是着急,今天晚上也行。吃过饭,咱们就去。"

又看了一会儿大海,和花馨子东拉西扯着。袁最到了。

据说太平洋饭店的海鲜是全蓝岛最好的,他们之所以为我订了这家饭店的房间和酒菜,就是为了让我时刻看到大海和顿顿吃到最好的海鲜,毕竟我是高原人,对属于海洋的一切都感到新鲜。我感谢他们的盛情招待,感谢的方式就是尽量诚实地喝酒和说话。我说袁最仗义热情,一看就知道是那种可以托付一生的朋友;花馨子漂亮大方,看着她就像看着我的各姿各雅。好比礼尚往来,他们还给我了比这更多的赞美:你是我们的贵人,认识你是我们最大的荣幸等等。赞美伴着敬酒,他们敬我也敬,每敬必喝,也不知喝了多少,喝到最后,我和袁最都醉了。我忘了原来的打算:晚饭后去獒场看看各姿各雅和它的八个孩子,也不记得我是怎样回到房间的,等我从梦中醒来时,听到有人又是按门铃又是咚咚咚地敲门。

"打电话为什么不接?急死我了,把衣服穿上,快走。"

"没听见啊。"我看到袁最扑进来时眼睛带着红艳艳的血丝,畏怯和慌乱的神情就像刚刚被人揍了一样,嘴唇在抖,我第一次看到人的嘴唇会在颤抖中一会儿紫一会儿白一会儿青。我钻进卫生间撒了一泡隔夜的酒尿,正要洗漱,又听袁最不客气地催促我快点。我这才意识到有些不对劲,冲出来问道:"怎么了?"

"你去了就知道。"他说着,眼睛里充满了悲伤。

"是不是各姿各雅出事了?"我警觉地问道。

"它好着呢。"说这话时他的悲伤又变成了愤怒。

我们很快来到饭店外面，钻进了一辆出租车。路上我又问袁最到底出了什么事。他用手掌揩着眼泪说："到了獒场，你自己看吧。"我心里七上八下，催促司机快点："怎么这么多红灯，不要管它。"看司机瞪我一眼，才意识到这不是西海府，闯了红灯可以找路多多摆平。我紧张得浑身冒汗，直后悔昨天晚上没有去看看各姿各雅：你就知道喝喝喝，为什么没有喝死你？突然我揪住身边的袁最，吼起来："为什么不告诉我，各姿各雅出了什么事？"

袁最一把甩开我，比我还要声大地吼起来："不是你的藏獒出事了，是我的藏獒出事了。"

我顿时松了一口气，心说只要我的藏獒没出事就好。我对我的想法不感到耻辱。人都是自私的，如果他们每时每刻都能坦诚地表现自己，那一定都是利己主义的言谈举止。仔细一想，还是不对，既然他的藏獒出了事，干吗要拉着我往獒场跑？我忐忑不安地望着窗外，发现蓝岛是个很糟糕的城市，所有不能让我畅行无阻的城市都是很糟糕的城市。我心急如焚而所有的一切都慢慢悠悠挡我的路，真他妈的。闪开，闪开，该死的人和汽车，密密麻麻摞起来了似的。只会让城市逼仄狭小的高楼大厦，要这么多干什么？十字路口本来是为了四通八达，但现在却成了堵车的要塞。无奈之极我看看无阻无拦的天，要是能飞过去就好了。

终于到了。"黄海獒场"的金属牌子从云端里飘来。车还没有停稳，我就跳了下去，跑进獒场大门，又跑回来，跺着脚：袁最怎么还不下车？你给司机一百块钱就行了，还等他找什么？好不容易等着袁最下了车，我拉起他就往里面跑："在哪儿呢，在哪儿呢，我的各姿各雅？"

袁最推开我，指着右边五十米外的一片建筑说："那边是犬舍，你自己去找吧,我已经不想看到了,惨不忍睹。"他说着,喊了一声,"馨子你在哪里?"

花馨子从前面的房舍出来,哭得两眼红肿,凄凄哀哀地说:"我的孩子,我的八个孩子……"

我知道出大事了,朝着犬舍飞奔而去,声嘶力竭地喊着:"各姿各雅,各姿各雅。"焦急中撞到犬舍通道边置放计食天平的桌子上,天平稀里哗啦倒下来。各姿各雅用我熟悉的吼声回应着我。

袁最没有骗我,我的藏獒没有出事,各姿各雅安然无恙。但我感受到的惊愕与慌恐却跟各姿各雅死了差不多。宽敞的犬舍,一人高的栅栏,各姿各雅蹲踞在里面,见了我就像见了主人,呜呜叫着扑过来。栅栏门是锁着的,它出不来,我进不去,我们透过空隙互相触摸着。当我满手的湿漉证明它的悲伤和委屈达到了极点时,我沉重地用额头磕击着黑铁的柱子:"各姿各雅,你怎么了?"

犬舍的地上,有食盆,有水盆,都被掀翻了,水和吃食撒了一地。多么希望我看到的就是这些,没有别的。没有那些尸体,那些用利牙撕碎的皮毛和骨肉、头颅和身躯,那些刺目艳丽的鲜血。但希望总是憾恨中的幻想,幻想又总是绝望的孩子。我用额头碰撞着栅栏,绝望得连哭都没有了。尤其是当追随而来的花馨子在我身后告诉我这到底是怎么一回事后,我捶胸顿足,不知怎么办好,只是一个劲地说:"去死吧,去死吧,你为什么不去死?"我指的当然不是各姿各雅,而是我。

花馨子也在自责:"怪我们,都怪我们,我们不该让它跟八只小藏獒见面,不该相信它是一只来自草原的好藏獒。它是个疯狗,是六亲不认的野兽,它怎么可以连自己的孩子都咬死呢?你数数那些尸体，尸体都碎了，你根本就数不清，那你就数数有几颗小藏獒的头，整整八只都让它咬死了。你说怎么办？你能让它们活过来吗？它们就跟我的孩子一样，我天天喂，天天抱，睡觉都跟它们在一起。它们的母亲是我，不是各姿各雅。呜呜呜呜……"

我怎么也想不通：各姿各雅，一个被我千里迢迢带来寻找它失踪的八个孩子的母亲，就在孩子突然出现在眼前时，一口气全部咬死了它们。各姿各雅，你怎么能这样？这不是一只藏獒、一个母亲应该有的举动。可是围绕着我的这个世界，从来都是颠倒的：应该的不见出现，不该的时有发生。我想起青果阿妈草原，那是我的故乡，有许许多多的藏獒，像各姿各雅这样优秀的牧民的守护神、救命的恩主、舍己为人的伙伴，怎么可能传播藏獒的恶名呢？难道一离开故土就变了，藏獒的秉性就会由沉稳、善良、正直、纯粹变得暴躁、凶险、邪恶、诡异？水土和空气的魔力、人群和嘈杂的骚扰，难道会从本质上改变一种生命的天然素养？

我不知什么时候离开各姿各雅的。当我在獒场一间办公室模样的房间里，面对着袁最和花馨子时，突然意识到我已经没有必要待在这里了，立刻就走，马上回去。这个把各姿各雅改造成魔鬼的城市，不是我们的久留之地。各姿各雅既然能咬死它的八个孩子，就能咬死一切，包括面前这两个人。回西海，去草原，恢复各姿各雅的本来面目——依然是草原的精灵，而不是人见人怕的疯狗。

我站起来，向满脸哀伤的他们深深地鞠躬："真是对不起了，谁能想到会是这样呢？感谢你们的热情接待，我该走了，把各姿各雅送回去。请打开犬舍的门，让这个魔鬼离开你们的视线。"

花馨子低头不语。袁最吃惊地抬起头："你要走？"

"是啊，"我说，"再待下去有什么意义呢？没想到蓝岛会成为我的灾难之地。我是说我的感情，藏獒从来没有如此伤害过我的感情。我现在急切地想知道，各姿各雅回到青果阿妈草原后，是不是还会有同样的举动。如果有，那就惨了，牧民们非打死它不可。"

"上帝啊，门是开着的，你想走就走。"袁最面无表情地说，"我们不想留你，尽管你是有责任的。但各姿各雅恐怕不能就这样走掉。"

"我们能拿它怎么样？它是一个畜生，只知道咬死了自己的孩子，不知道给人带来了多大的损失和伤害。袁最，我们是朋友，彼此应该宽容是不是？如果需要各姿各雅赔罪，我一定替它给你们下跪。"

"你的藏獒咬死了我的藏獒，而且一死就是八只，我们还能是朋友吗？它不知道的事情人知道，八只小藏獒，都是最好的，将来就是八只大狮子，母的像各姿各雅，公的像……嘎朵觉悟，去过青果阿妈草原的人都知道这个名字。对一个以养藏獒谋生的人来说，这样的损失要多大有多大。"

"那你说怎么办吧？"我茫然而悔恨，"真不该来啊。"

袁最坚持道："你走你的，把各姿各雅留下。它应该跟人一样，犯了罪就必须受到惩罚。"

"这个不可能。"我的态度不容置疑，"要惩罚就冲我来。"

"已经由不得你了。"袁最出去，大喊一声，"来人哪。"

2

袁最跟昨天以前判若两人，昨天是慈祥菩萨，今天是怒目金刚。我想即便各姿各雅十恶不赦，作为一个爱獒人，他也不应该像仇恨宿敌一样仇恨各姿各雅和我，毕竟各姿各雅依旧是一只品相非凡的藏獒。他更应该悲伤,在哭泣中埋葬八只小藏獒,然后撵走各姿各雅和我,因为他和花馨子再也不想多看一眼凶手各姿各雅和它的主人了。或者,他应该跟我商量赔偿损失的事:钱钱钱,一个商人的思维里,钱总是胜过一切的。但是现在,他极其反常地没有提到赔偿,他的悲伤也远远不及仇恨来得充分。悲伤是低沉的,仇恨却可以亢奋起来。我隐隐约约感觉到了他的亢奋,他要关押并惩罚各姿各雅,他吆喝獒场的几个饲养员连推带搡地把我赶出了獒场。在獒场的大门迅速关闭的瞬间,我瞥见了掠过他嘴角的一丝讥笑。他在讥笑什么?讥笑各姿各雅不可理喻的暴虐举动?讥笑我乘兴而来、败兴而去的狼狈?

我恼怒地拳打脚踢獒场的铁门,又拾起一块石头敲砸"黄海獒场"的金属牌子,引来里面一片藏獒的叫声。我沿着獒场的围墙往前走,试图翻墙进去跟他们理论,发现我从墙外走到哪里,就会有几只藏獒从墙里跟到哪里,它们靠着听觉和嗅觉准确掌握着我的行踪,不时地发出吼声警告我不要翻墙。我把一直攥在手里的石头扔了进去:"吼什么吼?我的各姿各雅在里面。"突然我坐下了,在一块废弃的水泥墩上,疾首蹙额地思考对策。片刻,我掏出手机拨通了袁朂。

"你们不就是想要赔偿吗?说吧,怎么个赔法?"

"上帝啊,你赔得起吗?八只小藏獒的价值难以估量。"

"总得有个数字吧?你说,到底多少钱?"

"我先问你各姿各雅值多少钱?"

我不知道他的用意,觉得说多说少都会有风险,便道:"你知道各姿各雅不是我的,我只是在尽一个爱獒人的义务,帮助它和它的主人找到它的八个孩子。它值多少钱跟你我都没有关系。"

"那我来告诉你吧。你肯定已经听说过,青果阿妈草原上的嘎朵觉悟,在烧死前,用三百万卖给了别人。这个价钱是很便宜的,要是在内地,尤其在北京,嘎朵觉悟出价两千万也会有人抢。各姿各雅是跟嘎朵觉悟一样的藏獒,就算按最低价算,那也得三百万。我已经告诉你了,我的八只小藏獒,每一只都是未来的嘎朵觉悟或者各姿各雅,一只三百万,三八二十四,那就是两千四百万。赔偿是可以的,两千四百万一分也不能少。"

"你是在讹诈我吧?如果你是在开玩笑,这个玩笑就太大了;如果你是真的,那你就是把我往死路上逼了,我会干出什么来,连我自己也不知道。"

"我怎么会逼死你呢?知道你拿不出两千四百万,所以也就不难为你了,把各姿各雅留下,你走人。这是我能接受的最低条件。"

我听了破口大骂,骂袁最是畜生、流氓、无赖、恶霸、人渣,骂他的祖宗三代也骂这个让我陷入困境的蓝岛。他耐心地听着,始终不回嘴。完了平静地问我:"发泄够了吧?该回去了色钦作家。我们还忙着呢,有许多的事情要做。最重要的一件事情就是把各姿各雅行凶的现场拍下来,交给派出所,算是报案吧,让他们来人核实一下,看他们怎么说。"

其实我也想到了报案,但我觉得根本就没有用处。在派出所看来,不过是一只大狗咬死了八只小狗,小狗的主人扣下了大狗,并要求赔偿。这算什么?恐怕连案件都算不上。至于青果阿妈草原失窃的八只小藏獒,跟袁最有什么关系呢?按他的说法,他是买的不是偷的。就算警察不相信,那也仅仅是遥远的青藏高原上的八只小狗,既显得微不足道,又不在自己的辖区之内。何况像我这样的人,出现在警察面前总感到心虚。人家要是刨根问底,很容易就能发现我的过去：我也许算不上一个逃犯，但千真万确是一个逃避着惩罚的罪人。地震销毁的不是我的犯罪事实，而仅仅是受害者以及证人，即便他们已经在地震中死去，也会在警察的调查中复活。当然最重要的，还不是以上的原因，而是我对自己的信心和鼓动：既然我不甘心就这样算了，那就应该依靠我自己的力量扭转乾坤。我骨子里的疯狂告诉我，我是什么都可以做的，想到了而没有去做，我会死不瞑目。

我一直在黄海獒场的外面徘徊，直到下午又累又饿的时候，才回到太平洋饭店。稍事休息，喝了很多水，又出去找了一家小饭馆用半斤鲅鱼饺子填饱了肚子，然后坐出租车，再次来到远在郊外的黄海獒场的外面。从公路到獒场有一段土路，土路两边是一些不规整的麦田和菜地，菜地里种着小白菜和小油菜。稍远的地方还有一些树，鬼知道这些绿得耀人眼目的树是什么树，它们此刻唯一的作用就是为我遮挡身影。我躲在树后，远远观察着獒场关闭的铁门，希望看到袁最或者花馨子出来，好让我扑过去跟他们理论或者拼命。但是等到天色黑透獒场的门也没动一下。我走过去，又开始沿着围墙转悠。獒场里面被放开的藏獒立刻叫起来。我只好离开，又回到树后面。

我知道进去是不可能的，藏獒最擅长的就是夜间巡逻，只要有一点动静，它们都会用吼声通知袁最和花馨子。如果我打算强行翻墙进去，那就必须要有视死如归的决心。可是我还不想死，我想活着把各姿各雅要回来。我拿出手机，再次打给了袁最："开开门，让我进去，有事跟你商量。或者你出来。"

"什么事就在电话里商量吧。"

"饭店不是说好由你们结账吗？那么贵的房间我是结不起的。

另外，我没带多少钱，你得给我买张回西海的机票。"

袁最肯定没想到我这么快就打算撤了，犹豫了一下，爽快地说："房间和机票都没问题，本来就是由我们接待嘛。你把身份证号码告诉我。什么时候走？明天？好，我马上给你订明天的机票。"说到最后他几乎有点兴高采烈了，"这就对了嘛，我们每个人都得在命运面前做好牺牲的准备。"

打完电话我就回太平洋饭店睡觉去了。第二天一大早，袁最通过电话叫醒了我，又跟花馨子一起陪我在饭店吃了自助早餐。饭间我们谁也不说话，大家都是哀伤的沉默。我似乎只说了一句话："还得麻烦你们送我去机场。"说这话时我有点难为情，因为这说明我出不起或者不想出从市区到机场的出租车费。袁最说："不麻烦，不麻烦，这是应该的。"他表情是忧愁的，说话的口气却轻快有加。

出租车把我们三个人送到了机场。就要过安检时，花馨子突然抓住我的胳膊说："对不起，我们也不想这样，只是没有更好的办法。我要说的是，你失去了各姿各雅，但没有失去朋友。"

我感觉花馨子的手在哆嗦，溢荡在她眼睛里的不仅是明亮的忧悒，更有浓浓的透彻的歉疚。我长叹一声："我也应该说声对不起，也知道你们只能这样。我现在发愁的是怎么给各姿各雅的主人交代。也许若干年以后，我会在青果阿妈草原找到一窝八只品相一流的小藏獒，到那个时候，你们一定得把各姿各雅还给我。"

这样的可能简直不存在，所以袁最说："这个我保证，一定还给你，哪怕它们的品相比咬死的八只小藏獒差一点呢。"

我走了，拉着行李箱，向他们招手。他们也在招手，目送着我，直到我消失在安检那边人头攒动的大厅里。

袁最毕竟不了解我，我的秉性冲动而倔强、坚顽而狂妄，怎么可能如此轻易地放弃各姿各雅，登上飞机走掉呢？太便宜别人的事情我绝对不做，除非别人同样便宜了我。就在起飞前半个小时，我走出了机场。原打算退票，人家说你这票是打了折的，不能退也不能改签。不能就算了，当下就撕毁了机票。我坐出租车回到蓝岛市区，找了一家一天不超过一百元的便宜旅馆住下，然后直奔黄海獒场。

此后，我用一个星期的时间，耐心地躲藏在黄海獒场外面绿得耀眼的树后，盯着獒场关闭的铁门，希望能掌握袁最和花馨子的行动规律。我发现花馨子出去了几次，都是步行到公路上，再坐出租车。显然她是去采购东西的，两三个小时以后就会大包小包地回来。袁最从来不出门，似乎獒场就是他的家，花馨子就是他的老婆。但他和花馨子绝对不是两口子，这一点我早就感觉到了，从他们互相看对方的眼神和说话的口吻中都能感觉到。还有，花馨子曾告诉我："黄海獒场是我跟袁最两个人的，我是一个专业驯狗师。"她有意无意地强调了自己在獒场的地位。如果是两口子，完全没有必要这样。一个星期里，每天都会有饲养员出来，拿着铲子，在菜地里挖取小白菜和小油菜，显然这是为藏獒配食用的。不时会有客人来獒场，有的牵着藏獒，有的空着手，大概是来配种和做买卖的吧。獒场的大门始终关闭着，来人必须报出姓名，里面才会有人开门，进去后，铁门就会迅速关死。我不理解地想：既然你们已经送我上了飞机，干吗还要这样警惕？

一个星期后，我给袁最打了一个电话，告诉他我已经来到青果阿妈草原，各姿各雅的主人强巴听我说了我在蓝岛的遭遇后，一口认定我是骗子，拔出腰刀差点杀了我。"现在好了，他总算被人劝住了，我没有死，我还能给你们打电话。问花馨子好。喂喂，听得清吗？我怎么听不清你的话。麦玛镇这个地方地震后信号就不太好了。一定要把各姿各雅照顾好。我相信总有一天我会找到可以作为赔偿的八只小藏獒，把各姿各雅赎回来。另外千万不要让各姿各雅跟随便什么公獒交配，一旦它生养的孩子不是优等的品相，立刻就会毁掉它的名声。非要交配的话，必须是跟它一样品质的一流公獒。喂喂，听清了吗？"

袁最说："这个不用你担心，我们的交配原则是宁缺毋滥。"

我是有意提到"交配"的，因为我想起了王獒人的话，袁最有一只很棒的公獒，从体型到毛色，跟各姿各雅是绝配。但袁最为什么没有提起他的这只公獒呢？不仅现在没有，他从来没有在我面前说起过。这不合常规，一个獒主，对自己得意的藏獒，总是炫耀又炫耀的，何况那是一只能够绝配各姿各雅的无上公獒。

袁最又说："我们还是你的朋友，什么时候去看你。你会一直待在草原上吗？不去参加北京藏獒博览会了？"

我意识到他这是试探，深深地叹口气说："我不是獒主，有什么资格参加那样的盛会？本来也没打算去，现在就更不想去了。"

打过电话的第二天，黄海獒场的铁门敞开了，袁最走了出来。他沐浴着阳光，怡然自得地走过土路，来到公路上，到处看了看，又走了回去。看得出他已经不担忧我会杀个回马枪了。我不能再延搁下去，行动就在今天晚上。

守望黄海獒场的日子里，我还做了一件事。这件事说起来有些下作，却是我天性发展的一个必然，有卑鄙也有智慧。我知道多数情况下藏獒对人的记忆依靠的是嗅觉，每个人身上不同的味道是它们判断亲疏的密码。而最能体现味道特点、跟指纹一样决不会重复的是人的臊气，臊气来源于生殖系统，不论男女老少、干湿脏净，都与生俱来地带有这种气息。很多时候，藏獒也包括猫狗狼豹等等动物，熟悉你也就是熟悉你的尿臊气。这种尿臊气人一般是闻不到的，而对嗅觉超过人几十倍甚至上百倍的藏獒来说，就算你用超量的沐浴露刚刚洗过澡，你的尿臊气对它也是浓厚而强烈的。我要用我的尿臊气麻痹獒场巡夜的藏獒，让它们时刻闻到我的味道，以为我就是獒场的一部分，从而失去对我的警惕和防范。实现这个目的办法简单极了，那就是每天带着矿泉水，不停地喝，尿憋了就往菜地里那些小白菜和小油菜上面撒。这些蔬菜虫眼累累，一看就是不用农药的。饲养员挖走后不会三遍五遍地使劲清洗，即便使劲清洗，尿液也会残留在菜叶的卷曲处和菜心里，这样我的尿臊味很容易就会来到藏獒的鼻子底下。一回生，二回熟，三回就是你姑姑。那些藏獒再要是碰到我的味道，很可能就会把我当成给它们配制食物的饲养员。

傍晚时分，黄海獒场的铁门再次关上了。我走出树荫，去公路边一家小饭馆吃了饭，再回到树下时，天已经黑了。我靠着树干睡了几个小时，醒来时已是午夜。望着没有月亮的天空，我给自己鼓了鼓劲，轻手轻脚地走了过去。先来到门口，再沿着围墙往前走，几乎走了一圈，也没听到里面巡夜藏獒的叫声。这是一次试探，是走向成功的第一步。我信心大增，解开裤带，朝着围墙撒出了针对獒场的最后一泡尿，然后来到早已确定好的可以翻墙的地方。

这个地方离獒场大门大约五十米，翻进去不远就是犬舍通道，通道尽头便是关押各姿各雅的犬舍。大概袁最他们太相信巡夜藏獒的能力了，一人多高的围墙上面，既没有插满碎玻璃，也没有拦起铁丝网。我没费什么劲，就骑到了墙头上，朝下看了看，没看到藏獒，便悄悄溜了下去。我蹲在地上窥伺着，还是没看到巡夜藏獒的影子，正要起身，听到身后哈哈地喘气，扭头一看，巡夜藏獒就在我屁股后面呢。不过它不是在咬我而是在舔我,很友好的样子。我讨好地捋捋它的毛,起身往前走去。几分钟后我踏上了犬舍通道,那儿有一张置放计食天平的桌子。这是我早就想好了的,我将借助桌子抱着各姿各雅翻出上锁的犬舍一人高的栅栏,还将借助它带着各姿各雅一起翻过围墙。我双手合十,感谢桌子的存在,感谢这个寂静的夜晚巡夜藏獒跟我的默契合作。

我经过一长溜犬舍,每间里面都有藏獒,但它们一声不吭,有的趴卧在地,懒得理我;有的好奇地望着我,仿佛在问:半夜三更来干吗?我想它们都吃了沾染着我的尿臊味的小白菜和小油菜,对我已经非常熟悉了。我小声说话,安抚地给它们打着招呼,碰到靠近栅栏的藏獒,还会伸手进去摸摸它的头毛或者下巴。很快我来到了关着各姿各雅的犬舍前。生怕它一见我就激动得叫起来,我搓着两手,发出啧啧啧的声音,示意它安静,安静。各姿各雅是理解我的,张大嘴用粗声喘气的呵呵声跟我打着招呼。我轻声问候了一声:"各姿各雅,你好吗?"看它朝我走来,就要回身去搬桌子,却见犬舍里面的黑影中又冒出一只比各姿各雅更大的大藏獒来。我惊呆了,眼光直勾勾地望着它。即便是黑夜,我也能清晰地领略它作为一只雄性大藏獒霸悍、刚劲、伟岸、凌厉的风采。它是谁?怎么跟各姿各雅圈在一起?大藏獒看着我,善意地吐出长长的舌头,就像面对着一个相识已久的朋友。"各姿各雅,你好像认识它?"话音未落,我又"噢哟"了一声,这一次的吃惊让我的心几乎从嗓子眼里蹦出来。我看到在各姿各雅和雄性大藏獒身后,走来了一片小藏獒。八只,一晃眼我就数清楚了,它们一共八只。

片刻的呆怔之后,我突然意识到那些曾经让我悲伤、绝望、悔恨、无奈的小藏獒的尸体,那些被撕碎的皮毛和骨肉、头颅和身躯以及艳丽的鲜血,都已经不存在了。各姿各雅的孩子、品相超凡的八只小藏獒幡然复活,不,不是复活,它们根本就没有死。而我就像一个傻子,在一场并不高明甚至有些拙劣的戏剧表演面前,一次比一次深地陷入着,直到对方完全败露还不明白是怎么回事?

是啊,到底是怎么回事?一个想法飓风一样掠过脑海:各姿各雅和八只小藏獒跟这只雄性大藏獒是什么关系?我一下子亢奋起来,放弃了偷走各姿各雅的计划,也打消了突然冒出来的同时偷走八只小藏獒和那只雄性大藏獒的念头,转身就走。依然是脚步轻轻,喘息都不敢大声大气,但心脏却跳得跟打鼓一样。我原路返回,在巡夜藏獒诧异而平静地目送下,翻过了围墙。我一刻也没停留,穿过黑夜,走向寂静的公路,走很长时间才碰到一辆出租车。我让它送我回到了我下榻的旅馆。

3

我狂猛地灌了几杯水,压住我心头的火气,然后拿起了电话。早就想给王獒人打电话了,又担心他会向袁最泄密,一直在犹豫。但是现在,不能再犹豫了,我必须从他那里证明我的猜测,不然我就不知道下一步该怎么办。王獒人很吃惊我会在后半夜给他打电话,一再问怎么了。我把我来蓝岛的所有经历都告诉了他。当我说起袁最要两千四百万的赔偿时,王獒人禁不住打断了我的话:

"傻瓜,他提出两千四百万并不是要你赔偿,他就是希望你赔不起,然后留下各姿各雅。如果你真的把两千四百万拍到他面前,他又会找借口涨成三千四百万、五千四百万。他其实不要钱,要的就是藏獒。这是他唯一的目的。像各姿各雅这样的母獒实在罕见,一旦错过那就是一生的悔恨，无法弥补的。"

我又说起如何从机场返回，如何守望，如何潜入獒场发现八只小藏獒没有被咬死。王獒人听着激愤地吼起来："你一说八只小藏獒被各姿各雅咬死了，我就知道他骗你呢。如果我是他，我也会这么做。快告诉我，你偷出来了没有？要偷一起偷啊，决不能丢下八只小藏獒。"

"没有。"听他失望地叹了口气，我又说，"遇到一件非常蹊跷的事，我放弃了。我感觉到我要是偷走它们，或许就是帮助人家消除罪证。但这件事需要你来证明。当初你帮助袁最在西海府机场办了托运对吧？一起托运走的除了八只小藏獒，还有一只大藏獒。你说是一只很棒的公獒，跟各姿各雅是绝配。它叫什么名字？"

他紧张地问："你见到它了？怎么样，我说得没错吧？"

"是的，见到了。所以你也用不着兜圈子，直接告诉我，它叫什么名字？别说你不知道。"

他犹豫着说："它就是嘎朵觉悟。你既然见了，就应该知道嘛。"

王獒人的回答并不让我意外，但我还是被震动得浑身一抖，毕竟是期待中的吻合，我的调查迈进了一大步。袁最现在拥有青果阿妈草原最好的公獒嘎朵觉悟、最好的母獒各姿各雅，以及它们的后代最好的一窝八只小藏獒。他是怎么得到的？如果我没有各姿各雅被骗的亲身经历，我也许会相信袁最的鬼话：买的，都是买的。但现在打死我也不相信了。搞到这些藏獒的任何正常手段都跟品行恶劣的袁最没有关系。他是个极端无耻的大坏蛋，而我要做的，就是用事实证明他这个坏蛋到底有多坏。

"我以前只是听说过嘎朵觉悟，没见过它。而你是见到了它才知道它叫嘎朵觉悟的，为什么不告诉我？"听王獒人一时语塞，我便吼起来,"我对你说过,嘎朵觉悟是青果阿妈草原最著名的公獒,为了它,有人纵火烧死了数百只藏獒包括嘎朵觉悟。你早就知道它没死,为什么要替袁最保密?我知道你们是朋友,但我决不相信你跟他是同伙,你会参与图财害命的犯罪勾当。王獒人你应该明白,这是一起重大无比的刑事案件,烧死的不仅有藏獒,还有人,人命关天,獒命关地,你要是还打算庇护下去,吃不了兜着走。"

王獒人并不在乎我的威胁,朗声大气地说:"色钦作家,你这样说就是贬低我了。我王獒人的为人你是知道的。袁最是我的朋友,我当然要向着他。你说为了嘎朵觉悟,有人纵火烧死了数百只藏獒,还烧死了人。这个纵火犯就是袁最吗?我要是袁最,一嘴就顶回去了:'嘎朵觉悟是我买的,三百万,怎么样?'其实袁最早就这样说了,你怎么能证明他是撒谎呢?包括八只小藏獒,他说是买的,说得有鼻子有眼。你非要说他是偷的,也可以,但得拿出证据来。"

王獒人说得对。虽然我认定袁最是个大坏蛋,但我还是没有把握把他想象成那个纵火烧死了数百藏獒的罪犯。我心里依然牢牢横亘着哥里巴:有人在地震后看见一个蓝色牛仔裤、棕色皮夹克的人走进了举办藏獒节的展览馆,然后就着火了。蓝色牛仔裤和棕色皮夹克恰好又出现在哥里巴的女人白玛的帐房里。而且冥獒咬死哥里巴的事实也说明遭到报复的纵火者就是他。哥里巴是纵火者,袁最是大骗子,他们两个人之间有什么关系呢?嘎朵觉悟是怎么被袁最搞到手的?八只小藏獒是被偷的,偷窃者是袁最还是另有其人?我说:"他用欺骗讹诈的手段从我手里夺走了各姿各雅,我就是证据。其他证据,迟早会有的,不信咱们走着瞧。"

"这个我相信,但你没必要跟我较劲。"王獒人解嘲地一笑,语调平缓地说,"你失去了各姿各雅,我很同情你,毕竟你也是我的朋友，还是一个主持正义的朋友。你说，你想让我做什么？"

"袁最有家吗？家住在什么地方？有没有老婆和孩子？"

"不知道，这个我没问过。应该有吧？"

"袁最说他是律师，是蓝岛哪个律师事务所的？"王獒人无话了。我知道他答不上来，立刻又问道，"放下电话以后你想干什么？是不是要把我给你打电话的事告诉袁最？"

"你觉得我会这样做吗？我王獒人的为人藏獒是知道的。"

"但我现在真的需要你给袁最打个电话，告诉他，你前些日子在西海府见到了我，听我说起了各姿各雅咬死八只小藏獒后被他扣押的事。你可以为我打抱不平，臭骂他一顿。然后告诉他，我去了青果阿妈草原，短时间不回来了。"

"色钦作家，你还是让我装哑巴吧，别让我欺骗他，好像我跟你是一伙的。万一说漏了嘴，你又会说我是告密。"

王獒人的拒绝让我知道他是一个有原则的人，他的立场可以变化，但人格却很坚定：不欺骗，不告密。我也就不勉强他了，对他说："再见。"

我上床躺了一会儿，用一种带着使命感的庄重心情迎来了新的一天。首先，我洗了一个澡，刮干净脸上的胡子，再去旅馆一楼的餐厅吃了早餐，然后按照服务生的指点，去了附近的一家网吧。我在电脑上查到了蓝岛所有挂牌营业的律师事务所，一个个打电话过去。当我把第十五个电话打给銮睐律师事务所时，那边传来了我需要的声音："袁最有啊，但已经辞职了。"

我又说："我是他一个朋友，这会儿在西海，能告诉我他家的电话吗？"

他家的电话没人接。我寻思，家里人大概上班去了。我再次坐出租车返回黄海獒场，刚在公路边下车，就见袁最从土路上走来，赶紧又钻回出租车，告诉司机："我有点头晕，想在车里坐会儿，你计时吧。"

袁最显然没什么急事，耐心地在公路边的车站等来了公共汽车。我让出租车跟着公共汽车，一个小时后来到了一座秀丽的山包前，看到山底石阶前赫然耸立着一个牌子：基督山·基督教堂。

袁最沿着石阶走上了山去。山上唯一的建筑是有尖顶、带钟楼的基督教堂。我寻思他这种人也会去教堂？又一想，教堂也许正是他这种人才会去的地方。

上大学时，我跟路多多探讨过宗教。我认为有罪孽才有宗教，他认为有宗教才有罪孽。两个人曾为此吵得面红耳赤。我说所有宗教的起源都是为了让灵魂得救，因为灵魂从一开始就是罪恶的痛苦的绝望的。神是灵魂的彼岸，我们对神的所有宣誓都是凭着自己的灵魂能不能永远得救的起誓。宗教的意义就在于，它用一种社会组织形式，把起誓变成了仪式，把解脱变成了宣示经典的过程，把神和彼岸变成了可以理解的语言。而所有这一切，都是因为罪孽一旦拥有，就必然会产生一种巨大的力量挣扎出全部的魅力，宗教就是被罪孽的魅力吸引过来的神的载体。路多多对我的反驳非常有力，他说人本来既没有道德感也没有罪孽感，是宗教把痛苦和罪孽强加给了人。人一遇到宗教，才发现照透自己的镜子出现了，神让我们感到污秽不堪、罪恶累累。没有神，人类就没有比较，而宗教是比较后的神殿，是让人感知罪孽、拥有罪孽又容纳罪孽的蓝色天湖。宗教并不滋生罪孽，却可以描绘罪孽和夸大罪孽。当罪孽在神性光辉的照耀下被迫消失时，宗教会让你留下永恒的阴影，表明即便你烂漫如花，也是阳光下的黑暗。

不管是我认为的有罪孽才有宗教,还是路多多认为的有宗教才有罪孽,都能说明袁最此刻的行动:一个罪人走向了最容易释放罪恶的地方。这几乎是一种本能的选择。他出于习惯,来到了罪人之路上早已等候着他的驿站。

而我却来到基督山对面的一家菜馆里,坐在窗前,要了一盘辣炒蛤蜊、一瓶啤酒,边享受蓝岛特有的口福,边等候袁最从石阶上下来。我不能上去,石阶只有一条,万一碰上就前功尽弃了。就在这时,一个年轻女人走进了菜馆,四下里一瞧,直接过来,坐在了我对面。菜馆的桌子很小,面对着她我都有点担心辣炒蛤蜊的汁液会溅到她身上。她的气味也清晰可闻地飘悠在我眼前,有点淡淡的藏香的味道。我看看别的地方,到处都是空座位,她干吗要跟我坐在一起?

我审视着她,不客气地问道:"我认识你吗?"

年轻女人微笑着,把满脸的歉疚用女人特有的温婉妥帖地送给了我,语气柔柔地说:"可我是认识你的。"

一瞬间我便把傲慢置换成了谦卑。我凝视着她,敏锐地捕捉到了她的白皙、清秀以及牙齿的香洁,也许还有隐藏在美貌后面的疲倦和焦虑。我说:"认识我?我有点想不起来了。对不起,我一见女人就有点晕。我是个高原人,第一次来蓝岛,没见过大世面。你有什么事情赶快说,别让我提心吊胆的。我不习惯陌生人的热情,总觉得哪儿不对劲。"

女人望了望窗外说:"你在跟踪一个人,为什么?"

我吃了一惊:"你怎么知道?"

女人小声说:"恰好我也在跟踪这个人。在你第一天躲在黄海獒场外面的树后探头探脑时,我就注意到你了。"

我几乎蹦起来："你是干什么的？为什么要跟踪袁最？"

"你不知道我，我可知道你，你是作家。我家里有你的书，书前面有你的照片。"女人诡谲而亲切地一笑。但我能感觉到她笑得相当勉强，似乎她努力想给我一个愉快美好的印象，但努力的背后却是苦涩和悲愁。

我站起来说："如果你是私人侦探或者警察，那我就走人了，我不喜欢跟这种人打交道。"

她仰头望着我，眼睛里的恳求让我心软：能坐下吗？

我坐了下来："你为什么不上基督山？怕他认出你来？看来你们是熟人。你知道他去教堂干什么？祈祷？忏悔？忏悔什么？难道他犯了罪？"

我的试探让她哆嗦了一下。她恳切地说："色钦作家，我看过你的书，我相信你是个好人。你千里迢迢来蓝岛，天天监视袁最，肯定不是小事。袁最到底怎么了，能告诉我吗？"

我狡猾地笑笑："当然可以，但至少我应该知道你的身份吧？"

她把眼睛闭上又睁开，神情黯然地说："我是他妻子。"

我下意识地伸手抓起啤酒瓶，有点慌乱地说："没想到，会在这里见到你。上午我给你家打过电话，我也是要找你的。"

"找我？你找我肯定有事。"她凄然一笑，突然喊起来，"小姐，小姐，再上一斤基围虾，一只大螃蟹，一盘海螺肉。我请客。你在蓝岛有什么需要我帮忙的，尽管说。但是你得告诉我袁最到底怎么了？对了，再来两瓶啤酒。我们蓝岛的男人，喝起啤酒来没个够。小姐，虾、螃蟹、海螺快点上，别把死的搞上来，我是蓝岛人你们骗不了我。对了色钦作家，还不知道合不合你的口味。我叫姒苏。"

看来这个叫姒苏的女人打算豁出去了。就在酒菜纷纷上来的过程中，她把袁最如何为王故打官司，如何成为十一只大藏獒的主人，如何面对藏獒被偷，如何读了我的书去了青果阿妈草原，如何带着嘎朵觉悟和八只小藏獒回来，一股脑全告诉了我。说到最后，她拿出了袁最留给她的信和她始终没有签字的"离婚协议书"给我看。这封信里，袁最说他已经不是姒苏的丈夫，也不是飞飞的爸爸。因为他现在做的事已经不允许他有一个家、有妻子和女儿。虽然袁最声明他从来没爱过她们，他爱的只是藏獒，但字里行间透出的却是他难以割舍、发自肺腑的爱。是什么事情紧迫到会让一个挚爱妻女的男人，如此果决地放弃她们呢？不难想象，是罪恶。一个深感自己有罪的人，如果他还爱着自己的家人，唯一要做的就是不连累她们，不让她们有一个罪行累累的丈夫和爸爸而一辈子低人一等。

"袁最虽然没告诉我他要去哪里，但我知道他带着嘎朵觉悟和八只小藏獒，就一定回到黄海獒场去了。色钦作家，你说我们怎么办？我不是一个见异思迁的女人，就算天下所有的男人都比袁最好，我也只爱袁最。任何时候、任何情况下他都是飞飞的爸爸、我的丈夫。我不能跟他离婚，决不。不管他发生什么事情，我们都是他最亲最亲的人。"她捂着眼睛哽咽起来，眼泪从指缝里渗出，落下来就成了砸在我心里的石头。

我心思沉沉地扭头不看她，突然发现袁最已经从基督山的石阶上下来，正朝着这边穿越着马路。我吓了一跳，他不会是也要来这家菜馆吃饭吧？如果他看到我跟他妻子一起监视他，会是什么举动？我站起来想拉着女人躲开，却见袁最脚步一弯拐到车站那边去了，显然他是要坐公共汽车回獒场的。我盯着袁最，直到他坐车离去。姒苏一直在低头哽咽。我又坐下，望着她不知怎么办好。她突然抬起湿热的泪眼想说什么。我赶紧说："我们该走了，也许听忏悔的牧师会告诉我们,袁最到底做了些什么事?"又告诉她,"袁最已经离开了。"

似苏赶紧站起来,生怕我抢了先,大步走向吧台去结账。我是一个向来不喜欢女人为我结账的男人,但这次我没有喝止她。她请客的用意是想让我告诉她我所知道的袁最,我不想让这样一个可怜的女人以为我在拒绝而失去希望。她为我点的菜,我一口也没吃。我们离开时,服务小姐问:"打包吗?"我看了一眼不知该怎么办的似苏,赶紧说:"所有的菜,还有酒,都给我打上,我带回去晚上吃。"

4

今天不是礼拜日,也不是旅游旺季,教堂大厅里没有别人。当我们坐在第一排的长条椅上,面对着西装革履、清癯矍铄的牧师时,我仿佛觉得这个天堂的守门人是从大街上招领的,而不是上帝派遣的。为什么不穿上黑色的道袍,为什么不是金发碧眼的外国人?我立刻有了一种误入歧途的感觉:我虽然不是佛教徒,但仍然以我的出生地为自豪,那是佛灯照耀的藏地。我对红衣喇嘛、黄裳活佛的敬畏是与生俱来的。相比之下,我到了这里怎么一点敬畏心和神秘感都没有?我想佛教一定比基督教更接近神的灵界以及天堂、地狱、来世、灵魂什么的,首先他们的喇嘛是一些观照神灵修行念经的人,是即便脱得精光也会让人觉得并非凡胎俗骨的神职人员。不像面前这个牧师,整个一个在菜市场里讨价还价的退休老干部。

还好,牧师虽然是个老人,说话的声音却比年轻人还要洪亮,神态平静祥和,给人一种空廓无染的感觉。见面后没说几句,他就说:"对专门来找我的人,我首先要告诉他们我的名字,我叫欧阳约翰。"

这个名字意味着既然我是上帝虔诚的仆人,就应该是你们忠实的朋友。说吧,想说什么就说什么,想说多久就说多久。如果觉得这里太空旷,我们也可以去后面的忏悔室。"

我说:"在哪儿都行。不过我们不是来找你忏悔的,我们是来打听个事,刚才离开的那个人,就是那个叫袁最的,他来干什么?"

"袁最?他叫袁最?我不知道。"约翰牧师若有所思地说。

"他一定是来忏悔的吧?告诉我们他忏悔了什么?"

约翰牧师吃惊地望着我们:怎么会提出这样的要求?而且口气是如此得理所当然。"忏悔者的声音只有上帝才能听取。"

"这个我们当然知道。但是,假如一个罪犯,面对你说出了他的罪行,而你却守口如瓶,知情不报,那会有什么结果呢?他会避开惩罚继续犯罪,灵魂和肉体将在越来越黑暗的堕落中得不到拯救。我的意思是说,你在对上帝的事业负责的同时,也必须为法律负责。该说的不说,替罪犯保密,那就是包庇纵容,他的罪就变成了你的罪,你和你的上帝怎么可以为人间担待那么多的罪恶呢?当然你会说,我不做出卖人的犹大,罪恶里头没有比犹大更大的罪,所以他只能在橄榄园里上吊自杀。但是我要说,自从有了耶稣基督,人类社会遍地都是犹大。犹大也可以是英雄好汉,是识时务之俊杰。"我的态度是如此的不恭不敬,却不知道为什么要这样。好像我是来挑战的,代表无神论挑战有神论:要说惩罚,上帝能耐,还是法律能耐?要说犯罪,在法律面前,上帝也会犯罪。

"当然,你说的不是没有道理。很多事情是不辨自明的。"约翰牧师不怒不激,平和地点着头,让我感觉到他一下子就被我说服了,会立刻把袁最的忏悔说出来。他从朴素而神圣的讲坛上走过来,坐到长条椅的一边,和我们保持着距离,慢悠悠地说:"上帝听取忏悔时，我可以在场，也可以不在场。如果我意识到我将要听到的忏悔是不可以公开的，我就会立刻走开。事实上，对每个来忏悔的人，我只知道他有罪，却不知道他有什么罪。我们的信念是：只要上帝听到了，就能让他获得解脱。而我只想跪求永恒的允诺，让明察秋毫的上帝像宽恕我一样宽恕这个人和他的所有罪恶。"

我好像掉进了海里，呛了几口水，但还是做着垂死挣扎。我急巴巴地乞求着："你知道我身边这个女人是谁？她是袁最的妻子。她和她的女儿都深爱着这个犯了罪的人。她们不会放弃他，就像上帝不会放弃任何一个求助于他的人。但她们还不知道他到底怎么了，她们想分担他的罪责和痛苦，想帮助上帝拯救他的灵魂。牧师，麻烦你告诉我们吧。"

约翰牧师慈祥地看着姒苏，仿佛在征询她的意见。姒苏突然抖了一下，急急地摆手："不不，要是不便说，就不要说。"她似乎意识到我是借了她的名义想探知袁最的事情，其实我跟她一样，什么也不知道。

我望着她，胸腔里激愤地升起了一股怜悯的温情。我想我还拖延什么呢？我应该就在此刻把我知道的关于袁最的一切都告诉她，因为她是女人，而且是一个如此柔顺文静、楚楚可人的女人。就这么简单，我本质上是怜香惜玉甚至好色的。我相信她决不会把我滞留蓝岛的事通报给袁最，因为那样不仅救不了袁最，反而会激化矛盾。再说了，就算她会告诉袁最，跟我给她说与不说，已经没有关系了。

我说起了地震以及地震中的藏獒节，说起了烧毁数百只藏獒和一个人的那场人为的大火，说起了死里脱身的嘎朵觉悟和袁最的嫌疑，说起了被人偷走的八只小藏獒和母獒各姿各雅。最后我说："各姿各雅用爪子掏出了一个洞，又用身体撑住了继续往下塌的废墟，一撑就是六天六夜。六天六夜，强巴一家吃着各姿各雅的奶水，存活在各姿各雅一动不动支撑起来的空间里，直到被救出。而救援的人之所以发现碉楼废墟下还有生命，也完全是靠了各姿各雅衰弱的却坚定不移的呼唤声，它一直在呼唤外面的人，也一直在呼唤强巴一家：不要失去信心，坚持，坚持。就是这样一只伟大的藏獒，现在又被袁最骗为己有了。贪婪哪，人的贪婪什么时候才有个够呢？"

　　奕苏哭了，抑制不住的伤心和感动在空旷的教堂里回荡。约翰牧师诧异地看着我，像是说既然你什么都知道，为什么还要向我打听？

　　我说："我希望听到他自己的陈述，除了验证我的调查，我还想知道牧师你的看法。在你们基督教看来，人在骨子里是不是喜欢犯罪？如果不是，还要上帝干什么？如果正是因为上帝可以拯救罪恶的灵魂，人才喜欢犯罪，岂不是上帝反而成了罪孽产生的根源？如果上帝的职业就是拯救罪恶，岂不是上帝越忙，人类就越没有希望？上帝到底是真实的存在，还是一种假设？如果是假设，说明不信上帝也可以爱人类；如果不是假设，上帝能显示奇迹让我看看吗？"我知道我又开始情不自禁地挑战牧师了，虽然无神论的挑战总是无知而狂妄，但是我喜欢。我一口气提了这么多自以为尖锐的期待反驳的问题，轻蔑的表情溢于言表。

　　但是约翰牧师没有反驳，只是淡淡地问了一句："你读过《圣经》吗？"看我点头，又说，"那你怎么还有这么多的疑问？我现在只告诉你奇迹。奇迹总是产生在你的愿望之中，想想你此刻的愿望是什么？不知道是不是？我知道。"

　　我更加轻蔑地说："你知道什么？我想即刻见到嘎朵觉悟、各姿各雅和八只小藏獒，想带它们离开蓝岛，回到青果阿妈草原你知道吗？"

约翰牧师没有回答，只是抬头仰望着讲坛后面的耶稣受难雕像。他望得那么专注而肃穆，仿佛此刻所有的语言都在他的凝视中悄然消解。我被他感染得不禁也望起来：有什么特别的吗？跟我在别处见过的一模一样——耶稣浑身裸露，只用褴褛的衣服遮挡着生殖器，头耷拉着，荆棘编制的皇冠却戴得端端正正。背后的十字架看上去并不沉重，却能让人感觉到整个人类的痛苦其实就是等待救援，当一个圣者伸臂而立时，他便描述了人为什么需要救援的原因。在十字架的上端，镌刻着几行工整的文字。我不认识，但能猜出那是用古代希伯来文、罗马文和希腊文写的"拿撒勒人耶稣犹太之王"几个字。

我冲动地又说："我知道，耶稣在为人类受苦。如果人类能够解脱自己的苦和罪，上帝之子就不必为我们受难。人类走出罪恶的结果，就是让耶稣走下十字架。照这么说，信仰基督就是为了解放耶稣和上帝，而不是期待耶稣和上帝解放人类。但是你一定会说：恰恰相反，没有上帝的关照，人类就无法从苦难和罪恶中解脱出来。上帝监控着人类的灵魂，帮助我们从罪恶中升起，洗干净自己的灵肉，坐在天使的羽翼上进入天国。虽然事实上在上帝的关照下，人类的罪恶越来越多，但如果没有上帝的关照，人类早就堕落得不成人类了。"

约翰牧师把眼光从耶稣受难像上移开，笑望着我说："为什么你的内心如此狂乱又如此躁动呢？说服不了自己的人，也说服不了别人。没有皈依就没有宁静，而你却把轻率和怀疑当作了你目前的伴侣。其实一个人只期待永恒就够了，但永恒是什么，你现在还不知道。因为你是一个有罪的人,你需要在忏悔中解脱。忏悔是需要透明的。在走向透明的挣扎时,你跟任何人都一样,盲目而激愤。"

我感觉他的眼光敏锐而犀利,犀利地穿透了我的灵魂。又一想,我有灵魂吗,能感觉到穿透的存在吗?一个没有灵魂的人,面对罪恶和高尚都是一样的狂喜。犯罪的荣耀和追求道德的荣耀有什么区别呢?我是一个罪人,却不能用痛悔和自恨来腌制自己的情绪,常常为自己的和别人的犯罪而莫名地兴奋着。没错,皈依会带来宁静,但我要宁静干什么?那是死人的风格、行尸走肉的状态。我站起来,看了一眼已经擦干泪水的如苏,生硬地说:"走吧。"

约翰牧师送我们走出了教堂。阳光洒在他身上,金晃晃的照耀下,老人显得更老了,也更坚拔了。我朝他挥挥手,走进了柏树巨大的阴影。一瞬间我感到基督山的阴影全部笼罩在了我身上,我不胜悲惶,一丝凄哀的痛楚就像电流袭击了我的心脑。我意识到我是可怜而卑贱的,我在自欺欺人的状态里对空气一样永恒的圣灵之所大打出手。之后才发现我已经无力塑造自己,在拒绝忏悔拒绝透明的时候,地上落满了我挣扎的足迹。

我们走下基督山的石阶。我忧郁地望着如苏,拿不准地说:"再见了,我们,可能,还会有联系吧?"如苏把塑料袋里打包后的酒菜递给我。我接住,才想起我不知什么时候放在了什么地方,而她却没忘了为我带上。

她把满眼的恳求和期望落在我脸上:"不管你说的是不是事实,不管你有没有什么证据,在你能宽恕的时候,尽量宽恕他吧,求你了。"

原来她并不认为我说的是事实,她相信我在我认定的袁最的主要罪行上还没有拿到证据。她请求我宽恕不过是一种可有可无的预防。我用眼光扫描着她的清秀,不愉快地说:"你好像是袁最的上帝?

但愿……我也是吧。"

5

　　我从来没思考过什么叫奇迹,直到它出现在我眼前,我才想到奇迹就是在你觉得它根本不可能出现的时候它的确出现了。我坐着出租车回到旅馆,怎么也没想到奇迹就在那里等着我。我腿脚僵硬,目瞪口呆,脑子里映现的全是基督山上我跟约翰牧师相处时的情形。我说了,如果上帝不是假设,它就应该显示奇迹让我看看。我还说了,我期待的奇迹就是即刻见到嘎朵觉悟、各姿各雅和八只小藏獒,带它们离开蓝岛。约翰牧师用沉默回答了我。现在我相信,就在他深渊似的沉默中,一定涌动着海潮般的祈求:"上帝啊,请满足这个人的愿望。"

　　它们,也就是我说的奇迹,就在旅馆门前的台阶下。八只小藏獒卧着,嘎朵觉悟和各姿各雅一左一右站着,一个个吐着舌头,显然又热又渴。它们看到我从出租车上下来后并没有喜出望外地摇着尾巴迎我跑来,而是冷傲而淡定地望着我,好像原本就知道,我会在这个时候以这样的方式出现在它们面前。我也没有立刻扑过去,在十五米开外的距离中停留了好一会儿。我急切想知道的答案是:它们怎么会出现在这里?难道袁最……我紧张地到处看看,没看到袁最,也没看到花馨子。像通常在这种情形下人都会使劲掐捏胳膊上的肉以验证自己是否处在梦境中那样,我发狠地弄疼了自己,我不是掐,而是咬,咬舌头,咬嘴唇,直到嘴上破裂流出了血。我没有理由不相信这是真的,也没有理由相信在我思念它们时,它们不仅在思念我而且在全力寻找我。它们从黄海獒场出发,躲闪着如潮的人流,穿过布局复杂到恐怖的城市。无数车水马龙、惊险万状的街道没有拦住它们的脚步。它们走得苦累不堪,饥渴难忍,终于精确地来到了我下榻的旅馆,知道我不在,便在门前耐心等待着。

我热切地叫了一声:"上帝啊。"然后扑向了它们。所有的藏獒,我接触过的各姿各雅,没有接触过的嘎朵觉悟和八只小藏獒,都像对待老朋友那样友好地对待着我,好像它们都知道我就是那个养过藏獒又写过藏獒的人,知道我是来解救它们的。它们温顺地任我抚摸,任我把八只小藏獒轮番地抱起放下。嘎朵觉悟还屈尊舔了一下我的手,让我激动得浑身颤抖。在这个拥挤繁华的城市,人找人都是难事,你们怎么找到了我?我感到眼睛有些湿润,抱着嘎朵觉悟,像一只备受恩宠的狗,吐出舌头,用一阵狂舔回报着它。

缠绵了半天,我才想到应该立刻把它们藏起来,而且今天晚上决不能和我分开。我带着它们走上台阶,来到旅馆的门口,心想门卫一定会阻拦,便搜肠刮肚地准备着说服门卫的话,没想到这家仁慈的旅馆并不在乎带狗入住。当我把嘎朵觉悟一行搞进令它们眩惑的旋转门,进到厅堂里面时,门卫惧怕地退到一边,惊叫一声:"这么大的狗?"我抱歉地冲他笑笑,赶紧穿过厅堂,踏上了楼梯。藏獒们立刻理解了我的意思,快步跟过来,鱼贯而上。

我把它们带到房间后,用所有的茶杯和漱口杯接上水,放在地上,让它们先喝着。我锁好门,跑步来到街上,买了一个塑料盆和足够它们吃两顿的切碎的熟肉、牛奶、卤鸡蛋,迅速回来,搅到塑料盆里让它们吃喝。我仰身躺到床上,看它们大吃二喝的样子,情不自禁地哼起了歌。

我满意而激动,拿出手机看了看,立刻打了过去。我没想到在我急切需要别人分享我的快乐时,我的第一个电话竟打到了袁最家里。当然我不是要找袁最的，我对女人的喜欢让我想到了已经牢牢镶嵌在我脑海中的如苏。

"没想到我会这么快就给你打电话吧？这个我也没想到。你能听出我说话的语气吗？是高兴还是愤怒？实话告诉你，有高兴也有愤怒，却没有丝毫的低沉沮丧。你知道为什么？我就要告诉你了，你一定要沉住气。你已经在怀疑我说的不是事实对不对？因为在你看来我迄今还没有拿到什么证据，来证明放火烧死数百只藏獒、烧死人的罪犯和偷走八只小藏獒的罪犯就是袁最。如果我有证据，就不会留在蓝岛监视和跟踪袁最，直接报案就是了。你恳求我宽恕袁最，也只是在各姿各雅被骗走这件事情上。这件事情我本人就是证据，不宽恕他，他就是大骗子了，除非他把各姿各雅还给我。现在我要对你说，你的怀疑是有道理的，我的确还没有拿到能够证明袁最就是罪犯的证据，而各种证据却指向了另一个人，那个人叫哥里巴，已经死了。死无对证的事情对你们和真正的罪犯都是有利的，甚至对公安局也是有利的，他们可以定性为由地震引发的火灾而迅速做出了结此案的决定。多一事不如少一事是目前许多政府机构的原则。我大概说远了，你也许没听明白，我曾经坚决认定哥里巴是罪犯，自从在黄海獒场见到嘎朵觉悟和八只小藏獒之后，我对我的认定产生了怀疑，我想努力寻求袁最跟哥里巴之间的关系，最终确定谁是真正的罪犯。现在我要向你宣布：我放弃这种寻求，我会继续坚定地认为哥里巴就是罪犯。因为，奇迹出现了，我得到了青果阿妈草原最棒的公獒嘎朵觉悟、最棒的母獒各姿各雅和最有前途的八只小藏獒。已经得到了，它们就在我眼前。和这件事相比，所有的一切又算得了什么呢？我指的是调查罪犯、绳之以法的快乐，水落石出、真相大白的惊喜，为藏獒报仇、为草原雪恨的使命，统统显得那么微不足道。我想让你明白，公安局不会插手此事，只要我不追究，袁最就是清白的。祝贺啊，祝贺你们清白了。但我有个要求，你一定要为我保密，在我没有离开蓝岛之前，绝对不能告诉袁最我在蓝岛。我相信我对你的叮嘱是多余的，你知道孰轻孰重。我要是不相信你，就不会给你打这个电话。我要走了，明天，最多不超过后天，带着嘎朵觉悟、各姿各雅和八只小藏獒，离开蓝岛。你保重啊，老实说你是一个很好很好的女人，袁最不配你，你肯定也知道他目前跟谁在一起，是一个叫花馨子的女人。不过那女人也不错。我觉得蓝岛的女人都不错，至少我接触到的两个女人都给我留下了深刻印象。我不会忘记你的。再见了，有机会去西海找我，我带你去看看大草原，它跟大海一样辽阔，却比大海牢靠实在，因为你可以踩到上面，想走到哪里就走到哪里。就像我，我是实实在在、牢牢靠靠的，你就放心吧……对了，你身上有一股淡淡的藏香的味道，是不是袁最从青果阿妈草原给你带去了一盒藏香？不过那不是熏衣服的，那是敬献佛爷的。你信佛吗？我知道你不信，我也不信。不信就好。一旦信了，藏香就不能熏衣服，熏了衣服佛就会怪罪你：为什么香你不香我？"

人在兴奋的时候话总是很多。如果不是姒苏打断，我肯定还会东拉西扯地说下去。姒苏哭起来，越哭声音越大："你不是在骗我吧？"

"我向上帝发誓。不，你知道我不信上帝，我向佛祖发誓。不，我也不信佛祖。那我就向老天向祖宗向女人向藏獒发誓，我不再追究袁最了，我要回西海了。"

"谢谢，谢谢。"姒苏泣不成声。

"喂，喂，喂……"电话断了。

几乎占满房间的藏獒们都望着我。我亢奋地朝它们挥挥手："你们听得懂什么，睡你们的觉吧，我们就要坐飞机回去啦。"一说起飞机，我才想到机票还没订，又打电话过去，委托旅馆总服务台帮我订机票：最好是后天直飞西海府的。我想明天一天的时间够紧张的，我得想办法搞到四个大铁笼子，得雇一辆货运车把藏獒运到机场，得在机场提前办好随机托运的手续。好啊，明天，我要忙起来啦。

之后，我把电话打给了路多多："想了这么多天，终于想明白了。我决定答应你的要求，跟你合作办一座獒场。"

路多多半晌才说："太突然了，你不是已经拒绝了吗？"

我厚着脸皮矢口否认："没有啊，我又不是傻瓜，这样的好事我怎么会拒绝呢？仇步鼎插足、少少背叛，促使你有了建设一座大型獒场的计划，而我又是实施这个计划的最佳人选，这样的机会千载难逢。我一直在想，办獒场的关键是要有绝对一流的公獒和母獒，我们的公獒和母獒在哪里呢？现在有了，我已经找到了。它们就是我面前的嘎朵觉悟、各姿各雅和由它们生养的八只小藏獒。这么给你说吧，嘎朵觉悟原来的主人已经被大火烧死了，现在的主人一个叫袁最的很可能不是主人而是个盗窃犯。一个盗窃犯能把我们怎么样？价值千万的嘎朵觉悟已经属于我们了。至于各姿各雅和八只小藏獒，我们可以花钱买下来，它们的主人是一个叫强巴的牧民，他不卖也得卖。我们把藏獒留下，把钱给他，三百万、五百万、一千万，反正你有的是钱。'你的藏獒我们找到了，但我们只能给你钱。'一个牧民哪里见过这么多钱，肯定会同意的。要是不同意，不仅藏獒不给他，钱也没有了。嘎朵觉悟、各姿各雅和八只小藏獒应该是我们獒场的基础，这个基础能让獒场一炮打响。然后再利用你的资金，收购更多的好藏獒。走着瞧啊，用不了几年，就是一座中国最棒自然也是世界最棒的大型现代化獒场。这是一项伟大的事业，你的后半辈子，我的后半辈子，就都要押在它上面了。但是，听好了朋友，我要说但是，我跟你干是有条件的，这个条件就是我们不能把獒场建在西海府这样的城市，而应该建在青果阿妈草原。趁鹫娃还是州长，我们以投资的名义让他划拨一片草原给我们。我们在原生态的环境里养育原生态的藏獒，那才叫真正的得天独厚。当然，把獒场建在青果阿妈草原也有我的私心，那儿是我的故乡，我喜欢的地方，永远待在獒场，一辈子不出来才好。还有一个目的，那就是我要让獒场远离少少，你想威吓少少，报复少少，那不行，我是她的保护神。少少不是我的女人，但她只要是女人，我就不能容忍别人欺负。行不行，路多多？行，我就跟你干；不行，我就不办獒场，好好养我自己的藏獒。"

我在电话里能听到路多多在拍他的脑壳："我想想，你让我想想。其实嘛，你说得也有道理，把獒场办在原生态的草原上。但是，我也要说一个但是，我的家事你就别掺和了。我承认上次你对我的分析大部分是对的，我不是一个没有怨愤、憎恨、嫉妒心的人。对欺凌过我、侮辱过我的人，我始终会耿耿于怀，报复的念头常常会有。可我又说了，我不是地狱里的魔鬼，我也在不断修正自己。说不定上天堂的时候，我和你还有少少以及仇步鼎都会在一起。"

"只要你同意把獒场建在青果阿妈草原，一切就OK啦。"

我放下电话，拿过打包带回来的虾、螃蟹、海螺肉和啤酒，一边望着安然静卧的藏獒，一边惬意地吃喝着。

第十一章　奴苏

1

自从袁最从西海回来后，直到今天，花馨子也没跟他上过床，甚至稍微亲热一点的举动都没有。不是没有机会，而是她不想。她每天都会拒绝袁最用眼神或者用语言的求爱，视而不见他对她的色情的挑逗和殷勤的巴结。尤其是晚上，她总是在袁最不注意的时候迅速回到宿舍，把门从里面锁死，任他如何敲门，如何乞求，她都决然不开。有时袁最敲门的动静很大，犬舍里的藏獒们都叫起来了，住在獒场的饲养员都惊醒后跑到院子里来了，但她就是不开门，气得袁最咬牙切齿地诅咒着："花馨子你死了吗？我明天就杀了你。"诅咒无效，他只好哀叹一声，悻悻然回到自己宿舍里去了。

花馨子觉得自己对他的怨恨是那样强烈，几乎是不可遏制的：袁最，你跟李简尘有什么两样？他为了谋获别人的藏獒，大骗出手。你呢？你的骗术比他有过之而无不及。他为了暴利虐杀流浪狗，你呢，你虐杀的不仅是动物，更是花馨子一颗善良的心。而且李简尘和黑胖子的虐杀是打着幌子、瞒着她花馨子的。而袁最却无视她的善良，在亲自动手杀死八只小藏獒，布置好各姿各雅咬死亲生孩子的现场后，还把她叫去说："你好好看看，觉得怎么样，有没有破绽？"

那八只小藏獒是她从其他獒场营救过来的，是差点被人家溺死活埋的残次品。作为流浪狗收容所的第一批成员，这一次一共被她营救了十四只小藏獒。她很高兴，暗自发誓一定要悉心饲喂，为它们养老送终，却没想到，刚到收容所的第二天，就被袁最一次杀掉了八只。八只小藏獒的尸体成了他们扣留各姿各雅、赶走色钦作家的全部理由。她痛心地想，那还不如像李简尘一样，让她去，让她故伎重演、伪造强奸。她想起了袁最前往西海前说过的话："流浪狗收容所就算已经建起来，明天就开始工作，把别的獒场准备溺死活埋的品相不好的小藏獒要过来。"他为什么这么急？敢情他是早有预谋的，只是不告诉她，什么都想瞒着她。

就在让色钦作家看了各姿各雅咬死亲子的现场，支使人把他连推带搡赶出獒场的那天中午，她冲进袁最的宿舍质问他："我不是给你钱了吗？让你去买来各姿各雅，而不是去行骗敲诈。钱呢？钱呢？"袁最说："看来我只能如实禀告了，那一百五十万我送给了一个律师朋友，他答应两个月之内把王故捞出来。"

她吼起来："王故是个烂人，你捞他干什么？"

袁最冷静地说："他越烂越好，像我这样一个人，现在能结交的就只能是烂人了。我有三个理由这样做：一是你陷害了他，你感到愧疚，你必须悔改。二是我得益于他馈赠的藏獒才有了今天，我要报答他。三是我们的獒场需要人手，不是一般的人手，是能死心塌地跟我们干同时也能跟李简尘他们斗的同伙。这就是我决心捞出王故的理由，难道还不够吗？和我们的事业比，和王故的自由比，一百五十万算什么。有了各姿各雅就有了一切，它和嘎朵觉悟今后的每一个孩子，都至少是一千五百万。"

她无话可说，扑过去掐住了他的脖子："袁最，你不是人。"

袁最并不躲闪，一副视死如归的样子："掐吧，把你的手变成藏獒的钢嘴铁牙使劲掐，掐死了我你还能立功受奖。"那一刻她突然松手了：他居然如此小看我，我要立功受奖干什么？他伸出舌头，舔着她依然没有离开他脖子的手，动情地说："馨子，我已经跟你分不开了，你想让我死也好活也罢，我都听你的。但只要我活着，我就要把我喜欢的藏獒搞到手，千方百计。然后……我会把一切献给你。"

花馨子潸然泪下，抽搐着出去了。这就是袁最跟李简尘的不同。袁最不贪财，做什么事都是为了藏獒。或者说为了藏獒他能把家抛掉、把命搭上。而且他有情有义，知恩图报，不然他不会把那么多钱花在捞取王故上。最重要的是，他爱她就像爱藏獒一样，这种爱不能用纯洁专一来衡量，只能用勇敢、忘我、疯狂、野蛮来描述。它是野兽的爱，也是最纯粹的爱。而她是喜欢这种爱的。这里没有想得到獒场而利用她的阴谋，没有为了金钱利益而贱视她的人格的意图。袁最本性里显然有着善良柔软的基因，却宁肯爆发那种本不应该属于自己的凶狠残忍，也不愿让她受到丝毫玷污。而李简尘是个什么东西？唯利是图，阴暗自私，在他那里，花馨子不过是个随时都可以牺牲的棋子，哪怕伪造强奸，哪怕真的被强奸。

花馨子发现自己对袁最的怨恨是那样虚假和做作。她所有的眼神都在说：你不该啊，不该设置咬死八只小藏獒的骗局，把各姿各雅从色钦作家手里夺过来。可是举动却完全相反，她按照袁最在西海时就打电话叮嘱她的那样，从接站开始，天衣无缝地配合着袁最，最终帮助他完美地走过了把各姿各雅骗到手的整个过程。在这个过程里，她居然很少产生卑鄙龌龊的感觉，更没有面对李简尘的罪孽时那种刻骨铭心的蔑视和厌恶，尽管理智一再地提醒她：恨啊，你应该恨，恨袁最也应该恨你自己。但理智毕竟是一种结实的存在，没有让她一味地走向率性和放纵。在她看到袁最罪上加罪而又显得那样水到渠成、没有任何彷徨不安的时候，她告诫自己，必须适度地表达一个好女人的道德感，不跟他睡觉，决不，哪怕他像公猫、公狗、公老虎一样发情野叫、狂躁冲撞。不过她没有给自己规定期限，所以她完全没有料到期限就在今天。

今天，黄海獒场毅然敞开了自己的大铁门。说明紧张的欺骗已经结束了，色钦作家自认倒霉，早就离开蓝岛。他从西海打来的电话证明，那个无法实现的选择——找到一窝八只跟各姿各雅的后代一模一样的小藏獒，然后换回各姿各雅的打算，不过是自我慰藉，是放弃索要各姿各雅的另一种说法。这人，真是太老实了，还作家呢，从作品里看，挺精明的，实际一接触，就是一书呆子而已。在獒场大门敞开的同时，花馨子也令人意外地敞开了自己的宿舍门，而且一直到傍晚也没有关死。观察了一整天的袁最这时走进去，直接来到床前，脱掉衣服就钻进了被窝。

花馨子坐在沙发上瞪着他："你怎么这么赖皮？"

袁最笑欣欣地说："别装了，快上来吧。"

怨恨和冷漠烟消云散。花馨子关好门，边走边脱自己，等到了床边，就已经把自己脱得精光。她掀开被子，扑到他身上："袁最，想死你了。"好像他们远隔千山万水，思念旷日持久，终于走到一起了。

2

每天上午，是獒场放风藏獒的时间。饲养员会把犬舍里的藏獒全部放出来，让它们在院子里自由活动，奔跑，嬉戏，对话，交流思想和感情。虽然獒场的铁门敞开着，但藏獒们绝对不会跑到大门外面去，也不会跑出铁门和犬舍之间的那条石灰线。如果有生人进入獒场，藏獒们也只会在石灰线之内威吓吼叫。根据花馨子的训练，藏獒们都明白，它们不得超过石灰线，一旦超过，必受惩罚，包括那些新来的，还不懂规矩的。花馨子认为，这是树立主人在藏獒面前的威望的必要手段。事实上，好的藏獒，你不用教它，一分钟之内它就会知道这条线的意义。因为藏獒之间是会互相通报的，用只有它们自己才听得懂的语言。另外旧有的藏獒会用行动给新来的藏獒做出样子。新来的藏獒也会仔细观察和努力学习，对它们来说，用最快的速度熟悉新环境，适应这里的一切规则，是它们的天然禀赋。

嘎朵觉悟和八只小藏獒就是这样，从来到黄海獒场的第一天第一次放风起，它们就没有违反过一次规则。好几次，嘎朵觉悟带着八只小藏獒朝石灰线跑来，再进一步就要迈出来了，它们却戛然止步，停了一会儿，便转身沿着石灰线往前走，走过了整条石灰线，也没有迈出半步。袁最和花馨子躲在宿舍窗户前窥视着，不禁连连赞叹：这样的藏獒比人都聪明，你根本不用调教，它们就会按照你的希望管好自己。最让袁最感慨的还是那只叫珍珠的小藏獒。有一次,他有意在石灰线外面一米的地方丢了一块热乎乎的肉骨头。嘎朵觉悟路过那里时昂然抬头,视而不见,表现出一只大公獒在食诱面前稳如泰山的性格。它身后的八只小藏獒毕竟是孩子,突然停下了,想跑过去叼过来又不敢,流着口水可怜巴巴地痴望着。这时珍珠叫起来,叫得一声比一声响亮。它这是叫给人听呢:快把肉骨头拿过来,拿过来。袁最没有理睬它,它就始终叫着,直到放风结束,它无奈地被饲养员抱进犬舍。一条石灰线,一边是不得超越的规则,一边是让人垂涎的肉骨头。狗性倾向于看得见的肉骨头,而獒性倾向于看不见的规则。藏獒便是狗性与獒性的统一。最终在珍珠以及所有小藏獒身上,还是规则占了上风。规则,人要是能像藏獒一样懂得规则的重要就好了。袁最想。

后来的各姿各雅也一样,谁也没有训练过它,它就明白了一切。好像石灰线代替牵引绳飞扬起来,牢牢地绑住了它的脖颈与腰身。

放风的时间是两个小时到三个小时。藏獒们都想在户外待着,每次让它们进犬舍时,饲养员们都会驱赶这个、拉扯那个地忙活一阵。它们恋恋不舍:阳光、场地、奔跑、游戏、嗖嗖的风、畅快的呼吸,在没有约束中实现一个优秀物种的自我约束,随意而放松。它们躲避着饲养员,能多待一会儿就多待一会儿。花馨子本想通过训练让它们对放风的时间长度形成一种条件反射,但又觉得任何训练都必须符合藏獒的天性。比如遵守石灰线的规则,就符合它们划分和保卫领地的天性。而让它们听到一声命令就主动丢弃开阔的户外走向狭小的犬舍,却完全违背了它们喜欢自然、崇尚自由的天性。花馨子认为任何试图改变习性的训练,都可能是对藏獒特质的扭曲和对该物种的虐迫。她不想把藏獒改造成非藏獒,便只把动作训练当作了主要的课目,比如行、起、坐、卧,比如叼拿东西、嗅找物品、打斗撕咬等等。所以黄海獒场的藏獒们一方面有着令行禁止、雷厉风行的良好习惯,另一方面又会在放风结束、该进犬舍时跟人软缠硬磨,不听指挥。今天就是这样,大概是太阳格外红艳,藏獒们需要沐浴着日光清理皮毛、杀菌消毒的缘故,到了收风的时间,它们躲闪着冲它们喊喊叫叫的饲养员,死活不愿进到犬舍里去。其中也包括了嘎朵觉悟和各姿各雅以及八只小藏獒。

袁最正要出门,看到几个饲养员围着嘎朵觉悟有的推有的拉,嘎朵觉悟却纹丝不动,便走过去,想显示一下作为主人的权威。他严厉地喊了一声:"嘎朵觉悟听着,赶快回到犬舍去。"嘎朵觉悟瞪了他一眼,仿佛说:你算什么,又不是真正的主人,我的主人在青果阿妈草原。袁最立刻有了遭遇蔑视的愠怒,两步过去,做出踢的样子又没舍得踢,拍了一下嘎朵觉悟的屁股:"回去,你给我回去。"话音刚落,就见各姿各雅从另一边飞奔而来,眨眼就把两只前爪搭在了他肩膀上。他都来不及惊叫一声,身子便朝后倒去,后脑勺重重地磕到了地上。各姿各雅压住他,冲他狂吠着,唾沫星子溅了他一脸。他喊道:"各姿各雅,你怎么了,不认识我了,畜生?"他越喊各姿各雅吠得越猛,吠着就要把利牙龇过来撕咬,吓得他大叫一声:"花馨子快救我。"花馨子听到狂吠,正在往这边跑,到了跟前,一下跪到地上,不顾一切地抱住了各姿各雅。各姿各雅扭头冲她叫了一声,没有咬她,任她把它拖离了袁最。

袁最爬起来,惶恐地说:"这是为什么?它连你都不咬,怎么还会咬我?"

花馨子骄傲地说:"藏獒对女人都是客气的,尤其是漂亮女人。"

"各姿各雅你听着,我第一次在獒人广场见到你时你并没有咬我,而且很兴奋很友好的样子,为什么现在突然咬我?"袁最心虚地问。他知道自己在强巴家碉楼前的一举一动各姿各雅都看在眼里。它此前之所以没有咬过他是因为他身上有八只小藏獒的味道,过于强烈急迫地寻找孩子的欲念让它有些迷糊、有些失忆。那么现在呢?现在它已经找到了自己的八个孩子,是不是不再迷糊、幡然明白了?他想着朝前走了几步,指着各姿各雅试探性地斥骂起来:"你既然知道我是谁,怎么还敢咬我?我随时都会宰了你。"各姿各雅吼了一声,鬣毛一抖扑了过来。幸亏花馨子抱得紧,它把她拖了几米以后,停下了。袁最望着各姿各雅凶恶阴森的眼睛,惊怕地摇摇头,心说这可怎么办?它如果老是记着我的过去,我怎么跟它相处?我还要带它去参加北京藏獒博览会,让它为我争得母獒第一呢。

袁最猜对了,各姿各雅在找到自己的孩子后,繁复的记忆便逐渐单纯了。当凌乱和浑浊一层层剥去,它立刻醒悟过来:就是这个人,给草原带来了地震和掩埋。还堵死了掩埋后那个通风透气的缝隙,想害死它和主人。最后他偷走了它的八个孩子,让它日日焦灼、夜夜悲痛。它义愤填膺,怒目相向,见了他就想咬。

袁最严肃地说:"你得好好调教调教它,它不能连我都咬。"

花馨子挥挥手:"走吧,走吧,这点本事我还是有的。"

袁最去了基督教堂。几个饲养员继续费力地推拉嘎朵觉悟,想把它搞到犬舍里去,看推拉不动,有个饲养员就抱起一只小藏獒朝犬舍走去。他想先把小的搞进去,大的疼爱小的,不一会儿自己也就进去了。没想到嘎朵觉悟会用头两下顶开推拉它的人,飞跑过去,横挡在那个饲养员前面,吼叫着要他把小藏獒放下。饲养员畏惧地赶紧照办,嘀咕道:"今天这是怎么了?"

那边,花馨子正在调教各姿各雅,大声说:"不想进去就算了,就让它们在院子里待着吧。"没有人提出异议，待着就待着呗，这似乎并不违反常规。包括花馨子在内，獒场的所有人都迷信着规则的存在、石灰线的作用，从来不担心院子里的藏獒会越界跑到大铁门外面去。然而，就在人过于相信自己的能力，以为让藏獒知晓他们制定的规则就等于完全实现了对藏獒的统驭权时，嘎朵觉悟开始了谋划已久的逃跑：它要带着它的亲人各姿各雅和八只小藏獒，逃离獒场，奔向它日思夜念的故乡草原。

花馨子的调教只持续了半个小时，各姿各雅就显得有点心不在焉、反应迟钝了。她在它的鼻子上轻轻拍了一下："去吧，今天就这样，明天接着再来。"她回到自己的宿舍，换下训练服，洗洗涮涮什么的。院子里只有一个饲养员看着阳光下挠痒理毛的嘎朵觉悟一家。后来这个饲养员也因为什么事情离开了。院子里没有了人，铁门敞开着。

后来，花馨子走出宿舍，看到院子里空空如也，以为嘎朵觉悟一家已经被饲养员搞回犬舍去了，便没有在意。几个饲养员经过院子，又以为它们在晒够太阳后被花馨子拉回了犬舍，更没有在意。直到下午喂食时，才有饲养员惊慌失措地跑来喊道："嘎朵觉悟呢？馨子大姐，嘎朵觉悟一家不见了。"

正在午睡的花馨子闻讯从宿舍出来，去犬舍看了看，直奔敞开的大铁门。她来到獒场外面，前后左右地眺望着，冲几个饲养员喊道："找，赶快去找。"然后给袁最打电话。袁最关机了。

花馨子急得哭起来："为什么要跑掉，难道这里不好？"

在她看来，嘎朵觉悟、各姿各雅和八只小藏獒已经迎来了受人崇拜、被人宠爱、有吃有喝、悠闲自在的大好时光，还有什么不满足的呢？就像袁最说的，再也用不着迎着荒风咆哮呼喊奔走在烈日牧场，用不着淋着急雨浑身湿漉漉地驱赶牛马，用不着面对狼豹棕熊的威胁舍命保护羊群，用不着终日不歇、彻夜不眠地巡逻在领地之中、帐房之前。远离了辛苦劳作、冒险冲锋，生命在安逸中走向了高质量的享受，这不就是人人梦寐以求的幸福生活吗？

然而藏獒不是人，即便它们也有物种的天然惰性那也不是它们的希望和追求。骨子里的冲动、遗传中的留恋，永远都向着雪盖冰封、寒气凛冽的高海拔原野，向着它们的主人那些皮袍皮帽、粗放简单的牧民。嘎朵觉悟病了，各姿各雅也病了，接着八只小藏獒也跟着病了。它们得的是思乡病，其严重程度如同一个虔诚的基督徒对于弥赛亚的乡愁、一个毕生顶礼的佛教徒对于佛菩萨的思念。草原、雪山、故人、故土，那是藏獒生命的根底。如今根底没有了，也就疾病缠身了。这样的精神疾病一方面表现为疲沓无神，一方面又表现为突围亢奋。因为在它们心目中，不管是袁猛还是花馨子，都不过是迟早会分开的临时主人，饲养员就更不是有必要忠诚一生的对象了。它们用允许他们靠近自己并服从他们的安排，甚至服从那些让它们非常不习惯的训练的办法，报答着他们的精心关照。但现在报答应该结束了，它们必须走出去，去寻找那个给它们带来草原气息的色钦作家。在它们无法言语的意识里，故人就是故乡，投身故人就能够回到草原雪山的怀抱。

它们在嘎朵觉悟的带领下，成功地跑出了黄海獒场，来到土路边种着小白菜和小油菜的菜地，来到绿得耀眼的树的后面，很快又踏上公路，一路奔驰，穿街走巷，保护着八个孩子，避开了所有的危险。嘎朵觉悟把它在追寻目标方面的特殊能耐发挥到了极致，无论目标是走路还是坐车，它都毫不偏离地跟踪着他。

3

"在我们这座城市，有什么地方比我们这里更安静呢？虽然喧闹的还在喧闹，并不会因为基督山的存在有任何改变，上帝却在最安静的角落等待着你。"约翰牧师说着，带领袁最走进教堂，来到耶稣受难雕像面前。袁最突然问："牧师，你能不能告诉我，我今天为什么来这里？不是我考你，是我的确不知道。"约翰牧师理解地点了点头，却没有回答他。袁最又感叹道："这里真安静啊，好像整个世界包括上帝都睡着了。"就在这时，他关掉了手机，不想有任何打搅。

袁最指了指自己胸前拇指大的圣像，又从衣袋里拿出《圣经》说："这都是你送的，我带来了。我想在这里待一会儿，因为……总觉得不来是不对的。就好比从前，人们都要到公共浴室去洗澡。这儿是洗干净自己的地方。"

约翰牧师好像很喜欢他的比喻，问道："《圣经》你读了？"

"偶尔的，翻了翻，了解了一下耶稣。感觉很奇怪，好像耶稣就两个作用，一是自己受罪，二是给人定罪。他凭什么说人是有罪的？我就没有罪。"

"那你来这里干什么？来这里的人，都是为了求耶稣赦免他的罪。"

袁最脸红了，申辩道："我真的没有罪，就是感觉有点脏。有些人觉得自己从来就很脏，有些人觉得自己本来是干净的，因为要和污泥打交道，就临时搞脏了自己。我大概属于后者，洗一洗会舒服一点，完了再去搞脏自己。我琢磨，一个人读《圣经》就是在家里洗澡，来这里就是在公共浴室洗桑拿。"

约翰牧师慢悠悠地说："你不觉得脏就是罪吗？灵魂的肮脏是

罪恶的起源。我知道你是有灵魂的。"

"不，我还是不想认罪。虽然不想认罪，又希望有机会忏悔。因为你说了，神让我们用忏悔消除一切罪孽。你还说，在神的面前，无罪和有罪，就在于忏悔和不忏悔。"

约翰牧师笑道："那还是有罪啊。你想怎么忏悔？有牧师在场，还是没有牧师在场？你想说出来，还是只在心里忏悔？不管有没有牧师，不管想不想说出来，我们的主都会在你的上面望着你，那是怜悯、聆听、宽恕、拯救的存在。跟我来，孩子，后面有专门的忏悔室。"

忏悔室是教堂建筑的一部分，就在讲坛后面、耶稣受难雕像的旁边。当一道装镶着彩色玻璃的门被打开时，袁最看到了一间四壁全是浮雕的房子。那些浮雕由于年代久远而日显朦胧，但能清晰地看到"神往的路"几个字，也能辨认那就是耶稣的圣迹——从圣诞到复活的整个过程。有一盏灯悬挂在高高的壁端。袁最发现无论从哪个角度看，灯都可以照亮他。忏悔室的屋顶是哥特式的圆形穹窿。穹窿看不到封顶，仿佛一个圆形的通道，直立着往天上延伸，越升越高，也越升越尖，尖顶抵达的似乎比悬挂太阳的地方还要远。穹窿之下，有一张桌子、一把椅子，还有一块厚实的跪垫。这个布局说明，忏悔者是跪着的，听取忏悔的牧师就坐在桌子后面，像个审判者。

看到忏悔者没有要求他留下的意思，约翰牧师就出去了。

门一响，袁最突然扭头喊一声："牧师请不要走。"

约翰牧师又进来，审视着他，很快从他脸上读懂了他的意思。"很荣幸你需要我。"牧师说着，迅速在自己胸前画了个十字。

袁最说："我想再问一句，忏悔真的能免除罪孽吗？我刚才说我没有罪，但既然要忏悔，就算有了吧。我想知道的是，我昨天犯罪，今天忏悔，明天接着再犯罪，这样也能得到赦免吗？有个问题我一直在想，很多虔信上帝的基督徒又都是带兵打仗的国王或者将军，他们的攻疆掠土、杀人放火是不是随时都伴随着忏悔？也就是说，只要忏悔他们就可以心安理得地天天杀人放火、一直杀人放火是不是这样？我要是一辈子不断犯罪，一辈子不断忏悔，是不是一辈子就没有罪孽了？假如忏悔是一种抵消，忏悔多少次才能抵消一种罪？犯罪所需的时间很短，一两秒、几分钟、半个小时就够了，忏悔当然不能也是一两秒、几分钟、半个小时，我想知道多少时间才是对等的？假如一分钟的犯罪需要一辈子忏悔，上帝的赦免又体现在哪里？赦免指的是什么？是将来灵魂的升天，还是现在不会有惩罚，或者是精神上卸掉沉重的负罪感、肉体上获得没有任何约束的自由？所有的惩罚都是上帝的惩罚，所有的赦免都是上帝的赦免，那么上帝在惩罚和赦免之前，为什么就不能阻止人的犯罪呢？难道他为了显示自己拥有赦免肉体的权力和拯救灵魂的能力，就武断地确定人本来是有罪的，就怂恿每一个清净的好人匍匐在贪欲面前而变成一个永远的罪人？既然人生来是有罪的，世界上从来没有无罪的人，那么是不是可以说，我不犯罪就等于犯了罪，我犯了罪也等于没有犯罪呢？牧师，人到底有没有罪？我到底犯了什么罪？"

袁最没有让牧师回答，他不需要，因为他不知道牧师的回答是不是符合自己的希望。他只需要自己愿意接受的回答：忏悔可以抵消一切罪恶。无论什么罪恶，只要忏悔，就能得到上帝无条件的赦免。而这样的回答他已经有了，他觉得自己给自己的回答，就是牧师的回答。这样的回答会让他忽略犯罪事实的存在，大步行走在心灵解放的道路上。如果犯罪是内心阴影的闪现,他从心里头抹去这道阴影不就光明灿烂了?关键是他必须借助上帝的力量,必须坚信忏悔能改变一切。

"牧师,你别走。我不能什么也看不见。我需要一个看得见的上帝,你就是。你是上帝的化身,你应该知道被赦免的这个人的全部……就叫罪状吧,不承认也得承认了。"袁最说着,捧着《圣经》,跪在了垫子上。

约翰牧师走过去坐到桌子后面,柔和地说:"你可以不说事实,可以保留一切,只要你心里有对上帝的爱,赦免就在其中了。"

"可我今天偏偏不想有任何保留,我想把一切说出来。"

"那好吧,上帝正在指引你,越诚实越没有保留的忏悔,赦免的可能性就越大。说吧孩子,我保证除了告诉上帝,给谁也不说。"

忏悔开始了:我叫袁最,汉族、男,籍贯蓝岛,现年……

简直就像庭审中一个罪犯被动的毫无感情色彩的陈述。但是很快他就激动起来,尤其是说到他在青果阿妈草原的经历时,他的歇斯底里让约翰牧师都有些不安:"你平静,平静,慢慢地说。需要喝水吗?""牧师你别打断我,让我说,让我说。你为什么不拿笔记一记呢?记下来吧,上帝会查看的。"他好像憋了很久,生怕失去这个宣泄的机会。他知道也许过了这一刻他就不会再有倾诉心灵和袒示自己的欲望了。声音在忏悔室里回荡,被数十倍地放大着。他变成了一个音响,播放出悔罪的声浪经过圆形的通道,走向了高高的天庭。

他说他砸死了人,砸死了一个叫张建宁的河北人,抢走了那人用三百万买来的嘎朵觉悟,然后想找到据说将来一定会超过嘎朵觉悟的不到一岁的金獒和黑獒,没有找到,就点着了展览馆,烧毁了参加藏獒节的全部藏獒，数百只牧区的英雄、草原的精魂转眼被他用大火埋葬了。又说起他偷走八只小藏獒的经过，那可是青果阿妈草原最好的一窝小藏獒，或许也是仅存的一窝、最后的一窝。他想保住了它们，就是保住了藏獒的未来，而这个未来是属于他的。为了他的未来，一个贪欲自私的目的，他在地震后乱石乱木的废墟堆积层上，在各姿各雅的哀求声中，搬来许多石块，手脚并用、又塞又踩地填实抹平了那个进出空气的缝隙，然后平静地想：就算压不死，也会闷死，闷死八只小藏獒的主人强巴一家和它们的母亲各姿各雅。"上帝你不会想到，在做这一切时，我是想到了你的。我曾说：'上帝啊。'我曾想，上帝已经给了我力量，我想干什么就干什么。"接着他又说起他是如何残杀了八只品相不好的小藏獒，设骗局骗到各姿各雅的经过。他感叹自己的聪明，也感叹色钦作家的愚蠢，突然又格外庆幸地感叹起上帝对他的帮助来。

袁最又说了许多。约翰牧师一直在笔录。突然，袁最不说了。他把《圣经》装回衣袋，双手捂着眼睛，痛苦得耸动着满脸的肌肉，号啕大哭。但哭声仅仅持续了不到两分钟，他就强迫自己收敛了悲伤。他说："牧师，我已经忏悔过了，我已经被赦免了，我是不是已经成为一个新人了？不管是不是新人，我都要重新做人，再也不犯罪了，而且要做好事，天天做好事，像小时候想的那样。"

约翰牧师说："上帝已经听到了你的话，每一句都听得真真切切。"

"其实我不说上帝也应该知道，上帝的眼睛应该比耳朵更好使。"袁最说着，站起来，转身就走，推开了彩色玻璃的门，又停下，扭过头来，似乎是笑着说，"牧师，上帝到底有没有？万一他不存在，我不是白说了吗？"不等牧师回答，他就大步离开了忏悔室。

等约翰牧师把记录忏悔的那一沓纸收进抽屉,追出教堂时,袁最已经不见了。

4

由于一直处在悲壮而孤注一掷的忏悔情绪中,袁最忘了打开手机。所以直到他坐着公共汽车慢慢悠悠回到獒场,才知道嘎朵觉悟、各姿各雅和八只小藏獒失踪了。他跑向犬舍,跑向院子的各个角落,在确认花馨子不是跟他开玩笑后,气愤地说:"上帝,你今天欺骗了我。不是说已经赦免了我吗,为什么还要惩罚我?"他觉得让他失去这几只藏獒,就是对他最大的惩罚。

袁最沮丧得捶打着自己,心说我对它们那么好,好得都把命豁上了,它们怎么丝毫不为所动?知恩报恩不是它们的特长吗,怎么一不留神就成了不知好歹的傻子?你们这样无情地对待我,是不是觉得接近一个杀人毁獒的罪犯是大伤体面的?是不是你们没有咬死我,就已经给了我最最仁慈的待遇?

"什么时候发现的,为什么不报案?"袁最吼起来。

"已经报案了。"花馨子一脸愧疚,支支吾吾地说。

"什么?你居然报案了?"

"没,没有,还没有报案?"

"到底报案了还是没有报案?"

"你认为应该报案就报案了,不应该报案就没有报案。"

"都是干什么吃的,我走的时候它们还好好的。没长眼睛啊,连什么时候不见了都说不清楚。"他骂了花馨子一通,又把饲养员一个个喊来骂了一通:"去找啊,满大街去找啊,别给我说你们找了一天，没有找到顶屁用。找不回来我要你们的命。回来回来，你们要去哪里找？给我到北边去找，北边的所有路口都找一遍，尤其是去机场的路口。它们是从北边来的，要走也会向北边走。嘎朵觉悟，一定是嘎朵觉悟带的头。我了解它的本事，它知道它从哪里来应该到哪里去。它肯定是想念家乡草原了。上帝啊，它会从蓝岛跑回西海的，一定会的。三四千公里，它居然带着各姿各雅和八只小藏獒跑回去了。"听他的口气，好像嘎朵觉悟一家已经回到青果阿妈草原了。

"你冷静一下，说不定是被人偷走的。"花馨子劝道。

"不可能是偷走的。陌生人谁敢打它们的主意？嘎朵觉悟和各姿各雅发起狂来，几十个人别想靠近。除非色钦作家来偷，但这是不可能的。"说着，袁最朝獒场外面走去。花馨子要跟上，他说："你留下，万一它们出去逛了一圈又回来呢？立刻给我打电话。"

现在是下午，海上的雾气正在朝城市弥漫，太阳变成了白色而浑浊的一团，能见度越来越低了。袁最坐着出租车先去了汽车站，又去了火车站。虽然他坚信不是偷窃而是逃跑，但他觉得逃跑的藏獒尤其是嘎朵觉悟具有人的智慧，它们说不定会先来到汽车站或者火车站，然后跟随汽车或者火车，踏上离开蓝岛、西去高原的道路。天黑以后他来到了机场。嘎朵觉悟它们都是从机场到达獒场的，来机场的可能性也很大。他在机场到处走了走，打听了一番，又坐出租车返回，没有回到獒场，而是来到了海边。他让出租车带着沿海岸线走了一圈，又进入市区，告诉司机："随便走，走遍蓝岛的大街小巷。"

这时已经午夜了，袁最大绷着眼睛朝窗外瞅着，瞅到的只有黑暗的寂静和大雾的朦胧。他知道就算嘎朵觉悟它们从人行道上走过，他也看不见。但他不甘心,总觉得希望就在下一秒钟,嘎朵觉悟,或者各姿各雅,或者八只小藏獒,会借着灯光跳入他的眼睑。其间他给花馨子打了几十次电话,明知道走掉的藏獒没有回到獒场,还是满怀期望地问道:"回来了没有?"

一直找到天亮。出租车司机说:"你换一辆车吧,我要下班了。"他付了车费,又换了一辆出租车,继续寻找,发现随着太阳的升起和晨风的吹佛,大雾已经稀薄了许多。在所有看得见的东西里,就是没有他渴望看见的。他焦灼地使劲揉了揉眼睛,仿佛找不到藏獒是自己眼睛的过错。他揉出了满手掌的眼泪,看到那些眼泪的形状就像一只只趴卧着的藏獒,便呜呜呜地哭起来。

司机一边开车一边问:"你怎么了?出什么事了?"

他说:"我的爷爷奶奶不见了,我的爸爸妈妈不见了,我的老婆孩子不见了。这可是要了我的命啊,我满大街找了整整一夜没有找到,你说它们会到哪里去?"

司机关切地说:"你们闹家庭矛盾了?到亲戚朋友家里去找找啊。要不,我们去海边看看?"看袁最不理解去海边干什么,又说,"咱们蓝岛,没有上吊的,没有喝药的,基本也没有割腕和坠楼的,只要寻短见就都会跳海。"

"它们也不至于寻短见,它们只是不见了。"袁最就像一个孩子,越哭越伤心。哭着,又是揪头发,又是捶打自己的胸脯,"都怪我,都怪我。我怎么这么不经心啊,我不应该离开它们。这个上帝,不是中国人的上帝他就不会诚心保佑你,居然来了个调虎离山计,趁我不在就把我的藏獒搞走了。不见了,我的藏獒不见了。"

"你在说什么呀,东拉西扯的,到底是爷爷奶奶、爸爸妈妈、老婆孩子不见了,还是藏獒不见了?"

"这有什么区别呢？"

"区别大了，藏獒不就是狗吗？"

袁最一把擦掉眼泪，愤怒地指着司机说："有本事你再说一遍，你再说一遍藏獒是狗我就把你宰了。"

"你没病吧？"司机息事宁人地说，"好好好，不说了，藏獒不是狗。藏獒是你爷爷你奶奶、你爸你妈、你老婆你孩子行了吧？那你就哭吧，哭着哭着它们就会出来的。你看，前面那个是不是？哦，不是，那是一只大狼狗。不过你的藏獒也快出来了。就在前面，前面是十字路口，你说往哪里走？"

以后想起来，袁最会非常感谢这个司机，因为他说藏獒快要出现了。这话说完才十分钟，袁最就接到了一个电话，一看来电显示不是花馨子，也不是獒场某个跟他一样正在满城寻找藏獒的饲养员，就有些恼火：谁啊？这时候打搅什么？再一看，是妻子妣苏的手机号码，犹豫着摁了一下通话的绿键。自从离家出走后，这是妣苏第一次给他打电话。他觉得一定有什么事，她病了？或者飞飞……他的牵挂是不由自主的。也许是为了离婚的事吧？她大概想明白了，我这个人，不配她。

妣苏的声音悲凉细弱："你还好吧？昨天我看见你了，在基督山下。"

袁最生硬地说："我很好。你去基督山干什么？对了，这个我管不着。你到底签字了没有，什么时候我们把离婚手续办了？"

"你能来一趟吗？就现在。飞飞上学去了，我请了假。"

"今天不行，我很忙，等忙过了这阵……"

"我知道你忙什么。你一夜没睡觉是不是？"

"你怎么知道？"袁最立刻意识到妣苏话里有话,心里咯噔一下,

"奶苏，你是不是有什么事情要告诉我？快说吧，急死我了。"一瞬间他想到，走失的藏獒会不会在奶苏那里？嘎朵觉悟去过他家（曾经的家），认识奶苏和飞飞，它带着各姿各雅和八只小藏獒离开獒场后没地方去，就去了奶苏家。或者奶苏和飞飞找他找到了黄海獒场，为了让他回家，就把嘎朵觉悟一家偷走了。她们偷起来比较容易，只要站在獒场门口一招手，说不定嘎朵觉悟就会主动跟她们走，它一走，各姿各雅和八只小藏獒自然就跟上了。原来是这样，我怎么早没想到？"奶苏你等着，我马上就到。快快快，司机，掉头，快掉头。什么？单行线？管它什么单行线，你走你的。城市的交通真他妈操蛋，居然还有单行线。"

5

一进门，袁最就到处走动着看了看，没看到他想看到的，便一把抓住奶苏的胳膊："你快说，让我来干什么？"

奶苏抽回自己的胳膊："待会说。吃早饭了没有？"

"吃过了，昨天。"他想起昨天早饭后到现在他就什么也没吃了。

奶苏心疼地瞪他一眼，责备道："昨天吃的是今天的早饭？袁最，你看你，为了藏獒，把自己搞得人不人鬼不鬼的。你坐下，坐下我给你慢慢说。"说着，去厨房端来了一大杯牛奶和一大碗馄饨，"吃吧，不能为了藏獒饿死自己吧？"

袁最坐到沙发上，接过馄饨，不管冷烫地往嘴里倒着，完了，又把牛奶一饮而尽。一大碗馄饨、一大杯牛奶下到肚里，只用了不到两分钟。他喘着粗气，从茶几上的纸盒里抽出餐巾纸揩揩嘴。

刻意打扮了一番的奶苏坐到他对面，可怜地望着他，哀叹一声说:"袁最,我现在什么都知道了,你别管我是怎么知道的。我和飞飞现在要你回来,不管发生了什么,我们都应该在一起。我知道你离开我们不光是为了你自己,更是为了我和孩子。你不想连累我们,因为我是个在政府机关工作的公务员,飞飞是个天真无邪的孩子,她的未来不应该受到任何人的影响。但是现在我要告诉你,这种影响已经没有了。"

袁最忽地站起来,做出要走的样子:"你让我来就是为了说这些?以后再说。"

姒苏把身子朝沙发上一靠,冷冷地说:"你想走就走吧。最后我再说一句,有一个人你一定认识,就是那个叫色钦的作家。"

袁最突然愣住了:"说,快说,他怎么了?"

"昨天我跟他在一起。我们一起去基督山,见到了那个牧师。"

袁最在心里喊了一声:上帝啊,原来色钦作家没有离开蓝岛。"他见到了牧师?牧师给他说了什么?"

"难道需要牧师告诉他吗?他什么都知道。"

"他现在在哪里?你怎么跟他认识的?"袁最额头上全是汗珠子。

"他一直在獒场外面监视着你和那个女人。我也想知道你在干什么,结果发现了他。"姒苏说着,从茶几下面的隔层上拿出那本写藏獒的书,翻到有照片的那一页,"幸亏我认识他。他其实是一个很好的人,跟你一样,也是喜欢藏獒喜欢得不得了。他说了许多你的事,又说公安局不会插手,只要他不追究,你就是清白的。他向藏獒发誓说:'我不再追究袁最了,我要回西海了。'离开蓝岛的日子不是今天就是明天。他要我向你保密。袁最,回来吧,你已经没有藏獒了,你的藏獒已经归人家了,你完全可以借此机会洗清你自己,你没犯什么罪,你还是过去那个让人放心的袁最,普普通通的一个律师。你写的离婚协议书我已经撕掉了。"

如苏说着,眼泪汪汪的。袁最开始是惊讶,渐渐就平和安详了,甚至都有些伤心、感动和后悔的样子。他长叹一声,流下了泪。

"他不是要你保密吗?你为什么要告诉我?"

"我心疼你,我知道你会疯了一样到处寻找。一个为了藏獒命不要、老婆孩子不要的人,在藏獒丢了之后,能做出什么事情来,谁也说不准。"

"谢谢你如苏,难得你这么理解我。还应该谢谢色钦作家,他这样做是救我一命啊。不能让他就这么走了,我一定要送送他,当面道谢,也巩固一下我们跟他的关系,以后就更加亲密了。他这会儿在哪里?走,我们都去,你想想,买点什么礼物好?人家有恩有德,我们不能无情无义。"

如苏有些警觉,又有些迷茫:"他住在哪里我也不知道。"

"你赶紧打电话,就说你要送送他,不要提我,免得让他误会,好像我是去抢藏獒的。不,那些藏獒我不要了,我要我的命,要我的安生日子,要我的孩子和老婆。如苏,我想你,我真的很后悔我做过的一切。我对不起你。你今天太漂亮了,比谁都漂亮,以前你怎么从来没有这么漂亮过?你说我是一个为了藏獒不要老婆孩子的人,现在不是了,现在是一个为了老婆孩子不要藏獒的人。"说着,袁最扑过去抱住了她,在她脸上疯狂地亲着。

如苏战栗着呻吟起来,不停地撕扯袁最的衣服。袁最抱起她,走进卧室,把她扔到床上,哗哗两下拉上窗帘,一边解她的衣扣,一边把床头柜上的电话塞到她手里:"你现在就给他打,就说让他等着,你马上过去给他送行。"看她不打,又说,"我知道你不愿意,好吧,等会儿再打。"很快他们就铆合到了一起,他努力表现着自己,让她发出了一阵野猫一样的叫床声。突然他停下了,又把电话塞给她:"现在打,问他在哪里,不然他会走掉的。"礽苏满脸潮红,恍然觉得打电话也是做爱的一部分,如果拒绝,已经来临的快感,还在期待中的更加猛烈的快感,就会消失殆尽。而她是多么希望那感觉在着,永远都在着。多长时间了,她都没有享受过那种袁最在着的感觉了。她想啊,透心透肺、没日没夜地想啊。尤其是昨天晚上,当她意识到她把飞飞送去上学以后,袁最一定会出现时,想得浑身都酥了。"我这就打,你别停,别停下,好吗?"她笑吟吟、嗲兮兮地央求着,把那个不该记在脑子里的电话拨了过去。就在知道色钦作家住在什么地方的一瞬间,袁最浑身一软,瘫卧在了她身上。她伸手挂掉电话,失望地闭上眼睛:"你怎么这么快啊?"他连说几个对不起,又说:"我可以再来的,你等着。"然后翻身起来,抱起自己的衣服,走出卧室,进了卫生间。片刻,礽苏听到了家门打开又关上的声音。她泪眼蒙眬地望着窗帘遮住的窗户,突然用枕头蒙上眼睛,呜呜地哭起来。

她知道自己错了。一个不可饶恕的错误钢盔一样扣在了她头上。

难道她真的相信袁最会从此成为一个为了老婆孩子不要藏獒的人?不不,一开始她就知道袁最说的全是瞎话,他不可能听她几句劝就放弃他的藏獒。他就是明天遭枪毙,今天也要牢牢抱紧他那些非法得来的藏獒。可是既然她对他了解得这么透彻,为什么还要打电话把他叫来呢?为什么不能等色钦作家离开蓝岛后再把一切告诉他呢?色钦作家那么信任她,而她却如此轻易地出卖了他。莫非她跟袁最有着共同的信念:决不能失去那些无物可比的藏獒?她希望袁最在拥有那些藏獒的同时也拥有罪恶,成为永远的卑劣者?难道不是吗?她的痛悔就在于她发现自己也许是故意的。在她那潜伏很深的欲念里,她不想让袁最失去他最爱的比爱女人爱爹娘更甚的藏獒。虽然她对爱的前景越来越模糊，但有一点她是清楚的：如果不让袁最爱藏獒，他也不会爱她。失去了藏獒的袁最，就是失去了灵魂的臭皮囊，连人都算不上，连一根死木头都不如。她是为了袁最得到，更是为了自己得到。她想用出卖色钦作家、让那些藏獒失而复得的办法重新获得袁最的爱？而袁最的爱，不就是情欲的依附吗？多么不要脸啊，即便在这种生死攸关的危急时刻，她还有心把自己精心打扮一番，花枝招展地勾引自己的丈夫。甚至可以这样说：仅仅是，仅仅是，为了一次情欲的满足，她，美丽善良的姒苏，出卖了信任她的朋友，也把自己的丈夫推向了更深更深的罪恶的渊薮。

姒苏在床上把自己蜷缩成一团。一个赤裸裸的美丽问号瑟瑟发抖：袁最骗了我，我骗了色钦作家。我难道就是色钦作家说的那个犹大？不不，还来得及挽救。让色钦作家跑掉，带着那些藏獒赶快离开他住的对方。她拿起电话拨打，占线，色钦作家的手机偏偏占线。过了一会儿，再打，还是占线。

袁最在迅速通知花馨子带人来和他会合后，又把电话打给了色钦作家，有一搭没一搭地跟对方聊起来："青果阿妈草原这个时候冷不冷？草长莺飞，牛羊满地，真是个世外桃源。地震后的重建工作怎么样？牧民们还好吧？真想你啊，老朋友。如果不是准备参加北京藏獒博览会，我这会儿就想去看你。"

姒苏一连打了七八次电话，这才意识到占线的一定是袁最，目的就是为了防止她反悔。她赶紧拉过衣服来往身上套，心说我要去，要去阻止袁最，要去帮助色钦作家。

6

袁最给我打来一个莫名其妙的电话，东拉西扯尽说些没用的话，不时地提到青果阿妈草原，好像他很关心那里的一草一木。我猜想他大概是想知道牧民们对失去各姿各雅的反应吧？我不想用谎言应付他，就说我今天很忙，改日再跟他聊。但是他仍然呜里哇啦说个不住，我都三次说再见了，他的话好像才开个头。说到后来，连嘎朵觉悟都烦了，嗡地叫了一声。

袁最立刻说："你身边有藏獒？听声音好像挺厉害的？"

我说："是的，我今天要跟藏獒走远路，就不多聊了。"

他赶紧"喂喂喂喂喂"地喊起来："你千万别挂了，我有件事情要请教你，在你们草原上有没有能够辨认颜色的藏獒？我这里有一只，它对各种颜色都有反应，尤其是红色。只要遇到红色，它都会去舔。要是它去舔血，那它是闻到味道了，可是它舔红油漆、红衣服、红纸以及所有红色的东西呢？看来藏獒是色盲这个观点要改变了。我还有一只藏獒，是个雄不雄雌不雌的二性子你说怪不怪？而且特别厉害，见谁咬谁，所有的藏獒里，就它是训练不出温顺随和的。獒场的人和藏獒都不理它，它也不认别的藏獒和人，母的公的熟人生人它都咬，就认我和花馨子。花馨子费了很大的劲，还是不能让它明白咬人是必须得到主人指令的。不过它也算是珍稀品种，就跟集邮和收藏钞票一样，印错了的更值钱。你给我留心着点，要是遇到怪怪的藏獒，一定告诉我。好了，不跟你聊了。我已经看见了我要去的地方。咦？那是谁？花馨子身边怎么还有一个人？是王故？王故已经出来了？真快。我的人都到了，比我想象的要麻利。司机司机，快停下。再见了色钦作家，我们后会有期。"

什么乱七八糟的,不会是喝醉了吧?我关了手机,长喘一口气,总算摆脱了,赶紧往外走。我得去街上寻找经营笼箱的商店,看有没有现成的四个大铁笼子,要是没有还得找工厂临时定做。我关好房间的门,走下楼梯,穿过厅堂,来到旋转门口,抬头一看,就见袁最居然站在门外。我立刻意识到,我被出卖了。人人身边都可能有个犹大。我望着他,他也望着我。我们的眼光在交相辉映的时候,那种互相间的愤慨和忌恨比旋转门的金色还要灿烂。

我下意识地后退一步,打算回身走开。至少我应该回到房间,跟我的藏獒待在一起。如果我跟袁最的肢体碰撞是不可避免的,那就应该让它们来决定谁胜谁败:想跟着我回到青果阿妈草原,就毫不留情地咬死袁最;想跟着袁最回到黄海獒场,就毫不犹豫地咬死我。但是袁最没有给嘎朵觉悟一家一个跟谁弃谁的选择机会。一个又瘦又小却非常有力量的人从身后死死抱住了我。

袁最通过旋转门,来到我跟前,奸伪地笑着说:"色钦作家,我们又见面了。刚才你还在青果阿妈草原,一转眼就到了蓝岛,真快呀。走吧,去獒场我们好好谈谈。王故,你出来的正是时候,可以大有作为了。你现在抱紧他,要是放了他,你就对不起我为你花去的一百五十万人民币了。"剃着光头、胡子拉碴的王故立刻伸手拽住了我的裤带。他的动作那样麻利,等我反应过来时,裤带已经被他抽走了。裤子朝下溜去,我赶紧攥住了裤腰。

当然,迫使我走向黄海獒场的不光是袁最和对他唯命是从的王故,还有几个他们带来的饲养员。我想,事情到了这一步,就只能听天由命了。如果把我跟嘎朵觉悟一家分开,还不如去獒场跟袁最谈谈。我没有反抗,任由他们把我拉出旋转门,又拉进獒场大货运车的驾驶室,绑在了座椅上。之后,袁最和花馨子带着几个饲养员,去房间把嘎朵觉悟、各姿各雅和八只小藏獒牵了出来——每只小藏獒的脖子上都套上了牵引绳，又搭起木板，拽上了货运车的车厢。藏獒们不明白发生了什么，以为是我叫来了袁最一伙以及货运车，透过驾驶室后面的玻璃，不断用奇怪而询问的眼光瞟着我。正要走的时候，旅馆的保安追了出来："哎哎哎，住的人还没结账呢。"花馨子从车厢里跳下去，也没向我要钱，自己去把房费结了。

货运车一路奔驰到獒场。我发现司机熟悉所有的路口，只要没安装监控探头的，他都闯了红灯。进了獒场，大铁门一关，我立刻被王故拽下车，又拽进了袁最的办公室兼宿舍。我听身后袁最说："走吧，我们一起跟这个作家谈谈。"

花馨子说："人的事情我不管，我就管藏獒的事情。它们是越过石灰线逃跑的，我一定要让它们明白，今天就让它们明白，人是狗的法律，我定的规矩谁也不能违背。要不然，我还训练什么藏獒啊。"

我回头看着。花馨子让饲养员拉的拉、抱的抱，把嘎朵觉悟一家搞到了车下，然后由她一个人牵着，走向了铁门和犬舍之间的那条石灰线。

我知道训练藏獒跟训练狮子老虎不一样，对待狮子老虎，你可以用皮鞭和电棒让它们在疼痛的记忆中明白自己必须遵守的规矩。对待藏獒却不能这样，你如果用了皮鞭和电棒，它们不仅不听你的，反而会记仇，把本该温顺对待的你，变成愤恨撕咬的对象。惩罚它们依靠的是它们对人的依赖、忠诚和惯于嫉妒的本能，让它们感受到人尤其是主人或临时主人对它们的冷落、歧视和厌恶。你对别的藏獒好，对它不好，它就会敏锐而强烈地感觉到超过皮鞭和电棒抽打无数倍的惩罚。依赖被漠视、忠诚被践踏、尊严被伤害，藏獒的心里有多痛苦只有它们自己知道。我猜测花馨子的惩罚就是这样开始的,想看个究竟,袁最进来,砰一声关上了宿舍的门。

"坐。"袁最指着一把椅子命令我。看我站着不动,王故一把拉我坐下,用很时髦的台湾普通话说:"让你坐你就坐啦,客气什么?"

我双手被捆绑在身后,很狼狈地弯着腰。真有点不甘心,面对这样一个杀人、纵火、盗窃、诈骗什么坏事都干的大恶人,我怎么能屈辱懦弱地听他教训?可事实就是如此。这个世界本质上是邪恶的,邪恶的人更容易找到生存的优势而凌驾于善良人之上。我是多么善良啊,竟然会相信袁最的妻子会为我保密。

袁最轻蔑地望着我:"没想到你也会骗人,而且骗技很高明,连我这个大骗子都相信了。到底是作家,写书骗人,生活中也骗人。"

我严厉地说:"你给我松绑,你没有权力绑人知道吗?"

袁最冷笑一声:"权力是什么?权力就是需要、能够、可以、有条件。我现在既需要又能够制服你,这就是权力。我不会给你松绑的,知道为什么?因为我要去参加北京藏獒博览会,不希望有任何干扰。我要让嘎朵觉悟为我争得公獒第一,让各姿各雅为我争得母獒第一,让八只小藏獒为我争得幼獒第一。北京藏獒博览会的第一也是全中国第一,全中国第一也是世界第一。这样我就成世界第一的獒主了。想想看,这是多少獒主做梦都想的事情?别给我说这是异想天开,我已经在网上把所有獒场、獒园、獒主都查了一遍,没有一处的藏獒能比过我的藏獒。我这次去参加博览会,志在必得。所以就只能委屈你了,你现在是我的唯一障碍,知道了吧,不仅要绑你,而且一直要绑到博览会结束。我凯旋的日子,就是你释放的时刻。在此之前,我们会把你当作藏獒养起来,王故就是你的饲养员。你有什么要求,尽管给他说,他一定会满足你,除了自由。"

"袁最你疯了,你有病。公獒第一、母獒第一、幼獒第一跟你有什么关系？嘎朵觉悟、各姿各雅、八只小藏獒不是你的。你想当世界第一獒主，那是白日做梦。你是世界第一毁獒罪犯还差不多。我问你，嘎朵觉悟怎么会在你手里？"

"你不是已经猜到了吗？展览馆的大火是我放的，用三百万买来嘎朵觉悟的河北人张建宁也是我用水泥疙瘩砸死的。我一次烧死了多少藏獒你知道吗？我也不知道，都说是数百只。还有，我为了得到八只小藏獒，不仅见死不救，还堵死了唯一能够进出空气的缝隙。我想让强巴一家四口和各姿各雅都死掉，那样就没人知道是我偷走了八只小藏獒。但是各姿各雅太厉害了，它扛起了整座废墟，让它的主人一家和它自己死里逃生。于是就有了我抛弃妻子女儿、夺取獒场的举动，就有了你不自量力的追查，就重新燃起了我对各姿各雅的贪婪。怎么样，我是一个诚实坦荡的人吧？你还想知道什么？快问，我一定全部告诉你。"

"什么诚实坦荡，你这叫狼心狗肺、厚颜无耻。"

"别别别，别骂狗，骂狼可以就是别骂狗。养狗的人骂狗，狗会报复你的，不信走着瞧，你今天说'狗日的'，明天狗就会咬你一口。知道我为什么会厚颜无耻吗？因为我不怕。就算我杀人放火罄竹难书，可是证据在哪里呢？我是律师，我自己会给自己辩护。你拿不出证据，所有的指控就将成为诬陷。因为你有诬陷的前提，我骗了你的各姿各雅，还把你在獒场绑架关押了十天半月，当然这是你认为的。在我的辩护词里，各姿各雅是你给我的赔偿，因为它咬死了我的八只小藏獒。你把各姿各雅给了我，成了我的换帖兄弟，然后就住下不走了，说要在我这里静心写作。我好吃好喝招待你，却被你颠倒成了绑架关押。"

我气得肺都炸了。要是这时我的手没有被捆住，我一定会扑过去撕烂他的嘴脸，不，最好也用一块水泥疙瘩砸碎他的头。这样的人不配活在世界上。我错动着牙齿，眼睛里冒着火焰："狗日的，我真想杀了你。"

王故才从监狱里出来，袁最说的一概不知，眼光惊奇地在我和袁最之间滑来滑去，心里疑怪着：真的还是假的？他黏黏糊糊说："不要动不动骂人啦，讲道理嘛。嘴该软时就得软，硬下去没你的好下场。哪个'狗日的'会放你走？"

袁最说："你不会杀我，所有的后果我都想到了，没有你杀我这一种。如果一个人连死都不怕，那他做什么就会不计后果。不计后果的人是最自由的。我再提醒你一句，不要动不动骂狗，你骂狗就跟骂我爹娘骂我祖宗一样，我会生气的。"

我吼起来："狗日的，狗日的，狗日的……"

袁最一个耳光扇过来，扇木了我的半边脸。我想我脸上一定有五个指印，而且是紫红紫红的。我心里突然一阵喧闹，接着又是平静，就像大海一浪打在岸礁上，黑色的岸礁倏地不见了。我笑道："袁最，你知道你犯了一个多么严重的错误，打人不打脸，打脸不仅是伤害更是羞辱。按照我的气性，我可以承受任何伤害，但不能承受丝毫的羞辱。知道什么意思吗？你已经不可能活着了，只要我活着。你现在必须打死我，让你罪上加罪，否则死就会一步不落地追随你。"

"我说了我不怕，我什么也不怕。"袁最哼哼地笑着。

"只要是人，就一定会有怕的，只是你现在还没有意识到。"

"那就意识到了再说吧。不跟你谈了。王故，把他给我押出去，知道把他关在什么地方吗？就是二性子怪獒旁边那间犬舍。那里是不关藏獒的，一关进去，二性子就很生气，整夜整夜地吼叫。现在就让这个作家去跟它对话吧。"

王故拽我起来，又拽我出门。我愤怒地甩掉他的手：你是干吗的，也敢拽我？我抬眼望着石灰线那边：花馨子正在给一只我不认识的藏獒梳毛，一边还温和地说着什么。我知道梳毛并不是她的目的，她是在故意冷落不远处的嘎朵觉悟一家：我就是不理你们，谁让你们跑过石灰线又跑出獒场的？她梳毛的时候是弯着腰的，本来就丰满的胸脯垂吊下来，迷人性感的乳沟清晰可见。王故刚从大狱里出来，对女人的兴趣超过了一切。他假装看藏獒，眼光却死死地黏滞在了花馨子身上。趁这个机会，我快步走向嘎朵觉悟一家，大喊一声："各姿各雅。"

各姿各雅是我带到这里来的，从它的角度讲，我完全兑现承诺帮它找到了它的孩子，而且一只不少、完好无损。虽然我不是它的主人，但在远离主人的这个地方，它一定认为我是它最亲近的人。何况我浑身散发着草原的气息，我的味道让它们全家兴奋不已。它们准确地断定我是一个地道的草原汉子，是唯一能够带它们离开蓝岛、回到故乡草原的人，不然它们怎么会逃离獒场去找我呢？但是现在，我被绑住了，处在不幸之中，我在向它们求救。各姿各雅立刻扑了过来，但它好像不明白我为什么叫它，围绕着我兜了一圈又一圈。这时王故追过来，一把揪住了我。各姿各雅似乎才明白我为什么向它求救，跳起来，一扑而上，前肢搭在王故肩膀上，轰然一吼，王故就仰倒在地。那边，花馨子站了起来，惊讶地看着，却没有吭声。我双手在身后胡乱搓动着，想迅速脱离捆绑。但捆绑我的绳子不仅不松动，反而越发地紧了。我喊起来："嘎朵觉悟。"也不知道喊它干什么。嘎朵觉悟似乎比我更清楚我喊它的意思，扑过来将我撞翻在地，张嘴就咬。不远处的花馨子惊叫一声，她大概觉得嘎朵觉悟是要咬死我的。但是我知道，它咬的不是我的肉，而是反剪着我的绳子。真该佩服它利用牙齿的精确，那么快的速度下，它一口咬断缠了好几圈的绳子，却丝毫没有伤害到我手腕上的皮肉。我爬起来就跑，心想要不要带上它们，却见各姿各雅牢牢按压着王故，死活不让他起来。嘎朵觉悟跑过去，挡在听到动静后跳出宿舍的袁最前面，愤怒地蹦跳着，威胁他不要靠近我。我又看看在惊怕中挤在一起的八只小藏獒和跑过去守卫着它们的花馨子，知道带着藏獒离开是不可能的，就算能带走嘎朵觉悟和各姿各雅，也带不走它们的孩子，便直奔大铁门，哗啦一声打开了从里面闩住的铁销子。

我跑出去了，生怕再次被抓住，一口气跑上公路，跑进了出租车："师傅，快走。"司机开起来，问我去哪里。我说："随便去哪里。"但走出去几公里后，我就明白我已经没有必要待在蓝岛了，必须赶快返回青果阿妈草原报案，让鹭娃州长派警察来这里，抓捕袁最和花馨子，解救嘎朵觉悟、各姿各雅和八只小藏獒。

我让司机改道去机场。在机场售票处，我告诉里面的人，我委托旅馆预定的是明天的机票，能不能改成今天？售票处的人看我心急火燎的样子，说："可以，但必须是全价。"我心说这又是趁火打劫了，怎么人人都会？

7

妠苏坐着出租车，去了色钦作家下榻的旅馆，听说已经被几个人连人带狗都带走了，就直奔黄海獒场。堵车，堵车，这个时段里，蓝岛总是堵车。本来不到一个小时的路，让她走了三个小时。终于到了。獒场的大铁门关闭着，她用拳头敲门，看门不开，就拿起石头砸起来，一边砸，一边喊："袁最，袁最，谁的藏獒你还给谁，你跟我回家,回家。"

犬舍里的藏獒此起彼伏地吼起来。袁最站在宿舍门口,烦躁地摇摇头:真是天下大乱了,这一头揭竿而起,那一头风起云涌。色钦作家跑掉了,接下来会发生什么?他唯一的幻想——人家只是猜疑而没有证据的推断,还能不能成立?就算还能,他也会受到无休无止的调查和监视。一个嫌疑人和一个自由人的存在是完全不同的两种存在。或者人家已经拿到证据,他很快就会面对警察,戴上手铐,离开藏獒。他应该怎么办?是坐以待毙,还是逃之夭夭?不管前者还是后者,他最大的遗憾就是不能参加北京藏獒博览会了。

他对花馨子说:"撵她走,就说我不在。"

花馨子苦笑道:"我不撵,我怎么撵得动她。你自己去吧。"

袁最指着她的鼻子吼道:"你让我撵,我能撵吗?"

"那我也不能撵,她是你妻子,我算什么人?"

"我不能撵,你不敢撵,那就放藏獒撵。快去啊,求你了。"袁最拧着眉头走进宿舍,砰地关上了门。他把权力交给她了:你想咋办就咋办。

"咬死了怎么办?这可是你求我的。"花馨子一脸迫不得已的样子。其实她和袁最都明白,除了极个别的,獒场的藏獒并不会随便咬人,即使把它们放出去,也只会又吼又叫地吓唬对方。花馨子的驯练就是为了让它们在凶猛暴烈和沉稳安静之间掌握最恰当的分寸,能不咬时就不咬,非咬不可时再去咬。

花馨子朝犬舍走去,盘算着放哪只藏獒去撵走妱苏呢?她第一个想到的竟是那只雄不雄雌不雌的二性子怪獒,想到后就再也没有丢开。脑子里没有丢开,手也就痒痒起来,等她从犬舍把它牵出来时,连二性子怪獒也诧异:他们从来都不待见我,别的藏獒放风时我都被关着。今天怎么了？别的藏獒都关着，我却被放出来了。这时候花馨子的心思有点奔放，就像秋菊不合时宜地怒放出了一片春艳，散发着阵阵异香。一个女人不期而至的妒恨抵消了生命原有的善良的芬芳，感情奔放在阴险的轨道上一滑而过。她攥住大铁门上的铁销子，似乎犹豫着，哗啦了好几下，才打开门："谁啊，敲什么敲？没听见里面藏獒在叫吗？"

如苏理直气壮地说："你出来干什么？你让袁最出来。"

"我出来是劝你走开，你这样骚扰我们，是很危险的。"

"我为什么要走开？色钦作家呢？你们把他怎么样了？袁最，袁最，不是你的藏獒你不能要，你知道你过去的罪行有多大？现在又加上了绑架。"

花馨子丢开了手里的牵引绳。牵引绳一落地，二性子怪獒就知道这意味着什么了。它按照自己的习惯，象征性地扑了一下作为警告，看如苏不仅不离开，反而想推开花馨子闯到獒场里面去，便往后一挫，上去一口咬在对方大腿上，随即松口，在她身边跑了几个来回，再次冲向她。如苏惨叫着转身就跑，跑出去几步又跑回来，觉得袁最的狗咬了她就跟袁最欺负了她一样，作为妻子她得让他知道她是多么委屈多么难过。她哭起来，嘶哑地喊着："袁最，袁最。"追撵着她的二性子怪獒又一次扑过去了，咬住她的胳膊，拽翻了她，然后踩上她的身子，就要咬她的喉咙。

花馨子紧张得喊起来："让你走你不走，想死啊？"喊着捡起牵引绳的一头，拉住二性子怪獒说，"是袁最让我放藏獒咬你的，你走吧，他不会出来见你的。"看如苏躺在地上不动，又说，"他是什么样的人你不知道吗？为了藏獒，他命都不要了，还会要你这样一个女人？"花馨子把"这样一个"咬得很重，似乎在强调对方可怜的处境和可悲的举动以及不如她的容貌。她把怪獒使劲拉进去,推上大铁门,哗啦一声锁住了。

　　妮苏爬起来,抱着受伤的胳膊,痛声大哭。伤心和绝望让她忘了她应该立刻去医院。她一瘸一拐地离开了那里,走了好长一段路,才想起应该坐车。她坐公共汽车回到家里,天已经黑了。飞飞刚刚放学回家,妈妈身上的血把她吓了一跳,她抱着妈妈哭起来。妮苏说:"没事,没事,不过是被野狗咬了一下。你赶紧做作业,我这就给你做饭去。"飞飞抹着眼泪说:"要是我爸在家,要是我爸的藏獒在家,哪个野狗敢咬我们?"妮苏心里说:飞飞,你已经没有爸爸了。

　　也许是破罐子破摔的情绪左右了妮苏,或者对袁最的万分担忧让她完全忽略了自己,她仍然没有意识到,这时候最应该做的,就是去医院包扎伤口和打狂犬病疫苗。三天后伤口感染了她才去。医生吃惊道:"怎么还有这样无知的,以为狂犬病疫苗过多长时间打都可以?"

第十二章　哥里巴

1

回到西海府的第二天，我就开上我的北京吉普去了青果阿妈草原。到达草原的这天，一场雷阵雨正在袒露它的情怀，闪电劈裂了山脉，云空一次次被撕开，又一次次迅速弥合。很多黑云都掉下来了，在地上翻来滚去。雨水大滴大滴地降落着，碰到地面就噼里啪啦绽开了无数朵花。车上路上都有流水，感觉就像在河底下走路。路边原野上的水奔流在草枝草叶上，白茫茫的绿色无限贪婪地吸纳着天上所有的液体。我放慢速度，望着窗外，想看看那轰然作响的声音里有没有鬼怪的影子。

青果阿妈草原上的鬼怪，总是跟雷鸣电闪、骤雨飘风联系在一起。小时候我就听说，打雷的时候草原上就会有鬼怪到处奔跑、呜咽号叫，因为它们积累了太多的罪孽，必须接受山神的惩罚，雷电便是抽打它们的鞭响。至于风雨，那是山神的宣言，告诉人们不要因为延续了太久太久的晴天就忽视它的存在，它威胁那些鬼怪：报应是罪孽的收场，当惩罚来临，求神保佑就来不及了。惩罚，草原上流行着信仰，也就流行着关于罪孽的惩罚。

终于在快到麦玛镇的时候，我看见了奔跑的鬼怪，它们裹缠在一大片雨雾里，痛苦地嘶鸣着，一会儿远了，一会儿近了。风雨雷电的自然交响中，鬼怪越来越多，密集的鬼怪群黑压压布满了天地。我揉了揉眼睛，发现在我的草原，连恐怖的幻觉也是辽阔而壮美的。我喜欢这样的幻觉，因为只有真正的草原人才会面对鬼怪出没的幻觉而习以为常。惊怕自然是会有的，但既然它是生活的一部分，也就不至于把人吓个半死了。

突然，雷小电灭了。风雨在一阵收缩之后，所有的鬼怪都朝草原深处逃去，很快消失了，只有一个鬼怪朝我跑来。

鬼怪大大咧咧挡在路上，撩起雨帘朝我摇手。我在雨刷的摇摆中朝前瞅着，心说鬼怪不过是一股气，压过去它就散了。忽听一阵大喊："省上的，省上的。"鬼怪好像认识我。我赶紧停车下去，伸直胳膊抓了一把，是空气，再往前再抓，还是空气。但就在我准备缩回胳膊时，我的手突然被鬼怪抓住了。

"省上的，你来啦？你来了就好，我的多多的觉已经没睡啦。"

我抽回手，洞张了眼睛看他：他浑身湿漉漉的，头上缠着红丝带，酱紫色衬衣，黑氆氇皮袍，规矩地露出右臂来，肩膀上斜挎着格乌，腰带上威武地横插着腰刀。我吃惊地问："尕藏布你怎么在这里？"

他朝我弯下腰来："我在等你，省上的。寺里的喇嘛闹拉说，天上打雷的时候你就会来。你来了，太阳就会出来。我的头顶，多多的日子没有太阳啦。"

"你等我？等我有什么事情？"

"就是我的三百万，噢呀不，你把不是我的三百万送到我家帐房里啦，我的三百万在哪里呢？我要我的三百万。"

"你说什么？不是你的三百万？什么意思？尕藏布你就不要用汉话给我说啦，你用藏话给我说，能说得明白一些。"

尕藏布颠三倒四地说起来，说了半天，终于让我明白是怎么回事了。

先前为了让我带着各姿各雅去寻找八只小藏獒，尕藏布对强巴说："让各姿各雅跟他走，我把三百万搬到你家去。"但后来发生的事情完全不是这样。在送走三百万之前，尕藏布打开六个用透明胶带粘着的纸箱子，就像深情送别自家的羊群那样，想再看一眼。但是他看到第一捆百元钞票后就吓了一跳，急忙一捆一捆地拿出来，胸腔里就像猫老爷做了窝，蹦蹦蹦地跳，吱嘎吱嘎地挠。面前的钱，所有的钱，上面都没有蓝颜色。他想起从银行取出来时，是柜员和省上的帮他装箱的，他没有仔细检查，觉得只要是给自己的，就一定是有蓝色的。没料到居然一丝蓝色都没有。这是为什么？我怎么能把别人的钱拿回家来？就像人家捡到他抹了蓝颜色的羊必然要还给他一样，他也必须把这些钱还给人家。还给谁？银行？钱肯定也不是银行的，是别人放在银行里的。这个人是谁，他不知道。最要紧的是，他要是把三百万还给了人家，自己的三百万又在哪里呢？他觉得那个省上的骗了他，这样倒腾了一番，他的钱还是没到他手里。他不知道怎么办，望着老婆唉声叹气。他老婆把拿出来的钱又一捆捆放回纸箱子，重新挪到紧靠灶火的地方，低声说："佛祖，你搞错啦，我们并没有祈祷钱，你怎么让这么多钱跑到我家里来啦？我们托你的福有吃有喝，要这么多钱干什么？""倒霉的日子啊。"尕藏布警觉地掀起门帘朝外看了看，一屁股坐到了纸箱子上。他知道强巴很快就会找上门来了。

尕藏布虽然头上缠着英雄红丝带，肚子上横着长腰刀，把自己搞得很威武很雄壮，却是一个从不跟人对抗打架的人。所以当他看到强巴气哼哼走来时，立刻有些紧张，对老婆说："要是他打我，你就说已经有人打过啦。"老婆问："谁打过你啦？"他想了想说："省上的、哥里巴、鹭娃州长、喇嘛闹拉，还有老婆你，都打过啦。这么多人都打了我，他就不打啦。"老婆说："你自己为什么不说？这么多人我记不住。"尕藏布从帐房门帘的缝隙里往外瞅着："你没见强巴的脸吗，阴沉沉的乌云是哩，别看他腰里没刀，他的刀跑到心里去了。我要躲起来，躲起来。"说着跪在地毡上，把自己的头攮进了叠摞成一排的被子。

然而一听到强巴扯着嗓子在外面叫他，他非但没有继续躲藏，反而抢在老婆前面跑了出去。因为他突然想到现在不是保护自己而是保护三百万钞票的时候。三百万就在帐房中央，他要是不出去，强巴冲进来就完了。

尕藏布横挡在门口，脸上苦巴巴笑着："来啦，强巴啦？"

强巴质问道："各姿各雅走啦，你为什么不把三百万搬到我家去？"

"搬到你家去的话，我的三百万在哪里？不搬啦。"

强巴吃惊得半晌说不出话来，他简直不敢相信面前的尕藏布竟会说话不算数，推了一把对方，就要往里闯。

尕藏布拦住不让。两个人抱在了一起。"嘿、嘿、嘿。"他们一起喊着在门前摔起跤来。强巴把尕藏布摔倒在地，就要往里走。尕藏布爬起来，从后面抱住了强巴的腿。女人惊叫着从帐房里跑出来，颤颤巍巍地祈祷着："佛祖，快帮帮我家这个懦弱的男人吧。"强巴瞪了女人一眼，推开尕藏布说："佛祖不帮黑心肠的人。尕藏布你听着，不把三百万搬到我家去，就把各姿各雅还给我。不然的话我们就是仇家啦，仇家的腰刀可不是做样子的。你不杀了我，我就杀了你。"

强巴愤怒地走了。尕藏布望着强巴的背影，又低头看看自己的腰刀，似乎觉得已经到了逼他杀人的地步，浑身一阵哆嗦，望着天空哭起来："佛祖，我可不能杀人，我不会，不会的。"

尕藏布认定既然三百万是省上的帮他从银行取出来又送到他家的，必得再由省上的帮他换回他自己有蓝色的三百万。从哪里换他不知道，就知道省上的一定有办法。他去了麦玛寺，给喇嘛闹拉献了一坨酥油，磕了三个头，请求他眼里的这位圣僧告诉他，省上的什么时候来。也不知喇嘛闹拉搞没搞清楚他说的"省上的"指的是谁，默诵了几句经文就告诉他，天上打雷闪电的时候，你等的那个人就要来了。他是你的太阳，他来了，你就热烘烘的了。于是尕藏布天天盼着打雷闪电，连念诵六字真言的声音也变成了："唵嘛呢叭咪吽，快打雷快闪电。"

绵密的雨中，我大声说："尕藏布大叔，你能不能把你的三百万钞票跟你的羊群分开说？你的羊群抹了蓝颜色，自然你的是蓝的，蓝的都是你的。可这个钞票嘛，抹不抹蓝颜色都是你的，反过来说抹了蓝颜色也不一定是你的。"

尕藏布更不明白了，眼睛里充满了灼亮而苦巴巴的疑惑："不，省上的，羊群是我的财富，三百万也是我的财富，都是财富为什么要分开？财富一分开就不是财富啦，我就什么也没有啦。一个牧民没有了财富,就是天上没有了星星,那还是天吗?不啊,那是地、地……"他拼命在地上跺着靴子。

我知道再说什么也没用,我必须把有蓝颜色的三百万摆到他面前,不然他不安生,我也不安生,三百万魔鬼一样折磨着他,他又会影子一样纠缠着我。我让尕藏布上车,答应去他家看看。路过商店时,我停车让尕藏布等着,自己进去买了一包茯茶、两斤冰糖、一方头巾,算是带给他家的礼物。

他老婆一听到汽车的声音,立刻从帐房里冲了出来。她见过我的车,知道我来了,便像见到佛一样匍匐在了积水的地上。我跳下车,惶恐地弯着腰:"噢呀,怎么了?快起来,尕藏布,快让你老婆起来,我可承受不起。"就在尕藏布拉扯老婆起来的瞬间,我把礼物塞到了她怀里。回馈是必要的,一个平凡的人,可不能随便接受人家的恭敬。尕藏布跑步上前,殷勤地撩起门帘,把我让进了帐房。

接下来的事情很简单,我让尕藏布打开纸箱子,拿出那些钞票,又帮他拆掉捆扎,一张压一张铺排在地上。然后我从衣袋里拿出刚从商店买来的两瓶蓝墨水,拧开,用羊毛蘸着,划线似的划过所有的钞票,面前的三百万顿时都有了蓝色的记号。尕藏布惊呆了,没想到他苦苦发愁、死死焦虑的问题,这么容易就解决了。他手舞足蹈地走来走去,发出了一阵愉快的赞叹声:"噢呀,省上的,噢呀,省上的。"意思是说:原来是这样的,这样就太好啦。

"现在它们又都是蓝的了。去吧,实现你的诺言,送到强巴家里去。"我说着心里咯噔一声,似乎一个秘密被我揭穿了:我来尕藏布家原来就是为了我自己。我回到青果阿妈草原最害怕的就是遇到强巴,要是强巴得不到三百万,又见我没把各姿各雅带回来,非把我杀了不可。

尕藏布二话没说，招呼老婆把三百万又装回纸箱子，然后搬起一个纸箱子就往外走，脚步轻盈，面带得意的笑容，似乎他现在拥有的不仅是解脱，更是借贷后成倍返还的喜悦。未来的场景让他不禁想到了漫山漫坡的羊群和扩建之后仍然十分拥挤的羊圈，就像天上的碧蓝落在了羊群里，那么多蓝色都属于他了。还回来时至少有两个三百万，这个概念就像头皮一样牢牢长在了他的脑壳上。他知道两个三百万就是六百万，六百万只的羊群那是多大一片覆盖。眼前这些草场显然是不够了。他惊喜而又担忧地说："佛祖啊，那可怎么办？"

天晴了，云层的飞逝让太阳的出现格外峻急。喇嘛闹拉说了，我就是尕藏布的太阳。但尕藏布感激的却不是我，而是预言了太阳出现的喇嘛闹拉。在他看来，只要对应他的期待，就一定是喇嘛闹拉的安排。啊噻，喇嘛闹拉，多多的头磕上，多多的酥油献上。三百万回来了，这是他用自家的藏獒嘎朵觉悟换来的。我望着尕藏布搬运纸箱子的身影，突然感到一阵悲哀：原来藏獒对草原人也可以形成祸害。它跟人对藏獒的祸害其实是一样的，都是用优裕和丰厚让对方失去本性，然后风魔一样吹昏头脑，吹得他和它们神经过敏，到处乱窜。而我一方面忽略着尕藏布适应新生活的能力，一方面又在放纵地利用着他的不适应。多数人的卑鄙是隐蔽的，而我的卑鄙是公开的。公开的卑鄙加上公开的践踏和利用，我是一个什么东西？

尕藏布直接把装钱的纸箱子搬进了我的北京吉普，好像理所当然就应该由我帮他送到强巴跟前。送就送吧，现在不怕了，尕藏布的三百万让我理直气壮。

2

强巴一家从广场医院出来后,把救济来的简易帐篷搭在了自家坍塌的碉楼废墟前。阿爸岗却巴依然病着,每天说到"恰那亚嘎"的次数越来越多了。这个传说中残害动物的生障魔鬼左右了老人的灵魂,让他时刻揣摩着系在脖子上的红棉线绳,在恐怖惊惧中度日如年。他打发儿媳妇去山上看护他家的牛羊,总觉得那些牛羊随时都会被"恰那亚嘎"收走。其实别人都清楚,他家因为盖碉楼卖掉了大部分牛羊,剩下的十五只绵羊和三头牦牛抹了红颜色以两只菜羊的代价托付在别家的畜群里,用不着专门看护。但儿媳妇还是去了,救济来的吃食要节约着吃,她想腾出自己的嘴,让家里人尤其是自己的孩子多吃一点。因为在山上,在藏獒已经稀有的畜群旁,狼口下的死羊是足以果腹的。"恰那亚嘎,恰那亚嘎。"儿媳妇走后,能够被这种声音催逼的只有强巴了。强巴知道阿爸想要什么,念叨着"各姿各雅",一次次离家,一次次回来。他是去找尕藏布的,索要那三百万,每次去都搞得他灰心丧气,让他脸上天天都是绝望的愤怒。

一次尕藏布说:"你是来逼我杀人的吗?佛菩萨没教会我,不如你杀了我吧。"说着,解下自己的腰刀丢给了强巴。

强巴一脚把腰刀踢还给他:"我不是强盗,不杀人也不抢钱,我就是要让你说话算数,把三百万搬到我家去,不搬的话就把各姿各雅还给我。"

还有一次尕藏布说:"我念了十万个'快打雷快闪电'的嘛呢(六字真言),喇嘛闹拉说,这样的话省上的就要来啦。你等着就是了,跑来跑去不如在家里念嘛呢。"

强巴说:"把腰刀给我,这个人来了我就杀了他。"

尕藏布没有给他腰刀,心说你杀了省上的,我的三百万怎么办?

现在我来了。在靠近碉楼废墟时,我看到风中瑟缩的简易帐篷就像一只卧着不动的藏獒,灰白的尘土在雨后的草原上如同轻烟弥扬而起。我把车开到离帐篷很近的地方,下来帮着尕藏布搬出所有的纸箱子。尕藏布挥着手高兴地喊着:"强巴啦,强巴啦。"帐篷瑟缩得更厉害了,却不见出来一个人。我正在想要不要过去看看,就听身后一阵奔跑声。强巴来了,他在草原上早已看到我的汽车,就像当初我带着各姿各雅离开时他在后面追撵那样,边跑边舞起袍袖喊着"各姿各雅"。

轰的一声,就像一只凶猛的藏獒,他哈着热气站到了我面前,眼光犀利得能穿透我的心肺。我惊慌地退到了驾驶室门口。

"强巴啦,看看我说的话吧。"尕藏布弯腰摩挲着纸箱子,好像他的话一出来就变成了东西。"一个牧人要是说话不算数,佛菩萨就会远离他。我把三百万给你搬来啦,你看看它们,多好看的蓝色啊。"

"尕藏布啦,我不要你的三百万,我要我的各姿各雅。三百万治不好我阿爸的病。我阿爸每天都说'恰那亚嘎',各姿各雅回来他就不说啦。还有我的八只小藏獒,省上的,你说你要找回来。"

尕藏布说:"那不成。你答应了又反悔,佛菩萨会不高兴的。"

我迅速钻进驾驶室,砰一声关上了车门。强巴不知道他可以拉开车门,拽我下来,只是焦急地拍打着车窗玻璃。突然他弯腰扳住了汽车下面,"嗨"一声抬了起来。我的北京吉普倾斜了,摇摇晃晃就要翻倒。强巴哪来这么大力气?我赶紧发动汽车,车轮蹭着他的皮袍旋转起来。车身猛然朝前一窜,他被带倒在地,愤怒地吼了一声:"骗子,骗子,让佛菩萨报应你吧。"然后爬起来就追。

我疾驰而去,就像一个慌不择路的逃犯。迎面冒出了一个女人,突然张开双臂想拦住我的车。我急打方向盘,从她身边闪了过去。一晃眼我发现这个女人面孔熟熟的:谁啊?我从倒车镜里看过去,在她回望汽车的瞬间我看到了深深的紫晕和浅浅的酒窝。拉姆玉珍?拉姆玉珍怎么会在这里?我立刻减速,看到她抱住了正在追撵汽车的强巴,急切地说着什么。哦,原来是这样?我只知道拉姆玉珍嫁给了一个牧人,却不知道这个牧人就是强巴。以后我会明白,她这天是从看护牛羊的山上回来了,送回来一些肉,看看孩子,取些糌粑再上去,恰好碰到了我。

强巴被拉姆玉珍抱住后,就再也没有追撵。我不疾不慢地离开了那里。在我不知道拉姆玉珍的时候,拉姆玉珍已经知道我了。我拉走了她家的各姿各雅她是什么感觉?拉姆玉珍,早知道的话我为什么不直接去找你呢?不不。鹫娃州长说了,那叫添乱。如果强巴知道我跟你过去的关系,不仅会更加恨我,也会恨你。不管怎么说,现在已经刻不容缓了,我必须报案,必须把嘎朵觉悟、各姿各雅和八只小藏獒搞回来,否则我真的就是一个骗子了,就别再想回到青果阿妈草原了。我直奔麦玛镇,来到广场州政府抗震救灾临时指挥部,下了车打听:"鹫娃州长在吗?"

在。繁忙的抗震救灾让鹫娃州长本来就很黑的脸色更黑了,粗糙的紫外线脸膛因为消瘦而更加粗糙。装束也有些变化,船型的牛绒礼帽变成了简易毡帽,白衬衣变成了耐脏的紫红衬衣,黑西装和灰呢子大衣变成了老鼠皮颜色的毛衣和黑夹克。这是老百姓的衣着,藏族人的汉服大致都这样。从皱皱巴巴的样子看,这段日子他都是和衣睡觉的。他在他的办公室一见我,就指着部下说:"你们出去,把门关上。"

我以为他要打我。他要是打我,我一定还手。拳头已经攥起来了,突然又变成了巴掌。因为他在拍我,我也得拍他。一拍两个人就笑了,温暖在我们之间飘逸,是和解的意思,也是并不打算互相理解的开端。鹫娃州长的面孔旋即变得又冷又硬:"你带走了青果阿妈草原唯一的上等母獒,还打了我,把我们的人差点压死,我以为从此你不会再来草原啦。"我心说:怎么可能,这是我的故乡。

我坐在一张折叠椅上,抿了抿干渴的嘴唇,顺手拿起桌子上一瓶未开启的矿泉水。鹫娃州长从我嘴边一把叼下来:"这有什么喝头?"他上前开门对外面的人说:"喝的。"很快就有人提着一个铝壶,拿着两个碗走了进来。尽管指挥部很简陋,奶茶还是要烧起来的。藏族就是藏族,"喝的"只能是奶茶,"洗的"才是水。冒着热气的咸咸的奶茶让我微微出汗,从肚肠到皮肤都舒服了许多。

我冲动地说:"鹫娃州长啦,知道我为什么回来吗?"

鹫娃州长坐在我对面,和我一样吸溜着奶茶:"色钦啦,你既然敢来找我,说明一切顺利,你带着各姿各雅找到了八只小藏獒?"

一定不是奶茶让我冲动起来的,是一个想法。如果我说我是来报案的,鹫娃州长一定会问:你有证据吗,尤其是火烧展览馆和掠夺嘎朵觉悟的证据?如果我说袁最拥有嘎朵觉悟、各姿各雅和八只小藏獒本身就是证据。鹫娃州长又会问:难道这不是一厢情愿的哑巴证据?它们能说人话?能证明它们是被偷的、被抢的、被骗的,能指控那个放火的人和谋害(未遂)强巴一家的人"就是他"?

果然果然——我说:"火烧展览馆的凶手另有其人,我已经找到了。"鹫娃州长对我的话丝毫不感兴趣,严肃地说:"哥里巴已经死了，又冒出另一个凶手来。依我看有没有凶手还不一定呢。关键是证据，千万不要感情用事。"他根本就不相信我。在他看来由地震引发火灾是再自然不过的，为什么还要把它搞成一起刑事案件而且是特大的呢？

"是的，我找到了八只小藏獒。但我不是为了这个才来找你的。"我吞下了来报案的话头，更不想扯起我在蓝岛的经历了。我呵呵地笑了，告诉他我是冲着他州长的权力来找他的。我要办一座獒场，就在青果阿妈草原。这个獒场的创办者应该是三个人：他、路多多和我。他划拨一片草原给我们，路多多负责投资，我来具体管理。獒场应该有独一无二的原生态环境，有得天独厚的原生态藏獒。藏獒都应该是在全国挂过金牌的——公獒第一，母獒第一，幼獒第一。我还告诉他，马上就要举办北京藏獒博览会了，在博览会上赢得第一名的，都将是我们青果阿妈草原的藏獒，是我们獒场的藏獒。我兴奋得满脸发烫，似乎一下就烫热了鹫娃州长。他"呵呵呵"地笑起来。

鹫娃州长说："北京藏獒博览会？这个机会不错。地震震不垮青果阿妈草原的藏獒经济，我们就得把口号喊出去。地震之后百废待兴，原来的獒场还不知道能不能恢复。你要办獒场？想法不错。划拨一片草原不是什么大事，关键是藏獒呢？我们不能像你写书一样吹牛撒谎，要干就得扎扎实实干。路多多要参与？他能搞来多少钱？先不要管钱，我知道他搞钱是容易的。先说藏獒，藏獒呢？我相信只要你办獒场，你就不会把各姿各雅和八只小藏獒倒腾到外面去。"

我说没有藏獒怎么能办獒场？藏獒包在我身上。我想起袁最是如何骗了我，绑了我，又送我一个不可原谅的耳光。我已经说过了，只要我活着，就会让死亡一步不落地追随他。想法渐渐清晰起来，是一个只有我才能产生的最大胆的想法。它埋伏在我的意识深处，突然跑出来时，我看到了自己作为一个惩罚者的灿烂。

惩罚？谁的惩罚更有效？我的吗？我和袁最，为什么不能在北京藏獒博览会上一见高低呢？报案，抓捕，报复性地摧毁他和他的獒场，不如在博览会上打败他，让他的幻想、他活着的意义、他生命的全部、他的所有精气神彻底破灭，再把嘎朵觉悟、各姿各雅和八只小藏獒带回草原，聚拢到我的獒场。灿烂的我立刻想到了白玛，必须去找她，把她的金獒哦咕咕和黑獒达娃娜带到北京去。它们是唯一有可能战胜嘎朵觉悟和各姿各雅也就是战胜袁最的藏獒。白玛，我亲爱的白玛。

或者是袁最自己对自己的惩罚最有效。如果他被打败，他还能把嫉妒重演一次吗，就像他在麦玛镇的展览馆里那样？我的心一阵颤抖，如同阴冷的风走过身体的旷野，吹寒了所有的细胞。我看到灿烂的背后是一片黑暗。是的，我要通过他自己的手杀了他。我必须做到，在他毙命的时候，我依然是个毫无沾染的旁观者。

我一连喝了三碗奶茶，起身说："鹫娃州长啦，建獒场和进北京，两件事情要一起来做。你知道我是一个只要想做就一定会做到底的人。"

难得鹫娃州长对我一脸和悦："你终于要做对青果阿妈草原有好处的事情了，这两件事情我全力支持，有什么需要我做的，尽管来找我。"

走出抗震救灾临时指挥部鹫娃的办公室，我长喘一口气，又一次发现：一个真正的罪犯，是永远不会报案的，血酬定律才是唯一的遵循。以暴易暴的循环里，我也是一颗不亚于袁最的行星。我拿出手机，情不自禁地拨通了袁最的电话，呵呵了两声便意识到我已经提前幸灾乐祸了："想不到我还会给你打电话吧？"

袁最的确没想到，沉默了一会儿才说："你想干什么？"

"通知你一声，我将带着我的两只藏獒，跟你在北京藏獒博览会上见面，你敢吗？我现在最担心的就是你不去参加博览会。"

"别骗我。你不就是要报案吗？我已经准备好了毒药，一旦警察来敲门，我就毒死嘎朵觉悟、各姿各雅和八只小藏獒。我得不到的，你也别想得到。"

"报案便宜了你。警察会杀了你吗？不会。你最终会被枪毙吗？也不会。你说对了，就算你杀人放火罄竹难书，可证据在哪里呢？我不想把我的指控变成诬陷，所以就想还是由我亲自来打败你，打败你就等于杀死你。"

"太好了，你来吧。"袁最的声音里透露着喜出望外的激动，"我不去北京藏獒博览会我就是你孙子。你手里有什么好藏獒，我好奇得很呢？"

"它们是金獒哦咕咕和黑獒达娃娜。"

袁最似乎愣了一下，片刻才说："它们？它们没有被烧死啊？太好了。我听说过它们，说它们比嘎朵觉悟更优秀。"他突然亢奋得吼起来，每一个字都在颤抖中狞笑，"豁出命来比一比，一旦你败了，你的金獒和黑獒就是我的；一旦我败了，我的藏獒就是你的，包括嘎朵觉悟、各姿各雅和八只小藏獒，还有我们黄海獒场的所有藏獒。"他把血本以及未来全押上了。

"好啊，你我都是藏獒一样的男人，一言为定。顺便问问你，你知道'嘎朵觉悟'是什么？是神山。在草原人的意识里，它跟冈日波钦、阿尼玛卿、梅里雪山一起，被称作藏族四大神山。'各姿各雅'

是什么？是巴颜喀拉山的主峰，黄河的发源地，知道吗？它们屹立在青果阿妈草原，就一定会属于这片土地。"

"山是山，藏獒是藏獒，你别搞混了。"袁最讪笑着说。

"山就是藏獒，藏獒就是山。你连这个都不明白，还是养藏獒的。"

3

我在麦玛镇加油站加了油，直奔我最初见到白玛的那片草原。草原已是夜晚，星斗们的照耀让我失望，在遍寻不见新鲜痕迹的时候，我知道白玛已经很久不来这里了。我停车歇在了没有白玛的白玛老家，蜷缩在车座上，吃了些饼干，喝了几口矿泉水，便进入了梦乡。

第二天，我去了北部草场，草场临河的台地上，阿柔家的黑白两顶帐房也已经不见了。四下里眺望，看到一个孤独的牧人骑马走过，开车过去打听。他说草原上的人从来不找白玛或者阿柔，要找她们就先找哥里巴。我说你还不知道啊，哥里巴已经死了。牧人的神情就像遭到了电击，眼睛一张："啊，死了？"

我弃车进山，走向阿柔家的雪山寨子，走到下午才意识到迷路了。到处都是一样的雪线、草甸、林带。美好的景致里，所有的洁白、浅黄、黑绿都成了堵挡。比我第一次来时更茂盛的植被遮盖了曾经的路，怎么走都觉得不对。想到雪山寨子里有金獒哦咕咕和黑獒达娃娜，便噢噢噢地喊起来，希望我的喊声能引来它们的回应。但是没有，我似乎是唯一的野兽，啸鸣在没有人烟的地方。

本以为能顺利抵达雪山寨子，带着上路的一包饼干、两瓶矿泉水早就在肚子里了，这时候又饥又渴，浑身渐渐没有了力气。

我害怕起来，赶紧往回走。回去的路好像比来时更艰难，往哪里走都不是路。眼看就要天黑了，林带一片黯淡，亮光都跑到草甸以上去了。我使劲往上走，像投奔光明那样，走累了，便停下来喘气，看到我已经走过草甸站到雪线上，身前身后延伸着层层叠叠的雪峰。荒寒的气息、原始的冰凉正在包抄而来，一片冷白的雪雾笼罩了我。我看不到走出山群的路，连方向也糊涂了。必须找一个地方过夜，但不能在山上，山上会被冻死。我又朝山下走去，走向了黑魆魆的森林。

森林长在山坡上，这棵树的树根衔接着那棵树的树梢，而我以为和树根在一起的一定还是树根，便毫无戒备地迈动着步子。一阵虚浮感惊心动魄地从脚下传来，我赶紧收腿，但已经来不及了。顺着树梢跌下去时，我惨叫了一声，感觉身子不断碰在一些枝杈上，突然咔嚓一声响，便什么也不知道了。

我想起来了，他就是那个大胡子摄影师。地震后，我在展览馆的废墟上背运藏獒焦尸时，嫌他只顾拍摄不来帮忙，曾一脚踢翻了他的三脚架。就是他告诉我，尕藏布是嘎朵觉悟原先的主人。大火是人放的，这个人就是尕藏布自己。他卖掉了嘎朵觉悟又舍不得它离开，就干脆让它早早地转世去了。但让我记忆尤其深刻的，还是他对藏獒节的承办方喜马拉雅藏獒销售基地的辩护。这不是当地人的感情，青果阿妈草原上的人没有喜欢销售基地的。

大胡子摄影师告诉我："这里是阿柔家的雪山寨子。"

那么多山沟，看起来都一样，阿柔家的雪山寨子在中间的一道，我却走到偏端里去了。"你的头烂了，腰断了，腿折了，已经死了。我们看到你时就是这样想的，后来发现头没烂，腰没断，腿没折，还活着。你知道你为什么活着？"那是四棵最高的云杉连接起来的高度，摔下来居然只是划破了手脸。因为喇嘛闹拉正在麦玛寺的佛堂里念经。他念着念着就没有了气息。大家都说，啊，佛爷升天了。正当听经的人有的哭有的笑、度亡的喇嘛就要举办超荐法事时，喇嘛闹拉突然睁开眼，喘了一口气说："好啦，他没事啦。"人们问谁没事了。他说他去了一趟有森林的雪山，托住了一个从山崖上摔下来的人。"这里有亲近阿柔家的雪山寨子的人吗？快去，快去。"于是大胡子摄影师就骑着摩托车跑来了。

摄影师半路上碰到了白玛和阿柔，她们正准备去找我。白玛和阿柔原是分开的，随意地在她们各自喜欢的地方扎帐而居。每年的夏天她们都会这样，何况今年地震了，更不便集中在雪山寨子里了。先是白玛，不，是藏獒托勒有了感觉。这只被我救治过的藏獒知道我来了，用吼声和烦躁不宁的走动催促白玛上路。然后它带她走向了北部草场临河台地上我的北京吉普，又走向了阿柔的帐房，走向了大胡子摄影师，最终走向了我出事的地方。多亏了藏獒托勒，要是没有它，就算我摔不死，也会冻死或被野兽咬死。

摄影师说："把你背回来后你醒过一次，后来又昏迷了。怎么样，哪儿不舒服？皮肉和骨头已经检查过啦，内脏和头脑靠你自己感觉。"

我不记得我醒来过。我醒来后一定会寻找白玛和阿柔以及藏獒托勒。她们人呢？托勒，托勒。我看到了酥油灯的火苗和泥石灶火的轮廓，感觉到氆氇垫子里干茅草的咝咝响声正是我身子蠕动的原因。我知道现在是午夜，这里是我曾经住过一宿的雪山寨子的平房。我不知什么时候已经坐起来，正在让大胡子一勺一勺地给我喂肉汤。

"你是谁？怎么会来到阿柔家的雪山寨子？"

"我是康巴人哥里巴。"他的回答像石头一样坚硬。

"啊,哥里巴?你不是死了吗?"我奇怪我居然一点也不吃惊。

"你找我时我死了,不找我时我又活了。我想做一个慈悲心肠的菩萨,可有人把我当成了杀人放火的魔鬼。你说,是菩萨背你到了这里,还是魔鬼?我再问你,白玛和阿柔好不好?好女人庇护的怎么会是坏男人?"摄影师的大胡子在光影里晃动,和天葬台上死去的那个被混叫作"哥里巴"的人相比,他显得高大壮实多了。

早晨,头沉腿软的我起身走出了平房,看到寨子背后那座冰清玉洁的大雪峰正在闪耀,如同无声的爆炸,让整个山谷都染濡着它的白亮。汇聚而来的玉雪精神在这里泛滥出光影的涟漪,花氆氇裙的白玛就从涟漪中淡出,好比仙女在天堂和人间的交界处欲来还往。之所以断定她是白玛不是阿柔,因为藏獒托勒跟着她。

托勒一见我就走过来,羞涩而胆怯地停在了五步之外,似乎它想对我好,又不知道我能不能接受,更要紧的是它必须顾及主人对我的态度。我温情地叫了一声"白玛",然后盯上了托勒。托勒已经好多了,可以瘸着走路,可以歪着嘴脸看人,但饱满的头型和最醒目的方形鼻子都已经扭曲,就像被大面积烧伤的畸形人那样。令人恻隐的丑陋里,隐含着多少生命抗争死亡的伤心惨目。我心疼地"啊"了一声,柔声叫道:"托勒。"托勒使劲仰头看了看白玛,看到了主人柔和的神情甚至微笑,便快步走来,张嘴就舔。我赶紧蹲下抱住了它,仔细查看它痊愈的伤势:眼睛是一高一低、一竖一横的,舌头少了一半,牙床变形了,犬齿已经脱落,只有白齿完好,吃食大概是不成问题的。嘴吊完全干缩,变成了僵硬的疤痕。浑身上下没有一处完好的皮毛,就像牛皮晒干了、树叶枯萎了。托勒,你是个奇迹,你居然能活下来。鼻子虽然烧坏了,功能却加倍好起来,我走到天涯海角你都能闻出来。它舔着我的腿,依恋地趴在了我脚上。

我起身从托勒肚子底下抽出我的脚说:"白玛,你好吗?"就见从另一间平房里,走出了也是花氆氇裙的阿柔。跟我记忆中的一样,阿柔是冰冷的,就像永远的冬天,在草甸之上雪峰之中寒彻了阳光的热情。我就是那一缕被寒彻的阳光,尽管我跟她有过,跟白玛反而纯洁到乌有,但我怎么也不能像一个真正的爱人冲动地走到她面前给她深情的一笑。我远远地带着被挫伤的无奈望着她,机械而客套地大声用藏语说:"你好。"她没有回答,仿佛白玛的回答就是她的回答。

白玛说:"你还在寻找哥里巴?现在找到了,你看他像那个烧死藏獒烧死人的凶手吗?色钦啦,你们都是好人,性格一样的朋友是哩。"

可如果他不是凶手,他干吗要躲着我?阿柔干吗要冲着扔进天葬台火堆里的尸体呼喊"哥里巴",而让别人以为他已经被冥獒咬死了呢?我在心里辩驳着,嘴说:"不说这些了,哥里巴活着就活着,他已经跟我没关系了。跟我有关系的只有金獒哦咕咕和黑獒达娃娜,它们在哪里呢?怎么没见它们?"

白玛望着寨桩外面尖利地叫了一声:"啊嘘。"我发现哦咕咕和达娃娜就在不远处的几颗杉树下,那儿还有一辆耀人眼目的红色摩托车。

哦咕咕和达娃娜听到喊声跑了过来。大概它们也知道我已经不把它们的主人哥里巴当凶手了吧,不像第一次见我那样又吼又叫,容忍着我的出现,让我在它们的家园享受着恩赐的和平。它们一个走向白玛,一个走向阿柔。白玛和阿柔就像商量好了似的都伸出右手以同样的姿势摩挲着它们的头毛。我看着它们非同凡品的样子,激动地说:"不让世界知道你们,那就是我的罪过啦。"

哥里巴走出了平房。我说:"你们都过来吧,我跟你们商量件事。"离我比较远的只有阿柔。阿柔磨蹭着,有点不情愿地过来了。我按捺不住地说起了我的打算:我想带着金獒哦咕咕和黑獒达娃娜,去参加北京藏獒博览会。都说它们已经超过了嘎朵觉悟和各姿各雅,我看也是。博览会上会评选出公獒第一和母獒第一,如果第一不是哦咕咕和达娃娜,那就是天大的遗憾,你们的佛祖,不,我们大家的佛祖也会不高兴的。用哦咕咕和达娃娜打败所有的公獒和母獒,让我们的藏獒和青果阿妈草原名扬全中国和全世界,你们看怎么样?我没说在整个博览会上,有实力竞争第一的就只有哦咕咕、达娃娜和嘎朵觉悟、各姿各雅,其实就是哦咕咕对垒嘎朵觉悟,达娃娜对垒各姿各雅,色钦对垒衮最。而且这事已经说定了,一旦我赢了,嘎朵觉悟、各姿各雅和八只小藏獒就都会回来了。"白玛、阿柔、哥里巴,同意我的请求吧,我知道你们一定不会拒绝,因为我需要的不是拒绝。如果你们不放心我,可以跟我一起去。哥里巴,走吧,带上你的照相机,博览会正是你拍照的好地方。"说到恳切激动的时候,我挥起拳头,打了哥里巴一下。哦咕咕和达娃娜误解了我的友好,冲我叫起来。我下意识地躲到了白玛身后。

哥里巴气呼呼地说:"白玛,阿柔,这就是你们喜欢的色钦。"他走进了平房,招呼着哦咕咕和达娃娜。金獒和黑獒跟了进去。他咣当一声关上了门。

阿柔离开了我。白玛也离开了我,离开时她强行带走了藏獒托勒。她们消失在自己居住的房间里。等我意识到他们再也不会理我,我在雪山寨子已经成了一个多余的人时,才知道他们的拒绝有多么坚定,就像面前的山,永远不崩。

我是一个人走出雪山林莽的,走得很小心,一直瞪着地面。地面的草丛树林里,有一道摩托车碾过的印痕。走到傍晚,我才走出雪山,看到了临河台地上我的北京吉普。

4

鹫娃州长对我的再次造访一点也不奇怪,亲自提着铝壶,给我倒了一碗奶茶。我再也不能向鹫娃州长隐瞒什么了,把关于袁最的一切和打败袁最的计划以及我在雪山寨子的经历都说了出来。出乎意料的是,鹫娃州长没有追问杀人放火、偷掠藏獒的事,也没有提出"你有证据吗"这样的问题,只是责备道:"我不让你带走各姿各雅,你偏要带走。我就预感到要出事。你现在找我有什么事?"

我歉疚地说:"鹫娃州长啦,我希望我不是来报案的。"

"那当然,报案你去公安局。"

"我要用我的办法惩罚袁最,我要把所有原本属于青果阿妈草原的藏獒都夺回来,我还要创办我们自己的獒场。但是现在最关键的是让我带着金獒哦咕咕和黑獒达娃娜去参加北京藏獒博览会。相信我,我不会像丢掉各姿各雅那样再丢掉它们啦。"

"你刚才说哥里巴没有死,他就是哦咕咕和达娃娜的主人?"

"还有白玛和阿柔。"

"可是我的话他们也不一定听。"他思虑着站了起来,"这不是一件小事,恐怕光靠我的权力是办不了的。走吧。"我原想就算我费尽口舌、再七再八地请求,鹫娃州长也未必会出面,没想到他这么痛快。后来我才知道,他已经给路多多打了电话,证明对方真的可以负责投资,让我在青果阿妈草原办一座獒场。对鹫娃州长来说，再没有比招商引资更大的事情了。何况他全力推动的藏獒经济已经被地震彻底毁灭，我的举动是振兴藏獒经济的重要步骤。"色钦啦，知道我为什么会相信你吗？因为我相信你比我、比任何人更爱藏獒。"

我们离开了抗震救灾临时指挥部。鹫娃州长坐着他的牛头越野，我开着我的北京吉普，驰向了麦玛寺。麦玛寺是典型的藏传佛教村落式寺院，宽宽窄窄的胡同串联着山坡上一大片错落起伏的庙宇僧舍。我们把车停在山下，一直往上走，先是扭来扭去的上坡路，然后是"之"字形的阶梯。阶梯消失的时候，我们来到一片废墟前，一座在地震中完好无损的佛堂映入眼帘。喇嘛闹拉好像知道我们要来，早早地到门前迎候了。

鹫娃州长一见喇嘛闹拉就跪下了。这让我吃惊不小。一般来说，做了官的草原人，总有一种世俗社会的身份感让他们不肯对司空见惯的肉身佛再行跪拜。但鹫娃州长似乎例外，他不仅跪下，而且两手向上，匍匐着在石头地上咚咚咚磕了三个响头。喇嘛闹拉惶恐不安地微笑着，赶紧深深地弯了弯腰。

喇嘛闹拉说："鹫娃州长啦，起来起来起来，我这个活佛是不值得你拜的。自从我让你叫我'错佛'后，你就再也没有来找过我，已经多少年过去啦。"

"佛爷，你还记得？"鹫娃州长起身，弯着腰说。

"你看我，记住的都是些不该记住的事情。"喇嘛闹拉看了我一眼。那是看待熟人的一眼，仿佛他穿越漫漫岁月看到了从前，认出我就是那个为了他救不活我的藏獒斯巴而指责他"你的经连狗都不想听"的孩子。我有些紧张，却没有下跪，连弯腰低头也没有。我是一个没有信仰的人，敬畏是什么不知道。

"其实我哪里是什么'错佛'。我错了,就是佛错了,佛会错吗?在你很小的时候,你家的人来找我,请求我收你做一个喇嘛。你们家里已经两辈人没有喇嘛了,你做了喇嘛,家境就会好起来,阿爸、阿妈、姐姐、妹妹就都会幸福安康。我说鹭娃这个人活着,不仅仅是为了让自己家里好起来。他没有做喇嘛的因缘,不到寺里来才是好的。是我把你拦在了佛门之外,鹭娃州长。活佛喇嘛的身份不是最好的身份,去做一个不叫佛的佛那才是你的出路。不要以为念经的才是佛,不念经的就不是佛。你看看我身后佛堂里的八大菩萨三世佛,哪一尊是天天念经的?"

我觉得喇嘛闹拉有点可笑,听他的话好像他那时已经看出鹭娃的俗缘超过了佛缘,朝他走来的那个小伙子是青果阿妈草原未来的州长。所以他说,小藏獒斯巴的灵魂已经离它而去,快把它丢到河里去。为的是让鹭娃对佛失望,让他脱离祖祖辈辈磕头念经的生活。喇嘛闹拉,你内心卑贱得真够水平,什么是"不叫佛的佛"?有你这样溜须拍马的吗?

鹭娃州长毕恭毕敬地应承着:"噢呀,噢呀。"

我大大咧咧地说:"你的话我不相信。如果当初你能预见鹭娃要做州长,那么现在你就能预见我们是来干什么的。说说看,喇嘛闹拉?"

喇嘛闹拉淡然一笑,一副不跟我一般见识的样子:"请你们回去,明天是'米拉日巴劝法会',我还忙着呢。'劝法'之后,你们想要的就会出现在你们面前,等着吧,三天以后,你们的好运气就会来了。但好运气会不会一直好下去呢?我也不知道。佛祖,你为什么不告诉我?"他昂然转身,走进了佛堂朱漆斑驳的门,里面的神秘和幽暗立刻吞没了他。

我想跟进去把话说明白，鹫娃州长拉住了我："走吧。"

"这不是白来了一趟吗？他就这么容易把我们打发啦。"

鹫娃州长摇摇头，用不容置疑的神情告诉我：他坚信喇嘛闹拉已经知道我们来找他干什么，他会兑现诺言的。一个不信守承诺的人才会怀疑别人的承诺。鹫娃让我别在麦玛镇傻等，去藏娘县看看我父母。我拒绝了，告诉他我必须等着，如果喇嘛闹拉让我失望，我会另想办法。就是偷和抢，也要带着哦咕咕和达娃娜去北京。

"你父母已经老啦，我听说身体也大不如从前啦。"

"我知道。等藏獒博览会结束、建起我们自己的獒场之后，我一定去，而且会多住一些日子。多谢啦，你这么关心我父母。"

我不相信喇嘛闹拉，却还是在等待。三天期限的最后几个小时很快来临了。

下午，我在停靠广场边的车上睡了一觉，醒来后焦灼不安地随意走动着。广场和广场四周的草原上到处都是帐篷和活动板房，地震中失去房屋的麦玛镇居民大都在这里。震后重建已经开始，鹫娃州长的原则是，重新规划麦玛镇，所有的新建筑必须达到抵抗七级以上地震的标准，宁可慢一点，也要好一些。所以大家知道他们的临时居住至少要临时一年甚至两年，心里反倒踏实下来，不是将凑而是尽量满意地过起了日子。我在灾民中走动，忧虑的眼光不时地扫进门内窗里：孩子在玩闹，妇女围着锅台忙碌，男人们出出进进，老人手摇着嘛呢轮一边积累功德一边晒太阳。一切日常的生活在经过剧烈破坏以后再次日常起来，再没有比人更能随遇而安的物种了。相比之下，我的心境比震后的灾区更要烦乱。

我走向了抗震救灾临时指挥部，想告诉鹫娃州长：我们上当啦。

鹫娃州长正好从指挥部出来，冲我笑了笑："我知道你很着急。"

"难道你不急，你不急出来干什么？"

"我来晒晒太阳。今天的太阳多好啊。"

看他笑嘻嘻胸有成竹的样子，我内心有些安定了。

阳光斜洒着灿烂，无论能把人的皮肤晒紫晒黑的紫外线多么强烈，青果阿妈草原的阳光都值得赞美，因为光是佛与精神的象征，在佛菩萨的教法里，它是一切生命和生命的一切能力的源泉。光的上面是蓝色，蓝色代表美好的心灵，当活佛喇嘛修炼出内心的澄明，当藏族人内心充满幸福时，那就是一片蓝色的宁静和纯洁。此刻鹫娃州长的心情大概就是这样。他提前感受到了喜悦的来临，也算是懵懵懂懂的预感吧。他带着我信步走去，随意地望着天空的蔚蓝。

"色钦啦，我的心有点跳，突突突的手扶拖拉机一样的。"

"可是谁的心不跳呢？除非……"

"天上的蓝色到了地上就变成了金色，你说为什么？"

"鹫娃州长啦，这种时候你还提这么无聊的问题。"

"不无聊，你转头看看就知道。"

我没有转头，而是比转头更快地旋动了脚掌，一眼就看到：它们来了，金獒哦咕咕和黑獒达娃娜来了。在我欣喜若狂地扑过去要跟它们表示亲热又被它们用轻吠制止时，我又看到了牵着它们的哥里巴，以及他身后的白玛和阿柔。

鹫娃州长走过来，拍了拍我的肩膀，用阳光一样透彻的眼光瞪着我，意思是：怎么样？喇嘛闹拉一眼看穿了我们的心吧？而且他说到做到。这就是佛。

是啊，天上蓝色的宁静到了地上就变成了金色的喜悦，让我在愕然之中不得不付出没有准备的敬佩：喇嘛闹拉，这才是符合活佛身份的作为。

鹭娃州长说："你应该去拜拜喇嘛闹拉，在他的佛堂里点一盏属于你的酥油灯。记住，见了佛一定要跪下，磕头，不然朝拜的人会见怪的。"

"好啊，好啊。"我答应着，立刻又推脱了，"以后再说吧。"我不打算去，因为我的记忆总是在出现喇嘛闹拉的时候翻腾起一股悲哀和冷漠，历历在目的依然是许多年前为了救活我的藏獒斯巴，我跪在喇嘛闹拉面前的情形——我哭着喊着："喇嘛阿尼、喇嘛阿爸、喇嘛阿永、喇嘛阿赫、喇嘛阿古、喇嘛阿吾，你有救活斯巴的经，你念，你念。"但是一点作用也没有，喇嘛闹拉还是宣布了藏獒斯巴的死讯。从此那个孩子失望了，再也不信一切穿着紫色袈裟的人了。就算现在由于喇嘛闹拉的作用，金獒哦咕咕和黑獒达娃娜出现在了我面前，也不能改变童年时深深烙印在我心里的成见。

我眼光穿梭似的望着白玛和阿柔以及哥里巴，问道："是喇嘛闹拉去雪山寨子找你们了，还是你们来参加'米拉日巴劝法会'时说服你们的？"看他们不回答，我又说，"多谢啦，多谢你们对我的信任。"

哥里巴板着面孔说："阿柔跟你一起去。"

我的理解是：他们并不信任我。可是阿柔，怎么能跟着我呢？

5

我要走了，带着金獒哦咕咕和黑獒达娃娜，去参加北京藏獒博览会。不知道消息是怎么散布出去的，那么多人都来广场送行。我张皇失措地看着他们：好像我已经不是我，我是代表青果阿妈草原去北京的。鹭娃州长眼睛充满灼亮的兴奋，用逼视和请托的神情告诉我：难道不是吗？你可以欺骗作为老朋友的我，却不能欺骗家乡父老、牧民兄弟。你带出去的，必须完好无损地带回来，包括大家知道的各姿各雅和不知道的嘎朵觉悟以及八只小藏獒。还要拿全国第一，不管是哦咕咕、达娃娜，还是嘎朵觉悟、各姿各雅。振兴震后青果阿妈草原的藏獒经济，就靠你了。

我明白了：我已经成了众人注目的对象，将作为一种社会期待被许多人议论。那便是一根牵引绳，链住了我随时都会抛锚的思想和逃逸的身影。

除了鹭娃州长，还有许多人也给我献了哈达，就像给我戴上了一个超大超厚的项圈，那种被绑缚的感觉愈发明显了。不过我不怕，我本来就没打算放弃和开溜，既然有鹭娃州长和整个青果阿妈草原做我的后盾，我就是变作强盗把所有我要的抢回来，也是胆气十足的。我的眼光从人群里挑出了白玛和阿柔。她们身贴身站在一起，容貌相同，衣服却各有各的风格。要跟我走的阿柔一身束腰束腿的汉装，一下子又苗条了许多。我眼光甜兮兮地告别着白玛，感觉到有一罐蜜糖混合在视力中黏连着她。她大概感受到了，总是扭头不看我。她一不看我，整个送行就有些苍白、遗憾甚至伤感。牵着哦咕咕和达娃娜的阿柔也不看我，她的眼光总是在人群里瞟来瞟去，好像在另外找人。我知道她在寻找哥里巴。哥里巴在哪里，怎么不来给他的女人和他的藏獒送送行呢？

送行的人中还有尕藏布。他笑呵呵地望着我，一直都是想靠前又不敢靠前的样子。在尕藏布眼里，我这个省上的和陪同着我的鹭娃州长都是佛爷般的大人物，作为淳朴的一部分，他会自然而然地显示一个牧人的拘谨和畏缩，但一遇到困惑就又会直率地认为你必须为他做主而毫不胆怯地来到你面前。

我主动走过去问道："看你高兴的样子，你一定把你的三百万交给强巴了吧？"看尕藏布点点头，我又问，"强巴呢，他怎么没来？"

"强巴不能来啦，他来了三百万怎么办？没有火就烧不滚酥油茶对不对？烧滚了酥油茶就要一碗一碗喝掉对不对？我赶着羊从夏窝子搬到秋窝子再搬到冬窝子，赶来赶去，羊就肥啦多啦，把羊给人送掉或是宰了吃掉，那个数目还是会越来越多对不对？送能送多少，宰能宰几只，羊生羊从来都是一生一大片对不对？省上的，我告诉你，强巴开始花钱啦，我亲眼看见他用我的钱买了一匹最好的马。我的钱是花不完的，吃掉的草还会长出来对不对？就算能花完，花到哪里都是我的对不对？我的就是蓝的，蓝的都是我的对不对？"尕藏布得意的神情里潜藏着他给自己的肯定回答。

"噢呀,噢呀。"我满脸堆笑地答应着,心里却像被猫爪挠了一下。我想很可能是拉姆玉珍劝说强巴这样做的：她不想让丈夫为难她少年时的情人，就劝丈夫把钱留下并且花掉。既然强巴开始花钱，就不会追究各姿各雅了。但这对尕藏布是不利的,钱怎么能花不完呢？花掉的钱怎么还能回来呢？到时候凑不齐三百万怎么办？除非我把嘎朵觉悟带回来交还给尕藏布。我想那三百万花起来是很快的，袁最不仅偷走了强巴的藏獒，也偷走了强巴的马。失去什么就买什么，三百万都不够。花吧，花吧，多多地花吧，这样就等于我利用尕藏布的钱让各姿各雅变成了我的。想不到我内心是如此森严，另一个阴霾重重的想法如期而至：即便我把嘎朵觉悟带回来，也不一定还给尕藏布。嘎朵觉悟的归宿一定得是我们的原生态獒场。

我不怀好意地说："你说展览馆的大火是哥里巴放的，可是我问了哥里巴,他说他没有。你为什么要那样说?"我扭头望了一眼不远处的阿柔,又说,"哥里巴的女人要跟我去北京啦,带着他的金獒和黑獒,身上还背着照相机。"

尕藏布嘿嘿嘿笑起来,似乎知道自己错了,害羞得不敢承认,看我眼里的追问越来越迫切,才低头望着自己的靴子尖说:"我不服气哥里巴我就那样说啦,不让说的话我以后就不说啦。可我还是不服气,哥里巴好上了两个女人你知不知道?他好一个我老婆那样不漂亮的,再好一个仙女一样漂亮的,我会说什么呢?我不会说什么。可是他好上了两个都是仙女一样漂亮的,那我心里就不舒服啦。他用女人腰里的奶桶钩抓疼了我,我怎么会不恨他?谁都知道我的嘎朵觉悟是青果阿妈草原最好的公獒,他偏说他养的藏獒超过了我的嘎朵觉悟,那我就恨上加恨啦。我恨他我为什么不能说?我以后打算这样说省上的你看好不好?他得罪了神灵,神灵要惩罚他,可是他不拜山神,也不去寺里拜佛神,神就不认识他啦。神说青果阿妈草原你为什么要养育哥里巴?我要惩罚你,让你从此知道那个让尕藏布不高兴的哥里巴是不能养育的。这么着青果阿妈草原就地动山摇啦。没有哥里巴,麦玛镇好好的。现在麦玛镇成了这个样子,哥里巴却要走啦。哥里巴的女人要走,哥里巴一定也会走。神灵的惩罚会跟着他们的影子,他们要去北京,北京也会有不好的事情的。神灵说啦,这次一定要让他死掉。"

"原来你是羡慕嫉妒恨啊?你这样诬陷人家,是要负法律责任的。"

"法律?啊嘘,它是你们公家人的神,草原上没有法律这个神,我才不管它哩。"

尕藏布的满不在乎让我开心。我想他不管是对的。就算他是诬陷，也跟法律没关系。因为我不算警察，不是正经办案。

这时阿柔和白玛身边起了一阵骚动。原来有人前去向金獒哦咕咕和黑獒达娃娜祝福，祝福的方式便是给它们戴上染成红色的牛尾巴缝制的粗大项圈，然后满身抹上新鲜的酥油。喇嘛闹拉也亲自赶来送行。他带着几个喇嘛念起了《平安经》。信民们跟着念起来。人群里响起一阵嗡嗡嗡的声音，好像这里绽开着一地的花朵招来了漫天的蜜蜂。哦咕咕和达娃娜不知所措地望着面前的人影，知道这是人们的好意便尽量大度地忍耐着。阿柔和白玛不断向人群弯腰鞠躬，替它们说：多谢，多谢。

突然我脸上有了一阵香泥润滑的感觉，酥油抹到我身上来了。我笑着躲闪：这可使不得，城里人闻不惯这种味道。但我身上还是被抹的左一片右一摊。我赶紧来到鹭娃州长身边说："该走了，我们不走，人群不散，你也得陪着。你忙里偷闲地送我们，耽搁太久了我心里过意不去。"

鹭娃州长说："什么忙里偷闲，这就是我的工作。"

我过去打开北京吉普的车门，招呼阿柔让哦咕咕和达娃娜快上车。阿柔牵着它们走向车门。白玛凑上前来，轻声呼唤着："哦咕咕，哦咕咕，达娃娜，达娃娜。"金獒和黑獒知道离别在即，扑向白玛，柔情地舔舐着，还不时地用牙撕扯她的氆氇裙，那是"别离开我们，跟我们走吧"的意思。恋恋不舍变成了无声的啜泣，留下的白玛和要走的阿柔都哭了。很多人都哭了。

鹭娃州长瞪着两个草原女人，硬邦邦地说："哭什么哭？好事情都叫你们哭坏了。"一扭头，自己也禁不住两眼湿润了。他用手掌根沾了一下自己的眼睛，温存地说，"没什么，有我们的色钦作家呢。他会让它们好好地去好好地来，不就是参加一次藏獒博览会吗？"说罢，他把哦咕咕抱进了我的北京吉普，又把达娃娜抱进了自己的专车——那辆牛头越野。考虑到一辆车装不下两只硕大的藏獒，鹭娃州长让他的司机送我们到西海府。

鹭娃州长让阿柔坐到牛头越野的副驾驶座上，关了门，大声说："走啊，你们慢慢地走了，我率领全州人民给你们念嘛呢（六字真言），祝愿你们好去好来。"然后走过来拥抱着我，把他的面颊贴到了我的面颊上。这是至爱亲朋之间的贴面礼，让大家看到州长跟我有多么亲密。我有些惶惑：有这个必要吗？有多少亲密就有多少责任，万一我出了事，你怎么向大家交代？也许鹭娃州长正是想用搞砸了无法交代的重负警示我：我们是从小到大的朋友，你不会不为我负责吧？

我看了一眼喇嘛闹拉，他也在看着我，清亮而忧郁的眼神似乎在期待我对他的送别和祝福有所表示。我在心里摇摇头，向所有来送行的人深深地鞠躬，上车走了。

哦咕咕和达娃娜叫起来，带着雄壮、舒缓、迷茫的悲伤，在汽车马达声的拌和下，徐徐地嘹亮着。我看不到达娃娜，但我相信它跟我车里的哦咕咕一样，眼睛一直盯着窗外的白玛。我的眼睛也是哦咕咕和达娃娜的眼睛，跳过了所有认识与不认识的人，落在了白玛亮闪闪的鼻子尖上。

白玛望着我，这一次我分明看到，她是望着我的。我笑着冲她挥挥手，看到她张嘴喊了一句什么。从她的嘴形中，我知道她喊的是藏话："请照顾好阿柔。"

这还用说嘛，我是一个男人。突然想：为什么哥里巴一直没有出现？为什么他如此大方地让阿柔跟我去西海府又去北京？难道他不担心我会对阿柔产生男人的冲动？不不不。我急速地摇了摇头，既然哥里巴把我当成君子如此信任我,我就应该做出个君子样给他看看。尽管我对阿柔已经冲动过了,但今后,至少在参加博览会期间,我要跟她授受不亲。阿柔,我的异性同伴,我将严肃对待你。

6

我和阿柔在西海府待了三天。其间我们把哦咕咕和达娃娜寄养在王獒人的獒人广场。王獒人已经带着自己的藏獒去了北京。他打电话让广场的人接待我们并满足我们的一切要求。阿柔住在獒人广场,守着金獒和黑獒。我负责订机票、办托运、联系在北京落脚的地方。去了一趟机场才知道,西海府飞北京的航班半个月之内不办理托运大型动物的业务。为什么?太多了,你得排队。这可怎么办?藏獒博览会开幕的日子是六天以后。我让路多多请我吃饭,饭间逼着他立刻打电话跟机场疏通。路多多打了电话,看对方答应得不很干脆,便说那就算了吧,我们自己想办法。他的办法是派一辆中型面包和一个熟悉道路的司机,拉上两只藏獒以及我和阿柔前往北京。这比坐飞机方便多了,最多三天就能到达。我听了欣喜若狂:太伟大了,假公济私的路多多。要是你不假公济私,是不是没这么好?那就让廉洁奉公见鬼去吧。

我假装担忧地问:"你把公车派给我们,别人会不会提意见?"

"这才算个啥,大惊小怪。我会叮嘱司机,让车一直跟着你们,所有的花销也都由他包了。你只需要做好你应该做的事,藏獒,我们需要最好的藏獒,而且多多益善。过两天我会去一趟青果阿妈草原,跟鹭娃州长面谈投资獒场的事,等你胜利归来,说不定獒场已经有了。"

路多多说话时显出很干练的样子。我想大概贿赂多多的官员都是有魄力的，如果一个官员碌碌无为到连贿赂都不会，那就惨了。贪吧，亲爱的路多多，只要对我有好处，你就尽情地贪吧。我很高兴。我发现一个人只要无耻起来，心情就很愉快。

我告别路多多，又换了一家饭店见到了事先约好的少少。

怎么样了？还没坐定我就问。我问的不是她，是小金獒。少少一听就明白，告诉我小金獒已经长大了不少，敦敦实实的，她都有点抱不动了。就是不亲她，她走了它也不跟，她来了它也不迎，呆若木鸡的。话间流露出一丝嫌弃和埋怨，似乎我给她添了麻烦。我说这就对了，感情内敛，不卑不亢，正是一只好藏獒的品质。我的眼光不会错，它是个护主的料，长大后一定很凶猛，忠贞不贰。我把"忠贞不贰"咬得很瓷实，好像我在警告她，又好像我在发布宣言：我本人是多么的纯洁专一啊。不知是少少没听出来，还是她一点不在乎我的暗示，接着我的话茬说，小家伙已经很凶猛了，撵走了她家院子里的所有野猫。前天家里来客人，吼着叫着不让人进，后来又叼起客人的衣服和领带，扔到院子外面去了，还撕烂了人家的裤子。把客人吓得脸都白了，问她养的是什么，是狗，还是妖魔鬼怪？她说着情不自禁地得意起来，对小金獒一点嫌弃也没有了，每一句都是炫耀。

"这样就好，千万不要让路多多和别的男人亲近它。你要让它孤独、冷傲、排斥一切，要让它知道只有你才是它的依靠。对了，它那么小怎么可能叼起衣服和领带呢？难道客人把衣服和领带扔在了地上，或者至少在沙发上？"

少少唰地红了脸，躲开我的眼光说："服务员，上茶。"

我想对一个麻木于"忠贞不贰"的女人，我何必要为她藏着掖着呢？我说："是那个叫仇步鼎的男人吧？少少你给我听着，我不管你跟谁来往，但你一定要保护好自己。不要拿他们给你的东西，尤其是钱，他们都是贪官。我说的是他们，仇步鼎和路多多，知道吗？"为了让她理解，我又说，"是我把你推给了路多多，我要对你负责。我希望有一天他们被法办的时候，没有牵扯到你。"

少少抬起涨红的脸，洞张起眼睛，恨怒地说："怎么路多多什么都告诉你？你给了我小金獒，你已经负责了。我领你的情，但我并不想改变自己。我走到今天这一步有我自己的理由，与你没关系。我花了多少他们的钱，我心里有数，绝对不超过他们的正常收入。倒是你，写了几本烂书就冒充起藏獒专家了，今天办獒场，明天养藏獒。路多多以前从来不和人说起钱，他就是再有钱也都存在企业家的账户上，算是他帮了忙人家欠他的。现在可好，一拿起电话就说钱，几百万几百万地要人家往一个账户上打。我问他这账户是谁的，他还不告诉我。是不是你的？"

我摇摇头：绝对不是。心说会不会是鹜娃州长提供的账户？似乎是为了向少少证实自己的清白，我想直接问路多多。少少一把攥住了我的手机。

"你怎么这么没脑子？出卖一个卧底对你有什么好处？"

"你是我的卧底？难道你跟路多多就没有一点感情？"

她没有回答，吹了一口气说："起个名字吧，给小金獒。"

我也吹了一口气，似乎把卧底的话题吹散了。我想了想说："就叫秋吉加，法王护佑的意思。瞧瞧，我不信神，随便起个名字，却还是离不开神灵。"

和少少见面后的第二天，我们就上路了。路多多丢下一个据说很重要的会，前往獒人广场为我们送行，一见金獒哦咕咕和黑獒达娃娜就喊起来:"真不错,一点也不比上次那只差,甚至还能超过。"他指的是各姿各雅。

我以行家的口气称赞道:"你已经入门了。"

第十三章　藏獒博览会

1

　　一切准备就绪。装载嘎朵觉悟和各姿各雅的铁笼子已经摆在獒场院子里，笼子里铺了一层新解的松木板，一阵阵淡淡的木香味在空气中飘扬。藏獒们的饮食提高了质量，减少了数量。天天都有饲养员给它们梳毛，厚长的被毛、密软的绒毛都被梳理得纤毫毕见。袁最一天两次，亲自带着嘎朵觉悟和各姿各雅在院子里走来走去，每次不超过四十分钟。他在花馨子的帮助下，不仅消除了各姿各雅对他的敌意，还能发出口令让它和比它更傲慢的嘎朵觉悟坐下、卧倒、起立、行走、抬头、张嘴等等。这是走 T 台前的必要训练，虽然藏獒极其不习惯自己的一举一动被命令被强制，始终是冷漠而漫不经心的，但还是差强人意地配合着，六七声口令之后，让它们做的都能做到。

袁最发现，藏獒有时候不听口令，并不是它们听不懂，记不住，可训性差，而是它们有着天然合理的桀骜不驯，性情中的强烈野性在敦促它们故意跟人作对，尤其是当它们意识到袁最并不是它们的主人时。袁最还发现，它们对待花馨子和对待他是有区别的。都说草原藏獒的第一服从是男主人、第二服从是家庭中的孩子，第三服从是女主人，第四服从是老人，第五服从是亲戚。但是在嘎朵觉悟和各姿各雅身上，这样的次序是颠倒的。任何口令，只要是花馨子发出的，都比他更奏效。甚至在王故面前它们也比在袁最面前更听话。袁最想，这是怎么回事？难道它们了解獒场的所有人？所有人都是有罪的，相比之下，我的罪更大。

花馨子一直在专心服侍和调教八只小藏獒。让它们有足够的睡眠和合理的饮食，每天拿出三个小时跟它们玩，挑起它们活泼好动的天性，训练它们的追逐打闹。这跟人是一样的，再漂亮的孩子，要是老躺着坐着，人的喜欢程度也会大大降低。花馨子认为，尽管评委们都知道幼獒在陌生的场合必然会呆头呆脑，但也不拒绝欣赏它们的顽皮捣蛋。因为藏獒幼时的活泼好动往往预示着长大后的武猛好强。

眼看要出发了。袁最突然提出，他要去找找李简尘和黑胖子。花馨子坚决反对，但毫无效果，他还是去了。在黑胖子獒场，袁最对自己的两个对手说："你们都准备好了吧？带哪只藏獒去参加北京博览会？"看对方诧异地互相看看，又说，"我后天上路。你们应该知道我的心思，我要么不去，要去就得拿冠军。北京藏獒博览会是黄海獒场的转折点，有可能转向天堂，也有可能转向地狱。我来就是想请你们帮帮忙,毕竟我们是一起的。"

黑胖子说:"你袁最是个本事高强的人,还需要我们帮什么?"

李简尘说:"你能求到我们,看来不是个小忙。不过帮忙是要有条件的。"

袁最瞪了李简尘一眼:"说吧,什么条件?"

李简尘贪婪地眯起眼睛说:"把你的八只小藏獒给我们。"

就像一根矛枪刺疼了心脏,袁最倒吸一口冷气。对他和黄海獒场来说,八只小藏獒是最有潜质且前途不可限量的一笔财富,跟嘎朵觉悟和各姿各雅同样重要,怎么能随便给人?不过他最终还是同意了。和获得博览会冠军以及得到色钦作家的两只藏獒相比,八只小藏獒当然是位在其次的。再说了,一旦在博览会上达到目的,想别的办法保住八只小藏獒也不是没有可能。我袁最是什么?心有多深,血有多黑,肠子有多诡,谁也不知道,连我自己也不知道。

袁最已经从早就到达北京的王獒人那里详细了解了博览会的活动日程以及聚餐下榻等等细节。等他说出计划后,李简尘和黑胖子没有提出异议。他们都微微一笑,会意地点着头,好像袁最的心思他们早已摸透了,他们在心里轻蔑地说:也不过如此嘛。这让袁最非常不快,告辞的时候一脸冷峻,没说任何多余的话。

袁最没想到,就在他前往黑胖子獒场请求帮忙时,李简尘和黑胖子也正在商量如何利用藏獒博览会达到自己的目的。他们目的与獒肉加工厂有关。加工厂的产品供不应求,好像在中国豢养藏獒有多火爆,吃獒肉的人就有多热闹。尽管他们已经决定用普通狗肉甚至牛肉和猪肉冒充价格不菲的獒肉,但产品的百分之二十还得是真正的獒肉,因为送去某些机构检验的不能假、销售给大饭店的不能假、进入一些大超市的不能假。藏獒,他们需要大量的有待屠宰的藏獒。所以对两个狗阎王来说，参加藏獒博览会就跟参加菜獒（可以食用的藏獒，类似菜牛、菜羊）采购会一样。那些威风八面、仪表堂堂的藏獒在他们眼里，就是可以剔骨去膘，可以温肾壮阳、补气养阴的新鲜獒肉。"当然，我们还是养藏獒的，獒界的地位不能失去。以后我们也要像袁最那样，要养就养最好的一流的。"似乎是为了安慰自己，李简尘一再说。

袁最走了以后，他们的话题又回到自己的目的上。

"你真的想帮袁最的忙，就为了八只小藏獒？"黑胖子问。

"能帮就帮，我还是希望他得第一的。他得了第一，就是黄海獒场得了第一。谁都知道，我是黄海獒场的实际老板。"

"要是不得第一呢？"

"不得第一就坚决抛弃。袁最说了，他的藏獒是偷来的，抢来的，骗来的，不打自招就是个犯罪分子。这样的犯罪分子是什么事情都能做出来的。"

"什么意思？"

"到那个时候咱们就散布出去。"李简尘笑了。

"火，火是他放的？"黑胖子瞪着眼，拍起了巴掌。

袁最回到獒场，把花馨子叫到自己宿舍，盯着她看了半天说："真想带你去北京，琢磨来琢磨去，还是算了吧，你留下。"说着，关上了门，抱住她，柔蜜地亲着。花馨子随顺着他，一句不吭。她知道自己有点难了，去还是不去？袁最正在发疯，一个更加黑暗的深洞已经被他撕开了，一旦进去，出来是不可能的。即便法律够不着，李简尘和黑胖子也放不过他。她的经验告诉她，如果不能让你吃更大的亏倒更大的霉，李简尘和黑胖子决不会帮忙。而袁最却稀里糊涂的，以为加上李简尘和黑胖子，就可以减去她花馨子。也许袁最并不糊涂,正是因为意识到那个黑洞因为有了李简尘和黑胖子的参与将变得更加深不可测,他才要摘除花馨子。他希望花馨子干净、纯洁得像一个真正的人。可花馨子想到的是,我宁愿跟袁最犯罪,也不愿意洁身自好,因为她在认识袁最之前就已经是一个有罪之人,洗清自己已经不可能了。那还是去吧?不,留下来,留下来……

"我知道你是对我好,我听你的。你想干什么都行,反正我也拦不住。发疯吧,我的爱人你就发疯吧。"说着,花馨子推开他,很悲壮地脱光了自己。她有一种不好的预感,似乎这是最后一次。但她不甘心,要挽救,她心说不能啊,不能是最后一次,我们要天长地久。这样想的时候,她哭了。

袁最说:"谢谢,谢谢你的一切。"

"你谢什么?你看着我,看我好不好?世界上不会再有我这样好的女人了,你舍得丢掉?"花馨子说着旋转起来,把自己的前胸后臀、腰肢大腿尽量完美地展示给他看。"袁最,其实我们也可以不犯罪。要发疯你就在我这里发疯。我留下来,你也留下来,什么这第一那第一,我们不要了,就老老实实办好我们的獒场。"

袁最遗憾地摇摇头:"到了这种时候你才说这种话,晚了。我问你,我要不是个杀人纵火犯,你会爱我吗?我要不是冒着掉命的危险胡乱折腾,会有我们的今天吗?你是好人,我也是好人,越是好人就越喜欢敢于犯罪的人。你想想,我们崇拜的英雄哪一个不是犯罪分子?每一个人,都对犯罪有一种期待甚至渴望,都有许许多多说不清道不明的犯罪动机,就是没有机会显露出来。我不过是一个偶尔得到了这种机会的人。你觉得我会放弃吗?我放弃了冒险就等于放弃了一切,这个一切里也包括你。花馨子,你越不让我去,我就越要去。"

花馨子的眼泪哗啦啦流下来。袁最扑上去抱住了她。

第二天,袁最起得很早,起来后和花馨子一起吃了早饭,就出门去了。出租车上,他接到了飞飞的电话。飞飞说:"爸爸,你回来看看妈妈吧,妈妈病了。"他问什么病,为什么不去医院。飞飞说:"妈妈在发烧,伤口化脓了,已经去了医院。""什么伤口?"袁最突然想起了二性子怪獒,立刻改变了口气,冷冰冰地说,"我很忙,不能去,你们好自为之吧。飞飞,以后不要给我打电话。"不想拖累她们,就只能这样让她们在感觉到他的冷酷与绝情之后自动放弃。他挥手抹掉因牵挂而生的烦恼,按原定计划去了基督山。

刚刚做完礼拜,信徒们从教堂络绎而出。袁最逆着人流,左躲右闪地走进教堂大门,等了一会儿,人才散尽。约翰牧师站在讲坛上平静地望着他。他走过去说:"牧师,我又来了。"约翰牧师点点头,眼里贮满了疑问:说吧,有什么事?袁最烦躁地搓着手说:"我也不知道为什么要来这里,反正不是来忏悔的。"

约翰牧师点点头,走下讲坛,示意他坐下,自己也坐在了第一排的长条椅上。他已经在礼拜仪式中布道了很久,非常疲倦了,好像身体正在对他说,尽管这个老人是上帝的使者,上帝也无法帮助他像年轻人那样结实挺拔。

袁最沉默着,突然说:"对了,我是来告诉你,上帝失败了,我上次来过之后并没有得到他的拯救。我的忏悔让我比先前更加歹毒了。我想上帝是拯救人的灵魂的,我没有灵魂他拯救什么?上帝和你们为灵魂不灭而活着,可我早已死了。我死了,很多人都死了,我的周围到处都是污秽、争夺、忌恨、贪婪、诱惑,就是没有你说的爱。我想上帝的爱能赎一切罪,在上帝赎买整个世界的时候一定包括我。

我到了那个时候也一定会是个公道正义的圣人贤者，是真理的化身，但我需要的是现在而不是将来。说实话我心里藏着让我自己和所有人获得新生的秘密，储满了消除所有罪孽的力量，但这股力量一出来就成了罪孽本身，成了死亡的前奏。这是为什么？我怎么就不能跟人相亲相爱呢？我像一个永不餍足的银行大亨要霸占天下的金钱，还像一个垄断成性的资本家要掠夺所有人的财产。不掐死不霸占不掠夺不行吗？不行不行，就不行。我好像不是一个养藏獒的，我是一个人面兽心的家伙，有那么多阴险毒辣的诡计，它们让我热血沸腾，心潮激荡。我知道谁也不能平息我内心的骚乱，老婆、孩子、藏獒、花馨子，还有我自己，都不能让我做一个安分守己的人。就算有人能绑住我的手脚，也绑不住我的心。我心里的欲念，强大到连喜马拉雅山都挡不住。牧师，你见过海啸吧？那就是我的心。"袁最急慌慌地说着，好像立刻就会有人堵住他的嘴似的。他从脖子上取下拇指大的圣像，又从衣袋里拿出《圣经》，放在长条椅上。"我把它们还给你，我不需要了。上帝跟你有缘分，跟我八竿子够不着。我装模作样地拿着它们，以为自己是上帝的信徒，其实是在玷污他老人家。我明确告诉你，我马上又要去犯罪了，杀人，或者不杀人。如果你现在能打消我的念头，阻止我的行动，我就坚决信仰上帝。"

约翰牧师说："当然，上帝一定会阻止你。信仰的力量来自心灵，忏悔是心灵通向上帝的唯一桥梁。不管你信不信，到了这里，你就得忏悔，就算是最后一次吧。我可以向你保证，上帝没有抛弃你，你将在适当的时候看到上帝就在你的头顶。"老人起身过去，打开了忏悔室的门。

袁最犹豫着走了进去。和上次一样，他跪在了垫子上。约翰牧师做出要离开的样子。袁最说："在我眼里你就是上帝的代表，你走了我怎么忏悔？"牧师轻轻"哦"了一声，坐到桌子后面，从抽屉里拿出用以笔录的纸和笔。袁最说："这次你不要记，你听着就行了。"牧师立刻收起了纸笔。袁最又说："你要向上帝保证，除了告诉上帝或者烂在你肚子里，你不会告诉任何人。"

约翰牧师神情庄严地看了看四壁朦胧的浮雕和"神往的路"一行字，看了看那盏悬挂在壁端的灯，最后又望了望头顶的圆形穹窿，仿佛看到通道之上比太阳更远的地方，天国的蜃景正在遥遥欲现。他用因布道而倦怠的沙哑的嗓音说："你是一个不信神的人，对吗？对不信神的人，罪恶是必然而合理的出路。但我要以上帝的名义告诉你，只要是人，就都能从自己身上找到悔改的力量，这个力量就是上帝的赐予。上帝是博大的，世上不可能有一种罪超过他容忍和宽恕的限度。哪怕你现在深陷罪恶的泥潭，上帝还是爱你的。就像我们常常说的，天国喜欢一个悔过的人胜过喜欢一百个本分规矩的人。现在，请罪孽的人真诚忏悔吧，我保证除了祈告上帝以便赦免你的罪，不会告诉任何人，我保证。"

"包括警察，就是说不能报案。"

"是的，包括警察。上帝不能依靠警察拯救人的灵魂。"

袁最嗫嚅着说起来，说着说着就流畅了：北京藏獒博览会。色钦作家的两只好藏獒。输不起的嘎朵觉悟和各姿各雅以及八只小藏獒。不惜一切代价，哪怕抢夺，哪怕杀人，哪怕……所有的心思以及谋划和预期的后果他都说出来了。最后他眼睛像山洞一样张开着，幽深暗昧而又伤感乞怜地望着约翰牧师闭实的眼睛。

"你怎么不说话？牧师。"

约翰牧师低头不语，等他开口说话时，声调里有一种孤绝纯粹、义无反顾的味道："也许是时候了，为了你，我真的可以戴上荆冠走向十字架了。"说罢就开始呼哧呼哧喘气,好像一个从远路上走来的使徒,经过了漫长而艰难的跋涉,终于到达了目的地,却再也不能布道了。

"你说什么我搞不懂。难道我听了你这句话就能浪子回头?"

"我是说,我已经无话可说了。"

"为什么?骗子,骗子,你为什么不劝阻我?你已经向我保证,上帝没有抛弃我,是不是?"袁最气急败坏地喊起来。

"在你面前,上帝在沉默。沉默就是对你最好的劝阻。"

"可是它一点作用也没有。我还是想犯罪,犯罪,杀人,杀人。越来越想,越来越想。"说着,袁最起身扑过去,一拳捣在了约翰牧师脸上。这一拳劲道十足,牧师连同他坐的椅子都翻倒在地。

约翰牧师爬起来,听着袁最甩门而出后穿过教堂的脚步声,呆怔地望着忏悔室门上被袁最甩烂的彩色玻璃,喃喃地说:是的,我保证了,我不会告诉任何人。上帝啊,请给我力量。这个人在挣扎,罪孽在挣扎,我也在挣扎。

2

藏獒博览会的会场设立在北京南郊。通往博览会的路上,十里外就开始树立招牌,中国几乎所有的獒场、獒园、藏獒繁育中心以及相关科研机构和獒粮生产厂家都争先恐后地打出了广告,喷绘的巨型藏獒鳞次栉比,加上延伸到北京城区内的三千多个灯箱广告,真正是百里长街,夹道欢迎了。

我们的车行走在夹道中,很慢。阿柔从车窗里伸出镜头去,朝着广告牌咔嚓咔嚓地拍摄。她很少说话,尽管她的汉话说得跟白玛一样好。我也很少主动跟她搭腔,要说也是简短的三言两语。距离,我要使劲拉开我跟她的距离,好对得起哥里巴对我的信任。

司机左一头右一眼地观看着,不时地赞叹一句:"漂亮。"我不仅欣赏着广告上藏獒的漂亮,还在琢磨它们那不可一世的名字:"北霸天""南魔王""西北虎""东海兽""大帝""狮王""冠牛""豪爷"等等。一听就觉得这个藏獒界是多么的江湖而王霸横行。如果都这样霸气冲天地起名字,那我的藏獒该叫什么呢?总不能叫拿破仑、希特勒吧?哦咕咕是好乖乖的意思,达娃娜是黑月亮的意思,相比之下显得那么谦虚而轻淡。这大概就是藏族人养獒和汉族人养獒的区别了。汉族人养獒或多或少都有显摆、宣威、称霸的意义,藏族人养獒却是为了守家、护羊、陪伴,就像贴心的儿女、眼前的风景似的,所以给藏獒起名就跟给人起名一样,必得优美、亲切、顺口或者有所寄托和期待,什么叫惯了就起什么。

金獒哦咕咕和黑獒达娃娜也望着窗外,显得比人更惊奇:紧抿着嘴巴,高翘着方鼻子,把三角吊眼吊得更长,一眼不眨。虽然路边广告牌上那些金的、红的、黑的、金红黑三色团聚的以及狼青的、蓝灰的藏獒对它们只是黑白两种颜色的显现,但已足够让它们看清那是同类的形貌。它们从嗓子眼里不断送出厌烦和疑虑的呼噜声,偶尔一声吼叫,警告那些巨大的同类不要轻易对它们瞪眼。汽车一直在走动,走到哪里都不是自己的领地,所以它们很担心据守两旁的藏獒会扑过来撕咬。它们当然不怕撕咬,怕的是在别人的领地它们没有理由撕咬。

我拍拍我们的两只藏獒,让司机停车,开门下去。哦咕咕和达娃娜紧张地瞪着我。我走向路边,回身哈哈笑着,蹦起来一拳捣向广告牌上藏獒的屁股,然后安然无恙地回到车上。哦咕咕和达娃娜立刻明白了，就像草原上那些描画在山崖头的佛像和麦玛寺晾晒出的织锦大佛，虽然活灵活现，却是不会行动起来的。它们长舒一口气，身子一塌，安然卧在了给它们指定的座椅上。

我们继续往前走。在广告牌消失的地方，出现了一些巨型的红色吹气棒组成的拱门，拱门很多，每十米就有一道，每道门上都贴着某个獒场或獒园献给博览会的贺词。拱门两边摆满了鲜花，也都是藏獒的造型，十几盆修剪成藏獒的日本茉莉盛开着白色的花朵，临风沐浴。终于拱门也消失了，一个到处分割出草坪的广场出现在眼前，广场前面是一个宏丽壮观的钢铁和玻璃体的现代构造，巨大的横幅告诉我们，那就是藏獒博览会的会场了。

我们把车停在广场西北角的草坪上，用车挡住路人的视线，把哦咕咕和达娃娜用牵引绳拉了下来。阿柔带着它们来回溜达着，轻柔地说着话，希望它们尽快放松，把憋了一天的屎尿在这里排泄掉。我叮嘱阿柔一定不能让观众或者獒主看见我们的藏獒，要是有人来，赶紧上车。阿柔不解地望着我：我们就是来公开亮相的嘛，为什么要神秘兮兮地藏着躲着？

我快步走向会场。半个小时后，我在会场一侧的接待处了解到了整个博览会的程序：一共十天，明天上午是开幕式，接着就是公獒比赛，后天是母獒比赛，大后天是幼獒比赛和名獒T台亮相。以后的时间就是自由参观和交易。

接待处的负责人说，别人都是半个月前订购展位、开始布展的，你怎么才来？展位已经没有了，参加比赛的报名时间已经截止。我递上名片说，展位有没有无所谓，我只想参加比赛。要是不让我参加，就是把整个青果阿妈草原拒之门外，你们的博览会也就不会有名副其实的冠军了。青果阿妈草原是藏獒的故乡，这个谁不知道？而且我大言不惭要夺冠军,让对方立刻有些刮目相看了。"青果阿妈草原的藏獒不是都在地震中烧掉了吗?你等等。"负责人拿着我的名片去请示更高的负责人。

一会儿一个油光满面的将军肚跑出来跟我握手:"你就是写藏獒书的那个作家吧?昨天我还说没有青果阿妈草原的藏獒是本届博览会最大的遗憾,现在没有遗憾了。"他让我给工作人员交了一千元参赛费,然后亲自给我颁发了参赛许可证,邀请我参加今天晚上的博览会聚餐。我含含混混答应着,离开了接待处。

走向广场西北角的路上,我拨通了袁最的电话:"到了没有?"

他阴森森地笑了一声:"正在想要不要给你打个电话呢。我已经看到你的两只藏獒了,真不错。看来这届博览会就是西海和蓝岛的比拼了,真正的巅峰对决。但我相信我的胜算比你要大一些,走着瞧啊。"

我警觉地四下看看:"你在哪里?"

"你就不要打听了,我们还不到见面的时候。"

我快速来到我们的车跟前。哦咕咕和达娃娜卧在草坪上,阿柔正在给它们喂食。司机累了,窝在驾驶座上睡觉。周围没有别的人。我问阿柔刚才谁来过?阿柔说既没有观众也没有獒主,就一个捡破烂的,在垃圾箱那儿翻腾了半天。垃圾箱离这里不到二十步,足够看清我们的藏獒。我说那就是我们的对手,看来我们一进拱门就被他盯上了。以后要格外警觉,在我们亮相之前,看到哦咕咕和达娃娜的人越少越好,尤其是不能让那些评委看到,免得他们有所准备。我们一出场,就得让他们眼睛一亮、大吃一惊。阿柔肃穆地点了点头。

"另外,这几天要少喂,要用饥饿让它们打起精神来。人和动物都有一个共同的毛病,吃饱了就想睡。"

"喂食方面就不用你操心了吧？我的藏獒我知道。"

有人从远处朝我们喊起来，说这儿不能停车，要我们把车开到会场后面的停车场去。我用身子挡住那人的视线，让阿柔赶紧把哦咕咕和达娃娜拉上了车。

停车场上有许多货运车，上面全是铁笼子。有的铁笼子里有藏獒，有的是空的——不少有展位的獒场和獒园都把参赛参展的藏獒拉到会场里面去了。一条马路横穿过开阔的停车场，马路两边全是中小獒主和他们的藏獒。这些人都是借船搭车的，知道博览会将吸引全国各地乃至国外的几万甚至几十万人前来参观和交易，便也来这里摆了个买卖藏獒的摊儿。对他们来说做成几笔是几笔，做不成也没关系，反正只要不进会场，就不交参赛费和展位费。

我们停好车后，商量晚上怎么居住。我的意见是我住在车上，守着哦咕咕和达娃娜，他们两个找旅馆一人开一间房。阿柔说她是藏獒的主人更应该和它们待在一起。司机觉得路多多派他来就是要照顾我们的，我们守在车里，让他去住饭店，他不敢："那就都睡在车里吧，你们陪着藏獒，我陪着你们。"我觉得这样也好，一辆中型面包，足够我们伸胳膊展腿的。

已经是傍晚。我让他们先去吃饭，完了我再去。我想既然有人守护着哦咕咕和达娃娜，我就可以放心大胆地去参加今晚的博览会聚餐了。

3

聚餐的地点就在博览会旁边的一家大酒店。环境的富丽堂皇、酒菜的丰盛奢靡是不用说的，藏獒界的盛会自然要体现藏獒界的气派，在中国发达的事业必然连带着豪华的饮食。来这里的人都是有好藏獒做底蕴的，一个比一个气壮山河，好像藏獒比赛还没开始，獒主与獒主之间就已经拼上了。加上一个个都是喝酒的好手，言语的放诞无忌里，透露出他们的裕如和自信。

世界上有许多爱狗如命的民族，相比之下汉族跟狗的关系并不亲密，比如他们迄今保留着吃狗肉的习惯，他们常常把"狗日的""狗娘养的""狗东西""狗杂种"挂在嘴边，他们拥有"狐朋狗友""狼心狗肺""鸡鸣狗盗""蝇营狗苟"的蔑狗文化而自鸣得意，他们把"狗拿耗子""狗仗人势""狗急跳墙""狗咬吕洞宾"等等词汇印在书里当作雅俗共赏的典范代代流传。但就是这个民族创造了世界上绝无仅有的藏獒文化和藏獒经济，涌现出一大批藏獒人在这里开会博览、吃酒言谈。

我想规律是不是这样：最恨的人最爱，最坏的人最好，最黑的地方最亮，最远的地方最近。比如我们向前走，那个最远的目标其实就在背后，一转身就到了。我坐在大厅的边缘，面对着满桌子食物，一边吃一边观察，突然一扭头，发现我要找的人就在身后。王獒人正在翘头张望，一见我就说："怪不得我看不见你，原来你在我鼻子底下。"我让服务员搬来一把椅子，拉王獒人坐下，拿过两只酒杯来斟上。我们无声地碰杯，都干了。

"你的藏獒呢？带我去看看吧，现在就去，看了再回来。"

"到时候你就看到了。"我说，"请允许我向一切人保密。"

"你这么不信任我，我偏要看。这几天想的就是你的藏獒。"

突然那边乱了，有人吆喝着什么。大厅很大，吆喝什么听不清楚。很快，一个人的吆喝变成了几个人的对骂，听口音有西北的有东北的还有山东和河南的。

"肯定是为狗肉的事，刚才已经吵过一架了，现在还吵。吵什么吵，揍就是了。咱开的是什么会？藏、獒、博、览、会。狗日的非要一盆炖狗肉不可，人家酒店说没有，他就让人去狗市上买了一只让酒店给他现杀现炖。有人不干了，一定要让他把狗肉撤下去。狗日的不仅不撤，还说是他有吃狗肉的自由，干涉他就是干涉人权。"王獒人义愤填膺，一口一个"狗日的"。我说你这样夹枪带棒地骂狗，跟吃狗肉也差不多。他立刻扇了自己一个嘴巴："忘了忘了，我不是故意的，他是故意的。我都扇了我自己，为什么没有人扇他？"他起哄地大喊一声："打！"

真的打起来了，不是一个对一个，是一拨对一拨。人突然多起来，好像从外面又进来了一些。那个油光满面的将军肚负责人不知从什么地方冒了出来，大声喊着："住手，住手。"几个酒店保安过来，拼命拉扯着。一个又黑又胖的人推搡着保安们："走开，走开，不用你们管。"一个戴着墨镜、卷毛头发的人趁机扑过去捣了黑胖子一拳。黑胖子连踢带打地还击起来，一边用东北话喊着："我吃我的狗肉，关你屁事。"卷毛头那种极力想变调但还是留有痕迹的台湾普通话响起来："开除他，开除他，开除这个吃狗肉不吐骨头的畜生。"好像藏獒界是个组织严密的集团，可以用开除来惩罚。卷毛头喊着把一个啤酒瓶扔向了黑胖子，打着没打着看不清，只听砰的一声碎了。黑胖子也从饭桌上攥起了一个啤酒瓶，直扑卷毛头。似乎双方都有很多人，你喊他叫，一片混打。王獒人激愤地站起来，拉着我："走，帮忙去。"

我本来就是一个容易冲动的人，这时的激愤不亚于王獒人：一个豢养藏獒的人居然同时又是一个嗜吃狗肉的人，这在我这个草原人眼里跟人吃人是相同的。我甩开王獒人拉我的手，绕过一个个圆形的餐桌,比他更快地来到混打的人群里,指着扑过来的黑胖子说:"揍扁这个白眼狼。你以为就跟养羊吃羊、养鱼吃鱼一样你也可以养狗吃狗吗?要吃就先吃掉你。"黑胖子眨眼到了跟前,举着啤酒瓶砸过来。我的头本能地一偏,啤酒瓶擦着耳朵落在肩膀上。那是一只还没有开封的啤酒瓶,瓶子没碎,里面的啤酒却借着甩动的力量砰地顶开瓶盖,滋了我一头一脸。我退后一步赶紧擦脸。就在这时灯突然灭了,一片漆黑。有人从后面推倒了我。许多只坚硬的皮鞋和旅游鞋立刻踩在了我身上。按照常规我应该双手抱着我的头,那是最容易致命的地方。但是我没有,我抱住一只踩踏我的脚,拼命一拉,拉倒了那个人。那人尖喊了一声,让踩下来的脚纷纷收敛。趁着这个机会,我滚到离我最近的一张餐桌底下,一脚掀翻了它。更乱了,都不知道谁打谁了。叫声和骂声传递出互殴的残忍和痛苦。我爬起来,抱着头,拼命朝外挤去。

　　灯亮了。我发现我站在吧台里面,像一个酒店内部人员,张望着大厅。已经不见了吃狗肉的黑胖子,也不见了那个首先把啤酒瓶扔向黑胖子的卷毛头。人们安静下来,好像互殴的人都走了,留下来的都是观望者。几个保安抬着一个哼哼唧唧的人走向酒店门口。我望着他,猜想他就是被我拉倒的那个人吧?将军肚在向一些人解释:被踩伤的这个人的身份已经搞清楚,不是来参加博览会的。"瞎掺和,跟我们没关系。大家各就各位,继续吃,继续喝。"王獒人东张西望地路过吧台。我说:"獒人,我在这里。"王獒人一扭头,惊呆了:"你好着吧?"我心说他怎么这么问,好像漆黑之中他看见我被推倒又被踩踏了,真是藏獒一样的夜视眼。我拍拍胸脯,表明我没事,却感到腰肋和右手臂有些疼,龇龇牙,又觉得不疼了。

　　被我掀翻的桌子已经搬起来。服务员以最快的速度清除了满地的菜肴酒水。博览会的獒主们重新入座。很快有了笑声和猜拳行令的喊声，好像刚才什么也没发生过。在我跟王獒人的桌子上，不知从什么时候开始有人讲起了故事。

……你说这老板是不是有钱烧的？花两百多万买了一只大藏獒，就为了管制工人。他规定工人必须按时上班，早晨一过八点就把藏獒拴在大门中间的石头桩子上。迟到的工人要想进工厂就得冒着被咬伤咬死的危险。还规定工人上班时不准上厕所，怕工人不遵守，就在上午十点到十二点、下午一点到六点之间拴在厕所门口。有个女工实在憋不住了，战战兢兢过去，没走到跟前就吓得屎尿拉到了裤裆里。有个老工人天天拿东西喂它，以为喂熟了它就不咬了，结果他是被咬得最惨的一个，大腿上撕开了碗大一个洞，手腕子也被咬断了。这藏獒后来咬人咬成了习惯，见谁都咬。有一天把老板自己咬倒在厕所门口，咬得还不轻，整个下身全没了。他养的藏獒咬了他自己，这钱花得真是冤枉大了。后来藏獒被老板卖掉了，据说卖它的钱刚够治他的伤。

我心里一阵阵地揪着：藏獒变了，一离开草原就变得不是藏獒了。它们怎么可以充当一种人欺压另一种人的爪牙、打手、狗腿子呢？充当了爪牙又去残害主人，哪一头都靠不上，它就连野狗都不如了。我问道："你知道卖给了谁？"

那人说："谁毬知道呢，只听说它又咬伤了新主人。"

我想敢于让主人断子绝孙、失去性福的藏獒，它们的命运必然是永远失去主人。这是比死亡更可怕的惩罚。很难想象一只藏獒会在没有主人的情况下好好活下去。它咬掉了老板的鸡巴，说明它不认为他是它真正的主人。

餐桌的桌面是自动旋转的。王獒人在忙着吃菜，他好像一直没吃东西，现在饿了。在他的带动下我也吃起来，虽然腰肋和右手臂隐隐地疼痛，胃口却很好。一边吃，一边惬意地喝着啤酒。又有人说起了藏獒。

……这件事情发生在我们县上。有个做小买卖的光棍，把所有的积蓄拿出来买了一只藏獒娃娃，说是我给我买了个儿子。他也真的疼它，就像疼自己的孩子一样。问他你这是为啥呢？不如把买藏獒的钱用来娶个媳妇。他说媳妇能咬人？原来他疼它就是为了让它咬人。养了一年，藏獒大了，果真咬伤了一个人，据说是他唯一的仇人。仇人肚子上被咬出了两个洞，肠子都掉出来了，到医院没两天就死了。你们说这事怎么办？是仇人到他门上去撒泼打架，藏獒看不过才咬了他，又不是光棍纵狗伤人。可毕竟死了人，死者的家属还在告，不惩罚说不过去。法院想了个办法，打死藏獒，藏獒的主人拘留三个月，觉得这样就可以摆平。我们省里有个民间性质的动物保护协会，从报纸看到案件报道后立刻就不依不罢了：杀人偿命是约束人的法律，不是针对狗的法律。藏獒不知道法，不知者不为过，怎么能让藏獒偿命？偿命的应该是人而不是藏獒。法院要藏獒偿命，动物协会要人偿命，问到藏獒的主人那个光棍，他说：要是非得偿命的话，那还是我来吧。光棍说到做到，第二天就喝药自杀了，自杀前把他的藏獒无偿送给了一个曾经想用八十万买下这只藏獒的企业家。但是后来藏獒也死了。它在新主人家待不惯，逃出来想去看看原来的主人，看到的却是主人的尸体，它不吃不喝守在尸体旁边，把自己饿死了。

王獒人总结道："藏獒是跟谁像谁的，一个獒主的性格也一定是他的藏獒的性格。光棍为藏獒而死，藏獒就会为他而亡。獒主要是处处显恶，他的藏獒也一定是恶极坏极的。知识分子养藏獒，那藏獒也会文质彬彬,显得特有教养。美女养藏獒,藏獒也会臭美起来。"

我猛喝一口啤酒,压住了自己的叹息,发现旁边桌子上的人也在说藏獒。再看看大厅,到处都是嗡嗡嘤嘤的声音:藏獒,藏獒,藏獒。是大家不约而同呢,还是受了我们的感染?一个很响的声音从邻桌传来:

……我是养藏獒的,藏獒有多厉害我居然不知道。有人说藏獒是世界上唯一不怕老虎、豹子、狗熊的狗,那我就要试试。你们猜,试试的结果怎么样?我把我最凶猛的一只藏獒带进了我们那里的野生动物园。动物园的老板是哥儿们,跟我一样好奇,也想见个分晓。他说你的藏獒要是能打过我的野兽,我把头剁给你。我们开着车先到了狮虎园区,把藏獒牵下车,解了牵引绳,跳上车就走了。藏獒先是追车,追不上就不追了,朝着几十步远的三只大老虎两只小老虎吼起来,吼着就朝老虎走去,老虎们也朝它走来。我们远远地看着,紧张得都不敢出气。但是我们白紧张了,它们始终没有打起来,好像老虎和藏獒互相靠近是要和平谈判的,太让人失望了。和老虎不打,那就去找狮子,还是不打。找豹子,找狗熊,结果都一样。你们说这是为什么?我想来想去想不明白:难道老虎狮子都没有野性了?没有野性怎么对人那么凶?就是天天给它们投放食物的饲养员,它们也是说咬就咬。难道野生动物都是一伙的,只要藏獒保持野性,就是老虎狮子狗熊豹子的家人、亲戚、邻居、街坊?

王獒人又总结了一句:"藏獒就是狗熊和老虎交配的后代嘛。"

我说:"这事我知道,野生动物有共同的遭遇、共同的悲伤、共同的语言,还有共同的仇恨,它们的确有一家一伙的感觉。藏獒虽然被驯化,但人类驯化它们的目的是让它们承担保卫牛羊守护家园的使命,一旦使命被消解,驯化的链条就会松弛,要么就野性消尽，要么就野性独存。野性找野兽，就是山宗找水源，这是天作之合。这个人的藏獒跟老虎狮子不打，说明是一只好藏獒。现在的好藏獒，要打就跟人打，人獒之战才能打起来。"

大厅的过道里，穿梭着人影，不断有人走来，也不断有人离去。一个人引起了我的注意，他特征很明显：戴着墨镜，留着卷毛头发，走出去又走回来，走回来又走出去，不断朝我这边张望着。我突然意识到这卷毛头就是那个挑起混战的人，再仔细看看，不禁一怔：这个人我好像在哪里见过。想起来了，在蓝岛，在袁最抓住我和重新得到嘎朵觉悟、各姿各雅和八只小藏獒以后。他叫王故，当时是剃着光头、胡子拉碴的。现在胡子没了，戴着卷毛假发，再用墨镜一遮掩，居然骗过了我。一瞬间许多疑问接踵而至：为什么这里只有王故一个人，袁最在哪里？为什么黑胖子会举着啤酒瓶砸向我？为什么大厅里会突然一片漆黑？为什么会有人从后面推倒我？为什么那么多坚硬的皮鞋和旅游鞋会一起踩到我身上？不是为了吃狗肉，绝对不是，这场混战……

我不寒而栗，看了一眼身边的王獒人，说声"失陪"，站起来就走。我必须立刻回到哦咕咕和达娃娜身边去。今天晚上，全世界的危险都在指向我和它们。王獒人喊道："色钦作家，你要走吗？带我去看看你的藏獒。"我没有理睬他，大步走向了酒店外面。

4

虽然酒店离博览会很近，但毕竟要穿越十字路口的天桥和一条马路，还要沿着博览会会场灯光模糊的边沿小路走到后面才能到达停车场，所以我一出酒店就钻进了出租车。出租车快速而安全地把我送到了停车场。我跑过去，一头钻进了我们的中型面包，看到哦咕咕和达娃娜安然无恙，长舒一口气。阿柔和司机已经睡了。白天一整天都在车上颠簸的哦咕咕和达娃娜也在打盹。

我打开车灯，叫醒阿柔问道："没有谁来过吧？"

阿柔迷迷糊糊坐起来说："没有。"揉揉眼睛又说，"来的人多了。有推销矿泉水和啤酒的，有推销盒饭和猪头肉的。还有一个是推销獒粮的。"

我一眼看到最后一排座位上放着一袋陌生的东西："你买了？"

"不是买的是送的。那人说藏獒一参加博览会就蔫头耷脑的，一点精气神都没有，让它抬头它低头，让它走路它卧倒，一趟T台走下来，稀里哗啦，腰来腿不来。他的獒粮是博览会专用獒粮，藏獒吃了长精神，毛色也会闪闪发亮，走在T台上，始终都是昂首阔步的。我不买。他说那就送你们一袋，你们抓紧时间喂喂藏獒，感觉好再给我们打电话订购。电话号码就在獒粮袋上。"

我急了："谁，谁来给你送獒粮？我是说他有什么特征？"

阿柔想了想说："头发，头发是卷毛的。"

"还戴着墨镜？"看阿柔点点头，我说，"你没有喂吧？"看到陌生的口袋还没有拆封，又说，"不能喂，肯定有毒。就算没毒也不行，什么专用獒粮，不就是添加了兴奋剂嘛，藏獒吃了会神经错乱，到处咬人的。"

阿柔感到问题严重了，打开窗户就要把獒粮扔出去。

我说："别别别，那是罪证，我迟早要跟他们算账。"说着打了个哈欠，打得满眼都是泪花花。我困了，但是我没睡。我灭了车灯，坐下来瞪着窗外，看有没有人靠近，一会儿又下去，警惕地巡视着整个停车场。

北京的月亮是毛边的，没有清晰的轮廓。暗黄色的一团低低地悬挂在即使夜晚也能感觉到浑浊的空气里，就像一枚陈旧的铜钱，在出土的瞬间闪发出了古代的残光。古代的月亮一定不是这样的，青果阿妈草原的月亮就是古代的月亮。袁最不是草原人，却也深深怀念他曾偶尔邂逅的午夜的银盘。他觉得自己曾经那样纯洁，就像草原最原始的月亮，爱藏獒，也爱妻子。可是现在，虽然还爱着，却已经心如炭火余烬、灰粉一片了。月亮正在消失的黯夜，他一直待在酒店门口的树丛里。

袁最很烦恼，计划的落空让他突然意识到杀人并没有他想象的那么容易。虽然他杀过人，但恶念在没有预谋时的爆发跟预谋杀害竟是完全不同的两回事。他请李简尘和黑胖子加盟他的计划，就是想让预谋变得万无一失。黑暗中一场为了吃狗肉的骚乱踩死了一个参与斗殴的人，这样的事件将被法不责众的规律遮掩起来而成为永远不可破解的悬案。但是失败了，色钦作家居然躲过了王故和黑胖子制造的混战圈套。接着袁最又想在色钦回停车场的路上收拾掉色钦，李简尘和黑胖子已经守候在穿越十字路口的天桥上，打算捉住色钦然后从天桥上扔下去，这样即使不摔死也会被下面公路上疾驰的车撞死或压死。要是天桥上出现意外无法下手，他和王故将跑到前面去，在博览会灯光模糊的边沿小路上伏击色钦，敲碎脑袋的铁锤已经被王故放在了路边的草丛里。但是又失算了，警觉起来的色钦根本就没有步行返回。袁最的烦恼就在于：他必须杀了色钦，只有杀了对方，才有可能抢夺对方的两只好藏獒而不至于怀疑到他袁最。再说还需要灭口，色钦是唯一知道他袁最的罪行且紧追不舍的人，杀了对方是为了自己一生的平安。

现在怎么办？至少今天晚上是不能再有行动了。他打电话把王故叫来，又打电话给依然守候在天桥上的李简尘："算了吧，他坐出租车回去了。"

李简尘掩饰不住沮丧地问："下一步怎么办？"

袁最叹口气说："我还没想好。"

他觉得既然没想好，就只能按事先的约定来做了：比拼藏獒。色钦想用他带来的金獒哦咕咕和黑獒达娃娜打败我，他说打败我就等于杀死我。他说得一点没错。可是他怎么就认为他的藏獒一定会胜过我的嘎朵觉悟和各姿各雅呢？一旦他败了，他的金獒和黑獒就是我的；一旦我败了，我的藏獒就是他的，包括嘎朵觉悟、各姿各雅和八只小藏獒，还有我们黄海獒场的所有藏獒。这是两个男人的约定。两个男人都认为自己是藏獒一样的男人，说到做到。

可是，可是我袁最不仅是男人，更是一个有着犯罪惯性的男人，一个上帝挽救不了的凶狠残暴的男人。

袁最对王故说："没事了，你回房间睡觉，我去看看我们的藏獒。"他不想在比赛前露面，就把嘎朵觉悟、各姿各雅和八只小藏獒安置在了博览会周边的一户带院落的人家里。

一直很紧张的王故终于松了一口气："明天不会还要杀人吧？"

袁最没有回答，说："现在就看色钦的两只藏獒吃不吃你给他们的獒粮了。"

獒粮里不会有毒。袁最怎么舍得毒死可以跟嘎朵觉悟和各姿各雅一决雌雄的哦咕咕和达娃娜呢？只不过是掺了一些安眠药，藏獒吃了有可能昏睡。袁的想法是：色钦一旦出事，就会乱起来。只要哦咕咕和达娃娜身边有一刻钟没有人，他们就能把昏睡的它们迅速搞走。如果色钦不出事，昏睡也会迫使它们放弃比赛。放弃就等于认输，那也是有利于袁最的。

5

北京藏獒博览会的开幕式跟所有这类活动的开幕式一样，无非是剪彩、领导讲话、代表发言、宣读恭贺单位、主办方宣布程序规则等等。讲台和 T 台连在一起。华丽耀眼的帷幕之前，是两排绢花组成的姹紫嫣红的花篮。从花篮开始，红地毯的延伸就像一只飞翔的鸟。开幕式会场的四周，是一排排由喷绘的藏獒广告、灯影设计和真实藏獒组成的展位，不时传来藏獒沉重而浑厚的吼叫，雷鸣般的回音从地上滚到房顶，在钢铁支架和玻璃构造之间，嘭嘭嘭地撞击着。为了压倒藏獒的吼叫，讲话的麦克风开到了最大音量，结果整个博览会的会场就成了弘音滚滚的浪潮，让很多人捂起了耳朵。

开幕式一完，评委们就亮相了。因为评委的姓名事先是保密的，当二十多个人走出帷幕，来到讲台上时，黑压压的观众席上出现了不少骚动。评委中有犬业协会的领导，有研究藏獒的教授，有制定过中国藏獒标准的专家，有老资格的养獒人，还有欧洲和美国的獒主，有国际獒犬协会的代表和亚洲动物协会的代表。他们被一一介绍、一一得到鼓掌欢迎之后，坐在了 T 台两侧。接着，主办方就开始宣读参加公獒比赛的獒主和公獒的名单。出场的先后原则上是按照报名的先后排定的。来自全国各地的二十七只公藏獒将参加今天的角逐。第一名也就是本届博览会的藏獒大帝将获得一百万元奖金，第二名五十万元，第三名二十万元，其余的只公布名次没有奖金。但不管奖金多少或者有无奖金，对每一只参赛的獒主和藏獒来说，都将是最高荣耀的一次攀登。荣耀能够带来一切，最主要的还是地位和金钱。尤其是登顶者藏獒大帝和第二名、第三名，在它们的生命期限内，能创造的财富是不可限量的。就算它们的后代按最低价三百万计算，就算它们每年只有一窝、每窝只有五只，就算它们的配种费按一次三十万的最低价收取，那也是亿元之上的数字。何况它们还有孙子，还有比它们更优秀的基因的传承。

第一个出场的是一只名叫紫金王的金獒。T台两边的观众似乎都愣了一下，一阵寂静之后，有人叫了一声好，许多人便都好好好地叫起来，接着鼓起了掌。那么多巴掌一起拍响，吓得金獒停下来不走了。主人使劲拽着它，不时地弯腰安抚地摸摸它的头毛和鬣毛。评委们开始交头接耳，发出了他们专业性的赞叹，然后打分亮牌。金獒的T台走秀刚刚结束，评委们给分的最后成绩就已经算出来了。主持人望着讲台上方的大屏幕说："去掉一个最高分92分，去掉一个最低分79分，紫金王的最后得分是85.65分。"

下来还是一只金獒。接着是一只铁包金、一只红獒，又是一只铁包金……

我们的哦咕咕排在第九位。在等待上台的时候，我和阿柔一直都在给它捋毛。它的毛有点粘连和铺塌，如同披着一块还没有擀好的毛毡，不像周围别的藏獒，浑身上下所有的毛都竖起来，看着就是一个大毛球，不打发蜡是搞不成这个样子的。本来我想到北京后一定给哦咕咕和达娃娜洗澡、喷蜡，但阿柔坚决反对，她说雪山寨子的藏獒就这样，是野野的性子，带着草原的牛粪味和黏黏的酥油味。我想也对，这样就跟都市里的宠物藏獒和贵族藏獒区分开了。但是临到上台，阿柔又羡慕地望着别的藏獒，觉得毛发蓬松起来也是好的，显得更高大更气派。反过来我又在安慰他：他们的是狗，我们的是獒，相信评委的眼光。我留意看了看四周，没看到袁冣和嘎朵觉悟。这时有人跑过来催促道："快上，快上，该你们了。"我拉起哦咕咕的牵引绳就走。

没有叫好声,也没有鼓掌声。我带着哦咕咕很快也很安静地走完了T台。我忐忑而愤怒,感觉观众都是瞎子,这么好的藏獒怎么就没有引起惊叫。评委们开始打分了,有两个人同时亮出了99分。观众席上这才有了声音。声音越来越大,等到主持人报出最后得分98分时,所有人都发出了一阵惊叫。这是比赛进行到目前的最高分。

我望着阿柔笑笑,蹲下来抱了抱哦咕咕,正要牵着它离开会场。有人过来制止道:"不能走,所有参加比赛的藏獒在比赛完后都必须集中展览,呶,就在那里。"他指了指远处一个空荡荡的大展台。我说为什么?那人说:"记者要采访,领导要欣赏。再说好藏獒都走了谁还来参观?"我明白了,这是为了门票收入。

我让阿柔守着哦咕咕,自己快步来到停车场,一脚踏上了中型面包。我看了一眼卧在过道里的达娃娜,问守候在车里的司机:"没什么事吧?"又叮嘱他,"除非拉屎撒尿,一定不要离开汽车。万一有几个人围住汽车,那一定是来抢达娃娜的。不能开门也不能开窗,发动汽车就跑。另外,立刻打电话告诉我。"

等我回到比赛现场时,已经是第十三位登台亮相了,得分没有超过哦咕咕的。接下来的几只藏獒虽然一只胜过一只,但也都在哦咕咕之下。趁着主持人来到台后喝水,我向他打听嘎朵觉悟是第几位,他看了看手里的名单说:"第十八位。"我说:"18就是要发,这个位号太好了。"主持人说:"这个位号不是按照报名先后排出来的,得提前预订,要交很多钱的。"我惊讶地哦了一声,看来袁最是不惜工本了。但我绝对不相信他的"18"真的能带给他出类拔萃的好运。

终于等到了第十八位上场。好像袁最和嘎朵觉悟是从天上飘下来的,我格外留意也没看见他们从哪里走来。等哦咕咕发出一声友好的呼唤时，嘎朵觉悟已经走到 T 台跟前了。哦咕咕和嘎朵觉悟都来自青果阿妈草原，彼此共有的膻香而温润的酥油气息让它们在感觉上亲近了许多。袁最拽它停下，扭头望着我和哦咕咕，自信地笑着，大声说："好藏獒，98 分没有给错。"我发现嘎朵觉悟今天格外威武，油亮浓密的皮毛光芒四射，挺拔昂扬的样子简直就是袁最心念的体现了。我心里不禁猛地挫了一下，沉甸甸的担忧不期而至：不会吧？评委们不会认为嘎朵觉悟超过了哦咕咕吧？我假装轻松地笑了笑，挥手道："上台吧，马上就见分晓了。"

　　嘎朵觉悟走 T 台的过程完美无缺。全场寂静着，悄然结束了，这么快就结束了。我伸直脖子看着大屏幕，等待着主持人的声音。终于出现了："去掉一个最高分 99 分……"这跟哦咕咕一样。"去掉一个最低分 93 分……"也跟哦咕咕一样。"嘎朵觉悟的最后得分是 98 分。"观众席上响起一阵欢呼声。我的耳朵听错了吧？居然都一样。一瞬间我吃惊得张大了嘴和眼睛，心里油然生出一股超越仇恨和比赛的激动：嘎朵觉悟，青果阿妈草原的嘎朵觉悟，了不起。只要是青果阿妈草原的都了不起，嘎朵觉悟和哦咕咕，都是我们神性的藏獒、伟大的畜生。又觉得不对，我不能激动，我应该忧心如焚：怎么可能不分上下呢？

　　在离我十步远的地方，袁最的大声喧嚷既是对比赛的质疑也是对我的挑衅："这是怎么回事？难道会有两个第一？第一名只能有一个，否则怎么叫第一名？没听说一个国家同时会有两个大帝的。那是什么藏獒，脏兮兮的，臭气熏天，连毛都立不起来，怎么能跟嘎朵觉悟平起平坐？"

　　我冷笑着提醒他："还有比赛的机会。你忘了规则？如果最后得分一样，就要加赛能力，谁的能力强谁就是第一。"

袁最亢奋地说:"我当然没忘规则,要比赛打斗能力或者工作能力。那就打斗吧,藏獒大帝只能是嘎朵觉悟。"

看来必须打斗了。藏獒的工作主要是放牧牛羊和看护家园。它们堪称生命表率的忠诚勇敢以及超常的听觉和嗅觉,全部体现在放牧牛羊的任劳任怨和看护家园的至死不渝上。但这里不是它们的家园,也没有牛羊,作为工作犬的能力无从体现,只能是比拼凶猛、你死我活了。我说:"走着瞧啊,到底谁是藏獒大帝。"

但我和袁最都没有料到,博览会的藏獒大帝会另有归属。接下来的比赛简直让嘎朵觉悟和哦咕咕无地自容,假如它们有人类的比赛意识的话。又有藏獒胜出了,它是第二十五位上场的一只铁包金,以 99 分的最后得分一下子超过了嘎朵觉悟和哦咕咕。我因为盘算着哦咕咕和嘎朵觉悟的打斗,没有仔细观看这只铁包金藏獒,等到得分报出,再去注意它时,它正在被主人和工作人员带向参赛藏獒的大展台。在那里藏獒大帝将戴上吉祥威风的红色项圈,接受人的拍照、欣赏和参观,然后永远被人记住:它的生命曾在这里展示得如此灿烂而完美。我远远地望着铁包金,胸腔连带着肌肉哆嗦了一下:似曾相识的身影、走姿和气质,不必看清面孔和听到声音,就知道它是一只你见过的藏獒。可是我怎么就想不起来呢?谁的藏獒?哪儿见过?铁包金也在望着我,并且使劲朝我扭着脖子。背对着我的它的主人(怎么也是一个似曾相识的身影?)严厉地拍了它一巴掌,强行把它拉走了。我收回眼光,搜索着记忆,一片空白。突然,我脑子里泛起一团黑暗,一把无形的剪刀沿着黑暗的边缘迅速剪裁着,竟是哥里巴的形貌。铁包金的主人居然是哥里巴?我迅速扭头,瞪了阿柔一眼。

"为什么是哥里巴?哥里巴怎么还有藏獒,而且更好?"

阿柔神情肃穆地望着我，一声不吭。

最后两只藏獒的T台走秀很快结束。选拔藏獒大帝的公獒比赛也就尘埃落定了。铁包金以99分的最高分夺冠。主持人大声宣读着评委们的评价语："大而挺的典范头版，短、粗、方的优良嘴筒，嘴吊、眼吊、颈垂吊三吊齐全凸显，耳大肥厚，脖项圆大丰满，骨量充足，骨骼结实，四肢粗壮，是完美的野兽型粗犷体质，身躯伟岸壮硕，被毛丰厚浓密，毫无杂质，胸毛和腿毛火红如炭，胸廓深进开阔，腰背坦荡平直，皮下脂肪均匀丰富，肌肉结实发达，筋腱有力灵活，关节协调结实，四爪紧凑粗大，形骨品貌，均属一流。目光犀利，威而不怒，神情峻穆，高贵典雅，气质不凡，孤拔挺立，刚毅而不噪进，威猛而不凶险，雄风大势，虎势磅礴。总之，它是獒界的样板、藏獒的完美体现，是当之无愧的藏獒大帝。"

掌声。人类献给藏獒的掌声在这一刻流泻成了江洪河潮。

接下来就是如何决出第二名和第三名了。油光满面的将军肚负责人把我和袁最叫到一起说："对不起，这是没料到的结果，得分一样的概率是很低很低的。我们也不希望加赛能力，但是规则就是这样定的。你们看，是打斗还是别的？"我说："别的能力怎么比？"将军肚说："是啊，在这种场合，藏獒这种犬种不好比赛别的能力，只能是打斗了。"袁最咬咬牙，恶狠狠地说："太好了，那就打斗吧，既然是藏獒嘛，凶猛是最好的能力。"我和袁最此刻的心情是一样的，都因为没有获得藏獒大帝而沮丧万分，又有些庆幸：幸亏对方没有夺冠，谁胜谁败的悬念依然存在。

将军肚好像有点迫不及待，立刻通过主持人宣布了决出第二名的规则。十几个工作人员抬着一些三合板朝这边走来。他们迅速在讲台上围起了一个长方形的打斗场。三合板是事先准备好的，边上都有钻好的孔洞,铁条一夹,螺丝一上,就连接在了一起,再用铁支架一支,差不多只用了半个小时,一切就妥当了。比赛就要开始,观众和评委立刻安静下来。因为三合板阻碍视线,后面的人纷纷站了起来,有人甚至踩上了凳子。期待藏獒互相残杀的目光就像水浪一轮一轮地荡漾着,人类的阴险毒辣在这个时候变成了不分好坏的娱乐和狂欢。我牵着哦咕咕从门里进去,袁最牵着嘎朵觉悟从对面的门里进来。我们几乎同时朝着自己的藏獒发出了扑上去撕咬的命令,然后转身出去关上了门。

打斗场里,哦咕咕朝前走去。一向喜欢发出吼叫的它哑巴了似的一点声息也没有。嘎朵觉悟傲然不动,侧过身子紧紧盯着对方,张嘴吐了吐舌头。突然,哦咕咕吼了一声;又突然,它坐下了,优雅地垫着自己花朵一样圈起的尾巴,挥动着鼻子,吮吸着前面的空气,表情是恭敬而友好的。嘎朵觉悟立刻做出了反应,它似乎一眼看破了这场打斗的荒谬性,更加大度地晃了晃头,走过来,用一种梦呓般亲热的动作跟哦咕咕碰了碰鼻子,然后离开,在距离七八步远的地方卧下了。

我在三合板外面喊起来:"上,上,哦咕咕,给我上。"

袁最也在喊,像是为了发泄,吐出来的全是粗话:"操他姥姥,怎么搞的?谁也不是软棉花捏出来的,怎么能见了耗子不猫咪呢?上啊。"

哦咕咕坐着,嘎朵觉悟卧着,雕塑似的保持着这样的姿态,中间的距离始终没有缩短。它们变成聋子了,根本就听不到我和袁最的命令。我松了一口气,似乎早就知道会是这样:只要一离开草原,草原的藏獒就都是一家。袁最发出一阵嘿嘿嘿的似笑非笑的声音,大声说:"你看我的嘎朵觉悟,多么坦然啊,根本就不怕它。评委们干什么呢，为什么不重新打分？"

将军肚过来看了看说："它们两个和平谈判呢，那怎么行？"他派人拿来了一块早就准备好的发臭的羊肉。野性尚存的藏獒对腐臭的肉食保持着特殊的喜好，空气中一飘来那股浓烈的味道，哦咕咕和嘎朵觉悟就同时站了起来。将军肚没有征询我和袁最的意见，就把臭羊肉扔到了哦咕咕和嘎朵觉悟之间。哦咕咕立刻冲着嘎朵觉悟吼了一声。嘎朵觉悟也不示弱，同样威胁地吼叫了一声。两只藏獒都朝腐肉扑了过去。藏獒的护食特点立刻让它们变得不近情理，这就是野兽的特点，谁也不能从它嘴边夺走本该属于它的食物，何况是一块最为可口的臭羊肉。争食开始了。先是哦咕咕叼住了肉，嘎朵觉悟毫不犹豫地撞过去，从对方的嘴里夺了过来。哦咕咕朝后一挫，前肢伏地，轰然吼叫着，就要扑过去撕咬。

"打斗了，真要打斗了？"袁最喊起来，好像他事先不知道这是打斗比赛。"不行，不行，我怎么舍得呀，这么好的藏獒。"他纵身从三合板上一跃而过，跳过去满怀抱住了嘎朵觉悟，瞪着哦咕咕喊着，"王故，王故。"王故从门里冲了进去。袁最说："快把它带走。"说着拼命从嘎朵觉悟嘴里夺下肉，扔给了哦咕咕。王故来不及给嘎朵觉悟套上牵引绳，拽着它的鬣毛朝外走去。

我喊起来："不比了？不比就是你输了。"

袁最用锋利的眼光刺了我一下，咬牙切齿地："谁说我输了？这么好的藏獒不是用来打斗的。我来替嘎朵觉悟比赛，我要吃肉了。"他扑通一声跪下，接着又四肢着地，学着藏獒的样子吼了一声，朝着哦咕咕爬了过去。哦咕咕正在撕咬那块臭羊肉，警告的唬声不断线地从胸腔里滚出来，突然吼了一声，看他不仅没有退缩，反而伸手来抓那块肉，便恼怒得又跳又叫，接着扑过去，一口咬住了他的脖子。

惊叫声响成一片，许多观众站了起来。后面的人愤怒地嚷嚷着："坐下，前面的坐下。"越嚷嚷站起来的人越多，后面的人便纷纷踩上了凳子。有人扯着嗓子喊了一声："咬啊，快咬死他。"立刻响起一片哄笑。

我没动。靠近打斗场的将军肚和诸多评委都没有动。好像大家都觉得顺理成章的结果只能是咬死袁最。我奇怪地想：我倒罢了，你们凭什么希望他死呢？是不是这样的：都说藏獒是凶猛的，但藏獒咬死人的场面还是难得一见，今天终于看到了？袁最，袁最，舍不得嘎朵觉悟的袁最，就要死了。我突然意识到我只是希望他失败，而不是他死。他死了对我们以及哦咕咕没什么好处。我从三合板上翻过去，抱着哦咕咕的头说："松开，松开。"看它不松口，便拿起那块肉，从它的咬合缝隙里塞了进去。哦咕咕叼着臭羊肉，挣脱我的搂抱，退到一边去了。我看到袁最头顶着地面，两手撑起身子，一动不动。血就像一条蚯蚓在他的脖子上蠕动，滴答一声落在了地上。他身子一歪，倒了下去，长吁一口气，表示自己没有被咬死。

将军肚带着几个工作人员来到打斗场内，想要把袁最抬出去。袁最挥挥手，示意他们不要动他。过了一会儿，他慢慢地坐了起来。

"你扑过来干什么？我正在想要不要杀了你的哦咕咕。"袁最一手捂着脖子，一手解开冲锋衣的纽扣，亮出了里面的杀猪刀。显然他已经做好准备，决不让嘎朵觉悟受到任何伤害。"可是我舍不得，舍不得杀了这么好的藏獒。"

"我们的哦咕咕胜利了。"我蔑视着他说。

"别忘了我还有各姿各雅，你也有达娃娜。"

"忘不了。"我说着，看到阿柔迅速给哦咕咕套上了牵引绳。

6

我和阿柔带着哦咕咕离开了打斗场。将军肚快步过来,把我们带向了集中展览参赛藏獒的大展台。"现在人人都知道你们的藏獒差点咬死人,都想看看它。消息马上就会发布出去,以后几天肯定会人山人海。你们要辛苦一点了,为博览会和藏獒事业的发展作贡献嘛。"

将军肚亲自把我们安排在了大展台一个很显眼的地方,又说了一些赞美哦咕咕的话,就走了。我让阿柔去把达娃娜也带到这里来。大家集中在一起我比较放心,哦咕咕和达娃娜可以做伴,我跟阿柔以及司机也可以互相照应:轮换着睡觉,轮换着吃饭和上厕所,等等。再说明天上午就是母獒比赛,让达娃娜来这里,也可以提前熟悉一下环境。一会儿,阿柔带着达娃娜来了,她说司机不来,想在车上睡觉。那就由他去吧。我让阿柔守着我们的藏獒,一刻也不要离开,自己走动着,观赏大展台上的各色藏獒。

大展台是圆形的,一圈都是间隔起来的展位,除了极个别不想在明天比赛前叫别人看见的母獒的展位还空着,大部分展位都已经有主了。我转了一圈,又转了一圈,看到卷毛头发、戴着墨镜的王故和嘎朵觉悟、各姿各雅以及八只小藏獒待在自己的展位里,却没有看到袁㝡。我走过去,爱怜地叫了一声各姿各雅。各姿各雅无精打采地趴卧在地上,撩起眼皮瞅了我一眼,动了动身子,想起来却没有做到。我不禁问道:"各姿各雅怎么了?"王故瞪我一眼说:"没怎么。"然后就用身子挡住了各姿各雅。我知道这种时候我出现在对手的展位上有刺探情报的嫌疑,便知趣地离开了。

又开始转圈,转累了才向人打听:"怎么不见藏獒大帝?"

铁包金的藏獒大帝被安排在圆形大展台的中间。要参观它必须经过一条凹进去的通道。等我站到它面前时，它已经戴上了吉祥威风的红色项圈。一群人正在拍照、欣赏。我呆愣着，不敢相信我看到了我的过去。"啊嚯。"我吹口气，突然笑了，这怎么可能呢？但一定是可能的，不然我寻找藏獒大帝干什么？

我挤在人群里并不显眼，但我和它的眼光立刻对上了，就像爱人寻找爱人的眼光、母亲寻找孩子的眼光，是那样的急切而准确。我还犹豫什么，为什么不能立刻扑过去？它叫起来，一会儿是猛吼，一会儿是孩童般的呜呜，复杂的表达只有我能听得明白：悲伤中的惊喜，亲热里的幽恨，缠绵和温暖裹带着最深最切的疼痛，涌动着人獒一体的亲密融合——我们的记忆一一走过。

突然它朝我扑了过来，吓得周围的人呼啦啦退向一边，一下就把我凸显出来了。我在似梦非梦的状态里无声地表达着跟它同样的感情：老熊河一样的伤逝、雪山和草原一样白绿分明的暖洋洋又苦巴巴的往事。

它咬住了我的裤脚，大头一晃，撕烂了我的裤子。人们以为它在咬我，惊叫起来。但我知道这不是撕咬，这里蕴蓄着生命最纯粹的思念和最丰富的爱恋，这里饱含着酝酿成熟的委屈和埋怨：你怎么丢下我了？你怎么才来找我？我眼泪夺眶而出，俯身抱住它，哽咽着说："斯巴，斯巴。"我的斯巴哭了，呜呜呜地哭了，眼泪和口水打湿了我的半个身子。

在我跟斯巴相拥而泣的时候，斯巴现在的主人、在我眼里依然是个未知数的康巴人哥里巴从展位深处的椅子上站了起来，掩饰不住嫉恨地望着我。

"看来斯巴还是没有忘记你。但我一直觉得它应该忘记你。"

"怎么会呢？斯巴这个名字还是我起的。当初，我和斯巴……不说当初了。斯巴怎么在你手里？你把斯巴养在什么地方？这么多年了，它一点消息都没有。不过我们还是有缘分的，地震后我一到青果阿妈草原，第一个认识的就是你。现在又看到你跟斯巴在一起。斯巴，没想到本届博览会的藏獒大帝是我们的斯巴。"

"它只能在我手里。你不会忘记喜马拉雅藏獒销售基地吧？"

"这么说你是销售基地的人？可谁也没有向我说起过啊？"

"在青果阿妈草原，很多人仇视藏獒销售基地。我想避开仇视的眼光，按照一个康巴藏人的习惯自由自在地生活，就隐藏起了我的真实身份。还有一个目的，就是想在一个更隐秘的地方，给销售基地培育出更优秀的藏獒。"

我已经忘乎所以了，忘了在哥里巴眼里我就是一个千刀万剐的仇家，忘了在我那罪恶的往事里，我是一个偷窃了基地三十六只藏獒，又烧毁了基地同时烧死了一窝五只小藏獒、烧残了两个人的罪犯，是一个够得上无期徒刑、戴着犯罪嫌疑人帽子的人。我嘿嘿地笑着，干脆坐到地上，搂紧了斯巴的大头，浑身的每一个细胞都是深情无比的呼唤：斯巴，斯巴。斯巴不安地扭动着粗硕的脖子，眼光一再地朝上掠去。我抬头一看，发现哥里巴的神情阴沉而凌厉，就像突然刮来了一阵冬天的北风，敌意的眼光里，凝结着比雪山还要坚固的寒冷。

哥里巴哼了一声说："你胆子够大的，以为自己没事了。听说当初你是保外就医的，得了治不好的病去了西海府。我们以为你就是没有死，也病得卧床不起了。后来看到你写的藏獒书，才知道你好好的。你大概不知道，当我在青果阿妈草原认出你的时候，我唯一的想法就是，如果亲手搞死你后我能脱离干系我就一定搞死你。

可惜没有这样的机会，一直没有，难啊。我来北京参加藏獒博览会，跟你竞争藏獒大帝，就是想看看有没有这样的机会。"

"我这个人是该死的。但愿你能找到一个搞死我又不承担责任的机会，有必要的话，我可以亲自给你提供。"

"机会会有的，我们走着瞧。现在我要提醒你，保护好哦咕咕和达娃娜，它们都是斯巴的后代。怎么样，金刚神的儿子还是金刚神吧？"

我一点也不感到意外，斯巴的后代就应该这样。真没想到我其实离我的斯巴很近很近，在我第一眼看到哦咕咕和达娃娜后，就已经触摸到斯巴的影子了。斯巴一直陪伴着我，斯巴，斯巴。看样子阿柔家的雪山寨子实际上是销售基地的秘密培育点，哥里巴把斯巴雪藏在那里，培育出了哦咕咕和达娃娜这两只顶级藏獒。我用额头碰着斯巴的额头，再次搂紧它，恨不得把它搂化到我的身体里。

哥里巴嫉妒地吼起来："离开它，听见没有？藏獒大帝是我的。"

我顺从地摊开了手臂，面孔如同被惶恐迅速洗了一遍，冷寂寂地望着他，多少有点像一个罪犯受到追捕时的样子。他要干什么？我该怎么做？我的斯巴，我们又见面了，如果你是我的，我就是你的。你不会离开我，我也不会离开你。

哥里巴疲倦而厌恶地挥挥手："你走吧，不想在这里见到你。不走是不是？"他从大展台统一设置的拴狗桩上解下斯巴的牵引绳，拉起来就走。"你不走我走，等你消失了我再来。"他低着头，把地板踩得咚咚响的步伐坚定地透出一股对我刻骨的反感和仇恨。斯巴不想走但又不能不走，一次次地回望着我。我有点慌神，怔忡地望着斯巴，不知怎么办好。斯巴的泪眼，我的泪眼，在这一刻模糊了世界。

这一天，我再也没见到斯巴，也没见到哥里巴。好像他为了让斯巴躲开我，连藏獒大帝带给獒主的荣耀和展示爱獒的喜悦都放弃了。我一趟趟地走到圆形大展台的中间去，那里总是空荡荡的。有一次碰到将军肚负责人，他也在寻找："我们的藏獒大帝呢？"立刻给哥里巴打电话，对方关机了。"这可怎么办，广告都打出去了。很多观众就是冲着藏獒大帝来的。"

7

各姿各雅病了。王故一次次地给袁最打电话。袁最说："啊,病了，明天还要比赛，它怎么病了？我就来，就来。"但是他一直没有出现。

比赛结束后袁最就去了医院包扎伤口，当然没忘了打狂犬病疫苗。回来时他在博览会会场的门口碰到一个人，那人神情祥静、一动不动地挡在他前面，如同一尊眨巴着眼睛的蜡像。而袁最的感觉却像是遇到了惊涛骇浪一般，戛然止步，朝后退去，又回来疑虑重重地站到了那人面前。

约翰牧师淡然一笑说："我说了，上帝没有抛弃你，在你迷茫无路的时候，我们的信仰就会出现在你的头顶。"老人穿着普通人的衣服，长着一副普通人的面孔，如果不是听他说话，你永远都不会知道他内心是那样的自信，自信他怀揣着人类最伟大的真理，保持着激情四射的奉献的光荣。

"我没有信仰，你也不是上帝，请你不要来烦我，走开。"

约翰牧师仿佛听出了袁最的言不由衷，没做出任何反应。他摸摸几天前被袁最一拳揍出的脸上的青紫说："停止你的所有行动，带着你的狗离开这里。"

"别费口舌了,这是不可能的。"

"上帝已经知道,你不会把你的计划进行到最后。"

"上帝还知道什么?他知道不知道他在罪孽面前的无能为力?知道不知道我已经看破了一切包括他上帝?上帝是不存在的,所有的拯救都是不存在的。我是罪犯,你是牧师。我活着我能证明罪恶,你呢?你能证明拯救和宽恕吗?你不能。你来干什么?我曾经那么信任你,把一切都告诉了你,可是你只会开空头支票,然后把全部责任推给我。告诉你,我要是能够放弃犯罪,还找上帝干什么?"

"不是这样的,请听我说。"约翰牧师四下看了看,摊开一只手殷勤地邀请着袁最,"我们到这边说话吧,这边。"他带着袁最离开了人来人往的会场门口,来到一个巨大的藏獒广告牌的后面。显然这是一个他早已选择好的地方,没有人,很安静。他慈祥、平静地望着对方,笑了笑,半张着嘴不说话。

"快呀,听你说什么?我还有事呢。"袁最做出随时离开的样子。

约翰牧师笨拙地从衣袋里拿出一把折叠刀,使劲打开,用布道似的苍老而洪亮的声音说:"别害怕,这把刀不是对付你的,是对付我自己的。我现在以上帝的名义劝你放弃你的罪恶念头,如果你不放弃,我就杀了我自己。"

袁最愣了一下,突然笑了:"真的?杀吧杀吧,那就杀吧。你以为你这样威胁我,我就能听你的,你是谁啊?是我父亲吗?你在我心里什么也不是。"

约翰牧师没想到他庄严而神圣的自杀要挟换来的只是轻蔑和嘲弄,仿佛在他没有自杀之前袁最已经攮了他一刀子。他浑身抖了一下,额头和手心冒出了汗,一阵凉一阵烫,突然一阵激痛,满脑袋都是针刺的感觉了。他是个什么样的人啊,心肠硬得都不肯怜悯我这个上帝的老仆人。

"杀呀,你再不自杀我就走了。"袁最已经迈动了步子。

"你别走。"约翰牧师喊了一声。"你应该知道,当上帝的仆人不能用自杀阻止罪恶发生的时候,他就只能杀掉那个犯罪的人了。"

"现在你又想杀我了?那就来吧。"袁最劈腿而立,用流氓式的顽劣拍了拍自己的胸脯。两个人的距离只有五步,当约翰牧师用老人的步态冲过去时,袁最并没有躲闪,反而用胸脯朝前顶了顶。传来一声铁器碰铁器的声音。袁最怀揣着的那把杀猪刀挡住了牧师的刀子。牧师手一软,刀子落地了。袁最一脚踢开,大声说:"想用刀子拯救罪孽?你的上帝是怎么教你的?可见上帝即使存在,也没什么大本事。"

约翰牧师悲怆地喊起来:"上帝,原谅他,原谅他,上帝。"

袁最哼了一声,转身离去,没走几步,手机响了。

是飞飞打来的:"妈妈住院了,医院下了病危通知,爸爸回来吧。"

袁最吼起来,像是怨愤飞飞打搅了他,又像是焦躁地想知道妻子的情况:"什么病?"

"狂犬病……"飞飞哭了。

袁最呆愣着,他知道这种病既然已经发作,就没办法救治了。

从手机传出的飞飞的声音很小,但约翰牧师还是听到了。他再次堵到袁最面前,固执地说:"这是上帝来的电话。你是多么有福啊,在千钧一发的时候受到了无法拒绝的召唤。听我的,你已经得到了最新的赦免,你是一个崭新的人了。"

袁最瞪着牧师,突然关掉手机,阴冷地说:"老头你是谁啊?再纠缠我,我会杀了你的。"说着一把推开牧师,前走几步,又停下说,"你最好去拯救你们的上帝。告诉你牧师,我为什么是这样一个人,想做好人又想做坏人？因为上帝按照自己的形象制造了人，上帝是什么样子的，我就是什么样子的。只有上帝本人才能阻止我。"说罢，大步走到博览会会场门口穿梭往来的人群里去了。

约翰牧师呆愣着，喃喃地说："上帝，我应该怎么办？"

袁最没有回到大展台王故的身边，尽管他很想待在嘎朵觉悟、各姿各雅以及八只小藏獒身边，很想去请个兽医给各姿各雅看病。他给李简尘打电话，说有事跟他和黑胖子商量。李简尘告诉他，他们以前很少来北京，此刻正在参观故宫，待会还要去登临天安门城楼。"你的事儿我们就不参与了，再说你也干不了什么大事。"李简尘最后激将地说。袁最恶狠狠地诅咒了一句，又把电话打给了王獒人，口气突然变得十分悠闲："我们去喝茶吧，附近有一家好茶馆。"

"喝茶有什么劲，不如去喝酒。"

"更好。"袁最压抑着妻子即将离世的悲痛，呵呵笑着狂叫了一声。"我今天晚上要让你大吃一惊了。听我的，把你的藏獒带离博览会。"

天黑了。北京的黑夜来得总是很早。天是晴的，但望不到星星和月亮。我们有多少夜晚是生活在没有星星和月亮的天空下呢？我在博览会外面的一家小饭店吃了晚饭，提了一打啤酒、两个玻璃杯和一些凉菜回到展位上。我想出来这么多天了，还没有跟阿柔一起喝过酒，她也许能跟我喝几杯，不然就得干坐着。反正守着哦咕咕和达娃娜，我们是没地方睡觉的。阿柔痛快地喝起来，一口气就灌下去大半杯。我很意外地看着她，提醒道："慢慢喝，睡不成觉的夜晚是很长很长的。"

但是她没有再喝，思虑重重地枯坐了一会儿，突然起身说："我要出去转转。"

"你别去,这地方你人生地不熟。"

阿柔还是走了。我想她出去转转也好,免得坐在这里犯困。她虽然常年待在草原上,但汉话说得不错,又漂亮,不会走丢的。那就去吧,看看北京的夜景,看看霓虹灯的繁荣里我们的首都是多么得奢靡。我大声问道:"身上带钱了没有?"我哪里想到,她是去找哥里巴的。他们早就约好了,就在今夜。

阿柔离开博览会的会场,在街上买了一瓶好酒,拆掉华丽的包装,放进随身的包里,坐上了出租车。半个小时后她出现在哥里巴的宾馆房间里。

哥里巴酸溜溜地说:"你晚到了一个小时,是不是有点恋恋不舍?"

两个人面对面坐在两张床铺上,神情都是心照不宣的严肃。空气凝重而冰凉。斯巴从卫生间出来,流着哈喇子,闻了闻阿柔,又回到卫生间去了。

阿柔盯着哥里巴略显疲惫的眼睛说:"你真的会动手吗?你放了火,烧死的不光是色钦,还有哦咕咕和达娃娜,还有那么多人和藏獒。你再想一想。"

"我必须这样,也只能这样,只有这样我才不会被发现。至于哦咕咕和达娃娜,就只能牺牲掉了。我们有斯巴,一定还会有更棒的藏獒。"

"哥里巴啦,你要是这样你就完啦,我跟白玛也完啦。"

"不要劝我,我知道你爱上那个色钦了。叛变的女人,你不如狗。"

阿柔委屈得眼泪都出来了,急急地申辩道:"不是我爱上他啦,是白玛爱上他啦。你是知道的,白玛爱上他,就等于我也爱上他啦。"

"要是这样色钦就更不能活着了。"哥里巴阴郁地撇了撇嘴。

阿柔咽了一口泪水说:"你非要干的话,那就让我去放火吧。"

哥里巴断然拒绝:"你不行。这是掉脑袋的事情,我怎么能牵扯到你呢,牵扯到你也会牵扯到白玛。不行,我不能把你们两个都搭上。再说我有经验,别人发现不了的,你放心。"

阿柔沉默着,从包里拿出了那瓶好酒:"喝酒吧哥里巴啦,我只能给你壮胆啦。"说着她打开了酒瓶盖。一个细节哥里巴没有注意:这样好的酒,瓶盖怎么那么容易就开启了呢?

"我会需要女人给我壮胆吗?你把我看成什么人了?当初……"哥里巴咽下了要说的话,一把攥起了酒瓶。他一连喝了几大口,皱着眉头,喷了一口酒气,突然"啊呀"一声,痛苦得扭曲了满脸的肌肉。他把酒瓶蹾到床头柜上,捂着肚子,歪倒在了床铺上。

阿柔倏地站了起来,惊恐万状地朝窗外看看,浑身发抖。

哥里巴用血红的眼睛瞪着她:"阿柔,你不是我的阿柔。你下药了,告诉我是什么药,是金色十三味吗?是喇嘛闹拉给你的还是白玛给你的?喇嘛闹拉知道我的心,他早就想毒死我了。"他挣扎着起来,摇摇晃晃走了两步,又退回去,跌倒在床铺上,无力地挥了挥手。"阿柔,就算我罪有应得,也不该死在你手里。你想用毒药制止我去放火,可你却制止不了我的灵魂,我就是变成鬼也要放火烧死色钦。你走吧,快走吧,我不能死在你面前。我知道我还有三个小时。金色十三味,喇嘛闹拉制造的毒药。是你找的他,还是他找的你?你们都想毒死我。喇嘛闹拉,佛爷,是你给阿柔出了这个主意吗?你违背了出家人不杀生的戒律,你算什么喇嘛?阿柔你听我说,你们不能跟色钦好,色钦是我的仇人。"

阿柔使劲摇着头:"我没有,没有跟色钦好。"她走向卫生间,忽听哥里巴喊一声:"不要带走斯巴。"她浑身一阵哆嗦,拉开门跑了出去。

我说:"我不能去你那里,阿柔不在,阿柔回来了我才能去,哦咕咕和达娃娜离不开人。"正在打电话的时候,我看到阿柔从博览会会场的大门里进来,朝大展台匆匆走来,立刻改了口,"好好好,马上就去,你等着。"我一步跳下大展台,和阿柔擦肩而过。她停下来,惊讶慌张地瞪着我,却没有跟我说话。我说:"我去去就来,你看好哦咕咕和达娃娜。"我哪里会想到她刚从哥里巴那里回来,没告诉她是哥里巴要我去的。哥里巴说,他必须立刻见到我,如果我不去,我会后悔一辈子。"快来啊,再不来就来不及了。"我不知道发生了什么事情,我急急忙忙赶去,并不是为了哥里巴,而是为了见到我的藏獒斯巴。

我一进哥里巴的房间,斯巴就扑过来跟我亲热。

躺在床上的哥里巴立刻制止道:"回去,回去。不听话是不是?我真想骟了你。"他看斯巴不动,几乎是央求着对我说,"我找你有事,很紧急。"我对斯巴说:"回去吧。"斯巴很不情愿地回到卫生间里去了。

没有任何过渡,哥里巴直截了当地说起来:"多少年前你烧毁了我家的藏獒基地,把我父亲和我叔叔烧成了残废,还烧死了五只小藏獒。可是你却没有受到任何惩罚,迄今还在逍遥法外。这件事只要想起来我就很生气,我为什么要放过你?藏族人对仇家必须以牙还牙,报复是天经地义的,自古以来都这样。你来参加藏獒博览会,太好了,机会难得。我可以用我的藏獒哦咕咕和达娃娜把你吸引在大展台上,然后一把火要了你的命。汽油都准备好了,到时候扔进一个烟头就能烧起来。博览会来了那么多人,谁知道火是谁放的。"

我想,如果我活着还有资格被判处无期徒刑的话,我将义无反顾。没什么可遗憾的,既然用火燃起的仇恨必须用更大的火焰才能够抵消,那我只能心甘情愿地成为被抵消的一部分而让火焰尽快熄灭。但是我没有这样说,当我坐到他对面的床铺上,用一种只有他能听到的声音说话时,却变成了另外的意思:"那你就去点火呀,躺在这里干什么?害怕了是不是?告诉你,要是那样你就跟我一样是纵火犯了。但纵火犯也是有区别的,而且是天壤之别。我放火的时候还是个孩子,并不知道里面有五只小藏獒和两个人,我的害命不是故意的。可是你呢?你的目的就是为了烧死人和藏獒,烧死许多人和许多藏獒,你报复的不仅仅是我,知道吗?连你的女人阿柔、你的藏獒哦咕咕和达娃娜都会被烧死。哦,对了,对了,我他妈废什么话,这些你都已经想到了,你是故意要烧死阿柔、烧死哦咕咕和达娃娜是不是?"我这是挑战,是一种报复心的发作:去死吧哥里巴,你真应该是个吃枪子的纵火犯。而我将一直活着,甚至可以无限自由地活着。

哥里巴突然朝我啐了口唾沫,瞪着我,放出两束火辣辣的凶光让我不由得眨巴了一下眼睛。他恶狠狠地说:"你到现在还活着,而且活得比我好,这是我心里最大的难受。说得对,我就是故意要让阿柔死掉,要让哦咕咕和达娃娜死掉。我想牺牲掉我最喜欢的人和藏獒,换来你的死,可是你现在死不了啦。色钦,你为什么不死掉?你应该自杀,就在今天,就在这里。"他从床头柜上攥起一个酒瓶,捣给我,"喝吧,下了毒的酒,你敢喝吗?喇嘛闹拉的金色十三味。"

我不相信酒里会有毒。既然有毒,告诉我干什么?但我没有喝酒,我不是来喝酒的。我用手挡开酒瓶,苦笑着说:"阿柔她知道你在为她安排死路吗？你是一个仇恨的魔鬼，谁都恨，连阿柔都恨。"

哥里巴扔掉酒瓶，突然闭上了眼睛，痛苦地摇摇头："你说错了，如果我能得逞，死去的不仅仅是阿柔。我不能让我的女人属于别人，都得死，都得死。"

我冷漠地超脱在他的痛苦之上，大度地说："所有的生命都在走向死亡，不过是有先有后罢了。你也会死的，说不定就在阿柔前面。不过，你为什么要急着把我叫来？就为了告诉我你准备纵火、准备犯罪、准备走向死路？"

突然，就像灼烫的火星遇到了流淌的水，哥里巴眼里的凶光熄灭了，神情的港湾里荡起了一层让我心动的涟漪，是那样的悲凉、凄楚、柔美和惬意。他眼睛湿润了，抽搭了一声说："也好，你活着也好，不然我的斯巴就可怜了，我真是舍不得它呀，交给谁我都不放心，除了你。我相信只有它的第一个主人才能像我一样对它好。而藏獒最忠诚的，也是它的第一个主人。"

听清楚了吧，我的耳朵？我不禁揪了揪它，提醒它不要欺骗我，因为进入耳朵的并不是语言而是天籁。我对天籁没有期待，一旦它蓦然来到，便觉得那就是我的梦寐之花在我悲伤时绝望中的怒放。辽阔的无比辽阔的抚慰，它来自我的斯巴。我喊起来："斯巴，斯巴。"

斯巴用爪子扒开卫生间的门，出现在我面前。它似乎一直在偷听我们说话，它听懂了，知道它可以属于我了。它激动地扑过来，呵呵呵地吐着舌头张着嘴，把我压倒在床铺上。我动情地说："斯巴我知道，我知道你恨我，恨我抛弃了你，恨我没有找到你。但是从今往后我们就再也不分开了。斯巴，我们现在就可以离开这里，回去，回到青果阿妈草原去。"我躺着，用整个身子托举着它的重量，喘着气，双手插进它密实的鬣毛，使劲挠动着。一会儿，它从我身上下来，紧紧靠着我的腿卧下，不时地望望呼哧呼哧喘粗气的哥里巴，大吊眼里满含着歉疚和慌愧。我坐起来，搂着它的头，继续用我的手指向它诉说无尽的思念。

"色钦啦，你带着它走吧。再见了，斯巴。"哥里巴哭着，转过身去，再也没有回头。

我生怕哥里巴反悔，带着斯巴迅速离开了那里。直到上了出租车，我才意识到哥里巴的表现有些蹊跷：他为什么要把斯巴——本届博览会的藏獒大帝还给我？他好像在告别，是永远的告别，为什么要告别？我没有多想，和斯巴破镜重圆的狂喜淹没了一切。我就想哭，就想唱，就想喝酒庆祝，就想见到阿柔告诉她一切。斯巴依偎在我身边，大吊眼闭着，鼻子微微抽动。我太熟悉了，这是它的笑，它的笑又回来了。我也笑着，对它又拍又打。

遗憾的是，回到大展台上，一见阿柔，我就无法继续狂喜了。

8

阿柔安静地坐着，好像面对着的不是藏獒博览会，而是哀乐阵阵的追悼会，神情肃穆极了。我拉着斯巴故意在她面前走了两圈，她只是眨巴了一下眼，抬头木木地望着会场凌乱又空洞的顶棚。

我说："你好像知道我去了哪里？"

她说："喝酒吧，我喝了不少。"

我看看我买来的一打啤酒，好几瓶已经空了。斯巴过去跟它的孩子哦咕咕和达娃娜亲热着。我坐下来，倒上酒，想跟阿柔碰杯，看她不端杯，只好一个人干了。

"你怎么不问我斯巴的事？我给你讲讲我和斯巴的故事吧？"

阿柔摇摇头,表示不想听。斯巴一听我说到它,就走过来卧在了我的脚边。我给自己倒上第二杯酒,正要喝,就见王獒人急匆匆走来。

"走走走,色钦作家。"他一见我就喊,跳上大展台,一把揪住我,"喝酒去,你一个人喝什么?哎哟,这是谁?这不是藏獒大帝吗?今天人人都在议论它,它怎么在你这里?"

"它现在归我啦。"

"你买下了?得多少钱?有没有三千万?"王獒人吃惊得眼睛鼻子都张大了,"色钦作家,你真有福气,快快快……走,走啊"

王獒人没有参加藏獒比赛,来博览会就是为了买卖藏獒,现在目的已经达到了:以三百五十万的价格卖掉了三只公獒,又花一百万买进了一只母獒,他就要走了。他说走之前一定要见见我,让我看看他买进的母獒。我犹豫着不想去。他看了一眼阿柔说:"有美女陪伴就不要朋友了?走吧,反正你们也干不成事情。一定走,不走我会骂你的。就在昨晚我们吃饭的那家酒店,酒菜已经订好了。"

我望望阿柔,又望望斯巴,还是不想去。

王獒人一把抓起斯巴的牵引绳:"把它也带上,我借你的光,要好好欣赏一番今年评出的中国,不,世界上最好的藏獒。"说着,拉起来就走。

王獒人跳下了大展台。斯巴跟着跳了下去,然后就不走了,回头看着我。我懂它的眼神,那里有要我赶快跟上它的期待。后来想起来,才觉得斯巴是有了不祥的预感才要我离开博览会会场的。它还想让阿柔和自己的孩子哦咕咕、达娃娜也跟它离开,几番回头,揪心而殷切地叫着她和它们。但阿柔没有理解,我也没有理解。我这时候还不知道,在我离开哥里巴半个小时后,哥里巴就吐血而死了。也不知道阿柔此刻的心情：虽然她觉得哥里巴必定会死去，色钦、哦咕咕、达娃娜以及整个博览会的会场都已经平安无事，但她心里依然涌动着危险来临的潮水。是什么？是她毒死了哥里巴，警察会来抓她的危险，还是哥里巴的鬼魂放火烧死色钦的危险正在悄悄走来？不不，应该是别的，别的危险又是什么呢？

又传来王獒人的催促："快走啊，舍不得的话把美女也带上。"

我叮嘱阿柔好生看守哦咕咕和达娃娜，就要离开。

阿柔拉住了我："你别走，我心里空得很，有点慌。"

"你今天怎么了，好像不对劲。"我怜惜地望着她。

"是它们不对劲。"阿柔掩饰着自己，摸摸哦咕咕和达娃娜。

哦咕咕和达娃娜一直站着。好像它们随时准备离开，所以就站着。但是主人却没有带它们离开的打算，它们只好不满地望望阿柔，在展位上走来走去，望着大展台下准备离开的斯巴，不断把链在拴狗桩上的牵引绳绷得笔直。时而发出一声吼叫，告诉主人它们此刻的焦虑不安。大展台上，许多藏獒都开始吼叫，引来会场里其他展位上的藏獒一声声地回应着。能够想象这是一种獒与獒的交流，在这个封闭的大空间里碰撞。我听了听，感觉自己听懂了：那是怀念家乡故土的诉说，是对这种人为的聚会博览的诅咒。它们有的在悲伤地哭，有的在愤怒地叫，有的在无奈地叹息。而在哦咕咕和达娃娜的声音里，在我能分辨出来的离我们不远的嘎朵觉悟和各姿各雅的声音里，却有着青果阿妈藏獒独特的对昨天和前天的呼唤：草原，草原。

我安慰地拍了拍哦咕咕和达娃娜说："难为它们了，跟着人受罪。这是个陌生的地方，又有这么多藏獒，它们肯定不习惯，过一会儿就好了。"

"不对，不对，它们好像预感到了什么。"阿柔烦躁地四处张望着，秀气的脸上罩起一层紧张的白亮，又说，"想喝酒就在这里喝嘛，跑出去干什么？"

王獒人专断地拉着斯巴走了，我只好跳下大展台跟过去。

阿柔喊一声："你快点回来，我等着你。"她突然依恋起我来了。

酒店为了方便参加藏獒博览会的獒主，特意在后院建起了临时的板房犬舍，一只藏獒过一夜跟人住酒店一样贵。但为了方便和安全，很多獒主还是选择了挨宰。我在王獒人的陪同下看了他买进的母獒，真不错，一百万绝对值。

我拉着斯巴说："真让人嫉妒，怎么这么便宜就买给你了？"

王獒人拍拍我："你才让人嫉妒，藏獒大帝都属于你了。"

他又拉我去酒店大厅里喝酒。喝就喝吧，既然来了。我做东，就算是给王獒人送行了。喝了不到一个小时，突然发现外面一片豁亮，赶紧看看表：还不到天亮的时候。又盯着窗外：怎么搞的，一下子亮出这么多灯？北京的午夜，被灯光照耀得如同白昼。纳闷了好半天，我才反应过来：不是灯光，是火光。又纳闷了好半天，在斯巴洪亮的吼叫提醒下，才意识到燃烧起来的不是酒店商厦，不是马路天桥，不是树木霓虹，而是在我心里最最不该烧起的地方：博览会的会场。

我拉起斯巴就朝酒店门外跑去。

王獒人追上来，一把攥住我的手："你去干什么？不要去送死。"

我恨怒地甩开他，喊道："我的哦咕咕，我的达娃娜，还有各姿各雅、嘎朵觉悟、八只小藏獒，还有阿柔……"我朝前跑去。

很快我就意识到我的狂跑和呼天抢地是多么得无用。巨大的太阳般的燃烧体越来越猛烈地膨胀飞扬着,我看不到哪里是进去的门,也看不到哪里有出来的人和藏獒。消防车还没有来,不知道什么时候才能到,就算到了也一定是杯水车薪。这么大一片火海,着起来的是整座宏丽壮观的钢铁和玻璃体的现代构造,还有环绕它的广告牌、巨型的红色吹气棒的拱门,还有周边一些跟博览会无关的建筑。

我拉着斯巴站在马路上,哭了,是撕心裂肺的号哭。我知道是谁放了火:袁最,袁最。这次决不能放过他。我拿出手机,拨通了110。

王獒人跑来了。我一把揪住他的衣领:"你知道袁最会放火,所以你才撤离了博览会对不对?"

王獒人红着脸说:"他让我把藏獒带离博览会,我就知道要出事了。"

我又问:"你约我出来喝酒,是想救我一命对不对?王八蛋,你为什么不告诉我?为什么不制止袁最?为什么不报警?"我一拳出手,打在了王獒人的鼻子上。

王獒人捂着鼻子,连连后退,突然被什么一绊,倒在了地上。"其实你也知道袁最要放火,你为什么不制止?"他喊起来。

我知道吗?我在心里大声问自己。我忘了,也许我曾经知道。也许我不仅知道,还有些冷冷的期待甚至逼迫:如果袁最被打败,他还能把嫉妒重演一次吗,就像他在麦玛镇的展览馆里那样?在阴寒的细胞组成的黑暗的心灵里,我对自己说过:我要通过他自己的手杀了他。我必须做到,在他毙命的时候,我依然是个毫无沾染的旁观者。我好像做到了,真的做到了。

直到所有能燃烧的东西都变成灰烬,大火才被熄灭,已经是第二天上午了。我走向废墟,跟许多人一起寻找熟人和自己的藏獒。

哪里还有活着的生命呢？到处都是尸体。即便我此刻被青果阿妈草原的藏獒绊倒，也认不出它们来了。所有烧死的藏獒差不多都一样，一个个毛色全无，焦黑一团。但是我认出了阿柔，那个让我使劲抑制着冲动、刻意保持着距离的阿柔，那个被我爱过的回到草原后也许会继续疯爱的阿柔，如今她已经不在人世了。我知道阿柔是一个古老而著名的藏族部落的名字，据说部落的消亡也是因为一场大火，当然是草原大火。阿柔部落了不起的护法神汉曾经有过预言，有这个名字的人和部落，都会死于大火。阿柔大概在火海里奔跑着想寻找出路，倒下的地方离门口不远。她美丽的头发和漂亮的衣服完好无损，说明她是窒息而死的。我没有眼泪，我痛恨在这种时候我居然没有眼泪。

昨天晚上，阿柔是那样不愿意我离开她，那样依恋我。

可是我却走了，没有带上她和我们的藏獒。

中国的藏獒又有那么多毁于一旦了，而我的斯巴竟是幸免于难的。

我想起了鹭娃给我们上藏语课时讲过的藏族创世诗：

斯巴宰杀小牛时，
砍下牛头放哪里？
我不知道问歌手。
斯巴宰杀小牛时，
砍下牛头放高处，
所以山峰高入云。
斯巴宰杀小牛时，
割下牛尾放哪里？

> 我不知道问歌手。
> 斯巴宰杀小牛时，
> 割下牛尾栽山阴，
> 所以森林郁葱葱。
> 斯巴宰杀小牛时，
> 剥下牛皮放哪里？
> 我不知道问歌手。
> 斯巴宰杀小牛时，
> 剥下牛皮放平处，
> 所以大地坦荡荡。
> 斯巴宰杀小牛时，
> ……

我不理解，为什么只有宰杀才有新生呢？连创世大神都这样。我不理解，为什么大地是血淋淋的牛皮、森林是血淋淋的牛尾、山峰是血淋淋的牛头……

很快来了一群民工，开始在废墟里翻找藏獒的尸体。"不是给你们说了嘛，人的尸体别动，就搬藏獒的尸体，快点，别愣着。"指挥民工的是一个五大三粗的黑胖子。我一眼认出他就是那天晚上为吃狗肉引发一场混战的人。我走过去，想挖苦地对他说：你是干吗的？专吃狗肉的？想把这么多烤成半熟的藏獒运回去吃掉啊？小心撑死你。但是不等我张嘴说话，黑胖子就快步离开了。他好像认识我，知道我要说什么。我盯着他，看他迅速消失在一辆拉运獒尸的卡车里。

这时我发现斯巴不见了，赶紧东张西望地寻找，远远望见它在一处废墟上又刨又挖，好像闻到了什么。一刻钟后它朝我跑来，把叼在嘴里的东西放到我面前,邀功似的朝我扬起了头。我惊讶地看到斯巴叼来的竟是一只小藏獒,是一只活着且完好无损的小藏獒。我弯腰抱起它,心疼得抚摸着,又指着废墟说:"去,斯巴,看看再有没有活着的。"斯巴飞驰而去。

三天后,袁最已经被逮捕,我把小藏獒抱到看守所让他辨认。袁最一见它就喊起来:"珍珠,你还活着?"八只小藏獒中最机灵的珍珠,不知用什么办法逃过了藏獒博览会的灭顶之灾。

第十四章 藏娘

1

法庭调查在北京，在大火之后的第十天举行。

法官一开始就说，所有的犯罪嫌疑人都已经抓捕归案了。这话让我诧异和不解：难道除了袁最还有别的嫌疑人？

袁最的陈述没有什么悬念。他说他来参加北京藏獒博览会之前脑子里就出现过这场大火。如果他不能阻止色钦作家的哦咕咕和达娃娜战胜他的公獒嘎朵觉悟和母獒各姿各雅，对他来说，烧掉所有的藏獒便是一个符合存在规律的结果：谁会心甘情愿走向失败呢？作为一个野心勃勃的养獒人，他固执地认为所有的藏獒都不能超过他的藏獒，他应该是这个世界上最伟大的獒主。就像一条河，只要开始流淌，就一定要奔向大海。对他来说不见大海的河流不是河。疯狂的信念、不可妥协的意志时刻都在告诉他：得到，得到，你必须得到。他为了得到而活着，和所有追求成功的人一样，他没有什么出格，也没有什么内疚。和成功相比，犯罪又算得了什么，哪怕它是滔天大罪。他认为伟大的成功者都是从扭曲人性的犯罪中走来的。这是一个跟活着就必须喝水吃饭一样的自然规律，没什么可奇怪的。

他只是没想到获得第一名藏獒大帝的既不是他的嘎朵觉悟，也不是色钦作家的哦咕咕，而是另一只名叫斯巴的公藏獒。更没想到他的参赛母獒各姿各雅在节骨眼上生病了，一只萎靡不振的病獒怎么可能是年轻矫健、精神抖擞的母獒达娃娜的对手呢？这个注定他要落败的信息，让他再也无法在放弃罪恶的一端坚持下去了。

他还说起为了赢得第一，也为了得到哦咕咕和达娃娜，比赛前他想杀死色钦作家的种种计谋。可惜，可惜没有实现。他用没有达到目的的深深的遗憾表达着他那迄今没有退缩的海潮一样汹涌的无耻和贪婪。更可惜的是，他没有烧死本届博览会产生的藏獒大帝，听说那天晚上它离开了会场，它还活着。

法官说："请你详细陈述你放火的经过。"

袁最低下头去，语气连贯地说："我在博览会的临时书店买了一本色钦作家写藏獒的书，用打火机点着，放在了三合板的旁边。"

法官问："你为什么要用这本书点火？"

袁最沉默了片刻说："我恨色钦作家，没有他就没有我的今天。他的书诱惑了我的疯狂，他本人又逼我放了这把火。"

法官最后问："什么时间点着了火？"

"忘记看表了，不知道。"

我的心在这一刻裂成了两半,一半是不期而至的欣悦亮丽的红色:看啊我是多么重要,重要到我可以用我的存在决定别人的命运;一半是蓄积已久的沉重冰冷的黑色:假如就像袁最说的那样是我导致了他的悲剧,我愿意重新来过,用我的消失换取他的另一个今天,一个没有纵火没有死亡没有罪恶的今天。

袁最哭起来,渐渐就泣不成声了。哭声有些颤抖,有些幼稚的用突如其来的伤感夯撞大地的力量,好像他终于学会了哭泣,要情真意切地显示一番,深重的罪行也就愈加深重了:"我完蛋了不算什么,可是我的藏獒——嘎朵觉悟、各姿各雅和八只(不,现在是七只)小藏獒也完蛋了,那么多好藏獒都完蛋了。还有飞飞,以后谁来照顾飞飞?我的妻子、飞飞的妈妈、那个被我时刻想念的妠苏,已经死了。她死于狂犬病,死于我的藏獒,死于我让人放獒撕咬的伤害。"

接着他说,他本来不是这样。他是一个有能力有野心有良知的人,他可以做官,做很大的官,用最大的魄力造福于民;可以做一个战争年代的将军,打败所有的敌人,占领所有的土地;可以做一个资本家,汇集无以计数的金钱,然后站在城市的最高端,抛撒给人民。但命运却让他成了一个罪犯,一个枪毙十次都不嫌多的罪犯。"不是我选择了罪恶,是罪恶选择了我。我无法拒绝。"

我想袁最说得不错,在命运面前,所有人都无法拒绝。

我没想到,接下来接受调查的竟是约翰牧师。

当法官问他"你为什么要放火"时,约翰牧师显得非常兴奋,苍老的脸上那些旧有的和新添上去的皱纹突然在一瞬间活跃起来,像钻出土壤的蚯蚓舒展着它们的身姿,一种仅属于他的思想推动着他的皮肤的变化，也推动着他的表情。他用完全不像老人的那种洪亮清晰的语气说："我要证明我说过的话，上帝没有抛弃袁最，在他跌入罪恶深渊时，上帝会出现在他的头顶挽救他。火是我放的，为的是不让袁最继续沾染罪孽。既然我没有能力阻止他犯罪，那我就替他犯罪。罪孽只有一个，在我用我的罪孽顶替了他的罪孽之后，他就没有罪孽了。"

我想，约翰牧师是不是说，既然上帝没有能力阻止人类犯罪，那上帝就应该代替人类犯罪，然后让人类解脱出来？是不是说上帝创造了人，也创造了人的罪孽，罪孽是人的基本素质，所以人的所有罪孽，都应该由上帝来负责？是不是说就因为有了责任，才有了拯救，有了拯救才有了代替，有了代替别人犯罪的牧师？不，不仅仅是责任，也许还有爱。如果你爱的人非跳崖不可，如果你苦苦相劝而不能让他回心转意，如果你跳下去后他就没有机会再跳，那你就只好替他跳崖了。好一个牧师，你是爱袁最的，爱得至诚至切，都能够以命相赎了。可是，啊，可是……

法官说："照你这么说，袁最没有放火？可他承认火是他放的。"

"上帝作证，袁最隐瞒了事实真相。他放的火被我扑灭了。我说，让我来，让我来，你要相信我，我一定点着。"约翰牧师坦率地说。

法官讥讽地冷笑一声："这么说你是在舍己救人喽？你大概忘了犯罪的结果是受到惩罚，而不是得到表彰吧？"

"我没有忘，拯救的最高目标就是顶替别人接受惩罚，枪毙我吧。"

"但你怎么能在拯救一个人的同时，残害那么多生命呢？不光烧死了许多狗，还烧死了不少人。"

约翰牧师脸上的所有皱纹都抽搐了一下：上帝总是这样，在拯救一部分人的同时，毁灭另一部分人。但是他没有说出来，自责就像承诺了天堂的上帝无奈地看着他的选民进入了地狱。他在自责中欣喜：地狱之门，我已经看到你了，原来你就在天堂之门的背后。牧师坚定地扬了一下头说：

"我们误以为上帝也会偏颇。不，那是因为世界上没有不偏颇的苦难。偏颇的苦难需要偏颇的拯救。为了这拯救，我们不仅要付出得不到补偿的生命，还要承担被责骂和被怀疑的结果。但这又有什么要紧呢？正因为世上的大部分人已经误入歧途，所以我一定要献上象征血和肉的祭品，宣布上帝的存在。主啊，请怜悯那些势必要带着罪恶走向天国的人，请帮助他们走向洗礼和安定，请出现在罪人的心里，让他们明白他不信的上帝终究战胜了他信仰的魔鬼。我已经祈告上帝，请收取那些人那些藏獒的灵魂。它们本来就是上帝的赏赐，赤裸裸地来到这个世上，也将赤裸裸地回去。请不要因此而诅咒上帝，因为诅咒上帝的结果只能是诱发死亡。死亡还会导致别的死亡，两个人的仇杀总是报复来报复去。我的挽救在于，用上帝的牺牲，消除所有的仇恨，用一部分人的死亡，换来所有人的新生。请不要剥夺我的喜悦，不要对抗上帝的意志。我知道袁最的心里没有上帝，既然没有上帝，哪里还有罪孽的感觉呢？但是现在他有了，上帝拯救了他，使他有了罪孽的感觉。真正有罪孽感的人他还会犯罪吗？世界上有那么多没有负罪感的人，他们因势不两立而充满了疯狂、绝望和怨毒，充满了自杀者和杀人者的嫉妒和愤懑。而我却希望他们看到，上帝的光临已经使我们把救赎和基督融为一体，就像《圣经》告诉我们的：'我们看到了血，这是末日里弥赛亚圣餐的血，为你们而流。我以此宣布上帝的国的降临。'每一个上帝的信徒都是上帝的一部分，正如上帝是他的一部分。当我们用死亡的献祭来帮助我们产生信仰时，基督的心和上帝的灵就已经和我们同在了。黑夜永远是黑色的，白昼永远是白亮的。这是光明之子和黑暗之子的战争，是真理之灵和邪恶之灵的战争。黎明将近了，在这死亡和鲜血代替了美酒、眼泪和誓言的时刻，我将戴着荆冠走向十字架，然后用生与死的受洗归入基督的身体……"

法官显然已经不耐烦了，不客气地打断了他的话："请不要扯得太远，你说些什么我们都听不懂。请你详细陈述你放火的经过。"

"我用打火机点着了随身带来的《赞美诗》，把它放在了大展台的桌子下面。我告诉身边的人，看啊，着火了，你们为什么还不快离开这里呢？上帝保佑。"

"你为什么要这么做？"

约翰牧师愣了一下，他觉得关于这个问题自己已经说清楚了，怎么还要问呢？他想简简单单再回答一遍，便爽朗地说："为了救赎。人类在伊甸园时代堕落以后，宇宙便被邪恶所主宰。我们的救赎就是第二次创造人类，所以必须是火与水的救赎。我们的上帝之子耶稣就是这样做的，他已经回到我们中间来了。"

法官觉得更难懂了，立刻打断了他："你可以了，不用再说了。"

约翰牧师生气地说："上帝啊，可怜这个法官吧，他不让我把话说完。"

我有些悲哀，又有些窥见真理似的兴奋。我想，本该是为了惩罚和纠正伊甸园错误的原罪是不是反而支持了人类的犯罪？是不是耶稣在替人类受难之后人类更容易犯罪？是不是我们的忏悔更让我们理直气壮地走向了犯罪？是不是犯罪之后在上帝面前的轻易解脱推动了更加轻易的犯罪？是不是上帝的救赎和宽恕无限制地延续了人类的犯罪？是不是罪犯也能进入天堂的希望怂恿了人类的犯罪？

是不是用皈依基督代替惩罚犯罪的上帝本身就是犯罪？是不是人的犯罪潜能里同时又有信仰潜能，或者人的信仰潜能里同时又有犯罪潜能？是不是这就是我们明明知道没有信仰就没有灵魂，却不去抓住灵魂的原因？是不是这就是我们明明知道没有信仰会带来巨大的精神灾难和社会灾难，却仍然不相信爱的上帝的原因？

我迷茫、懵懂、大惑重重。我以为我是清醒而睿智的，实际上却是糊涂而愚蠢的。即便如此，我也无法按照我的习惯轻视约翰牧师的出现。他当然不是耶稣本人，但他一定是耶稣派来的一个虔诚而高尚的救赎者。可是，啊，可是，你怎么可以放火呢？怎么可以放火之后还如此心安理得呢？

当那个饕餮狗肉、搬运獒尸的黑胖子作为第三个接受调查的人被法官传唤到法庭时，我已经不再吃惊了。我想连斯巴都回到我身边了，连阿柔都死了、那么多藏獒都死了、哥里巴也死了，还会有什么意外能让我大惊小怪呢？黑胖子的声音有些喑哑，时不时被他自己的哆嗦打断着。显然他害怕了，他是几个纵火者中最不希望被人发现的一个。他和他的犯罪同伙的确没有被人发现，但还是有人检举了他们。在法官跟他最初的问答里，我知道检举他的是花馨子。

黑胖子说："放火的时间没注意，反正就是半夜呗。我们躲在博览会会场里一个隐蔽的地方，假装喝酒，酒是一瓶七十度的烈酒，一点就能冒出蓝烟来。我们用蓝烟点着了堆在那里的一些废弃的绢纸花篮，然后就离开了。但我要声明，我只是买了酒，我买酒是为了喝酒，火不是我点的，是李简尘点的。你们没有抓到他是因为他跑得快。他纵火犯罪，做贼心虚，当然比谁都跑得快。"

我平静地听着法官的提问和黑胖子的回答，突然意识到，在黑胖子和他的同伙成为罪恶的元凶之后，大火的含义已经被拓展得更加遥远了。它不再是袁最的嫉妒与绝望，不再是约翰牧师的毁灭与救赎，也不再是哥里巴未能实现的仇恨与报复，而是心灵的黑暗令人窒息的延伸和笼罩。无限的贪欲和无限的罪孽超越了我们的想象和耐受力，让其他纵火者相形见绌、追赶不及。李简尘和黑胖子希望烧死的不光是那些集中在圆形大展台上的参赛藏獒，更是散布在会场各处的所有藏獒。据博览会主办者的粗略统计，仅在会场里面拥有展位的藏獒就有四百多只，加上没有展位临时设点的销售藏獒，会场内的大小藏獒轻松超过了一千多只。

我想，是袁最和约翰牧师放火在前，还是李简尘和黑胖子放火在前呢？不管谁放火在前，火势蔓延都会很快，另一方不可能看不到，为什么他们还要自己再点一把火呢？或者是因为博览会的会场太大，他们几乎同时点火，谁也没看见谁？

法官又提出了那个老一套的问题："你们为什么要放火？"

黑胖子结结巴巴说："我不知道，我也在问我自己，我为什么要点火？不不不，我是说我为什么要看着李简尘点火？至于李简尘为什么点火，我就更不知道了。大概是为了报复袁最吧，袁最夺走了他的情人和黄海獒场。"

法官说："不要以为李简尘已经死了，你就可以把一切责任推给他。"

黑胖子惊讶地问："他死了？怎么死的？"

法官说："他没有跑出蓝岛，就死在了大街上。有人看见他是被一只藏獒咬死的。警察一直在寻找这只藏獒，没有人看见它从哪里来又去了哪里。你能提供找到这只藏獒的线索吗？"

我心里一阵颤抖：冥獒，一定是冥獒，一种隐身在人间和地狱边缘的藏獒。为了报复那些残害过藏獒的人,它们总是来无踪去无影。"

黑胖子说:"李简尘死了活该,是遭了报应的。这只藏獒的线索嘛,我可以帮你们找。放了我吧,我真的跟放火没关系。"

谁会相信这样的鬼话。法官立刻传唤花馨子到庭作证。

等待已久的花馨子一脸倦容地被法警带了进来。她朝法官打了一个十分不雅观的哈欠后,站到了证人席上。但是一俟法官提问,她的倦容立刻消失了。她激动地说:"我太了解李简尘和黑胖子了,简直就是两个无恶不作的人渣。"我早就想过,他们去北京一定不会干什么好事,如果他们对袁最不利,我就要挺身而出。我没有跟着袁最来北京参加藏獒博览会,就是想趁李简尘和黑胖子不在,去看看他们的獒肉加工厂。这是他们残害藏獒的罪证,掌握它对我们有好处。我去了,还用手机拍到了照片。那里的工人说,獒肉加工厂的产品销路好得都来不及生产,他们需要大量的藏獒,不管活的还是死的。他们的老板也就是李简尘和黑胖子,到北京采购藏獒去了。后来我在报纸上看到了大火烧毁北京藏獒博览会的报道,马上想到了李简尘和黑胖子。我的猜测几天后得到了证实,黑胖子亲口告诉我,火是他跟李简尘一起放的。黑胖子拉运藏獒尸体回到蓝岛后,我把他约到了我在黄海獒场的宿舍,请他喝酒,让他为所欲为。他说了,全说了。他觉得袁最已经不可能再回来,我要是还想找男人就只能是他,就把什么秘密都往我耳朵里灌。我脑子也许记不住,但可以录音的手机却没有漏掉一句话。这场大火,不是袁最放的,是李简尘和黑胖子放的,就为了獒肉、獒肉、獒肉,为了赚钱、赚钱、赚钱。"

我望着花馨子,美丽的无比美丽的花馨子,心里却一点点美丽的感觉都没有。我发现我跟她是一样的。我们为什么会犯罪?一个人离罪恶到底有多远？如果说罪恶是我们的影子，那么影子又依靠什么才能显现呢？如果说所有的显现都是我们的心灵轨迹，那么心灵的空间还有没有一席之地安置我们死去的善良呢？如果善良和美好基本跟人类无关，那么我们凭什么要奢谈人性赞美人道呢？如果说人的本性就是罪恶的根源，生命的欲望里早就埋有肮脏的种子和伤害他人的炸弹，那么我们怎样才能杜绝种子的发芽、预防炸弹的爆炸呢？如果说贪婪与伤害的炸弹从来就无法避免，那么世界上还有没有无私、宁和与干净呢？如果说正是因为人的龌龊和无耻才引发了人在人之外的动物身上寻找寄托，那么藏獒会不会就是那个应该被寄托的物种呢？如果说被寄托的藏獒是你心中的上帝，那么你还会信仰真的上帝吗？如果说你心里已经有了真的上帝，那么你还会喜欢藏獒以及以它为代表的全部自然吗？如果说你是个无信仰的人，并不知道上帝是什么、精神主宰为何物，那么你的强大的祖先又怎么能通过你的回忆来挽救你衰残的心灵呢？如果说迷醉于藏獒和信仰藏獒也算是一种挽救，那么是不是说你已经坐上精神返祖的马车、你的图腾时代已经来到了呢？如果说人总想把自己变成狼是天经地义的，那么人性就真的只好让狗来替我们珍惜了吗？

我在迷茫中反反复复质疑着，心里乱极了。

有一只蜜蜂嗡嗡地叫，一直在叫，叫得我烦躁难忍。我到处寻找着想拍死它，发现它就在我的衣袋里，才意识到那是手机的震动。我拿出来看了看，起身走出了法庭。

2

是路多多打来的电话。他说他原打算来北京接我回西海府,但现在来不了啦,有件头疼的事情缠住了他。他叮嘱我千万不要冲动,不要乱来乱讲,虽然我们失去了几只好藏獒,但原生态獒场还是要办的。"完了赶紧回来,资金已经到位了,就等着你大展身手呢。"我感觉他的情绪有点不对劲,一阵低落一阵兴奋的,问他什么头疼的事情缠住了他。他支支吾吾的,假装不便说,又很想告诉我的样子。我说:"不说就算了,我挂了。"他脱口而出:"仇步鼎双规了。"我"哦"了一声,紧问道:"会牵扯到你吗?"他沉甸甸地叹口气,突然又冷笑一声说:"仇步鼎本人和了解我跟他的关系的人都以为我会被扯进去,只有我自己知道我是清白的。在经济问题和女人问题上,我没有任何把柄。"

我不相信路多多的表白,哪个贪官不说自己是清白的?在他被腐败案件的黑影笼罩住的时候,我们的原生态獒场还能办得起来吗?

但是,这个一直让我瞧不起的被我称作贿赂多多的官员,在我带着斯巴和珍珠回到西海府以后,就用他毫不做作的轻松愉快让我刮目相看了。还是他请我吃饭,还是在市南凤凰山上那家隐秘而高档的饭店,酒和菜依然是最好的。"仇步鼎想用检举别人的办法减轻自己的罪过,说我受贿的金额最少有三千万。纪委一查,他检举的那些钱没有一笔打在我个人账户上。说真的,本来可以属于我个人的钱哪止三千万,两个三千万都不止。这些钱都打给鹭娃州长了。鹭娃州长也不傻,他给的账户是青果阿妈州政府的,每一笔都注明了来历,都是某某企业家投资办獒场和保护生态环境的绿色专款。

獒场是谁的？不是任何个人的，是青果阿妈州政府主管下的国家财产。怎么样？哈哈……"

"这是变相的转移资产，你太狡猾了。"

"不是转移资产，是招商引资；也不是我太狡猾，是我想通了，我不能让贪婪害了我。我既然仇恨仇步鼎，就不能跟他一个样。我早就知道仇步鼎要出事，不是女人要了他的命，就是金钱要了他的命。"

我松了一口气。我为我这位官员同学提心吊胆了好多年，现在终于可以放心了。我发现我并不希望路多多倒霉败运，我还是很喜欢他的，不仅因为他帮过我许多忙，还因为他比我想象得要聪明，知道什么能做，什么不能做。一直沉浸在悲伤中的我为了即将开建的青果阿妈草原原生态獒场而高兴得端起了酒杯。我们喝了白酒又喝了红酒还喝了啤酒。喝到半夜，都有点醉了，连跟着我的藏獒斯巴也被我灌醉了。

路多多神情诡谲地说："你知道仇步鼎是谁举报的？是我。"

沉默了一会儿，我说："你终于让仇步鼎跪在了你面前，屈辱得连求你喝酒的机会也没有了。你是不是已经告诉他：你现在连狗都不如了？"

我虽然头脑昏沉沉的，但还是听清楚了路多多内心的坦白：很多时候都是他撺掇那些企业家向仇步鼎行贿的，每撺掇一次，他都会记下来。而仇步鼎却浑然不觉，照着路多多阴森险恶的引导，一步步走向了黑暗的陷阱。"路多多你真可怕，你制造了他的腐败，又揭发了他的腐败。你就等着他倒霉的这一天呢。不是你不贪，而是你为了报复仇步鼎，只能不贪。是不是这样？"我心里一阵揪痛：路多多会不会用同样的办法对待少少呢？

"你不要总是以小人之心度君子之腹,我是为了公平正义。色钦我告诉你,坏事是好事之母。我本质上不是一个坏人,至少不比你坏。但我必须做许多坏事,才能做成一件好事。不做坏事,你连好事的门槛都迈不进去。这是规律。"

"什么乱七八糟的规律,这样的自我辩护没有说服力。"

"别忘了,我是信仰上帝的。我说过,上帝是照透我们的一面镜子,它让我们污秽不堪、罪恶累累。我不想成为阳光下的黑暗,让上帝感到失望。"

我审视着他,仍然不相信这就是主宰着路多多的那个因素。

第二天,我打电话给少少。

少少兴高采烈地说:"多多告诉你了吧,仇步鼎出事了。"

"你没事吧?"

"我会有什么事?他要是不找别的女人,就不会有今天。"

我明白了,少少跟路多多一样,也是仇步鼎的掘墓人。多多少少,本来就是连在一起的。他们都需要报复,所以就同仇敌忾了。

我问道:"小金獒秋吉加还好吧?"

少少疼爱有加地说:"好着呢,又大了。"

"现在你可以训练它咬人了。"

"怎么训练?"

"算了吧。你养藏獒的意义已经没有了,最好把它还给我。"

在路多多的催促下,我在西海府只待了三天,就去了青果阿妈草原。

鹭娃州长怕戳到我的痛处,闭口不谈我们损失的那些最好的藏獒和烧死的阿柔。见面后,他大惊小怪地亲热着斯巴,也心疼地摸了摸我怀里的小藏獒珍珠，跟我寒暄了几句就说："你说吧，獒场建在麦玛镇，还是建在藏娘县？要是建在麦玛镇，生活上方便一些，但到处都是楼房、汽车、机关、工厂，算不上正儿八经的原生态。要是建在藏娘县，原生态就名副其实啦，但又有许多不方便。你知道我们对藏娘县的政策：不搞定居、不修公路、不买卖牲畜、不破坏资源、不开设工矿、不办旅游、不进行任何经济和文化的开发。藏族人最原始古朴的生活是什么样子的，那里就是什么样子。"

"你是让我选择，还是你已经决定啦？"

"我想尊重你的意见，毕竟獒场要由你来操办。"

"那就藏娘县吧。"

鹫娃州长笑了："我就知道你会这样说。不愧是你父母的孩子。他们已经老了，你也应该回到他们身边去了。不过你现在还不能走，还得在麦玛镇待一阵子。我想让你带着资金过去，去了立马就能把獒场办起来。但现在正在查案子，路多多让人打进来的几千万已经冻结了。什么时候解冻，你什么时候去藏娘县。"

我知道鹫娃州长的心思，他其实有些担忧：万一路多多倒了霉，那些资金作为赃款追回去怎么办？要是那样我就没有必要去藏娘县了。地震后的重建主要依靠来自方方面面的捐赠和国家的专项拨款，州上是拿不出任何钱让我去办獒场的。即使作为重建资金拨给藏娘县也不行，因为藏娘县在地震中没有受到丝毫损失。

我点着头，拉起斯巴，做出要走的样子，突然问："你怎么不问问哥里巴的事情？哥里巴是怎么死的？他为什么会把斯巴还给我？"

鹫娃州长神情黯郁地说："那你说说哥里巴是怎么死的？"

"这个我也不知道。"

"白玛知道，白玛已经说啦。"

"白玛怎么知道，她又没去北京？"我瞪着鹫娃州长。

"白玛和阿柔是商量好了的。要是哥里巴不死，北京博览会放火的就是他。现在他的罪主要在纵火烧毁青果阿妈草原的数百藏獒和展览馆上。"

"既然你已经认定哥里巴是展览馆大火的凶手，为什么不逮捕他？"

鹫娃州长摇摇头，不想告诉我。但在我的追问下，最后还是说了。因为是鹫娃州长亲自督办，展览馆火灾后的第二天，州公安局就破获了这起案件，确定纵火者就是哥里巴。之所以没有抓他，是因为哥里巴是喜马拉雅藏獒销售基地的人。于是交易出现了。鹫娃州长说："我跟你们销售基地的人有过多次交易，但这是最后的交易，你们永远不再追究色钦的责任，我们也永远不再追究哥里巴的责任。"哥里巴答应了，他当然求之不得，因为追究的话他一定是死罪，而我却一定不是死罪。死罪交易了非死罪，哥里巴算是占了大便宜。这就是鹫娃州长打电话让我来麦玛镇的真正原因：我绝对安全了。后来在天葬台火化数百藏獒时，鹫娃州长借着冥獒的复仇，迅速安排阿柔瞒天过海地指认死者就是哥里巴，还草草地把哥里巴的替罪羊投进了大火。他想让别人知道，纵火凶手哥里巴已经被冥獒咬死了。他不希望我继续调查，担心我最终会把真正的哥里巴揭露出来。

我苦涩地笑着："一个经营藏獒的人，又是'藏獒节'的承办方，为什么要一把火烧掉那些藏獒？难道自杀会让人多长出一颗头来？"

鹫娃州长说："我也有这个疑问，听听哥里巴是怎么说的。他说这些年牧民养藏獒卖藏獒的多起来，最好的藏獒像嘎朵觉悟、各姿各雅都在牧民手里，销售基地原来的垄断地位已经不存在啦。连续两年都是亏损，借着举办'藏獒节'的机会烧掉嘎朵觉悟和其他一些敢于跟基地竞争的藏獒，是最好的办法。烧掉后基地还可以销售獒肉，一举两得。现在贩卖獒肉比养藏獒还要赚钱，蓝岛有个獒肉加工厂，生产獒肉罐头、肉干、肉松、肉精和獒肉保健品，产品很走俏。喜马拉雅藏獒销售基地为这家工厂代理收购可以变成獒肉产品的活獒和死獒，这个代理人就是哥里巴。"

我不住地点着头："原来是这样。交易也好，烧掉替罪羊也好，都是为了我，为了我能够回到青果阿妈草原。值得吗？鹫娃州长，你这样做就不怕引火烧身？"

"不仅仅是为了你。"鹫娃说起当初，就在我刚刚出事的时候，他跟我父母有个约定：他们留下来继续在藏娘县做他们想做也是鹫娃想做的事情，一辈子为青果阿妈草原服务。条件是鹫娃将保证他们的儿子罪犯色钦不受到任何法律制裁。因为我父母的存在，青果阿妈草原尤其是藏娘县有了牲畜的平安——已经连续十年没有鼠疫和口蹄疫了，有了毛产量和奶产量大幅度增加的改良牦牛和改良绵羊，有了原生态的藏娘县，有了原生态的藏娘獒场和许多由我父母培育起来的原生态藏獒。"你说值得不值得？"

我心说这又是那个规律了：为了做成一件好事，我们必须做许多坏事才能达到目的。路多多是这样，鹫娃也是这样。我何尝不是这样呢？还有袁最、花馨子、哥里巴、尕藏布、王獒人等都是这样。不同的是，有人达到了目的，有人却一直陷在坏事的深渊里直到最后。"人能不能只做好事，不做坏事呢？"

鹫娃州长长地叹了一口气："没办法，现实就是这样。"

等待资金解冻的日子里，我去找过白玛，详细说起北京博览会的大火。她唏嘘不已。我告诉她，阿柔和哥里巴的尸体已经火化了，我在超市买了些肉馅，拌上他们的骨灰，撒在了北京八达岭。要是有鹰鸟食了去，也算是一种天葬吧。她留我在她家的帐房里住了一夜，然后搭我的车去了麦玛寺。她说阿柔和哥里巴的灵魂一定会回到草原，如果不能请喇嘛闹拉亲自为他们念经超度，亡灵会怪罪她的。

我把白玛送到后，正要离开，就见强巴从寺里走了出来。

"你好？"我问。

"我们好什么？你好。"强巴说。

仅此而已，再也没话了。在我上车离开时，强巴都没有回看我一眼，似乎他早就想到我不可能把各姿各雅和八只小藏獒带回来。或者，不把藏獒还给他正合了他的意思，反正从他的态度看，他和我已经没关系了。我想起了拉姆玉珍，拉姆玉珍会是什么态度呢？很快我就知道，强巴的花钱已经变得毫无顾忌，他不仅买了一匹最好的马，还用这匹马驮回来了一顶簇新的夏季帐篷和所有的家庭日用品。之后便开始清理废墟和重建碉楼，被他雇来的十几个民工夜以继日地忙碌着，碉楼正在一天比一天高地长出来。我开着车，去正在建设中的碉楼前远远地看着，意识到在那三百万迅速改变着强巴一家的生活的同时，另一个麻烦正在酝酿之中，那就是尕藏布的讨债。在尕藏布那种把钞票当作羊群的原始思维里，他想要回的至少是两个三百万。强巴满足不了他，他就一定会来找我。我该怎么办？

强巴家的碉楼还没有竣工，尕藏布就开始要账了。第一次要账就被强巴打了一顿。强巴说三百万是我用各姿各雅换来的，你把各姿各雅还给我，我就给你三百万。尕藏布说："你别打我啦，我去找省上的,省上的是向着我的。"我这时住在临时搭建的板房旅馆里，听说后躲了起来，告诉旅馆的人，只要是那个头缠红丝带的带刀藏族汉子尕藏布来找我，不管什么时候，都说我不在。

过去了半个月，又过去了半个月。我不知道尕藏布的三百万是怎么解决的，只知道他已经好几天不找我了。不找就好，嘎朵觉悟、各姿各雅，还有七只小藏獒，都在人的罪恶之火中被烧死了，你找我有什么用呢？我陪伴着我的斯巴和珍珠，等待着离开麦玛镇的时刻，忧郁地想：最好从此不要再听到尕藏布这个名字。

但我还是听到了，是鹭娃州长告诉我的：强巴死了。是尕藏布杀死的，他用自己那把从来没有杀过生沾过血的腰刀，一刀捅死了强巴。

"坐下，坐下。你要去干什么？"在鹭娃州长的办公室里，他死死按住我的肩膀说。

"我去找强巴的老婆拉姆玉珍。"

"你不能去。这件事情跟你有什么关系？听我说，还有更让人吃惊的。尕藏布被抓起来后交代了一件事情，谁也不会想到。他说地震后我们展览馆的那场大火是他放的。他详细交代了放火的过程：先穿了一件烂皮袍，又在皮袍上厚厚抹了一层酥油，进到展览馆里，脱下皮袍，用火镰打着后，披到了藏獒身上。问他为什么这样干，他说嘎朵觉悟就要离开草原去受苦受难啦，为什么就不能让它早一点解脱、早一点转世呢？还有那么多别的藏獒，让它们都去解脱、都去转世吧。"

我想起了第一次见到哥里巴时，他对我说的话："尕藏布一口咬定大火是人放的，因为有人想谋害嘎朵觉悟。仔细想一想，这放火的人就是朶藏布自己，他卖掉了嘎朵觉悟又舍不得它离开，干脆就让它在草原上早点转世了。"他们自己放了火，彼此又猜度对方也放了火，这是为什么？既然知道对方放了火，自己干吗还要放火？解释也许是这样的：他们不仅想看到犯罪，更想亲自犯罪。

我无语，好几天都像哑巴一样。这之后，办獒场的资金解冻了。

就在我准备前往藏娘县的时候，接了一个意想不到的电话，是袁最的。没想到他现在还能和我通话。他说这是监狱特许的，也许是他一生中的最后一个电话。他现在就等着判刑了，肯定是死刑，就算青果阿妈草原展览馆的火和北京博览会的火最终会认定是别人造成的后果，但他砸死河北人张建宁的罪行却不会有人顶替了。他说着哭起来："救救花馨子吧，色钦作家，赶快制止她，她要跟我一起死。"我怎么会拒绝一个死刑犯的请求呢？况且是为了挽救一个美丽女人的性命。我说："我立刻就劝她，她要是不听，我可以飞到蓝岛去阻止她。"我按照袁最给我的电话号码打了过去，很奇怪对方是一个男性："你是干什么的，找花馨子有什么事？"

在很短的时间内，我就明白，我已经来不及劝说花馨子了。接电话的警察告诉我，花馨子想跟袁最一起死的办法不是上吊、喝药、割腕、跳海这一类我们能想到的自杀办法，而是迫使法律把她跟袁最一起送上刑场。就在两个小时前，蓝岛的狗肉一条街烧起了一场大火，烧死了三个卖狗肉的店主、两个吃狗肉的顾客、一个城管，烧毁了几乎所有出售生狗肉的肉店和熟狗肉的饭店。大火是煤气爆炸引起的。向派出所自首的花馨子说，她把一个煤气罐用出租车运到了狗肉一条街最中间的一家饭店，打电话以请求帮忙为借口叫来了那个歪鼻子城管，然后打开阀门点着了它。警察问："你为什么要这样做？"花馨子说："卖狗肉跟卖人肉是一样的。我等待政府颁发禁杀令和禁吃令早就等得不耐烦了。政府不管，我来管。"

创伤的记忆让花馨子失去了善良。辽阔的，无比辽阔的人性的黑暗里，她终于走到了尽头，告诉我们：如果你想在人性的黑暗里寻找光明，很可能你就会杀人然后自杀。一切都是为了爱。我放下电话，朝着蓝岛的方向喃喃地说："袁最，这是一个好女人。她要跟你一起去了，一路平安。"

购买一些生活用品和督促州上把资金注入由藏娘县财政局代管的獒场账户，花了我一个星期的时间。出发的前一天，我去了一趟麦玛寺。是鹫娃州长建议我去的。他说你去见见喇嘛闹拉吧，他知道你要去藏娘县办獒场，一定有话给你说。

但是，在那座幸免于地震的佛堂里，喇嘛闹拉始终沉默不语。我的到来就像风的进出，他眼睛直视着，好像什么也没看见。我站到他面前，带着讥讽的口吻告诉他，我不是来信仰他的，我辛苦自己来一趟，仅仅是想知道他对以下这个问题的看法：既然佛教导我们要超越生死，那么到底活着有意义，还是死了有意义？我看他熠亮的眼睛里毫无反应，又说：在北京，看到哦咕咕、达娃娜、嘎朵觉悟、各姿各雅和八只小藏獒中的七只都被烧死，看到那么多人和那么多藏獒都成了焦尸，我最强烈的想法就是自杀。后来又想，人类即使自杀一万次也不足以赦免他们在大自然尤其是动物面前犯下的罪孽，我的自杀又有什么意义呢？喇嘛闹拉你告诉我，我最终没有自杀是不是我不够勇敢？我无耻地苟活着是不是我连狗都不如？既然你不回答，那我就再问你：你是神吗？你在保护一切人一切生命吗？有神保护的命运和无神保护的命运是两种不同感觉的命运吗？你为什么不保护青果阿妈草原的藏獒而让它们一个个走向了毁灭呢？请用"是"或"不是"回答我：我是一个有罪的人吗？你能向一个罪人的黑暗心灵显示光明的奇迹吗？

有个年轻喇嘛过来小声说：请不要说话，喇嘛闹拉正在涅槃。

我恳切地问道：涅槃是什么？涅槃不就是死亡吗？

年轻喇嘛果断地回答：不，不是死亡。喇嘛闹拉说啦，消除渴爱就是涅槃，熄灭生死就是涅槃，脱离轮回就是涅槃，断灭情器世界就是涅槃。

"我知道了。"我说，又在心里用我的思考方式诘问着年轻喇嘛和他崇信的喇嘛闹拉：可是我想不明白，既然涅槃是断灭所有，清空一切，世界万物统统不在，那么入涅槃的人又以什么样的形式存在呢？如果断灭一切之后只有他自己存在，他的存在在没有群落、没有比较的时候又有什么意义呢？如果断灭之后连他自己也不存在，那么他又何苦要修行断灭，自杀不就是最好的出路吗？如果自己的断灭会引来情器世界的断灭，那么济世度人从何体现、断灭的价值又在哪里呢？喇嘛闹拉，我知道"喇嘛闹拉"是青果阿妈南部草原的一座神山，意思是上师头上的金帽子。可是你白叫了这个名字，你的金帽子又在哪里呢？喇嘛闹拉，别再装模作样了，请你开口说服我。如果你能说服我，我就信仰你，立马对你磕头膜拜。

喇嘛闹拉眨巴了一下眼皮，微微而笑，还是什么话也不说。

我又问了一些胡诌八诌的问题，知道他跟金佛、铜佛、石佛、木佛一样不会对我有任何解答，便转身走出了佛堂。迈出佛堂的一瞬间，我有意踩到黝黑的门槛上，蹭了蹭鞋底。心说很多人进出佛堂都不敢踩门槛，我偏要踩，看你能把我怎么样？我来到台阶前，带着最后的告别回过头去：佛堂里头，漆黑的背景上，喇嘛闹拉的身影就像火炬一样灼亮，通体的燃烧让他看上去如同一尊我从字面上理解的庄严肃穆的无量光佛。金帽子就在头顶，灿烂无比。喇嘛闹拉眯起眼睛望着我，神情那么专注，慈祥可掬，笑意盈盈。这时候我看了看天空，正是云淡蓝深的景色，辽远的无际辽远的宇宙里，我发现除了喇嘛闹拉的形貌之外，什么也没有。我心里倏然一闪，就像月亮出现在黑夜里，在最自然不过的情形中，一种无黯的光明和无罪的欣喜悄然出现了。我冲动地扑进佛堂，扑通一声跪在他面前，实实在在地磕了一个响亮的头。

然后我虔诚地仰起了面孔："喇嘛闹拉……"

喇嘛闹拉不见了。

3

藏娘县辽阔的土地上，一直印证着鹫娃州长的诺言：不搞定居、不修公路、不买卖牲畜、不破坏资源、不开设工矿、不办旅游、不进行任何经济和文化的开发。原始的生态环境里，有一些原始的牧民。他们逐水草而居，赶着牛羊四季轮牧：牛粪墙倒了，山腰里绿了，该去春窝子了；雪线后退了，山头上有草了，该去夏窝子了；风硬了，天寒了，该去秋窝子了；下雪了，河冻了，该回冬窝子了。这是牧民们千年一来固定不变的生活。人活着为什么要让日子变来变去呢？

但是在更多人的眼里，几千年如一日的生活又有什么好过的？尽管是丰衣足食、安定无忧的。藏娘县的牧民越来越少了。先是青年们陆陆续续离开了家，在外面混一阵子，就把老人和牛羊马匹接走了。他们会在靠近定居点的城镇变卖牛羊马匹，只留下生活必需的牲畜,然后去挖虫草、挖蕨麻、挖大黄、养藏獒,或者在一些加工畜产品的工厂做工。并不是这样的工作有多好,而是城镇的五颜六色诱惑了他们。文明在迫使他们放弃孤独和寂寞的同时,也迫使他们放弃了弥足珍贵的自由和满足,放弃了祖先的日子也放弃了人作为自然一部分的位置。还有的牧户,年轻人都走了,只留下阿爸阿妈、爷爷奶奶,凑凑合合地放牧度日,直到有一天,他们再也迁徙不动了,后继乏人的牧民生活也就结束了。当然也有顽强坚守着游牧、哪儿也不肯去的三代完整的牧户,在越来越宁静的草原上,打发着越来越泛滥的孤独。这些钟爱自由就像钟爱生命的值得世人羡慕钦佩的藏族人,在夕阳西下的游牧里,无意中承载起了人类最后的原始。他们还能承载多久呢?当他们的姑娘和小伙到了必须婚娶的年龄,当因为人口稀少婚配出现失调甚至出现近亲婚恋时,走向县外的更集中的人群又成为必然了。鹫娃州长对藏娘县牧民的政策是:全靠你的自觉自愿,可以留下,也可以离开,留下来的保证你有放牧的牛羊和草山,离开的州上给一部分补贴帮助你进入城镇周边的定居点。他还有个政策:非藏娘县的牧民想搬进藏娘草原生活是不许可的。他希望出现的就是寂寞、宁静、人烟稀少、和平无争,就是最原始的布局、最自然的生态。

尽管牧民越来越少,但牛羊依旧按照自己的愿望繁殖着它们的种群。还有野生动物,寥廓的草原和雪山深处,灰背麝、白唇鹿、藏羚羊、藏野驴和野牦牛突然多起来,有本地繁衍的,也有从外面跑来的——它们可不在乎你许可不许可,只要宁静无扰、有吃有喝、没有伤害,就是它们的天堂。接着就有了肉食动物的影子,雪豹、金钱豹、棕熊、狼的身姿在草岗线上悠然而过。它们很少袭击牧人的羊群,因为有藏獒,还因为它们从来不会饥饿到非要偷窃掠食牧民的牛羊不可的地步，那些肥嘟嘟的旱獭、兔子、鼢鼠，唾手可得的野羊羔，藏匿不严的鸟蛋，都是它们的食物。被称作鸟儿王国的藏娘湿地也更加繁荣起来：天鹅、斑头雁、黑颈鹤、湖鸥、鸬鹚占领了一碧如洗的天空和草洼。鹰在翱翔，总是在云端里展示着生命的潇洒，当它们箭镞一样俯冲而下，我看到地上有那么多生灵正在惊慌失措地躲藏。

就在这样的环境里，我办起了我们的原生态獒场。獒场除了我的斯巴和珍珠以及烧伤累累的藏獒托勒，还有父亲和母亲用极其专业的方法培育出的大小五十五只藏獒。它们有金獒、黑獒、雪獒、灰獒、红獒、狼青色獒、铁包金獒等等，形形色色的呈现囊括了藏獒这个物种曾经有过的所有品种。要是把它们拿出去参加中国或世界的藏獒博览会，每一只都会是勇冠三军的藏獒大帝。但我们的宗旨是：决不参加任何买卖藏獒、强制藏獒、损害藏獒尊严的什么节、什么会、什么比赛、什么评选。我们的藏娘獒场就在一共只有不到六十间平房的县城旁边，没有围墙，也没有鸽子笼式的犬舍，只有一些用来遮挡烈日和雨雪的牛棚马圈式的建筑，几间人住的平房。我们的藏獒是自由的，想去哪里就去哪里，但无论走多远走多久，它们都会回来，回到獒场我们的身边。我们的藏獒虽然凶猛，却从来不咬人，因为在它们的记忆里，人既不伤害它们，也不伤害它们的主人。它们撕咬的永远是豹、熊、豺、狼。

管理獒场的除了我，还有已经退休的父亲和母亲，还有跟我来到藏娘县的白玛，还有几个崇拜藏獒就像崇拜护法神的牧工，他们原来就是藏娘县的牧人。鹫娃州长和路多多也会不定期地来到獒场住上一两天。他们都说，等到退休以后，就来藏娘草原生活。

在我来到藏娘县的第二年，父亲去世了。他是藏娘草原上的畜牧兽医之父，天葬的时候，县里所有的牧民都来送行。又过了一年，就在父亲去世的这一天，母亲也去世了。她是畜牧兽医之母，县里所有的牧民也都来送行。不光有送行的，还有来超度的。来超度的是藏娘县藏娘古塔寺的喇嘛和麦玛寺的喇嘛。父亲天葬时来了三十六个，母亲天葬时也来了三十六个。他们的念经持续了各四十九天。

父母一生不拜佛，不祈祷，不念经，甚至都不会说六字真言，是纯粹的无神论者，但他们却获得了"活菩萨"的称号。因为他们千方百计消除了草原退化的因素，制止了黑土滩、沙漠化的出现；因为他们治好了无数牲畜的病，预防了牲畜流行病的发生；因为他们改良了牦牛和绵羊，提高了牛奶和羊毛的产量；因为他们培育出了最好的藏獒，让青果阿妈草原重新领有了藏獒之乡的骄傲。他们一辈子待在藏娘草原，成了牲畜的需要、疫病的需要、草原的需要。一瞬间我发现自己眼前的迷雾有些稀薄清透了，被我屡屡追问的信仰变成了天上的云、地上的草，合情合理，自然而然。佛啊，上帝啊，原来你们是如此简单，简单得出乎意料。你们就是失恋中的一个爱人一种宽慰，饥渴时的一团糌粑一碗清水，病痛中的一味良药一枚银针，孤单时的一个同伴一只藏獒，荒原上的一顶帐房一溪泉流，寒冷时的一坨牛粪一个灶火。那么，就让我们变成一坨牛粪，哪怕一生只烧滚了一壶奶茶；就让我们成为一个爱人，哪怕爱了所有却没有丝毫被爱；就让我们变成一味良药，哪怕一生只对一人有了一次作用。我明白了，父亲和母亲，你们为什么不拜佛，因为你们已经是佛的一部分了，是六字真言的蓝色注脚，是五彩经幡的一丝一缕。

一个好人的信仰可以简单随意到如同吃饭穿衣、呼吸空气，而一个坏人或者准坏人的信仰却会复杂到如同乱麻、激烈到如同海啸。那么，亲爱的父亲母亲、阿爸阿妈，请告诉我：是先有了好人才有了信仰，还是先有了信仰才有了好人？也许可以说好人不需要去刻意信仰，那么坏人呢？坏人需要拯救，需要报应，需要忏悔，需要赎罪，需要解脱，需要宽恕，需要升华，这一切都是信仰的赐予。那么是先有了坏人才有了信仰，还是先有了信仰才有了坏人？

最最重要的是，我迄今不明白，我是一个坏人，还是一个好人？

我想我死的时候会不会也有牧民来给我送行、有喇嘛来给我超度呢？我还活着，跟我的白玛一起有滋有味地活着，在比八种幸福还要充实的幸福里平静安然地活着。

是的，日子过得很平静。平静就像藏娘草原被云杉和圆柏覆盖着的花岗岩山体一样坚固而耐久，即使白玛的死也没有让它有任何的破损。白玛是病死的。她的死让我想起了哥里巴的话："如果我能得逞，死去的不仅仅是阿柔。"似乎所有人包括我包括白玛自己都知道，她就要死了。因为白玛和阿柔这两个双胞胎姊妹是不可分离的，要活两个人都活，要死两个人都死。我不知道为什么不可分离，只知道她们是一个人的手心手背，无论手背还是手心坏了，都是手坏了。我曾对白玛说，幸亏只剩下你一个了，要不然我到底跟谁结婚呢？按照我国的婚姻法，我只能娶一个。她告诉我，最初的时候，哥里巴跟阿柔结了婚。结婚不久，白玛就病了，接着阿柔也病了。哥里巴请了喇嘛闹拉来给她们看病。喇嘛闹拉指着白玛说：你把她也娶了吧。哥里巴说：喇嘛，你不知道吗，我们国家是一夫一妻制。喇嘛闹拉说：那就离婚吧，离了婚两个人的病就都会好的。于是哥里巴和阿柔就去办了离婚手续，姊妹两个的病果然都好了。

白玛就是莲花。青果阿妈草原，是一个莲花盛开的地方。喇嘛们说，佛陀喜悦微笑，清净犹如初秋的莲花始然开放。一花中出三十六百千亿光，一光中出三十六百千亿佛。青色青光，白色白光，明曜日月，周满世界。释迦牟尼一出生就能行走，他走了七步，一步一朵莲花。所以佛即是莲，莲即是佛。所以有莲花净，有莲花持，有莲花座，有莲花手，有莲花寺，有莲花境，更有莲花生。所以有西方极乐，七宝莲池；有泥而不滓，洁身自傲；有宇宙白玛，藏娘古塔。因莲花而有诞生，因诞生而有藏娘，因藏娘而有了我们的一切。

白玛，请让我为你歌唱，唱一支从前的歌：

> 去年的这一天，我走进了你家的帐房，
> 藏娘说白玛到河边背水去了；
> 今年的这一天，我带来了华丽的衣裳，
> 藏娘说白玛嫁到山那边去了。

白玛去世不久，她的藏獒托勒也悄然离开了世间。

之后，拉姆玉珍走进了我的生活。我们重新开始了。

强巴被尕藏布杀死后，天天念叨"恰那亚嘎"的阿爸岗却巴突然什么也不念叨了。他失去了记忆，不认识来到自己面前的任何人。有一天，他好像受到了什么召唤，带着小孙子走出了家门，之后就再也没有回来。有人说曾看见他牵着小孙子的手走向了草原。又有人说看见他们走向了雪山群峰里的冰塔林，因为岗却巴这个名字的意思就是献给众生的冰塔林。拉姆玉珍去草原上去雪山里寻找，找到的只能是越来越浓重的失望：你老了，糊涂了，你走就走呗，为什么要带走我的儿子你的小孙子呢？在失望变成绝望的日子里，她把盖碉楼剩下的钱，全部拿到麦玛寺，捐献给了地震后必须重塑的释迦牟尼鎏金铜像。不久她又丢下新盖的碉楼，拉上强巴买来的那匹最好的马，去麦玛镇的广场寻找鹫娃州长。

是鹫娃州长把拉姆玉珍带到我面前的。

"我给你找了个牧工，你要不要？"

"要啊。"

"你知道我们的政策，不是藏娘县的牧民不能进入藏娘草原生活。"

"看吧，看她的愿望，也许她会变成藏娘草原的人。"

拉姆玉珍拉着她的马，羞怯地笑了。

我们结婚的时候，拉姆玉珍穿上了青果阿妈草原最漂亮的花氆氇裙。

拉姆玉珍的意思是灯幡照耀、珠宝装饰的仙女。就像这个名字的启示那样，拉姆玉珍的花氆氇裙在空茫茫的草原上就像迷人的经幡。经幡飘扬的时候，我会感到温暖和吉祥的音符正在天地间吹响。随处可见的绿绒毯一样的草坡上，牛羊如同黑白配的花边向着无边的秀色镶嵌而去。云的微笑里洒落着喜马拉雅的雨雪和恬静，漫漠浩荡的草浪拍打着远方的山体，扑上了雪巅，扑上了天。我看到天是蓝的——在北京、在蓝岛、在西海府，人们传说天是蓝的，到了藏娘草原才会知道传说中的蓝是如此得浓艳明丽。蓝是宇宙间最纯粹的虚无、最无碍的延展。蓝天下，没有任何防疫，不必消毒给药，我们的藏獒一只只健壮得就像山峰冰塔。它们有时候会集体走向草原，像牛羊一样吃草。每当这个时候，就会有一些紫衣红袍的喇嘛出现在獒场就近的草原。他们在藏獒的簇拥下，开始闭目修行。据说，这样的修行是事半功倍的，因为藏獒作为信仰里的护法神，能够借力给他们驱除所有的贪嗔之魔、痴妄之鬼。还因为从这里可以眺望黄河源头的各姿各雅雪巅，可以接近神们居住的嘎朵觉悟神山。山宗水源的灵秀之气会让他们的修行更容易走向成佛的境界。年复一年,修行的喇嘛渐渐多起来。他们说这里就是藏族的净土香巴拉。

见了前来修行的喇嘛我都会膜拜,就像膜拜雪山草原一样。我发现我的生活、人应该有的生活,其实就是膜拜,膜拜太阳与星群,膜拜藏娘大地上的一切:人与动物、神灵与河山。不会向宇宙、自然、人类、神灵虔诚膜拜的人,都应该是罪人,就像我从前一样。

那么现在呢?现在我仍然是一个有罪的人。所有的罪、全部的伤害,都与我有关。对我来说,膜拜与不膜拜的区别仅在于知罪与不知罪。世界上只要两种人,一种是不知道自己有罪的人,一种是知道自己有罪的人。前者是多数,后者是少数。

前来修行的喇嘛中,有一个是喇嘛闹拉的弟子。他说师傅涅槃之前留下了几丸金色十三味,在师傅的遗言里其中一丸是专门留给你的。现在我把它送来了,你收起来吧,什么时候吃了它,你自己决定。金色十三味,一代高僧喇嘛闹拉的发明研制,好人吃了长寿,坏人吃了毙命。那个一直纠结着我的问题再次出现了:我到底是坏人还是好人呢?我想,吃下去以后,如果过几个小时我就死掉,那我就是坏人;如果我不死,能活到八九十岁甚至上百岁,那我就是好人。我是多么想试验一下。可是我不敢,万一我是一个万劫不复的坏人呢?

有一天,在我为了向生命赎罪,骑马穿过冬天的寒雪,抱着一只冻僵的藏羚羊的羊羔回到獒场,坐下来喝一碗拉姆玉珍端给我的酥油茶时,我的斯巴来到了我的脚边。它卧下就不走了,永远都不走了。它用身贴身的办法把它的灵魂寄附在了我身上。我知道我的斯巴死了,它是老死的,它已经活了整整十八年,应该离开这个世界去转世了。

我知道,斯巴转世以后,还是一只壮丽的藏獒。

在此之前,嘎朵觉悟、各姿各雅和它们的七只小藏獒,还有哦咕咕和达娃娜以及藏獒托勒,都已经转世了。嘎朵觉悟转世后成了嘎朵觉悟神山的白容圣者,各姿各雅转世后成了各姿各雅山神的公主。哦咕咕和达娃娜还有藏獒托勒转世后又成了藏獒,而且都是我们原生态的藏娘獒场的藏獒。至于七只小藏獒,它们转世后变成了七个人。七个人分散在世界各地,谁知道在哪来呢。会不会有一天,他们按照梦境的启示,从四面八方回到他们前世的故乡青果阿妈草原呢?会的,一定会的。人们,请相信我。

斯巴走了三年之后,拉姆玉珍也走了。那天她说:"色钦啦,我怀不上你的孩子,我要去麦玛镇的医院看看啦。"结果半路上遇到了大面积的山体滑坡,连人带马都埋掉了。是珍珠带着我奔向了出事地点。珍珠,被斯巴从火灾废墟里救出来的小藏獒珍珠,已经长成一只雄奇的大藏獒了。作为一只公獒,它完美地继承了父亲嘎朵觉悟的优秀外貌和所有品质,包括追踪和寻找目标的能力,甚至还有超越。珍珠迅速而准确地找到了掩埋着我的爱人的地方,帮着我又刨又挖。

我觉得不管白玛的死还是拉姆玉珍的死,都是对我的惩罚。一个人或许能够生活在法律之外,却永远不能摆脱惩罚对他的等待,因为最有资格惩罚他的只能是他自己。拉姆玉珍怀不上我的孩子就对了,罪孽不该拥有繁殖的权利,我也不该留下我那必定会以父亲为耻为辱的后代。

在拉姆玉珍走后一个月的一天,我从家中的石墙缝里找出了拉姆玉珍藏起来的金色十三味,然后走向了黎明的草原。在身影被晨光打亮的刹那,我感觉我就像一只湿漉漉的羊羔,从母羊的身体中脱颖而出。留在身后的全是往事,全是风尘笼罩着的悲剧。我清晰地想起了那个黑夜,我们带着酥油和打火机,钻进了藏獒销售基地的墙窟窿，兴奋地点着了干牛粪。于是罪恶开始了。以后的日子里，不知是幸运还是遗憾，我这个所有罪孽的肇事者，却没有受到任何惩罚，因为命运给了我许多免于惩罚的理由。我就在那些自以为说得过去的理由中怡然自得地生活着，还写出了关于藏獒的书。之后这个世界便刮起了一阵藏獒热，热得烧毁了藏獒节，烧残了博览会。我想如果没有我，会有藏獒集体被烧死的灾难吗？如果不是我带着各姿各雅寻找它的八只小藏獒，强巴会死于氽藏布的腰刀之下吗？如果我在得知袁最的犯罪事实后立刻报案而不是去北京跟他一见高低，会有哦咕咕、达娃娜、嘎朵觉悟、各姿各雅、七只小藏獒和阿柔、哥里巴的死吗？会有约翰牧师为了救赎的牺牲吗？如果不是以上的悲剧，会有白玛之死、藏獒托勒之死、拉姆玉珍之死等等连锁反应吗？<u>所有人的罪都是我的罪，所有生命的灾难都与我有关。</u>能让我继续逃避的全部理由都已经不存在了，只剩下爱人一样成为生命一部分的悔恨和期待宣判的欲念赤裸裸地陪伴着我。

——我是坏人，还是好人？

太阳出来了。藏娘大地新一天的风日里，绿还是绿，蓝还是蓝。

我走出往事，背对着我们的獒场和整个世界，吃下了喇嘛闹拉专门留给我的金色十三味。

2012 年 4 月 15 日完稿
2012 年 5 月 26 日修改
2012 年 6 月 17 日再改